2007年中国作家协会重点扶持作品

2007年中国作家协会重点扶持作品

当代批评的众神肖像

DANGDAIPIPINGDE
ZHONGSHENXIAOXIANG

牛学智 著

文化艺术出版社
Culture and Art Publishing House

当代批评的众神肖像

DANGDAIPIPINGDE
ZHONGSHENXIAOXIANG

牛学智 著

文化艺术出版社
Culture and Art Publishing House

目　录

引　论　/001

第一章　刘再复（1941— ）：重识"性格组合论"兼及文学
　　　　人性论批评问题　/001

第二章　雷达（1943— ）：文学主潮论与"时代主体"探寻　/017

第三章　王彬（1949— ）：将小说研究带进"微理论"时代　/040

第四章　胡平（1952— ）：感染力与批评的实效性　/059

第五章　王德威（1954— ）：通观视野与空间概念批评　/078

第六章　南帆（1957— ）：反抗常规与后革命转移　/102

第七章　耿占春（1957— ）：诗学社会学视野与诗歌批评话语　/124

第八章　陈晓明（1959— ）：从"后现代性"到"现代性"　/144

第九章　戴锦华（1959— ）："拒绝游戏"与女性主义
　　　　文学批评话语　/165

第十章　吴炫（1960— ）："本体性否定"的原创性建构
　　　　及其批评实践　/193

第十一章　刘川鄂（1961— ）：自由主义文学的不倦阐释者　/215

第十二章　王彬彬（1962— ）：文学的心理人格论批评　/234

第十三章　李建军（1963— ）：人文精神烛照下的主体性批评　/254

第十四章　李敬泽（1964— ）：新总体论文体批评　/277

第十五章　郜元宝（1966— ）：完整性思想与"存在论语言观"　/305

第十六章　王春林（1966—　）："个性化"理论背景中的
　　　　　文本细读式批评　/329
第十七章　黄发有（1969—　）：准个体时代的文学及其批评　/346
第十八章　谢有顺（1972—　）："70后"声音与批评的转向　/369
主要参考书目　/390
后　记　/398

引 论

文学批评反过来被研究，就新时期以来的文学批评史而言，我的阅读视野所限，也就是晚近些年的事情。就是说，对文学批评本身高频率的关注，是伴随新世纪第一个十年文学创作普遍的低迷而出现的。这就大致可以在时间上有个基本约束，文学批评被研究，我特指新世纪之交文学批评的研究。

当前文学批评的被研究，也不能一概而论。第一种是笼统的"价值论"，关注点一般与认为的某种低迷的创作现象捆绑在一起，批评文学批评的这不行那不行，其实总免不了连带着批评与批评同时而起的某种文学创作风潮；第二种是把批评当作本体来看待的批评话语及其演变研究，勾连一些社会发展史常识是这类研究得以推进的现实基础，我在书后"主要参考书目"中已经罗列了一些这方面较重要的研究成果；第三种是书写批评史，像古远清所作《中国当代文学理论批评史（1949—1989大陆部分）》（2005）那样，不全追求批评家个体思想的纵深，而主要在于通过典型个体拎起一段批评史发展流程；第四种是批评家研究，或批评家个案研究。这一种研究在现代文学批评研究中已有一些影响较大的著作问世，如温儒敏名为批评史，实则是批评家个案研究的《中国现代文学批评史》（2005），还比如夏中义的《新潮学案》（1996）、刘锋杰的《中国现代六大批评家》（2005）等等。但批评家个案研究在当前的状况显然不如现代，可也绝不能说没有人研究。白烨的《批评的风采》（1994）、王光明的《文学批评的两地视野》（2002）、支宇的《新批评：中国后现代性批评话语》（2008）等等，当然都具有首创之功。《批评的风采》到批评家雷达为止，描述了四十多位批评家，面铺得较宽，着力点不在批评个案的思想形象凸现上，主要以批评家的活动踪迹来带动一个时段的批评总貌。其它著作涉及批评家都很少，不是囿于流派批评，就是时间上比较早，都无法进入当前批评的纵深地带。王光明著作视野跨越大陆，涉及"两岸四地"，但论评对象其实多为文学史研究家，而且所选"批评家"的主要批评范围都集中在某一段文学史上，对这些学者的研究深则深矣，就是总嫌面的过于狭小，忽略的显然比观照的多得多。支宇著作开宗明义，论域就定在"中国后现代批评"，属于典型的风格流派研究。这便是我研究批评家，并且以刘再复为开头的主要学术背景。

刘再复在新时期以来文学批评史框架中的位置，毫无含糊具有承前启后的作用，特别是其"启后"意义，早已是这段文学批评史人所共识的事实。而把"70后"批评家谢有顺放在最后，第一，我的排列不按影响力大小，客观上以年龄大小为先后顺序；第二，与下面要细说的"并列形态"有关，不同年龄段不同选择的批评，只要有突出的批评话语特色和滋生于并超越于某种批评共同体概念的个案，才具有双向建构功能——个体性话语建构和对整体性批评格局的积极促成，而不是因为有个所谓整体性批评格局，才依图索骥，说某个体批评家在整体格局中的位置怎样怎样。这句话听起来像绕口令，其实它的含义很明确。

"性格组合论"、"主体性"这是刘再复最用力的地方，但这个用力也就基于20世纪80年代中后期所有这方面研究的突出程度而言。他突出了的、在后来文学批评中依然大放光芒的地方，只能进行一次再度审视。所以，对刘再复的研究是有选择的观照，遴选而出的文学人性论批评话语可以视为贯穿全书的微妙线索，也可以视为观照其他批评家的基本学理底线。不过，在整个书写过程中，因时间跨度较大（前后跨度近7年），对不同文学创作风向和不同创作风格追求中文学人性态度，我本人也有一个不断修正、不断完善乃至进一步提高认识的过程。所以，所谓贯穿性完全是机动状态，即以不强制破坏论评对象的思想面貌为宜。如果我把选题定位为某某批评话语研究，主题也许会相对集中，但那大概就非常单调了，与近二十多年来整体批评格局的联系也就因缺乏必要的实证主义态度而很涣散，不是当下时代的文学批评了。受时风影响，直接凸显人性问题的批评话语，与通过外围研究远距离求证文学人性书写如何不能、使人性深研被迫搁浅的反面批评，就很难被真实再现。这就引出了首要的一个问题，怎样认知新世纪之交的整体批评格局与个体化批评呢？

批评家个案研究没有"史"的支撑，当代文学批评的整体形象也许会很凌乱；有了"史"的支持，批评家个体的批评思想脉络、话语特征就只能被打断。因为，相比较现代文学批评，20世纪90年代以来的批评，的确不再是那么坚固，一般都在全球化，或价值多元化的背景下自我塑。即便受教育相近的批评家，他们面对同一文学现象时的观照态度、论评选择可能截然不同。如此一来，怎样搁置共同的"史"？又怎样安放个体思想的完整性？操作起来颇为犯难。迁就前者，批评家研究显然毫无意趣，那又与泛泛的价值论何异？完全封闭起来只看一个批评家，文章拉得再长、征引资料再丰富，又与一篇千字文的书评有何本质区别？

概括说，我选择批评家个案研究，其实最揪心的是怎样处理相对主义和"一元论"的问题。

既然我没有把成绩主要在文学史研究的学者，和主要倩驻文学理论的理论家列到文学批评家行列①，那么，我在这里所选的批评家实际上就具

---

① 目前来看，教授学者兼文学批评家的阵容最为庞大，其中有长期从事现当代文学史研究的，有致力于某一文体文学研究，反复钻探"纯文学"等重大理论问题，倾注地域文学、学术史、文化史、哲学思想史、民间文学文化、大众传媒文化等等的。他们有些已被不同版本的文学理论批评论著书写，有些也已构成当前文学批评的重要组成部分之一。若以吴义勤、施占军主编的"e时代批评丛书"、作家出版社推出的"中国当代文学研究与批评书系"、张学昕主编的由吉林出版传媒集团有限公司推出的"学院派批评丛书"的作者为例，人数已近百人。像"50后"、"60后"、"70后"、"80后"等庞大的作家群体那样，成绩显著的中国当代文学批评家也分布在各个年龄段从事着各种类型的批评书写，如谢冕、洪子诚、黄子平、许子东、钱理群、王晓明、陈思和、王一川、王岳川、季红真、孟繁华、贺绍俊、程光炜、蔡翔、程德培、阎晶明、洪治纲、赵勇、吴俊、张光芒、何向阳、邵燕君、吴义勤、汪政、施占军、张新颖、王兆胜、陈剑晖、李炳银、王泉根、刘绪源、韩进、葛红兵、王光东、王光明、王宏图、朱大可、张柠、张闳、肖鹰、段崇轩、徐敬亚、陈超、张清华、陈仲义、周伦佑等等，只能暂时阙如。特别惋惜的是，本来陈思和、王晓明、黄子平、蔡翔、董之林等文本已基本全部读完，可是读完后又觉得他们的主要研究精力不是在整个中国当代文学史上，就是在某个断代文学史上，比如"十七年文学史"，与本著意图并不合适，只能暂时不胪列。

批评家的另一阵容则是教授学者兼编辑，通过文学理论活动最切实推动文学批评发展的学者型编辑和编辑型批评家类型。这里所说的编辑职业成就的文学批评家，主要指文学期刊编辑，当然不止这些。一些省级文学期刊和重要大型文学期刊的主编、编辑虽然倾向于创作，或有些索性"述而不作"，但自新时期以来的各种文学思潮运动中，他们通过设置相关栏目推介文学新质、推进文学发展本身，毋庸置疑是文学理论更具实践性的批评活动。此一点的有关详细论述可参阅批评家黄发有《媒体制造》和其他学者的一些"文学期刊"研究等论著、论文。至于那些分布在祖国不同版图的重要文学理论批评刊物的主编、编辑，如《南方文坛》的张燕玲，《当代文坛》的罗勇，《小说评论》的李国平，《文学自由谈》的任芙康、黄桂元，《扬子江评论》的丁帆等，《海南师范大学学报》的毕光明，《当代作家评论》的林建法等等。他们有些本身是现当代文学研究专家、文学史家，如丁帆、董之林等。有些在相关研究领域亦有重要著作行世。"春江水暖鸭先知"，没有他们理论批评家敏锐的慧眼去发现、组织，文学理论运行的重要话题，以及对于每个阶段出现的难点、焦点问题的讨论，恐怕就不会像现在这样及时和活跃，我个人而言，他们的文学理论成绩，不单是能通过阐释编辑的某种职业精神能解释清楚的，涉及问题非常复杂，探讨他们的批评，既关涉当代文学史的整体面目又与当代文学理论批评刊物的深层运作密切相关，限于能力，这些成绩卓著的批评家或文学史家也只好暂时放下。

有了这样一个共同特点：他们紧跟文学创作的潮汐，能与创作理念同步并高出彼时创作实践，但还能把论评对象内在化地置于合适的文学史、理论批评史坐标打量，从中生发出自己个性化的批评话语的批评家。也就是说，所选批评家不见得是某种文学现象、某个文学创作潮流的发凡者，但必须是某种文学现象、某个文学创作潮流的沉淀者。相对主义作为价值多元化时代的一个模糊概念，在这里可做略微改动来用。即"相对于什么"，它"是什么"的表述方式。在相同文学创作时段，相对于一大批大同小异的批评话语，该批评家"是什么"的探究，就可以转化为，在一时段的批评话语共同体，或文学想象共同体中，该批评家的批评话语究竟沉淀了什么。对沉淀了什么的持续探讨，就是对该个体化批评话语的主题化、理论化过程。在文学理论新因素的发现上，该批评家的感受性主体话语，在心灵感应的层面联结着公共的"史"；在个性化表达的角度，这个公共的"史"又必然先完形于相对独立的个体世界。这是我理解的在相对主义概念下的"一元论"方法。没有"一元论"的表达自信，个体性话语完全会被"中西转换"、"中古转换"一类影响研究击碎；没有相对主义概念的转化使用，大的批评格局就无法呈现。如果个体批评家不在整体批评格局中，或者整体批评格局中看不出该个体批评家的显眼存在，那么，问题只有一个，该批评家的话语努力没有内在于时代文学的想象共同体中，并且他的主体感受性话语创造缺乏必要的反思性沉淀。这一方法也是我进一步避免观察同一批评家就同一文学现象发言时，因盲目动用比较法可能导致的"抑彼扬此"现象频频出现的一个表述底线。

当然如此警惕其来有自，一方面批评的多元化价值取向语境，同一文学时段的批评家之间很少有自觉的因袭关系，他们更愿意做一个"我来说"的首创者；另一方面，在共同受惠西方话语的大前提下，还存在谁的转化更妥帖、更深得文学现实支持的问题。这也是通常的比较法在批评家个案研究中不能冒然一用的根本原因。

这是我在个案研究中宁可选择概念和话语方式，而不以思想限定论评对象的最切实考虑。因为，一种概念可能对另一概念内含着冲击，一种话语方式也许意味着对另一知识范式的矫正。那么，从概念和话语方式进入，我所论评的诸多个案，实际上就是一个批评的并列存在形态。表面看，他们也许隶属于现代性、后现代性、启蒙主义、现实主义，或先锋派小说、"后朦胧诗歌"、女性主义文学、叙事学、感染力探究、身体修辞、自由主义文学、长篇小说、汉语诗性、否定美学等等分支。实际上，深入进去，每个批评个体无不孕育着对所隶属范式的强烈反省和致命颠覆。流行的解构主义、文化研究，在他们那里的确仅仅是一种方法的适时选用，终极意图无不指向文学人性论的幽深地带。这时候，如果有效捏塑一个个个性鲜明的批评话语，并把它们做一个主题化、理论化的归纳，个体角度，他们留下的是这个时代批评的差异性声音；整个批评格局而言，每一差异性声音又难道不是对一系列固定批评范式的"自反性"改进和发展吗？

近二十多年来批评话语变化之"快"、花样翻新之"多"，是人们深以为头疼的批评本体性问题。

单就个案研究要解决众多批评问题也许未必奏效，但经过远比18人多得多的批评文本阅读使我发现，批评话语变化之所以快、批评花样翻新之所以多，不能说与我们鄙视身边学者而舍近求远追逐域外理论资源有关。如果说这些个案已经对他们所历经的文学现实做了理论方面的话语凸显，并且这个凸显中也已经植根了他们的主体性创造。那么，他们批评话语方式所启示的方向，他们的批评概念所出示的问题意识，恐怕也应该构成我们检索为什么"快"、为什么"多"的题中应有之义。理想一点看，批评家个案研究也就在不僭越个案体例的同时，实现了对近二十多年来文学理论批评价值标准混乱状况的理性判断。

至于说批评家个案为什么选择了这些，没有选择另一些，即为什么是此18位，不是彼18位？看起来是个根本性问题，其实选多少、选谁的问题，一般情况下都是伪问题，至少在我的这一个案研究中是这样。为什么呢？第一，要想使批评研究显得"完满"，就只好做批评史了；第二，选多少和选谁的问题，只要文学批评不会终结，它就永远是个争议的焦点，至少是名利者议论的口实。在这一点上，我坚持了我的固执。这个使我有勇气坚持的固执就是上面所说的批评话语成色和批评概念之发现。前者最是"心里的尺"（鲁迅）起作用的地方，后者也正好方便于衡量解构主义氛围中批评家对文学信念的确信程度。"心里的尺"在批评话语的创造上，表现为主体性感受能力；新概念对旧概念的修正、改写，表达着批评主体对流行批评话语、或惯性批评话语的反复沉淀过程。自信一点说，我倒以为，立足于新概念的启动和批评话语的成色，一定程度的确适合于在价值多元化时代论评批评家的基本文学态度。

我曾试着在18位批评家个案研究中进行一些联结，使其构成一幅较完整的批评地形图，前后勾连、起承转合、丝丝入扣，形成一个前因后果脉络清晰的批评流变图式。但实验的结果却很是勉强，非但不能突出此批评家的特色，反而很容易模糊彼批评家的面目。找一找原因，大概是我选择的这些批评家除了少量研究领域是交叉的外，他们迄今为止的批评流程的确是构成了独立话语系统的。如果稍微放大一点，每一个批评家与此时整体批评格局，其实就是前面说的"相对于什么，又突出于什么"的关系。没有此个案，由彼个案来造成所谓整体批评格局，批评格局或许会更加难以把握；反过来，假如先想象出另一个整体批评形象，再从中析出适合营造氛围的批评个案，因个案与整体之间缺乏必要的积极冲突，个案反而不具有真正个案的性质。个案能否促成整体批评格局的建立，整体批评格局是否生成积极的个案，是我在具体研究中颇为费心思的一个节点。在衡估"相对于什么"时，能勾连起来的中外理论资源是参照背景之一，重要的是我不揣浅陋，大胆地动用了自己"心里的尺"——既然是观照彼主体的感受性话语，我作为一个主体自然不好自外于认同的话语方式，哪怕不能完全燃烧进去，点燃自己也是必然的。只有这样，处理"突出于什么"就有了一个比较学理的坐标。这个坐标就是先衡量该批评家的批评话语路径究竟属于自我创造，还是貌似创新实则包裹在流行话语、主导性话语的麾下的问题。阅读了一大批批评文本，我的一个直观经验是，话语意识自觉的批评家即便有些篇章中思想不怎么突出，可能还是对某些常识的辨析，但汇总他的话语方向，其思想犹如陈年老酿，总会慢慢被品咂而出；而一些显然以思想抢位战姿态露脸的批评家，究其实质，因缺乏有力的话语系统支持，最终只能说喧嚣一时，骨子里仍是对某些已经被否弃的僵化思想的修修补补，呈现出的是看起来服服帖帖，其实批评性早已失去了必要语境支撑的"放之于四海皆准"的东西。说白了，研究批评家，特别是如今语境下的批评家，许多精力需要放在剥离影响的研究上，那么，处理得不好，整部书最后也许只剩下了解构后的残余，那势必走向了个案研究的反面。为避免这个，目前为止我摸索的较有效办法，恐怕是得有点建构主义的企图在里面的。否则，那就真成了一盘批评的散沙。

所以，论评对象是不是大师？是不是大家？并不重要，重要的是他拿什么突出于一般批评家的论述，以及他到底提供了怎样的视角和沉淀了何样的文学理论经验。这一点特别重要。因为一种有效的文学理论经验的出现，它不单是对以往文学理论惯例的突破，更是批评主体内在化了彼时政治经济学话语、社会学话语、哲学话语、民族学话语、人类学话语、消费娱乐话语等众多话语之后的文学性化合。这种努力一定意义上就超越了人们常用来评价批评文字的标准——那种"好处说好,坏处说坏"的永远循环在低层次的所谓审美审视。这个角度,始终有批评"点"的批评家,或者不管文字游离多远总能回到他放心不下的那个"点"的文学理论家,总会让我内心为之砰然,于是也就投去了太多的敬慕。通观全书,如果有溢美之词,大约就因为这个。于是,我的尴尬也就显得异常突出。本来想着在纯粹中折射复杂,在复杂中抟塑单纯,即把自己的目的定位在通过批评家研究最终通达文学理论基础话语的生成上去——个体化批评话语的理论化,哪怕不直接服务于具体文学创作,但必须含有内化文学创作理念、而为现有文学批评共同体的枯竭生成可资借重的文学理论基础经验的能量。不料,操作实践证明,你要是如此运思,你对批评家的研究就只能勉为其难地折腾在批评、文学史、文学理论相互交替、相互论证的庞大空间中,否则,非但整体性批评格局因权威文献的缺席而显出面目模糊的本相,而且个案也无以自立。这难道不又回到韦勒克、沃伦《文学理论》第四章"文学理论、文学批评和文学史"早已阐述得一清二楚的优秀批评家的定义了吗?即"文学史家必须是个批评家,纵使他只想研究历史"①。面对这样的难以让人不信服的论断,稍微可以获得一些许安慰的倒是,我所选的研究对象,鲜有人首先是文学史家,恰恰相反,他们作为批评家,十之八九都有挥之不去的文学史意识。也就是说,他们一般是在"历史"视野的大框架下,进行着各自的批评活动。所以,他们的批评话语建构,就多少具有了说得过去的多声部的味道。这是他们其中的有些人也许刚处在学术调整期,或正是批评生命的旺盛期,依然可以充当有意义个案的重要原因。

无数批评史著作已经证明,有些批评家虽一直占据着批评话语的高端位置,或经常领受着媒体镜头的强光照射,但他并没有如人所愿地贡献出可供后人"接着说"的批评话语成色。相反,"十七年文学"中当时并不出名的批评家,反而成了今天谈论某些文学理论批评核心问题时,无法绕过去的基础。这一层意思上,这部小书的性质,是不是可套用一个流行句式,表述为对"未完成的批评家"的研究?

至于,每一个个案研究中,批评家都说了些什么?都进行了哪些批评实践?我的文字梳理得是否清楚?把握得是不是过得去?那就是我的理论

---

① 韦勒克、沃伦:《文学理论》,刘象愚、邢培明等译,第39页,南京,江苏教育出版社2005年版。

眼光和文字水平问题了，诚请关心本书的方家不吝赐教。另外，究竟选谁、选多少才算周详，我相信每一个悉心阅读过若干中国当代批评家文本的读者，对我的选择都会觉得是一个可以忍受的结果：选公认的最著名的（即便有，怎样衡量？）也总会有缺憾，选的人数再多几倍，挂一漏万的现象不可能不存在。

因此，现在的结果是，我索性按批评家年龄序列进行一些编排，使批评活动、批评思想稍微呈现出一些演变的"客观性"。年龄大小肯定不能完全对照批评主体的批评成绩，只是，我发现，在文学批评写作中，人们总是经常以"浮躁"、"着急"来说事儿，结合当前活跃程度特别高的批评家和批评趋向，仔细辨析，某些情况的确反过来证明了这一点。比如有些批评家的批评形象总是反复地、甚至"不厌其烦"地推到读者面前，究其批评观点的实质，除了体现批评家勤奋的阅读信息之外，批评话语的沉淀程度并不很高；而另一些"沉默"的批评家（或学者），目前看，穷其大半生的研究可能就那么几本著作，然而，正因为其研究始终在往深处走，视角始终围绕着某些个"要害"的点钻探，必然也就出现了方法论上提纲挈领的效果，从整体性批评格局来看，也就有了汰除、筛选，乃至使一时间的浮躁、着急显出本相，使我们想要的方向感更趋于明朗的有效性来。把这些批评家的努力描述为以少胜多、以点带面，恐怕并不过分。

总之，不要把"个案"研究异化成"热点"研究，不要把批评家思想的追寻漫漶成对批评家批评活动的简单描述，不要把批评家量的积累完全看成是质的飞跃的直白说明书，或者，不要把二十多年后的写作直截了当地视为是对二十多年前的取代、革命，等等。那么，具体批评家个人问题史，一定意义上也就可视为对一个时段普遍性批评问题的凝聚。反过来，普遍性批评问题，只有放回到微观的批评语境，并通过这个语境，才能被具体感知到。这即是《当代批评的众神肖像》中表面看来按批评家的年龄序列编排顺序，实则每个个案论述都似乎有"从头开始"的原因。一方面固然说明近二十多年来的中国文学批评"深层结构"并不存在真正的"直线性"时间观，另一方面也无妨说这是拙著自觉选择的一种论述方法。年轻人的文学观问题由谁来参照？抽象的"他者"中是否包括中老年人的视野？中老年人的价值观态度、审美情趣，是否内在于年轻时代或者年轻人？如此等等，相信这绝不仅仅是一个人的问题，我宁愿理解成是"文学认同"问题。理想一点看，也就意味着我的这种方法论不过是为了更清晰地彰显同一时空下，"共同体"及"共同体文学批评"的问题。

第一章
刘再复[①]（1941— ）：
重识"性格组合论"兼及
文学人性论批评问题

价值取向单一化的时代和众声喧哗的时代，在开始阶段都有一个共同特点，那就是容易被学术命名。中国新时期初期的"伤痕文学"、"反思文学"、"改革文学"等，就属于单一化时代被有效命名的文学现象；刘再复的"性格组合论"以及"主体论"则属于众声喧哗时代的最为突出的命名者。而且这两种时代特点有一个根本性属性，单一化时代屏蔽掉的多元价值取向因沉入心灵底部，倒觉得符合个体感受性存在的性格条件；众声喧哗时代所"喧哗"的无非是政治意识形态所允许的东西，而属于只能由感受性主体发现的声音就仍然是被关闭或不得不沉默的。如果把追求实利和自我崇拜看做"喧哗"时代的"单一化"，那也未尝不可。对于文学及其理论，这种现象尤为突出，政治经济话语的实利、份额、利润最大化，转化到文学理论话语，就是"文化山"上热点、买点、看点的追逐，如果有人在如此文化山上想要沉下去，就意味着被遗忘、被耻笑。不了解这一点，我们现在要谈论任何一个"沉下去"的命题，就无法拨开所谓"多元化"的干扰。

夏中义在《新潮学案》中对刘再复的总体性评价，被刘氏摘录在了他新版《性格组合论》的封底。其中说，思想史上有两类不同形态的经典：一是既敏锐地表征了某时代的民族或人类的文化意向，又达到逻辑自圆的

[①] 刘再复，出生于福建。曾任中国社会科学院文学研究所所长、学术委员会主任、研究员，《文学评论》主编，中国作家协会理事。1989年出国后在芝加哥大学、斯德哥尔摩大学、卑诗大学、科罗拉多大学担任客座教授和访问学者。刘再复既从事学术研究，又从事文学创作。他的文学理论著作《性格组合论》是1986年十大畅销书，曾获全国优秀图书"金钥匙"奖。《论文学主体性》一文，曾引起全国性的讨论，改变了中国文学理论的基础模式。他的学术著作还有《鲁迅美学思想论稿》《鲁迅传》《文学的反思》《论中国文学》《传统与中国人》《放逐精神》，以及与李泽厚先生合著的长篇学术对话录《告别革命》。

学术名著；二是只敏锐地表征了某时代的民族或人类的文化意向，却未达到学术自圆的学术力作——但两者皆能对民族或人类的精神发展产生深刻的共时态乃至历时态影响。最后说，刘再复人文美学似属于后一类，因为，当后人想追溯20世纪80年代中国学界对人的思考时，就不能不读一点刘再复。80年代中国学界对人的理解自然有多种论述，但刘再复的论述，特别是文学理论如《性格组合论》的话语方式无疑是"方法论热"中最系统的一种，虽不能说代表了80年代的人学观，起码也是对那时文学人学观最集中的论述，这也意味着，刘再复可算是一种文学批评的"终结者"和另一种批评话语的"开启者"，而他这方面的代表作毫无疑义是《性格组合论》。

《性格组合论》初版于1986年，再版于2010年，相隔24年。其间出版社连印6次，总印数超过30万册，这是指初版该书的上海文艺出版社。刘再复在2010年中国人民大学出版社再版版本的"再版后记"里说这些话时是有些得意在里头的。所以，当钱钟书的提醒——"这说法可以了，显学很容易变成俗学给他的时候"，他写信给该社表达"适可而止"的同时，被推到理论的风口浪尖的心情其实并未一下子冷却下来。1988年台湾新地出版社、1999年安徽文艺出版社分别对该著的重新出版，"转眼又是十年"还是刘再复比较在乎的一个时间概念。其实，从1999年到2010年，"又一个十年"，对刘再复来说又一次悄然到来，他隔岸观火，是幸灾乐祸还是早有预感？

保守些说，若把每十年看做新时期以来中国文学及其理论批评的周期性反弹，刘再复重点开启的性格组合人性论体系，虽然不好用社会学的统计数据论证每一次讨论中的征引情况，但每一次讨论中所涉及的或深或浅的人性问题，无不围绕性格来展开。否弃典型论也罢，赋予非理性以合法性也罢，核心命题仍然不出人的可能性。

刘再复在讲这些出版故事的时候，他当然要表明的是这部专著的学术魅力，几个十年就意味着几种文学理论的轮番上演，可谓思潮涌动、批评迭起；也意味着几代批评家的新陈代谢、旋生旋死。如果不嫌烦人，再背诵一遍这期间的批评选择，那么人道主义、现实主义、主体论、结构主义、符号学、解构主义、后殖民主义、"他者"理论、文化批评等等，都是有幸被卷入的批评家不得不一试的时髦武器。如此批评线路，管你认可不认可、或者认可的程度如何，也不管一个坚持着的批评个体，还是整体批评格局，相信这样的一个批评流水线都会是一个有形的批评事实。也就是说，当文学创作，尽管有时候与彼时的批评声音正好处于一种相反的较量、并由相反的叫板彰显作家对所想象接受主体状态的把握，也大致反映了文学叙事从重视人物淡化情节，到淡化情节突出身份，再由突出身份关注身份的文化属性到对文化属性归属感——民族性、本土性招魂的历程。那么，特别是相反声音的批评中所显示的，就绝不能说与文学创作基本理念毫无干系。在我看来，恰恰相反，别样的批评声音中的"别样"只是内在于文化批评逻辑的批判，而并不是超脱于文化批评思维的批判。这就导致在当前文学及其理论批评的整体上，创作与批评基本处于同一层面。关注点在于性格之外的文化，不是文化统摄下的性格。这里就出现了一个值得一辩的问题，同是人和人的性格，究竟有什么不同呢？关注性格之外的文化，文化诉求压倒性格的抬头，如果把性格抽象为行动、意志、情感、情绪，乃至意识与潜意识状态，那么，民族文化、家族文化、本土文化、全球化文化、现代性文化或者后现代性文化等等个体之外的因素，就是文化批评的主要工作对象。即是说解构主义的三字经——"阶级、种族、性别"，转化成了文化批评"性格为何如此"式的追问。性格的应然，仍然是文化批评的对象，但不是进一步的研究对象。而重视文化统摄下的性格则显然不同，不管个体生存在怎样的文化语境，性格如果是体现人的本体处境的最突出特点，关注性格就意味着对"文学是人学"这个抽象概念的微观书写。具体一点，就是把人的情感波动、精神状态、非理性的合理性，以及连带而来的价值生活首先置于批评的首位的问题。这也是进一步看重文学对人本身态度，和把人当做研究对象之一的不同之处。

20世纪80年代中后期开始，《性格组合论》究竟产生过怎样的震动效果，回过头再重读一下那个年代"方法论热"、"主体论热"的相关论述便不难理解，"性格二重性"或"性格组合论"对文学批评、文学研究既有思维的矫正，肯定不是30多万册的出版数字能够量化得了的。2010年重版的《性格组合论》，语境使然，这一次能否出现前一次的震动呢？或者换一个立场表述，这一次的主要阅读者将会是谁？解构主义批评家？文化批评家？还是作家？无法统计的所谓普通读者？抑或是出版者有某种针对性的策划行为？

总之，今天语境，怎样衡量《性格组合论》，实际上就是在今天批评语境中怎样理解"文学是人学"、人为第一位的问题。范围缩小到文学批评，它将关系到怎样看待文学，怎样选择批评话语的问题。当然，如果百分之百为"性格组合论"唱赞歌，肯定是一叶障目；像有些论者一样，仍继续通过批判它而为某个更扎眼的理论张目,此种进化论我看也应该在审视之列。下面仅就我自己对近年来批评的了解谈一点心得体会,权当是对刘氏当年《性格组合论》用力之处的理论回应①。

一、构筑人性大厦需要怎样的价值论

缘起于迫切的现实问题,止于现实问题、或者在现实问题基础上做一些抽象的提升,并且抽象之处多半变异成理论主体者的想象性构建,是我读过的文学理论批评专书一般性的情况。因为是想象性的建构,抽象成哲学指导的部分不是在人道主义方向上用力过猛而丧失学术独立性,就是在纯文学的自由维度上游走过远而流于空疏。《性格组合论》的构想之初,"确有历史针对性":"当时的文坛普遍把人看得太简单了。对于英雄的塑造,则流行一种畸形的完美主义,而在学院里,典型环境与典型性格又被解释得过于'本质主义'"②。前者直接牵动的是 20 世纪 80 年代中期"主体论热"、"方法论热"之前的正面、中间、反面人物论情况;后者是把恩格斯"典型人物典型环境"论平均值化的一种批评操作实际。此两者合起来构成的批评话语现象正是"性格组合论"解构的对象。因为完美主义人性论和典型论长期以来对文学及其理论批评思维的规约和塑造已经根深蒂固,对它的解构,就不单单是文学的问题,更深一步还涉及人的现实生活态度。这一层看,刘再复以人物性格为切口,在人类社会学和哲学的"认识你自己"视野展开问题,又始终不离开三大主体——作家主体性、读者接受主体性和对象主体性,的确从根部颠覆了以前文学人学观的僵化乃至

---

① 在 20 世纪 80 年代中期以来的批评界,刘再复的《论文学的主体性》、《文学研究应以人为思维中心》、《文学研究思维空间的拓展:近年来我国文学研究的若干发展动态》,和《论新时期文学的主潮》等单篇论文,都是那个时期文学批评的重要文献。那时候"主体论"、"主潮论"等虽有众多人论述,但比较起来,刘再复的论述大有总括和超越的优势。即便如此,今天再来看,相比较"性格组合论",他的"主体论"话语中的确有太多理想主义甚至乌托邦的成分,几乎把人的主体性力量推到了无以复加的高度,反而使主体性变得简单了;而"主潮论"因为一直围绕人道主义和现实主义,论域也就基本未出"伤痕文学"、"反思文学"所开启的视野,比之稍后雷达的"文学主潮论"、"时代主体"等论述,刘再复论述中的特定时代烙印好像更为浓重。刘再复的前 3 篇文章见《文学的反思》,第 54 页、第 40 页和第 1 页,北京人民文学出版社 1988 年版;《论新时期文学的主潮》,见《论中国文学》,第 257 页,北京作家出版社 1988 年版;关于雷达的详细论述,参见本书第二章内容。

② 刘再复:《性格组合论》再版后记,第 392 页,北京中国人民大学出版社 2010 年版。

错误。正像他自己所认知到的,这部书不仅起源于针对性,还同时实现了学术的"长久性",即对人与人性的思考始终是该书框架体系中的一根坚不可摧的"主梁"。即便放在所谓价值多元化的今天来看,性格组合论赖以建造的地基,只要我们首先在人的"内宇宙"和文学的"内部"探寻人性的已知与未知渊源,就仍然不会轻易否定其圆通自洽的学理依据。而且,若要在解构主义、文化批评正在、还会试验的文学环境来论证刘再复性格二重性所实际指向的人性深渊的不合理,恐怕只是例子多寡的问题,根本思想相信不会有质的动摇。如果有动摇,只说明文学可能真的远离人本身了,或者批评不再关注人的精神世界了。当然,某些后现代主义的文学叙事文本,或者批评家以后现代眼光打量的文本,因为具有后现代主义的"不确定性"和"内在性"①,无论批评还是创作,对人的研究和表现肯定要比古典主义、浪漫主义、批判现实主义、现代主义文学难得多。难度系数的增大也许是导致不怎么关注人本身的原因之一,但不能就此说这时候文学及其理论批评就不应该关注人了。相反,在正当深入和正面应对人的问题的语境,反身离开人,这恐怕才是所有症结之所在。因为此一点涉及文学的文化批评,容留后面再说。

既然如此,"性格二重性"或"性格组合论"怎么还会是价值论缺失的人性论大厦呢?抑或,究竟是哪种价值论?这里,不妨先转述学界最新的一些批评意见②,然后再看问题的实质究竟在哪里。

我在上面所说刘再复《性格组合论》用以颠覆以往文学及其理论批评对人的问题上的僵化乃至错误,最得力的武器是三大主体。但在盖生等人那里,现如今文学在人性写作上出现的一些变异,账应算到刘再复头上,即刘再复的三大主体是后来"人学的变异"的源头。

首先刘再复的作家主体性,是对作家自我主观性的无限放纵。按照刘再复对作家主体的描述,所谓精神需求带有无限性,盖生认为实际上是不受客观历史条件限制的"精神主体",而不是注重反映社会现实的"实践

---

① 美国学者哈桑用这两个概念描述后现代主义的特征,所谓"不确定性"指含混、不连续性、异端、多元性、随意性、变态、变形、反创造、分裂、解构、离心移位、差异、分离、分解、解定义、解密、解合法性,等等。所谓"内在性",即强调人的心灵的能力,通过符号来概括他自身,通过抽象对自身产生作用,通过散布、传播、交流,来表现他的智性倾向。参见[美]伊哈布·哈桑:《后现代的转向》,第155-156页,时报文化出版企业有限公司1993年版。

② 主要是盖生和董学文等学者的一些观点,均见盖生:《价值焦虑:新时期以来文学理论热点反思》,第二章"关于'文学是人学'命题的价值反思",上海三联书店2008年版。

主体"。因此，这种主体，"带有浓重的虚幻的乌托邦色彩和对主观精神极度张扬的特点"。无视客观外在现实的主观精神，"无非两个走向：一个是极端的甚至恶劣的人性张扬，一个是沉湎于小自我内心世界冥想"。董学文在个体主体性与群体主体性、自我和作家主体性与社会制约性关系角度对刘再复的批评，与盖生的立场一致，都认为把内心、精神、情感、自我作为第一性的中心项，是对精神绝对性的过分乐观。与此对应并因此而导致的文学写作后果，就是玩弄"怪圈叙事"，只专注于"怎么写"、而忽略"写什么"的"不及物写作"，以及谈政治而色变的纯粹意义的回到文学自身等等。

其次是对刘再复对象主体的批评。盖生抓住刘再复像表述作家主体一样的笔调，认为忍不住甚至不惜以牺牲或消解刚刚通过极言作家应有的无限创造力，一厢情愿地建立起来的创造主体理论为代价，又把"对象主体"的神功夸张到令人难以置信的程度。认为与西方现代主义的达达主义"自动化写作"比较，刘再复的对象主体有过之而无不及：愈是好的作家创作好的作品，就愈是任凭潜意识的操纵的结果；反过来也是，愈是坏的作家创作的作品，愈是由于作家主观意志在发挥作用，什么生活的逻辑，什么人生的体验，在此都失去了意义。所以，本来作家"通过移情性想象"，"把人物形象作为另一个有着与作家或现实中人一样具有独立人格、思想感情的人来看待"的人物性格的独立性，如果作家沉溺于无意识之中，"过分强调创作的无意识作用，势必会消解和推卸作家的社会责任感，并在新的层面，鼓励了平面化、无意义写作"[1]。

再次是刘再复厘定接受主体时，因为过分张扬接受主体的能动性和创造性而造成的某种误导。这误导就是因缺失"交互主体"理论制衡而带来的读者权力的无限膨胀行为，"读者就是上帝"或者"六经注我"，可能无意间成为商业化、市场化写作的理论帮闲。

以上批评在某些方面的确很深刻，是此前大多数刘再复的批判者局限于"性格组合"、只纠缠于"二"还是"三"、"多"及"二元论"，没能触及到深层地方。比如《性格组合论》在建构人性深度论时虽然有绵密的原理描述、微观的结构类型分析，以及坚实的哲学依据、心理基础和现实可行性阐释。但今天再看，的确有以下几点明显不足：一、大多借重19世纪欧洲批判现实主义经典叙事文学文本、《红楼梦》等比较稳固的人性写

---

[1] 盖生：《价值焦虑：新时期以来文学理论热点反思》，第42页，上海三联书店2008年版。

作例子,在"善恶并举"(鲁迅)的推进中,基本是阐述一个主体而悬置另一主体,结果便是不同主体分开看可能都走向了纵深,但合起来之间却缺乏必要的制约和联系,带有浓重的80年代特有激情的写作特点,对批判对象的态度不是过犹不及,就是欲加之罪何患无辞。任何单个主题的阐释都很纯粹,实现了作者自由地思想的目的,但那些单个的纯粹自由除了不同的无意识统摄外,正如批评者所说,整部书也就因泛自由而"没有自由"。稳固的"善恶并举"例子而外,现代主义、后现代主义例子就很难被纳入到"人学"的观照视野。这一点来说,第二章"小说历史进化的一般轮廓"中所论及的"生活故事化"、"人物性格化"和"内心世界审美化",以及附录三"灵魂的对话与小说的深度"展示的几种不同于"性格组合论"的例子,诸如"道德心与自利心"、"复调性"和"灵魂对话",对该著的内容作了有力的丰富,也对前面求平均值式的"二重性"做了价值论的辩证处理,毕竟,他的三大主体才是"人学"的主体,而这个正好未达到"逻辑的自圆"(夏中义)。二、所谓"性格二重性"或"组合论",刘再复凸显了以往人性论写作因理论暧昧产生的迷惘、理念不清晰,把人性论收缩到具体的性格维度,开启了文学回到自身的方法论。但在他的论述中,"善恶并举"事实上却变成了人性善与人性恶的平均值——这应该是人性论开始的地方,而不是终结的地方。问题在哪里呢?批评者认为刘再复只追索了他的理想而忘记了价值论,理论上讲是这样,可实际上不尽然。因为,按照批评者出示的以"人文现实主义"构建"人学文学理论",或者正面纳入"政治伦理"来重铸人文精神的维度看,人性论的价值论基座是加固了,可是,文学也就僭越了社会学;文学批评的独立性也因此被瓦解,或者说文学因获得社会学视野而可能重蹈批评者批判的认识论、反映论覆辙。在批评家反复论述的后现代话语中,写性格本来已经是难上加难了,如此一来,理论不就更是非性格写作的倡导者了吗?

所以,把今天文学的后果都推到刘再复那里不但不公允,而且也存在某种错位感。

钱中文经过与西方学者的对话、摸底后认为,现在中国学者与西方学者可能将要经历第三次"错位"——中国学者仍然要以"审美诉求"为基础,是从现代性诉求出发;西方学者的泛文化论、泛审美化趋向,则是以后现代性为出发点。他认为中西方文论的差异或许说明了中国文论的相对滞后,但更重要的是,在外国人那里已经不成问题的问题,在我们这里却正在成为问题,我国所谓对文学艺术的"审美诉求","至今尚在清理与探讨过程中"，这种艰辛是外国人难以想象的。他接着批评说，在中国的现代性"并未完成"而正需批评家深入研究的时候，"不少人宁愿多研究具体问题，而少谈或不谈主义即理论"，这部分地导致了人性研究阙如而文化批评泛滥①。

结合刘再复，刘再复在他的"人学"中缺失的其实正是现代性这个重要的价值基座，而不完全是盖生所说的"人学文学理论"或"人文现实主义"的照射。盖生的经验的确来自中国当代的社会现实，这是他所谓价值论令人信服的原因。但通过他对"政治伦理"与"弱势底层文学"和"人文现实主义文学"的论述不难看出，他的价值论也可能和刘再复存在类似的问题。刘再复是只顾在理想的状态下，把每一个主体可能的纵深领域都打开；盖生是捆绑于现实尖锐问题，企图在可预见的范围求解人性问题的归属感，理想政治理念的书写就是文学人性深度与否的衡量尺度。反过来，价值观只要建立在文学的道德伦理维度，三大主体的伸越或者退缩才能被有效地监视出来。他注意到了制衡人的非理性、潜意识、无意识的办法，却放过了人性深度论如果不纳入非理性、潜意识、无意识，甚至后现代主义发现的不确定性、内在性，就根本谈不上在文学范围了解人性的常识。前者耽于理想，却开启了可供后来者修复、完善的有益空间；后者诉诸忧患，人学理论恰恰有窄化之嫌。

现在，离开这些学者的论述，目前的新问题是现代性论述一路的批评家，实际上是理想主义比刘再复当年还有过之而无不及，致使现代性因缺乏性格论的支撑而走向了另一形式的空疏。表征之一是，名之为文学批评却少有发凡于人物性格，并从人物性格言说人性复杂性的批评话语方式。正像有论者讥笑的，文学的现代性论述处于思想与社会学之间，对于思想与社会学，文学现代性论述始终在"门槛之外"；对于文学批评，现代性

---

① 盖生对文学的文化批评的批评相当尖锐，钱中文对文化批评的基本态度虽与盖生一致，但他毕竟也看到了文化批评之于文学研究、批评视野的拓展作用，并且他说，之所以现在我国读者看到的多数翻译进来的研究文学性、审美现象、审美之维、细读、象征、神话、修辞、叙事方式等这类著作大半是外国几十年前的东西，是因为外国文学批评家、研究者是迫于现实已经不再关注文学本身了，大学课堂上对文学的冷落、学术机构对文学性研究的漠视等等原因，使得学者们纷纷转向了文化批评。而中国学者正是基于频频出国考察的间接经验而不是对中国当前文学现实直接感受，才亦步亦趋转向文化研究。钱先生的话轻描淡写，但对文化批评者放弃文学性研究的原委实在是一语中的。钱中文：《全球化语境与文学理论的前景》，载《文学评论》2001年第3期，见钱中文、刘方喜、吴子林：《自律与他律：中国现当代文学论争中的一些理论问题》，第282—283页，北京大学出版社2005年版。

论述又胃口十足,话语中充斥着过剩的大众文化现象时评的声音,根不能把虚拟的文学现象与经济、史实、社会调查,一视同仁、等量齐观。虽然坚持文学现代性的批评家对文学性的态度不能与文学的文化批评者等同,但是,正因知识的僭越时时发生,文学的人学理论,或者人性深度论,似乎真的是走到了山穷水尽的地步。面对如此人性论批评话语状况,今天重识《性格组合论》,它给批评界的启示也就在这里,至少《性格组合论》初步建立了人性深度论的批评话语机制。

二、人性论批评话语机制的初步建立

解构主义与文化批评登陆中国大陆文学批评领域以来,文学性研究或者"纯文学"诉求其实一直处于批评的劣势地位。造成此种现象的原因或许很多,比如特别是新世纪之交日益凸显的社会现实问题,文学本身的泛文化、泛审美化倾向,理论批评的后现代性导向等等,都不宜于人们平心静气坐下来、沉下去深研人性在新语境的丰富内涵。但更为攸关的一点是,人们给叙事类文学加上了超负荷的附加值,投注了过多的本土经验期许和过量的民族身份重叙功能,甚至不惜把"跨学科"作为文学研究的本体来召回文学的国家属性,致使人性论这个背后势必需要经典化叙事来支撑的文学形态,变成了真正的孤家寡人。在现当代文学学科非但不吃香,就是在批评者自己那里,羞羞答答、遮遮掩掩,仿佛唯有得到全球文化信息、人类学、民族学、社区知识、族群传说的"授权",人性论话语才能搬到学术的台面上来。否则,文学理论惯例不可能给出正常的话语支持。盖生所谓多学科研究对文学性研究的技术性瓦解指的就是这个意思。他说"即便是真的多学科研究,在没有一个既定目标——文学性阐释作为话语的聚拢和整合,也势必因为异质性的视角拥挤而相互消解、相互遮蔽造成叙述的无序"[①]。

文学批评一旦变成与金钱名利挂钩的香饽饽,出现的一个明显批评事实是,即便坚守人道主义现实主义的批评家,他们的批评话语非但不能引起人们对价值危机、意义匮乏、启蒙无奈感的警觉,反而构成了名副其实的批评消费对象、讥笑对象。2010年下半年至2011年上半年上海《文学

---

① 盖生:《价值焦虑:新时期以来文学理论热点反思》,第199页,上海三联书店2008年版。

报》等报纸杂志持续差不多一年的《大秦帝国》（孙皓辉）价值观讨论就充分地说明了这一点。文学人物秦始皇的人性问题仅仅是说话的由头，发端于李建军、董健等学者、批评家的启蒙声音和正常人性论声音，一再地招致同样以人性论为名、实则推销非人道人性表明，刘再复那里即使缺乏现代性支点，但总还努力构建人性的完整性的追求，到了《大秦帝国》的讨论，那点可怜的完整性构想被直接置换成了以恶取代善，把颠覆历史文献已定论的真、善、美，视为应然文学性的"完美主义"正途。这表明，现如今人性论文学理论既缺乏有效的批评话语机制制约，论述漫漶而咄咄逼人；又因与刘再复人学观断裂——实则是批判性否弃，人性批评又回到了《性格组合论》以前的时代。过去按照阶级论要求，人物被划成正、反、中，现在依照消费兴趣，反过来把以往正、反、中掉个个儿。

不过，如果辩证地看待，暂时不论《大秦帝国》的历史观，单就批评家在文学人物秦始皇身上集中的意见而言，其实是一个问题的两个面。一方面，不管批评家的诚意如何，为什么你的启蒙、你的人道主义不能令人信服？另一方面，当反对者说，秦始皇就应该是现在这样，收藏在历史文献中的那个面目可憎的暴君不应该是我们想要的文学人物。这种观点，割裂开历史叙述的强势话语，至少他们在真实、内在性、意识或者潜意识范畴也是能站得住脚的，这又是为什么？问题其实只有一个。当前者的人性论话语溢出历史背景时，人性论话语其实已经进行了自我消解，取而代之的是非文学性话语，即现代公民社会的政治思想话语和人权话语；后者的人性论话语发展到过剩的程度，即漫溢的人性论话语之所以仍然符合真实、内在性、潜意识等本身应该指涉的含义，并不是"政治审判"的正确或错误起作用，而是"审美法庭"在这时候正好发挥了它的歪打正着功用。一句话，就这个具体例子来说，要坚持正常的人性论，票肯定要投给前者，只是，前者需要必要的转换。就是说，前者需要经过人性论话语的批评改装，才能跨过政治思想、人权话语对人性论话语的僭越，让对象的人性处境在人性本体层面展开，而不是急切之处陷入政治乃至思想的抽象逻辑陷阱，人性论话语反而显得匆忙且空疏。这是非正常人性论话语看起来似乎也十分在理的原委。什么原因呢？借用刘再复在"性格组合的实现"一章中的概念"模糊集合体"来解释，前者有坚实的价值论支持，但进入的是人物性格的"普通集合体"；后者缺失常态的价值基座，但分析路径基本符合性格的"模糊集合体"。这不是说符合"模糊集合体"就值得赞赏，因为论者在文学人物秦始皇身上发现的那一点，正是刘再复批判的把人性的复杂视为批评实践就是要顺从的"含糊主义"——根本上这种批评也就不在真正的人性论批评衡量的范畴。

试举《性格组合论》中的一例来说明这个问题。

一般说,模糊性或者多义性,是一切艺术符号的首要特点,但具体到文学的人物性格这个符号,还得分别对待。刘再复有个总体概括,不妨抄录如下:

> 人物性格的模糊性,既是构成性格的各种元素不确定性在整体上的总和,又是各种元素不稳定性在整体上的总和。众多的性格参数形成性格的复杂性,从而也形成性格内涵的不确定性;众多的变量(性格元素的变动流迁)形成性格的流动性,从而也形成性格的不稳定性。而复杂性与流动性的不断综合,便使人的性格运动形成一种极为复杂的动态过程,从而使人物性格不可能获得科学概念那种精确性。

具体来说,产生人物性格模糊性主要有两个原因:

(1) 构成人物性格整体的各种性格元素本身带有模糊性。

(2) 各种性格元素围绕性格核心的组合过程是一个模糊集合过程。[1]

分开来说,这个模糊性,第一,构成性格整体的各种性格元素之间往往是不同向的,甚至是彼此矛盾对立的。即一部分性格元素表现为肯定性方向,表现为善,表现为美,表现为真,表现为崇高,表现为圣洁;另一部分性格元素表现为否定性方向,表现为恶,表现为丑,表现为伪,表现为滑稽,表现为鄙俗。它们之间双向互渗、流动不息。第二,每一个性格元素内部都带有二重性,或者说,都包括正反两极。第三,性格元素的本质往往不是直接袒露着的,"它往往被假象包裹着,从而显现出表里矛盾、似是而非的情状,使人感到难以捉摸"。

内涵如此难以把捉的符号系统,作为文学理论的一般描述,到此也就为止了。可是,作为文学批评这里才是开始之地。沿着刘再复意识到但未提炼成批评话语方式的路子继续深究,我以为有这样几种人性论批评话语方向可做进一步归纳:

首先,既然"模糊集合体"中的肯定性方向和否定性方向在不息地相

---

[1] 刘再复:《性格组合论》,第202页,中国人民大学出版社2010年版。

互交流着、影响着，批评对这一维面的观照、感受，就不能把"模糊集合体"与先行被注入批评家脑中的价值观分离开来。即是说，谈价值观是一套话语，可能还是现成的；谈人物性格，并由性格带入的人性深度内涵，又是另一套话语。性格作为价值论的陪衬，价值论反过来改写那个"模糊集合体"中肯定性或否定性方向。人性论批评话语自成一种话语系统，是说性格的模糊性本身就是批评应该正面应对的价值本体论，也就是说，人物性格蕴含的人性内涵本来已经内在化地批判了什么，应该引起人性论者足够的注意，它并不是可以任意移易的方法论。否则，文学的人性问题研究就变得完全不可把握了。

《红楼梦》的研究者已经在贾宝玉性格上做足了文章，单就"离家出走"生发出来的意义就有哲学的、思想的等等。这实际上削弱了这个性格作为价值之一种的文学性魅力。就贾宝玉的喜欢《寄生草》里"赤条条来去无牵挂"，《西厢记》、《牡丹亭》中"淫词秽语"，还有对"富贵"二字的敏感、在女子面前倍感清爽的心理状态等等，即在贾宝玉肯定性又有否定性性格中，刘再复析出了如下三条价值论人性观念：

（1）在封建夫权社会中女子是最无价值的，而宝玉的这种哲学却颠倒了传统价值观念。

（2）在封建社会中，女子也是分等级的，在大观园的女儿国里，奴婢虽是女子，但又是奴隶，从来不被当做人，而宝玉却发现了"人"，发现奴婢是人，而且比主子们更干净。

（3）在封建社会中，男女本应授受不亲，宝玉偏偏喜欢亲近女子，这也是大逆不道。[①]

贾宝玉性格元素再怎么复杂，它都是曹雪芹意识自觉情况下的文学作品，思想性已经内在于人物性格之中了，无需启动别的话语就能解释清楚。"叛逆"是贾宝玉各性格元素相互胶着，并与周围各等人物性格及其各元素搏斗、较量的核心；文学性格的强力度感染符号秦始皇，也同样可以此价值本体论来分析，尽管作家给这个人物以不可思议的性格面貌，但它应该有个复杂中的核心。因缺乏对"核心"的深一层分析，或者缺乏对生成"核心"的其他性格元素的辩证观照，"核心"一旦被解构，批评只

---

① 刘再复：《性格组合论》，第208页，中国人民大学出版社2010年版。

好漂浮在恶与善的表层互动中,于是,很容易把恶与善的替换视为新语境对人性复杂性的吁请。形成"核心"的众多性格元素本来是批评应该揭示的东西,这时候却变成了批评所期待的人性复杂性的终极目的,描述出来就算完事。因此,批评在人性深度探索过程中变得完全无所作为。回过头来再反观,批评家之所以在秦始皇性格上有如此之大的分歧,致命的一点便是缺乏一种人性论批评话语机制在更高一层面的制衡,其次才是性格解读上的任性随意,这是技术层面的问题。

其次,"性格组合"作为一个流动的概念,作用到批评上的一个直接效果,便是以性格本体为基础,对时代文学精神的提升。没有过滤就没有真正意义的提升,刘再复20多年前抛出的这个理论,用他《学术自述》中的话说,目的在于"要用'人物性格二重组合原理'去解构'典型环境中的典型性格',要用'主体论'的哲学基点去解构'反映论'的哲学基点,同时,要用'艺术主体'的个性去超越'现实主体'的党派性"①。20多年后,这个目的是否达到了?答案是否定的。无论"理论过剩、经验匮乏"②,还是文化批评(多学科研究)的消解,抑或上文指出的给叙事类文学过重本土经验附加值的做法,再一次表明,刘再复的宏愿只在他那里实现了,其深远用意在其他批评家这里并未走出太远。现实情况是,一方面批评家面对的文学文本基本介于现代主义与后现代主义之间,只有"人"而没有性格;另一方面,批评界看起来在连续不断地说话、鼓荡,但所说之话不见得都与人性有关。所谓文学的重返"故事",批评家可能对故事中的民族性、族裔身份、本土经验感兴趣,至于故事中的人及其性格则是批评的边角料。人性监察缺失的批评,其话语指向至多是对刘再复之前中间人物、正面人物和反面人物的拨乱反正,或者求其人性平均值③

---

① 刘再复:《性格组合论》,第382页,中国人民大学出版社2010年版。
② 《文艺研究》2005年第11期、第9期,分别刊出高小康《理论过剩与经验匮乏》、余虹《理论匮乏与现代思想命运》和苏宏斌《文化研究的兴起与文学理论的未来》等文章,直陈当前文学理论批评脱离文学经验而偏向理论演绎,理论过剩背后实则是理论的贫乏,甚至没有理论的现实。这与2009年伊格尔顿《理论之后》在中国出版并引起热议,其主题大同小异。中国当代文学批评的理论过剩现象,在伊格尔顿所描述的西方情况,文学理论——理论——后理论(无文学理论)路线图上的又一次吻合,正好印证了前文引述钱中文先生的判断,一部分原因在中国批评家离开叙事文学的人性论,一部分不能不说与学者们频频出国考察、做访问学者带进来的间接经验有关。
③ 我在《普遍人性论是双刃剑》一文,对那种恶到极点来点"善"和善到极端调剂点"恶"的技术主义人性论写作,给予了较充分的批评,可参阅。拙文首发《文艺争鸣》2009年第2期,后收入批评集《寻找批评的灵魂》,第128页,青海人民出版社2008年版。

的"含糊主义"态度。人们普遍把这个归结为批评理想的丧失，实际上，理想的消弭只是一个方面。

重要的是理想主义话语在批评中非但没减少，反而越来越饱和了。就近年来文坛说，譬如从贾平凹的《秦腔》《古炉》、余华的《兄弟》、莫言的《生死疲劳》、阎连科的《风雅颂》《受活》、刘震云的《一句顶一万句》等等，"理想"这个词何曾停止过？如果理想主义话语只高悬于空疏的人文精神诉求，并不微观到人和人的性格处境，那么，对于文学来说，"理想"、"人文"就只会误导作家，以至于像刘再复一再警惕过的，批评因没有内在于性格的复杂组合而最终走向取消人性维度的误区。这一意义，批评适时的沉默，或许就是批评本身，否则，泛滥的话语蛊惑，不但不利于人性的发现，一定程度只会充当市场营销不自觉的吹鼓手角色。在鲜花与垃圾之间，真的需要保持冷静和沉默。更不幸的是，我看到类似《幻城》作者那样一而再再而三地推出并未见有多少提高的新作，一些更年轻的批评者不惜花大量时间，动用庞大理论资源，到头来解释的却是一种不值得分析的文学现象和一部根本不值得玩味的作品，批评这么急躁，何苦呢？看来，批评要真正做到不让"黄钟毁弃瓦釜雷鸣"并不容易。

前面说过，刘再复的《性格组合论》因限于人性论（性格组合论）原理的描述、举例，在人性论批评话语的开掘上尚处在待完成状态。而当前活跃于批评界的多数批评家，志趣使然、流风所趋，不是于人性风暴的中心绕道，就是忙于论证文学的别种功能。倒是一般不以文学批评家身份露脸的哲学家邓晓芒，在刘再复的基础上走向了深入。他论评的作家，比如张贤亮、王朔、张承志、贾平凹、韩少功、张炜、莫言、史铁生、残雪，以及林白与陈染、卫慧与棉棉等。基本都属于性格与灵魂、作家主体性与时代主体性、对象主体与人性深度、个体人格与知识分子群体之间的辩证。像他简明地概括的那样，这一组文学人物，这一批文学知识分子，这一祯祯世纪末灵魂的历程和人性不同层次结构的展示，既是人学进程的时代反映，也是时代精神的反映①。这样的批评就在汰除与提升的"竞赛"中凝聚了新时期以来的文学之魂，刘再复"性格组合论"已经展开的人性图景，在邓晓芒的批评文字中得到了批评的有力完善。他不但整合了文学人性理论的聚焦点，同时还在更高一层次扩充了此一批评话语的容量，并

---

① 邓晓芒：《灵魂之旅》序，见《文学与文化三论》，第374页，湖北人民出版社2005年版。

把它推向了成熟。仅就人性论批评话语说来，如果刘再复是新时期以前文学的"终结者"、并兼及新时期以来文学的"开拓者"，那么，邓晓芒就是新时期以来文学人性论话语的真正实践者和完善者。

"文学是时代精神的反映"是邓晓芒在他的"灵魂之旅"希望聚焦的东西，而这个聚焦是通过对共时性与历时性的作家主体性格、对象主体性格和接受主体性格的批判与塑造进一步突出的。他在"结束语"中说，长篇小说是人类灵魂的真面目，当我们在谈论小说中的人物时，我们就是在谈论我们自己。"整个20世纪中华民族所遭受的如此痛苦的磨难，难道就真的无法凝聚为一种新型的人性、一种有强大生命力的灵魂结构？难道时代所碰撞出的这些璀璨的火花，真的会毫无痕迹地消逝在精神的黑夜里，就连它的创伤也会悄悄地平复和被淡忘？难道未来的一代一代的人们，命中注定还要像我们这几代人一样，不断地从零开始又回复到零？"[①] 斯言深矣！文学深度模式消散的感叹已经有年，重回"五四"起跑线的呼吁也从未消停过。但批评实际所做的，是不是在人性深度模式中？是不是为了免除从零开始又回复到零而工作？深入拷问，问题是有点严重。

三、"被批评"与沉默

被动批评是晚近以来批评界最为尴尬的一件事。因为被动，人文主义话语、启蒙话语等批判性话语，处在了与后现代性话语差不多同等的待遇上。应该突出的却始终被消解，理应瓦解的事实上在不断地嚣张，批评缺失了必要的沉默性品质。刘再复的选择，表明了实现批评的独立性不是不可能，这是研究他的又一意义。

重识《性格组合论》，就是重温一种也许回不来了的文学批评态度。对于当今正活跃的多数批评家，生活阅历、生命体验和知识资源使然，他们有充分的理由去忙乎别的事，文学的人性深度论不见得就是什么绕不过去的批评课题，这也是时代所提供的批评选择吧！对于刘再复，"性格组合论"之后，他都干了些什么呢？如果把他在《性格组合论》中已经表达了的个人愿望——批评主体性最终融会于对象主体性、理想接受主体性，而最终变成学术与生命合二为一的整全的人，看做是他的批评终极追求。

[①] 邓晓芒：《灵魂之旅》结束语，见《文学与文化三论》，第635页，湖北人民出版社2005年版。

那么，作为一个大批评家，刘再复的确是合格的。从"三书"（《鲁迅与自然科学》、《鲁迅美学思想论稿》和《鲁迅传》）到"三论"——即性格组合论、文学主体论、国魂反思论（《传统与中国人》）；从性格探究到灵魂探究——10卷本的《漂流手记》、与李泽厚合著的《告别革命》与《思想者十八题》《放逐诸神》《罪与文学》（与林岗著）《现代文学诸子论》；从"关注现代"（《高行健论》）到"迈回古典"（《红楼梦悟》《共悟红楼》《红楼人三十种解读》《红楼哲学笔记》）。他的学术扇面打开得足够宽阔，但无不凝聚在灵魂问题上；他的触角纵横捭阖，上至诸子百家、下到当前，性格探究何曾离开过？关注现代也罢，迈回古典也罢，人性深度分析始终是他的研究目的。

　　刘再复作为批评家个例，当然是不可效仿的。正因为这样，刘再复的启示就越发迫近：次要的创新可能呼唤批评家对前沿问题的命名，真正的创新却始终是对常识问题的刨根问底，或者在貌似没空间、没学术增长点的地方的勇力开拓和勇力发现。支撑这样去做的唯一理由是，把生命燃烧进去，并且对看似重要其实浮皮潦草东西保持一定的沉默。唯有沉默，选择才会更有质量。在"媒介即信息"（鲍德里亚），一切都可能成为消费对象的当下，沉默本身是一种有力的拒绝。沉默的批评，便是有效筛选的批评。

第二章
雷达[①] (1943—)：
文学主潮论与"时代主体"探寻

近30年的新时期文学发展历程中，雷达可谓新时期文学的同路人。就像他自己所说"我这个人，是与当代文学一起走过来的，尤其是与近三十的被称为新时期的文学一起走过来的。我身处其中，是见证人、亲历者，也是实践者。我知道它的发展脉络，乃至种种细节。所以我想，我虽不才，但历年所写文字，对于有心人，对于现在和以后的研究者，或许会有一点参考之用。"[②] 自信中含着谦虚，谦虚中道尽了批评的艰辛。的确，就批评的时间长度看，恐怕还找不出第二个堪与雷达相比较的。按照古远清的说法，在第一次批评家"大逃亡"[③]中，20世纪80年代中期曾经的批评新秀陈思和、王晓明等人，从寄身学院而转向文学史研究，到20世纪90年代末新世纪初，大多数"作协派"批评家更大规模的流向高校、专门的研究部门。雷达都是始终如一的坚持者，他站在中国作协理论创作研究的制高点，鸟瞰全国文坛，评点文学创作的动向和文学思潮发生、发展乃至蜕变、转向的大局脉络。新人新作的萌生、名家名作的走向，主流文学潮流的起伏变动、非主流文学的潜隐、新变，等等，悉数在他的批评范畴之内。"现实主义冲击波"、"新写实主义"、"从生存相到生活化"、"新世纪文学"等等，他既是敏锐的命名者又是最早的分析、梳理者。

[①] 雷达，原名雷达学，甘肃天水人。1965年毕业于兰州大学中文系。历任《中国摄影》、新华通讯社编辑、《文艺报》编辑组长、《中国作家》副主编，中国作协创研部主任、研究员。现任中国作家协会全委会委员、中国当代文学研究会副会长、中国小说学会常务副会长，兼任博士生导师，2007年获第四届鲁迅文学奖·理论评论奖。主要文学理论批评论著有《小说艺术探胜》《蜕变与新潮》《文学的青春》《民族灵魂的重铸》《传统的创化》《文学活着》《思潮与文体》《当前文学症候分析》以及《雷达自选集·文论卷》等，另著有散文集《缩略时代》《雷达散文》和《雷达自选集·散文卷》等。

[②] 雷达：《雷达自选集·文论卷》，第1页，山东文艺出版社2006年版。

[③] 古远清：《中国当代文学理论批评史》，第396页，山东文艺出版社2005年版。

所以，考察雷达30多年来的文学批评活动，实际上是重新返顾另一套更具象、更灵活、更带有创作者体温的新时期文学史的过程。注重现象跟踪分析与理论整合提炼相结合的批评特点，使得他个人的批评史实际上构成了对已有三部具有普遍影响的当代文学史[①]的有效补充和延伸[②]。作品微观论评对文学史界定中理论惯性的存疑，对"学院派"批评往往因"宏观"而流于粗疏的纠偏，以及对风格相近作家作品的牵强合并带来的主题先行，雷达的批评都有后发制人的独到发现。

整理雷达的文学批评思想，最大的特点是宽容、方正和大气。可以说，他是新时期以来自始至终用马克思主义思想资源支撑其批评实践的一个代表性人物，也是"作协派"批评的集大成者。马克思主义的方法使他既没有沉陷于某个具体流派，也没有因跟踪而停留在现象表面；个人知识结构、受教育状况、生活阅历的原因，人物命运的沉浮成了他批评的一根纽带，人物的社会关系分析，也就是作品的历史感和现实感是他批评的基本背景。尤其重要的是散文创作的体验，使他的批评显出了不多见的灵活、机敏和智慧。这种把高度的感性浓度和个性化理性话语糅合的随笔化批评体式，不仅代表了雷达本人的文论形式，也集结了历来"作协派"批评的显著特征。雷达长期活动工作并任职在全国文联、新华社、《文艺报》、《中国作家》、中国作家协会创研部，"作协派"批评作为一种动态的文体存在，雷达自然沐浴其中。反过来，身在其中的批评生活，"作协派"批评的那种过于"散"、过于停留在"点"的零散化、随感式的即时性缺点，雷达也最有发言资格。他重视感性体验而不限于感性判断的理性神经，注重轻松为文而不随便妄下情绪断语的心态，追求思想的连贯性和对关键问题的持续性观照，都使得"作协派"批评作为体式之一种，焕发着不竭的形式活力。因此，可以说"作协派"批评是雷达批评生成的土壤，雷达批评的特征尤其他文论形式的风貌反过来又重塑了"作协派"批评的优势。

[①] 即洪子诚的《中国当代文学史》，陈思和的《中国当代文学发展史》，董健、丁帆、王彬彬的《中国当代文学史新编》。

[②] 郜元宝以"作家缺席的文学史"的尖锐用语批判三部文学史的共同缺陷，虽显过激，但大致意思不错。因为是教材，首先需要服务于一般的教学工作，三部文学史的确未能像学术专著经常做的那样，放进足够的感性体验和个性化审美判断。郜元宝：《作家缺席的文学史——对近期三本"中国当代文学史"教材的检讨》，《当代作家评论》2006年第5期。

一、"作协派"批评共性与雷达的文体个性

所谓的"作协派"批评,我是基于人们一直以来的某种共识性认识:灵活、机动和跟踪性、印象式、妙悟性的继承中国古代文论感性"点评"的批评风格,这是其一;其二是,被称之为"作协派"的批评家,当然是以批评家曾经和现在还持续着的身份而言,他们通常寄身于各个级别的作家协会名下,以创作研究室、文学院为具体部门,功能是跟踪并评介该协会会员或非该协会会员的创作动态。具体协会的工作性质本质上不可能限制研究者的研究视野,然而,实际情况是研究者的论评对象恰恰多半是身边的作家作品,至少是与身边现象密切相连的作家作品。这样,批评风格上的随感、印象,批评时态上与创作者的同步性,以及批评的短平快性质,就构成了文论界的一道显赫风景,至少20世纪90年代以前是这样。"作协派"批评的这些林林总总的特点,后来实际上就成了"学院派"之外批评的一种代称。泛指所有不刻意引经据典、考据索引,旨在论人讲真率、评文讲真挚的批评形态。这一脉批评风格,从古代的"妙悟"到现代的李健吾等人,再到当代的雷达、李敬泽,虽然批评个性很见独特,但坚持的人数却日渐减少。现代文学批评家李健吾进行的"灵魂在杰作之间的奇遇";常用鲜活的意象或色调,去造成带痛感性质的评析,重在焕发读者的体味与感知的"直观感性的印象"的风格批评的沈从文;批评的焦点落到诗人独特的气质、风格与人生姿态的,主张批评要关注"人性的三棱镜"的唐湜[①]等都具有此特点。90年代以来,因为对批评学理性的过分强求,再加之一些权威的理论核心刊物、学报等对作者身份、批评文章本身近乎畸形的所谓"学术规范",一些本来寄身于作协的研究人员,要么感性顿时"理性化",要么投靠到"学院派"的大合唱队伍。那种仍然还以美文的姿态所写的批评文字,虽然还有,但刊物一般是作为"散文随笔"来处理,绝少构成批评的再生资源。"作协派"作为一个批评形态就基本上消失了。因此,现在充塞于我们耳目的大致是模样差不多的重引证、推崇"硬知识",不太关心当代文学、侧重于分析已确认了的经典作品的所谓"学院派"文章。

在这个背景上,雷达虽然也做了"博导",也主编过《中国现当代文

[①] 以上均见温儒敏《中国现代文学批评史》,第98、213、230页,北京大学出版社2005年版。

学通史》等多部文学史著作，但他仍能保持批评的"直观感性"和激情抒发的姿态，说他是最后一个"作协派"批评家恐怕也不过分。与也把批评当美文来写的李敬泽相比，李对批评文体的贡献不可小觑。但李因长期从事编辑的职业习惯而导致的过于注重文学的技术性，以及站在创作者构思角度发抒的冷僻奇绝的感受[1]，"叼"、"毒"的眼力总能把死穴点活，或者在人们认为最保险的地方冷不丁出示一张黄牌警告。但当人们分享他超人的才气的同时，有时候他的"敬泽体"反而给人一种"玄"的感觉，失之于思想的完整。然而，了解雷达批评的完整面貌，我又觉得不宜用跟时代风气非常胶着的文学观念来看待。比如"现代性的诉求"、"整体性"、"本土性"、"民族性"[2] 等，这些概念在新时期文学批评史上应该属于每个批评家或现或隐的共性观念。而且，这些理念，本质上应该是批评的方法论问题，确切地说是新时期以来滋生各种纷纷扰扰的文学主义、文学实践的社会文化思潮。它不是哪个人个人的专利，也不是哪派文学的独门经营，是整个新时期文学赖以生存、发生、发展的基本土壤。收割在这块土地上的雷达，真正区别于众多批评家的地方在于，他以见证者、亲历者、实践者的切身体验，书写了一部个人风格独异的现实主义文学发展史。无论是跟踪、细读，还是整合、归纳；也无论是提出问题，还是在作品中寻绎新质，他的眼光从未离开过人物的命运变迁。由于批评的聚光灯始终是聚焦的，因此阅读的面尽管无限宽广，他的批评世界却都会呈现出"形散而神不散"的特征。做个不十分恰当的概括，90 年代以来，当代文学批评中涌现出的相当一批名气斐然的批评家，除极少数人可能突出了自己的批评思想以外，绝大多数实际上寄存在两种大致的批评框架内。一种是技术型，一种是阐释型。两者方法不尽相同但目的完全一致，即无论是在本土性理论中还是借重西方时尚概念，做法不外乎"就事论事"，或者至多"以点带面，举例说明"式的谈文学的大问题、普遍性的问题。通读雷达的批评文集，雷达有时也有对某种新文学潮流命名的冲动，然而他的批评气质通常属于后发制人型，沉雄而大气。当一切炫人的即时性文学现象最终尘埃落定时，许多曾经着急的批评家因为批评底气、激情、观点，或者时过境迁，或者前后矛盾，只能做些修修补补的小块文章了事。雷达就在

---

[1] 关于批评家李敬泽的具体论述，见第十四章。
[2] 任东华《现代性的诉求——雷达的新现实主义批评片论》与林新华《整体观本土性历史感——论雷达文学批评的思想特征》，均见《南方文坛》2006 年第 1 期。

这样的批评"空地"长驱直入、风卷残云。他的狠命一击，就仿佛是有意的总结和归纳，这也可能是人们容易把"整体观"视作雷达批评特点的直接原因吧。这样的认识，其实大大忽视了雷达在当代文论界的原创性品质。

雷达是新时期文学论坛上出现的最具活力和独具个性的批评家之一[①]，这是古远清在《中国当代文学理论批评史》一书中给雷达的定位。古著的下限是1989年，对于1989年以前的雷达来说，"最具活力和独具个性"的确是中肯之论。因为在此期间文学批评的半壁江山主要是由"作协派"批评家担纲，雷达即属该列。其实包括雷达在内，古著还专节论述的阎纲、王蒙、曾镇南等人也都属于有活力有个性的文学批评家，毋宁说，活力和个性是"作协派"的共性。王蒙追求的"杂色"，阎纲的"评论诗"，曾镇南对"当代新人新作的爱与知"，雷达"民族灵魂的发现与重铸"的"主潮论"等等这些批评者所着力的研究新见暂且不论。这些人的批评文章之所以"活"，就是因为他们不只是因为爱文学而论评文学，重要的是他们根本是把评论文学当做散文随笔来写，文学批评成了他们的另一种创作。有几分话就说几分话的分量，没有新的看法或者有新的看法但说话的激情欠点火候他们也宁可选择不说，至少以少说作为他们论评的底线。如此，在他们的批评文字中，也就绝少见四平八稳的考据和毫无激情的文学史归位意识，也没有牵强的理论先行缺点。一切都是随兴而为，兴尽而去。

批评的这个特点，主要体现在他随笔化的批评体式和口语化语式上。

首先是他知热知冷的情感投入，尤其是新世纪以前的批评文章，他几乎是拒绝征引。与作家的对话，与作品中人物的对话，与作品背景的对话，即通过对话展开作家思想资源的得与失、精神事象的匮乏与丰赡，都是在类似于闲聊的话语中敞开的。批评观点有没有说服力的问题，就成了读者或作家体验可否真诚的检验。也许用情感真诚来检验一种批评，不见得是批评最高的境界，但情感不真诚的批评就算含有高远的理论蓝图，可以肯定地说，一定不是深入人心的理论。由追求打动人、感染人，或许最终包含着提升人们文学认识的功能来看，雷达批评呈现的是一种尚实精神。

其次是他批评话语的非专业化倾向。非专业化倾向不是说他拒绝必要

[①] 古远清：《中国当代文学理论批评史》，第471页，山东文艺出版社2005年版。

的批评术语，也不是说他的批评中理论分量与理性逻辑思维的逊色。如上所举命名就非常专业而且成了后来批评的公共资源。这里说的非专业化，是指雷达批评对口语的改造提纯和运用。对于文学创作特别是小说创作而言，凝练、简洁、个性化的口语向来是创作追求的方向，这除了口语本身几乎不证自明的个性趣味、个人气质性格以外，肯定与人们对铺天盖地的欧化语言的厌恶有关。然而，文论的口语化呢？在文学批评差不多完全被"学院化"的语境中，抛开无关宏旨的引用不说，批评文章普遍性的艰涩拗口好像只是批评者食洋不化的产物，这种只注意到理论搬运上的不足，似乎意味着只要语言过得去，不合适的理论也是可以的。批评一端而忽视另一端者正是始作俑者自己。其实批评话语不够口语、不够通俗的一个重要表征是批评主体的昏昧不明。雷达的批评话语当然没有完全口语化，完全口语化可能就真的不能算作批评了。他的非专业化倾向与口语化在他的批评文章中是互证互生的效果，他要在批评中讲出他的文学识见，而且是越通俗越好，这就必然首先得摆脱别人的左右，建立自己的说话方式才能实现。如此，非专业化批评姿态和口语化语式，实际上就是雷达为了最大限度地实现他批评的主体性面貌所做的彻底努力。有关这一点，与雷达对"宏观研究"的厌倦不无联系，他在一篇序文中，直接批评了那种只可能写给评委的、充斥在无数"学报"里的"宏观研究"的学术价值，"要问，是谁在读这样的文章，是谁在写这样的文章，是谁需要这样的文章，它对创作和研究有何真正的补益？"[①] 的确，批评有无效果，首先要关心文学的人愿意读下去。重视批评的阅读效果，就不能漠视批评的体式和语式的适宜选择。

相对于"说什么"的价值立场，"怎么说"的文体选择，在我看来，表面上不太起眼的后者，雷达可能更为上心。这不仅体现在他对题目的有意经营，而且有时也不惜以书信的方式交流严肃的文学问题。"一卷当代农村的社会风俗画"、"主体意识的强化"、"灵性激活历史"、"文学史并非观念史"等等题目，其实就是用一句通透的日常用语来表明论者的主要观点。读之毫不艰涩刻意，要表达的意思又丝毫不输于善用正反词语、联合词组所营造的辨证氛围。淡化理性是理性更通明的表现。《独特性：葡萄园里的"哈姆雷特"》一文，是给作家张炜的一封信，很能说明雷达的语式意向。本来批评的是包括张炜及其长篇小说《秋天的思考》在内的一

[①] 牛学智：《世纪之交的文学思考》序言，作家出版社2008年版。

批作家作品的共性局限：写出思考型农村青年形象的同时，因普遍地缺乏经济头脑和观点，只习惯于从政治上、道德上观察人物、评价人物，是当代中国作家中相当一部分人人文素质上的弱点。这样的尖锐问题，别的批评者恐怕更容易选择峻急的语式好借此造势，可是，雷达选择了与张炜这个典型个体聊天的方式，"试想，如果你不但从道德上揭露王三江的阴险，而且有说服力地饱含着生活血肉地揭示出他站在农村商品生产的对立面上的话，这部小说的艺术感染力，就要增加好多，它的深度也将大大加强。"最后，又以诗意而浪漫的笔法表白了批评者自己的爱憎："如果将来有机会和你、还有你的'老得'、小雨、小来坐在秋天的葡萄园里，一边'品尝'，一边'思索'，那一定是最痛快不过的了。但我决不想见到王三江式的人，我在生活中最怕这种角色，避之唯恐不及，可见我更软弱，而你的'老得'毕竟是勇敢的。"①化佶屈聱牙的高头讲章为娓娓道来的促膝长谈，化深奥艰涩的"文学概论"为浅显晓畅的心灵低语，化空乏虚幻的普遍性为具体而微的个人性。"书信体"在雷达并不多，但注重理论批评的朴素、亲切、交流沟通却是雷达批评体式、文体的突出特点。这除了说明雷达的拟想读者主要是广大的文学读者和创作者外，批评体式、文体的探索在他是自觉而为之的。当然，口语化可能发展成另一极端，满篇叙家常，只见感激和赞美而不见锋芒与批评家自己；也不意味着口语化一进批评体系就一定降低了批评的高标准。雷达的实践证明，种种担忧非但多余，反而批评的作用更为直接。那种把批评的文体一定规范为所谓的谨严整饬的学理话语，要求批评体式一定得符合学术论文建制，并把批评主体性精神理解成独白式的振臂高呼的做法，视作个人志趣则可，但要上纲上线到某种批评圭臬，实在是对批评独立性的歪曲。与其于独白中喟叹经典的缺席，不如在对话交流中解决不能经典的一些棘手问题。这个角度，我觉得雷达的文学批评可能更重视批评的方法和批评的现实意义，这也就有了从根本上拯救批评失语问题的意味了。

"作协派"批评不是批评的流派，更不是批评的某种风格，它只是曾经实力强大的一股集体性批评形式。松散而自发的形式所形成的灵活、机敏、亲和、非学术化无疑培育了雷达，但这种集体性批评诉求本身不可能像"学院派"那样拥有一套完善的学术规范制度，包括属于自己的比较稳定的批评参照系，一般是各说各话的亚一级文学评论。这一点上，雷达的

---

① 雷达：《雷达自选集·文论卷》，第159页，山东文艺出版社2006年版。

自觉的批评体式、文体以及他清晰的主体性意识，实际上在"学院派"之外建构了另一套批评形态。套用有人对《六一诗话》与《沧浪诗话》话语的对比说法①，雷达批评与"学院派"的话语类型，就像欧阳修与严羽的区别。语境上，前者讲求"在场感"，后者标立"距离感"；结构上，前者是"随笔式结构"，后者是"体系性结构"；风格上，前者是"幽默风趣的'闲话'风格"，后者是"声色俱厉的霸权话语"。

20世纪90年代以来，批评的普遍经院化导致的一个直接后果是，批评不再或少有现实的气息。搬运或附和西方理论话语被称为文学批评的"失语"；立志在文本细读，实际上做技术阐释的无限放大，抑或只把文学细节作为求证某种文化现象、文化思潮的材料又是一路，被称为文学研究的"空洞化"。但是批评文体、批评体式的非本土性、非民族性以及批评主体的非独立性、非个体性却一直未能引起人们普遍的重视。通过"鲁迅"这个公共资源就能看出其中的漏洞。毫无含糊，鲁迅对文学价值的高标准要求，对国民性的深度观照，一直是批评者的潜在参照。可是，有意无意征用鲁迅思想资源和价值资源的人，对作为"文体家"的鲁迅的普遍性忽视也成了不争的事实②。这也就可以解释为什么坚持人文精神标高一路的批评家，他们的批评理想虽然人们很能理解，但他们的批评文章却总给人紧绷一根弦无法轻松，甚至因噎废食般不愿意接受其理论观点的原因。雷达顽强而持久的批评生命力不能说与他的文体选择没有关系。最直接的例子就是，要求作家要有平民心态，那么，批评家自然要先于作家有这个素质，否则，批评就会真正失去它赖以存活的文学语境。如此，批评的指导功能也罢，阐释功能也罢，因为自我的疏离而丧失言说的必要前提。雷达的批评文体肇始于"作协派"的"松散"氛围，最终完形于自己的独立建构，他独异的文体真正成了经院化语境中的一个个案。身影渐行渐远的"作协派"批评，在雷达这里焕发了新的活力，也仿佛有了光大的必要。

---

① 刘方：《"闲话"与"独语"：宋代诗话的两种叙述话语类型——以〈六一诗话〉和〈沧浪诗话〉为例》，《文艺理论研究》2008年第1期。
② 陈平原：《分裂的趣味与抵抗的立场——鲁迅的述学文体及其接受》，《文学评论》2005年第5期。

二、现实主义小说选择及其主潮论背景

雷达从走上批评道路算起，他一直是站在一个制高点来观察文学的，经历使然，他的眼光就要比同时期其他批评家的范围大得多。特殊的地位决定了他的批评习惯，也培养了他的视界。这就是通常人们所认为的，雷达的批评具有"整体性"。宏观鸟瞰下，历时性与共时性交叉进行，主流与非主流相互映衬，现实主义与现代主义相互影响，构成了他批评世界的庞杂和丰富。但另一面，雷达的批评显得微观而单纯，从80年代、90年代到新世纪文学的跟踪归纳中，现实主义小说或者具有现实主义品质的小说，构成了雷达批评的主线索。也就是在整个新时期文学发展的历程中，无论社会思潮的更迭、文学主义的变化、文化观念的衍生，现实主义始终是雷达观照文学的一个聚焦点。这就给人们造成了一种粗略的印象，要么雷达的胃口过于单一，要么30年来的新时期文学太简单。换言之，作为最有资格言说新时期文学的人，雷达的见证、参与和实践，经过他的遴选和过滤，特别是新时期小说演变的道路，多大程度上体现了现实主义的诉求？在真正众声喧哗的语境下，民族灵魂的发现与重铸的主潮论，它的实践性和现实性究竟在哪里？

毫无含糊，雷达的这种选择，拉开一定距离看，实际上已经包含着对新时期30年文学的批判和重新界定的问题。尤其是对既有定评的各种文学主义的再批判，将是他批评思想的最突出部分。

现实主义与新时期文学主潮论，在雷达那里显然是一对因果关系。没有现实主义的主线索，就不会产生主潮论；没有主潮论作为纽带，雷达的批评世界就会变得凌乱而黯然失色。当然，任何一个思想成熟的批评家，可能都有自己的批评选择和批评坐标。比如最早系统论述中国先锋文学的陈晓明，当他倾其心力于《无边的挑战》时，紧跟着的问题好像必然是《不死的纯文学》；当李建军借重19世纪传统现实主义经典文本悉数其修辞策略之时，他的眼里，现代主义文本，尤其中国现代主义文本多数时候可能就是病相丛生的所在。这表明，一个批评家如果没有基本的选择，甚至没有基本的个性化趣味，他或许就不可能成为批评家；反过来，一个照单全收、毫无拒绝的人，只能说他有良好的免疫力，而不能说他是真正的批评家。

现实主义小说之于雷达，学术旨趣肯定是他众多理由中的理由，但不

排除与他生活经历,尤其是 60 年代以前对西北环境深刻体验的千丝万缕联系。多灾多难的历史环境,命运多舛的生存境遇,不仅塑造了他忧患、担当的使命意识,也形成了他个人趣味上重写实、个性体验上重现实的审美取向。40 年代出生,又是 60 年代的大学生,这样的一代人在中国注定了要经历比其他代际的人多得多的磨难和艰辛,"我经历了同龄人经历的一切、战乱、解放、无休止的运动和劳动、压抑与热狂、开放与自省……","小我"服从于"大我",或者自我经常处在分裂和异化状态,是 20 世纪前半叶中国人的共同命运。然而,这样的个体如果出生在西北,求学在西北,又半生时间生活在西北,并且"少孤贫,多坎坷"①。他对文学的选择,恐怕就要多一份忧患意识和责任意识,至少长期积压于胸的忧愤、苦难甚至郁闷反过来左右他对文学的看法。所以,有无历史感、是不是集结了尖锐的现实问题,构成了他裁决文学价值、衡估文学思想和观照文学审美取向的基准。特别是以个人角度表达的民族心声,以个人识见介入并揭示深层现实关系的微妙变化,以及以集束的方式体现某个群体现实处境的形象,一定会牵动这个敏感而丰富的心灵。也就是,无论他探究阶段性的创作趋势、举荐新人新作中的新因素、参与推动某个文学潮流的形成乃至深入这样相对于横向的归纳和整合,还是从一些代表性主流作家作品的对比研究中,甄别并发掘被文学史遗漏的文学主体,如对《绿化树》中"人民意识"的阐发,对《古船》中"民族心史"的挖掘,对"红高粱家族"中"历史主体化、心灵化"的阐释,以及《白鹿原》的"以文化批判的眼光探究民族灵魂",《废都》的"暴露一个病态而痛苦的真实灵魂"②,贾平凹与张贤亮相异又相似的女性视角、叙事模式,等等。个体与集体的胶着互证、个人与民族的融会难辨、作家个人文学史与当代文学史之间微观与宏观的相辅相生,这些颇有"批评之批评"风格的纵向研究,才构成了见证者、亲历者、参与者、实践者眼里比较可信的当代文学整体图像。除了宽阔的理论支撑以外,字里行间弥漫着的知人论世、知音论魂的主体形象,无一不使人想到雷达个人半个世纪多的人生遭际。不管动用如何灵活多样的批评方法,总不忘关注作品中"人"命运的细微变迁,亦使人不免油然想起半个多世纪以来当代中国历史曲折、坎坷与发展的艰辛道路,

---

① 雷达,《雷达自选集·散文卷》,第 278 页,山东文艺出版社 2006 年版。
② 雷达,《雷达自选集·散文卷》,第 22、36、153、131、118 页,山东文艺出版社 2006 年版。

这不正是新时期文学的主要线索吗？

"极敏感善良而富于同情心"①，这样的性格特征也许极易发展成另一批评面貌：倾心于表现内心秘密的个人叙事，忠实于阐释作家个人的自我表述，或者于"向内转"的文学甬道中一路走到底。可是雷达已经做出的选择一再表明，他更愿意打开自己，在时代、社会、现实、个人的综合网络中充当文学的晴雨表，捕捉文学的新质、梳理思潮的流向、发现主题的规律、甄别主体的有无，构成了蕴含着他个人体温的新时期文学思潮史。比如"当代农村的风俗画"、"农村青年形象与土地观念"、"主体意识的强化"、"对文化背景和哲学意识的渴望"、"灵性激活历史"、"现实主义艺术形态的更新"、"原生态与典型化整合"、"从生存相到生活化"等等。基本上纵贯了30年来文学在叙事方式、叙述技巧、主体态度、主题表达、审美趋势诸方面"之"形脉络②，文学钙质的欠缺、精神能力的丧失、精神资源的匮乏，也就准确地描绘出了作家与市场亲密接触后暴露出来的集体性困窘状态。立足当下的新鲜现实感，展望未来的有效问题意识，回顾历史的批判眼光，一起造就了雷达这样的批评形象：开朗乐观而又忧患深沉，机敏善良而又凝重沉稳；富于同情心而又理性幽思，善于接纳新生事物而又不盲从任性。一句话，雷达富于同情心却不耽于同情心，敏感善良却不沉陷于软弱怯懦，富有青春朝气却又老成持重的个人气质，一定程度上，不能不说与作为精神的现实主义有着本质上的价值契合。

同时，与其性格同构性散文的创作从另一面审视，矫正着其批评不至于太游离对文学的本真理解。那就是"首先必须是活文、有生命之文，而非死文、呆文、繁缛之文、绮靡之文、矫饰之文"，因此他给自己散文设定的标准是，"看它是否来自运动着的现实，包含着多少生命的活性元素，那思维的浪花是否采撷于湍急的时间之流，是否是实践主体的毛茸茸的鲜活感受"③。他也直言自己的好恶观，虽然承认那有如后花园葱郁树林掩映下的一潭静静碧水似的散文也是一种美，甚至是渊博、静默、神秘气息的美，但"并不欣赏"。"我推崇并神往的"，"是那有如林中的响箭、雪地上的萌芽、余焰中的刀光、大河里的喧腾的浪花式的散文，那是满溢着生命活力和透示着鲜亮血色的美"④。说的虽是散文，但对一个创作和批评双肩挑的体验型批评家，这也是促成雷达批评选择现实主义小说的一个重要

---

①③④ 雷达：《雷达自选集·散文卷》，第278、224页，山东文艺出版社2006年版。
② 雷达：《雷达自选集·文论卷》，第464页，山东文艺出版社2006年版。

原因。他的散文数量并不少,像《缩略时代》《雷达散文》等集子,以及从以上两集中遴选并收有大量散文新作的《雷达自选集·散文卷》,就被一些散文研究者归为"文化散文"。90年代是一个文化异常热的时代,好像散文一旦与文化思考有染,就逃不出"文化散文"的收编,"文化散文"如同一个巨大的胃,生吞活剥了众多鲜活的文学个性。切实而论,"生命活力"、"活性元素"、"鲜亮血色"其实就是散文与批评一以贯之的"青春朝气"[①]。一是他的童子般澄明而好奇的心理,永远保持着充沛的青春朝气和青春激情,这样的主体性观照的一般是文学强烈的生命脉搏和人物的命运痕迹。二是他年轻的生命意识,杨文指出他特别乐意跟年轻人交朋友,这样的心态所观照的文学,总能敏锐地捕捉到文学新的"增长点"。在"现实主义冲击波"、"新写实文学"、"新世纪文学"等等命名和梳理中,他成为代表性人物之一就是顺理成章的事情。雷达那里,给人感觉现实主义文学之所以一直充满着不尽的发展可能,除了他巨大的付出,不能不说与他本人论评文学的年轻心态有关。以年轻的心态看取事物,就犹如曹丕之"文以气为主,气之清浊有体"中的"清"气,是那种俊爽超迈的阳刚之气[②]。三是他以创作的心态对待批评对象,而不是以批评的职业眼光对待批评对象。这一点可以说直接导向了雷达对现实主义小说的态度,因为多数时候,雷达并不是靠理论的推演论评文学对象,而是更注重生命的直觉和表达的酣畅淋漓。所谓"他热衷于用作家式的笔法,散文式的笔法,散文诗体结构去结撰批评文本……雷达的诗性文字,火一样的体验文字,像作家的语言表达一样,在批评中自由地恣意地燃烧,因而,这种批评有其生命般的力量,有一种感动人的光辉"[③]。感性与理性的交汇呈现还说明,现实主义小说至少是新时期30年文学发展中一股不可磨灭的强大潮流。尽管现实主义在现代主义、后现代主义的潮起潮落中一度被误解、泛化,即"无边的现实主义"。但它的主潮地位却从未被彻底颠覆。这既是雷达选择现实主义小说的重要理由,也是他的主潮论——民族灵魂的发现与重铸,得以建立的坚实土壤。

之所以先从文化心理和散文气质来折射雷达对现实主义小说的选择,却不是从他的批评实践本身切入。第一,我认为就批评家的批评观来解释

---

① 杨光祖:《青春的散文》,《北京文学》2008年第3期。
② 邹然主编:《中国文学批评史》,第112页,北京大学出版社2006年版。
③ 李咏吟:《智者的背影:冯牧、阎纲、雷达批评论》,《当代作家评论》1996年第6期。

其理论选择，虽然可能更省事，但这种视角一开始实际上就意味着抽离或简化其历史经验的危险，尤其对雷达这样一路陪伴了整个新时期文学全程的人来说，情况更是如此。第二，就是觉得新时期文学的论评者中，多数批评家实际上对现实主义及其小说多有涉及，只不过，他们并没有谁像雷达那样具有感性和理性的统一。或者发端于某个时段尖锐的现实问题，或者在不同观念文学的对比研究中运用。类似的选择非但无法凸显新时期文学可能有的清晰经脉，反而问题式的散点论评因为功利性的考虑，也很容易放大现实主义，导致误解的发生。与雷达相比，有意利用或故意放大，也就都或多或少多了些"过度阐释"的意味，少了些原创性。被论评的作品和作家的本意因不同程度地染上了批评者的主观色彩而呈现出暧昧不明的情状，文学也就成了求证理论观点的材料，而不再是文学自己。

雷达主潮论的重要论文《民族灵魂的发现与重铸——新时期文学主潮论纲》，发表于《文学评论》1987年第1期。他构思、写作、发表这篇论文的1986年前后，显然是他批评思想成熟并成形的一个界碑。该文向前总结、整理了80年代文学现实，向后开启、滤清了90年代、新世纪文学万变不离其宗的基本走向。前者为其主潮论的体系性铺设了道路，后者给主潮论充实了鲜活的生命力。

首先，在雷达看来，新时期文学之有"主潮"，不是"人为的引导结果，而是自然凝聚而形成的"。这个观点的提出，实际上有针对性地辨析了1985年"方法论热"和1986年"本体论热"带来的研究界和创作界表面上"多元"、"多极"，实质上形散而神聚的本质属性。那就是人的自觉（中华民族自我意识新觉醒）与文学的自觉（当代文学摆脱依附性重建独立性格）的交汇的自然现象[1]。有了充分尊重文学自身发展的前提，肇始于"反思"、"伤痕"、"改革"的新时期文学，因为有个"民族共同的性格模式"，它们的"反传统"姿态、激进的形式主义面目，其实并不像同期的和后来的一大批研究者反复阐述的那样决绝快速。雷达认为之所以政治领域不得不举起"实践检验真理"的旗帜开路，文学领域只有借助"写真实"的旗帜来冲刺，是因为新时期文学的最初阶段，文学还只能是从"观念化"向"世俗化"演变。80年代普遍性的社会反思氛围中，文学表达的血泪真情、纪实性的生存境况，在那个时候就已经是向着民族真实的"出发点"回归的表征。他还认为不能正视对人的重新发现是"在传统制

---

[1] 古远清：《中国当代文学理论批评史》，第473页，山东文艺出版社2005年版。

约中的发现",是导致当时研究和创作两方面都走向单一的根本原因。

出现的情况就是,不敢承认在同一民族的不同阶级的人们身上,具有一种共通的民族性格模式,不敢承认对一个民族本身来说,共同的民族心理素质大于阶级性,也就是阶级性是一分为二,民族性是合二为一,这是其一;其二是,极端化地给文学注入当时流行的哲学、思想元素,未经必要的"中介"转化的文学,很大程度上表现出背对现实和水土不服的双重隔膜。这是雷达建立其主潮论时一直隐含的一个批评论题,也是他站在文学自身运行规律的立场考察主潮线索的强大现实后盾。因此,论证新时期文学主潮的过程,一定意义上就是对文学史上已作出定评的一系列文学现象的再评论过程。引起持久争议的寻根小说和先锋小说就很能说明问题。

寻根小说作为历史反思的延伸和现实改革的民族心理思考,以及作家重铸民族灵魂的宏愿和初衷,都显示着同现实社会的结合。但是,作家们一旦进入博大精深的民族历史文化,面对祖先和历史神话,所产生的类似宗教祭奠和体验的非理性精神活动,一定程度上便丧失了知识分子体现历史时的责任感和表达对国家、民族命运时的忧患意识、痴愚精神[1]。雷达也以"历史的心灵化"、"历史的主体化"、"历史的灵性"论评过莫言的"红高粱系列"、乔良的《灵旗》、朱苏进的《第三只眼》等作品,但他是在这些作家作品打破一种写作成规的前提下所做的褒扬和首肯,即"历史是一堆'过去完成式'的死物,历史是客观地、静静地躺在那儿,主体(作家)只能窥探它的奥秘,却无缘成为它的一部分"。奢望把历史用条文概念凝固下来,企图永远掌管历史规律解释权的癖好的"观念崇拜",以至于完全关闭了自己在这方面的独立思考,在这方面他们既然没有多少事情好做,只能把全部心血倾注到如何艺术地将历史客体化上。而雷达的历史的心灵化、主体化是指作家不再把历史作为心灵的"外物",而是"把自己活跃、能动、善感的主体整个溶化在历史之中,由于一切的情节、细节、场面、人物全部被作家的主体浸润、温热、拥抱,所以才会有那么多的新鲜的诗意、新鲜的发现、新鲜的奇想啊!"[2] 这与寻根小说在寻根的路上无法持续言说现实而不得不转而走非理性的新历史主义小说不同。

先锋小说同样在走向文本、走向非理性特别是重视小说的形式本身上给当时沉闷的为真实而真实的现实主义吹来了新风。但先锋小说最大的负

---

[1] 崔志远:《现实主义的中国命运》,第 423 – 424 页,人民文学出版社 2005 年版。
[2] 雷达:《雷达自选集·文论卷》,第 46、194 – 196 页,山东文艺出版社 2006 年版。

面影响在于,"拿来"西方方法的同时,所主张的解构主义、虚无主义形成的浓重的颓废意识,演化成否定理想、否定价值、否定启蒙的风向,显示了现代知识分子精神的严重萎靡,文本实验的形式本体论也进一步割断了与现实社会的联系①,文学真正成了作家自我游戏的"迷宫"和自设的"圈套"。虽然先锋小说一度成了众多青年批评家反复研究的文学新质,90年代以来几乎每到文学创作低迷之时,批评界也都要不同程度地掀起"重述"先锋精神的口号。但是先锋作家自己集体性地迫降"现实",一再说明,形式主义实验没错,错的是形式主义没有把人当做主角来表现。对先锋小说全程性考察中,雷达指出,最初的先锋小说是从个体的荒谬感、孤独感开始的,现在似乎画了一个圆圈又回来了,剖析个体在变化了的现实中的精神困顿。缺乏足够的精神力量,结构和叙述语言的探索走向了极端、技术化、工艺化、唯美化的精美结构里,缺少人性和人道声音的鸣响。这些结论都是他论评先锋作家余华、格非、苏童等具体作品时得出的。比如他认为余华的《一九八六》的深刻得益于采取变态心理、犯罪心理的视点,"使作品深刻骇人",但余华后期的作品"除了神秘和恐惧,没有太多的意义可回味"。对于格非,雷达认为格非已发表的5部小说里包括最有代表性的《迷舟》,其创作受到梅特林克神秘主义抑或夏多布利里昂的神秘说的深重影响,"除了一点青春毁灭的哀伤,究竟还有多少真正的意味和内涵呢?"② 回避对现实的评价,没有强大的精神追求才是文学软弱的致命之处,这是导致一些重大的时代精神问题和现实矛盾在作家那里几近成为盲点的根本原因,显然,这已经不仅仅是先锋小说的问题了。

其次,主潮论的梳理中,雷达既没有把人道主义作为主潮,也没有把创作方法的现实主义作为主潮。而是从文学的"人学"根本特性出发,认为中华民族灵魂的发现与重铸,才是贯穿新时期文学的主潮。他认为人道主义作为普泛的哲学思潮是属于任何时代的追求,并且缺乏"中介"及其他原因不宜视为文学主潮。不把现实主义看做主潮,他的解释是,"'文学主潮'并非仅指创作方法何者为主潮;即使用了宽泛的'现实主义精神',似仍难以凸现我们当代独具的文学特质。"这是否意味着,把雷达的主潮论与他对现实主义小说的选择看成是一种因果逻辑是相互矛盾的?或者主潮与现实主义小说无关?我认为非但有逻辑关系,也不矛盾,反而没有现

---

① 崔志远:《现实主义的中国命运》,第423-424页,人民文学出版社2005年版。
② 雷达:《雷达自选集·文论卷》,第327-328页,山东文艺出版社2006年版。

实主义的眼光,主潮就不可能凸现出来。因为现代主义、后现代主义者之所以认为无主潮,一个直接的原因是他们回避了文学对人具体而微的历史处境、现实处境的正面触及,当然,这一批作品也主要关注的是人在不断变化着的现实中的碎片化状态,断裂式语境也很难钩沉出人完整的历史面貌。

整体而言,雷达的批评主要是以时间段落为板块,建立纵向坐标来构成其考察网络的。这样,人命运的演变发展史才成为了他个人批评史的动态脉络,他的主潮论才具有了向前无限延伸的学术张力。

比如新写实主义阶段,他认为作家不急于下判断而写出生存相,是想弄清楚我们"在哪儿";朴素现实主义阶段,是"从生存相到生活化的转移",即"艺术的生活化";"新都市人的生活流",写法上本色的白描,"不是让读者'看',而是连读者也拉进来",小说的这个特征则成了他观察新世纪文学的重要视角。显然,"典型环境中的典型性格"的传统现实主义方法,已经无法观照到复杂的现实维面,时代要求文学必须从重典型性格的刻画转移到重视典型境遇的绘制;作为精神的现实主义,启蒙又似乎有简化现实的丰富性之嫌。作者对生活的把握,由对单个人命运的关注转向对民族群体生存相的思考。总之,雷达认为要拎出新时期文学的主潮,首先得廓清这个主潮是什么。私我的个体、异化的个体、政治的个体、经济的个体、道德的个体,角度不同,但最终都无法避免单一而封闭的主体性诉诸。只有从更高的视界来研究人,抓住"人"又不放过人在不同阶段的特殊性,突出主要矛盾,分析矛盾的主要方面和次要方面,即从人与政治、经济、道德、伦理之综合关系中,从最为稳固的共通性联系——民族的文化性、精神性以及社会心理趋势、日常生活状态入手,主潮形象才能成为新时期文学众多面目中一个坚硬的存在,它不是无可稽考的神秘主义,也不是不相信一切的虚无主义,而是"承认人和世界的客观实在性"。

这个角度,雷达主潮论的立论,实际上是以重新界定现实主义艺术形态为前提的。在他看来,现实主义不是以邻为壑的唯我独尊的主义,也不是万物皆备的"好作品主义",它有它质的规定性。"就现实主义来说,无论远近,我想它总是承认人和世界的客观实在性的,它总是力图按照世界的本来面目再现(即表现)世界的,它也总是强调人类理性的力量、实证的力量和判断的力量;由于它对人和世界客观实在性的肯定,它也许更重视包括人在内的环境(即存在)的作用,并重视社会性,把人看做'社会动物'。"① 虽然雷达不主张以现实主义论新时期文学的主潮，但他尊重人的历史境遇、宽容人在不同阶段的差异性、关注人的时代性以及彰显文学的人学本质的思想，无疑是马克思主义历史－社会学分析方法。不管是新写实、朴素现实主义，还是新现实主义，如果作品没有起码的客观实在性品质，主潮论就不可能有现在这样的现实基础。由此可见，雷达在宏观把握新时期文学基本走向的大前提下，通过对其内部运动中一般与个别、普遍性与典型性、主流与非主流、理论批评与创作实际等等，诸多错综复杂关系的广泛而深入的辨析，民族灵魂的发现与重铸主潮论，以雄辩的实证主义批评实践一方面总结了新时期30年文学的主流趋向和主要轨道；另一方面以他的"批评之镜"凸现了中国文学在世界文学格局中的独特性及其地位，实证中体现出对未来文学的真诚预期。"底层文学"能在新世纪经济全球化走向深化的时代语境下，形成一股强大的文学潮流，写作的惯性等问题不能说没有，但作家们颇为集体性地找寻、发掘、表现中国本土化民族化的时代主体的努力，不难看出，新世纪文学至少在前半叶，还应是现实主义居主潮地位。而这些与新时期前期、中期、后期相互贯通，共同性大于异同性的特征，无不在雷达主潮论的预示当中。

三、"时代主体"的体系性与新现实主义方法

一个时代有一个时代的文学，文学可以超越时代特殊政治意识形态、经济意识形态以及由此二者夹击而滋生的具体现实问题，但文学又无法漠视时代氛围中人具体的生存状态和精神现实。这是文学的两难处境，也是文学的张力所在。也就是文学对人的现实关系、历史关系、文化关系、精神关系的书写，可以走向异化、变态、显恶、审丑的正话反说的路子，也可以以"客观实在性"为依据，走向对常态现实的正面分析、表现、呈现、批判的正话正说的路子。雷达对现实主义小说的选择，以及由此引发的民族灵魂的发现与重铸的主潮都表明，雷达的批评无论从哪个角度说，都是倾向于后者的。这就使得他的批评，一方面，因不满足于封闭的审美阐释而流于多元化语境下真正相对主义的产物，具有了思想的完整性和批评的厚重历史感，这一点使其批评富有深度；另一方面，他的批评有一个重要的使命，就是在运动着的文学现象中发现新生元素，即梳理、发掘、

---

① 雷达：《雷达自选集·文论卷》，第332页，山东文艺出版社2006年版。

归纳正面肯定性价值，这一点使其批评葆有了鲜活的现实感和大胆的未来预测性。

这样，"民族灵魂"在他的批评世界中就自然形成了两个方向。对于已经成为历史的80至90年代文学，他注重的是找问题、总结文学经验。对于新世纪文学，更看重的是现象分析以及从理论批评的角度寻找新的增长点，发现多于批判。因此，民族灵魂的发现与重铸的主潮论，实际上是两个互相联系又相对独立的论题，向前接续着"五四"启蒙精神传统，向后着重是描述新世纪文学的主流线索。既然这样，雷达的主潮论在我看来，还不如概括为寻找文学的"时代主体"更为合适，也更能说明新世纪以来他批评的主要目的。

1985年第5期《文学评论》发表了黄子平、陈平原、钱理群合著的《论"二十世纪中国文学"》一文，紧接着从1985年第10期一直到1986年第3期，《读书》杂志连载了三人的"对话"①。"对话"从"缘起"、"世界眼光"、"民族意识"、"文化角度"、"艺术思维"、"方法"全面而深入地阐释了该文产生的过程。显然，黄子平等人的观点对雷达实际构思《民族灵魂的发现与重铸》一文的1987年代以前应该有一个因果关系。

如果"世界文学中的中国文学"、"改造民族灵魂的总主题"、"悲凉"的现代美感特征和"艺术思维的现代化"，是黄子平等人把握20世纪中国文学"总体特征"的方法论②；那么，以80年代的重铸民族灵魂为切入点，途经90年代的"生存相"、"分享艰难"，到新世纪由精神资源匮乏导致的文学的人文内涵的普遍性贫弱，则完整地形成了雷达寻找新时期文学的"时代主体"的批评体系。这个批评体系中，雷达的主要贡献在于，用具体而微的实证分析方法，共时性的民族文化与历时性的历史文化统一的眼光，给批评界和研究界"各说各话"的90年代文学，以及莫衷一是、边走边看的新世纪文学，做出了理性的裁决和富有创意的科学性预测。

第一，强烈的反思气质，打通了纷纷扰扰的各种主义之间分疆而治的断裂式文学版图，表明了90年代以来不管表面上是注重形式探索，还是图求批判的写实风尚，其实都是为着寻找当下时代的文学主体而努力这一根本的文学特征；再批评的质疑精神，使得他的批评开始总是面铺得很开，在宽阔的文学现实中尽量做到不挂一漏万，避免抓住某一点而放过文学的

---

①② 钱理群、黄子平、陈平原：《二十世纪中国文学三人谈·漫说文化》，第86页，北京大学出版社2004年版。

多种形象。但等到一个小段落结束,也就是当结束时的文学通常表现出某种惯性的、随顺的疲相之时,雷达往往有阶段总结性质的文章发表,在这些长文中,一边是对自己先前观点的补充和延续,一边是对与创作同步的批评界声音的反批评。正是反批评构筑了雷达主潮论的连贯和一致,也动态地阐述了民族灵魂在不同小阶段的具体面貌。换言之,各个小阶段里的"民族灵魂",即是尘沙落尽后具有主干性质的时代主体,他们并不一定是直线性完形的过程,通常是翻转、逆流、奔突。这就注定了时代主体并不是显赫地伫立在那里,而是需要一颗沉静的心灵,从广驳而芜杂的文学事象中烛照出他们的绰约身影来。这就意味着,雷达体系性的批评实践,必然先得把准社会思潮的主动脉,民族文化背景下的文学主体才能彰显。一句话,在"个人化"文化语境中,要寻绎出新时期文学的主干,雷达所做的研究实际上就是整理和辨伪新时期文学史的过程。

黄子平等人把"改造民族的灵魂"视做20世纪中国文学的总主题,并且把女性、农民和知识分子三类形象,看做是表现总主题多种多样"变奏和展开"的支点。只不过,《论"二十世纪中国文学"》着眼点在20世纪中国文学的整体性,新时期文学反而仅仅点到为止。这个背景上,对于新时期前20年的文学,雷达的民族灵魂的发现与重铸是"接着说",而不是"跟着说",属于雷达的原创理论。一方面固然是这20年的文学运行本性使然,更重要的是,90年代文学实际上在众多理论研究者的眼里,是多元化的20年,更是"断裂"的20年、"无名"的20年。雷达的"发现与重铸"既拎清了主线,也彰显了主流。在"断裂"的文化氛围中,他并没有认同"断裂",或者说他不是"以80年代的方式宣告了80年代的结束"①,而是通过文本细读的研究方式表征,80至90年代文学是一个"自然"的历史进程。比如80年代张贤亮、王蒙等人笔下的老年知识分子,既"新"又"旧","知识分子已从初期的争取政治解放、洗去尘垢后,恢复社会地位,发展到今天要挤出忍从和奴性的血,换上强化自我、摄纳现代自由民主精神,追求相伴与世界先进思潮的新鲜血液",是通过忏悔和反思来重铸民族灵魂;而《北方的河》、《在同一地平线上》、《无主题变奏》等作品中的青年知识分子,是借鉴西方现代思想,通过张扬个性、肯定自我来探索改造民族灵魂。改革者、农民虽表现形态各异,却都"受到共通的民族性格模式的制约",暂时难以跳出人物灵魂和作家灵魂的双

---

① 温儒敏等:《中国现当代文学学科概要》,第168页,北京大学出版社2005年版。

重"魔阵"。雷达总结到，改革者是人治观念作祟，农民中或是满足于经济翻身，或难以把握人的解放与传统"人学结构"的关系①。在"个人化"成为90年代关键词的文学环境，他对"个人化"的界定其实也就是如何在90年代看待民族灵魂的重铸问题。他说，这个时候的"个人"就是在物化背景上对人的尊严的和人文精神的尊重。"新生代作家"显然是这个时期的中坚力量，他们那里所谓农业文明的诗意被打破，上帝死了，整体性破坏了，实际上是"个人化"未被提升到"主体化"高度的一种思想匮乏②。新生代作家的写作努力迎来了文学表达的真正多元，加速了"一体化"的终结，但文学的新空间究竟在哪里？不管写异化、变态，还是反讽、尊奉存在主义哲学，可信赖的属于本土生长又是现代型的个人，的确成了留给新世纪文学的命题。

在副标题为"新世纪以来中国文学的走向"的《新世纪文学初论》中，雷达指出，继90年代的"众声喧哗"之后，新世纪文学将出现"有名"状态："以'民主'为基础，以题材的存在性意义成为创作的前提性条件，自在地形成文学及其交叉意义网络，以复调形成文学永远的时效性和不尽的意蕴。"并且"它以政治文明、人性化、世俗化等精神化作为自己的原点和价值旨归"③。

论及新世纪文学的哲学思想时，雷达认为新世纪文学将仍然以"重铸民族的灵魂"为总鹄的，以传统哲学为根基，以现代性为先导，展开自己的话语世界，无疑会把文学提升到一个新的境界。这些论断一边是对新世纪文学现象的分析和归纳，一边又不只是紧贴文本的现象分析。在更高的视界上，已经蕴藉着对更远的未来文学的客观判断和理性规划，他以圆的图示描绘了这样的图景：处在圆心的是审美含量很高的纯文学，它是轴心；处在最外层的是初具文学性的各式各样的大众文学产品，构成宽泛背景；而位于两者之间的是文学与其他众多学科嫁接所形成的各类新文体，它变动不居，常写常新④。"文学终结"论，在雷达看来是无稽之谈。人们普遍表现出的对当下文学非经典化的焦虑，或者倾向于认同纯文学就此寿终正寝、文学的终端应该是影视的票房指数，不能说与"文学终结论"没有关系。

第二，"改造"民族灵魂、"发现"民族灵魂还是"重铸"民族灵魂，

---

①②③④ 雷达：《雷达自选集·文论卷》，第220、248、278-279、284页，山东文艺出版社2006年版。

就共同的"五四"启蒙精神的承传而言,这三个动词其实激活的并非是同一个界面。黄子平等人的"改造"直接为"现代性"的目的服务,它的"过渡性"就在于民族灵魂的封建性、落后性、愚昧性,可能很大程度上属于民族内部被意识到的"新我"与将被更替的"旧我"之间的斗争,这种阵痛虽然很剧烈,毕竟单纯。雷达的"发现与重铸"不仅仍然要遭遇"还未完成得彻底的历史任务",更重要的是,90年代以后,文学最为暧昧之处莫过于"个人化"和"身体主义"了。当"向内转"转到"个人化",再由"个人化"转到"私人化"甚至显微化的私人世界和隐秘性的身体秘密之时,由于民族灵魂一直以来被误读成"大我"的同义语,历史的因缘关系,民族灵魂一定意义上,在惟西方"个人"的马首是瞻的全球化文化语境中,恐怕没有多少当下中国作家是出于不得不而自然地选择这个至少曾经令人生疑的对象,作为自己的文学志业的。事实是,80年代与90年代之交,90年代与新世纪之交,就普遍性而言,文学通过"拿来"的"个人"现代思潮反复表现人言言殊的现代性,成了一时的文学时尚。换言之,文学如何个人化、人物如何更像人物自己,或者如何证明人物没有时代的共性绝对压倒历时性的民族共性。这个背景上,雷达要面对的问题远比黄子平等人的困难。

  起码,首要的问题要抓住泛滥的个人当中最有现实感也最能表达民族精神共性的价值因素。否则,批评话语虽自觉注入启蒙和批判性质永远有一说再说的必要,毕竟,对于追求"个人的活着"的大众而言,精英立场多数时候可能仅仅是一场动静不菲的学术动作。除了独白式的振臂高呼,深入的交流其实早在新写实主义时代就已露出了苍白的面容。在精神性诉求集体性溃逃的语境,雷达要发现并重铸隐藏在"大我"论题当中的时代正面肯定性声音,研究方法的选择就显得尤为重要。沿着主潮论的轴心感受他的良苦用心,他与"二十世纪中国文学"论者所选方法截然相反。这也是他大多数单篇论文的模式,即先从微观研究入手透视宏观思潮,再由宏观视角确证微观分析,也就是先"见树"再"见林"后再通过林影指认树景的过程。这个过程中,很难说雷达发明了什么骇人的理论创见,但真诚地呈现一个时代本然的文学事实,的确造就了雷达批评永远拥有不败的说服力。这个时候,雷达对现实主义艺术形态的更新,就不只是对某种适合时代潮流的文学走向的恰当描述,更是雷达用来架构其批评大厦的理论框架和观照当下文学现实的适宜方法。得当的形式既使他的批评多了一份理论的自洽,又充满了开放的朝气。

无论现实主义，还是新现实主义，"客观实在性"、承认人是"社会动物"是它质的规定性。那么，现实主义的"典型性"、新写实主义的"生存相"、朴素现实主义的"典型境遇"，以及新现实主义不管以何种形式，描写的矛头都汇集到社会和民族群体的特征，就首先表现的是不同身份的人在相近环境气候中的冲突、痛苦和碰撞。擦肩而过、不得圆满表明时代分配给个人的份额与主体性要求之间还有距离；游刃有余、志得意满表明主体性与时代、社会、现实的某种饱和状态。在这两种人物中间，那种在日常生活中具有"思考性"的品质，才兼有形而上与形而下的双重价值。外不受浮躁的社会风气的熏染，内不被本民族的惰性消融。雷达对新时期文学民族灵魂的"发现"，指向的就主要是主流作家作品，"重铸"针对的是面上相当宽泛的非主流作家和作品。这样，对于前者，支持其立论成立的是民族的确定角色——农民、妇女、知识分子和改革者；对于后者，其批评对象或者潜在对象，实际上就是角色未必固定，但灵魂一直游荡的无数"个人"。因此，作家的"精神能力"问题、"精神资源"问题，以及"文学的钙"等等术语就成了"重铸"的重要理论资源，也是平衡新现实主义不至于泛化的最后底线。

评述文学批评家雷达，也许还有很多角度，也可能还会得出完全相左的结论。这都会因人而异，除了论者生活经验、艺术趣味、个人气质的不同外，我想，最重要的还是雷达作为一个研究对象的复杂和丰富。的确，在我喜爱并细读过的几位当代中国文学批评家中，还没有谁像雷达这样使人把捉不定。有的批评家可能在某一点上走得很深入，具有"片面的深刻"；有的批评家也许关注的面很宽，几乎无所不包。在我看来，都不及雷达的即全面又片面，即宽广又深刻。这固然与雷达的批评年龄有关，然而，有些比雷达批评年龄更长的批评家，不是也随着时间的推移、时代的更替已经被文学者淡忘了吗？

我对雷达的解读，肯定无法与我个人的文学观、批评观分开，但也不得不承认，研究雷达，我还抱着重新打量新时期30年来文学本身的运行脉络。站在10年来的新世纪文学场域回头望去，新时期大大小小、纷纷扰扰甚至显得有些凌乱的文学，是不是真的从此"无名"？是不是真的"无主潮"？尤其是新世纪再往后推，文学世俗化、个人化、边缘化甚至娱乐化、下脚料化的同时，有没有可能给人们提供认识时代、了解现实的能力？有没有从正面提升人们趣味、矫正人们精神选择的效力，哪怕这种力显得很微弱。带着这些疑惑，雷达成了我走进去的第一个批评家，这也足见雷达批评的真诚和说服力。当然,很多时候,还因为雷达批评中蕴藉着的光明和希望、青春和朝气。尤其当他的光明不是一种浮光,当他的希望不是一种盲目乐观,当他的青春不是一种刺耳的偏激,当他的朝气不是一种甜腻的热情。走进雷达的"主潮论"也好,辨析他命名中的思绪也罢,或者欣赏他看似随心所欲,实则形散而神聚的批评文体,对于他耗费半生心力跟踪的这一段文学史,都有冷暖相知的真实。

第三章
王彬[①]（1949——　）：
将小说研究带进"微理论"时代

　　新时期文学发端于"伤痕文学"、"反思文学"以及"改革文学"等等，故而可以称作主导性新时期文学理论批评的，自然莫过于小说批评。与文学创作的主力军——知青类似，20世纪80年代初中期担当理论批评的主要人物也仍然是知青身份的批评家。他们的批评，助推了小说参与政治反思的力度和强度，某种程度上，也深化了隶属于新时期文学理论批评之重要一维的启蒙话语的进程。这主要表现在对人道主义、经典现实主义话语的普遍使用。人道主义话语、经典现实主义话语，在这个时期还来不及进行"真"与"伪"的辨析，真伪之辨一直要等到大约20世纪90年代的"解构主义"才能完成。因此，以知青身份进行批评活动的一批批评家，除吴亮、南帆等少数批评家格外地重视小说叙述方法研究外，一般的批评基本不出以上两种批评话语体系。这就导致，90年代虽然有了大体属于方法论的批评实践，比如"日常话语"、"个人话语"等等，都冲着"公共话语"、意识形态话语而去。但在这些话语的批判、诊断中，起实际作用的还是泛泛的价值论。也就是方法论在整个90年代文学批评中，仍然不具有突出的位置。居于突出地位的仍然是"大众趣味"、"市场趣味"、消费主义与知识分子所持见的精神性、人文性话语之间的博弈，想办法制衡前者构成了90年代乃至新世纪文学运动过程中，压倒性批评气质。毋庸置疑，理论批评中盲目的跟踪式研究，率性而为的作家论、作品论，不可能在理论的高度严正重视批评的方法选择。这部分地导致了，一边是"垃圾说"的绝望感，一边可能正是当代文学大片丰收的喜讯的悖论局面。

[①] 王彬，北京人，1971年参加工作，1982年毕业于首都经贸大学。中国作家协会鲁迅文学院研究员、原副院长。主要著作有：《红楼梦叙事》《水浒的酒店》《中国文学观念研究》《禁书·文字狱》《旧京街巷》《胡同九章》《北京微观地理笔记》《北京老宅门图例》《北京街巷图志》等；主编有《清代禁书总述》；文学作品有散文集《沉船集》《旧时明月》等。

第三章 王彬（1949— ）：将小说研究带进"微理论"时代 | 041

然而，这时候所需要的批评方法论，也许不同于赵宪章当年检索80年代"方法论"时那样的纯批评话语辨析①，需要的倒是微观的作品分析，以及由微观作品分析而生成的中国化叙事经验。因为，如果没有对中国经典文本成功叙事经验的提取和整合，批评方法的选择就很可能会重蹈赵宪章所说的理论运用上浅层次重复的覆辙。从新时期初年到新世纪第一个十年的30年时间里，当代文论的变化之大，是人所共知的。所以，文学批评究其社会化功能来说，也基本上承担着社会思潮运动的晴雨表角色。一不小心，80年代中期"方法论"的情景就会在这个时候重演，那将仍然是批评话语的原地重复——搬运一阵西方经验了事，与我们现在需要的批评话语"失语"（或"失禁"）后的方法论不可同日而语。过去对方法论的热衷，是为了不管三七二十一改善僵化的庸俗的马克思主义、工具论经典现实主义一统天下的沉闷局面；现在所需要的方法论，主要是为了找寻经过全球化洗礼后，由身份焦虑到认同的反复求证后，对中国本土成功叙事经验的发掘，从而获得批评言说的自主性，使文学创作成为有"根"的叙述。

从微观角度打入，重塑批评的形象，既是全球化语境的趋势，也是整理中国当前文学批评自说自话、又相互抵消的文学现实所迫。前者，最著名的如英国文学理论家特里·伊格尔顿《理论之后》②及其阐释者一再倡导的"小的"、"局部的"、"地域知识的"视角；后者，着眼于从1998年（其实1993年曹顺庆就提出了，广泛争议要推后几年）大声疾呼当代文论"失语症"至今还未能完成的中西理论话语转化工作，中国当代批评话语应该有个本土化的叙事经验了。这不是出于民族主义的义愤，是确有学者一直在这方面努力而为的结果。只不过，当我们的注意力在理论层面的宏观描述时，所谓本土叙事经验因缺乏有力的文本解读支撑而未能彰显。或者因文本解读只满足于发现"新"创作信息、确证新作家的创作能力等等即时性因素限制，跟踪式文本细读经验的琐碎和断裂反而加重了人们对本

---

① 赵宪章：《文艺美学方法论问题》，广州暨南大学出版社2000年版。
② ［英］特里·伊格尔顿的"后理论"，或"理论之后"已经在中国流行，一方面他的"文学理论"、"理论"、"后理论"三分法被中国当代批评家不断援引、阐释，进而对症下药面对自己的批评对象；另一方面，该著后面对"小理论"的突出论述，也构成了批评家借此构建"小视角"批评方法的重要启发，一些有艺术敏锐度的批评家从小视角着眼，的确写出了不同于以往泛泛价值论的批评文章，这说明从"小"处进入文学世界的批评，其有效性和基于此建立的个体化批评话语有令人期待的前景。《理论之后》，商正译，北京商务印书馆2009年版。

土叙事经验的怀疑程度，本土经典文学文本这块富矿也就乏人问津了。

一、"新"批评现象与老问题的复来

通过对 1993 年以来致力于诊断中国当代文论话语"失语症"的梳理和研究，我发现，迄今为止，文学理论批评家仍然可以分属于两类，尽管他们在文章中无不倡扬要摒弃中西理论话语的"对立"。这两类是，主张中西转化不可能的，一般把注意力集中到中西方不同的文化背景、宗教传统和日常习性，求其异声于异邦，就等于搬运和挪移，"化"的可能性几近于零。这个不可能，还在于他们发现中国古代文论话语本来就非常发达，无需费力气拿人家现成的东西，直接取中国古代文论中有用的部分，至少还可以省却语境上的麻烦，比如，妙悟式、直觉式，以及古文论中丰沛的"终极价值关怀"话语，似乎正好契合了当下中国文论价值失衡、不着边际、自言自语的琐碎和片状局面。主张化西为中的人那里，理由当然同样充足。"全球化"是一个要命的前提，既然自中国先锋文学占据近 30 年来中国文坛响亮的位置以来，西方叙事学就已经构成了中国作家比较自觉的叙事意识，那么，面对同质性现代人的精神困境，中国批评话语就不可能只有古代文论这么一个资源，而且有效的批评策略还可能正是来自西方的叙事理论，与中国古代文论话语相较，西方叙事理论仿佛更适合文学创作现状。

道理都是正确的，而且两个转化都注意到了当下文学运行的现实问题，即为着拯救文学现实而来，或者为着提升现实文学的境界而来，这不可能是一个伪命题。然而，大前提正确不一定所包含的小前提必然有价值。中国当下文学现实需要批评理论进一步的提升，这个前提是正确的；但值得再讨论的是，20 多年来几乎见于大小理论版面的作家论、作品论等，这些最能显示转化成果的地方，事实证明，都不约而同地把"转化"本身当作了批评话语，真正该使用的转化结果——提炼而出的中国叙事经验也罢，成功转化过来的西方叙事方法也罢，并未见到在批评实践中的成功运用。2008 年赖大仁出版的《当代文学及其文论——何往与何为》[①]一书，就是明证。该著是站在出版的这个年头反思过往文论状况，包括他自己提出的一些措施、方案，都还行进在"如何转化"、"怎样转化"的理论

[①] 赖大仁：《当代文学及其文论——何往与何为》，江苏高校出版社 2008 年版。

思索层面。

　　这不仅是理论如何批评化的问题，也绝对是衡量批评界实际工作效率的问题。理论家不愿、或者不屑于批评实践，与批评家不关注理论问题，乃至于把自己变成一个活脱脱的书评者，这是中国当代理论批评界的一大特点。我在这里不再赘述这个话题，希望能于几个扎眼的文学问题进入，观察当代文论界的一些动静，文学现实到底怎样，现实状况究竟如何去向，或许才会变得具体一点。

　　了解当下文学现实，还必然包括对当前时效性、功利性文化思潮的警惕。不能说了解了当前状况就意味着你的言说就一定是有说服力的批评。比如，你了解到的当前文学现实是"和谐"、"儒家思想"、"传统文化"、"地方知识"、"民族特色"，只能说文学在某种趋同的文化思潮推动下，走向了相当一致的共性，而不能就此判断，如此写作就是我们应该格外注目的有价值的文学。甚至在这个时候，作为批判性的文学研究，分析其中的屈从心理、顺从心态，并指出如此去做将会损失文学应有品质，或许才是文学批评获得独立言说资格的依据。

　　当前文学创作异常复杂，不是一两句话能概括清楚的；当前文学批评、文学研究也聚讼纷纭，也同样不是一两句话能判断得清楚。但如果我们能抓住一些有代表性的言论、说法，创作界、文论界的一些公共性问题也许就会出现一种较清晰的言说语境。

　　第一，当代文学在语言上是不是"垃圾"？

　　"垃圾说"是德国汉学家顾彬2006年提出的一个骇人论断，2006年至2007年顾彬奔赴北京大学、南京大学等中国著名高校演讲，他频频使用了中国当代文学是"垃圾"的词眼儿，随后他30万言的专著《二十世纪中国文学史》，通过详细论述也重申了这一判断。"垃圾说"一经端出，中国当代批评家纷纷起而攻击、撰文论证，认为不仅不是"垃圾"，90年代至今还可能是当代文学发展的最高峰。很清楚，你说是"垃圾"，有你的论据；我说不是"垃圾"，我当然有更有力的论据。

　　在这里，我更关注的是顾彬的观点，因为论证不是垃圾很容易，难点恰恰在于，顾彬作为一个外来者、作为一个与当代中国文学特别是与还健在的中国作家没有任何友情关系的研究者，我认为，他的判断是比较客观和冷静的。他没必要刻意贬低中国作家的劳动，去收取哗众取宠的效果；同样，他也没必要故意拔高中国当代作家，来博得作家们的掌声和鲜花。中国当代批评家过于沉迷于文学的新生经验，过于信赖同代作家的智慧，这是导致判断暧昧的主要原因。说到底，这种批评姿态就是一种极端化的文学进步论，它的指导思想就是，既然20世纪50至60年代"工具论"当中，文学因服务于政治、服务于政策，不可能有自由的文学；80年代文学又因为忙于历史反思、政治反思，"主体论"同样陷于具体事件而成为"大我"的代名词，那么，90年代以"断裂"唱响的"个人化写作"、"欲望写作"，就是历史必然的、进步论的。

顾彬对现代中国文学的研究，始终以鲁迅为标尺。鲁迅的语言人们很熟悉，不要说杂文的那种思想容量，什么"于一切眼中看见无所有"、"于天上看见深渊"、"于无所希望中得救"，就是《阿Q正传》《药》《祥林嫂》《孔乙己》《在酒楼上》等等小说，那种删一字嫌太瘦、增一字嫌太胖的文字质地，恐怕不是哪个自命不凡的当代作家能比拟的。顾彬快30岁才学习现代汉语，快50岁才开始学习俄语、日语等，他能用多种语言进行翻译、精读文学作品，这种用多种语言参照来透析一种语言之不足的研究者，说中国当代文学语言是"垃圾"恐怕不是意气用事。他说的德国文学语言遭到"二战"的破坏很严重，当代德国作家应该重建文学语言的提法，很适合中国当代文学语言。难道"文革"没有破坏我们的语言思维吗？相对于"二战"时的德国，90年代以来"去政治化"写作对"文革"语式的极端化解构，其中难道没有另一极端的趋向吗？比如只关心那么一点私人欲望，只把那么一点私人欲望当做人性内容的全部来写，是不是放弃了对现实问题、时代问题的观照？如此追问，首先在个人话语的建立上，除了个别"知青作家"可能获得了自己言说世界的语言感觉以外，近20年来不断涌现的一批批年轻作家，个性化表达不缺，可是在"私人叙事"、"日常叙事"这样的大框架下衡量，究竟有哪些创造了属于自己的而不是时代风潮的个体化私语、个体化日常经验，显然还不容易挑选出特征明显的个案来。他们的个性只能是对故事的理解不同、叙述故事的方式有别，到底少有那种语言的突出者，也就少有突出的个体经验。只能用"日常"、"私人"之类的新的集体经验来概括，却不能因为某一种个体经验而导致人们对如此大众化日常事象、个人欲望，产生整体性的质疑，或者像卡勒说的对这些东西进行"自反性建构"。肇始于语言问题，语言问题其实凸显了文学叙述的普遍性雷同现象，个体话语的缺失最终就是文学思想能力的低层次循环问题。

在语言与文学的关系问题上，有两类问题是应该引起注意的。一类是"工具论语言观"与"存在论语言观"，以及由此导致的新的语言与文学的分离现象；一类是"文学家制造的语言"与"生活自然语言"，以及由此产生的作家替非知识出身的人物叙述与非知识出身人物自己直接说出自己的潜意识的所谓"他者"话语，即"他们的"语言与"我们的"语言的分野——导致了文学语言还是重视工具论而不是存在论的问题。这两类问题看似不同其实一致，说明语言与文学分离这个"五四"时期的老问题在当前文学土壤又找到了扎根的适宜语境。当文学语言只是外在于作家主体的"他们的语言"时，作家在文学中表达的并非是自己的存在感，进一步突出了的是与语言本身蕴藉着的存在感无关的主题、故事和情节等等，"我们的语言"这种已经内置了作家生存问题乃至民族精神状态的"语言"，在实际的文学中变成了"声音语"，而不是用来体悟的"书写"的"汉字"[1]。顾彬不满意的地方可能就在这里，而中国批评家在捍卫中所忽视的东西也在这里。不是"新"问题使我们应接不暇，而是我们遗忘了老问题原来又来光顾了。

文学语言问题暴露的并不只是语言本身的问题，语言的寡淡如水，其背后一定有一个简单、浅薄的叙述主体。

第二，"垃圾说"分解出来的子课题，即如何评价中国当代文学的问题。

2009以来，北京大学的陈晓明、清华大学的肖鹰，还有南京大学的王彬彬等人，展开了对该问题的论争。

批评家陈晓明先后师从文学理论家孙绍振、钱中文。他的博士论文《无边的挑战》是研究中国先锋派文学的。从先锋派文学一路下来，"后现代性"、"现代性"、"审美认识论"等等，是他研究的几个主要命题。从这几个主要命题可看出，陈晓明的研究范围主要是80年代及80年代以来文学。想办法给90年代以来文学命名、并赋予美学的合法性是他的主要工作。顾彬说当代文学是语言的"垃圾"显然与陈晓明对中国当代近30年来文学的研究有着某种相悖之处，尽管陈晓明并不是一味认同他的研究对象，尤其像其2003年出版的专著《表意的焦虑》等甚至给予他长期关注的对象以深刻而精准的批评。于是"前所未有的高度"就成了他评价近20年来文学创作的基本态度，"当前文学"与"当代文学"被他混用了。肖鹰一直致力于中国当代学术批判，涉及当代大众文化、电影电视剧、娱乐

―――――――――
[1] 郜元宝对这些问题的研究比较精细，相关论述见论文《"音本位"与"字本位"》和《同一与差异》，《汉语别史：现代中国的语言体验》，第59、24页，山东教育出版社2010年版。

节目、知识分子行为、文学批评价值等等方面，他的价值尺度建立在五四新文化运动所开创的自由、良知、启蒙的角度，所以他不可能认可按照市场法则写作的当前文学，他的评价虽没有顾彬那么决绝，但也绝对不会是"前所未有的高度"。王彬彬抓住了陈晓明的"前后矛盾"来批判陈晓明。认为在"去政治化"的风口浪尖，陈晓明极力批判"十七年文学"，但在面对私人欲望的写作潮流时，陈晓明又说当前文学还不如"十七年文学"中细致的自然景物描写，这就把"阶级情压倒亲情"的"十七年文学"抬到了人性写作的高度。批判陈晓明是"市场营销商"、"忽悠批评家"、"唱盛派"。

我个人认为，关于中国当代文学高不高的论争首先是个伪命题，因为这一类批评动用的就是，比拼看谁举的例子最多谁就最有说服力的思路。当代文学很复杂，举什么样的例子可能都不困难。陈晓明说"高"的时候，不会主要说"低"；肖鹰、王彬彬说"低"的时候，不但要批陈晓明的"高"，还会应然性地忽视陈晓明的成就。然而，困难的是，在整个当代文学史的线索上，对人性探讨的方向上，当前文学究竟有哪些突破？这需要叙事学的折射，然后才是学科合法性问题。文学判断不是经济学研究，用一组数据就能解决问题。同样，"十七年文学"对人性的漠视，或者不得不牺牲个人性来成全集体人性、国家意识形态对人性的规约，肯定是通过90年代以来文学对人性的丰富而复杂的全方位展示显现出来的；但90年代以来文学为了突出人性内容而压制人的生存环境、自然大地的普遍性做法，解决的方案恐怕不是简单地回到描写的传统那么容易，当下时代提供给个体的是否是整体性，肯定是导致作家能否于关注人性的同时情驻自然大地的主要障碍。也就是说，个体内心世界的破碎与生存环境的不完整的这种同构性关系，既是指认90年代以来文学在人性探索上进步的标准，也是反观过去文学的外部环境描写总是那么轻易地因时代政治气候变化而变化、甚至不长时间、前后变化为什么会出现天壤之别的根本原因。这里，如果把问题稍作收束，评价当代文学前30年与后30年的不同，人性问题显然还是一个政治性问题。由于后者的潜隐性存在和与论评者、写作者的暧昧关系，陈晓明后来的批评实践从理论范畴的转向"现代性"（他前面的是"后现代性"）可以看出，他甚至是放弃了已经走上成熟的后现代性批评，用现代性这个残汤剩羹又重新打量被新生文学现象鼓动着的激情了。他的犹豫、调整与王彬彬、肖鹰的彻底、决绝，其实已经开始汇合。对于当前文学取向的评估，不是谁举出的例子更多的问题，而是谁真正意识到了建立有效批评话语的艰难。就此而言，王彬彬已经在做清理工作，对鲁敏、毕飞宇、《红旗谱》的艺术分析即是，而陈晓明意识到的却是重新使批评解除理论范畴的捆绑，如何建构批评话语，从而从话语的角度，探析文学人性论写作深入地折射政治的、文化的流行意识形态情景问题。

所以，"高"与"低"的论争，彰显的是批评独立言说的可能性，这是真正有质量研究空间的开启。

2010年第3期《文艺研究》发表了王彬彬批判汪晖的长文《汪晖的学风问题——以〈反抗绝望〉为例》。王彬彬的锋芒直指"新左派"思想代表人物汪晖，从博士生写论文似乎绕不过去要引用的汪晖博士论文入手，指出关于当代中国文学"现代性"问题的论述，汪晖在20年前就很含混，但当前的文学博士生却把汪晖的观点当成了阐释现代性的"圣经"，这足见当前文学研究上的浮躁风气很普遍。王彬彬找出了汪著若干个抄袭方法：搅拌式、组装式、掩耳盗铃式、老老实实式等等，认为汪晖的大部分观点都取自李泽厚、勒文森、林毓生、张汝伦等人，剥过这些人的皮，汪晖基本没有自己的看法。试举一例，汪晖用"大众民主"、"知识分子民主"等新名词阐释"现代性"，对"现代性"就等于没有进行有效阐释。由汪晖的学风问题，我们可以看见，至少当前文学研究并不是深扎在文学现实这块土壤里，而是一种新知识的廉价贩卖，文学创作似乎已经发展到了前所未有的高度，其实不过是研究者的理论盅惑而已。就批评而言，汪晖的问题，则实在又一次表明，我们太耽于"思想"，而缺失了"五四"先贤那里意识到而未能彻底解决的语言问题——"鲁迅的道路"本来就指文体家鲁迅的语言实践道路，即在语言本身看文学思想的现代知识分子主要启蒙工作路子。

这也是口口声声本土化叙事经验，但谁都不愿屈身观照本土经典文学文本，导致研究或批评不能不空疏的又一例证。

二、《红楼梦》与本土化叙事经验

以上的情况，可以看做是近些年来文学创作的运行水平，也可以看做是近些年来文学批评的基本工作。那么，有了如此背景，我们怎样研究文学？怎样研读文学作品？或者怎样看待繁花乱眼般出现的文学现象？

首先，文学研究或者文学批评是一门独立于文学创作的学科，它有它的逻辑思维，也有它的相对比较独立的理性判断，至少批评文字不是电线杆、公侧墙壁上到处可见的"广告"，批评家更不是街头上表情期艾艾、声嘶力竭的"大力丸"叫卖者。它对作家季节性跟风要做出理性的分析和严正的判断。这是说批评家要有知识分子的眼光，批判性是批评家从事批评活动的职业道德。当然，什么样的文字才具有真正的批判性，这一点有必要说得更清楚一点，因为它关系到批评文字的独立本身。从20世纪90年代初期四川大学的古文论研究专家曹顺庆发出当代文论"失语症"以来，迄今有关当代文论的"失语"问题讨论已经有20年之久了，但当代文论的建构者们不是主张"中西转换"，就是主张"古今转换"，还很少有成功的当代文论话语范例。

我们看得见的充斥于大小理论版面的文论，大多属于中西话语的拼接、古今话语的互补，文论话语的当代性还很少出现。

除了前面讲到的两个"转化"趋向以外，所谓化西为中或者化古为今，在具体批评实践中其实已经出现了诸多言说障碍和危机迹象。具体而言，中西转换，使得大小批评文章只知道左一个福柯，右一个德里达，或者巴赫金、阿诺德、巴特、阿尔都塞等等，就是不明白批评的文本与以前文学史有什么必然联系。当前文本何以如此去写人性？如此写的意图在哪里？这些均不是批评文章谈论的重点。古今转换者那里，弥漫于批评文字的是"天人合一"、"和谐"等等，至于古人为什么会有真诚的诗意，今人在多大程度上书写了真诚的内心感受？批评文章则全然不顾。我的感觉，在现如今进行批评，必须跨越"民族性"、"本土性"这样的理念栅栏。第一步要做文本的细读工作，先把文本的信息把握足了，再结合当下的文化现状，看如此文本究竟是顺从式呈现文化概念，还是沉入到了文化概念的底部，说出了当下现实中其他媒体无法显示的那个价值。这时候批评所得的文学真相，就既是对作家主体精神的衡估，又是关于文学叙述技术的判断。文本中到底民族成分多，还是西方潮流多，就显而易见了。批评文字再不会是"应该怎样写"的问题，而是关于"怎样写"并不是深入的问题的探索。你用的概念就是现实的、问题意识的和心灵体验的。

其次，只用现实的概念、问题意识的眼光和心灵体验的尺度，如果没有一个宏观的视野，就很容易走向琐碎的、细小的、局部的、地域性的知识局限。那么，有了这个前提，研读文学作品还应该与稳定了的文学理论取得必要联系，以文学理论惯例来把握手上的文学作品，批评文字就多了一份历史意识，它也更趋向于批评的理论化梳理，不至于仍然是率性而为的读后感、印象式点评，或者古人的妙悟、直观、性灵的对作家情绪的三言两语式复述。

举例来说，把文学理论所讲的文学惯例作为批评话语的基点，实际上就是避免文学批评走向过于私人化的一种他律行为。向文学理论要批评的基础话语，是文学史延伸的必然，也是批评的当代性得以建构而不至于陷于批评家个人封闭体验絮叨的有效制衡。自2003年以来，标明"文学理论"的著作很多，比如王一川的《文学理论》（2003）、陶东风的《文学理论基本问题（第二版）》（2004）、南帆等人的《文学理论》（2008）等等，都是在意图上矫正童庆炳"文学是审美意识形态"的写作，也都是"反本质主义"后的文学理论动态的记载。王一川提出了"修辞论美学"，就是从文学语言的修辞入手，对文学创作进行观照和研究，主张文学性是文学语言的基础，把语言的修辞内涵研究清楚了，文学性自然得以自显；陶东风著作把大量的篇幅放在对文学"本质主义"的辨析上，剩下的篇幅用来分析中国古代文论与西方当代文论的异同，最后以开放的结论指出，文学理论应该在更广阔的背景上区别文学与其他文本的特质；南帆等人的著作融会了"文化研究"的成果，主张文学研究取开放姿态的前提下，明确提出"关系主义"研究方法。很明显，关系主义其实就是"文化研究"的进一步深化。

这几部著作虽都强调文学研究、认识文学应该纳入其他媒介文本，作为显示文学特点的动态研究法，但有个基本点——那就是文学研究应该在故事性、情节性、叙事性、人物性、人文精神性的通则下进行。在这个基本前提下，什么是文学性的研究，才能区别于其他任何理论著作。否则，文学批评就很难与哲学的、社会学的、政治学的理论区别开来。这就给我们一个信号，当唐小兵主编的《再解读》成为20世纪90年代以来文学批评的一个潜在指导时，文学批评只注重翻作家写作动机的老底是不够的，如此做，文学批评就变得很无聊。你翻完作家性描写背后隐藏着巨大的政治能量又能怎么样？文学不把性这个人类的基本人性当做描写对象，还能把什么当做基本对象呢？

既然，文学基本惯例不能被颠覆，批评作为文学理论的前沿话语，批评家就要有基本的学科界限，至少不能把文学作品只当做表达政治观点的材料，也不宜把文学作品只作为女权主义、人权的佐料，作家在表达女权意识、人权意识的同时，还主要地在表达人在这个时代的基本处境——这就不只是女权问题、人权问题、道德伦理问题能说得清楚了。比如贾平凹的《秦腔》，叫引生的人物的确在追求爱情而不得的情况下阉割了自己，但你不能就此说小说就表达了一桩变态的爱情故事。在现如今城市化的大势下，一些作家把恢复原生状态人性的宝都押在了农村社会，《秦腔》在现实主义的创作原则下，却写了人性复原的不可能，我们读这样的作品，是不是还得考虑我们被惯性思维所控制的对于农村，或者乡村的认识定势？如果有这样的发问，《秦腔》另外的信息就会被发掘出来，它就不会是变态爱情、凋敝的乡村景象那么简单。可能还会引导我们去思考作为主体的我们自己在这个时代被各种文化意识绑架的处境。

阅读到这一层，自然构成了批评的双向性。即《秦腔》是不是又有些单调了？解决这个问题，性的象征性这个文学理论惯例就不管用了。西方或者中国传统一些成功的叙事方法就会自然进入批评的视野。

这就是第三个问题，合理使用成熟的叙事经验，是批评的学理性增强的一个必然结果。

西方叙事学中"隐含作者"解决的就是文学作品人物对话相对单调的技术问题。《秦腔》中出现了引生这个自我阉割者，但因缺乏成熟的潜对话者，引生的阉割还不能引起读者对性以外文学话题的足够注意，这是《秦腔》本身的局限。那么，如何使类似于《秦腔》的欠饱满作品很好地解决这一些难题呢？学者王彬在《红楼梦》中发现的"动力元系统"法则显然比"隐含作者"更适合。

《红楼梦叙事》能成为独立于西方叙事学的一点，莫过于"动力元系统"、"叙述集团"和"漫溢话语"等等。这是王彬在《红楼梦叙事》一书中的重要贡献。动力元的终极目的，"是推动本文变异的因素"。所以，这些因素可以是叙述者、本文人物，也可以是构成本文的基本单位——句子、词或词组，在中文中可以到字。也就构成了自身的叙述形态，即叙述者动力元与人物动力元。当动力元是前者时，便呈现一种外部假象；反之，来自本文人物，便呈现一种内在的幻觉。虽说本文人物动力元是19世纪到20世纪西方小说的一种普遍现象，但两者交叉使用，形成一个系统，构织成一个高度拟生活、细化到"日"的时间世界，这种文本效果恐难以"陌生化"、"不可靠叙述"、"隐含作者"等流行西方话语来解释。

所谓动力元系统，在对比《水浒传》《儒林外史》《三国演义》等叙述机制时体现出来了。红楼梦叙事多重动力元星罗棋布，尤喜欢用次动力元、辅助动力元和非动力元（背景），而《红楼梦》前的小说，动力元多而次动力元以下的少。情节变化大而叙述快捷，故这些小说可判定为情小说；《红楼梦》正是因为善用动力元以下的动力因素，是性格为主的小说。明白了这一点，深究下去，曹雪芹的精湛艺术感觉，就具有了许多可以鉴今的理论意义。比如都是同样的目的，避免故事的偶然性与外在色彩，他绝不重用一种方法。比如有时用小人物作动力元，来制造大的情节，但绝不多用，用过即弃；第二，用文内人物带出文外人物，用文内人物消解文外人物；第三，以上情况不足以顺利产生时，利用陌生化与不平衡制造动力元，然后继续让动力元起作用。

尤其善用动力元以下次动力元来写人物性格是《红楼梦》的优长，比如第二十一回写黛玉与史湘云的睡觉。黛玉"严严密密裹着一幅杏子红绫被，安稳合目而睡"，史湘云"却一把青丝拖于枕畔，被只齐胸，一弯雪白的膀子撂于被外，又戴着两个金镯子"，宝玉见了叹道："睡觉还是不老实！回头风吹了，又嚷着肩窝疼了"，一面说，一面轻轻的替她盖上。

这段写两女子睡姿的文字，初看与上下文情节没有任何联系，因为情节在这里是几乎静止的，也没引出什么别的人物。但曹雪芹实际上在这里动用的是次动力元——背景，来写这两人的性格。

> 黛玉将被子裹得紧，说明她体弱怕风。第65回写道，尤二姐询问兴儿，贾府诸人的情况，说到黛玉时，兴儿道："这样的热天，还穿夹的出来，风儿一吹就倒了。"见到她，兴儿都远远的躲开，不敢出气，"生怕这气大了，吹到了姓林的。"史湘云开朗活泼，健壮丰满，所谓"鹤势螂形"，故而睡觉时也不安稳，同后面醉卧芍药茵以及喜穿男服在性格上一致。①

《秦腔》在引生出场以后，视角几乎没有离开过引生，甚至作者是以引生为视点人物来写的，这样，引生的自我阉割，除了阉割本身，就很难辐射出别的意义来。这是一部分批评家抓住引生做今日乡村凋敝文章的原因，也是一部分批评家缘此认为贾平凹精神不健康的口实。前者，文学作为了材料，后者，文学作为了道德批评的证据。我之所以认为《秦腔》可以通过对引生这个人物的进一步深化，有望传达出除性变态、乡村凋敝以外更丰富的内容，就是因为引生其实已经点燃了人们对乡村世界的新的认

---

① 王彬：《红楼梦叙事》，北京工人出版社1998年版。"动力元系统"，是学者王彬先生所著《红楼梦叙事》一书提出来的一种中国传统叙事经验，它可以解决许多叙事类文学不够丰厚的问题，故认为这一话语可作为当前批评话语一种。

识。它从本质上破除了当代文学一旦触及"现代性",就下意识往村里去的惯性思维,而村庄里人性的不可靠,多少反映了当代人焦虑的真正困境。可是,因为作者对叙事理论的不自觉,这个人物现在只能是以上两种读法,分析其他的信息就显得很勉强。以引生这个说不上傻也说不上机灵的人物作为叙述视点人物,本身就是使文学变得虚假、充满偶然性、人为性的一个证据,引生这样不可靠叙述者撑不起一个承载着巨大思想容量的文本大厦,只能制造一些文学的花边新闻。福克纳的《喧哗与骚动》也用了一个不可靠叙述者——白痴班吉,但班吉的行为完全按白痴思维运作,卡夫卡《变形记》中的"甲壳虫"也是一样。这都是西方土壤生长起来的人物立场,中国读者基本没有拷问灵魂的宗教习惯,中国读者更喜欢从人物的可信程度来判断作者的思想见地。无疑,《红楼梦》叙事经验提供了人物性格刻画如何才是可信赖的方法。

提炼出《红楼梦》的成熟叙事经验,就是把中国传统叙事经验以具体批评话语的方式推广开来,应用到研究中的操作性检验。理论上,至少可以避免继续走"中西结合",以及"化西为中"、"化古为今"的非语境性错位。它是产生于本土经典文本的一种叙事范例,作为小说研究方法,它仍可以不断衍生、不断变异、创生,但绝不会重蹈80年代"先锋叙事"那种因效仿西方现代主义经验,而与中国本土隔绝的形式主义覆辙。尤其在"底层叙事"、"欲望叙事"已经相当雷同的今天,《红楼梦叙事》经验的批评话语化整合,对小说家话语空间的拓展,并矫正狭窄的价值书写有着重大的意义。这是问题之一。问题之二是,既然当下时代叙事文学不可能回到过去那种以描写见长的写作氛围,文学只能继续在文化、人性的沼泽地匍匐前行,那么,作为理论批评,如何能于似是而非的文化形态中甄别出文学对时代气候的体现,如何能于无法绕开的"人性"场域检验出人性写作的真诚体悟,即心灵真实,也绝对不是一个可有可无的话题。

这里可以再提王彬的另一专著——《水浒的酒店》[①] 的研究启示。

三、"微理论"与批评思维调整

《红楼梦叙事》之后,王彬一直在摸索小说研究的"微理论",这是一种建构学的思路。从文本细读的角度看,"微理论"不是兰色姆等人的

[①] 王彬:《水浒的酒店》,北京东方出版社2010年版。

"新批评"。它讲究通过对文本中提纲挈领的关键部位的把捉,犹如网之于水面,用关键细节这个"纲"拎起宽阔文面下核心文化信息,再把这些元素归结到文学叙述可能涉及的诸多文学性要素来分析、解释、判断,实现对造成文本面貌的各种因素的"抟塑"和"复原";"新批评"则正好相反,音、形、义、词语所指,才是批评研究的重点,把批评行为限制在文内,是"新批评"这个因形式主义而最终走向衰微的批评方法的命运。"微理论"也不同于中国批评家一度热衷的"小题大做,举例说明"(刘禾语)的解构式批评。解构式批评奉行的是翻文本的老底,一直到翻出作家小小的任何"权力"动机、为意识形态代言动机为止,最后,文学文本就只剩下了一点可怜的动机、图谋;"微理论"思维上很像解构式阅读,但本质区别在于,"微理论"所选中的关键性细部,是用来折射文本多重信息的,类似于叙事学的"视点"。只不过这个视点通常不是人物,是最能代表文本与时代语境结合时,熔铸时代文化主体特征的物象。从文化研究的角度说,文化研究把文学泛文化化,文学只是文化的一种材料;而"微理论"注重细节更在意考验细节,有价值的文学细节渗透着作家对时代语境的深刻把握,显示着当时语境的文化气象,反过来,准确的时代气象、文化状态、人文景观,在文学叙述者眼里,只能而且必须表现在某些特征性的细节运用上。

"酒店"作为研究《水浒传》的切口是想突出文化在文学中的价值。王彬认为,酒店之于《水浒传》,无异于提纲挈领式的关键部件,抓住它,便打开了宋代的日常生活状态和文化处境,同时也复原了酒店作为生活场景在小说中的作用与意义。他通过精心的爬梳与整理,得出《水浒传》中主要人物命运大都与酒店有关的结论,比如武松,原本是一介草民,因为在景阳冈喝醉了酒而打死老虎,做了阳谷县的都头;在狮子楼酒店杀死西门庆给兄长报仇以后,被发配孟州;在快活林酒店,武松打败蒋门神,为施恩夺回酒店,从而得罪了蒋门神与其后台张都监,受到陷害,再次成为囚犯;武松杀死张都监与蒋门神等人,逃跑途中被十字坡酒店的小二捉去,张青夫妇发现是武松,把武松打扮成头陀模样,从而逃出孟州,最终上了梁山。总结武松的人生经历,从百姓到都头,与酒店有关,从都头到囚徒也与酒店有关,从囚徒到头陀则是在酒店中发生的,从此武松的命运发生彻底变化。其他人物,林冲、宋江、李逵、鲁智深等也莫不如此。

《水浒传》呈现出的叙事经验是中国传统中的另一成功范例,就是那种努力抟塑什么、复原什么的意趣。

"至广大而尽精微,极高明而道中庸。"作为方法,"微理论"也许会给当下比较沉寂的小说研究提供一种可能性。其一,对于极力想给当下小说赋予新意义的批评家来说,把握细节的能力,实际上是对大同小异的"日常"、"私人"经验中那种能表征时代整体性特征细节的眷顾。它的作用是双向的,一方面检验作家心灵体验的深度,一方面通过细节的运用探索文学在众多媒体文本中如何才能突出的文化意义。其二,对于把重心放在清理文学现场,旨在彰显文学精神的批评家而言,"微理论"的微观视野或许是更新批评话语(启蒙话语、自由主义话语)的有效策略。有效的批评话语产生于文学现实,但一定的文学现实又制衡着批评主体眼光的伸越。"微理论"的核心本来就是细读中的细读、挑选中的挑选,由此而生成的批评话语,自然就具有了穿越道德的、现实问题的局限,构成了文学性观照的说服力。

王彬作为学者,他有耐心如此去做。今天语境对《红楼梦》《水浒传》的选择,绝非一般的批评眼光,而是学者建构理论的志业追求所致,因为现如今的理论批评其实并没有停止对这两部古典长篇小说的批评,只不过,批评之所以为批评,跟风是批评不可幸免的遗风。解构、戏说、搞笑、黑色幽默、正史野史小说混嚼,这就是批评给类似这样的古典经典的理论观照,可能发掘出了一大堆的文化信息、宫闱秘闻,但不见得那里面就有我们期待已久的叙事经验,或者,批评所为本来就不在叙事经验的整理上。另外,我感觉,紧跟当前文学现象的批评家虽然劳动无比辛勤,但总让人无法信任。主要的一点是,他们的批评与他们提出的理论规划总是那么背道而驰。举一例来说,世界一体化解体后,小的、局部的视角是发现个体化批评话语的共识,但这个共识绝不是自说自话,那样的话,文学就无法实施它的可通约性了,可实际上,书评式的批评,其实已经使文学走上了不可通约性。王彬作为学者的严谨和敬业,为批评话语的本土化留下了一份难得的证据,他从学术研究的角度打通了90年代初王岳川提出的"边缘话语与边缘批评"的理论构想。可惜的是,这样的有效策略并没有得到应有重视。王岳川是经过漫长而艰辛的西方理论旅行,最后把建构中国本土化批评话语的希望寄托在"边缘"姿态上的。按照他给出的三大特征就可明白"边缘批评"所提供的本土化可能:第一,强调与中心话语的疏离和挑战,坚持对中心权威加以颠覆而消解中心,但并不承诺以某一边缘为新的中心,而是若干边缘的"多元共生";第二,不断返回个体性体验的特殊语境中,即将文本放回到具体历史语境中,放回到"权力话语"

结构之中，展示其自我言说与被权力话语所说、自我生命表征与权力话语压抑的命运，从而对压抑的权力结构加以拆解，剥离文本中那些保留个体性经验的思想、意义和主题的存在依据，并挑明意识形态结构与个体心灵法则对抗所出现的新异意识和思想裂缝；第三，边缘状态能够保留观察对象始终处于"他者"形象。返回个体性使边缘话语注重个体生存的边缘状态，对个体的气质、心灵不确定性、内在隐秘性和渴望家园的地缘性加以深层次关注，通过自我价值选择和灵肉撕裂，看个体与群体的疏离中所表征出的当代文化的主导性趋向和转型焦虑（失语或失禁），以及个体创作中字词语与生存权利结构的"错位"所呈现出的强大的历史文化压力[1]。

这当然仅仅是理论，把这种批评设想下放到具体批评实践，王岳川那里并不十分关心。王彬的微理论解决的实则是王岳川留下的操作空白。《红楼梦》《水浒传》正好彰显了两种可资借鉴的叙事经验，即王彬所说的，对于前者，他致力于"拆解"，从拆解中拎出红楼梦叙事，这也是《红楼梦》文本特征所致；对于后者，因"酒店"在宋代的特殊地位——也就是酒店在《水浒传》的背景性特点，通过它，《水浒传》所展开的众多文学性信息、文化信息、社会历史信息等等，即吴承恩极力想要"抟塑什么"、"组合什么"、"复原什么"的意图才能昭然若揭。这表明：其一，微理论实际上也是批评的在野心态的表达，即先不刻意进入某个流行的概念范畴，而是把一切概念范畴努力地消化在文本细节中，这时候，个体性体验才能在解读中发挥主导性作用，进而成就批评的理论化状态，这是我们在卷入流行价值观的批评中，很少见到把批评彻底理论化的原因。其二，微理论既然主要是一种理论建构，这种理论的针对对象虽不是当下文学现实，却是从文化根基上观照当下文学现实的有效做法。因为，没有远距离的照射，当下文学的批评就可能仍是问题式的、即兴的言人人殊的东西，这种破碎的话语碎片不可能构成可靠的批评方法论。成为方法论的批评话语启示，诚如王彬实践的那样，一方面是检验批评对象的理论工具，另一方面必然是建立批评家个体性批评话语的基础。这两者的结合，对不断前行的文学事实的研究，其判断才是准确的和可信赖的。避免了对"世界性"标准的盲目滥用，同时发展和演进着本土化话语，至少不至于让批评季风般反弹并践踏，甚至误导文学创作对本土成熟经验的误置与篡改。如此，创作才能深入本土历史文化的深处，不断涌现的西方叙事风潮方可

---

[1] 王岳川：《二十世纪西方哲性诗学》，第563-564页，北京大学出版社1999年版。

永远保持方法论的位置,而不至于僭越"他者"处境,中国文论也许才会发展稳健,在艺术审美的轨道成为健康的自我。

说到自我的塑造,从《红楼梦》和《水浒传》里生成、提炼出的微理论,似乎还需要一个在语言感应层面的基础阅读概念来保障。当读者把文学的语言仅仅视为传达作者意思的工具时,他对语言本身是没有多少自觉意识的,因为这时候文学的意思——"中心思想"、人物面貌、故事情节是他所要的,语言只是进入这些东西的辅助手段。这意味着不充分考虑作家与读者、读者与语言、作家与语言的问题,文学与语言的问题就不会得到彻底的解决。

鉴于此,王彬把对语言的要求变成了对"语感"的注意。这其实隐含地兼顾了两方面的任务:一方面,对于微理论这个批评方法而言,格外注重语感,所选择的"细节中的细节"可能才不致是修辞学、社会语言学范畴的元素,它才能表征时代整体性的综合特征,如酒店之于宋代整体文化气息,或者成为辨认文面下面深海一般叙事纹理的指认,如动力元、辅助动力元、次动力元等之于"红楼梦"生活世界。另一方面,把语言换成语感,对于作家、普通读者、批评家、研究者来说,是直接从汉字(汉语)跳到存在层面,即不同主体体悟领域的更高要求。只要把语言感受化、存在化,文学与语言才能在第一时间完成合二为一的目的。这也是批评始终围绕价值判断、意义甄别的更高一级别的要求。

那么,何谓语感?简而言之,是指对语言文字的感应能力。感应能力可以区分为输出者与接受者两个层次。在书面语,是作者与读者;在口语,是说者与听者。小说属于书面语创作,因此对小说的作者而言,便是对书面语的熟练运用,进而形成独特语感。

语感是一个复杂问题,不仅涉及作家的语言文字,而且涉及作家的生活经验、心理经验、情感经验以及对理解、判断、联想,等等诸多的能力的把握,是作家素质的全面表征。

王彬以鲁迅《阿Q正传》第一章的序为例,通过鲁迅对"本传"、"上谕"、"宣付"和"倘"、"极"字的炼字总结说,在词汇的运用上,"因为文体鄙下,是'引车卖浆者流'所用的话,所以不敢僭称",其中的"僭称";"阿Q实在未曾有大总统上谕宣付国史馆立'本传'",其中的"上谕"与"宣付",这三个词汇均是文言,是封建社会中下对上和上对下的特殊用语,在民国时代,鲁迅仍然采用这样的语汇,当然是反讽。至于"倘用'内传',阿Q又绝不是神仙"中的"倘"字,"这原是应该极注意的"的"极"字,则鲜明地烙印着鲁迅的用语风格。在句子的节奏上,"然而要做这一篇速朽的文章,才下笔,便感到万分的困难了。第一是文章的名目。孔子曰:'名不正则言不顺'。这原是应该极注意的。"不过五十余字,却采用了六组标点。在这六组标点中使用了三个表示结束的句号,从而显示了鲁迅喜用短句的风格。另一方面,"'别传'呢,阿Q实在未曾有大总统上谕宣付国史馆立'本传'——而文豪迭更司也做过'博徒列传'这一部书,但文豪则可,在我辈却不可的。"婉转曲折,句子之间呈露一种摇曳的姿态。

这就昭示我们,词汇与节奏是语感的重要元素,而选择词汇与控制节奏,则是作家制造语感的基本法则。

另外,除此之外,语感其实质是作家内心活动在语言上的反映,通过语感,读者可以感受到作家的思想、经验、情感、意象与气韵的流动,从而享受到一种审美的满足。因此,语感是衡量作家语言能力的显著标志,亦是吸引读者的重要手段。鲁迅不太被读者注意的小说《高老夫子》是他用以说明这一问题的例证。

最后王彬总结说,在小说中,就语言而言,可以没有意境,没有联想,没有通感,但是不能没有语感。语感是小说中极其重要的因素,没有语感的小说,在艺术上是失败的。同样,对于读者,也有一个认知语感的问题。语感水准高的读者在接触语言文字时,每每会产生丰富的感觉。对他们而言,语感的发生十分迅捷,几乎与听觉、视觉同步,在聆听与阅读的瞬间便能够产生多层次的感受,他们不仅能够敏锐地捕捉语义,而且能够快速地体味情感,领会意境,而语感能力差者,则往往滞留于语感的表层,甚或曲解其意①。

由此可知,如果微理论是面向大型叙事文本的方法论,那么,语感则是适合于一切文学文本,并解决"言""文"分离、工具与存在断裂的基本阅读方法论。一个致力于深层面,一个着眼于表层面,二者互为表里、勾连互通,既调整了现有批评方法论思维,同时也是批评的本体论最明确的阐述。

以上所论,可以说是从事文学批评的硬指标,但这个硬指标均由一个软实力来统摄——这个软实力就是批评者的主体精神。批评者有没有对文学的真诚?批评者是不是把文学阅读当做自己精神生活的一部分?批评者

---

① 王彬:《小说中的语感》,见《小说选刊》2011年第1期。

是不是对浮皮潦草的文化现实有一种发自骨子里的不满？等等。都将决定批评阅读的选择，都将影响批评文字的价值取向，都将取决于对叙事理论的消化程度。

　　一句话，能否将小说研究带进微理论时代，王彬已经做出的，或许只能代表他自己。对于当下时代主要能影响时代趣味、文化状态的长篇小说文本，批评对"小"①的注目，似乎还需一段时间距离，才能上升到抟塑、组合、复原的理论高度。导致"小"理论出现的现象，除了批评对象不能承受分析之重的原因外，是否还与批评家理论信念淡薄这样的主体性因素有关呢？行文的俏皮化、立论的轻松化、思想的讥消化，以及话语的流行化和篇幅的短小化等等，自然想要从心理上抓住节奏主义时代人们的阅读惯性——批评家操心的"话说给谁听"不是没有道理。问题是，读者也需要培养和塑造，一味的琐碎不见得就是成全文学读者的最好办法，最担心的现象也许始终会伴随出现，那就是局部的、细小的、私人的文学构想，是不是也在悄然地破坏着文学在人们心中的完整形象？这个单也由所谓读者来买吗？

---

　　①　批评家郜元宝、李敬泽近年来都出版了"小"字打头的批评文集，以及虽不以"小"命名，却旨在表述小感觉、小哲理、小看法的批评著作，恐怕以后会不断涌现。以一部小说看一个时代的文学风向，或者把上古经典读成今天的价值取向，这都是个人的兴趣，但如此小感受肯定无益于通约性时代理论的建构，这是个悖论。现在，一些有资格跳出批评的理性规范的批评家，能感觉得到，他们已经厌倦了所谓学术规范对真正批评的戕害，批评实践完全变得不那么拘束、讲究了；而另一些还想挤进理论批评圈、并且获得认证的年轻批评家，则完全表现得不顾具体语境，写着与自己时代关系不大但可能被"授权"的理论批评文章。对于前者，他们的文化思想随笔也可能是不错的批评；对于后者，良苦用心的批评文章，也可能没有多少批评新见。这一意义上，我倒觉得类似于《小批判集》《不够破碎》《小春秋》《反游记》等文本，是可以当做批评来读的。郜元宝的《小批判集》，复旦大学出版社2008年版；《不够破碎》，吉林出版集团有限责任公司2009年版；李敬泽的《小春秋》，新星出版社2010年版；《反游记》，中国国际广播出版社2007年版。

第四章
胡平[①] (1952—)：
感染力与批评的实效性

习惯上，之所以愿意拿职业批评的一些特征来消解学院派批评的某些"坚固"东西，盖因为职业批评总能从容地穿梭于知识与体验现场之间，并且也能机动地调整知识对现实人生的规约和塑造。比较巧合，胡平与雷达不仅有着差不多相仿的任职经历，同时他们的批评实践一定程度也代表了现如今职业批评的最明显特色。可是在消费社会的讯息中，他们两个却走向了基本不同的路向。在论评雷达的文字中，我曾妄称雷达可能是作协派批评的集大成者，也是最后一位作协派批评家。一方面他的职务是原因，站在全国视野来看最突出最富热点的创作现象，使得他的批评文章总是较早地捕捉新现象和新人物，体现了中国作协创研部对作家作品的把握能力；另一方面，那种机动灵活的跟踪式论评并没有发散开来，恰恰相反，最终收拢、集中到现实主义的"主潮论"和"时代主体"的线索上来了[②]。前者表明了作协派或职业批评家的敏锐，后者书写了这种批评的"终结"——这不是说作为职业批评家就必须写一些即时性的文章，而是作为与创作、作家联系最亲密的批评者，结论的开放性、开口度的敞开性一定是文学创作内质的必然，批评话语主要指向归结和指向对新领域的开发是两回事。因为归结的论述立场面向某种思想对文学人物、时代精神和民族意识的概括，所谓鉴往昔而知来者，主要负责解释文学于无意识中如何走向有意识并呈现出整体性思想面貌；而开发新领域则相对超越性思想诉求来说，它避免了对无意识状态下创作的削弱，目的是在叙事学基础上

[①] 胡平，生于北京，中央党校硕士研究生班毕业。1986年起在中国作家协会创作研究部工作，历任副研究员、创作研究处处长，1999年调鲁迅文学院任副院长，研究员，负责教学工作。曾发表文学理论专著《叙事文学感染力研究》及文学批评著述百余万字。发表长篇小说《末世》《犯罪升级》《原代码》，撰写长篇电视剧本《犯罪升级》《白日》《威胁》等。2007年起任中国作协创研部主任。

[②] 参见本著第二章。

寻找文学感染力生成的规律,并把随时代文化气息不断突变的漂浮物滤去,凝聚感染力扎根的适当语境。一定程度,感染力的增值形式,成了唯思想性是求的批评语境直奔文学核心机制的"动力源",属于删繁就简的批评话语体系。这一层面,胡平虽然也寄身于中国作协创研部,可是他的批评总是巧妙地躲避开了研讨会和文艺会议纪要的特有形式,既审慎地出入在文艺政策的一系列章程规约中,又不愿彰显一味说"不"而导致的虚无主义文风。注重文学理论对文学批评的引导又不沉溺于理论的自我推演,看重批评与创作的对话关系,又格外强调批评的独立性品质。至少他把批评的独立性功能视作是从理论的角度重新争取读者的努力,里面就深藏了职业批评在现如今语境的作为和面向,他的批评世界也就包含了优化媒体批评、学院派批评或者网络新信息的一种新趋向。职业批评在强大的学院派批评趋势与热烈的媒体批评话语竞争中显得举步维艰,可是细心阅读胡平的批评,感觉他不仅内在化了这两种批评话语,而且还成功地走出了这两种批评所构成的思维模式高墙。也就是说,他的批评或许肇始于当初还十分活跃的作协派批评生产机制,形成于此,作协派批评所希望的一些特点他这里还都明晰可辨:机动、灵活、就事论事和讲求把握宏观发展趋势的提炼、归纳。但他毕竟更深重地感受着学术规范的一再收编,他把所谓学术规范"规范"掉了的而又是当今批评十分缺乏的特质重新唤回到了他的批评中。这样,与当今批评语境中诸多批评取向争辩,就是他的批评问题史前提;而超脱于各种知识范型,简洁地呈现自己的批评面貌使他最终成了"这一个"的个性形象,却不再是只有捆绑到什么派什么团队才能说明白的那种群体特点之一。

无论是他对"感染力"标准的定位,还是对"情感强力度符号"的强调,深究下去,无不牵扯到近30年来中国文学批评历程中各种取向反复回落的事实:胡平当年的理论眼光预示了批评必须回归到"感染力"问题的现实起点,后来的各路批评选择则无意中佐证了胡平批评的理论的和现实的魅力。研究胡平当然不只是一个批评的征候性问题,就批评的整体格局来看,也许还包含着批评需不需要重视实效性,以及通过怎样的理论机制和批评形式保障实效性的问题。

一、"情感标准"与"纯文学"概念

现如今批评语境思潮迭起、方法繁复,可以说任何一种新起的思潮和新生方法，不管它是域外引进的还是本土批评家生产的，夸张一点，开始阶段都会出现应者云集的景象，但经过一段时间的沉淀，当初的新思潮新方法马上又不适宜于应对滋生的批评问题了。如此反复折腾后，原先并不新鲜的标准本来一直就打到了七寸上，可是，因为过多的知识、观念早已内在化于人们的头脑，那种恒常而管用的批评理论反而被视作是"过气"与"老土"，得不到应有重视。所以，胡平的"情感标准"如果不放到"纯文学"概念的互文性平台来看待，非但不知道他的这个标准究竟指涉什么，反而因与一直以来批评家用来对抗意识形态和各种功利性批评话语的"审美批评"、"纯文学"、文本细读等混用，很容易被人们习惯性地当做仅仅是对"纯文学"概念的又一次移用。

据一些专门的著作考证①，"纯文学"概念出现在中国现当代文论的两端，分别隶属于提倡、使用和反思这样截然相反的两个阶段。上游可上推至王国维的《论哲学家与美术家之天职》和《文学小言》，两文不仅首次使用了"纯文学"一词，而且还界定了"纯文学"的基本含义，即纯文学不是政治、道德宣传教育的手段和工具，而是有独立自足的审美价值。这种对文学的非功利的纯审美性质的界说，现在可知，它的理论源头来自康德、席勒和叔本华的美学思想。接过"纯文学"的接力棒，接着书写纯文学理论并运用于文学批评实践的理论家有周作人、穆木天、梁宗岱、朱光潜等，他们的一些著名论断和著名著作连同彼时译介的相关著述，如爱伦·坡的《诗的原理》、詹姆斯的《纯粹的诗》和布拉德雷的《为诗而诗》等，都是人所共知的纯文学批评范本。下游即纯文学概念的重新出场以及被反思清理的八九十年代之交。经常被引用的关于这个时期纯文学的功能和针对性的解释，是批评家黄子平和南帆等人的论述。黄子平所谓文论"回复到自身"和"自生产能力"说曾名噪一时，南帆的论述既是对纯文学概念在80年的概括，同时也开启了批评清理的先河。当然他的理论支点建立在对90年代具体批评对纯文学概念极端化使用的基础之上。《空洞的理念》（《上海文学》，2001年第6期）一文巧妙地使用了"设想"一词，"相对于古典现实主义的叙事成规，相对于再现社会、历史画卷，特别是相对于五六十年代的'战歌'和'颂歌'传统，人们提出了另一种文学理想。人们设想存在另一种'纯粹'的文学，这种文学更加关注语言与

---

① 刘小新：《纯文学》，见南帆主编《二十世纪中国文学批评99个词》，第208—212页，浙江文艺出版社2003年版。

形式自身的意义,更加关注人物的内心世界——因而也就更像真正的'文学'"。南帆"设想"一词本身的清理分量已经不轻了,再加上李陀《漫说"纯文学"》(《上海文学》,2001 年第 3 期)一文纳入"个人化写作"与"七十年代写作"的具体创作,纯文学概念到此基本成了文学与社会相脱节的代名词。理所当然,纯文学批评的命运也就可想而知。

考证者特意强调,纯文学作为一个批评术语,2001 年才真正进入批评家视野,这显然是以纯文学概念被清理的时间来计算的,主要依凭这一年《上海文学》所开设的"批评家俱乐部"栏目中连篇累牍刊发的纯文学的批评文章为界。整个 90 年代文学批评的主要话语方式和关键词竟然被轻轻地带过了,这是没有道理的。因为 90 年代初就开始了旷日持久的"人文精神"大讨论,参与其中的多为文学知识分子。按照历史的后见之明,论争双方大体分属于启蒙知识分子与大众文化(赞成文化世俗化)两派,"人文精神"的不了了之就文学的表达而言,明显以后者占上风而告结束。后者的胜利,反映到文学批评上,其实就是世俗话语与日常生活话语、欲望话语、私人话语甚至私密化话语的胜利。重要的是,如果轻易忽视了 90 年代的批评运行过程,只把对纯文学概念的清理——新世纪文学批评重点,视为这 20 年来批评的当然,那么,90 年代里产生的理论和批评话语就失去了它的土壤。熟悉 90 年代文学创作和批评面貌的人都知道,不要说伊莎等诗人引起轰动的"下半身",韩东、朱文等作家引起广泛关注的"断裂"问卷,陈染等女作家出场的"私人写作"理念,就是新世纪第一个十年里大量被论评、研究的女性主义作家群、70 年代作家群、"新生代"作家群,哪一个不是出现于 90 年代?文学批评又是拿什么理论和标准来看待这些文学现象的呢?毋庸置辩,是纯文学概念。尽管批评家那里普遍使用的纯文学批评话语不外乎以个人为本位,以日常生活为叙事原点,以颠覆民族-国家思想立场为鹄的,张扬文化世俗化、娱乐化,强化故事的私密化,以及关注内在生活、内在欲望,主张"小我"先于"大我"、"日常"胜于"历史"、"世俗"优于"精神"的简单比附。

不过,唯有理清纯文学概念在八九十年代之交的处境,我们也许才能明白人们在纯文学概念的心情态度中所表现出的基本价值选择。简而言之,第一,纯文学概念不符合中国当前的文学现实,因为其内涵中的重要一维是与社会学概念的现实脱节了;第二,纯文学概念在 80 年代的重启,本来是特定历史时期文学革命的需要,当批评家利用它成功地颠覆了既有文学批评模式后,纯文学概念就不再灵验。这说明,用不用纯文学概念其实并没有什么两样，批评话语的更新本来仍然是另一形式的社会－历史模式，作家写得怎么样，批评是否纳入了读者的接受信息，一直不在纯文学批评的视野之内。不妨说，纯文学批评完成了它的文本，但并未设计好它的理论批评机制。

正是在理论批评机制的建立上，胡平的"情感标准"显示出了它饱满而堪称完善的理论眼光。

在专著《叙事文学的感染力研究》（1995）一书中，胡平第一次①缜密、系统地研究了叙事文学感染力（情感力）机制的生成过程。因为"情感强力度符号"属于下一个话题，这里只就与"情感标准"联系特别紧密的"感染力基础"、"感染力性质"和"感染力结构"略作梳理。

首先他区别了符号与艺术符号、艺术符号与文学符号、文学中的符号与文学符号的微妙联系，最后推出了他对文学的定义——文学符号。他认为文学只能是"虚像"或"第二现实"，那么，既然完整地再现生活是不可能也无意义的，可能的只是有意义地部分地再现生活，"那么这种再现就是以'意义'为经纬、以表现为基础的"。对于"完整性"的唯一解释就不在于完整地反映客观现实，"而在于完整地表现某种作者意识到的人类思想和情感"②。涉及批评，这里的棘手问题是如何处理思想性与情感，即什么是文学的独到之处。他也认可西方理论家关于思想性与情感你中有我我中有你的辩证关系：一方面，情感自身含有认知的成分；另一方面，思想本身也可以含有情感的成分。难就难在批评如何区别文学作品中的情感内容与情感依附性内容。下面这段话，揭开了多数情感优先者或许赞成却不见得能执行好的常识：

---

① 从知识资源看，当然借鉴、吸收了西方现代叙事学、符号学等，特别是符号学的理论特点很明确。但从中国当代批评家对西方现代叙事学、符号学的一般转换和化用来看，一方面虽然只是文学批评，由于对美学层面的符号学原理未能进行文学话语的转换，使得文学批评实际上却成了徒有符号外衣，而无符号学实质的半哲学、半美学、半文艺、半文学的混杂文章，符号学原理在批评上的真正借镜生疏而不清晰，更遑论说服力；另一方面，在符号学在内的叙事学的引进上，多数批评家普遍使用的其实是叙事学、符号学的一些概念，只要不是具体到感染力生成机制的研究，都很难成为原创性。综上两点，《叙事文学感染力研究》不但把叙事学、符号学原理熟练地转化到了中国当前文学的情感肌理中，而且主要用于感染力机制的规律性建构，而不是简单的理论使用、观点援引。这样的著作恐怕只能放到宏观的叙事学、符号学著作谱系来评价它的"接着说"，而不宜在借鉴了多少、转换得怎样的小范围来指责。

② 胡平：《叙事文学感染力研究》，第12页，天津百花文艺出版社1995年版。

评价一部长篇小说，人们可以不厌其烦地述说它如何真实地再现了某时期的社会历史，如何成功地塑造了各阶层的代表人物，如何有力地揭示了深刻的哲学文化意蕴，甚至如何客观地陈列了未曾被经济学家、军事学家、心理学家、民俗学家所意识到的社会科学内容。虽然所有这些内容是重要的，处于文学显著的一面，却仍然不过是文学情感的依附性内容。往往是，人们深深为之感动的是一回事，给予高度评价的是另一回事，仅仅因为后者比前者更富有可评性。①

人们之所以被可评性内容捆绑不得脱身，核心原因是基于对情感形式意识和情感形式抽象概念的薄弱。胡平把"情感符号 - 情感形式"称为"感染的原理"。照例，他从"艺术的情感形式抽象"与"文学的情感形式抽象"（作为生命的逻辑形式"大形式"向"形式感"的文学情感形式"小形式"过渡），论证、细化到"文学情感形式的抽象客体"——人的关系、人的性格、人的心理和人的命运。并指出，以上这些"抽象的客体"是被改造成的"表现人类情感的艺术符号"，因为这些形式与人们内心的情感模式具有相似的结构。"文学感染，正是通过作品所展示的情感形式发生作用，这是一切文学创作实现其感染效果的主要途径。"② 有了感染原理，自然也应该有感染的标准。公认的美学理论认为，情感的"完美"表现就是上乘的艺术品，反之，是低劣的艺术品。道理十分明显，可是，究竟如何才能够衡量一种情感形式"完美"与否呢？在"美学理论止步"的地方，胡平举《德伯家的苔丝》中苔丝与亚雷、克莱三者之间从未超出生活的一般规则，到超出生活的一般规则为例，认为情感形式与情感力度的完整实现才是批评应该注意的感染力标准。具体说，情感力度指"动机和期望所遇到的阻力的性质"，苔丝与亚雷、克莱三者之间关系，经过情感的矛盾运行形式，即"对立面的转化，以及矛盾由显露、开展、激化到解决的过程"，情感的力度已经转入了情感的形式表现，"表现在艺术作品中的人类情感，已经成为审美的情感却不是生活的原始情感"。通常用"真实"来衡量这种情感，把艺术作品情感等同于生活情感，胡平认为不宜理解为一般的同情和认识，"而是指当知觉到对象的某种感情体验是所产生的情绪反应，表现为在观念中把自己外射到审美对象中去，使对象成为客观的自我"③。

---

①②③　胡平：《叙事文学感染力研究》，第13、25、29页，天津百花文艺出版社1995年版。

第四章　胡平（1952— ）：感染力与批评的实效性

有了以上规则性界定和原理性表述，感染力性质，即现代情感方式内涵的划分，如复杂化、宽泛化、内向化、心境化或日常化、理想化、黯淡化与形式化，既回应了前面的基础，又打开了感染力结构的细密纹理，为情感批评建构了学理性根据。围绕情感展开的批评标准就成功地脱离了不得不纠缠于"真实"、"体验"、"内在化"、"内心尺度"、"鼻化"、"扭曲"等等完全正确的语词打转，却又完全无法形成结构性话语的尴尬。只有把一般批评者那里不能不用但又缠绕不清、不能达至普遍性的情感内因外在化、形式化，抽象出可以操作把捉的规律，才能确保批评话语压低个人主观声调，凸显感染力机制形成的深层冲突模式。

比如，他把感染力结构归纳成了有迹可循的十多类，分别是形式结构、模仿结构、认知结构、体验结构、压抑结构、克服结构、代价结构、内心结构、报应结构、托衬结构、反面结构、两面结构和落空结构，以及化解结构、荒谬结构、变形结构和象征结构等，其中前十二类都举例进行了翔实论述。感染结构不等于情感力度水平，"一般而言，叙事文学的感染结构主要解释了发生感染的原因，而不决定感染的力度水平"[①]。什么是情感力度水平？或者感染结构怎样制约、如何提高情感力度水平？他列举了几种重要的影响情感力度的因素，"它们足以使相同的感染结构产生不同的情感力度"：第一，情感障碍的重大程度影响到作品的情感力度水平。第二，情感的独特程度与情感力度关系密切，"所谓独特的情感无非是未被发现过的情感，或是熟知的情感在特定情境中的特殊体现"。第三，情感矛盾的双方结合紧密，情感矛盾带有韧性，属于"软矛盾"而不是"硬矛盾"，有利于提高情感力度水平。第四，内心矛盾强于外部矛盾。这有三种情况，其一是同时表现对立的感情。莱茵哈德外出多年，恋人伊莉莎屈从母命嫁给莱茵哈德的老同学，但伊莉莎仍然爱着前恋人，却又无法改变自己的命运是"硬矛盾"；丈夫嘱咐伊莉莎单独陪同莱茵哈德游茵梦湖、林中散步，单独相处时两人"既快乐又痛苦的矛盾心情"是"软矛盾"（施托姆《茵梦湖》）。其二是前后对立情感。《悲惨世界》中警探沙威遇见冉阿让时前后变化具有代表性。其三是交替表现对立的情感。《第四十一》中红军女战士马柳特卡对白军中尉怀有敌视和爱慕两种感情倾向。两人落在岛上，他救了她，她爱他并发生了关系，但当敌船出现时，她居然狂奔过去击毙了他，然后又伏在他身上痛哭。

[①] 胡平：《叙事文学感染力研究》，第69页，天津百花文艺出版社1995年版。

有了以上机制的建立,执行情感标准时,批评就有了理性思维的保障。

在区别情感内容与情感依附性内容时,胡平特意强调批评愿意在情感依附性内容上下工夫,是因为它具有可评性。那么,怎样避免由于过分重视可评性因素忽视了非可评性因素而引起创作或评论上的错觉和偏差呢?胡平提出了两个"正误"辩证标准。

首先批评要能正确处理"新"或"旧"的标准。正确看待新与旧,就是如何摆正感染力与新或旧的辩证关系、正反比关系。许多被誉为开创性的作品很快被遗忘,大规模的文学实验难以为继,以至于不得不重新开始争取读者的努力,这都或多或少与批评把"新"与"旧"的标准凌驾于感染力之上有密切关系。具体说,新有新的不好,旧有旧的好处,这是一个常识。但正因为论评者预先没有一个感染力理论原理指导,新与旧在具体批评话语中就变成了主观因素占上风的"好处说好,坏处说坏"。这里的"好"或者"坏",要么是可评性内容,即情感依附性内容;要么完全衍化成个人好恶的表达。导致的后果是,以道德伦理或者别的什么内容为评判标准,感染力逐渐呈弱势趋势,思想性呈强势趋势。胡平说,创新不限于意蕴、题材和艺术技巧,还包括其他具体艺术内容和艺术氛围。"相对于作品的审美标准和情感价值而言,新或旧的标准只能是进一步的标准而不是基本的和第一位的标准。"

如果说,"这篇东西"具有相当艺术感染力,且思想、题材和艺术上皆有创新,那么就是一件好作品;如果说"这篇东西"具有相当艺术感染力量,但思想上没有什么新意,题材、艺术手法上也是陈旧的,它仍然是一件好作品。①

感染力量与新或旧的关系就很清楚了。提高感染力在批评活动中的作用,毋宁说,就是以它为参照,想办法排除新或旧对批评主体的干扰因素。这既避免了人为异化人类情感的伪创新的蔓延;又同时确保了异化情感在理论层面的完整表述,把它变成可以说清楚的理论问题。

其次是批评如何处理深或浅的标准问题。第一,认识的深浅程度不能简单以认识的层次为标准。社会层次、道德层次、人性层次、民族性层次、人生意识、文化意识、哲学意识、历史意识和人类意识等,反映到具体作品中也许某一层次就可决定作品的分量。"当社会历史阶段决定了人

---

① 胡平:《叙事文学感染力研究》,第270页,天津百花文艺出版社,1995。

们所体验到的大部分还限于社会层次、伦理层次的人生感受时,勉强超越反而出现另一类肤浅"。第二,艺术的深刻性不等于科学的深刻性。"艺术认识不等于理性认识,它属于情感认识,艺术认识的深刻性经常受到情感的真挚性的制约"。第三,文学作品的深刻性必须是在整个内容的展开过程中自然显示出来,不单纯决定于作者的认识水平。"作家的首要任务是让我们看到一个真实的世界而不是他们关于这个世界的说教"。即便要表达对世界某一方面的更深一层认识,批评的眼光也应该格外注意作品所提供的场景是否能独立说明这一点上。第四,不存在十分深刻的意蕴同样可以产生优秀佳作,因为艺术的本质是美,而美好的不一定是深奥的①。

最后,胡平就批评界因对可评性及其局限性缺乏清醒认知所造成的普遍性消极反应,提出了他的思考:

(一)优秀作品的成功经验被简单归结为创新和深刻;
(二)非优秀作品可能由于"新"、"深"的特点获得过高评价;
(三)强调新和深的价值而轻视旧和浅的意义;
(四)脱离题材限制勉强追求可评性标准;
(五)顾虑旧和浅的评价而放弃有前景的创作。②

在现代性视野,不谈现代性,而谈情感标准,似乎总给人价值判断缺失的感觉。这其实是一种阅读错觉。胡平的感染力机制研究,因为纳入了通俗文学甚至一些影视情节模式,目前为止,也许是读者-反应理论中走得最深、最远、最彻底的一个。斯坦利·费什是读者-反应批评中最负盛名的一个批评家,他的"减速"③阅读经验的确充分地考虑到了读者对自己的期待与阅读经验之间的差异性。但他后来的"解释群体"④——主张所有的解释都根源于作为公众的理解系统,不存在偏离这一系统的"例外"。如果说为了避免主观主义的暗礁,"群体解释"的概念的确起到了制衡的作用;但从另一角度来看,这一理论既忽视了读者反应的个人创造性,也排斥了阅读经验的多种可能性。虽然费什的读者反应批评建立在伊

---

①② 胡平:《叙事文学感染力研究》,第273、275页,天津百花文艺出版社1995年版。
③ [美]斯坦利·费什:《读者中的文学:感受文体学》,文楚安译,见《读者反应批评:理论与实践》,第135-139页,中国社会科学出版社1998年版。
④ [美]斯坦利·费什:《这堂课有没有文本?》,文楚安译,见《读者反应批评:理论与实践》,第120页,中国社会科学出版社1998年版。

瑟尔的审美反应理论之上，但与伊瑟尔相比，"费什的最后结论不仅要保守得多，而且也在一定程度上违背了他倡导读者反应批评的初衷"①。《艺术链》中夏中义倒是有意识地引进了感染力问题（他对文本层次的三分法，即声音-意义层、语象系列层和整体意蕴层，显然受费什的影响），他的"文化时差"企图在现代叙事文学文本结构（意义层、语象系列层和整体意蕴层）与接受主体结构（语句思维、二度造型和总体文化态度）之间找到对应关系，认为在理想的状态下，只要读者能调整审美结构，意识流作家尽可能地完善文体实验，感染力张力即会形成②。作为学者、批评家，夏中义可谓透彻地解释了现代小说的一般意义结构和形式追求。问题在于，感染力效果与情感力度相对于普通读者，它是对象化的；相对于文本，普通读者是否被感染和感染的程度却是主体性的。如果不能给非可评性因素建立一个相对对象化的形式抽象，重点就还会是可评性内容起作用而不是非可评性因素，结论也就必然会落到专家学者的接受上而非普通读者的接受。由此可推知，感染力机制研究是多么难，也是多么费力。由此也自然引出另一问题，批评家对读者、对作家的指责，包括对"纯文学"这个概念的诟病，是否需要在同样的问题上反求诸己？

二、"情感强力度符号"与批评语境的争辩

消费社会最难抟塑的是文学的文学性，特别是面对叙事文学，文学性已经和可能遭遇的消解不外乎文学性的被消费，和作家以消费的姿态处理文学性。那么，一切可称为感染力的因素在多大程度上能够确保文学性进一步深化而不走样？这不仅意味着对文学性的重新诠释，也意味着在消费主义语境怎样看待情感强力度符号——主题、人物、情境、细节、情节、形式和结构的问题。对于胡平来说，怎样做是清楚的。所以，他对情感强力度符号的凸显，选择了一个层层剥笋的理论建构方式，或者概念和理论知识清理方式——从艺术理论知识及其符号到美学理论知识及其符号，最后注意力集中到叙事文学中的情感强力度结构及其符号上。但是，对于现在正在运行的主流的文学批评方法及其批评家，这一点恰好是被绕过去

---

① 杨冬：《文学理论：从柏拉图到德里达》，第387页，北京大学出版社2009年版。
② 夏中义：《艺术链》第四章"文学传达论"和第五章"文学接受论"，上海文艺出版社2001年版。

的，甚至是被有意无意淹没了的，其中解构主义批评和文化批评为最。

根据现在理论家普遍的估计，在解构主义批评还备受争议的情况下，批评家一边在半推半就地享受解构主义带来的痛快，一边已经在文化批评的开阔视域为文学开疆拓土、扩大地盘。批评内部的矛盾与日俱增，经过解构主义洗礼的大脑，能与文化批评要求的思维一样吗？在如此胶着的氛围，胡平的情感强力度符号能否竞争得过"解构"和"文化"？或者，情感强力度符号如何在解构与文化至上的文学现实，显示出它的规划者所期望的魅力？为避免过分主观主义而对问题本来面目的歪曲，这里，只能选取一些影响力较大的批评现象作为参照，来看看它们进一步巩固、发展了文学性，还是瓦解、取消了文学性？

1995年"情感强力度符号"跟随它的本子向读者公开了，现在确实无法在阅读效应的层面追溯胡平的主张在当年有过怎样的赞誉，或者异议，也不太可能把90年代中后期的各种批评倾向都回顾一遍。因为，作为历史后见者的回眸，无论回忆当年的阅读效应，还是梳理彼时的主要批评趣味，我都不可避免地以今天的确信或不信为起点，回忆与梳理就只能是一种对应着确信或不信的取舍，无法回到本来的话语现场。另外，"情感强力度符号"也不可能离开感染力机制系统来单独论评。之所以提出来，因为具有类比性。这个类比性是因为在我阅读胡平的这个特定语境，我感受最深的解构主义和文化批评，即便进路和结果也许完全不同，但从它们的目标、意图、动机、对象而言，胡平在这一点上所强化的，基本上是它们那里需要质疑的。就是说，胡平作为重点进一步论证的功能，在解构主义者那里，如果单从解构的对象、目标看，借用福柯的术语说，恰好是一些最容易寄存权力意图、意识形态威权的地方。而拆解叙事中的中心、权力、霸权、男权，包括生产这些话语的主体性，都应该统统被批判，还原叙事的纯洁性。显而易见，解构主义的分寸感并没有那么好，也不会唯独留下文学的感染力机制，情感及其情感强力度不大可能完好无损地保留在它所清理的现场，更何况，据解构主义的一些经典文献显示，叙事中的情感因素还可能是最可疑，因而最需要颠覆的对象。大多数追随者自然不会都去追问1968年"五月风暴"之后解构主义崛起的思想根源，但这丝毫不会影响其追随者把罗兰·巴特的名言当做行事的指南——"我们虽然不能颠覆现实秩序，那么就让我们来颠覆语言秩序吧。"叙事离开了语言，还能成立吗？这正像情感离开了叙事，还能形成情感强力度吗？"符号"本身既然是个需要反思的所在，顺理成章，情感强力度符号成为解构的对象就是解构主义批评的题中应有之义。

微观起见，不妨以影响颇大的"明星"教授王德威的一则解构文章来感受他对文学符号的态度。在《革命加恋爱：茅盾·蒋光慈·白薇》一文中，三位作家小说叙事中的情感符号完全被编码进他们的现实社会关系，而现实社会关系的摩擦、尴尬、挫折和无助，又反过来构成情感强力度符号天然不成立的历史性论据。"小说的出现，其实反证了个人才情与集体意志、主观历史与客观历史间的断裂"。王德威由此发挥说，循此逻辑，现代中国写实小说出现其实是历史与叙事无法协调的症状，"而如何克服这种症状，始终是茅盾与其左派同志论争的中心课题"[1]。论证叙事与历史（现实）、个人与集体、中心与边缘之间的"断裂"，不只是王德威的特点，实际上也是当前这一路批评的共性。影响同样巨大的《再解读：大众文艺与意识形态》（唐小兵编，2007）在其出版的时段——1993 年于香港牛津大学出版社出版，2007 年再版于北京大学出版社。所选文章通过对左翼文学与文化（及文本的改写、变异）的修辞策略、叙事方式的解读，呈现其内在的生产机制与意义结构的同时，雄辩地展示了小说感染力结构的虚假和不牢固。这种批评对于特定的对象来说不啻是学术点的增长，然而对于热衷于解构 90 年代以来叙事文学的批评家，最大的成功不是发现了类似于左翼文学的生产机制和意义结构，而是进一步从理论上加深了批评家对文学情感及情感强力度符号的怀疑。这表明，解构主义批评也许无所不包，但偏偏绕过去的就是文学的情感力——拆解文学的情感结构，才能发现"断裂"。一时之间，批评所及，满纸狐疑。

而文化批评，按照陶东风的观点，不但不会削弱文学的自主性，还可能是今后文学批评的基本方向。陶东风、徐艳蕊主编的《当代中国的文化批评》（2006）一书就是专门研究当代中国的文学批评转向文化批评何以可能的著作，其中陶东风撰写的第一章《试论当代中国的文化批评》，其观点既是该著的基本基调，又同时可视作是迄今为止收集人们对文化批评方面态度最全面的论文。

针对吴炫的文化批评会危及到文学的自主性或现代性的说法，陶东风指出，这要从两个层面来理解。一个是制度建构的层面，一个是观念与方法的层面。对于前者，在中国，文学场的自主性建构始于 19 世纪末 20 世纪初，主要表现为一体化的王权意识形态统治的瓦解，文学摆脱了"载

---

[1] 王德威：《现代中国小说十讲》，第 65-66 页，上海复旦大学出版社 2008 年版。

道"的奴婢地位；而"文革"期间，文学自主性的威胁则来自一体化的政党意识形态。所以，文学的自主性能否获得，虽然一定程度还取决于文学场的"自我合法化"，但建构得怎样，"本质上是通过制度的建构得到保证的，或者说，它本身就是一种制度建构"。对于后者，作为文学观念与文学批评方法的自主性则只是一种知识－美学立场或关于文学（以及文学批评）的主张而已。意思是自律论的文学自主性可能出现在非自主性的文学场，而他律论的文学主张有可能出现在一个自律的文学场中。总之，自主意味着文学场的多元和宽容，文学场的自主性、独立性，甚至表现为"它允许包括'工具论'在内的各种文艺学主张的多元并存"。说到人们对文学批评转向文化批评是否会重走庸俗社会学的担忧，陶东风通过梳理泰纳、萨义德等人的理论实践指出，"新兴的文化研究并不是要回到以前的庸俗社会学，即使认为它要回归文艺社会学那也是一种经过重建的文艺社会学"。并且被称为文学"外部研究"的文化批评所关心的"政治"，实际上是指社会文化领域无所不在的权力斗争、支配与反支配、霸权与反霸权的"微观政治"，而不是党派政治，或政党政治[①]。这些文化批评的"纲领"，其实也就是特里·伊格尔顿在《理论之后》（2009）中描述的文学理论批评发展到今天时代的悲剧性结果。由探讨文学的文学理论，到以人文社会科学为研究对象的理论，再到没有理论的"理论之后"（文化理论）[②]。文化批评有它的理论选择，这无可厚非。但要说文化批评是消费社会文学批评的当然趋势，并且转向后的文化批评不会削弱到文学的自主性，如果文学的自主性包括其自足性的情感强力度符号的话。这显然是不符合事实的，而且文化批评也没有提出一些真正的实绩来说明这一点。事实证明，文化批评者宁可选择《大话西游》《非诚勿扰》（某影响巨大的通俗类电视节目），也不会在《红楼梦》上浪费精力。

再结合文化批评兴起以来见于大小报刊的文学批评文章，胡平所强调的通过文学的情感力度符号来增强文学性的论述的确是越来越少了，随之而起的是取消人物，包括取消心理人物直取人物的身份确认状况、阶层性质和地缘、民族属性对人物文化意识的塑形。不要说这种研究对作品情感

---

① 陶东风：《当代中国的文化批评》，第39－47页，北京大学出版社2006年版。
② 伊格尔顿如此说，实际上是对非存在性人生和后现代理论批判之后的憧憬，"我们永远不能在'理论之后'，也就是说没有理论，就没有反省的人生"，"小型叙事"就是他对文化理论特征的命名，至于"小型叙事"能否在不断重复叙述老生常谈的阶级、种族和性别之后，开启一种新面貌，他并没有说。《理论之后》，商正译，第213－214页，商务印书馆2009年版。

的态度，就是对于以人物取胜的文学，当批评追索到人物命运以外的领域时，"体验结构"、"内心结构"等感染力结构就处在了批评观照的空缺位置。即便"以人物取胜"的文学本意并不是为着塑造人物，这个概念指涉的不过是"只要作品能够成功地表现一种感情、一种感受，它是否依托于一个活生生的人物无关紧要"①。毕竟，批评跑去讨论人物的环境和历史渊源去了，情感因素难道会自动生成吗？这只是一个小小例证，但也足以说明文化批评决不会为文学的文学性买单，更不会很快成为文学创作的积极引导者。至于文化批评的雄心本来在"微观政治"上，则是另一回事。

以上说明，解构主义批评和文化批评实际上呈汇合趋势，解构者瞧不上眼的东西，文化批评者几乎需要照单全收。这不是我这里要讨论的内容，我的关注点是，接下来，胡平已经完成的，就批评的实效性说，能否消化到当下的批评结构中去？它究竟在哪些方面通过文学的符号拯救了批评本身，使批评工作对象更清晰而作为具体、实际，并且重获属于它自己的尊严？

现在，让我们回到胡平的现场。

首先，胡平对几个强力度符号从传统到现代的观念演变，及从读者反应状态的角度，基于现实对未来文学做出了学理性解释和学科性估计。反过来，文学批评的尊严也只有通过文学的符号得到自救，得到重塑。用胡平的话说，批评有的做。其次，胡平以"以……取胜"的话语方式，通过细化文学批评职责，廓清了批评的学术范畴和话语类型。现如今可视的批评，因把批评对象无限放大，或者把批评任务过分抬高，导致批评目的性不明确，批评任务过高、过宏伟现象普遍存在，文学批评本身反而迷失在了一大堆泛文化世界而不知自返。话语形象模糊，独立性也就很难确保。

上面未及展开的一些一般性批评趋向，可能更是导致文学批评不以文学性为主的普遍性话语症候，1985年被称为"方法论热年"、1986年被称为"文化热年"，方法论热"热"什么，文化热"热"什么，圈内人都心知肚明。直到新世纪之交，追逐方法的花样翻新，玩味不同趣味文化的陶醉姿态，事实上已经把文学批评推到了一个遥远的位置。这是胡平融会符号学原理，以情感强力度符号的概念，重新界定叙事文学核心元素主题、人物、情境、细节、情节、形式和结构功能，进而传塑并彰显其文学性作用的真正用意。作为文学理论能否为批评提供基础话语，也是他用以加固

---

① 胡平：《叙事文学感染力研究》，第100页，天津百花文艺出版社1995年版。

批评、使之面向文学性的重要目的。他感到，在最恶化的情势下，读者和一般批评者对文学性的态度不可能不受到"解构"或"文化"思维的摆布，即对什么都麻木而充满芥蒂，对什么既充满新鲜感又实际上了无兴趣。一句话，他们丧失了对生活、现实、时代和世界疑难的应有追问信念，或者把文学与日常生活画等号，文学逻辑就成了不可能超出日常生活的老生常谈。在最理想的状态下，一般批评者和读者能否从影视剧模式、网络兴趣中解放出来，只有突出文学的最尖锐部分。这种从潜意识里展开的与影视、网络的争夺战，促使他只能潜心地挖掘出文学中不能被其他媒介代替的部分，胜算或可掌握在手。果戈理向普希金借故事，《钦差大臣》和《死魂灵》终于写成现在的格局，而不是当初的构想；福克纳从"脑海里有一幅画面"的短篇建制，而达到《喧哗与骚动》今天说不尽的意味等等。不能单纯以天才或想象力打发过去，更不宜动用众多文本外的历史后见之附加值过度阐释——因为，对于文学性的产生，它们都未必是真正内行的理由。那样做，除了给作品增添一点神秘色彩，赋予一些超重的历史包袱，并不能从理论上把作为文学提供给诸种价值持见者言说兴奋点的根源说清楚。"重要的是，优秀创作最后总要通过强有力的符号手段完成理想的情感表现。固然拥有很好的情感载体却没有达到预期目的的情况是有的，可是一开始就缺乏实在的成色而终于流于平庸的现象却司空见惯"[①]。看来，只有从理论上探讨，才是揭示文学性根源的可把握渠道，才能重建文学批评自身的功能。

下面是胡平提供的几套批评话语方式：

（一）以主题取胜的根据。所表现的主题比主题的表现更重要的成功作品，是以主题取胜的作品。比如《茶花女》中围绕各种人物关系的因素是对主题的烘托，而《简爱》所凸显的人性主题则是"不可出让"的以主题取胜的作品。所以，主要以主题取胜的作品，是"'写什么'比'怎么写'更为关键的作品"[②]。这就与一般性主题与基本主题及其情感符号有了清晰的区别。

（二）以人物取胜的限定。"人物"关系到"塑造"得如何，"人"联系着"表现"得怎样。前者对应的是"圆形人物"，后者相当于"以心理人物取胜"。胡平说，在处理人物上，最是体现着影视与小说的竞争，当一秒钟的镜头可以胜过几十页的文字描绘时，"实际上小说的优势不在于

[①②] 胡平：《叙事文学感染力研究》，第82、92页，天津百花文艺出版社1995年版。

完整地塑造人物，而在于深入地剖析人物心理，这使小说人物与影视人物以及生活中的人物有了根本的不同"①。这也是人们之所以愿意花时间一读小说，并宁愿从虚构的文学中去认识和熟悉人物的主要原因。因为"最孤僻的小说人物也比最豁达的生活中的人物更为人们所理解"。以人物取胜的限定在于，一般人物没有外力的推动，只会围绕着自己旋转。刘心武的《班主任》之所以是以人物取胜的作品，是因为在刘心武之前，由于创作环境和认识水平的限制，真诚、善良、正直而又易于轻信的谢惠敏式人物未曾有过，她身上反映出了整整一代人精神状况。

（三）**以情境取胜的可能**。强化矛盾性质、强化具体困难、特殊组合、逻辑替代和角色替代，是情境文学的主要特点。但是构成情境文学的核心在于，应该在主人公的生活发生震荡的关头，在他的命运发生转折的时期表现他，"情境是要求人物在意志上做出巨大努力，在心理上和情绪上有大的紧张的一种状态"②。这种界定其实已经包含了整合俗文学与纯文学的可能性。今日读者比以往任何时候都充满怀疑和缺乏耐心，纯文学如果不考虑俗文学在情境、悬念和感染力上的优长，不把情境支持纳入写作，危机就会不招自来。

（四）**关键性细节辨识**。特殊细节、中心细节和典型细节都不是以细节取胜作品的情感强力度符号，关键性细节之所以是，因为它标志着作品的情感焦点，是高潮细节，而不是铺垫细节。《幸福的黄手帕》中的"黄手帕"是特殊细节，阿Q"画圈"是典型细节，《公务员之死》中的"喷嚏"是中心细节，唯独《老枪》（法国电影）主人公手中以弱胜强的"老枪"、《卖火柴的小女孩》中的"火柴"、《墙上的斑点》的"斑点"和《第二十二条军规》中的"第二十二条军规"才是关键性细节，因为它们"在特定条件下恰恰成为作品价值的核心，或曰'骨骼、心脏和脑子'，而不仅仅是'一肌一肉'"③。

（五）**以情节取胜的意义**。以情境取胜，关键因素产生于情节冲突的形成部分；以关键性细节取胜，关键因素往往产生在情节冲突的发展和解决部分。故以情节取胜的作品，"既需要有力的情境开端，也需要有力的动作结局"。胡平把《失去记忆的人》视为典范，就在于它出示了主人公克服困难的过程，也因而表明欣赏它就是欣赏如何克服困难。

---

①②③　胡平：《叙事文学感染力研究》，第99、108、110页，天津百花文艺出版社1995年版。

另外，如何以形式和结构取胜，胡平都做了令人信服的理论描述，因为此二者关系到作品整体情感强力度符号的构成问题，前已论述，不再啰唆。

由此可以看出，作为文学理论，胡平虽然尽量降低与彼时乃至此时批评语境争辩的声音，但争辩的力量仍然存在。我感觉到，他的一系列建构，无不隐含着对泛泛价值论批评话语的较量——解构主义和文化批评对文学性的忽视，也许只是批评界的一个侧面。而至今仍未被人们意识到的一点是，我们对读者-反应理论的遗忘（上一节结尾处提到的伊瑟尔、费什和夏中义等人观点，基本上是迄今为止的读者-反应理论成果），这恐怕才是文学性求证在批评话语中缺失的真正原因。批评通常对"写什么"、"怎么写"以及预言从"写什么"转向"怎么写"，或反过来，从"怎么写"倒向"写什么"。发现的问题是有价值的，可是批评的注意力多数时候因耽于主体性危机、现代性问题和日常还是"宏大叙事"等等思想层面的课题，"写什么"与"怎么写"真正成了踢来踢去的皮球，由此带出的文学性问题也就没有构成批评的正面话题。这一点来看，胡平的"情感强力度符号"不管怎么说也都应该被植入到现如今的文学批评结构中去。

三、感染力面向"写得怎么样"

按照胡平的理论，"写得怎么样"是他的评论集《理论之树常青》（2009）一书中要着力实践的一个目标。当然，文学写作最终要达到的程度，也是一般文学批评者期望完成的一个理论凤愿。分歧的地方是，胡平那里，写什么、怎么写与写得怎么样，一直围绕文学的感染力效果展开；一般批评者有时似乎是倒过来了，即文学作品的感染力效果通常被处理成对"人"现实处境的理解。"人"在现实中的处境问题，自然要联系到人的政治经济身份、性别差异和个体性状况。这是对感染力效果的一种异化。为什么这样说呢？因为人的这一系列关系，已经脱离了人在特定主题、特定情节、特定情境……即情感强力度符号所能控制的范围。这就是胡平表达过的，美学理论止步的地方，文学理论并没有接着走下去。该现象转换到注重"人"的现实处境的批评来说，"写得怎么样"就是批评主体用以论证自己对当今社会现实看法的媒介，因此，对作品的"共鸣"、"认同"，或者"批判"、"否定"，归结到一点，夸张一点说，是对现代性、后现代性，或者民族性、地方性知识的认同或否定性理解。自然，批评所突出或贬抑的地方，不见得就是文学成功或失败的地方，因为评价尺度并不是感染力的，一切都处在了模糊和暧昧的区域。然而，不巧的是，我在《理论之树常青》一书中体会到的，正好是后者的文学写作氛围较多。也就是说，除少量被论评作品以外，大概从20世纪90年代一直延伸到2009年的短篇小说年度述评（1988—2008）、作品论、作家论，基本属于围绕"写什么"、"怎么写"意义的讨论，而当前小说进入"写得怎么样"论域的的确不多。

就长篇小说创作而言，长文《怎么写，写什么：当前长篇小说创作的基本问题》就是一个例证。关于"怎么写"一节，所列举的《笨花》（长篇，铁凝）、《美丽奴羊》（短篇，红柯）、《秋天还挺热》（短篇，何申），还有史铁生的《我的丁一之旅》（长篇）、孙慧芬的《上塘书》（长篇）、莫言的《四十一炮》（长篇）、迟子建的《额尔古纳河右岸》（长篇）等等，胡平似乎只在语言感染力的层面给予了褒扬，有些也在形式和结构的创新方面得到了肯定，说明这些作品的感染力还是有限的。另一篇专门论评杨绛《洗澡》的文章，虽然也主要是语言方面的评价，但显然《洗澡》的高度并不仅在语言上，胡平主要通过语言想要传达出的信息是，真正的好作品是挑战批评家现有知识准备的，那就只能欣赏了，他的行文也准确地把握了《洗澡》来自方方面面的超级感染力。当然，在《叙事文学感染力研究》中，语言感染力也是很重要的一个内容，其中，与"语言情绪"相关的因素就有"文体信息量"（审美信息的密度）、"文体风度"（成熟的文体风度）、"叙事体态"（人称变化）、"语言清晰度"（周详与简约）和"文化意蕴"（农村文化语言、古文化语言和高文化语言）等，都是不同程度衡量感染力大小的标准。相比较而言，"内情感感染力"（强力度符号）与"外情感感染力"（语言）还是有层次，其高低程度决定一部作品杰出与否。在"关于写什么"一节，他所谓平凡与不平凡，平常与不平常；呈现与照亮；主题视角与主题深度（政治视角，社会视角，伦理视角，人性、人情视角，生命视角，文化视角及视角的多层面），"写什么"上可圈可点，然而一旦上提到"写得怎么样"，显而易见，众多作品还不好轻易动用感染力结构、情感强力度来论评，甚至许多作品可能还需继续完成好"写什么"的课题。所以，他在最后一节"写什么问题的继续"中感触颇深：现在很多长篇小说主题太大了，大而空，一开始就没有确定一个有价值的主题。"我发现有很多作者生活积累很厚实，但训练不够，眼光不够，在该写什么上自觉意识不够，结果写的东西事半功倍，很可惜。

这说明现在创作上急需一些艺术问题的讨论"①。

怎样进一步深化艺术问题的探讨，也许仍然是一个见仁见智的多样化取向，不可能把艺术的问题都归到胡平的理论视野范围来解决。但是有一点，我想理应能够形成共识。就是把文学中产生，或者通过文学产生的政治经济问题、性别身份问题、现代性或后现代性问题，尽可能地收缩到感染力的效果问题上来，这不是削弱文学的批判性，也不是再度使文学边缘化，恰恰相反，只有提高文学的感染力度，需要溢出文学谈论的话题，或许才有可能走得更深、更远。

《不摇香已乱，无风花自飞：二〇一〇年短篇小说综述》（《文艺报》，2011年2月28日）一文，胡平用了这样的小标题："有才气的小说"、"有人物的小说"、"有故事的小说"和"有探索和有新意的小说"。其实他谈的是不同的情感强力度符号在小说中的感染力效果，但细细品读，上面说的，本来属于溢出文学之外的问题变得更加突出了、触目了。诚如卡勒所说，"文学是意识形态的手段，同时文学又是使其崩溃的工具"②，这不是说文学的附加值有多少能量，而是强调文学的文学性本来应该有这个意想不到的能量。

如果把"写什么"和"怎么写"看做批评对文学性的比较初级的和一般性的探讨，那么"写得怎么样"则是更高级的和进一步的观照。文学批评到了这个水平也许就接近了文学鉴赏论，这时候，文学批评与文学创作之间对话的最佳状态就会成为可能。胡平一路走来，在文学性批评机制的建立上，在文学性批评话语方式如何更具有实效性的学术探索上，已经贡献了他富于创造性的研究成果。那么，为什么他对当前文学的批评并未轻易地上升到"写得怎么样"的层面，各种原因不好一概而论。也许，他还未读到更理想的作品；也许，更理想的作品未曾面世、或者处在被埋没的境地。一个批评家哪怕他是最敬业的、最热爱文学的，他也不可能包揽所有文学现象和所有文学风格。囿于精力，他绝不可能无所不知。尽管如此，在他的视野所做出的对于当前文学创作的基本评价，我以为应该格外引起作家的重视，原因只有一点，胡平的批评思路、批评方法，首先不是思想性，而是艺术性首当其冲。一个认真的作家，对于文学的艺术性问题是不好推脱的。

---

① 胡平：《理论之树常青》，第45页，作家出版社2009年版。
② ［美］乔纳森·卡勒：《文学理论入门》，李平译，第41页，凤凰传媒集团译林出版社2008年版。

第五章
王德威[①] (1954—):
通观视野与空间概念批评

  如果以我个人重读王德威著作的时间算起，王德威的研究思路、批评观点已经不能算"热"了，此时此刻，大陆学者、文学批评家应该说正是以"冷"或者"遗忘"的心态面对王德威研究成果的时候。
  "冷"或者"遗忘"当然可以理解为是另一形式的"内化"，假如内化确实存在，则是一种太复杂的认同过程；如果"内化"的判断有误，是否径直导向了另一可能？即当年那些刺耳的叫喊——"没有晚清，何来五四？""被压抑的现代性"、"想象中国的方法"，以及"如何现代，怎样文学"、"历史与怪兽"，还加上那个颇受争议的"当代小说二十家"等等，压根就当是没发生过。事实是，假设不等于现实。90年代中后期开始，中国现代文学研究特别是"五四"启蒙文学研究中，现代性的上限在不断地上推，"十七年文学"的内部机制也在不断地遭到颠覆和解构，80年代文

---

① 王德威，英文名 David Der-wei Wang，1976 年国立台湾大学外文系毕业，1978 年威斯康辛大学比较文学系硕士毕业，1982 年威斯康辛大学比较文学系博士毕业；1983-1986 年国立台湾大学外文系副教授，1986-1990 年哈佛大学东亚语言文化系助理教授，1990-1995 年哥伦比亚大学东亚语言文化系副教授，1995-2004 年哥伦比亚大学东亚语言文化系教授，1997-2002 年哥伦比亚大学东亚语言文化系主任，2002-2004 年哥伦比亚大学丁龙汉学讲座教授，哈佛大学东亚语言文明系（Edward C. Henderson 讲座教授 2004- ）；主要荣誉有：南京大学中国现当代文学研究中心客座教授（2010）、中央研究院院士（2004）、香港岭南大学中国文学荣誉博士（2001）、苏州大学及山东大学荣誉访问教授（2000、2002）、联合报最佳图书奖（文学批评类）（1998、2001、2002）、中华民国国家文艺奖（文学批评类）（1994）；主要著作有：《现代抒情传统四论》《茅盾，老舍，沈从文：写实主义与现代中国小说》《抒情传统与中国现代性：在北大的八堂课》《台湾：从文学看历史》《一九四九：伤痕书写与国家文学》《如何现代，怎样文学？：十九、二十世纪中文小说新论》《后遗民写作》《自由主义与人文传统》《想像的本邦：现代文学 15 论》《历史与怪兽：历史，暴力，叙事（The Monster That Is History: History, Violence, Narrative）》《落地的麦子不死：张爱玲与"张派"传人》《被压抑的现代性·晚清小说新论》《跨世纪风华：当代小说 20 家》《众声喧哗以后：点评当代中文小说》《想像中国的方法：历史·小说·叙事》《知识的考掘》（译著，原作者福柯）等。

学、90年代以来文学的既定叙述模式也都不同程度地渗进了杂声的现代性话语。对于国内现当代文学研究来说，研究视角的多维、方法的多样，直接的源头首当其冲，肯定是"重写文学史"、"20世纪中国文学"论，但也不能说没有海外汉学的加盟。这一点王德威本人也在多种版本中一再说起，看来他的研究本身就是"重写文学史"的思维产物。

把海外汉学特别是美国汉学——夏志清（包括夏济安和捷克汉学家普实克，因夏志清与普实克有过一段广为人知的论辩，故普实克通常也被划归到美国汉学家的行列）、李欧梵、王德威等人的研究谱系，视为彼时的"方法论症候"，和当做大陆批评家应然的方向，毕竟是两回事。前者的研究思路如果以王德威不断伸展着的理论触角为起点，那么，美国汉学家所开启的空间一定程度上提供了借镜大陆现代性话语的契机。作为方法论症候，当后殖民理论、解构主义、女性主义、身份认同和中国经验相当胶着，国内学者、批评家不得不反反复复借重福柯、德里达、利奥塔等人的理论求证本土经验之时，近20年来的中国当代文学其实主要充当的是被解构的材料，审美性元素非但少之又少，而且几乎成了需要批评清理的场域。所谓上焉者一秉"拿来主义"策略，希望产生以其人之道还治其人之身的颠覆效应，下焉者则是人云亦云，而且游走海外海内，一鱼两吃。"究其极，理论干预成了理论买办，文化批判无非也就是文化拼盘。如此的西学中用在一个号称中国可以说不的时代，毋宁充满反讽"。这些话是王德威对90年代以来海外汉学的批评，不也适合于国内现当代文学研究者吗？他所说的西方中国现代文学界众声喧哗、挟洋以自重，从后殖民到后现代，从新马克思主义到帝国批判，从性别心理国族主体到言说"他者"，"海外学者多半追随西方当红论述，并迅速转嫁到中国领域"[①]的情形，庶几也是国内批评家寻找中国经验的方法论。至于后者，始终以决绝姿态抵制海外汉学，从而供出中国内部的问题只能由内部知情者来言说的理由，其结果，文学的研究线路非但不能理想地上提到政治批评的高度，反而使得文学批评在中国经验的诉诸道路上，一再窄化现代性而至于现代性就只能是可见的"感时忧国"（夏志清）这么一条经验，或者把当前与过往、"底层叙事"与"左翼文学"、80年代与"五四"启蒙进行所谓的"打通论"，要求证的那个复杂现代性声音，也就好像在类似"鬼打墙"的游戏

---

① 王德威：《海外中国现代文学研究的历史、现状与未来——"海外中国现代文学译丛"总序》，《当代作家评论》2006年第4期。

中因相互内耗而变得越来越单调。撼然不动的"五四"起源论，对当代文论话语现代性的规约，造就的另一极端是对文学主体性的取消。这不同程度反映在对新世纪文学的处理上，差异性就是这个时候推出的理论衡估方向。差异性的获得必然是对主体性的削弱，因为只有解构等同于理性威权本身的主体性，局部的、细小的、民族的、地方的、个人的经验才能如期彰显，而这些寄存主体性的区域无不以破碎、非线性特征显形。

这里，看起来哲学对人的现代性的研究与文学对个体经验的凝聚产生了初步合流。其实不然。为避免全球化思潮下人的同一性，哲学主要担心的是宗教与哲学等意识形态核心部分的同化，而文学却有点避重就轻，主要心思并不在哲学与宗教层面，而在地方知识与民间文化仪式上做文章，回避、至少是绕开了主体在这个"传媒即信息"的时代的主体性处境。文学叙述能否担当当前时代人在现代性与后现代性网络中的意义输出，批评能做的也许是从被规定的现代性话语规则中脱身，正面审视王德威等海外汉学所发现的文学资源。这样，无论是"批判的抒情主义"，还是20世纪末与晚清文学经验的关联性，其中应该蕴藏着作为本土的主体性及其现代性话语传统。这也是王德威花很大力气钩沉晚清小说，释放现代性话语空间的题中应有之义。

就此层面来看，作为文学史家，王德威一段时间引起的广泛争议，反过来印证了大陆现代文学研究的确有如上所述的困境；作为批评家，无论是他向前拓展的思维，还是往后开展的当代文学版图，在纵横维面都给大陆批评界提供了难得的方法论启迪。现在，王德威的一些论断、观点和思路，也许再也不像几年前那样产生名噪一时的热议，可是，这也并不说明他的成果就已经不值得再提。情况可能恰恰相反，回过头来再重读一遍大陆批评家关于王德威批评的批评文章，借用他惯用的一个说法——见与不见来说，他的"见"自然已经留下了他权衡中国当代文学时的通观视野。更重要的是一旦捡拾并串并起他的"不见"，足以构成反观一直围绕现代性大做文章的大陆批评状况。因此，与其讨论王德威穿梭于现代、当代、当前的起承转合，还不如多费点笔墨研究一下他作为批评个案的意义。虽然他无不用他的文论方式和话语描述他所认知的文学现代性，但我以为他的批评实践正好反证了要丰富当代批评的现代性，首要的问题是打破现代性的囿限，用非现代性的眼光，而不是现代性、后现代性眼光获得那个仍可以称之为现代性的批评视界。

第五章 王德威（1954— ）：通观视野与空间概念批评 | 081

就王德威现有的在内地出版的研究成果[①]而言，作为文学史家只能说他选择了他的线路，意在突出内地文学史家未曾突出的文学经验，择其要者而叙之；同理，由此文学史研究过渡到当代文学批评，无论是作家的遴选，还是作品的细读，他讲求的是前后的贯通。至于那样的批评实践究竟是否周全，以及多大程度代表了近20年来内地当代文学的总体成绩，对于他的批评实践来说，或者倒可以放在较次要的位置。

一、王德威与内地文学现代性话语

为什么先不以批评家个案研究的思路探讨王德威的批评质地，反而离开他批评的实然状态来说他的现代性呢？我以为至少有这样几个理由值得申明：其一，自从王德威《被压抑的现代性——晚清小说新论》（2005）等在内地出版以来，他的一些断语，比如"被压抑的现代性"、"没有晚清，何来'五四'"、"想象中国的方法"、"历史与怪兽"等等，早已成了中国当代文学研究内部的流行语、顺口溜，接受者不见得都有深入的把握，但一定都知道一点王德威的用意。主要观点都变成了口头禅，自然就没必要再花大力气转述其详细的运思过程了。其二，除了把王德威的观点变成口头禅，其实国内学人对这个人的研究也在不断地深入，我的视野所限，新世纪对他的研究大概肇始于苏州大学季进发表在《当代作家评论》2004年第1期的论文《文学谱系．意识形态．文本解读——王德威的学术路向》，和随后的长篇对话[②]。我不完全的统计，国内学人研究王德威（有的把王德威放在夏志清、李欧梵的整体线索上）的文章少说也上百篇约五

[①] 王德威在国内出版的主要著作有北京大学出版社2005年版的《被压抑的现代性——晚清小说新论》，生活·读书·新知三联书店2006年第1版的《当代小说二十家》，复旦大学出版社2008年第一版第三次印刷的《现代中国小说十讲》，生活·读书·新知三联书店2010年第1版的《抒情传统与中国现代性——在北大的八堂课》等。因为多数章节都曾被收录在他其他版本中，如《诗人之死》出现在《抒情传统与中国现代性——在北大的八堂课》与《历史与怪兽：历史、暴力、叙事》（2004）中，《想象中国的方法》又出现在《抒情传统与中国现代性——在北大的八堂课》中等。可见，重复出版也是这位"明星"学者著作的一大特点，重复或略加修改的篇章除外，以上四部恐怕也就能代表他的新研究成果了。

[②] 季进：《海外汉学：另一种声音——王德威访谈录之一》，《文艺理论研究》2008年第5期；《抒情传统与中国现代性：王德威访谈录之一》，《书屋》2008年第6期；《当代文学：评论与翻译》，《当代作家评论》2008年第5期。其间，王德威于2006年秋赴北大的讲课，以及与陈平原等人的学术交流，自然也更直观地引发了中国当代文学研究界对王德威的注意。

十余万字左右。这样的一个量,对王德威并不十分庞杂的文学史研究、文学批评而言,虽不能说该说能说的都说了,起码就其批评谈批评,除非另有发现,否则,只怕是笔墨的浪费。其三,褒扬王德威的研究文章似乎不用多说,基本都看到了王氏给国内学人惯常思维的启示和颠覆作用,用季进某一访谈录的题目说,就是王德威带来了"另一种声音";批判的文章来说,某些从具体"点"突入的批判文章的确值得重视,半径虽小,看到的问题颇为本质,王德威使用他的理论方法时的牵强和生硬多少能在细节中暴露一些①。另一些站在王氏的对立面、就王氏未必无意而忽视的地方来批判王氏的文章,我以为恰好跳进了二元思维的陷阱。殊不知,中国文学之复杂,要找出反面的例子何其多,这就影响了研究的深入,至少不能从王德威这个症候性个案身上反思出特别有价值的东西来。王德威显然也阅读过这类文章,在与季进的对话中他用来反驳的证据似乎更为充分。如此的指证与攻扛难道真能解决现当代文学研究中的瓶颈问题吗?答案是否定的。

　　以上三点而外、或者顺藤摸瓜通过以上三点屡将下来,王德威作为批评家个案,最值得审视的首先是他的现代性问题。他的几部代表性著作挨个阅读下来,痛快和新颖这是一定的。但这样的阅读快感最终总还得归到原位去,也就是说,当你理性地思索他提出的一系列问题,严正地打量他别样的文本解读,并且再把这些感知置于你已经被其他知识、模式、理论与方法填充的大脑时,记忆库存所映现的反而不是清晰,是迷惘和怅然。为什么呢?想了想,还是他的现代性问题。的确,王德威与我已经细读并研究过的十多位内地文学批评家都不太一样。具体说,内地有学术个性的批评家,只要他们所关注的领域不与别的人重叠、较少重叠,那么,他们就会在一段较长的时间沿着自己所设定的问题史走下去。如此一走,时间长了,就具体困惑而生发的文学研究、文学批评,似乎必然要溢出文学的观照范畴,乃至于伸展到了社会问题、现实问题、历史遗留问题的圈内。一方面,说明批评主体身在"家国之内"、"体制之内",即便原先本来是征引了域外的理论资源,可是,情到深处,这些携带着不同符号、标签的理论或方法,还是无法一直与发自骨子里的体验、感受对着干,哪怕是生

---

① 王彬彬的《胡搅蛮缠的比较:驳王德威〈从"杀头"谈起〉》一文就是一例,王彬彬的视角虽然只在王德威关于沈从文与鲁迅"杀头"的比较上,却看出了王德威生硬搬用福柯等人解构理论的错愕,导致了对沈鲁思想深处的歪解。见《南方文坛》2005 年第 6 期。

硬地转化，域外的理论资源总归要服从面前的现实。那么，思想撑破文学研究就是迟早的事。另一方面，当把文学的问题延伸到社会学视野，进而反过来在文化研究的泛方法论层面看待文学时，批评主体其实深切地感受到了现实人的问题对作为学科的文学的人的挑战。之所以近年来——解构主义余音未尽之时，文化研究成了文学研究的大方向，原因之一就在于文学中的人与现实中的人的处境居然如此之大，以至于不得不先放下那个想象中的乌托邦。只有目光多一些注视不断裂变的现实，文学的招魂运动仿佛才能得以安妥。不言而喻，内地批评家一般都是以"五四"先贤所开启的启蒙现代性话语为言说的逻辑起点，因为就他们所感知到和体验到的问题从理论来源看，仍属于"五四"未竟的事业，这是生成内地批评家各色现代性话语的前提，被夏志清、王德威极力打破或扩充的"感时忧国"的启蒙现代性话语主线就成了各色现代性话语衍生、旋转的轴心。

而王德威的区别在于，首先，他要拓展内地现代性的范围，即业内人都知道的他颇为著名的"晚清现代性"的发现。"晚清现代性"在王德威那里是用近四十万言的著作来完成的，可见纹理之细，这里不是三言两语能总结得了，更何况，像前面所说，特别是他的这段"被压抑的现代性"，内地学者已经发表了足够多的意见。这里想要提请注意的是王德威的一段解释。因为2005年在内地出版的《被压抑的现代性：晚清小说新论》的第一章"被压抑的现代性"和导论"没有晚清，何来'五四'？"，先后收录在《批评空间的开创》（王晓明主编，东方出版中心，1998）和《想象中国的方法：历史、小说、叙事》（王德威著，三联书店，2003）两书而率先被内地读者阅读。内地学者在两个单篇论文的冲击下所做的王德威研究，尽管没必要怀疑研究者对王氏学术的认真，但王氏两文的具体论述而言，后来的研究文章其实未能从本质上脱离王氏在这两文中表现出来的对"五四"的简单化态度。这部分地影响了后来梳理时的思维方向，因而失去了在本体论层面而不是方法论层面调整研究思路的契机。直接的一个后果，是90年代以来文学批评话语逐渐地呈现出了两个较为突出的瓶颈状态：一个是"重返80年代"，在80年代接续"五四"启蒙话语的"新启蒙"路向上找寻文学的主体性根基，期望从那里使文学精神得到一点归位；另一个是接着90年代开始逐步占上风的底层文学经验步伐，通过重新界定现实主义、人道主义元话语的方式，让已经消融于消费社会语境的文学返回社会现实的前沿，从而担当起言说时代的话语平台的功能。但是，这样的批评话语方式，也许是王德威一开始就设定的批评前提，特别是他的"被压抑的现代性",即"晚清现代性",如果不过于苛求他在晚清小说的分类剖析中忽略了什么的话,如何扩大现有现代性边界,丰富现有现代性批评话语、文学经验则是他的根本目的。他之所以强调他的晚清小说现代性不是梁启超等倡导的"小说界革命",是因为就历史的后见之明而言,论者提到的"五四"本有的"丰富的与主流的文学异质的文学因素"。如与"为人生派"相对立的"为艺术派",穆木天等人对"纯诗"的倡导,周作人领军的"言志派"散文,冯文炳的田园抒情小说,还有鲁迅《狂人日记》《长明灯》中的象征寓意、郭沫若《残雪》对潜意识的书写、郁达夫小说对表现主义的探索、王统照《雪后》等早期小说中淡淡的象征色彩等①,一定范围其实只是论者为批判而找的论据。对于这些作家作品的异质性解读,并形成相应的气候,恐怕也还要从国内的"重写文学史"、海外汉学家如夏志清、李欧梵等人的著作在大陆纷纷出版算起。王德威通过对晚清小说现代性的"解压抑"也理应是其中重要的一环,没有对现代性的多样化、多元性阐释,刚提到的这些作家作品或当时非主流的流派,也就不会在这个地方冒出来。"五四"时期所谓异质性文学经验,熟悉"重写文学史"过程的人也许都记得,90年代以来涌现的如此之多的流派研究、个案研究,既是"重写文学史"催生的产物,更是感时忧国、写实主义被打破后的必然趋向,我们只能衡量这样的方法论释放了多少被压抑的文学经验,恐怕很难倒回去问这样的研究还忽略了多少未知的领域。

时隔多年后,也许基于被误解,也许出于纯粹的解释,2011年的一次访谈中,王德威对"没有晚清,何来'五四'"作了比较透彻的澄清。他说正因为他是"五四"的受益者,"五四"反叛传统的精神才会自然地构成他的问题意识,"五四带给我们一种强势地看待现代性的观念:就是推翻什么,打倒什么,然后,我就可以建立自己论述的可能性。为其现代性话语与五四定于一尊的做法是如此的决绝,如此的不容分说,不免让后之来者,比如我这样的文学史阅读者与研究者,会想要去问:如果"五四"可以打倒前面的一些前行者,我作为五四的受益者,我如果要真正继承"五四"革命精神的话,我何尝不能利用五四教给我的反传统思维,来打倒"五四"所代表的已经成为定论的传统?"所谓"没有晚清,何来'五四'"其询问的方式就是"没有'五四',何来晚清","我们都是在以

---

① 王晓初:《猵狭与空洞的现代性——评王德威〈被压抑的现代性:晚清小说新论〉》,《文艺研究》2007年第7期。

'五四'的立场来看晚清"①。五四立场来看晚清，与在晚清语境细读晚清小说毕竟是两回事。前者直接冲击的是'五四'以来、或者以五四启蒙现代性话语为标准的中国当代小说批评坐标；后者可能只好在'五四'启蒙现代性话语早已划定的范畴，即通俗文学的层面来看待晚清小说的各种生产机制了。毋庸讳言，我站在今天的社会语境阅读王德威，阅读研究王德威的文章，我首先也是基于对当前文学批评，特别是人性论话语、现代性话语的越来越狭窄的思索。不时会自问道：文学经验如果只剩下可以一下子拎清的那么几条标准，我们又不断地要求作家回归本土、介入当下，写出既有中国传统文化底蕴却不失当代关怀的大作，这怎么可能？

在此前提，回过头来重翻《被压抑的现代性：晚清小说新论》中，王德威关于那几类小说的细致解读结论，即研究者也是王德威本人归纳的几对"被压抑"的模式——狎邪小说是"启蒙"压"颓废"，科幻乌托邦故事是"革命"压"回转"，公案侠义传奇是"理性"压"滥情"，丑怪的谴责小说是"模仿"压"谑仿"。晚清小说中人的问题，即人的现代性问题，就是如何衡度真理、正义、欲望与价值，是否与20世纪末小说有关联性，倒还在其次，重要的是人的现代性中的这四大主体性课题的提出，还不应该忽略另一语境的存在。这即是90年代初期文论界就意识到的"中国经验"问题。"中国经验"中最为棘手的课题便是文论话语的中国化。王德威的晚清小说新论写作、出版在这个氛围，研究者的批评文章也发表在这个时候，但是双方因过于集中于晚清与"五四"谁先谁后、孰优孰劣的焦点，仿佛都忘了彼时内地学者、批评家和海外汉学家已经置身在了另一话语场域，他们的讨论都关系到一个问题，那就是中国本土话语究竟在哪里？这一点，王德威在界定他的论域时有所意识，但未能明确提示出来。他说，"即便在欧洲，跻身为'现代'的方式也是多种多样的，而当这些方式被引入中国时，它们与华夏本土的丰富传统杂糅对抗，注定会产生出更为'多重的现代性'"②。为什么王德威偏偏把晚清小说与20世纪末小说对人的现代性状态的书写连并起来，而不是其他阶段的文学？除了台

---

① 见《王德威：没有晚清，何来五四？》，《南都周刊》2011年第1期。
② [美] 王德威：《被压抑的现代性：晚清小说新论》，宋伟杰译，第10页，北京大学出版社2005年版。

湾学人"创伤"①体验而外,不排除两端文学经验中本土现代性因素最强这一点。因为晚清小说处在国门半打开之后与"五四"洗礼之前这一"现代"观念较为模糊的空间,民族性、国家意识处于最薄弱的节点,而人的主体意识却异常上升,用王德威的话说,这个阶段正处在作家在概述其意与实际创作不相称、个人与社会力量还不完全由现代性定义成铁板一块的时期,"现代"的心理与意识形态机制还远未达到操控作家思考的程度②,各种喧哗的声音与实践还不是被强加后的单一状态;20世纪末的情况与晚清有相同之处,但也有不同。不同是这个时候作家都开始有意识找寻属于中国传统的声音,并且极力论证、出示本土身份如何不能被确认,乃至怎样才能抬起头来说话、挺起胸来走路,说自己的话、走自己的路的时代转型交接处。找寻的结果,50至70年代"工具论"下的文学自然难以担当经验,80年代"宏大叙事"似乎也与90年代以来的日常生活话语卯榫不合。那么,只有晚清的众声喧哗才符合90年代以来的社会语境。至于,20世纪末的"新狎邪体小说"、"英雄主义的溃散"、"'大说谎家'的出现"和"'新中国'的遐想"等,究竟多大程度上体现了这个时候中国文学的本土经验、本土话语基础,的确还需要更进一步的讨论。这也是我感觉王德威的文学现代性研究及现代性话语不甚清晰、令人迷惘和怅然的地方。不妨说,他对两端文学经验、现代性处境的互文性、影响性研究,可能也是以夸张的方式凸显90年代以来文学在本土经验上做出的努力,也是以他特有的方法论标示出20世纪末文学中,诸多人的不确定性和幽灵感、落魄感、无归宿感,并非只是单方面横向移植西方现代主义、后现代主义技法,还有着传统中国民间无意识文化因素的惯性推动。这些经验一旦被批评理论化、主题化,它也可以积淀成审美现代性话语的重要组成部分。在理论的角度考虑问题,消费社会塑造的文学经验,与晚清语境生成的通俗文学经验,或许就能获得一个共用的社会学视野。积极一点说,便可以改善精英与大众、经典与通俗、消费与恒常之间的价值断裂,那么,从晚清

---

① 程光炜、孟远:《海外学者冲击波:关于海外学者中国现当代文学研究的讨论》一文,指出台湾学人更愿意谈1949年前的"革命加恋爱"、80—90年代文学与晚清文学,而对50—70年代文学兴趣不大,谈1949年前的文学有"怀"民国"旧"的因素在里面,而谈八九十年代之交的文学恰好与两岸的开放、互通声气相连,有着直接的经验,这与1949年前相类似。见《海南师范大学学报·社科版》2004年第3期。

② [美]王德威:《被压抑的现代性:晚清小说新论》,宋伟杰译,第26-27页,北京大学出版社2005年版。

现代性到20世纪末现代性话语,就可以在本土的吁请中因改写、修复、调整,而重新焕发一种根植于当代中国社会现实土壤中的现代性活力。作为批评,也就不至于在无法绕开的启蒙现代性话语的直线时间观中背对话语危机,反而因面向了时代、社会、历史境遇推给人的更多疑难,会发现更复杂更多样的人的问题。这一点而言,王德威把晚清现代性作为一种话语资源,恐怕针对的不一定是鲁迅,而是影响力巨大的"毛文体"。他曾引用汪晖的"反现代性的现代性"言说50至70年代的文学话语状况,并且指出,像穆时英与张爱玲的"正面现代性"、"反面现代性",还包括"毛文体"时代的"反现代性的现代性",对于今天的我们来说必须承担,不能说"我只选择我喜欢的"①。有了如此的批评心胸,作为研究问题的方式和视点,重启现代性话语的理论说服力,就一定得有消化、溶解来自不同层面话语的能量。

为了把王德威的现代性与内地批评家的现代性说得更清楚一些,下面从他们的不同理论资源入手来略作分析。

张志忠发表在《文艺争鸣》2009年第1期上的长文《现代性理论与中国现当代文学研究转型》,是最新的关于当前中国文学批评家与现代性的研究成果。按照他的归纳和梳理,继启蒙现代性论者对自身的"自省与追问",左翼文学之现代性的"发掘与探讨"后,现阶段现代性理论与中国现当代文学研究状况可能呈现了"多重范式"。其一,现代性理论本身所具有的多重性和交叉性,形成冲突和互补兼而有之的生气勃勃的局面,"启蒙现代性、审美现代性、革命现代性、反现代的现代性、'轻性'现代性等,构成一个强悍而丰富的'家族相似性'族群,在现代性的大旗下,分成不同的流派,形成各自的研究范式,在各自的论域中驰骋才情,指点文坛"。其二,由于现代性理论所具有的足够包容性,在对中国现当代文学进行新的整合之际,"现代性成为框范各种文学思潮和现象、各个流派和作家的建构方式,对八十年代以来作为文学异端和文学'考古新发现'而突现在文坛的沈从文、张爱玲和无名氏等,都进行了卓有成效的描述,并且被纳入中国现当代文学的现代性大叙事之中,也就是说,是将革命——政治话语时代和启蒙现代性话语时代的'另类'整合到多样和多元现代性的'主流'之中"。内地现代性这样的一个大会合趋势,其实已经在微观实践层面落实着王德威"被压抑的现代性"内涵中本该释放出来的

---

① 见《王德威:没有晚清,何来五四?》,《南都周刊》2011年第1期。

东西。不同点只在于，依照张文最后的描述，内地现代性可能会发生某些指涉重点上的微调，即对世俗生活现代性的注目胜过来自波德莱尔那里的审美现代性——新世纪文学"欲望与文明"的冲突，可能会超越过去的"文明与愚昧"的冲突。这种被谓之"新现代性"的范式，当然是内置于以经济建设为中心的当代政治经济话语内部的产物，它能否于质疑现代性的宏大叙事的企图之后，使自身免于宏大叙事，问题似乎还仅仅是个开始。

王德威在"解压抑"之后，即坚持他的审美现代性之后，他明显转向了与内地现代性截然不同的路向。至少他的《当代小说二十家》《抒情主义与中国现代性》这两部著作，非但不愿意把观照的视野安置在当代中国经济社会的纵深处，而且大有另辟蹊径发掘抒情因素的架势，尽管他从沈从文、江文也、梅兰芳等人身上，通过信纸上的速写、音乐、京剧而不是文学，看到了个体精神深处恒常的一面，即"批判的抒情主义"。但这与内地批评家把视点降低到物质生活、世俗生活的细部观照个体的精神状态，到底是不尽一样的结论。他把"两岸三地"华语小说纳入到这一主题下，用来统摄其倾力的现代性的也就多半是"怀旧"、"回不去"的那部分内容，"鬼影森森"的"招魂方式"要说回避现实，可能有点过激；但如果说那将是人的现代性继续要持续下去的因素，恐怕不太好生成一种内置于"破碎"之中的文学精神，因为再往后发展，这种叙事就只能重写城/乡、现代/传统、后现代/现代的二元对峙，更极端一些，这种二元张力一旦消解，当前的这种路向很可能不会回到多样化的晚清现代性，最简便的去所，难道不是单纯的传奇和纯粹的"鬼"故事吗[1]？不管哪种现代性，

---

[1] 王德威在《被压抑的现代性：晚清小说新论》最后一章"归去来：中国当代小说及其晚清先驱"中，在欲望、真理、正义与价值四种主题书写上，找到了晚清小说与当代小说的承袭关系，在释放被启蒙现代性批评话语窄化的层面，我完全赞同王德威通过找寻传统叙事智慧，并在传统已经开启的向度观照当代小说内涵的本土资源，而不是什么西方后现代经验的移植。另外，他在《历史与怪兽：历史·暴力·叙事》中，把韩少功、余华、朱天心、李碧华，张爱玲在港台培植出的一批所谓女"鬼"作家，还有李昂、施叔青、苏伟贞、李梨、钟晓阳等，加上后来的莫言、苏童、杨炼、黄锦树等，说成是"他们共同发出了一番'幻魅写实'，以'异史氏'的姿态，揭穿现实主义的述作，对雄浑叙事作出了批判和谐仿，铺成现代及现代性的洞见及不见"。并且说，当代写实主义中撇不清、道不明的魅幻价值和森森鬼影，上推可至晚清嬉笑怒骂、人鬼不分的谴责叙事，最甚时却吊诡地以五四为最甚——鲁迅、张爱玲、沈从文、钱钟书、曹禺、王鲁彦、彭家煌、吴组缃、徐訏、白薇、洪深、罗淑等皆是写鬼言恶的好手。这明显走到了突出自己线索而故意不见更复杂内涵的歧途。为了彰显现代性叙事的复杂与丰富，而至于把所有问题都归结到"鬼"故事上，显然不是作家真如此去做，而是批评家视界变小了。见《历史与怪兽：历史·暴力·叙事》，台北麦田出版社2004年版。

其内涵也就从此被改写。

如果从两者所受惠的现代性理论资源来看，相对说，内地批评家或许仍然要坚持"五四""感时忧国"、"写实主义"，和韦伯对资本主义现代性所诊断的"意义的丧失"与"自由的丧失"，以及布迪厄包括"人文科学"在内的反思社会学理论与方法、吉登斯的全球化与社会制度现代性、福柯的知识—权力理论事件化方法等的资源，并通过把主体内在化的方式，去书写自己的现代性思考，汉语的现代性在一段时间内或许还不大可能成为现代性的主要工作项目；或者反过来，承续"五四"启蒙现代性话语的多数内地批评家之所以至今仍占有相当比重的分析力量，是因为他们把权衡当前文学世俗化的眼光首先放在了对当前社会制度的反思，和剥离各色权力话语对叙事主体的无意识收编上，然后才是世俗文学中的审美性问题，被注入了批评力量的现实主义自然成了他们的首选。而王德威就其最新成果来看，他恐怕不会那么容易放弃对审美现代性的研究，像后期的波德莱尔那样，是想要在现代都市大街的车流中赋予现代诗力量的人，这就需要有把日常生存中"重要的突然的跳跃和突然的转向"[1] 的东西进行感知性呈现的能力。至少目前，内地批评家所建立的社会学现代性视野，还不能从王德威的批评踪迹中看到。两者中间所形成的空间，也许是走向会合的契机，也许是永远的差异。也正像伯曼在表述自己的现代性体验时表达的悖论式内涵那样：现代性把全人类都统一到了一起，但这是一个含有悖论的统一，一个不统一的统一。它将"我们所有的人都倒进了一个不断崩溃与更新、斗争与冲突、模棱两可与痛苦的大漩涡"[2]。如果马克思当年"一切坚固的东西都烟消云散了"的判断，可以转换成对当前中国文学中两个显赫的特点——叙事的消费化与精神的日常平庸化判断的话，那么，王德威代表了"坚固的东西"，内地批评家代表了"烟消云散"的一面。这既是他们之间语境的区别，也是主体性体验的曲折反映。

二、用空间概念改写时间意识

肇源于宗教传统的有无，现代哲学视域的人的现代性问题，转换到文学叙述中也许呈现出了这样一幅文学的现代性线路：现实主义（包括批判

---

[1][2] [美] 马歇尔·伯曼：《一切坚固的东西都烟消云散了：现代性体验》，徐大建、张辑译，第206、15页，北京商务印书馆2004年版。

现实主义)、浪漫主义、现代主义、后现代主义等等，在西方特别是具有浓厚基督教传统的民族和地区，个体现代性的文学书写一般是诱惑—堕落—救赎的直线性时间观。在直线性时间坐标上，现代性的微观形象只有反映到主体性上才能具体，于是，真理（知识）主体、认知主体，以及主体的退隐、主体的"他者化"乃至主体性危机、主体死亡、物自主等等，就自然构成了自现代哲学、后现代哲学以来个体现代性问题胶着点。这个西方现代性课题在全球化语境下，不得不反射到中国现代性和主体性问题上。如果以新世纪文学现象为限，那么，关于中国当代文学中的现代性主题，有了王德威等美国汉学的推动、颠覆和刺激，中国当代文学批评借用后现代性反观现代性的做法，至少在近年来的文论论述中已经不再喧哗了，反问的焦点转移到了民族的、社区的、家庭的和个人日常的小事件中去了。这表明，一方面，批评家看到了西方现代性的危机和拯救方案的水土不服；另一方面，批评家先从体验现代性的角度，意识到了线性时间观对空间意识的剥夺，表征之一是，批评话语迫使文学就范，然后，带着救赎的理论期许开出世俗生活场景中的精神叙事良方。这个时候，即便想超越所有现代性的"新现代性"[1]也不免陷于政治经济话语的思维模式，而无法在"欲望"与"文明"之间产生出令人信服的批评话语方式来，面对消费模式的文学经验，批评不是彻底放弃社会学批评视野，就是回归消费主义所希望的那一套机制。

　　导致批评话语前后抵牾的原因可能很多，但核心的我以为与我们惯常所接受的哲学社会学现代性话语意识形态有关，当陈嘉明把现代性谱系规划到尼采、海德格尔、福柯、利奥塔、吉登斯、詹姆逊、哈贝马斯与罗蒂等人[2]的学说时，这可能不仅仅是一个哲学研究者的个人兴趣，其中是否内含了这段时期包括商务印书馆在内的多家出版社[3]不约而同的现代性、后现代性、全球化策划？或者再追溯到具体的学者、理论家——比如萨义德、伊格尔顿、斯皮瓦斯、麦克卢汉等人及其相关论断？当我们阅读这些

---

[1] 张志忠：《现代性理论与中国现当代文学研究转型》，《文艺争鸣》2009 年第 1 期。
[2] 陈嘉明：《现代性与后现代性十五讲》，北京大学出版社 2006 年版。
[3] 2000 年至 2008 年之间，仅周宪和许钧主编、由商务印书馆出版的"现代性研究译丛"就有十多种，包括《后现代的状况》（哈维）、《后现代地理学》（苏贾）、《现代性的五个悖论》（贡巴尼翁）、《现代性理论》（赫勒）、《后现代主义文化》（康纳）、《现代性的五副面孔》（卡林内斯库）、《后现代主义幻象》（伊格尔顿）、《一切坚固的东西都烟消云散了》（伯曼）、《现代性之隐忧》（泰勒）、《理论之后》（伊格尔顿）等等。

有着明显线性时间观的理论著作，揣摩学者强烈的先设性后现代意识时，著作或学者本人世界观中充满辩证的一面反而变得轻逸、曲里拐弯而不再重要了，重要的倒是他们为未来世界规划出的可预见结论。跟着它们（或他们）那里本来要提出来讨论、批判的后现代性，我们歪打正着、真正领受的恰好是现代性终结的噩耗和后现代性来临的喜讯。如果马歇尔·伯曼基于他所知道的西方语境的感叹主要不是为马克思抱打不平，而是说出在现代主义论述中马克思的缺席，警觉他的提醒，其实也就是如何省察这一路狂飙猛进的现代主义论述的速度与实际行进的现代性的不相称。当我们确信，作为现代性的体验者，马克思那里"光环的丧失"、波德莱尔所谓"大街上的现代主义"，以及直到高速公路取代林荫大道、汽车不得不限速的时代，即直到把"大街上的现代主义"变成"大街上的呐喊"（个人主义的寻求自由），把知识分子丧失光环的落魄转化成"把它全带回家"式的寻求新的综合①。与其说勾勒的是现代化的结果，不如说是个体现代性的真实写照。那么，陈嘉明的现代性与后现代性图景，商务印书馆在同一时段所推出的现代性、后现代性、全球化的著作，还有我们耳熟能详的"他者"理论、后殖民身份等等，对一个个体而言，实在成了名副其实的"他者"。因为不管行走在大街上，还是躲在街角吃烧烤；不管踩着高级小轿车的油门，还是踽踽地穿过绿灯区。我们最担心的不是世界会怎样，而是此时我该怎样。这时候，我们之外的物理时间——那种属于高速公路、汽车和崛起的高楼的作息反而与我们无关了，我们更关心的是汽车的速度加给我们的恐惧或惊险，大街推给我们的压迫或渺小，楼群塞给我们的威胁或无助。心理时间仿佛静止的时刻，关于后现代社会主体的不确定性，以及关于现实秩序已经崩解的各种传言，与我们对自我生命的注视之间暂时处于一种脱序状态。那么，以此为起点再回眸几年前内地批评家关于"知识分子都到哪里去了？"（弗兰茨·富里迪书名）的论证，实际上早已变成了中国后现代性的求证。诚如批评家戴锦华所说，中国的情况，仅仅以城市广告牌为例，也许已经书写了十足的后现代性。周末戴着红领巾的小学生一边嘴里嚼着泡泡糖上街清理挂在树上的塑料袋，一边会对着公交

---

① ［美］马歇尔·伯曼：《一切坚固的东西都烟消云散了：现代性体验》，徐大建、张辑译，北京商务印书馆2004年版。

车外大幅德克士、肯德基广告投去羡慕的惊呼①。但是，再听听年年"两会"总是例行提交的"民生"议案讨论，不要把目光刻意降到底层社会，社会主义国家的特色就立马会显现在眼前。贫富差距的越来越大、楼市变着魔法似的难以捉摸等等，想必绝对不会使一个真正的现代性观察者就只盯着"后现代性"这个结局发愣。以上悖论之所以在中国当代批评界异常突出，唯一的解释是，我们往往忙于解释后现代性的程度而耽于对审美现代性的悉心探查。当然，解释后现代性与正视现代性的终极目的或许是一致的，都是企图了解人在现代社会中的精神处境。但是不同的预期，其解决问题的过程是不一样的。

若要来一个乔纳森·卡勒式的追问，是什么使我们必须在后现代性之中落实现代性？即先不要假定主体性内在于后现代性，而是在"未完成设计"的现代性中看现代性，问题也许没有想象的那样缠绕。内地批评家之所以念念不忘"感时忧国"、"写实主义"，由此而上推到批评家的方法论资源，即韦伯、布迪厄、吉登斯等人的社会反思性现代性、制度现代性视野，自然有其不得割舍的处身境遇。王德威的审美现代性路向也不宜用该人没有身临其境的体验而一句话打发，作为一种批评话语，他可以不必与现实贴得过紧以至于失去他的文学现代性的审视焦距。既然线性时间观在内地批评家这里已经开始质疑，而王德威又突出了抒情主义与中国现代性的特点，这两点就具有了一定的关联性。

内地批评家反复推敲的一个理论支点是现代生活，这是衡量现代性的直观物质基础；而王德威以沈从文绘画为载体的"批判的抒情主义"，其实也是通过想象来建构彼时沈从文所置身的环境——有点像伯曼的"大街上的现代主义"②。不同在于，前者把个体此时的诗性压缩进了现代生活，反倒给人感觉，有某种舍弃抒情性而求诸世俗一面如何获得合理性的理论趋势，这就是把80年代的"愚昧"换成"欲望"，再重新书写"欲望与文明"冲突的张力；后者，一开始就摆出了欲望与文明之间冲突的不可协调性，径直把视点置于个体的内心波动之中，相信不管外在的现代生活如何波谲云诡，人的内心世界总有不被打扰、经得住扰攘，甚至因确信人的整

---

① 戴锦华：《隐形书写：90年代中国文化研究》，第八章"现场、戏仿与幻象"，江苏人民出版社1999年版。

② [美]马歇尔·伯曼：《一切坚固的东西都烟消云散了：现代性体验》，徐大建、张辑译，第167页，北京商务印书馆2004年版。

全感知而重新向世界寻求意义的交换可能。相比较,王德威坚持的"坚固的东西"能否在"烟消云散"中,显影出清晰的屡痕,而不是执拗地对抗烟消云散的大氛围,以至于走向截然相反的田园牧歌。是我之所以认为只有启动伯曼的思路而不是布迪厄、吉登斯等思路的原因,他在"批判的抒情主义"中所出示的空间感的批评启示才会更清楚一些。

的确,王德威有无他心仪的学术成果写出来?目前还很难在大陆看到。但他似乎早意识到了学术传统的问题,他说,"海外汉学学者在借镜福柯的谱系学考古学、巴赫金的众声喧哗,或者本雅明的寓言末世论等西学方面,不落人后,但对20世纪章太炎既国故又革命,既虚无又超越的史论,或是陈寅恪庞大的历史隐喻符号体系,王国维忧郁的文化遗民诗学,并没有投注相等心力,我觉得这仍然是不平等的现象"①。正因为他沉浸在海外汉学的谱系之中,他才身在其中而有了彻底反思的资格,自己选择怎样的方向某种意义其实是超越那个谱系的程度,"我反而对表演艺术很有兴趣,我更偏向于诗学与历史之间的关系,你也知道我现在正在重新考察沈从文所代表的抒情传统和现代性的问题。我的抒情定义上跟传统的定义很不一样,不是小悲小喜的抒发,而是希望把抒情还原到一个更悠远的文学史的脉络里去"②。这大概是王德威对内地包括海外汉学在内的批评家普遍重视"现代性"——其实是"后现代性",反而漠视"历史性"的自觉反省。这就牵扯出了王德威的两个批评面向。一方面,内地批评家暗含的道德优越感和知识(政治)权威感构成了他的一个针对面。他主张,第一应该专注于批评和理论所促动的复杂的理性和感性脉络,"批评"和"理论"所暗含的道德优越性和知识(政治)权威感就会成为对一个世纪以来批评热本身的反思;第二主张文学和历史的再次对话,文学和历史之间千丝万缕的关系,应该是建构和解构文学后现代性的最佳起点;第三打开地理视界,扩充中文文学的空间坐标,这又包括打破现代性论述里面内含的直线性时间观,在现代性内部撑开个体的心理时间空间。另一方面,在普实克"抒情与史诗"的"抒情"范畴外,他之所以界定他的"抒情主义"的研究对象,其实在找"五四"作家,包括非左翼作家的"古典文学传统","不把抒情主义推向中国古典的抒情传统,就没法做得渗透"③。这

---

①② 季进:《海外汉学:另一种声音——王德威访谈录之一》,《文艺理论研究》2008年第5期。

③ 季进:《抒情传统与中国现代性——王德威访谈录之一》,《书城》2008年第6期。

样,无论是沈从文的三次启悟、瞿秋白到陈映真所代表的红色抒情、江文也和胡兰成所代表的抒情传统与礼乐方案、白先勇、李渝、阿城的江行初雪,游园春梦,遍地风流等等,还是抒情的不同面向,如梅兰芳面向剧场、费穆面向视觉和电影美学、江文也面向音乐、台静农面向书法、林风眠面向绘画(沈从文是信纸上的速写)等等,完全被摆放在了同一空间的不同维面和把不同维面并置于同一空间来观照,个体对现代性的体验得到了历史性印证。

以沈从文为例来说,像在"五四"立场看晚清一样,王德威对沈从文的重新打量,其立场也是站在所谓后现代的话语语境的观察。

王德威探查沈从文的第一次"启悟",是沈从文在北大教书时突然收到表侄黄永玉和几个年轻人从战乱的故乡寄来的插画本诗集。他在黄永玉的人与其插画中读出了这样三个层次的意思:第一层由黄永玉而想到自己的表弟(黄永玉的父亲)——一个小知识分子在战乱中如何开始还想当"飞扬跋扈的少年艺术家",最终不得不结婚生子、疲于奔命、生活困顿,所以,沈从文在黄永玉身上,"看到了他父亲想达成而没有达成的一些愿望。而从黄玉书(黄永玉父亲)的下场里面,沈从文了解了所谓的'命运的偶然'";第二层由小知识分子"命运的偶然"而触及对"五四"启蒙的观照,"黄玉书活生生地证明了这场'启蒙'的运动可能有它成功的时刻,但多数的时候却是一场失败的'启蒙'";第三层则是沈从文把经过黄永玉的图像所召唤出来的感情,再扩而广之,转而对故乡湘西,以及故乡的人和事,作出全面的回顾。通过八千湘西子弟在国共战争中的遽然消失和沈从文自己的一段批判文字,王德威发挥到,"他觉得:在这样一个文明已经崩溃,美好的地方主义的田园视景已经不再存在的时候,我们要用什么样的力量和什么样的形式,来重建中国理想的现代性呢?"对沈从文来讲,唯有"抽象的抒情"——"借由不同的工艺美术和抒情的文字来重新唤起中国人'想象'他们的现在和未来的能量"。什么是"抽象的抒情"呢?王德威的界定是,所谓"抽象"不是坐在书桌前胡思乱想,而是一种生活素材的再创造,从紊乱中建立一种艺术秩序的过程。"而这个媒介或形式,未必与现实中所观察或所感触的经验作出严丝合缝的对应,它是一种诉诸个人、社会以及世界相互对话后的一个艺术性的产物。"因此,整个术语的内涵就是,强调即使个人处在时代风暴里,"也仍然有他自为的可能性"。外面的世界如此混乱,但借着我们自己身边随时可以触及的生活材料,"形成艺术造像,我们仍然能建立一个小的、有条理地安顿生命的方式——并由此扩及到国家社会"①。第二次启悟，缘起于沈从文1949年给妻子张兆和一张照片的题记和一次未遂的自杀事件。照片是翻印在明信片上的，没有邮票，可推知是妻子要送给他而没能送出去的。由沈从文题记内容分析开去，王德威借用德里达关于明信片的理论洞见指出，"代表了人我间言传、沟通过程中那种可望而不可及的现象，总是延迟、误会，总是看来一清二楚又难免被加上戳记、被污染，总是在正面和反面造成了不同的语义、语境混淆的现象"。那么，彼时的沈从文与张兆和之间，"照片中的意中人虽然没有消逝，但是看照片的这个人——阅读者沈从文，却不想活了"。因此，那是一个"短路"的通讯，一个没有办法发出去的信。说到底，沈从文的自杀念头，王德威是把1949年的大断裂，作为了沈从文反思现代性的一个时代寓言来看待，20年前"看"照片的局外人，20年后成了回顾看照片的局外人的局外人。"再一次感情的隔膜，再一次时间的脱轨，他可曾有种置身事外、情何以堪的感叹？"所以，这次启悟，是"反启悟"，"不再是沈从文经过了一个生命的微妙转折而有了新的理解或者进境。相反，这么一个理解，让他觉得万念俱灰，让他觉得必须是肉身的销毁才能完成它作为人的意义"②。第三次启悟，是1957年沈从文以历史博物馆馆员的身份出差上海，在旅馆的九层楼上画的所见所闻。三幅速写画分别是"五一节五点半外白渡桥所见"、"六点钟所见"和三条线圈、一只小渔船的没有题目的图画。由三幅构图的对比，即群众的、热烈的、节庆的、庆典的、"史诗"时刻，对对面船上看不见的婴儿的睡觉；红旗的海、歌声的海、锣鼓的海，对右下角孤零零的小船；桥上的人不见了（三条线圈）对船上醒了的人（拿一小网兜，除了虾米什么也捞不着，"奇怪的是他依旧捞着"）。王德威再一次强调说，"抽象的抒情"不是一个虚无缥缈的人生造像，不是胡思乱想、无所由而来的创作方式。"恰恰是因为现实的忧患是如此的深远，沈从文作为一个有心的抒情的文人，他企图借他的书写，借着他生活的美学，以及艺术上各种各样美感经验的交会，塑造一个安身立命的可能性。"③

我不厌其烦引述三次启悟，是想强调在卷帙浩繁并且多身份（温儒敏在《中国现代文学批评史》中就把沈从文作为批评家单列一章）的沈从文研究中，王德威的这种批评选择虽不全是文学的方式，但他的阐释却是那

---

①②③　王德威：《抒情传统与中国现代性：在北大的八堂课》，第二讲"沈从文的三次启悟"，北京生活·读书·新知三联书店2010年版。

么令人信服，超越了一直以来给沈从文的"纯文学"、纯人性论等等的甚高审美赞誉。用批评家张新颖的总结，沈从文"出土"以来的文学经验，主要表现在他把文学的困境与个人的现实困境进行了历史性论证，换言之，当他的"有情"与时代对文学的"事功"、"要求"发生强烈冲突时，一直隐伏在他身上的历史意识帮助了他，他找到了更为悠久的传统。千载之下，会心体认，自己的文学遭遇和人的现实遭遇放进这个更为悠久的历史和传统之中，可以找到解释，找到安慰，更能从中获得对于命运的接受和对于自我的确认。"简单地说，他把自己放进了悠久历史和传统的连续性之中从而从精神上克服时代和现实的困境。"① 张新颖总结的，也就是批评界对沈从文的最新研究结论，当然无所谓不准确，如果没有王德威的这种研究方式，对沈从文的那种看取自然是高度的审美研究了。可是现在有了王德威的批评结论，那种阐释就显得比较一般了，因为沈从文做到的那一层至少放到宋代的苏轼身上也是合适的，这说明，把沈从文的现代性思考只放到"安慰"、"自我确认"的角度还远远不够。

王德威站在现代性甚至后现代性的立场反观的结果，之所以使人豁然开朗，原因就在于他是在沈从文所置身的那时的现代性空间中来衡度他的体验，也就是说，在线性时间观支配下，沈从文的文学意义是我们完全能预见的视野中展开的，我们的批评就包含了一定的历史后见之明，带着批评主体的先期答案来言说；而空间感的批评，如王德威所示，它没有解释权，而只有还原彼时的历史场景，并通过想象性还原，使对象的体验状态裸呈而不是遮蔽。提升这一点来说，这种批评方式延缓了现代性的步伐，减慢了现代性或后现代性在个体生命履历中的惯性滑翔速度。个体之所以不能承受现代性之重，主要的原因恐怕在于流行的现代性话语对其内心"有情"因素的人为摧毁。现代性作为现代社会普遍的价值尺度，到了今天之所以隐忧重重，不能说与漠视个体自为性的意义感知系统无关。这个角度，泰勒指出的三个"隐忧"② 似乎可以有一些新的解释。第一条"意义的丧失，道德视野的褪色"，其背景是否可以理解为是浚切的"彼岸"诉求挤兑了个体碎屑、破碎的此在感受，正是这种感受就意味着必须与现代性语流保持一定距离，这就导致实际言说的意义总在反复改写或掩盖未

---

① 张新颖：《双重见证》，第78页，江苏教育出版社2005年版。
② [法]查尔斯·泰勒：《现代性之隐忧》，程炼译，第2－14页，中央编译出版社2001年版。

曾明言、不便于明言的体悟。这时候，泰勒本来正面强攻的那个使意义丧失、使道德视野褪色的根源，恰好应该得到足够的表达。第二条"工具主义理性猖獗面前目的的晦暗"，这一条不一定反过来说，但要注意，现代性面前究竟什么是目的？如果否弃"自恋"、"个人主义"，即马克思所说的现代虚无主义被化入日常的资产阶级经济秩序的机制之后，将人的价值不多也不少地等同于市场价格，并迫使我们尽可能抬高自己的价格，从而扩张我们自己的那种东西①。那么，目的或目的感其实不是别的，是王德威通过绘画解读出来的沈从文式的那一点抵触和执拗，并使这种抵触和执拗获得尊重的社会机制。第三条"自由的丧失"，这里，我不妨援引泰勒的解释，他说"无人情味的机制会减少我们作为一个社会的自由度，但政治自由的丧失则意味着，留下的选择不再是我们作为公民所做出的，而是由不负责任的监护权力做出的"。问题当然再明确不过，只是作为文学的选择，自由的获得，即如何使审美现代性具有表达的力量，在政治监护权力迟迟不到位的前提下，首要的问题是打开只有一种现代性的话语屏障，"将敌意转化为亲密并将攻击者转化为不自觉的同盟者"②。

这一点，我想，不只是王德威在沈从文那里发展出的期望，也大体可以用来评价他把 20 世纪末文学与晚清而不是"五四"启蒙文学连并对读的批评用意，因为如果没有王德威等海外汉学家激发，内地批评家也许守住了"五四"启蒙现代性的真传统，但也可能把批评话语推向了用内视点不易察觉的瓶颈位置。

三、当经验论遭遇价值论

王德威把 20 世纪末中文小说叙述经验与晚清小说经验类比，这究竟是王德威的一家之言，还是他充实了以后当代小说经验，或者资源？这关系到他的批评是对经验的书写，还是钟情于某一知识范式的问题。

前面两节虽然取了个别关节点，但也基本从外围与内部意图两个方面对王德威文学史研究和批评实践，进行了一定的探讨。目的不是为了追求全面展示王氏的微观批评纹理，而是为着尽可能地凸现他的通观视野和空间概念。比如在谈到他的"没有晚清，何来'五四'"、"被压抑的现代

---

①② ［美］马歇尔·伯曼：《一切坚固的东西都烟消云散了：现代性体验》，徐大建、张辑译，第 112、119 页，北京商务印书馆 2004 年版。

性"时，着力点并非是想较着劲举更多相反的例子，站在王德威批评者一方，或者王德威自己的立场，指证王德威把现代性文学经验边界开拓到晚清时真的忽略了什么，或者在王德威的立场，就一定认为如此去做才有革命性意义，而内地文学史研究者、批评家的巨大工作因此可以一概抹杀。为了缩小论述半径，我的兴趣点也许在于借着比较的平台，从对现代性理论话语传承、影响的内外因素和彼时本土经验呼求的症候，窥斑见豹、挂一漏万地稍微折射一下王德威在文学史研究、批评实践中所显示出的现代性理解，与内地批评家基于具体语境而生、或者吸纳的现代性理论资源间的微妙不同。至于"被压抑的现代性"，这本身就是一种方法论，值得审视处是"解压抑"后，释放出来的东西是不是内地批评家通常有意无意漠视的地方？以及为什么漠视？究竟哪种方法更有助于文学经验的充实？所到之处也许蜻蜓点水一掠而过，但目的毕竟还是出于冲着探个究竟而去。经过对一些代表性论述话语的清点发现，王德威的构想其实在内地一些较纯粹的现代性研究者那里有了一定的回响。只是在刹那间的共识以后，似乎又走上了分歧。王德威的批评中要告知的，与内地研究者那里作为批评对象的，终极目的肯定一致，但由于分别隶属于社会学与审美两个不同的体验基础，形式的不同也就导致了内容指涉的异同。着眼于批评的话语现状，这不是悲哀，恰好意味着王德威作为个案的价值意义有必要进一步彰显。

　　由此也自然能够约略看出，内地批评家那里完全愿意信赖的理论资源，在批评家成功转化的前提下，还存在着一个潜在问题，那就是，当把论述的视点置于从现代性直接到后现代性这样的线性时间观时，关于现代性的解释、探讨并非是现代性本身的状况，很可能是后现代性里面的现代性思路，批评话语就成了一种追赶式的惯性滑翔，以后现代性逻辑来研究现代性，现代性非但没有确证，反而得到了进一步的瓦解和颠覆。这里，我只取王德威对沈从文的三次启悟来谈他批评的空间概念，不可能不粗糙。然而，略感心安的是我并不是离开王氏的语境来理解他的空间概念，就像我申明的那样，王德威是在现代性甚至后现代性的立场来重新研究沈从文的现代性反思的。这种意识决定了他不只是要解释沈从文的文学经验，重要的是他想获得关于沈从文在几次人生裂变关头的现代性体验，和反现代性体验。这个地方才真正体现了王德威的文学研究追求，即他说的不是简单地梳理中国历史的"有情"谱系，是如何在无人情味的社会机制中，或者现代性的"史诗"话语氛围中，发现个体可能孤立但一定充满意义感的表述，并如何使之被正视、被尊重的问题。而要做到这一点，就只有启动空间概念而不是西方基督教传统中"此岸—彼岸"式的直线性时间观。若要在横向批评坐标进行比较，内地批评家中意识到空间概念的也不乏其人，比如李敬泽就曾明确用"人心"这个中国传统文化价值观念论评过一系列作家作品①。当然，关于空间概念的批评实践，我也推理式地求证于马歇尔·伯曼的"现代性体验"研究，在马克思、波德莱尔那里，实际上早已用此概念观照过现代性问题了，只是在我们内地，基于现代性的复杂性，加上"五四"现代性话语的强势语流，我们可能更愿意选择先从理性规划、制度现代性、社会现代性反观人的现代性，审美现代性的论述因耽于二元思维的冲突，不是滑向封闭的诗意，就是窄化"纯文学"而失去社会学视野，最终丧失批评力量。

当然，在审美现代性论述中，还应该包括波德里亚的资源，比如他的《象征交换与死亡》（译林出版社，2006），该著建构性地探讨了主体感知性意义系统缺失的社会根源，通过重启象征视野，出示了在政治经济语境如何书写意义的交换，馈赠/象征、象征交换/死亡仪式就是他典型的批评话语方式。批评家耿占春正是在这样的视域对中国当代诗歌进行了深入有效地研究，独创性地发掘了日常生活诗歌重回意义写作的诗学可能②。

回到王德威对20世纪末中文小说的批评，众所周知，他有个有趣的解读方案，就是把这段文学经验与晚清小说进行对读，主要集中在《当代小说二十家》（2007）一书中；另外，在《历史与怪兽》《中国现代小说十讲》等著作中，似乎普遍有一个批评模式。前者，对读中，虽然有对当前现实因素的考虑，但根本上起承转合其运思的仍然是欲望、正义、价值与知识；后者而言，那个模式就是"史学正义"与"诗学正义"，也就是说，他把释放出来的被压抑的现代性与通过历史考证而得出的作家现实生活中的处境看做是文学叙述的一种张力，这里，对"历史"也就是"史学正义"的解构转换成了"怪兽"——构成了"诗学正义"，即现代性的经验。这一方法用来论评现代部分已成定论的作家作品，的确使人有洞明之感，把我们通常习惯的社会现代性认知模式拉回到了个体的内视点，个体的现代性体验昭然若揭。但若仍然用这种模式来观察变动不居的当前文

---

① 参见本著第十四章。
② 参见本著第七章。

学，只有内视点显然还很不够，社会学视野的缺失，无异于关闭价值论的界面。更有必要提请注意的是，在《被压抑的现代性》中开启的对读模式，竟然成了他后来众多著作的简便程式。显见的事实是，有了这个批评程式，王德威几乎就像例行作业一样，游刃有余地处理着并不雷同的个体文学经验。其实像白薇、莫言、阎连科等现当代作家，已经有丰富的研究成果，对照可知，特别像白薇这样的女性主义作家，难道她与历史、与流行现代性话语的抗争就和矛盾、蒋光慈等人一样吗？至少女性主义文学批评家戴锦华看到了白薇被王德威忽视了的重要写作特点——就是女性主义的文学诉诸（《浮出历史地表》，1999）。这是一个典型例子，同样的对照，也可看到王德威在他的模式里无法发现却异常重要的现代性启示。有些批评者指出，王德威受惠于福柯等人的知识考古学说和权力话语解构理论，王德威也曾坦诚了这一点。依我看，起初，在解构主义批评氛围里，跑到批评前沿的批评家恐怕没有谁没受过解构理论的熏染，这不是王德威一个人的事情。关键在于，一方面，王德威必须在美国汉学的谱系上建立他的个人风格，他就有点为学术而学术的强迫感，因为夏志清、李欧梵等留给他的学术空间似乎不大[1]，而他们的范畴加上内地"重写文学史"的成果，使得王德威只能通过拓展现代性疆界的方式进入学术流程，这一进入，晚清文学经验竟然成了他的影子，凡打量处，似乎唯有晚清才是最丰富的去处，解构主义作为一种方法，早已消弭在了晚清世界的"博大精深"里了；另一方面，王德威作为一个学者的想象力的确令人敬佩，这也是业内人士公认的。然而，当批评话语中过于抬高批评主体的情感感受，势必会同时压低批评运行的理性观察因素，上面放大他的空间概念时，曾举他对沈从文绘画的解读为例。我之所以强调是在现代性甚至后现代性的立场来看沈从文，是不想把王德威的方法漫漶开去，旨在突出他可能的方法论。因为当我们不能在作家的文学经验之中发现个体与大时代对峙时的现代性体验，并把它主题化、理论化，而要离开文学去建构，那么，如果作家并没有其他可资参照的文本怎么办？深究下去，此方法可能只适合于沈从文等不多的几个对象。

---

[1] 王德威在他与季进的访谈录中谈到，夏志清问的问题是感时忧国，李欧梵关注的却是浪漫主义或上海摩登。说到他自己，他说他受到学术训练的时候已经是欧美的结构主义与后结构主义时代了，所以他对历史离乱没有像夏志清那样的切身之痛，研究的角度自然偏向多元、解构的看法，更偏向于诗学与历史之间的关系，并强调他对表演艺术很有兴趣。参见季进：《海外汉学：另一种声音——王德威访谈录之一》，《文艺理论研究》2008年第5期。

概括来说，王德威有他不可重复的经验论，这个经验论也已经起到了它应有的作用。只不过，在他的经验论范围，的确也同时屏蔽了相当多的可提出来继续研究的价值论问题。这部分地导致他的批评总是缺少必要的现实语境支持，以至于批评者总会从质疑他的身份开始质疑他的批评价值观。

第六章
南帆[①]（1957— ）:
反抗常规与后革命转移

迄今为止，南帆的文学理论批评著作就有近20种之多，对这些分布在各个文学史段落的迥异声音放在一个题目下一锅煮，不但不可能，而且食之一定伤胃。另外，20世纪80年代像许多论者的共识一样，无论"方法论"、"主体论"，还是对"先锋派"的基本态度，以及站在人学立场上对"伤痕文学"、"反思文学"和"改革文学"的社会学审视，南帆写下的批评文字，应该说都在那个时代给定的大体思潮范围内。他批评的迅速变化真正在世纪之交的今天。《文本生产与意识形态》（暨南大学出版社，2001）虽然多为文体论、作品论、作家论，但对"文学话语的维度"、"纯文学"、修辞、"真、现实主义与所指"、反讽、大众文化和主张文学理论是"开放的研究"的质疑与辩驳，是当代批评家中最早对常规批评模式和常识性创作趋向以外来人眼光打量的人，我感觉到了南帆的"另类"。《理论的紧张》（上海三联出版社，2003）既是对《文本生产与意识形态》已经敞开的视野的加宽，更重要的是对长盛不衰的常规理论与文学批评的全

[①] 南帆，本名张帆，福建省福州市。1975年下乡插队，1982年毕业于厦门大学，1984年研究生毕业于华东师范大学，1984年至福建社会科学院文学研究所工作，现为福建社会科学院院长。九届全国人民代表大会代表，第十、十一届全国政协常委，福建省政协副主席，中国民主促进会中央委员会副主席，中国民主促进会福建省委员会主任委员。中国作家协会全国委员会委员，福建省文联主席，"闽江学者"，福建师范大学特聘教授、华东师范大学特聘教授、博士生导师。主要从事当代中国文学和文学理论研究。已经出版《理解与感悟》《小说艺术模式的革命》《阐释的空间》《冲突的文学》《文学的维度》《隐蔽的成规》《敞开与囚禁》《双重视域》《文本生产与意识形态》《理论的紧张》《本土的话语》《向各个角度敞开》《后革命的转移》《五种形象》《关系与结构》等学术专著、论文集多种，发表论文200多篇。多次承担国家社会科学基金项目。散文《辛亥年的枪声》获第四届"鲁迅文学奖"，长篇散文《关于我父母的一切》获"华语传媒文学奖"，文学批评专著《五种形象》（复旦大学出版社2007年12月）获第五届鲁迅文学奖文学理论评论奖（2007—2009）等。主编、与人合著或与人合编著作有《未来的文化空间》《夜晚的语言》《大学语文新读本》《文学理论新读本》《文学理论》《7个人的背叛》《现代性与符号角逐》等。

面清理,"文化研究"只是他的一个理论视野或者批评方法。这部书的着力点在于建构性地回应了名目繁多的"危机"。于是,围绕"危机"的种种根本性问题就成了他一再深入辨析的焦点。这里看不出论争时通常有的偏激,比如批判什么,就必然要强化什么的非此即彼的做法,他展现的恰好是"普遍主义的限度"、"大概念的迷信"与文学观念的理论资源限制、"文学性"的历史与形而上学问题以及厘定经典的历史语境等导致分歧的本质所在。这些问题放在今天也许已经成了理论批评的逻辑起点,批评家都会在行文中警觉地对待它,尽管有时候说话的口气和发声的调门还难免很唬人。但这种情况如放到2003年及稍早语境,可能就是异数,"文学性"辩论的真正展开一直迟到2005年左右,"现实主义"为基础的社会功能性批评、历史维度的"进步论"批评仍然雄踞主流话语就是明证。

不过,我读南帆后来的两部著作《后革命的转移》(北京大学出版社,2005)和《五种形象》(复旦大学出版社,2007),除了新颖,似乎多了些许悲凉。套用南帆的表述方式,"文化研究"打开了什么?文本生产背后的意识形态到底是如何影响甚至限制作家自由的等等发问,一直萦绕耳畔,也不时被告知,当心一叶障目会看走眼。我还是深刻感受到了那个以"文学死了吗"既陈述又反问的希利斯·米勒式的困惑。至少米勒所说的"修辞性阅读"与"文化批评阅读"无疑促成了文学的死亡,或者"去神秘化的批判阅读的极端形式"出现于文学进行文化灌输的无上力量开始衰退之时,当文化研究揭开了文学"欺骗"读者的"魔法","我们不再那么想要或者愿意被文学欺骗"① 成为普遍社会心理,文学的前景在哪里?尽管南帆的文化研究可能比同类学者贯彻得更加纯粹、文学的属性守护得更加有分寸,仿佛仍然无法从根本上增加人们对文学本应有的期待。

那么,从反抗常规文学理论到文化批评,文学批评在南帆那里,是不是有一个隐含的线索?或者这种转变是否意味了新的发现?文学的文化批评方式在打开研究视野的同时,它还能如初衷所示:使研究既不会封闭地守着文学所谓的"独立性",也不至于天真地拆解字式的只盯着小小文本。

---

① [美]希利斯·米勒:《文学死了吗》,秦立彦译,第182-183页,广西师范大学出版社2007年版。

也就是文化批评能不能在实践层面防守好思想文化对感觉系统的不必要侵占[1]？抑或干脆是对当代文学的失望而选择的逃逸之路？作为在文学观念上真正能与西方文学理论进行同级对话的学者，研究南帆似乎有了许多重要的意义。这里，尤其 2001 年出版的《文本生产与意识形态》，其中体现出的对作家主体的信赖，表现出的对文学话语的诸特征，如审美、语言功能、主体及其与社会历史、意识形态之间的互动关系的阐发热情，明显与后期批评心态判然有别。这不只意味了南帆后期必然走向文化研究，还同时使人感觉到，他的信赖、热情甚至激情、个人志趣是一个方面，还多少是某种历史性选择的结果。

一、体验性、语境性激情

念念不忘 80 年代，在"回望"、"重返"、"重述"中纪念 80 年代，这是 90 年代乃至"新世纪"文学现场，一批致力于解释和发现 80 年代以后产生的文学现象的批评家几乎固定的一个研究项目。一方面，他们在回望中的确发现了 90 年代和新世纪文学颇为共性的特征：把个体的诉诸寄托在显微化的私人隐秘生活，把现代性的正面观照托付给拐弯抹角的日常生活，以为一个时代能容纳个体隐私的正当性，能保障"鸡零狗碎"的日子成为生活的主体，就是人的现代性最好的诠释。精神启蒙的 80 年代，有着与"五四"新文化运动等值的文化意义。肯定私人叙事、日常叙事的同时，批评家不得不承认，其实这些大同小异的叙事路径，人物的最后完形并不一定指向人的现代性，甚至人性的缺失——主要从认同市场的指令中早已暴露出来了，那种私密的正当性和压倒性的琐碎日子，不过是欲望、拜物的别解。于是，回顾 80 年代自然成了重提人文精神的一种理论蓝图。而另一方面，同样处在如此氛围中的批评家，首先要做的清理工作就是，从"重写文学史"的角度，用全球化的眼光打量 80 年代。他们看到了原来令人难忘的 80 年代文学，实际上叙事内部、作家主体性有许多的"断裂"，而且这种断裂多半来自于当时意识形态对作家意图的强制性改写。

---

[1] 关于文学研究中的"思想史热"、"泛文化"研究倾向，以及文学研究中反本质主义倾向等等批评观点，温儒敏在《谈谈困扰现代文学研究的几个问题》和吴炫的《当前文艺学论争中的若干理论问题》两文中均有针对性的论述，也是对"文化研究"颇有代表性意见。温文见《文学评论》2007 年第 2 期；吴文见《文学评论》2008 年第 4 期。

毫无含糊,"重返"、"重述"那个现场的目的只有一个,那就是警戒今天的文学能够进行历史性地修复。首要的问题是把理想主义纳入日常叙事的结构。显然,这种重返的目的不仅追溯了当年的"先锋派",更是回到了"伤痕"、"反思"、"改革"、"寻根"的逻辑起点。虽然不见得是对"宏大叙事"的留恋,但满足心目中的"中国气派"、"中国经验",或者写出全球化背景下的民族性、本土性、地域性应该是该诉求的题中应有之义。

不过,批评家的这两种80年代,都是为了方便给90年代或新世纪文学开药方而来。也就是说,这种回顾的热情,仍然是过滤和选择,并没有打开全面的、甚至一直被疏忽的80年代文学应有的文学思维空间。

南帆在2008年《文学评论》第5期上发表了《八十年代:多义的启蒙》的文章,也提到了80年代。他认为80年代是"多义的启蒙",文中否认把80年代仅仅看成一个相对"独立的文化单元"的说法。他企图在文学史的逻辑链条上给80年代文学一个完整的评价,"我倾向于考察的问题是,80年代文学派生的种种观念如何卷入未来的文学史脉络,并且在纷繁的论辩之中充当举足轻重的节点,继而深刻地介入文学生产以及理论模式。"具体说,其一,80年代文学想象的主体包含了多种性质迥异的理论资源,既有康德的思想、青年马克思《1844年经济学哲学手稿》之中的重要观点、俄国文学强调的典型人物以及人道主义或者天赋人权等理念、又有存在主义、"意识流"以及弗洛伊德主义的欲望和无意识。80年代文学照单全收的理论资源,才敞开了90年代以及新世纪文学的宽阔视域。这在后续文学书写中都表现为由无力到有力、由不清晰到清晰、由不显现到完整显现的过程。换言之,80年代文学主体已经介入了但没有也不可能预见到现实问题,90年代以来文学都做出了亲历性的观照,这是80年代文学"提供的反作用力"的贡献。其二,在80年代文学与90年代、新世纪文学之间,尤其在对现实主义与现代主义的态度上,双方实际上是"启蒙辩证法"的关系,即80年代提出的启蒙主题对90年代深层影响。比如不再"妖魔化"现代主义,不再把现实主义当做拥有垄断"现实"的特权。不了解90年代现代主义文学之中的"痛苦经验"——那种既依附又对抗的资产阶级现代性,就不会完全理解90年代中期人文精神的大辩论为什么只能在展现倔强的道德姿态之后不了了之;继而也就不会完全理解80年代文学主体为何把身份、认同、性别、民族、阶层,以及新型的帝国、技术掩护下的文化侵略等等课题,处理成一些浪漫的憧憬,一些信念、思辨或者某种精神的完成。并且粗鄙的经济、物质以及协调利益的机制、契约、法律均被放逐于视野之外。

　　花费不少篇幅介绍这篇文章，我的意思，南帆在这篇文章中，对 80 年代文学多层面、纵深的清理，它迥异于流行的把 80 年代文学视为 90 年代"文化参照"、"价值参照"、"审美参照"，也与他自己侧重于"文化研究"的著述不尽相同。其对 80 年代文学的态度不仅是文学的，也是文学史的。这倒不是说情感上和价值判断上他倾向于 80 年代，他的态度完全是中性的，发现 80 年代文学的复杂和多义性启蒙本来是文章题中应有之义。是说他在这篇文章中暴露出来的文学性热情——也许可以理解成对文本分析的热情和对作家主体的信任程度，与他差不多 10 年前出版的《文本生产与意识形态》一书中的大多数文章有着极其相近的语境感和体验感。辨析其中的原委，也许有助于了解这个以理论研究著称的学者，为什么最终没有沿着《文本生产与意识形态》的文学批评路子继续往下走，而是中途转了弯。虽然他一直声称"文化研究"对文学研究只能有帮助，不会消泯文学的感觉体系。该书中那种重语言功能、审美、主体，尤其是信任作家主体、对文学话语张力抱有很大期望的坦诚之心之所以后来大大收缩，并且变得冷冰冰，原因恐怕不止是受"文化研究"强大气候的影响这么简单。

　　对文学话语张力的信赖，对文学话语反抗日常话语的强大力量的由衷赞叹，《文学话语的维度》① 一文是个典型。

　　其中一段描绘作家的话，大概是说给先锋派的，不过也适合于一切有雄心的作家：

　　　　文学之中所以出现的语言骚动当然要追溯到作家。作家是这样一批人：他们潜心于语言的海洋，时刻监测着语言的动向，进而制造出各种语言事变。作家往往比常人更为迅速地洞察通行于日常用语之中各种词汇的活力衰退，洞察某些语言正在作为一种无形的束缚框住现实，闷住现实向外蔓延的可能。

　　这时候，常人会觉得所操持的语言显得拙笨乃至于难以调动，产生轻度"失语症"，而作家则恰好相反，他们会主动出击。

　　他们迫不及待地通过文学提出一套对抗性的文学话语。这是他们重振语言的重要策略。不论这种文学话语高贵典雅还是粗野俚俗，抑或具有巴

---

① 南帆：《文本生产与意识形态》，第 4—20 页，广州暨南大学出版社 2001 年版。

赫金所赞赏的狂欢式风格，它们都将包含一种超凡脱俗的生气，包含了对于僵硬语言时尚的策反。

……

语言规约了人的精神，一部字典犹如一部法典，所有的语言释义限定了精神的可能。这些先锋作家不愿到此为止，他们抗议语言的暴政，日常用语之中种种固定的表述如同流水线上的预制零件，先锋作家不能忍受将精神视为这些零件的固定装配。他们破坏性地瓦解陈旧的语言结构，在一片瓦砾之中构思新的精神诗篇。

这导致了先锋作家对于语言传统的叛逆，但这叛逆不是违反交通规则，砸烂商店的橱窗或者扰乱咖啡馆秩序，这种叛逆拥有一个精神形式，那就是他们通过文学话语改写一个社会的人文环境。如此信心十足的文学话语乐观主义者，毋宁说看重文学杀伤力的人，才会格外敏感和警觉文学话语的生产条件与保鲜环境。于是，在他借重的中西方理论中，既有古典诗学、新批评、形式主义，又有后结构主义、解构主义和社会学、哲学和中国现代作家的"语言观"，可谓驳杂浩瀚，但他只保留了文学话语方面的遗产。在批评对象的选择上，满足于这种语言张力的也许只会是《万里无云》、《要字8679号》、格非的小说以及王朔①，而《白鹿原》只好作为"残缺"文本来看待，"历史不可能驯顺地自动转换为文学。文学必须顽强地与历史搏斗，尽可能驯服历史事实，而不是被动地为历史事实吞没。这种搏斗包含了对于历史的筛选、整理、识别、组织、想象、判断，而这一

---

① 作家论、作品论当然很多，王蒙、张贤亮、北村、韩少功、《白鹿原》《受活》等等，但这些都是作为"文化研究"个案被收在《后革命的转移》一书。尚未收入书中的作品论比如《平原》（毕飞宇）、《秦腔》（贾平凹）、《兄弟》（余华）、《笨花》（铁凝）、《暗示》（韩少功）等等，属于后来作品，基本没有了像前期那样的话语分析激情。另外，南帆是在"将政治话语植入非政治话语，合成反讽"的大前提下肯定王蒙与王朔反讽语言的，也就是这两位作家在嘲弄和讽刺"伪崇高"或"伪导师"等为代表的普遍性假精英之名的虚伪文化现象的价值层面上，来肯定和赞许他们两人作品的语言活力的，这和对同样两位作家批判用力最猛、下料最恨的批评家王彬彬在语言观上是有着深层的一致性的。比如王彬彬在价值观上发现王朔被人们一直捧之为"反叛"的东西，实际上是特定时期军队大院文化对真正平民的一种等级性蔑视，这就把王朔语言与真正平民语言的老舍区别开来了。而这一点正是人们因经验的缺席没有戳穿的。王彬彬的评论见其专著《文坛三户》中"论王朔之短长"一章，第121-196页，郑州大象出版社2001年版。

切最终将体现于叙事话语之中。"① 当然,意识形态网络对文学话语的制衡,是南帆研究的核心问题。这一点而言,因为南帆始终关注的是文学不管哪方面的生产机制、产生意识,这就暂时把审美放在了一边,也可以说他的批评蓝图(文学话语分析)中,并不存在天然的审美性,至多要先研究、揭示清楚这种文学结果背后的支撑体系,才能坐下来平心静气地谈论审美的问题。对文学话语,当然是他认为的理想的那种——他不止一次地征引乔利森·卡勒《文学理论》里的一句话强化他的意图:"文学是意识形态的手段,同时又是使其崩溃的工具"。所以,具有如此魅力的文学话语,就成了他选择文学的首要条件,他也不厌其烦地多次重申了"反讽"、"修辞"以及"诗与国家神话"、"诗与小说"的边界问题和互相渗透、横向或垂直影响的关系,目的也许只有一个,那就是对文学话语的充满激情的信赖。

如此看来,在南帆那里,对文学话语的热情具有某种遭遇性质。他自身参与 80 年代文学萌动、蜕变和衰落的经历,化合了同一时期作家的经验,这种感同身受的体会使他意识到了文学话语在那个时代的辐射力。文学话语那种随风潜入夜的中心功能,事实上也撕开了思想、文化、社会、政治、教育、人学等多层面松动的口子,的确合格地充当卡勒所谓使意识形态崩溃的角色。这虽然不好直接断定,南帆作为个案分析过的作品就一定经得住今天语境的再次考验,但能从南帆的话语热情中完全感知得到,能经得起理论批评如此审视的文学话语在今天也许真的不多了。另一批风格迥异的青年批评家把追寻大师的目光不约而同地投向南帆用过力的 80 年代作家身上,似乎也印证了今不如昔的结论。虽然这个"今"与"昔"之间才不过 30 年不到的时间,但也足以显示出事情的严峻。黄发有、何言宏、邵燕君等是紧密跟进近 20 年创作的批评家,想必他们的观点更贴近今天的文学气候。他们搜寻的结果是近 30 年来当代中国作家中,张贤亮、李锐、韩少功、余华、王蒙等可能只是"夭折的大师"或"残缺的大师",却没有真正的大师②。而这些作家大多都已经年过半百,重要的作品很难说不属于 80 年代。南帆由文学话语的激赏者、分析者转变成后来的文化研

---

① 南帆:《文本生产与意识形态》,第 137 页,广州暨南大学出版社 2001 年版。《后革命的转移》一书中,南帆以《文化的尴尬》为题又对《白鹿原》进行了细致的评析,基本观点虽然相差不远,但分析重点明显不同。前者在文学话语所导致的叙事方向的角度,后者却是全球化和现代性语境中看陈忠实同样的价值观、文化观。《后革命的转移》,北京大学出版社 2005 年版。
② 黄发有、何言宏、邵燕君:《没有大师的时代》,《上海文学》2008 年第 1 期。

究者，我觉得时代的、学术的、外部的原因也许不是重要理由，重要理由是他关注文学尤其文学话语本身的热情降温了，这是文学自身的而非外部环境的。

诚如《八十年代：多义的启蒙》一文中呈中性的表述态度所示，80年代文学可能铺开了一个相当宽阔的启蒙面：存在主义的，现代主义的，现实主义的，人道主义的，还有批判现实主义的等等。但这些刚刚觉醒过来的"主义"，并不是到90年代文学那里就必然地成熟了、完形了，或者达到了人们所预想的高度。情况有时相反，对现代主义的正名，对现实主义垄断"现实"特权的合理化解构，以及对80年代孤傲的人道主义的反叛，难道仅仅是为了出示90年代以来文学中逐渐清晰起来的琐碎的阴郁、惊悚、荒诞和主体的分裂、崩溃，或者90年代之后"小资"文学的盛行、豪门恩怨、武侠江湖、无厘头的"戏说"、"大话"的甚嚣尘上？显然不是。100年前的卡夫卡及现代主义文学与90年代中国文学语境不知发生了多少剧烈的变化；60年代西方流行开的解构主义或后现代主义也不知与新世纪的中国文化氛围有多少的天壤区别。可是理论批评家却还在相当自信地拿这一套理论话语来解释90年代或新世纪文学。深刻的内因究竟在哪里呢？

这说明南帆那一代学者、批评家，很大程度上是基于对文学现状的不满才走向文学的文化意义阐释和通过社会文化现象来观照"非经典"文学的现实价值的。一些孤傲的学者、批评家回到冷峻的文学史研究，在这里也许能得到比较客观的解释。告别文学话语张力的分析，再度清理现行的文学理论就成了南帆必然要做的一项工作。

二、颠覆与底线

对文学话语热情有所骤降，不等于对文学热情的改变。如果对文学的热情都谈不上，作为一个文学研究者其研究生命恐怕到了晚期。南帆对文学话语的热情寄托着他对特定时代文学、作家主体的特殊信赖和信任。这种基本态度不止体现在《文本生产与意识形态》中，此前的《文学的维度》《隐蔽的成规》《冲突的文学》等著作中，这一态度都是他研究文学的核心命题，只不过，这个核心命题也许可以按照时序变化作如此描述：文学本体论主导的时期，他的小说艺术模式探讨，在"观察叙述方式同审美情感的关系"的方向，概括出了在当时富有创意的情节、心理、象征和复合等美学特征，为以后文学话语的纵深分析敞开了思路；在主体论或者文学的社会历史功能异常有用的时期，由内在的考察自然转向到了叙事、语言、符号、主体、历史、传统、意识形态诸问题，这是他内化一些典型西方理论思潮比如俄国形式主义、语言学派、法国结构主义、后结构主义（解构主义）的重要阶段；就文学思想而言，他的心目中可能没有什么恒定的"终极方程式"，质疑文学理论的常规、分析话语的运作机制尤其文学话语的权力运作机制，都构成了他展开论述的不断扩充着的理论半径。然而这些微妙的重心转移，都隐秘地遵循了一个规律，就是围绕"语言的转向"这个大体的框架。

一方面，如前所述，他的文学话语热情属于与他经历、情感体验、思想意识同步的作家作品，属于情境性的激情；另一方面，他作为最早借重西方理论思潮的学者，又因为对文学话语的格外看重，他最上心的抉择似乎是，如何在本土文学的巨变与西方理论思潮的进驻之间寻找话语的有效对话。不是生搬硬套地拿现成时髦理论解释已经有点"衰退"的本土文学，并赋予一种所谓"新质"；也不想理论先行，实施理论对创作的引领、指导作用。而是首先对一批顽固但仍然发挥着强大作用的常规文学理论概念进行清理。

南帆有一个说法，关注理论的价值，远远大于推敲理论的族裔身份。这既是对"去西化"的嘲弄，也是对中国当代文论之所以征候性地回到"传统"但又无力回应当下现实问题的总体批判。在文学进步论又有重现之势的当下当然很必要。比如对解构主义的歧解，一些被学界戏称为"后学"的批评家，在他们的批评线路上，现代、后现代或者新时期、后新时期总是呈递进关系，或者依照西方哲学的演进线索，把对人学的追究寄托在趋向于虚无主义的形而上范畴：上帝已死，作者已死，人已死，文本已死等等，越靠后的文学就觉得价值越大；相反的是，倡扬"中国经验"、"民族性"的批评家，像当年的"寻根文学"的主张者一样，在他们的分析中"现代性"显得很是扑朔迷离、难以把捉。保持民族性与探索现代性成了真正难以调和的研究难题。这说明，理论与文本两张皮的现状仍然很严重。

他首先把镜头对准了批评家这个群体，在这个群体的集体性合唱中找寻批评话语生产的意识形态网络，也就是如何在批评话语的清理中改善文学观念的更新。"当下文化立场"究竟该背对着时代，还是介入时代？就成了一个绕不开的问题，"批评话语的意义生产在根本上包含了接受现实问题的挑战。"前提必须是不能把"当下的文化立场"和"文化策略"解释为一种浮浅的时尚,一种旋生旋灭的流行观念。

事实上,当下的文化立场或者文化策略已经积累了人文学科的全部重量——这里凝聚了人文学科的传统以及种种正在活跃的理论。概括说地,当下并不是一个透明的时刻,这毋宁说是强大的文化逻辑所设定的当下。这样,当下不仅是一个时间的切面,当下还是一个"场"——一个容纳多重文化势力交汇、重叠的"场"。人们可以在这个"场"里面发现种种类型的知识谱系、理论预设与现实问题的复杂互动。前者通常顽强地坚持既有的传统规范,企图按照已知的前提、范畴、成规吞噬和分解现实问题;相反,后者将提出一系列前所未有的挑战、考验甚至修改那些知识谱系和理论预设,产生新的知识和理论。①

这是给"文化批评"张目,意思是文学批评只有进入当下文化,才有资格参与文学生态的改善,"使作家不知不觉中调整自己的思路","最终实现对当下文化环境的改写"②。然而,文化批评在具体的批评实践中能不能守住文学这个圆心,完全是实践问题,而非纯理论想象。通常引起批评界诟病的那种"文化研究",文学多数时候是被作为思想、文化现象、哲学的某种材料来征用③,文学的自主性荡然无存,有时庞大文本批评家可能只取用一个不起眼的小细节。因为当下批评基本上都被裹挟在"文化"这个磁场中,所以辨识文化研究中的文学本位性,一定程度上正好体现一个批评家的思想能力。南帆所谓的"批评的转移",着眼于中西经典文论,即由"作家中心的观念"到"从作品研究到文本分析",一直到"接受理论"线索。所对应的创作,也是由经典而大众化的过程,文学与读者的关系同时也经过了独白式的形而上到对话式的日常生活的转变。南帆很少用类似于"个体"、"个人"或"个体性"等等很容易使人联想到"现代性"的词语,他可能觉得这些由现代性理论催生的术语,听起来响亮实则反而容易遮盖文学对个体处境以及意识形态对真实个体的乔装打扮。因为文学批评一旦在某些话语上产生格外的兴趣,就不止是对文学现实的描述,它

---

① 南帆:《文学批评与意义再生产》,《理论的紧张》,第24页,上海三联书店2003年版。
② 南帆:《文学批评的转移》,《理论的紧张》,第16页,上海三联书店2003年版。
③ 关于文学研究中的"思想史热"、"泛文化"研究倾向,以及文学研究中反本质主义倾向等等批评观点,温儒敏在《谈谈困扰现代文学研究的几个问题》和吴炫的《当前文艺学论争中的若干理论问题》两文中均有针对性的论述,也是对"文化研究"颇有代表性的意见。温文见《文学评论》2007年第2期;吴文见《文学评论》2008年第4期。

可能只是一种众声喧哗的批评惯性——批评对文学意义的再生产。

因此，南帆自己的"文化研究"其实有个明确的所指：一、指向意义冻结的"民族性"、"性格"、"历史画面"、"真实"、"文化品位"、"苦难"、"忏悔"甚至不伦不类的"好看"①；二、针对那种看起来十分有学理，实际上意识深层由不折不扣的二元对立思维模式构成的批评套路。如当你开始使用"能指"和"所指"时，意味着承认了结构主义对于"能指"和"所指"之间关系的设想，这些设想是文本成了批评的焦点；当你利用"无意识"从事某种解释，这暗示他认可了弗洛伊德式的深度心理学，这个概念后面的精神分析学视域将重新收集和复活一系列业已弃而不取的文学细节；当你对种种以"后"为前缀的术语格外钟爱时，"后"无形地首肯了"前"、"中"、"后"的三段式时间分割，并且将批评家的位置设定在最后一个时间段落仿佛坐到了最终的审判席之上②。南帆特别指出，第一种即兴命名的术语，还包括"伤痕文学"、"朦胧诗"、"残缺美"、"小家子气"、"野性"、"原汁原味"等十分盛行的术语，虽然没有政治话语诸如"党性"、"人民性"、"战线"、"毒草"等那么机械，但它们无疑都表明了随感式民间批评的强大传统，显示顽强的生命毕竟不等于学理性观照，有时印象式、随感式批评的昌盛，也许恰恰表明文学批评理论的滞后，至少是一种单调。说明不论遇到哪些迥异的文本，语焉不详的现实主义模式依旧是多数批评家的理论预设，批评家总是围绕相当有限的几个关键词组织一些似曾相识的阅读感想③。第二种情况发生在"学院派"批评内部，"通常有两套阐释代码互相争夺话语的最高霸权"。一套阐释代码来自西方现代文学理论，比如从"寓言"、"反讽"、"结构"到"陌生化"、"二元对立"、"现代主义"等。使用它们，既有迫切期望与强大的西方强势文化接轨的愿望，又有借助亚里士多德以来的理论传统的辉煌历史于同胞间炫耀盗火者的荣誉；另一套是20世纪90年代重新回到"国学"的总体称呼之下的假对抗西方文化的象征性民族批评，旨在宣扬本土的神秘性并赢得西方文化的尊敬和持久好奇。总之，这两种现行批评模式，都反映出"压抑与反抗的冲突重新集中到了第一世界与第三世界、帝

---

① 《文化研究：开启新的视域》，《理论的紧张》，第63页，上海三联书店2003年版。
② 南帆：《学院与批评》，《理论的紧张》，第81页，上海三联书店2003年版。
③ 南帆：《文化研究：开启新的视域》，《理论的紧张》，第63页，上海三联书店2003年版。

国主义与殖民地、西方文化与东方文化这些范畴之上"①。于是，南帆界定了他的"对话性批评"，希望"学院派"必须"加入对话的思想实力"，同时或者可以改善印象式、随感式批评的单调和肤浅。

当然，对话并不是内容的规定，对话仅是一种话语实践的形式。这个形式始终向所有的方向开放，人们不能强行规定一个目的逼迫对话就范。这时可以说，对话无目的。然而，解除对话的目的业已包含了另一个目的：抑制话语权力的过度膨胀。对话的开放将无限量地分解话语权力，使之散落到所有的参与者之间。他们的合作、抗拒、修正将形成广泛的监督网络。②

开放的对话批评，如果说没有规定的内容，也无目的，并且避免逼迫对话就范。那么，作为不可避免地要行使价值判断的批评，倘若双方或多方展开的"轴心"缺席，这样的批评可能就与文学无关了，至少随着对话半径的逐渐扩大，对话者或许会丢掉话语的起因，也无所谓话语的结论，整个呈现出游谈无根的局面。真正成了相对主义或虚无主义。这一点而言，在南帆那里，对话是一种话语实践形式的表述，是说对话之上应该必须有一种视野来解决对话本身的缺憾。"文化研究"作为方法论，它仿佛显示，"具体的、深刻的理论分析远比一个自足的理论体系重要"。也就是当常规的"文本的内部考察无济于事"，即"象征或者隐喻的解释说明不了产生象征与隐喻的条件，文本结构的拆解说明不了这种结构形成的时机"。文化研究至少补充了一直以来常规文学批评所无法到达的广度和深度。文学话语仍然担当批评的入口，文本由文学研究的终点变成了起点，从文本考察进入一个巨大的文化空间，并且根据这个空间的意识形态结构重新形成文本的定位，这即是南帆"文化研究"的运作方式。

深刻的文本解释必须进入文本背后的话语类型、意识形态以及更为庞大的历史文化结构。在某种意义上可以说，文本的精致考察同时还产生了一种压强——迫使人们打开视域，考察某种文本赖以活动的气象学和生态学，从社会历史的各种冲动之中找到文本的根系。③

避免不至于空谈，这里对照南帆在《后革命的转移》（北京大学出版社，2005）一书中的批评个案来看。

南帆曾两次对长篇小说《白鹿原》做过专门的研究。第一次标题为

---

①② 南帆：《学院与批评》，《理论的紧张》，第84、87页，上海三联书店2003年版。
③ 南帆：《文化研究：开启新的视域》，《理论的紧张》，第62页，上海三联书店2003年版。

《姓·性·政治——读陈忠实的〈白鹿原〉》的文章收在 2002 年出版的《文本生产与意识形态》一书中；第二次的题目是《文化的尴尬》，没有任何副标题。该文在 2005 年版《后革命的转移》中的位置，也是被编在该书第二部分的"现代性、全球化与历史紧张"名目下。很显然，《姓·性·政治》属于我前文所说有文学话语分析热情阶段的评论；《文化的尴尬》无论从题目本身出示的信息，还是第二部分排在前面起总括作用的两篇文学理论文章《现代性、民族与文学理论》和《全球化与想象的可能》来看，第二次论评《白鹿原》主要动用的是文化研究的视野。与第一次的读解相比较，第二次的论评并不是颠覆、修正、改写第一次的基本判断，而是完完全全在认同第一次阅读感受的基础上所做的深化、细化、宽阔化的处理。或者用南帆在比较传统文本内部解释与文化研究上的话，就是在"文本的内部考察无济于事"的情况下的批评选择。姓、性、政治准确地捕捉到了《白鹿原》的三条主要情节线索——宗法家庭的势力、叛逆者的势力与政治势力。并且围绕这三条线索也容易发现其间的叙事话语破裂，比如政治势力与宗法家庭势力、叛逆者的势力没有一座相互衔接的情节拱桥。这两批人物所以撮合在一起，更多是由于相同的时间、空间或者血缘关系——他们之间并没有通过真正的性格冲突联系起来[①]。然而，对于这种"破裂"，仅仅认为"历史不可能驯服地自动转换为文学。文学必须顽强地与历史搏斗，尽可能制服历史事实，而不是被动地为历史事实吞没。这种搏斗包括了对于历史的筛选、整理、识别、组织、想象、判断，而这一切最终将体现于叙事话语之中"[②]。的确是不完整的表述，而且把导致历史叙事出现裂隙的原因追究到思想的未完成，或者"思想的回避并不能代替叙事的问题，未完成的思想只能导致未完成的叙事"。应该说只能算是一种提问，而不是对问题的解决。

具体说，第一次读解时的疑惑肯定不止情节断裂一点，连带反映的问题可能是：作者为什么把朱先生塑造成儒家文化的圣者形象？作者想通过儒家文化传人朱先生驾驭现代社会，甚至不惜神秘化，支撑这一意图的意识形态有哪些？支持儒家文化正在力图成为后革命的历史叙事的文化背景是什么？当白嘉轩说鹿三是"这个白鹿原上最好的长工"时，人们没有必要怀疑这对主仆之间的关系。但知道白鹿两家之间实际上只是家族之争而

[①②] 南帆：《文本生产与意识形态》，第 136、137 页，广州暨南大学出版社 2001 年版；《文化的尴尬》一文援引过这段话，见《后革命的转移》，第 190 页，北京大学出版社 2005 年版。

不是阶级之争，也就是"白鹿村的阶级划分仅仅是经济学的描述而没有政治意义"时，朱先生的儒家文化也许根本没有进入情节，白嘉轩与鹿三的主仆关系始终维持在某种超阶级的良知之上，并不能说明白孝文、黑娃或者鹿兆鹏、鹿兆海、白灵灵之间的恩怨情仇，更遑论离开白鹿村解释更广阔的政治斗争。这在很大程度上，已经联系到了看起来并不相关的田小娥——她并非仅仅表明儒者白嘉轩残酷、愚昧、非人性的一面。田小娥的不屈从于白鹿村的家规、祠堂、乡约以至以德报怨的策略，也许隐秘地联系着现代社会的一系列鬼影。白嘉轩无法解释，三民主义或者共产主义为什么具有超出家规、乡约以及儒家先哲训示的巨大力量，以至于鹿兆鹏、白灵灵、鹿兆海这些下一代的子弟愿意为一个遥不可及的理想背井离乡，甚至抛弃生命？

总之，南帆第二次论评中，通过动用阶级分析、经济分析、社会分析、弗洛伊德的精神分析等等知识，还有"全球化"的视界、"现代性"的尺度、"民族性"知彼知己的姿态，对第一次文本内部考察说明不了的种种"条件"，做了令人信赖的透彻解释，使《白鹿原》的若干"破裂"根源获得了应有追究。这种论评中自然引进了现代性、全球化、民族性和文学想象理论，然而无论他论评的半径扩展到多大，文本这个圆心和文学话语这个发轫之地，却始终清晰而坚定。也就是烛照文本背后隐藏的巨大空间的时候，不论从语言修辞、文本类型等文本的自律性伸展手脚，触摸社会历史和意识形态对文本强大的制约因素；还是反过来，由文学的审美、语言功能、主体、意识结构透视外部因素的介入逻辑。南帆都能从那个"根系"出发，又能回到那个"根系"。他的"文化研究"就真正成了打开文学研究"新视域"的方法，而不是人们担心的文学只是作为为我所用的"材料"随时听候批评家征用的论据。

在南帆"文化研究"的观照下，再重翻 2000 年人民文学出版社出版的近 40 万字《〈白鹿原〉评论集》中的大多数文章，并配合阅读自 2007 年《小说评论》连载至今的《寻找属于自己的句子》（《白鹿原》写作手记），云集在这个批评集中的"精魂"、"史诗风格"、"灵魂"、"雄浑"、"历史画卷"、"历史轮回"等等，就显得多少有些单调并且勉为其难。10 多年后，陈忠实事后追认的"写作手记"的确很是低调。然而创作时的那种神圣感、神秘意味甚至符合经典境界的"寻找"仍然一目了然。我想，这种曾经密集现在仍未能引起人们普遍深思的现象——作家本人尤其浑然不觉、自鸣得意的情景，恐怕不能简单地推到"呼唤经典"、"寻找大师"

的时代氛围中来解释。对"文化研究"一边警惕一边奋力践行的批评界，普遍性地离开文学文本，继而深陷在流行文化现象的整理和分析中。正面地看，也许要通过考证、追究、还原语境，呈现时代文化的走向，实施批评的批判性职责。反着看，当这种泛文化研究成为一种学术时尚，对于真正的批评对象——作家而言，是不是又是彻头彻尾的误导？以为任何时代的写作都是限制中的写作，既然写作的限制如影随形，自己的个体局限有什么大惊小怪的呢？这个角度，至少南帆的"文化研究"并没有走入这样的误区。

三、"五种形象"与伊格尔顿的"政治"

就南帆个人而言，我觉得《后革命的转移》是一部有标志性的专著，在此前的多部批评著作中，其实他都在一边清理自己，一边清理批评界（或文学界），而且文本的分析有时候可以看成是他对流行文学观念、常规文学理论辩驳之中的实践。所以那些文字显得格外犀利、格外有力量，现场感也很强。不过，如果把那些不同时期出版的文字合起来读，就觉多少有些断裂和破碎——总感觉其理论与其批评实践缺乏一种融合的境界。当然，与《后革命的转移》和《五种形象》中的单篇文章相比，后者不见得就剩过前者，"进步论"本来也是南帆一直警觉着的一种思维。我是说，《后革命的转移》到《五种形象》不仅"融合"得很从容，而且就在这两者之间，似乎又暗示了一种批评的转向。"五种形象"描述完以后，他特意以访谈的形式"附录"了《"五种形象"：背后的存在》。这篇文字很长，大体可看做是对正文"五种形象"的解释，其中说这本书是对"文化研究"的实践。但我认为，《五种形象》的基本用意更像特里·伊格尔顿在其著作《二十世纪西方文学理论》"结论"部分提出的"政治批评"。

必须强调的是，像南帆这样一直处在理论批评前沿的学者，与西方一流批评家的对话是他文学研究的一个组成部分，对于理论的借重只能是互相影响、修正，不可能是照搬和背诵。如果说他的散文继承了法国人罗兰·巴尔特和福柯"话语颠覆"和"思想突围"，把理性话语加以脱胎换骨，转化为审智话语[1]，那么，他的文学批评则是反风格的，也就是在更高的视界上审视种种学派和各个主义的。用他的话说，就是"面对一种理论学说，这种知识的有效程度远比学说创建者的民族出身更值得重视"。

---

[1] 孙绍振：《世纪视野中的当代散文》，《当代作家评论》2009 年第 1 期。

吸纳各派、遴选其有效性，在他著作中都很明显。在他的批评文字中我看到的恰恰不是罗兰·巴尔特和福柯，而是美国人希利斯·米勒与英国人特里·伊格尔顿在某一点上的一致性：他们都视野开放，都能通过甚至立场对立的对方找到自己。

继德里达死后身为解构主义最有资格发言的代表人物，米勒对美国文学批评离开语言、转向历史、文化、社会、政治、阶级、性别（如女权主义）、社会关系、物质基础、生产条件、技术、分配，以及文化产品的消费，也就是说，正在走出纯语言的"牢房"的说辞不以为然。对解构主义是否已经耗尽了能量的担忧，完全心中有数。并且断言，美国文学研究的未来，仍然有赖于并坚持和发展修辞学的阅读，"也就是坚持和发展解构主义"。他认为，解构主义和文学理论基本上是对实际条件作出反应的唯一方式，也可以说是对文学研究得以展开的文化条件、经济条件、社会条件和技术条件作出反应的唯一方式。而且，在使文学脱离社会的"有机形式"的唯美主义当中，文学理论也是避免这种分离的唯一方式。他说，"只有对解构主义或其他理论形式提出的疑问采取开放的姿态，人文主义的责任和使命中最富传统的东西才能实现"①。他最新的论文之一《文学中的后现代伦理：莫里森和他者》②，由塞丝杀子后面临的"忠诚"与"背叛"的主题，引发的当代世界一些重大事件如"9·11"、伊拉克战争等在这两个主题上相似性逻辑，其中的文学性张力并没有因为引发的时代文化大问题而牺牲了"细读"的耐心。至少对莫里森小说《爱娃》的解构主义阐释，深入当下现实的多义主题，不是一种抽象的论证，而是"充满具体生动的感情色彩"。"这种生动性很可能不仅使我们更容易理解它，而且使我们承担责任，使我们在自己的莫里亚山上尽量做得最好。"其可信度和说服力以及批判眼光，也许远远超过批判米勒及解构主义的文化研究者。至于伊格尔顿，他的"意识形态生产"、"政治批评"以及新马克思主义观点，即那种无情而彻底地反对用机械宿命论来解释马克思主义，强调人类意识、行为、道德价值和生活经验的中心地位的"社会实践"，广为人知。但他并不像人们在一般性文字转述中知道的那样，他可能并不赞许"耶鲁学派"（解构主义）理论的建构性，也对哈贝马斯等人的阐释学持有保留态度，认为与马克思主义批评相比，这些理论没有从过去和现在中首先考

---

①② 王逢振：《希利斯·米勒：美国解构批评的代表》，《交锋：21位著名批评家访谈录》，第330—332、337页，上海人民出版社2007年版。

虑努力达到什么目的。可是,伊格尔顿对 F. R. 利维斯等先驱的"细读派"一直持审慎的态度,认为仍然是文学批评延展中无法绕开的"基础",这实际上等于间接地接受了"细读派"的耐心,并重新理解了解构主义对作家主体部分地不信任(拆解其意图)的态度。他的"未来目的"很难说不完全通过"阐释学"的方法论就能理想地实现①。

　　这里主要就伊格尔顿的"政治批评"来看南帆《五种形象》及可能的批评选择。首先,南帆的"五种形象"揭示了怎样的"中国问题"?其次,与伊格尔顿的"政治批评"对照,南帆的选择是当代中国文学批评的必然,还是空间上的理论碰撞?

　　"五种形象"描述了五种知识分子。他们分别是革命时代"典型"、"总体论"麾下,通过文学人物寄寓宏大历史判断的充满激情、富有历史责任感并且视野开阔的人;"现代主义"概念下虽无心改造历史,但眼光冷峻、方式极端、趣味古怪、角度缩小到个人内部,阴阴冷冷对现有历史实施拒绝的"'现代性'背后'反现代'"②者;聚集在"底层"周围,接受了民粹主义传统的知识分子,"为底层代言"通常是加在他们头上的道德贬义词,但他们的文本中充满了平等的对话信息,也就表明"文学有责任提供可以承担的形式"③,这些人的良苦用心也就不能被简单地斥之为"道德优越";因"小"而一路背着骂名,但在革命时期这些小资产阶级知识分子异于无产者的革命动机,"源于对各种针对个人的压抑机制的反感"④的纯粹,和自觉以"科学话语"⑤规范并塑造自身的内在性,也许孕育着改写既定社会学乃至文学走向的最有前途力量;最后是"无厘头"的代表人物周星驰及其背后的周星驰式后现代喜剧美学,这一批人和他们信奉的文化逻辑,可能具有跨代际性质。"大话"、"搞笑"是人们给它的命名,但这个命名同时建立在虚拟的基础上,因此"无厘头"是双刃剑,"哄堂大笑既是开始,也是结束"⑥。

　　很显然,南帆拎出来的这五种知识分子形象,是按照历史前进的时间顺序来指认的。也就是说,这五种形象如果代表了当代中国知识分子主体变化的核心内容,从典型形象、"总体论"到"无厘头"的漫长过程,完

---

　① 王逢振:《特里·伊格尔顿访谈录》,另见特里·伊格尔顿:《牛津-北京:一篇前言》,《交锋:21位著名批评家访谈录》,第383－385页,第389－393页,上海人民出版社2007年版。
　②③④⑥ 南帆:《五种形象》,第119、68、81、117页,上海复旦大学出版社2007年版。
　⑤ 南帆:《札记:知识与人格》,《天涯》1998年第5期。

全是文学理论从整体把握历史到取消深度、游戏搞笑的变化轨迹。在现代性逐步被异化,全球化经济思维对经典性文学理论诉求的致命冲击,以及一些仍打着自由、民主、独立旗号,实则精神的自主性早已淹没于消费市场的"个人"等等。五种知识分子形象在一定范围也就是这个时代的五种主体形象,这个角度,南帆的批评视角将意味着最终收尾到伊格尔顿的"政治批评"上。

首先,现代文学理论得以存在的背景,就是"当下的文化立场"和"文化策略"已经不容许批评家在封闭的书斋里论证这个学科的合法性,而是时代逼迫学者走出书斋,把一份份论文的检验权交给时代,或身边的微观现实。这样,"文化研究"曾想努力揭穿的文本的制约因素才会变得有效,才会变得具体、清晰,而不是抽象、模糊。

伊格尔顿对"政治"的界定非常谨慎,他说,"我用政治的(the political)这个词所指的仅仅是我们把自己的社会生活组织在一起的方式,及其所涉及的种种权力关系(pow-er-relations);在本书(按:《二十世纪西方文学理论》)中,我从头到尾都在试图表明的就是,现代文学理论的历史乃是我们时代的政治和意识形态的历史的一部分。"既然文学理论本来就是政治的和意识形态的历史的组成部分,或者说已经考察的文学理论是具有政治性的,那么,作为文学理论的前锋,文学批评真正可以反对的"是其政治的性质":

> 就在我写作此书之时,据估计世界上已有六万以上的核弹头,而其中很多都比毁灭广岛的原子弹威力大一千倍。这些武器在我们有生之年就可能会被使用,而这种可能性一直在稳步增加。这些武器的大约费用为每年五千亿美元,或者每天十三亿美元。拿出这笔数目的百分之五——二百五十亿美元——就可以是第三世界的贫民问题得到根本性的缓解。毫无疑问,任何一个相信文学理论比这些问题还重要的人会被认为不正常,但也许比那些认为这两个论题可以被这样或那样地联系起来的人还要好一点。[1]

更重要的是,文学理论的写作者、制定者,在如此的政治环境和社会

---

[1] [英]特里·伊格尔顿:《结论:政治批评》,《二十世纪西方文学理论》,第196页,北京大学出版社2007年版。

环境中是否仍心安理得的发布他的看起来或自认为很重要的见解，这是伊格尔顿批评的对象。"我也不相信所有文学理论家都会温和地赞同一个像我们社会一样的社会，其中大量的私人财富仍然集中于极少数人之手，而为了绝大多数人的教育、保障、文化和娱乐的那些服务则被撕成碎片。问题仅仅在于，这些文学理论家并不认为文学理论与这些事情有关。"[1] 南帆的批评话语也自成体系，并且他的话语所针对的背景也不言而喻。从"文本生产与意识形态"的话语探讨、对诸种批评陈规的颠覆和种种文学理论概念的辨析，比如"大概念迷信"、文学性、普遍主义等，到"文化研究"作为文学批评的视野和"五种形象"的概括。他一步步想要揭穿的就是常规文学理论无法解释的文学现象，以及由种种文学现象的不满或者不理想，而导致的最终必然追索到历史、政治、文化和时代意识形态的源头的批评思路。南帆要做和已经做到了的批评实践中可以看出，在他那里，文学的份额在越来越减少，文化成分在越来越增加，并且控制或促使文化繁殖的"政治"因素甚至也每每溢出文化的范畴。"五种形象"就很能说明问题，相对于《后革命的转移》，"五种形象"的概括、所启用的论据可能仍属于文化范围，或者大多数还是文学以及文学的副本。但就描述的事实而言，"五种形象"或许不能说是五种单线条的知识分子。如果这五种知识分子形象能构成一个梯队，他们的精神选择逐一下滑的迹象，似乎不能简单地归于主体单方面，"为什么如此"问的本来就是培植他们的政治的、时代的和意识形态的气候：宏大视野的顿失，"总体论"信念的崩溃，能回到个人内心但进不了他人世界的无奈，天真的道德情怀恐怕就很难进入问题的纹理；以及虽然千方百计地处理成了"对话"，但那个潜在的听众——"底层者"或许浑然不知的悲哀，依旧把症结归结到知识分子的"小资产阶级"根性上，不啻是一种简化；"大话"、"无厘头"文化成风，双方可能事先知道那不过是虚拟世界闹的鬼，但是为什么还要花费时间一起坐着傻笑呢？或者能说这就是麻痹自我、逃避困难吗？尽管其中不可能不包含自我麻醉和对严酷现实的逃避。

　　南帆的批评话语中，显然少了许多以建立某种文学理论学说为自豪的荣耀感，对各派理论观点即使能调遣自如，其中的不信任似乎也是无法掩饰的。可靠的解释，我认为是他与伊格尔顿遭遇了相似的境遇，仿佛都感

---

[1] [英]特里·伊格尔顿：《结论：政治批评》，《二十世纪西方文学理论》，第196页，北京大学出版社2007年版。

觉到了用文学解释文学的无用,用文化阐释文学的脆弱,就是他们都认为在伊格尔顿出示的大致背景下,文学理论绝不是与"政治"无关的游戏。

其次,基于以上的文学生成环境,伊格尔顿提出了真正的文学研究应该面向"实践领域",即文学的"活动领域",这也是福柯的"话语实践"。伊格尔顿的解释是,如果真有什么确实应该成为研究对象的话,那就是整个这一实践领域,而不仅仅只是那些有时被颇为模糊地标为"文学"的东西。为此,他特意强调,文学研究的特殊兴趣应该在种种读者和听众身上所产生的那些效果密切相关的东西,也就是说最应该把握作为"权力和行事"的话语实践。从具体的行事的角度来看待批评,伊格尔顿的主张甚至回到了亚里士多德时代"修辞学"——申辩、说服、劝诱,并不把说话和写作仅仅视为进行美学沉思或无限解构的文本对象,"却把它们视为与种种作者和读者、种种讲者和听众之间更宽广的社会关系密不可分的种种形式的活动。"① 这个角度,伊格尔顿认为,自由人本主义要把人变成"更好的人"是软弱的,社会主义批评家认为通过改造社会是可以做到消灭性别、阶级等级的,所以他们把文学作为历史现象来看待,交流性似乎又被搁浅了。

南帆的"五种形象"在批判自由人本主义、社会主义和结构主义上与伊格尔顿基本一致,但自《后革命的转移》之后,古老的批评功能在他那里似乎变得不太重要了。换言之,他正是对文学话语的部分的失去信任,"五种形象"才倾向于"描述"和"反讽"、"批判",而不是"申辩"、"说服"、"劝诱"。指向知识分子的内部,并不就等于促膝交谈、规劝说服。这也是他面对的"中国问题"性质所决定:一方面,文学的总体图景日趋衰落,尤其衰落而不自觉是最为可悲的,虽然他的多数批评文章中反复谈到,文学能与人们的日常生活相关,这是文学的荣光,应该提供文学力所能及的形式保障。但这些愿望仅仅以希望的名义存在于他的表述中,他的批评事实并没有给人们提供更多的信心。另一方面,他选择这五种知识分子形象,也许未必是历史推到面前的一种必然,比如周星驰式的中国版后现代,只可能代表一茬人或者一种文化现象,而且很可能是与市场、收视率、票房等等联系最紧密的运作方式。这表明,南帆的批评主要是以抢抓文化的"桥头堡",并通过对"桥头堡"攻击实现其批评的矫正作用的。在这样的气氛中,南帆还没那么大的心思坐下来平心静气地接受经典

---

① [英]特里·伊格尔顿:《结论:政治批评》,《二十世纪西方文学理论》,第207页,北京大学出版社2007年版。

文本的分析工作。"大话"式的中国后现代,或者"喜剧美学"是否更能代表这个时代处在底部、深处并且潜流不息的主体,显然还难以指认。尽管南帆的批评本意很大程度上的确需要反着来认识——就是他描述的目的是为了警醒人们,文学要以对症下药的眼光介入时代的文化症候。这一点而言,时代推到他面前的似乎是成堆的文化问题压倒了文学文本的精细论评,尤其令人深思的是,当他首先意识到文化变迁的清晰轮廓之时,这个轮廓实际上充当了他论辩各个时间段落里文学本身的潜在理论框架。说一叶障目或许太不负责任,但说这个认识构成了他判断文学的一种思维定势大概也不过分。

比如对《笨花》(铁凝)、《兄弟》(余华)、王安忆等的论评[①],叙述节奏的轻与重、快与慢,"大话"的效果,视角上的"丰富"就成了他衡估价值世界的首要标准。而这个标准按照时间序列可能就是"五种形象"中的"无厘头、喜剧美学和后现代"。既然"无厘头"的"闹"、没有任何价值内涵的"笑"和不在乎生活逻辑、情理逻辑的"大话"有可能追赶得上时代对文学的呼唤,那么,时代主体——文学知识分子就再没有必要板着一副说教的表情,拧着这些假想的读者了。这不是说南帆抓住的这些时代特征在他评论的作品或作家中没有,是说他如此的考察,这批作品或作家很可能次要的探索成了主要的贡献、主要的成就反而成了次要的该批判的东西。

当然,大的框架来看,伊格尔顿的"政治批评"是在他梳理一批批西方文学理论流派之后得出的结论,确切地说,他是在看到了二十世纪西方文学仍然被文学理论"严密地绝缘于历史,屈从于毫无结果的形式主义批评,虔诚地束缚于种种永恒真理,并被用来肯定任何稍有头脑的学生都能感到应该反对的种种偏见之时",即"文学的死亡"说一步步紧逼的当下文化立场时,如何以"充满活力"、富于"紧迫感"和"热情"的心态来"展望"文学理论的前景的。他的那个精妙寓言思辨性地蕴含了这个意思:"我们知道狮子强于驯狮者,驯狮者也知道这一点,问题是狮子不知道这一点。文学的死亡也许有助于狮子的觉醒——而这并不是不可能的。"[②] 南

[①] 南帆:《快与慢,轻与重——读铁凝的〈笨花〉》,《当代作家评论》2006 年第 5 期;南帆:《"大话"的效果》,《当代作家评论》2007 年第 6 期;南帆:《丰富的"看"》,《当代作家评论》2007 年第 3 期。

[②] [英]特里·伊格尔顿:《结论:政治批评》,《二十世纪西方文学理论》,第 218 页,北京大学出版社 2007 年版。

帆的《五种形象》显然也是努力想成为类似的文学理论扫描，在批判的意义上，它对现行本土常规性文学理论的"颠覆"也不言而喻。只是，这五种文学理论过后，或者这五种文学理论涵盖的文学创作之后，能拎出来继续经受时间再一次考验的文学理论似乎只能朝着反"典型"、"总体论"，反独白张"对话"，反精英张"大众"，反小资产阶级张"底层"的蔓延，而无法在这几种形态中找到一种共识性的价值坐标。因为开放的视野某种意义上就是多元主义，而多元主义就是抵抗共识。这不止取消了文学的本质、自律，也同时怀疑文学理论的本质和自律。这是不是一种理论的黑暗旅行？

　　如上所举南帆对《笨花》等的批评，这些短小的文字或许并不是他的用心之作，但他的态度却很明确，就是回到对文本形式、文学话语、叙述节奏等形式因素的更广泛阐释，据此来抗拒"价值论"、意识形态论对审美感性经验的挤兑。就像中西方学者、理论家已经意识到的那样，在后现代的同一化语境中，文学理论已经由"人文学科建构的文学理论"、"人类科学的理论"转为"'理论之后'或'后理论'"[①]了，立足于即时性的观察，通过对小细节、小片段、不起眼的小瞬间的把捉，或许既是审视本质主义和普遍主义"大理论"的微观对策，也是把审美感性经验从"作业化"大学体制和"例行"会议氛围中拯救出来的唯一选择。可是，南帆这种颇有应景色彩的短评，似乎无法从总体上突出《五种形象》的框架。那种时时着眼于"眼前"现象，甚至正襟其事把《南方周末》、《参考消息》等大众主流媒体纳入考察范畴，无疑显示了批评的介入性和当下性，但这种趋向于"小"、取自于"细节"、提炼于"日常"的论据又不可避免地指向宏观的"大"，也不乏"统摄"全局的雄心。这就使得他的概括实际上仍是强调某种理论的预言性——"大理论"可能压倒事实上要凸显的"小理论"。所以，虚无感、缥缈感，乃至对文学的不确定性——这些因素直接导致南帆对作家论、作品论和现象、思潮论评的淡然，而这些因素也就致使《五种形象》有了一层挥之不去的颓然情绪。后来的事实的确也证明了南帆的所谓"后革命转移"，虽然这个"转移"他并不是在证明自己。2008年与他人合著的《文学理论》（北京大学出版社）就是一个小小证明，证明南帆的志趣已经转移到文学理论研究上去了。

[①] 周宪：《文学理论、理论与后理论》，《文学评论》2008年第5期。

第七章
耿占春[①]（1957—　）：
诗学社会学视野与诗歌批评话语

"朦胧诗"还是新生事物的年月，谢冕、孙绍振、徐敬亚三位诗评家著名的"三崛起"文章，既是给"朦胧诗"赋予时代审美合法性的得力论文，夸张一点说，同时也构成了"朦胧诗"以来中国当代诗歌每逢困难必须回眸的经典话语资源。支撑"崛起"诗学的所谓"背离"诗歌传统、"一批新诗人"等等，在谢冕口语化的轻松表述中，其力量不止在美学的认定，更在于它展开的是一个无限向前的包容性度量：诗歌的发展，只有最大限度地切入时代语境，并且以个人的名义说出现实的关切，诗歌所获得的新的话语能量才配是文学性的。包括"三崛起"在内的一批批致力于推介新信息的诗评文章，与相应的诗歌创作之间，就不约而同地形成了一定的写作契约关系。比如"第三代"、"中间代"，乃至于新世纪以来不断出现的"底层诗歌"、"草根派"，以及在"汶川地震"、"北京奥运"、"神六"等大事件颂歌中生发出的民族精神诗歌潮流，等等。在如此繁多的准新生事物面前，诗评话语总是在诗歌创作意图内部进行着梳理和发现的工作。如此一来，看起来诗歌的确越来越靠近人们的日常生活了，其实在捕捉生活现象的写作中，诗歌与深处的时代气息越来越远了，套用耿占春的论断就是越来越失去了个人对世界的内在性感知能力。我理解，众多诗评家的命名努力，包含着拯救乃至于遏制诗歌创作快速下滑的目的。可实际上因诗评话语不能在社会学视野给出答案，或者仅满足于反复启用人文大词，诗歌创作除了在口语的推力下繁殖琐屑的日常细节外，很难以不同于

[①] 耿占春，生于河南柘城，1981年毕业于郑州大学中文系。现为海南大学人文传播学院教授，河南大学特聘教授，博士生导师。80年代以来主要从事诗学研究、文学批评，有《时间的土壤》和《新疆组诗》等少量诗歌习作。著有《隐喻》(1993)、《话语和回忆之乡》(1995)、《观察者的烟》(1995)、《改变世界与改变语言》(2000)、《叙事美学》(2002)、《在道德与美学之间》(2006)、《沙上的卜辞》(2008)等。《失去象征的世界——诗歌、经验与修辞》(2008)获得第七届华语文学传媒大奖。

以前的话语形式呈现个体对时代的微观感知。"朦胧诗"诗评话语对时代语境的过分敏感,一定程度影响了后来诗评话语的基本趋向,朝向无止境的未知领域展开,而很少在诗歌话语本身的探索上做更多的凝视、停留,这部分地导致近 30 年来,中国当代诗歌批评多周旋于泛泛的价值论,却少有有分量的诗歌本体论出现。一个异常突出的感知是,在必要的、或恰当的时代问题面前,诗歌只有介入问题的言说序列,并发挥出诗歌的公共干预能力,仿佛人们才会以诗歌的庄严名义重新诠释诗歌的价值。不能说这种期许全无道理,也许人们普遍认为的诗歌的无所作为,其中就包含着对诗歌能否敏识到现实巨变,并在巨变中出示个人处境这样一个既符合诗学又游离于诗学的命题。但同时,如此的要求,恰恰凸显的是诗歌的人文价值立场,而非诗歌文体及文体论层次个人诗语与时代话语、政治话语、经济话语、商业话语的关联性,这一点看似不起眼,实则牵扯到诗歌批评话语的长效机制可否建立的大问题。

不言而喻,就个人阅读选择来说,我不大喜欢虽不乏批评锋芒,但这个锋芒却一直深陷于所有文学文体,进而化约为时代批评流行语的泛思想话语。其一,泛思想批评目前为止还没有构建起令人信赖的话语体系,也就是仍然未能在现如今的多元化话语意识形态惯性中树立自己的批评信念,许多话语还很难分属并独立于启蒙话语、人文话语、人道话语,这与现实世界的日常生活化、消费化、娱乐化等是极不相称的;其二,既然文学写作早已文体化,对于某一具体文体的批评,显然,文体话语最容易进入其机理,并说出真相。

耿占春的诗歌批评,特别是他 2008 年出版的《失去象征的世界——诗歌、经验与修辞》,就是在以上困惑中进入我的阅读视野。耿占春的愿望是"创造一种文体批评",他用本雅明的这一句话表达过自己对诗歌批评的看法,意思是不想做"阐释性"批评家,而要做文体特性鲜明并充满话语活力的文体批评家。他也用"失败者"这样令人难解的用语隐晦地发抒过自己执此批评的困惑,他曾用私人侦探类比他乐意从事的工作是"身受伤害、心怀义愤的私人思想侦探"(《沙上的卜辞》,2008)。如果不是故意制造神秘,那么,限于我对耿占春有限的阅读,包括他的国外诗歌阅读札记《观察者的幻象》(2007),我倒认为,作为诗歌批评,从"观察者"到"象征"的失去,不只标示了耿占春广阔的诗歌阅读视域,而且也建立了他诊断中国当代诗歌在诸多"突变"与"消沉"中的来路与去向。"失去象征"自然先有一个依附"象征"的历史,关键是,失去象征之后,诗歌用什么来维系？很清楚，耿占春并不想过多过杂地为诗歌赋予沉重的历史使命，他也不想草率地以"审美"这个在任何时候，都可以理直气壮说下去的主题终止他对诗歌的热望。社会学视野是他观照诗歌衍变历史的维度，但感知世界的个人化视角——始终把诗歌话语的变迁锁定在个人与集体、历史与现实、神话原型与民俗学、政治学与社会学的大框架，这种被他称为"知识僭越"的诗学批评眼光，其实给人的最大震撼在于，它真正解除了批评动辄在"现代性"与"后现代性"、"解构"与"建构"、"殖民"与"反殖民"以及"现实主义"与"后现代主义"等知识范式内耗的狭隘。也许耿占春投注于诗歌批评的智慧，还可以扩大到整个当代文学文体批评的场域，那种致力于个体话语的生发却又极力走出个人视角的诗学作为，才应该得到切实回应。

为了使研究的问题更趋于聚焦，耿占春对叙事学、小说批评以及通过思想随笔表达的更宏观的人文知识研究将从略，他的诗歌批评将是本章关涉的重点话题。即使如此，谈耿占春的诗评，也还不得不关联到其他诗评家的成果，这既是耿占春诗歌批评话语得以建立的背景，也是映衬出其特点的必要参照。伽达默尔《真理与方法》中有句话说，真正的理解不是去克服理解的历史局限，而是承认并正确地对待这一历史性。耿占春与其他诗歌批评家之间，虽然不存在"真相"与"伪相"的关系，但他们也必然处在相互补充、相互映照的话语关联中。

一、阐释性批评氛围与个人诗学话语处境

阐释性批评其实是一种针对普遍的文学思潮而生的批评行为，宏观的把握加上微观的个案分析，是阐释之所以为阐释的根本所在。我很费脑筋地琢磨过阐释性批评的各种所见模式，其实也不外乎揭开文学现象的皮，裸露想要的文学核心要素，并把这些经过反复把捉、认知的核心元素作为文学史长河中的一个链环加以保存，阐释得以完成的就是在思想认知层面上超越不足的既有文学现实，想象性地勾勒、预测一种未知文学图景。不管启用怎样的方法论，其合流必然是人本主义、人文主义的召唤与介入，这当然也是一般文学史写作的思维模式。也就意味着，阐释性批评的生产者通常高居于学院。学院不见得有权力决定话语的生命，但有资格决定生产什么样的产品、不生产什么样的产品。当当代文学研究的卜限无限延伸，以至于学科界定的麻烦接踵而至时，阐释作为加固学科地位的有效途

径，阐释性批评所储存的文学一定程度上就等于学科界限的重新划定、或者合法性扩充。意大利符号学家艾柯著名的"过度阐释"被经常用来指责阐释的饱和现象，充塞于大小版面的多数文论，也许有些个别的不同，比如"顺从式"、"否定式"等等，通过阐释者不同的态度，可以了解文学现实，即文学达到了什么程度，或者不理想表现在哪里。可是，总结式、分析式、经典对照式批评话语，无论如何不会充分地开启文体范畴的本体论个人话语努力方向。就是说，"接着说"的个人话语如果要得到健康的发挥，主要取决于整体性批评氛围的形成。总结式、分析式、经典对照式批评话语一旦形成理论批评的主导语势，某种程度上反而抵制、消解着批评的个人化，而不是使个人化批评话语建构。在大同小异的阐释中，无论是解构主义的"否定"，还是后殖民理论的"民族化"，或者徘徊于本质与非本质的"辩证"，扩大地盘、发展对象的可分析性，是阐释性批评最直接的批评动机。当然，阐释在形成的过程中，作为一种批评事业，内含着无数说不清楚的个人选择。如果它仅仅是为即将出现的文学史做必要的前期准备，阐释也就完全有能力构成一种值得倡扬的话语生产方向。人们对阐释性批评的诸多诟病，一个典型的特点是，它丢掉了阐释的主体性。按照波德里亚《象征交换与死亡》一书中的观点说，阐释作为知识性"再生产"，阐释性批评的再生产循环中，人们容易辨认的不再是主体性挣扎的幽暗曲线，而是知识在滚雪球中符号的繁殖图谱，这是阐释性批评的二度变异。

很显然，如果学院是阐释性批评寄存的空间，那么，追溯阐释性批评的知识源头，"文化研究"就是一个不得不提的术语。致力于对"经验"的再度回眸，雷蒙·威廉斯正是在文化分析与文学研究密切关联的角度，解读了阐释性批评——文学的文化研究的意义。他说，文化分析就是"阐明一种特殊生活方式，一种特殊文化隐含或外显的意义和价值"[1]，围绕主体性并最终为了凸显主体性，文学阐释为"意义和价值"负责的工作性质就得到了合法性辩护，而且把范围锁定在人们所共有的经验，这种称之为"感觉结构"的东西，理应是阐释性批评研究的中心议题。但是在另一流派看来，伯明翰学派所强调的文化是个人经验的和主观意识能动性的观点并没有多少说服力，因为，主体的经验很大程度上是被意识形态结构决定

---

[1] [英]雷蒙·威廉斯：《文化分析》，罗钢、刘象愚编：《文化研究读本》，中国社会科学出版社2000年版。

的,"意识形态是个人同他周围现实环境的'想象性关系'的再现"①,即是说,"经验"已经是被"异化"了的。阐释所身处的尴尬就可想而知,它不仅无法洗清那个独立发言的"我"的罪责,也始终遭遇着被取消文学研究资格的危险。

中国当代诗歌批评界并不是在完全隔绝的语境面对自己的研究对象,但对于以上两种阐释路向,批评家貌似分化实则进行了一次高度的汇合。这里拿来略做对比的诗歌批评文本及诗评家仍然相当有限,但考虑到他们的批评范围、批评跟进的时间序列,以及批评所论及的宏观趋势,无论如何也算近30年来中国诗歌批评的基本状态。

根据批评家的命名,"朦胧诗"之后,"先锋派诗歌"、"底层诗歌"、"日常经验诗歌"和其他各路隐而未显的诗歌写作,大体上表现了诗人比较集中的诗学探索方向。而批评家的批评着力点,也就基本代表了一种可视的、主导性话语生产模式。

"先锋派诗歌"的命名与理论研究,其实包含了批评家的期望与警惕混杂的复杂感情。"先锋派小说"对人的现代性的怪异处理方式,以及所体现的主体性世界的破碎感、偶然性,显然,这种中国式现代主义文学思维在"先锋派诗歌"的命名者那里留下了深刻印象。一方面,希望能在诗歌上延续先锋派小说在崛起之时表现出的那种大无畏审美探索勇气;另一方面,批评家想把诗人身份的无聊争论引向诗学建构的道路,先锋派诗歌就具有了某种折中的意思。就是说,同为现代主义诗歌,知识分子写作与民间写作在价值观上的通约性远大于分歧,先锋派诗歌要担当的角色毫无含糊,是把知识资源与民间充沛的地气能否有机结合,并加以美学上的提炼,构建一种不失为新的形而上思索,又严重介入现实的诗歌共同体。向前看,如何避免先锋派小说的失足;向后看,如何融会知识分子孤傲的知识复制于鲜活的大地经验中,即把海德格尔意义的"思"巧妙地取舍进日常经验的发现之中,至少是先锋派诗歌的理论野心。这时候,批评家所感受到的焦虑其实仍是知识、形而上精神如何化解日常经验的问题,也就意味着最终是个体诗学怎样才能建构的问题。在《诗的困境与生机》一文中,陈超亮出了他鲜明的判断,认为诗歌存在的突出问题是"缺乏现实经验的分量和对求真意志的悬搁"。在"知识分子写作"与"民间写作"、"精英"与"口语"论争的氛围,陈超下此断语的背景很清楚:一是它们

---

① 罗钢、刘象愚编:《文化研究读本》,第15页,中国社会科学出版社2000年版。

不指向日常，倒指向反常，诗人扮饰的是一个戴铃铛帽的小丑的角色，通过表演自读，达到满足自恋的目的；另一类是以文化批判姿态和隐喻语型写作，意欲以此处理现实经验。这两种"倾向性写作"都不能令评论者满意，"言称处理日常生活和口语语型的诗人们，其作品处理的'日常经验'主要是虚拟的极端恶俗的经验"；或者批判、隐喻而择取的是有等级有质地的日常生活，即"本质"、"本源"、"整体"性的东西，贬低了生存中的矛盾性、差异性，强化其虚拟的孤高宣谕、道德优势的表演性①。当陈超以"求真意志"为诗歌做总体目标规划的时候，他所彰显的个体体验的差异和无意识，即那种"不是表现自我，而是观照自我，不是还原生活，而是还原生命"②的诗学观，就成了他衡度现代诗的当然尺度。《翟永明论》、《食指论》等，大体上是在"女性意识及个人心灵词源"、"以具体超越具体"、"少就是多"，或者凄楚、苍凉、决绝、自省、自励等"成分复杂的拉奥孔式的紧张扭结"一类差异性、个人化话语维面展开③。应该说，这种"个人话语"是对个人话语界限的阐释，而非个人话语本身，尤其对于诗语来说，反讽、象征、隐喻、转喻、提喻等等只能作为修辞方式来看待，而诗语的个人化程度理应指向这些修辞背后的主体性处境。在那里，主体性不是被修辞捆绑，反而因为主体性，既有修辞方式产生一定的变更、变异，生成新的不能以现有知识命名的话语形式。就此可以看出，先锋派诗歌批评理论视野主要在现代性思想层面，换言之，它们对差异性诗歌话语的阐释、认定是发自现代性与后现代性过度的张力域中，个人化感知、个人化经验也就作为论辩的迫切性被提出，并不是因为个人话语已经占领了集体共鸣的诗歌话语。这也即是先锋派诗歌批评目前难以解决的视野问题。

相对来说，我倒以为，陈超的诗歌批评其实是超个人话语的。因为在他的批评中，主要目的在于以参数的形式显出为什么多数诗歌的现实经验"分量"不足，"求真意志"脱离语境。所以，即便是"诗人论"，普遍的诗歌现象总是压倒对具体而微的诗歌话语生成过程的探究。

其他一些诗评家，虽各有所攻，各有优长，对"朦胧诗"之后诗歌运

---

①② 陈超：《打开诗的漂流瓶——现代诗研究论集》，第 79、31 页，河北教育出版社 2003 年版。

③ 陈超：《翟永明论》和《食指论》，分别见于《文艺争鸣·当代文学版》2008 年第 6 期；《文艺争鸣·当代文学版》2007 年第 6 期。

行状态的诊断，似乎到"底层"就无法再向前推进了。这一点，诗评家徐敬亚比较能说明问题。徐敬亚自己说他有10年不写诗了，也有10多年未写诗评了。可是2005年他突然写了长文，对新世纪诗歌发展方向做出了总体性评价与预言。他的"诗歌回家的六个方向"包括回归闲适、回归亲情、回归自然、回归异化、回归业余与回归歌唱；"原创力量的恢复"包括民间性的恢复、社会需求的恢复、"六种原创状态（六个方向）"的恢复、细节的恢复和本土意识与母语思维的兴起（情感、自然、直觉）等。仔细品味这个系列诗评文章，仍然是到个人、到差异、到语言为止式的思维，至于到了那里还能怎样向前走，批评家并没有说出多少这方面的信息。比较饱满的话语信息倒可以概括为这样两种判断：其一，诗歌经过了"先锋派诗歌"，一种技术成熟期后，只有面向旷野、面向新的社会阶层才可不断获得言说的力量（原创性的力量）；其二，美学追求上趋于平静、平民，回归亲情的嘘寒问暖、回归本土经验和母语思维的朴素内容是大体方向①。徐敬亚的判断具有宏观眼光，指向诗歌的总体走向，就他所举诗人而言，其实是消解他的宏观展望的。因为，不管"底层诗歌"还是"日常经验"诗歌，情感、自然与直觉，虽经过了他精心的界定，但仍然很难看出他对这些诗歌思维方式的话语性质探析，结果是，给人感觉只要忠实于个人内心感受，诗就会自然得到提升。与其说这是顺势推导，毋宁说是个人话语理论匮乏的必然结果②。更有甚者，因为个人话语发掘的错位，反而被抓住把柄，以与批评家完全相反的"政治批评"加以指责③。这表明，一方面，目前的诗歌批评尚未自觉地建立个人话语的理论视野；另一

---

① 徐敬亚《诗：由流落到宠幸——新世纪"诗歌回家"之一》、《诗歌回家的六个方向——新世纪"诗歌回家"之二》、《原创力量的恢复——新世纪"诗歌回家"之三》，分别刊于《文艺争鸣》2005年第3期、第4期和第5期。

② 钟情底层、青睐人文道德批评的批评话语，徐敬亚还不是最突出的一个，徐敬亚对近30年来诗歌的总体发展状态的把握，作为价值判断还是相当准确的。而吴思敬以"仰望天空"与"俯视大地"划分30年诗歌的前后重心，并且把关键性的后期诗歌以"俯视大地"——一种只重视道德人心的批评话语发挥到了极致，这就更谈不上对诗歌话语批评的意识了。吴思敬：《仰望天空与俯视大地——新世纪十年中国新诗的一个侧面》，《文艺争鸣》2010年第10期。

③ 诗评家张清华本来在人文关怀的层面谈论"底层诗歌"，但因为他的批评话语不是先产生于诗歌本身，而反遭一些论者的批评和误解。本来肯定"底层诗歌"就像前几年肯定底层小说一样，道德、伦理、人文关怀是题中应有之义，关键是批评家想通过这种倡扬，激活诗歌介入现实并获得诗美的持久活力。然而，人们对这类诗评的盾疑，不能说不包括对一种理想但又尚未出现的批评话语的期待，即使是批评者霍俊明本人的文章也没有露出这方面的启示。张清华：《什么"政治"，又何为社会学批评——回应一篇批判文章兼谈几个问题》，《南方文坛》2010年第6期。

方面，个人话语的笼统使用，使得个人话语失去了文体的依凭，并且个人话语的所见概念还基本隶属于人文科学话语[1]。那么，具体到诗歌批评，个人话语就不能笼统而言。我专指那种"语言转向"以来关于个人化诗歌话语的理论，即研究的焦点不是如何发现和界定个人经验，而是研究个人经验如何通过个人话语得以呈现，并借助个人话语加以讨论。诗歌批评的如此语境，讨论个人话语并在个人话语的基础上，建构个人与世界、个人与现实、个人与共同体、个人与民族的诗歌话语方式，不能说没有，而是说太稀少。大多数到个人话语为止的批评实践，并不就是个人话语本身的研究。

我不十分清楚耿占春的诗歌批评在整个诗评界是个什么位置，但有一点是肯定的，即他的成果一般被划归到中国的解构主义批评行列。余虹在其专门研究20世纪中国文学理论的现代性与后现代性的专著——《革命·审美·解构》一书中对耿占春的论评就是如此。在结尾一章《后现代性：解构批评与新历史主义》中，余虹是这样评价耿占春的，他说，"走向新历史主义的道路在耿占春这里进行了深入的争论，从而使这一道路不再是直线地向前伸延，而是不断地回溯且歧路丛生。行于此道，我们会在审慎的争论中获得'一种渺小的、私人性的、经验性的、瞬间即逝的、又重现于另一些时刻的意义感'。这种意义感背后会有一种渺小的个人性的认识论图式吗？"[2] 2001年余虹阅读了耿占春1999年出版的《群岛上的谈话》，特别是其中的《诗学与社会学的内心争论》文章，为了说明陈晓明的"审美认识论图式"在"现在"的时间维度上的不可操作性，认为耿占春引进了"审美主义"与"新历史主义"之间的张力，并且形成了诗学与社会学之间的争论。在10年前有此洞见，应该说是相当了不起的。但是，耿占春致力于"小"字号的个人认识图式，在今天已经是常识。今天如果还停留在回到"小"字号的视域，不对众多的"小"字号认知图式加以审视、研究，小诗学就永远不会降落到诗歌批评话语的实践中来经受检验。而当前诗歌批评难道走得很远了吗？如果我的观察不太离谱的话，实际

---

[1] 其实这一点，正是陈超自觉超越的，他在界定他的"求真意志"时说，"在我看来，人文科学话语是逻辑的、整体的、类聚化的，它的合法性是通过删除歧见，并否认个体经验的差异和无意识的生命冲动所取得的"。见《打开诗的漂流瓶——现代诗研究论集》，第13页，河北教育出版社2003年版。

[2] 余虹：《革命·审美·解构——20世纪中国文学理论的现代性与后现代性》，第287页，广西师范大学出版社2001年版。

上，诗评界在搜寻诗歌证据、论证小诗学的道路上还基本停留在10多年前的水平线。首先，过分追求诗歌的现实性，甚至于把反诗艺倾向的非知识分子诗歌写作视为诗歌未来当然的前途，至少可以看出，还未真正意识到个人经验与个人话语之间本来裹挟着的相悖的命题；其次，狭窄的知识范式和批评的职业化人为地缩小了个人话语研究的空间，个人话语在人言言殊的"个人化"概念中，不是一步步走向琐屑的口语实验，就是逐渐被更大的话语潮流所淹没。民族话语、本土经验话语对"日常诗歌"、"底层诗歌"的征用，就是一个典型的例子。

从这个角度说，耿占春打破知识范式，启动社会学视野，深入个人话语世界所进行的个人话语的生发、构筑，实际上还处在批评的边缘地带，并未达到人们应该重视的程度。

理解耿占春在个人诗学话语道路上的工作，显然面临着一大难题。你必须有足够的理论说服力去解除民族话语——一种变异了的本土话语对个人感知方式的侵扰；也有必要拆解寄存在现代性强势话语名下的众多想当然的人文话语结构模式。而以上两种思路都未必是个人本位话语诗学的批评方式。前者是借用个人话语产生的位置，或者身份的合法性优势；后者是变异了的人道主义话语，它通常以元话语的威权性忽略了个人面对现实、世界、社会时的真实处境。这就意味着解构主义也罢，现代性也罢，都还只是个人话语研究的外围，真实的个人话语研究并不是收容一切个人感知的信息，它必须做出选择，给出其生成的诗学能量。这一点来说，耿占春从"象征"打入，盘诘式的审视、剥离诗歌在象征视野阶段，民间神话仪式、祭祀典章、时间空间对个人话语的塑形；乃至失去"象征"的阶段，商业话语、经济话语、科技话语如何改写个人意义的诸种处境，方法论上似乎更接近解构主义。然而，他的批评思维无不围绕个人话语的轴心旋转，一边为诗歌的再度象征化奔走搜罗，一边深潜于在他看来已经构成了个人话语体系、为壮大新的诗歌本体论拓宽道路，又不愧为实实在在的建构主义。

总之，在耿占春那里，小的、个人的、差异的是批评话语生成的开端，也终将被纳入诗学而成为批评起步的原点，小诗学是开端；而诗歌批评界现在还继续忙乎的仍然是不断地扩展分析的范畴，历数各路知识的局限，最后回到小诗学，小诗学是终结之处。重新启动"失去象征的世界"中的"象征"维度，就不只是在语言修辞学范畴的筛选与厘定，也不只是在社会学视野权衡、周旋，加以准确确认独异的个人话语与普遍经验的日常生活话语的问题，更在于它从诗学的哲学根基上，盘活了重建个人话语与构筑群体象征话语之间关联性的辩证关系：突出的个人话语构成普遍性日常生活话语的新象征形式，新象征形式反过来成为未显现个人话语的意义召唤结构。彼此互动、碰撞，在批评与被批评的语境氛围造就生成性语言活动循环系统。

二、"失去象征"中重建"象征"

"失去象征"后诗歌能否有所作为？这一发问应该看成是耿占春建构他的小诗学的前提。这一发问包含着至少这样几个充满质疑的命题：日常生活经验诗歌在共识的诗学意义上，作为个人化感知最耀眼的显现，被认为是对先锋派诗歌的超越。超越的前提似乎可以理解为对西学知识主体、中国传统道德自我以及人文主义意识主体的转化。因为人们对日常生活经验的重视，包含着对身体本身的眷念，肉身的处境、肉身所携带着的世俗折磨，一定程度就是诗歌对不确定性遭遇的体验。那么，在芜杂的日常经验话语中，谁的话语、话语的方式，不单面向扑面而来的无聊感、无意义感，同时还向无聊和无意义中的意义与价值敞开？这是考虑个人话语重建的首要命题。另外，选择敞开的个人话语，其实就象征性地选择了个人与庞大的外部空间的联络密度。召回意义，绝不是个体诗人的能力能够完成，它必然涉及一切文化语境。那么，检验个人话语的诗学生命就不再属于个人，而是广阔的社会学视野。即是说如何遴选有价值的日常生活经验，个人仅为基础，它与世界、与现实、与时代的盘诘、周旋，乃至做出牺牲，所留下的足以让既有话语现实松动、开裂的尝试，就成了耿占春小诗学努力使整个意义空间再度象征化的路线。

如此理解，既符合耿占春的诗学思路，但也充满着简单与粗疏。因为谁使诗歌失去了象征，以及为什么是象征的问题，在耿占春那里是独特的吗？也就是说，耿占春也许不是从题材范围研究诗歌的命运，那么，他的"失去象征"是否一定指向个人话语的方向？

象征主义诗歌是耿占春背靠的庞大知识背景，但已经不是他处理的诗歌现场。他企图处理和挽回的是，使"象征"消失的现在。即那种已经进入语言哲学的写作实践，并把语言的自我指涉放大到全部写作内涵的诗学观。这里就不得不先区别题材的"象征"研究与再度象征化的"象征"之间的关系。前者众所周知，它来自于一整套哲学认知的支撑，是世界整体性秩序本身存在的标志；后者仅来自中国当代批评家耿占春，它还携带着"私人思想侦探"的秘密，用他惯用的术语说，还是一个未被授权的话语行为。

"象征"一词的词条编撰者称，"象征"是一个大概念，涉及的学科非常广泛，在不同的学科内，有着不尽相同的内涵。在文艺领域，"象征"含义同样非常复杂，它指一种修辞技巧、一个流派、一种原型结构单位，甚至还被视为与艺术本体相等同的概念。

"象征"的含义虽然复杂，但其内涵一般不离符号与其代表的事物或观念之间的关系。黑格尔的观念的显现、代表，歌德的在现象、观念和审美意义之间转换关系的界定，都发凡于主体对世界的把握力这一先验理念。相对于哲学家的雄心，作为文学形象的"象征"，则主要集中在象征主义诗人那里。"象征"不再是思想的显现或代表，而是与思想直接同一的"客观联系事物"或"情绪对等式"。弗洛伊德就认为"象征"是性本能欲望在梦中的表现；荣格认为真正的"象征"应是无法用语词表达的原型经验的表现。直到20世纪50年代结构主义符号学出现之前，"象征"不管在其他学科，还是文学领域，都以无法撼动的形象出现，构成着人们认知观的重要组成部分，这包括苏珊·朗格的符号（象征）是艺术的本质，也是人类情感的表现形式。但是罗兰·巴特、拉康等人的学说，动摇了"象征"的本来含义，特别是巴特的《符号的想象》。与其说改写了"象征"，不如说纠正了主体与世界之间辩证的关系。他认为符号（象征）不是一种简单的意义传递形式，更多的是一种参与意义生产的工具[1]。这一意思放回到艺术领域，说得最清楚的是马克思主义批评家伯克，他结合精神分析学理论认为，"艺术作品从整体上来说，就是企图以象征既掩盖又解决现实中无法解决的重大矛盾"[2]。

耿占春受惠的既不是同一性哲学，又不全是结构主义，而是法国哲学家、社会学家、后现代理论家波德里亚"仿真"理论、泰勒等社会学家关于自我及其根源的学说与中国当代文化语境中的诗歌经验。前者使他超越了现代性、后现代性、解构主义、精神分析理论的范式；后者奠定了他对

---

[1] 转引自南帆主编：《二十世纪中国文学批评99个词》，第383–384页，浙江文艺出版社2003年版。

[2] 转引自王先霈、王又平主编：《文学批评术语词典》，第295页，上海文艺出版社1999年版。

第七章 耿占春（1957— ）：诗学社会学视野与诗歌批评话语

日常经验保持审慎的警惕的怀疑眼光。一方面，可构想之物与可感知之物、自我与他物、生与死分离了，开封开宝寺塔、荷塘边的鸟雀"既非令人恐惧事态的征兆也不像一个美好的诺言"，在我们的视野中，它们已被什么力量还原为物自身，"事物被还原为没有观念中介的知觉过程"①。日常经验既然如此平庸地进入了诗歌写作流程，应该有它的特殊意义，可是，意义究竟在哪里？他意识到，如果不放弃警觉，"这一现象与知觉经验的重构、与表述它的语言问题有关"。口语作为日常生活经验的最直接暴露，其中有无可能生产出链接个人感受性话语与消失了的群体象征之间的秘密通道，并使之再度赢得话语说服力？另一方面，按照波德里亚的理论洞见，当然也是耿占春借重的主要理论资源。波德里亚对象征交换与死亡的阐述，大的框架基本建基于马克思主义和精神分析"不了解而偏离"的"正在发生"的政治经济学和力比多经济学——此时此地浮现出的一种价值彼岸："反馈赠中的馈赠可逆性、牺牲中的交换可逆性、循环中的时间可逆性、摧毁中的生产可逆性、死亡中的生命可逆性、易位书写中每个语言单位和价值的可逆性"，这种唯一的大形式，"今天，全部系统都跌入不确定性，任何现实都被代码和仿真的超级现实吸收了。"② 当仿真原则取代现实原则来管理我们的时候，耿占春正是充分注意到了个人感受性话语的独特性，并且发现了个人话语只有经过修辞学的转化，曲线般地召回群体象征体系再来突显诗歌话语的准宗教功能。因为与视为社会经验的"共同的稳定部分"相比，"那么诗歌话语就是对个人之间彼此不同的经验的唤醒"。

与任何一种形式和风格的社会话语相比，诗歌修辞学都不是仅仅诉诸共同媒介的幻觉或经验的共同与稳定的部分。但是如果说诗歌修辞学仅仅是在叙述纯属个人的经验，那也就真的沦为纯粹个人的梦幻。诗歌话语不仅在诉诸个体经验，同时也通过它独有的修辞学，对个人经验进行隐喻和转喻处理，将细节主题化。③

修辞学可以拯救个人话语不至于滑落到泛化的日常生活，但既然整个世界已经失去象征，作为重建的群体象征话语体系的重要组成部分，当政

---

①③ 耿占春：《失去象征的世界——诗歌、经验与修辞》，第1、37页，北京大学出版社2008年版。

② ［法］让·波德里亚：《象征交换与死亡》，车槿山译，第2页，南京凤凰出版传媒集团译林出版社2006年版。

治、经济和战争经验成为人们唯一共同经验的时候，还得论证诗歌话语的力量是否有效。这也是"再现的话语"取代象征的话语之后，唯一能证明诗歌话语是否具有社会批评内涵的证据。这个意义上，耿占春相当迂回地为个人话语的发源地——自我，忍不住下了一个弗洛伊德意义的定义。他用"来自远方的造物"来界说自我的复杂性：一个人拥有生理的、身体的和形象的自我不难，然而真实地拥有一个语言活动的、在独特的个人修辞学中诞生的自我，还要走很长的路。认识到自我的"未完成性"，就等于启动了诗歌语言的批评功能。

对语言与自我关系，语言与现实之间的生成性的理解，以及一个传记性的自我的不断自我改写过程，使他不容许那些本质主义的、非生成性的专断。他也不能认同那些没有语言参与其塑造过程的思想与现实，这是诗歌语言所潜在着的社会批评内涵。[①]

如果把"细节的主题化"、社会批评内涵内在于独特的自我语言修辞学的生成，置于语言自我指涉与再现话语的场域考量，这两个步骤似乎还仅限于个人话语重建的个体视野。因为对于前者，在删繁就简的意义区分了、或者抵制了日常生活经验全部入诗的泛个人话语行为，但不能就此说这时候的个人话语已经与等待唤醒的群体象征话语之间建立了广泛的联系，关联性的最终浮现显然需要重启个体之外的视野；而后者，当社会批评内涵内在于语言修辞活动的生成过程时，只完成了理论假设，很可能也是高估了诗人的主体性能量——某种程度，不能不说忽视了个人话语本身的脆弱性，尤其在语言不及物的语境。

这即是耿占春重建"象征"的第三步。他借用泰勒在《自我的根源：现代认同的形成》一书中，泰勒分析里尔克诗歌的一些观点认为，内在于个人、内在于主体之中的"更微妙的话语"，在伦理的意义上，虽然主要可能塑造了道德的基础，而非意义，但是既然产生于特定的文化语境，"克服主观主义"而不至于陷于纯粹的自我满足，也许是其题中应有之义。意思是说，个人话语在给出主观性感知的同时，实际上也给予了一种视野。"它的意图是双重性的，意识到意义之存在的非中心化和内在化，同时又力图给它一种视野，使这个视野不仅深深陷入个人共鸣的语言之

[①] 耿占春：《失去象征的世界——诗歌、经验与修辞》，第52页，北京，北京大学出版社，2008。

中。"① 个人共鸣的语言,一方面游离于已经成为碎片化的某种象征秩序,另一方面又指向这种象征秩序的显现。如此视野的重现,耿占春其实不只是摆脱了脆弱性的纠缠,更重要的是他令人信服地辨析了道德与意义经常混合,以至于用道德代替意义的某种理论批评话语误区。一定程度上不能不说多半是批评话语掩饰了诗歌话语的真实面目,并非诗歌话语的掩耳盗铃。虽然他也用了通常的"慰藉"一词,然而此慰藉却根植于个人话语的本体之中。"当我们面临灵魂与肉体、人与自然、生与死、内在性与现实的冲突焦虑时,象征方式既是这种焦虑结构的聚集,也是它的慰藉,成为焦虑结构的反面景观,象征视野的重现,即意义的显现。"② 20 世纪 80 年代西藏诗人贺仲在完全无意识情况下对神话学的想象力,同理,90 年代西川充满命运、黑暗等道德化话语的诗歌,也是无意识中"知识主体"空位、不确定性的反映。"与其说西川提供了某种意义,不如说他提醒了一种意义缺失的体验。"③

个人话语所给予的社会学视野,当然不单是为了显现意义,监视个体之间的共鸣程度并形成群体象征体系,是其本来意图;值得重视的还在于,在普遍的"去政治化"、"去社会化"乃至于"人之死"氛围,这种视野以反观的方式,或者以反写的姿态,保障了感受性主体的相对自由,至少不至于统统变成瞬间的主体、碎片化的主体,或者归化为传统人格模式,从此"遁隐"于喧哗的闹市。没有经过语言修辞学洗礼,没有把意义内在化于诗歌话语,或者没有在话语的共鸣中,和谐地处理过行动与语言的个人,在耿占春看来,是反诗歌的,同时,失去自我、任凭社会语境的复杂话语混乱地堆积在内心的人,也是另一种精神分裂,他们的个人话语不在诗学分析之列。当然,诗学的个体与经济学的个体相比——耿占春把现代性成为总体规划的时代称之为经济学构成总体性修辞的现时代,这里也许仍存在理解的误差。经济学的个体,极力蛊惑一种新型的消费人的出现,这种个人是体验型经济的增长点,他们全部的感受性就是没有感受性,或者微弱的感受性都消弭并丧失在了没有经济形式、商品形式的经济学话语中。而"感受力的现代性",指那种来自于对意义体验的个体,接纳的是具有象征意义的形式,才不至于外化为一种物化,而变成经济学的个体。理解的关节点是,前者眼里是被物质割裂成碎片的世界物质化的概

---

①②③ 耿占春:《失去象征的世界——诗歌、经验与修辞》,第 88、90、115-121 页,北京大学出版社 2008 年版。

念；后者面对的是"事物的秩序"，无论时间的长短、空间的轮换，诗歌话语与自然世界具有微妙的对应关系，"对个人经验的叙述，参照着事物的秩序和时间的秩序，即使是具有象征意义的叙述也会参照自然的时序和物序。"因此，象征话语不是以概念话语取消视角经验，而是给予观念以视野，使之成为"观—念"。"诗歌话语不满足于没有概念中介的知觉过程，但更不会满足于没有知觉中介的概念。"① 这就从本源上揭示了经济学个体、消费话语个体、流水线式日常生活个体与"感受力现代性"或感受性主体话语的分野。就此而言，耿占春的诗学是减法式批评思路，并且指向微型区域。指向个人内在性的理论也就意味着对宏观诗学的结构性调整。

三、小诗学：一种微型诗歌文体批评

耿占春在失去象征的诗歌世界里通过语言修辞学的细微分析，也通过对象征主义诗歌时代民间信仰仪式、神话话语、祭祀献词、宗教图式，甚至寄托在个人瞬间性的、即可生成的带有病理性的意义指向——通过对多元的话语资源及其象征图式的挪用和重新阐释，使诗歌话语得以完整表达并被结构化。千回百折、柔肠寸断，其所牵挂的实际上不是什么宏大诗学图式，而是以微型语言活动为基础，致力于诗歌文体特征的修辞论个体化小诗学。小诗学图式的显形，其一，把诗歌批评从笼统的文学价值论解放了出来，让属于诗歌的批评话语直接应对诗歌问题。这样，源于语言观变迁而生的诗歌价值问题、意义感问题，就被归还给了不同感受主体的感受强度——一种通过凝聚、外显，最后形成群体象征基础的"单子化"② 语词态度。这样的批评方法论避免了小说叙事学直接介入诗歌的隔膜与粗

---

① 耿占春：《失去象征的世界——诗歌、经验与修辞》，第349页，北京大学出版社2008年版。

② 耿占春对语言修辞学的微型考察，其实也就是把诗歌话语的意义最小化到"字"的思维。这一点在一次中日两国当代诗人的对话中也有此思路。杨炼、野村、浅白等诗人通过辨析中古诗歌与中国当代诗歌用语的"文"与"语"、"汉字性"与"口语感"，在诗是"语言在超越语言本身"的共识下，强调了"字"与"词"在诗中是两个层次，"我们写诗的时候，需要关注到每个汉字都给诗增加了什么东西这种最微妙、细致的层次上。"认为之所以汉诗被翻译成欧洲语言后变得简单了，"就是因为他们只翻译了'词'，而组成词的那些字之间的微妙的层次被翻译省略掉了"。赵四执行、帕米尔文化艺术研究院编撰：《触摸、旁通、分享：中日当代诗歌对话》，第45—46页，作家出版社2010年版。

暴。其二，让诗歌批评写作更接近于诗歌的规律。如果诗歌创作情感状态的直觉性，社会批评内涵的个性化，语言运用的极端化是诗歌的本源性特征，那么，"诗学只能由诗人自己去完成"，让诗学文章显露出诗化特色，可能更容易切近诗歌本体。

曹文轩以"诗化批评"来命名诗人批评家的批评特征，并把诗人批评家的批评实践视为诗歌批评走出困境的征兆来把握，这与本文前面所论，即"先锋派诗歌"批评、"日常生活诗歌"批评的"隔膜"具有相近的意思。这里我想多啰唆两句，先稍作展开曹文轩的"诗化批评"内涵，再进入耿占春的批评实践，问题也许会更清楚一些。因为以上两点，只是对耿占春"小诗学"的基本构件、运思方式和价值取向而言，还不能就此解释耿占春本意上要创造一种"文体批评"的全部做法，甚至无法进入耿占春所想、其实已经实现了的美妙景象，"充满想象力地创造出文学的一种景观，或者发明一种诗学，使批评成为一件值得继续去做的事情"。至于把文学批评当做文学性写作的细腻与绵密，更需要投入真诚的心灵体验，而不是概括。因为他的批评和诗学就建立在这样的维度，"因为象征的消失而是某些经验——主要是死亡和受苦——变得难以承受"；以及在语言的用法中，"为什么有许多东西失去了可以感知的意义，尤其是作为'想象的语言共同体'曾经可以感知的意义"[1]。这种非理性与理性相互印证、相互穿越的批评话语，显然又有别于既有的诗化批评。

既有诗化批评的第一特点是对直觉力的征用，推崇直觉力，像写诗一样写批评，批评可以解释诗中无法用理性逻辑解释的神秘力量，"在许多时候，能长驱直入，锐利刺破事物的表层，而直抵咽喉要道"。因此，直觉呈现的观念，不是靠推理慢慢显露的，而是一下从心中奔出，或者一下奔入心中。而无论是奔出还是奔入，"都不再是被思索，更不会被怀疑与拷问，就当是一个真理而毫不犹豫地确定下来"。真理式的直言，似乎有点像海德格尔所说的对"存在"的表达方式。第二个特点是个性化，指批评主体在行使批评时完全获得的自由无碍的状态："能始终将自己溶入，将心性溶入"。这样的批评，使职业批评的公共化得到了抑制，"个性化便成了发现新问题并用新方式表达问题的宝贵因素"。个性化话语的极致，其结果是将问题绝对化，内心袒露得一览无余，哪怕使问题极端化，也绝不吞吞吐吐、模棱两可，极端化语词产生出批评的张力。第三个特点，曹

---

[1] 耿占春：《失去象征的世界——诗歌、经验与修辞》（后记），北京大学出版社2008年版。

文轩把对话体和访谈体看做是诗化批评"文体自身的功效"。认为"散点透视"、主题的形而上性、意象的虚幻、言辞的不合常规等,"使人感到它们与它所研究的对象十分般配"。①

要较全面理解耿占春的小诗学特征,与"诗化批评"对照,耿占春毫无含糊在意识上和思考方向上具有诗化批评的所有特征,但区别也是本质的。这也是他的批评之所以是"诗学"的理由。

王小妮、昌耀、沈苇、臧棣还有海子,是耿占春的主要批评对象。在不同诗人诗作的研究中,体现了小诗学作为一种批评形态的独异之处,也体现了诗化批评还很难上升为某种"学科"或者知识范式,很大程度上只能在死板、工稳的职业批评参照中显示其价值的限度。

以昌耀和王小妮为例,耿占春提出了解决再度象征的办法,就是转化语境,失去象征的日常生活世界里的偶然性事物和事态,主题化。昌耀是处在革命象征主义语境里的写作,他保持诗歌话语个人化的做法是,力图以个人的修辞学重新结构起革命象征主义的话语,并以此组织个人经验,建构一种感受性的传记式主体;王小妮则在一种失去了象征的日常生活世界里,"借助日常事物和事态对主体的伦理功能的温和吁请,她建构了谦逊的、具有温和力量的内省的自我"。王小妮如何建构"内省的自我"就成了如何"主题化"的关键。

失去象征的日常生活世界之所以难以建构意义基础,从而重新象征化,原因就在于它的偶然性。稳定的语境产生象征形式,偶然性的语境既然排斥意义基础,就意味着其中的事物和事态很难主题化。这一点才是衡度诗歌话语能否再次显现意义的焦点。耿占春在王小妮这里发现了一条途径:"王小妮的注意力在于持续地对背景化事物的观察,以个人的修辞方式把这些被忽略的存在再次显现出来。"以观察改善象征不再的意义困境,理解起来似乎与讲究"叙事性"的日常口语诗歌没什么两样。王小妮有无

---

① 我曾翻阅过当代文学研究的多种流行版本,几乎没有多少学者注意到诗歌批评的本体性问题。唯独曹文轩的《二十世纪末中国文学现象研究》一书有为数不少的页码,专门把"诗人诗话"作为一种文体独特的"解诗释诗功能"和批评现象来看待。他认为诗人论诗比一般批评、正规的学术文章都要精准、过人。直觉、个性化、极端化、对话体和访谈体正是他概括诗化批评特征的几个方面。与曹文轩所胪列的诗人批评家相比,耿占春除了有所谓诗人批评家的特点外,他也许还比诗化批评更进一步,因为他到底建立了自己的诗学观,也就是耿占春既有非理性的神秘才能,还有理性的严密论证能力。曹文轩:《二十世纪末中国文学现象研究》,第392-397页,人民文学出版社2010年版。

自觉意识是另一回事,关键是,王小妮诗歌提供的这个信息,或者说被象征的消失一直煎熬着的耿占春,在这里却灵感式的觉悟到了偶然性语境转换成象征主义视野的认知方式的语言契机。他认定这个相互之间的转换,不是别的,是方法论问题。

一方面通过一种方法论把某些已经可以明确表达和描述的问题从它与之联系在一起的潜在背景中分离出来,形成接近"客观知识"的东西,使其主题化,使其具有象征主义的认知框架,或者变成某种主题化的形式,但另一方面应该知道当它从生活世界的潜在背景中分离出来,就失去了与一些事物的联系。可以说,象征图式在提供给我们认知视野的同时,任何主题化和象征秩序都可能是在缩小认识的视界,简化语境,但不如此就没有主题化的认识表达,或者表达就会无限膨胀,直到和背景融为混沌的一体。①

他举王小妮的《太阳下去了》《太阳真好》说明了主题化思路。在失去象征向象征转换中,自然界是一个关节点。在《太阳下去了》中,"太阳"这个革命象征主义体系中的主角,被王小妮通过观察把它作为自然界的一幕短剧戏剧化了——既要祛除革命象征主义的主题又不至于破坏太阳在创世纪神话学中寓言指向,戏剧化处理其实把普通的日落时分,以及太阳下落这个自然过程,经过诗人的修辞性叙述留在了寓言里,并赋予了神话学、革命象征主义体系之外的寓意。同样,《太阳真好》,诗人则动用了另一转换方式。当光明与黑暗、善与恶、光荣与耻辱、劳作与休闲、倒退与进步等等观念在今天语境甚至产生倒置的时候,王小妮的"流眼泪的力量"、"悲伤的力量"等"软的力量",是回到日常世界、日常生活和自然事物的本身,给这些经过破坏的事物重新赋予了社会伦理的力量,这也是发现的可能的寓意,即是对日常事物与细节进行主题化的一种方式。

同是相似语境的写作,耿占春在臧棣诗歌中则看到了完全不同的方法论。认为臧棣诗歌话语把对及物的描述变成了评述,对经验的表达变成了阐释与批评。也就是说,臧棣通常是通过对事物、事态观念的分解、细枝末节的语言反讽,即中断与物联系的方式,他的建构就体现为对语言"思想功能与感知功能"的恢复。概括说,臧棣的建构是妙用比喻形式和瞬间性的灵感点化形式,"经验直接成为一种隐喻时,经验才被把握,或经验

---

① 耿占春:《失去象征的世界——诗歌、经验与修辞》,第140页,北京大学出版社2008年版。

的意义才进入视阈";抓住臧棣诗的"瞬间意识"(离开了瞬间意识,就离开了意义产生的真实场所的特征),耿占春引申出这样的现代价值观和主体性原则,"他消解和重建了弥散性的主体、主体与语言及其他物之间的关系,一种分解式的意识与微观知觉过程的对应关系,并以此取代了主体与客体、语言与事物的二元论。"为什么一定是重要的思想?下面的话已经是耿占春自己知觉的创造了,他说,在现代诗人这里,"时间的现在"变成了一种独特的活力形式,"瞬间是一种觉悟,也是觉悟的果实:现在只有在意识的觉醒、即时的知觉的觉醒中才存在"[1]。提到"现在"这一时间维度,我突然想起另一位批评家陈晓明,面对纷纷扰扰的小说"现在时态"的叙事,陈晓明以"现在主义式的"("认识论图式")来为企图远离既定文化秩序,并以非历史化来表现现代化的历史进程特征的小说赋予一种美学合法性[2]。可是这个"现在主义"却遭到了论者的质疑,原因之一是陈晓明忽略了审美主义与新历史主义之间的张力冲突,"从审美主义转向新历史主义并不是一个简单的取代过程,而是一个超越二元对立,走向张力冲突的过程"[3]。陈晓明与耿占春的相似点是都感知到了挽回意义缺失的时间问题,不同是因为陈晓明的感知不单缺失了建构现在意义必须出示的批评视野,关键恐怕是陈晓明的"现在主义"就呈现的真理含量而言应该属于诗歌,而不是小说。这也部分地说明耿占春不仅深谙臧棣的诗歌话语分量,而且他自己正好也恰当地抓住了现在时间观所要表达的意义建构空间。正是在人的原初经验、经验主体无法消解的意义上,瞬间性的语言背后可能藏匿着的宇宙的理性秩序,构成了耿占春小诗学的第二个方法论。当然,宇宙理性秩序在耿占春的表述中一直处于隐匿的视野观照的角色,他提供给读者的却是感性的、甚至神秘体验、神谕般的描述。

作为一种趋见完美的诗学构架,自然远不止这些,它的动态扫描式搜索,本来是建立在开放的基础上,旨在盘活即将发生的一切诗歌话语、开启不同方向的重建意义大厦的门户。还比如像沈苇的"诗歌地理学",后海子时代——完成了"服丧式"写作之后,现代性诗歌话语的问题等等,在耿占春那里都有着无比饱满的论述,限于篇幅不再赘述。

---

[1] 耿占春:《失去象征的世界——诗歌、经验与修辞》,第 242 – 253 页,北京大学出版社 2008 年版。

[2] 陈晓明:《审美的激变》,第 181 页,作家出版社 2009 年版。

[3] 余虹:《革命·审美·解构——20 世纪中国文学理论的现代性与后现代性》,第 286 页,广西师范大学出版社 2001 年版。

最后允许我多啰唆几句。"小诗学"是我的胡诌,但也基本符合耿占春的批评实际。耿占春眼里无时无刻不在求证"象征"重返诗歌话语的大问题,然而,他的论域的确又时时处处无不在小地方——最小的语言单位,最小的直觉波动,最小的感知系统,最微观的社会学语境,等等。这是小诗学最直白的一层意思,也自然是说他的批评是把小的、局部的、差异的作为开始的原委。至于说他为什么还称自己的诗学是"失败感"的表达?他自己的原意是,只有身受伤害、心怀义愤的私人思想侦探才听命于痛苦良知的声音和未卜的命运;他的内驱力就是对不幸的深切感知,他能够求助的也只有这种良知的痛苦。痛苦给予他求知的授权。痛苦的磁场与辐射范围使他僭越不同的知识领域,痛苦的深切感知迫使他去说一种新的语言。"痛苦"其实不是别的,是身处失去象征的日常生活世界,心仍然一次次扑向象征消失的地方,怎么也不相信这个意义缺失的噩耗的无奈感。当然,在他看来,最深切的受难感主要是"死亡和受苦"变得难以承受。在失去象征的世界里,死亡不能被转化,受苦也得不到馈赠。作为被授权的知识分子、诗歌的确信者,耿占春不禁根据政治经济学的法则开出了"好诗"与"坏诗"(或者不是诗的诗)的检验标准,让他一度受惠的波德里亚的"象征的交换与死亡"高悬于头颅:"好诗"是没有剩余的、交换对应的,意味着纯粹的耗费,"是价值的毁灭而非积累与等价交换";"坏诗"(或者不是诗的诗)有话语的残渣,可以感到剩余成分的分量,它没有找到自己的对应物,因此"也没有找到自己的死亡和免诉,没有找到可以在文本自身的操作中进行交换的东西"[①]。那么,有必要再回到前面,仅此一端就可以看出,耿占春与"诗化批评"的区别,最重要的一点不能不说是理论的彻底程度的问题。

---

① [法]让·波德里亚:《象征交换与死亡》,车槿山译,第301页,南京凤凰出版传媒集团译林出版社2006年版。

第八章
陈晓明[①]（1959—　）：
从"后现代性"到"现代性"

现在比较通用的当代文学史著述，对中国先锋派小说的叙述，要么压缩到相关章节，以"实验"、"创作样式复杂"以及叙述方式的"游戏性"等中性术语来评估；要么谨慎地把先锋派小说的功过是非置入新时期文学的整体框架，在"伤痕"、"反思"、"改革"，以及稍后的"新写实"等小说思潮链条上，略说它的反叛性、革命性等人学、社会学范畴的价值。自然，先锋派小说就只能是近30年当代文学史里的几朵浪花，究竟掀起过多大涟漪，也都成了值得继续讨论的问题。

自80年代中后期算起，到当今"文化"小说的弥漫，"全球化"、"本土化"似乎已成小说批评的必备视野。在这样一个既算不上叙事方法论，也未必就是文学价值论的论域，随着叙述者文化身份的犹豫，在族裔认同焦虑、个体归属尴尬的大前提下，作为一种文学探索精神的先锋小说，其实已经大大地变了样。主张"写实"，提倡介入当前现实问题并仍然相信文学的人文功能的批评家那里，虽然原来的"真实性"早已被烙上了解构的浓厚色彩，但现实性也就是批判性，这是对先锋的策略性运用；在启蒙主义批评家那里，特指的中国先锋派小说实际上并不是一个独立的概念，

[①] 陈晓明，福建光泽人，民盟成员。1987年进入中国社会科学院研究生院文学系攻读博士学位，1990年获文学博士学位，并留该院工作十多年，曾任中国社会科学院文学研究所研究员等职。1984年开始发表作品，1993年加入中国作家协会，2003年起调入北京大学中文系，任教授、博士生导师。主要研究方向为当代先锋派文学和后现代文化理论等。文学理论批评主要专著和论著有《文本的审美结构》、《剩余的想象：九十年代的文学叙事与文化危机》、《移动的边界》、《文学超越》、《后现代的间隙》、《表意的焦虑》、《审美的激变》、《向死而生的文学》、《不死的纯文学》《德里达的底线》《中国当代文学主潮》等十多部。曾获"华语传媒文学大奖"2002年度评论家奖、2007年获鲁迅文学奖·理论评论奖。专著《无边的挑战——中国先锋派文学的后现代性》获1993年中国当代文学研究会优秀奖、中国社科院首届优秀成果奖，《解构的踪迹——话语、历史与主体》获中国社科院第二届优秀成果专家提名奖，评论《小说的困难》获《工人日报》三连冠优秀奖，《难能的小说》获《钟山》专家评论奖，《析解深度》获1991年《福建文学》评论奖等。

他们所划定的先锋小说，本来就是一种文学理念，可上溯到20世纪初的卡夫卡、博尔赫斯等现代主义大师，下限成为无限延伸且不断构成拯救文学低迷的某种文学"愿景"，本来就不是指80年代中后期出现的那股叙事潮流。

时过境迁，文体更迭本来就频繁，思潮涌动本来就迅猛，如此文学现实要进行远距离的打捞，先锋派小说究竟留下了哪些文学史遗产？的确需要批评家有折回先锋派小说诞生的那个历史环境和文化语境的耐心。在人们公认的"语言游戏"、"叙述圈套"、"形式主义实验"和叙事方法的范围，要真正梳理出今天小说叙述语言、叙事方法、视点等等有效的文学资源，也不只是简单地抽掉受西方现代主义影响的那部分就行了，恐怕还需悉心地甄别出早已"本土化"了的缘由，也就是首先面临着怎样看待先锋小说的问题，这主要包括因价值立场不尽相同而呈现的各路先锋小说批评理论。历史地看，当年被称之为新潮批评家的一批小说批评家，大多数已人到中年，和先锋小说家一样，有的放弃了刀尖上舞蹈的冒险行为，转而去做更为平实的文学史研究；有的文学梦不死，但基本上没有多大心思再做先锋的梦，文学理论上缝缝补补的事似乎更适合他们的经历。对当年震动很大，但文本其实并不丰厚的中国先锋小说，陈晓明的持续研究实在不多见，也必然引来许多争议。

先是《无边的挑战》（1993年初版，2004年再版），算是文内研究；再是《表意的焦虑》（2003），可视作是对先锋小说出场的文化语境、历史处境的剖析，即便并不是专门研究先锋小说。除了这两部专著以外，陈晓明越发心无旁骛，越发不可收拾，《解构的踪迹》（1994）、《剩余的想象》（1997）、《不死的纯文学》（2007）、《现代性的幻象》（2008）、《德里达的底线》（2009）、《中国当代文学主潮》（2009）、《审美的激变》（2009）等等。可以说，从进行中国先锋派小说的文内研究起，到写完"当代文学主潮"，陈晓明一直在跟自己"打仗"。他的研究行径，不是做哲学上肯定－否定－肯定，或者双重否定的自我论证，最后把自己定位在某个可圈可点的学术领域，然后坐享其成（这一点也许他早已做到了）。他对自己的"不满足"不是不断地修复自己，以臻于完善而心安理得。而实则是不断地拆解自己，颠覆自己，这个结果，有时候看起来带有很强烈的悲壮意味。你看，他最早用后现代性理论解读先锋小说，可是，大约10多年后，后现代性在他那里活脱脱成了"幻象"。这还不止，他语重心长提出来的"审美认识论图式"，完全是由"后现代性"再重返"现代性"的理论构想。对于批评家的陈晓明,若拎出来一条能简单概括其学术心路历程的目标,"不死的纯文学"似乎可以担当。然而,问题会马上变得粗糙,因为,"纯文学"的诸种内质,显然已经不是他倾力阐释的"话语世界"与"现实世界"分离的先锋小说,而当年他阐释的先锋小说自足的后现代性,与现在他颇觉乏力却又无法不正视的现代性显然相去甚远。

波波折折,坎坎坷坷,勇力凸显又大肆拆解,这难道是中国当代文学批评的现实,或者本性?这一视角,阅读陈晓明,一边可能钩沉中国当代文学批评话语无法自己的本身原委;一边或许还能带出当代批评话语"本土化"过程中还应接着讨论的人文精神问题。

一、先锋小说批评及其理论承诺

陈晓明喜欢批评的理论化,这一特点或者理想追求,自然是《无边的挑战》一书体现得最为充分。这个充分必须限定在该著初版的 1994 年,因为据他讲该著基本属于他学术写作中耗时耗力最多的一次写作。"难产"的原因之一是,他解读先锋小说家的时候,他的论评对象虽基本显出了原形,但那些小说家们其实还根本谈不上"完形",人正当年,塑性还在继续。更不能忽视的是,当批评界对先锋小说这个概念本身还正在摸索、试探,批评话语还无法由"现代派"、"伪现代派"、现代主义急转到后现代性那里去的时候,而陈晓明一下子来了个"后现代性"。可想而知,春江水暖鸭先知,这一选择本身就已经很超前了。再加之,他对先锋小说的论评又是解读、阐释,而不是一般意义上的印象式评论。对中国产先锋小说进行一次彻底的西方后现代性解读,对本土文本进行某种明确的理论提升,这一点而言,其价值就有着不可低估的意义。

反中心化、反整体性、反主体、反历史及深度模式等等,是迄今为止中国当代批评话语对后现代性的一种普遍解释。不言而喻,"反"的对象,即正面的、整体性、历史的、中心的和深度模式是批评话语所要求恢复的价值。陈晓明借先锋小说对后现代性的期许,其实与批评界对"反"字号价值批判的相通性远远大于相异性。因为,批评界所要的中心、整体、历史及深度并非政治意识形态的规划,而是基于人文环境一直未曾修复,总希望在破坏之后能理想地接续"五四"启蒙的传统,也就是期待在人道主义、人文主义的更高观照下,人不再人为地异化、历史不再人为地走向非理性。这应该是批评界普遍性地抵制后现代诸思潮的原委。陈晓明直接对先锋小说进行后现代性的阅读,其所给予的人文理想显然比批评界一般的批评话语走得更远。他想抓住先锋小说话语自觉不自觉的革命性特点,放大作为一代人的历史感觉和价值雄心。从解构意识形态化的文学模式——经典现实主义的语言秩序和美学规范,去矫正已经被"权力化"的传统文学话语熏陶得失去主体判断力的历史境况。这个思维,陈晓明一方面格外注重先锋小说的社会功能,至少是阅读功能,寄望于通过先锋小说宽阔的阅读面和深入的理解机制,在最基础的社会层面建立全新的主体意识、历史认知态度,从而实现他所预期的解构目标;另一方面,可以说是在更高的层面来阐释启蒙的意义。因为,当陈晓明给先锋小说围绕"无主体性"展开的一系列叙事赋予新的意味的时候,比如"故事中的空缺"是"不在之在","重复"是"存在的迷失",以及叙述的"冷漠"、"错位"、"虚假的深度"等等被读作若干寓言的时候,实际上就是给先锋小说的文学史意义赋予了一定的理论含量。使先锋小说从"实验性"、"模仿性"或者"依附性"这些通常的定位中解脱出来,获得相对独立的文本价值,让先锋小说在"艺术变革的期待视野中加以阐释"[1],而不再是通行文学史叙述夹杂在伤痕、反思、改革、新写实等潮流中的偶然事件。这样一来,先锋小说被陈晓明"历史化"的同时,他的理论批评也被历史化了。在阅读效果的角度,先锋小说并没有启蒙的普遍性,先锋小说跨度颇大的实验性已经证明,"读不懂"或者"不愿意读"使它的社会功能大打折扣。那么,通过"话语世界"与"现实世界"的分离而达到更高一级的启蒙效果,张扬一种自足的文学精神的目的,就势必缺少必要的读者基础。这一角度来重读陈晓明的先锋小说批评,虽然他更多地在批判先锋小说的不理想,但他真正用意却在提升先锋小说的文学话语,期望这种新的文学话语能从此改变经典现实主义文学话语的惯性思维。因此,他对先锋小说的阐释就可以分解为两种趋向:肯定和批判。

就肯定一面来说,陈晓明的肯定绝不是局部的、方法论的,他对先锋小说特别的叙事策略、叙述语言及主题的不确定性的肯定,是给予宏观的考虑。这个宏观考虑,有两个基本面向。首先,它面向整个新时期文学史。所以,先锋小说是对中国新时期文学史"本源性匮乏"的"替补"。受德里达《论文字学》一书的影响,特别是德里达"文字之外别无他物"观点的影响,认为除文本的表达有效而外,文字背后的"超验所指",以

---

[1] 陈晓明:《无边的挑战·自序》,第4页,广西师范大学出版社2004年版。

及由超验所指衍生出的传统再现论和批评观中再现的现实世界并不存在。"替补"概念的引入,陈晓明追索的新时期文学思想本源性的匮乏,就指的是对这样两个"元话语"的解构问题。解构革命现实主义,就是剥离意识形态化历史,还原"元历史";解构人道主义,就是剥离作为意识形态话语,或者被异化的马克思主义庸俗人道主义话语,恢复对"元现实"的多元化理解。这一点,陈晓明的研究者挑得更加明了,"新时期从对人道主义历史元叙事的依赖中独立出来,小说在远离了革命现实主义和人道主义这双重意识形态话语之后,再难以为社会提供集体性的思想体系。"这意味着长期以来支配小说叙述的"历史"和"现实"被放逐到了写作和批评的领域之外,先锋小说的适时出现,非但就是这一段"历史"和"现实"本身,而且还是这一段思想状况的形象化呈现,"先锋派小说家们对叙述和文本的迷恋和崇拜其实是中国当代意识形态危机的必然结果。"① 这就完满地解释了先锋小说叙述话语的过剩和玩弄差异性游戏这一点。"抒情"在讲述无法挽救的破败故事和仿造古典主义却远离古典精神时应运而生,不单是一种修辞手段,更是抵制生活危机的手段,"更切近后现代主义"。肯定这样的文学事实,一定程度就是让人们"更能看清令人惊异的现实情境"②。"本源性匮乏"既然是先锋小说出场的背景,那么,陈晓明对先锋小说的细致阐释,自然成了继革命现实主义和人道主义之后的另一新型文学话语基础。如果单从话语自由的角度观察先锋小说之后的屡次文学现象,无论八九十年代之交的"新写实",还是随后极端化的"断裂"、"弑父"书写,抑或新世纪以来长盛不衰的"底层文学",人们对历史、现实的叙述语言和个人化演绎程度,都很难说属于经典现实主义和人道主义的范畴。而"真实性"和正义、良知、自由,之所以一直构成批评家衡估文学的标尺,表明这些信息已经失去了集体性思想所共识的通约性,集体性思想体系已经被作家的个人感悟所拆解,不再普遍有效地传达时代的集体声音;另一方面,依照个人体验所描绘的世界蓝图,出现了本质上的分叉。批评家有理由呼吁他们所理解的人文环境,作家更有底气进行他们的审美构想。总之,是不是呈现了整体上的后现代主义这很难说,但后现代主义带来的观念变革,已经深入地影响到了任何流派、任何志趣的写作,这是一个不争的事实。这个角度,陈晓明对先锋小说颇费心思的后现代性

---

① 支宇:《新批评:中国后现代性批评话语》,第89页,河北美术出版社2008年版。
② 陈晓明:《无边的挑战》,第127页,广西师范大学出版社2004年版。

阐释，毫无含糊，起到了转折性的作用。"历史的个人化"和"个人化的历史"的新历史主义自不必说；"弑父"、"断裂"主题一度甚嚣尘上，本来就是对"中心"、"历史"的拆解，总体性消解之后的叙事毫无大道可"争论"，精力只能耗费在日常生活的"争吵"①上；至于当前比较流行的"底层文学"，千奇百怪的苦难叙事已经让社会学的解释亮出了苍白的智力，再加之批评界因碍于道德优先权而表现出的百般支吾，不正是后现代性一贯主张的"不确定性"吗？

其次，它面向未来文学的发展言说。对于先锋小说之后中国当代文学的走向，我个人理解，陈晓明在写作《无边的挑战》时，应该说对后来文学的走向抱有很大自信。这个自信既来自他对德里达、巴特、福柯、鲍曼、杰姆逊、列维-施特劳斯等人后现代理论的认可，又来自他对余华等先锋小说家旺盛的创作能力的激赏。这一点，他在《无边的挑战》再版序言里表达得很含深情，"我最初写作此书中的部分的章节，不到30岁。我从存在主义、结构主义和后结构主义的理论森林走向文学的旷野，遭遇'先锋派'，几乎是一拍即合。"② 这个既有理论预设，又有明确的阐释目的的批评之旅，其实并不是像他想象的那样，批评的理论化和鲜明的历史化意识非但未使阐释变得格外冷静，反而因激情化处理方式把他推上了不归途。后来的批评实践，他似乎都很难走出先锋小说所出示的解构氛围。因此，在他眼里，贾平凹等人的写作，"新写实"一批作家的创作，还有熊正良、鬼子、东西等人的"底层"写作，仿佛都带有很浓重的"先锋"意识，乃至后现代意味。这导致在辑录他的长篇理论论文的《审美的激变》《不死的纯文学》和《现代性的幻象》等著作中，他把"审美认识论图式"的建构归结到了他在几年前力图拆解的"现代性"身上（这一点后文再细说）。这一来回折腾，使他的批评理论变得扑朔迷离，十分难以把握。

---

① 曹文轩用"争论"和"争吵"形象地解释现实主义和新写实主义，很有见地。认为现实主义作品更多的是争论，因为始终围绕着价值、意义、人生观之类大问题，所以是理性的；而争吵往往是为了一些非重大、非原则性的问题——在重大与原则性问题上，他们反而没有态度，自然也没有争吵，倒是相安无事；另外，争吵是语言交流的一种极端形式，"它是庸常之人为庸常之事发出的庸常之声"。那些语言是不连贯的、缺乏分寸感的，且可完全失去了人情的温馨。因为谁也不怕伤害对方，甚至要从残忍地伤害对方中获取快感，因此，选择了语言中最锐利、最无美感的言辞，并采用了最能体现恶毒的修辞方式。这后一点庶几可以解释余华等人"冷漠的苦难"的创作初衷。曹文轩：《二十世纪末中国文学现象研究》，第124-125页，人民文学出版社2010年版。

② 陈晓明：《无边的挑战》，第3页，广西师范大学出版社2004年版。

这是一些批评家表示质疑的原因①，这是问题的一个方面。

另一个方面是，经过先锋小说批评磨砺的眼光，在他的批评思想里，"纯文学"或者"文学性"构成了他观照作品时很重要的一个尺度。对铁凝、迟子建和王蒙一些创作的论评就很能说明问题。本来这几个作家同样题材的创作，现实主义批评家总是要拿他们笔下的知识分子、底层者做"真实性"、"批判性"的文章，其结果必然照射出叙事的"不诚实"、"不客观"或者"非本质主义"写作的不足。陈晓明的"文学性"巧妙地稀释了人们谈"文学性"必然与"去政治化"搅和到一起的二元对立思维，他用"新型的审美伦理学"和"胜过现实的文学"的概念拓宽了"文学性"的阐释空间。他通过铁凝短篇小说《逃跑》中老宋锯掉一节腿而"逃跑"和迟子建《踏着月光的行板》中杀人犯吹口琴的细节，论评到这些苦难兮兮的生活状态，这些艰辛的生存真相，并不只是作为控诉社会，作为批判的意识形态的佐证，而是在文学上真正写出底层人的生活的整体性状况。"不是居高临下的同情和呼吁，不是'通过'对他们的生活的表现而阐明某些知识分子的立场，而是把文学性的表现真正落实在底层民众的人物形象上面，在美学的意义上重建他们的生活。"文学性在陈晓明这里，就是在苦难中写出他们的倔强，写出他们丰富而复杂的内心世界，给予他们的存在以完整性的审美特质。紧接着他发挥说，写作主体力图给予对象平等的"审美期待"，这种力求在文学叙事的艺术性建构中，把审美氛围与对象处境融为一体的努力，"是在现代性的意义上对乡村中国的重新补课"，是重新建构底层民众的新的个人伦理的一种有效手段，"是乡村对城市文化的建设性挪用"② 对于90年代以来王蒙的写作，"胜过现实的文学"这一概念，看到了王蒙写作历史的"切肤之痛"。概括地说，当王蒙进入身体与欲望都被政治意识形态异化的时代语境之时，写作的批判性和写作时对生命的礼赞不再是过去叙事中非得要分开的课题，"胜过现实"的确

---

① 具有代表性的批评家如肖鹰、王彬彬等人，剥离王、肖等人的意气之争，他们两个比较一致的观点认为，陈晓明的问题主要是对"十七年"文学与新世纪文学的评价存在前后矛盾的地方。是否矛盾？为什么不一样？陈晓明本人当然也有详细的说明，但作为一种质疑，不能说肖王没有道理。肖鹰：《当下中国文学之我见》，参见《北京文学》2010年第1期；王彬彬：《关于"当代文学"的评价问题》和《关于"十七年文学"的评价问题》两文，分别参见《北京文学》2010年第2期和《文学报》2009年12月4日；陈晓明《再论"当代文学评价"问题——回应肖鹰王彬彬的批评》的长文，刊载于《文艺争鸣》2010年第4期。

② 陈晓明：《不死的纯文学》，第149–151页，北京大学出版社2007年版。

比"说话的欲望",或者"革命的双刃剑"这个意在强化王蒙政治批判性减弱的切入点更能展现王蒙的复杂内心。

由此可见,陈晓明对先锋小说的期许,跟他对先锋之后庞杂的文学发展趋向的判断基本一致,但作为对先锋小说寄予过高期望值的批评家,他大加赞赏的先锋小说的后现代性——旨在刷新革命现实主义和人道主义的理论承诺而言,"胜过现实"也罢,"新型的审美伦理学"也罢,肯定不能与独立的"话语世界"相提并论。毋宁说,后来的"文学性"阐释是对先锋小说批评中致力于凸显的"话语世界"的妥协。前面说过,虽然《无边的挑战》可以分解成肯定和批判两部分来读,但批判在他那里的参照也就是肯定中的不尽完美的内容,也就是说,正因为他对后现代性的期望过高,他对先锋小说的批判在其他批评家那里也许还根本不算非要批判的东西。因为,陈晓明对先锋小说的阐释完全是颠覆既有文学史的雄心,他采取的是立体化纵横布阵的解构办法。先是用"历史祛魅"来解构"历史",认为现实主义写作与批评不仅反映"历史"而且生产"历史",先锋小说叙述经验自然成了他揭示"历史"的话语性和文本性的首要手段;接着他解构了"主体"与"自我"的关系,解构作为"叙述权力"的"主体",提倡"无主体的话语"——这在他褒扬孙甘露《信使之函》一类符号游戏写作中表现得相当充分;最后用"自我的镜像"来解构"自我",这一任务在《解构的踪迹:历史、话语与主体》一书中完成。借用拉康的"镜像"概念,"真实自我"与"幻像自我"被区分开来了。区分是必要的,但如他所论,改革文学与其说是对客观现实的真实反映,还不如说它是根据意识形态的要求和"愿望"虚构出来的产物①。那么,这种非得把自我的双重性,即批判了意识形态反过来又缝合了政治的分离到无以复加的程度,实际上使他本来深刻的解构早已披上了虚无主义批评的色彩。这一点运用到"伤痕文学"中知识分子"自我"双重性的剥离很有效,但用到"朦胧诗"上就多少有过犹不及之嫌,至少缺乏必要的中国语境。这其实就牵扯到先锋小说的文学史位置问题。

同样是说出中国先锋小说"中国化"的价值,陈晓明后来对其他文学现象的批评实践、经验以及思想无法与其先锋小说批评发生深层次的联系,部分地说明陈晓明的论评虽标示出了一种"新批评"的可能性,但不见得就是中国语境的——是说他过高地估计了先锋小说家的理论意识,导

---

① 陈晓明:《表意的焦虑》,第50页,中央编译出版社2001年版。

致他的批评也随着后来文学语境的变化而显得不太耐琢磨。说白了，先锋小说的与众不同，无非是对虚构、想象力、神秘主义等的文化解释问题。曹文轩的现象批评，看起来没有多深的理论探究，但我认为他恰好指出了先锋小说的若干真相。

　　站在与现实主义、现代主义比较的宏观视野，曹文轩从区别"经历"和"经验"入手，表达了对先锋小说的整体感知。他认为马原们关注由"经历"而来可以独立存在的"经验"，然后杜撰不同的"经历"（事实），这是先锋小说不同于现实主义，也不同于现代主义的地方。他们把虚构所必需的想象力推到了比先人们认定的位置要高得多的位置上，这是先锋小说突出的文学史意义。"他们利用他们并不见得多么丰富的经验，发动想象，编撰着一则又一则令人诧异、惊叹，令人陷入莫名其妙的感觉之中，令人疑惑或霍然顿悟的故事，使人们不能不承认，他们确实成功地走出了先人们的巨大影子。"①马原作为中国先锋小说的肇始者，他的贡献"在于对小说的理解，而不在于他的小说创作"，其他人的创作可能比马原更复杂，但大的方面来说，基本上也属于对"故事"这个词的思量和玩味，"当它在被重新起用之后，又到底如何才能使它不在从前的意义上而是在新的未有过的意义上发挥其能量？"毫无含糊，对罗伯-格里耶"可读性"是小说价值系统中的第一要义的理解，是先锋小说差不多全部的价值。先锋小说家比任何以前时代的作家都在意读者，只不过，他们对读者确实是有所选择的，也就是说，他们（除王朔）作品的可读性，并不是一种普泛的可读性，而是限定在某一种群落里的可读性。"他们只希望自己的作品引起读书人——并且是一些具有现代思想与现代情趣的读书人的注意——有他们注意，足矣。"②陈晓明解读成某种哲学的高度和价值，然后再从某种哲学的高度历数他们的不足，这个立场就只好由西方后现代理论来填充。另外，陈晓明借"神秘主义"、"空缺"、"错位"、"陌生人"、"迷宫"生发出来的小说的颠覆性意义，在曹文轩那里，也仍然是他们对"可读性"的进一步活用，是为"可读性"服务的技术考虑。格非、余华、苏童等人的《敌人》《迷舟》《河边的错误》《青黄》《此文献给少女杨柳》《妻妾成群》《大年》《罂粟之家》等等，都一一被曹文轩指出其借用"推理侦探小说"的若干惯用手段，而且认为"陌生人"、"迷宫"等，也都

----

①②　曹文轩：《二十世纪末中国文学现象研究》，第75-76、98页，人民文学出版社2010年版。

含有空缺这一因素，空缺的效应"自然是引起神秘感"[①]。概括起来说，如果陈晓明在后现代性并不成熟的文化语境书写中国先锋小说的"革命性"，从而很少顾及先锋小说产生的本土资源，最终导致先锋小说披上"不可读"的面纱而被人们疏远的话；曹文轩则恰好相反，因过分注重本土经验的因袭，从作家经验的角度揣度先锋小说家对中国传统叙事经验应然性的继承，以至于过分低估了西方经验的影响力，这同样不符合80年代四面出击、毫无逻辑可循的"恶补"情形，那么，先锋小说的形而上价值也多少被他简化了。

神秘主义本是中国传统文化的一大特点，更是叙事文学充分考虑读者后产生的一个成功叙事经验。中国先锋小说受西方后现代思潮影响不难论证，真正难的是指出其如何从中国传统文化的土壤走出来的，以及走出的效果如何。从这一层面看，陈晓明对先锋小说的理论承诺其实是为了实现自己的理论蓝图而进行的有意"误读"，他对先锋小说的批评贡献也就更多地表现在对一种"新批评"的建构上。这是今天无论以什么方式"重返80年代"，先锋小说的经验有必要重提的重要原因。陈晓明的批评也许真的有诸多可指责之处，但他起于借用而目的却在通过整体性的反思，来改善批评话语普遍性重复的探索永远有意义的本质所在。

二、"审美批评"与社会学视野之间的权衡

陈晓明努力培植的"话语世界"与"现实世界"分离的审美理想型批评观，就是详细地考证出受拉康"镜像自我"，或者鲍德里亚"超真实"理论的影响比例来，都没有多少质的重要性。重要的倒是，陈晓明是把审美看得格外重要的一个批评家。这不单指他的先锋小说批评，他穿梭于80年代、90年代乃至新世纪的文学现场，持续给予他批评激情的显然不是文学与社会现实捆绑得太死的功利主义思维，如何于各个时段的文学现象中冷眼抽身，把批评的重心夯实在自律自洽的审美维度，是他较为恒定的批评标尺。也因此，一旦有社会问题的凸显、精神事象的昭彰，他的批评文字会每每变得犹豫、不安，甚至带上浓重的自我解构色彩。

从这一侧面也许多少可以看出陈晓明是如何想办法使自己的观察、表述，尤其是让那种他已经拉开序幕，但总不能尽如人意的审美期待慢慢回

[①] 曹文轩：《二十世纪末中国文学现象研究》，第164页，人民文学出版社2010年版。

落坚硬的现实土壤,同时又能被插上形而上学的翅膀,进行低调而中肯的中国化批评引领作用。这一点,即便不能解释他批评的全部,也未必不是了解他真正迷惘的切入点。

必须强调的一点是,陈晓明并未旗帜鲜明地宣称过他的批评是审美批评,甚至在他的许多批评文字中,感受得最多的是,表达着"审美"如何不能的焦虑。或者径直说,《无边的挑战》之后,他的批评焦点几乎都是《无边的挑战》中"批判"思维的一再发散和潜在运行。这当然不能简单地解释为他对先锋小说的否弃。但先锋小说已经呈现出来的叙事经验,包括他阐释、提升的叙事能量,显然自觉不自觉地构成了他观照文学现象的批评底线。有了这样的了解,才大致可以理解《无边的挑战》之后,"现代性"与"后现代性",以及标志这两个概念经常相互交流、相互移动,乃至相互消解的"幻象"、"隐蔽"、"转向"、"激变"等等本来不主要揭示审美内涵的词语,为什么会频频出现在他的理论视野?并且从总体上说,这些词语或者概念,不太像其他一些批评家那样,一般表明批评志趣从此以后转移关注方向的作用,或者让人意识到,批评家在某一时段对某个命题已经喜新厌旧了,正欲寻找下一个目标。而阅读陈晓明,强烈的感受是,这些词语或者概念压根儿不是有意强调一种明白无误的转折,反而仿佛刻意在说,那个问题永远没完。很显然,当他的审美批评推进到一定环节,阻力大到不得不停下来之时,他往往选择"不得不经常从头做起"[1]。所以,我们看到,本来他谈论的是新世纪以来更近的文学现象,他的笔锋却不时总要返回到80年代初期那个热门的"总体性"问题;本来他论评的对象放置到80年代中后期的某个写作潮流中完全可以说得清楚,可事实是,他的眼光经常穿越了具体语境,纳入在中国本土可能推迟到几年、十几年之后才会出现的新潮。这时候,在他的批评中我们就必然遭遇各种非因果非逻辑的挑战。最明显的莫过于这样一组命题:当他竭力阐述当代文学因"非历史化"而变得飘忽、不稳定之时,"历史化"成了他非得追究个所以然的攻坚战;当"后现代性"在他那里完全是一个常识的时候,"现代性"却成了他建构批评思想无法回避的内部稳定性;他明显反对"总体性",倾向于单纯的"人性论",但当过剩的个人经验压倒公共意识的时候,寄存个人经验的身体叙事,连同单纯的人性论却构成了他义无

---

[1] 陈晓明:《表意的焦虑——历史祛魅与当代文学变革》,第14页,中央编译出版社2003年版。

第八章 陈晓明（1959— ）：从"后现代性"到"现代性"

反顾批评的靶子，被他反对的"总体性"中寄予着他所要的深度"人性论"。这个时候的深度人性论，倒有点像特里·伊格尔顿在《二十世纪西方文学理论》一书结尾的"政治批评"，一种追索到人文历史环境和政治意识形态环境，力求解除它们对人性持续压抑的政治意识形态性批评气质。

之所以如此，用解构主义眼光看，大概也可以解释他的目的在于解构双重总体性。他认为，历史总体性有显性和隐性两种基本形态。显性是"社会强势集团掌控意识形态权力而在精神领域进行整合的结果"；隐性则是"一个时代的思想潜在地从不同的方位无意识地形成的一种精神趋向"[1]。两个都不要，还是致力于解构后者？陈晓明的批评实践表明，他虽然免不了要经常从头做起，但从头做起的目的却并不是重复别人反复爬梳过的常识，前者正属于新时期文学史常识范畴。先锋小说批评之后，对于后者的解构，感觉得到，是他一直保持着不滑向虚无主义的学术底线。所以，认定陈晓明是个彻底的解构主义者，毋宁说是一种误解。相比较，他远没有像更年轻的一些批评家所做的那样，大量误用解构主义方法，文学研究目的与文化研究对象经常混淆，直到把文学文本搞得七零八落、碎尸万段为止。他对时代公共意识形态（思想）对个体的无意识渗透，当然持义无反顾的解构姿态。然而，他的分析和判断中却不唯人性、不迷信文学获得了人性的通行证，就一定是好文学这样一个简单程式。按照文学理论史对人性论的惯常理解，似乎作家一旦触及人性、围绕人性来做文章，文学的差异性、个体性就是必然的结果。陈晓明对人性论的反复拷问，不是要得到线性图式上封闭于个人内心世界的人性内涵，但又很难决然说他对审美的期待不包含自足的文学，即单纯人性论。这一点，使他的人性论面对了两个方面的角力：一个是在结构主义、后结构主义与现代性交错行进、叠加迁徙的中国新时期文学现实中，怎样剥离才可能是个人的、个体的问题；另一个是，就中国近30年来的社会现实而言，积重难返问题的不时出现不可能让文学关起门来自说自话。人性的深刻与否本来就是一个政治学问题，至少对那种拓宽了人的内心世界，却对根本性的人性、历史、政治的症结绕道而行，淡化了历史之恶的人性论，陈晓明又感到极其的不

---

[1] 陈晓明：《表意的焦虑——历史祛魅与当代文学变革》，第9页，中央编译出版社2003年版。

满,这在对钱钟书、张爱玲以及当代小说家铁凝的论评中表达得很充分①。这是说,他的审美批评本意是要划清文学与现实世界的界限,让文学成为独立的话语系统来自能言说。但这个独立出来的话语系统一旦遭遇社会视野的检验,它言说的有效性就只能走出省事的内心世界,人性论所期望的审美批评与社会这个大平台的角逐,就不可能终止,而且会越来越走向纵深。对新世纪十余年来的文学论评,他主要就纠缠在如此矛盾的内心战斗中。就审美批评的最初规定而言,这是真正难以落实的。这个难度就像陈晓明所说,80年代后期以来,宏大的历史叙事趋于解体,这使思想文化及文学艺术寻求新的表意方式,但现实的意识形态依然具有某种力量,以及对新的所指的不明晰,使文学艺术陷入语言本体论的焦虑。"当历史确实趋于祛魅时,文学艺术的表意并没有一劳永逸地轻松自如,无聊的快乐并不意指着永久的解脱。新的两难以及无根的恐慌,使人们重新面对难以逾越的困境。"② 不断向前发展的文学,其所指的不明晰程度与选择"新兴的处于弱势的文学现象"作为研究对象,难度并没有改变。只不过,后者有现成的一流文学可作参照,言说空间还没有被完全填满,对批评话语的挑剔比较少一点罢了。

面前问题的复杂性和批评需要的单纯目标,陈晓明有时不得不选择简单的质问办法。用这种方式来暂时释解追求泥牛入海带来的焦灼。道德与审美表现力,主体能动性的荒谬感与现实之间的胶着状态,成了撕扯和瓦解审美完整性的两大力量。

首先是道德对审美的制衡问题。陈晓明把道德按新时期文学史时间线索分为"历史之外的强加",政治意识形态"一体化"解体后,道德在审美上等同于意识形态力量;"文本内的错位",之所以会出现强化道德并不意味着作品的审美表现力就高于道德上"伤风败俗"的作品,是因为"一种把个人记忆历史寓言化的叙事,意识形态的实践(实用)品格决定了它的审美品质",《黑骏马》时期的张承志就是一例,张的红卫兵情结能产生广泛的反响,就是在意识形态给定的历史条件下的现象;至于到了"道德与当代审美意识聚合"的当下,陈晓明的表述虽然还是清晰,但道德与审

---

① 陈晓明:《后现代性的幻象——当代理论与文学的隐蔽转向》,第183页,福建教育出版社2008年版。

② 陈晓明:《表意的焦虑——历史祛魅与当代文学变革》,第16页,中央编译出版社2003年版。

美之间的界限已经不再鲜明，他即使能在理论上列举出好几条道德如何与审美意识无关的条款，以示审美对道德的抵制。然而，新的社会问题无法使人们对审美采取道德的冷漠主义态度。如果不把道德只缩小成性话语那么简单，鬼子、熊正良、荆歌等人的"苦难叙事"，其审美的冲击力就很难与其作品所涉及的尖锐的现实问题、人权问题分开。陈晓明的观点倒是一致的，比如在《虚妄的强加：文学的道德诉求》一文中对待道德的态度，与《最终的秘密：碑、瘤子与乱伦后的谋杀》一文相差无几，都再三强调审美只能回到文学的内在性去寻找。于是，后文所涉及的乱伦、极端化苦难等等，他只有解释成苦难的传奇化，或者"写虚"才能指向人性的内部，审美性就是通过人性发条的拧紧，然后放开，让人性扭曲、变异或向极端化发展①。这种所谓文学表现力只能是对文学特殊空间的内在性观照的观点，其实完全是封闭文本而得的东西。问题不在于没什么故事可讲了，也不在于后现代社会文学只能指向文本自身，不再指向社会历史，而在于批评家对审美的理解。陈晓明对批评的审美化理解，使他在文内叙事细节的分析上很显洞见，容易归纳出类型化作品的时代审美趣味。但限于对审美的认知，一些尖锐的思想问题在他笔下却以审美的名义，光滑地溜走了。结果在整体走向上，不是降低了审美批评的思想内涵，就是因过分迷恋细节、并刻意放大细节的文本作用，而导致人们从他"意图谬误"式的解读中，忽略了对作家文学性地表达现实世界的那部分内容的深层观照。自然，陈晓明是当代阅读面最广、思考力最强的批评家之一，正因为有如此前提，某些时候，他耽于对理论的钟爱，批评实践直冲理论建构而去，这有违他经常说的审美是书写差异性、个别性的提醒。一定意义上，从他专注于"话语世界"可反照出中国当代现实境况，其实还不是培植审美批评的最佳土壤。20年前是这样，现如今还这样，这是审美的宿命吗？

出现这种现象，一方面固然可以归结到中国文化"文以载道"传统对阅读者的反复训导所致，无法认领他对文本情有独钟的态度；另一方面，不能不说，他实施审美批评的基础，一定程度上是以牺牲社会学视野为前提。比如在那段公认的特殊文化历史背景下，解构"伤痕文学"、"反思文学"、"知青文学"名下的作家作品，因纳入了充分的社会学视野，批评可谓入木三分。认为张贤亮一出现"伤痕文学"就转弯了，转向了展示"伤

---

① 陈晓明：《后现代性的幻象——当代理论与文学的隐蔽转向》，第332页，福建教育出版社2008年版。

痕的美感"。张贤亮对"爱国者"形象所做的一系列改装与跳跃,受难史就写成了崇高史,受虐史就成了自慰史,"灵与肉的对立统一"就如此被建构起来了。莫言的"个人化叙事"、"神父意识"以及野性力量,改变了"寻根文学"的方向,也契合了民族/国家认同的愿望。另外,贾平凹、李杭育、韩少功、郑万隆、扎西达娃等人,也由寻自我主体之根变成了替第三世界文化的代言人①。因此,陈晓明对"寻根文学"走向歧途的批判相当透彻,认为由此可见,现代化这一主题在中国作家这里基本力不从心,"寻根"成了回避现实的策略,从未回到个人记忆的意义,反而成了思考民族/国家未来命运的宏大神话被加以塑造。而到了90年代以后,尤其新世纪这几年里出现的文学现象,为了成全审美,陈晓明的判断甚至变得相当可疑。比如前面提到的审美意识通过文学内在性表现的表述中,他说过这样一段话:

> 在面向后现代的社会时,苦难、正义、平等、道德这些东西越来越多地通过社会程序加以解决,而生活、人性、个人经验这些东西越来越单纯,文学的那种内在性,那种力量感,将要依靠什么来建构?文学艺术不得不面对自身越来越虚的那种命运。
> ……
> 它(文学)现在是依靠对人性(及其苦难、命运)的极端表现从社会历史那里盗来内涵,依靠文学保守性的审美经验来维持对深厚思想性的眷恋。但这一切终有走到尽头的那一天,而且这一切正在逼近。②

对文学的前途表示担忧,这是许多人都有的共识。多媒体时代,文学的功能的确很寒碜。可是,因为"苦难、正义、平等、道德这些东西越来越多地通过社会程序加以解决,而生活、人性、个人经验这些东西越来越单纯",就非得把审美内涵收缩到文本内作家的瞎编胡说、自娱自乐的故事游戏上?不要说苦难、正义、平等、道德这些东西,是不是真的被越来越多地通过社会程序加以解决了,就是解决了,仅仅建立在文本内部的审

---

① 陈晓明:《表意的焦虑——历史祛魅与当代文学变革》,第13、82、66、69页,中央编译出版社2003年版。
② 陈晓明:《后现代性的幻象——当代理论与文学的隐蔽转向》,第332页,福建教育出版社2008年版。

美批评，它的力量和说服力因社会－历史维度的缺失，其生命力也仍然是虚飘和短暂的。其实，"重返 80 年代"的研究者，已经提到了先锋小说因为急切的形式主义实验，割断了启蒙精神的脉搏，导致了后来文学在思想资源上一直短缺的历史性局限，即它的"非历史化"使文学离开了它非常重要的一个原点，那就是如何面对中国现代化带来的最大矛盾与问题[①]。毫无含糊，先锋小说批评磨砺了陈晓明别样的审美眼光，可是，迄今为止，陈晓明的审美批评是不是也应该返回他的源头？这也许并非多余的话题。

其次，文学的内在性是审美表现力的强有力佐证，然而，如何于多样性的内心生活中照射出时代文化语境中个体亘古未变的无助，或者于主体能动性中看到外部环境的无比坚硬。这是审美批评上提到哲学境界的表现。只是在陈晓明那里，这样的批评很多时候被"反本质主义"所稀释，即便作家作品论，因充满对整体文学趋势的理论概括，注意力分散在了宏大理论命题的阐述中，审美批评的这一点哲学品质反倒显得比较少，在他整个的批评比例中占据着不太显眼的一个位置。比如他在论评鬼子《被雨淋湿的河》时，用了"主体能动性的荒谬感"一语，在人性论的支撑下，认为作家除了具有批判现实主义的品质外，还写了主体能动性是如何把人推向更加荒谬的生存境地的。"把人物对命运反抗的荒诞性与内在的自我意识相连接"[②]，这种批评的思想力度，其实是指向某种源头的端倪。只是这个"重新本质化"发生在 2003 年以前，2008 年出版的《后现代性的幻象——当代理论与文学的隐蔽转向》一书，虽然也涉及了同样的话题，但审美的期许和解释则完全变成了描述式的"现在"，并非哲学意味的"现在主义"。看来，贯穿至今的批评世界里，审美批评与社会学视野的角力中，感觉陈晓明的审美批评有淡出社会学视野之嫌，这并非偶然现象。

三、"审美认识论图式"与重回"现代性"构想

根据支宇所著《新批评：中国后现代性批评话语》的研究，我们得知，在后现代性批评领域，译介方面除了王岳川（其实还有王宁）最早

---

① 程光炜：《新时期文学的"起源性"问题》，《当代作家评论》2010 年第 3 期。
② 陈晓明：《表意的焦虑——历史祛魅与当代文学变革》，第 179 页，中央编译出版社 2003 年版。

外，运用后现代理论进行批评实践的，陈晓明首当其冲，他是站在后现代理论前沿对中国当代文学发声的一个人。诚如前文所论，在先锋小说批评中，陈晓明最大的理论寄托，是想通过中国先锋小说这个他认为最适当的文学形态，从根本上解构新时期文学史上仍然占据主导地位的经典现实主义和人道主义话语，构想在本体论意义上刷新文学批评话语不能自已、不能独立言说的文化根源。说到底，在中国先锋小说的后现代性论述中，陈晓明借开放的时代风气想表达一种中国本土化的批评话语，或者想借此契机把后现代性批评话语植入批评界，产生某种意料之中的效果。

植入的过程中，随着论评对象的强弩之末，后现代性批评话语越来越失去了基础，毋宁说，先锋小说在陈晓明那里越来越暴露出了难以承受生命之重的浮相，后现代性也就跟着显得不合时宜，这不只是它无法规划进与先锋小说同时演进的诸多写作现象。更重要的是，面对成堆积重难返的历史遗留问题，后现代性无力代替现代性的深刻洞察力，或者说，现代性的文学问题只能由现代性自己来清理。而这个阶段陈晓明的批评视域已经不再是小小先锋小说，更广阔的观察维面，对不断滋生的文学苗头，特别是对"新兴弱势文学"的跟踪式论评。他发现，他一度力倡的后现代性批评话语，批评界之所以多以怀疑眼光对待，包括他自己的批评行为。一个很重要的原因是，他的释放话语独立性的主张，太激进了，也许只负责到了被压抑的一小部分内容，剩下的绝大部分未解难题，只有现代性才适合应对。

促使他进行如此转向，或者认知到后现代性批评话语局限性的缘由，现在看来，应该是蜂拥而起的女性作家群甚至美女作家、"晚生代"文学，尤其是张炜等人通过文学持续的发问。概括说，就是更迫切的文学现实，他在调整原来审美批评焦距的同时，也强烈地意识到诸如"新新浪漫主义"、"现在主义"之类概念，必须经过"历史化"处理，方可建构他所谓的"审美论图式"。而这个图式，理论上说就是介于形而上与形而下之间的一种文学批评方法论。前者是"本质主义"话语场地，后者是"反本质主义"造成的话语后果，可见，要在本质主义与反本质主义之间找出一条通道，仅仅是批评话语的权宜之计，一定程度上只能说是对眼前文学现实的妥协。关于"认识论图式"和"重新本质化"，早期他有这样一段论述：

> 重建文学的认识论图式，并不是要回到本质主义的基础上去，也

不是简单重建文学的深度模式和一元论的历史观，更主要的是在现时代的历史语境中创建文学认识现时代世界的思想体系。①

有研究者对他的期望和质疑同样醒目，认为非常重要的一点是，重建非形而上学的、非本质主义的、非意识形态的认识论图式，一方面抵制了批评话语再度向意识形态化反弹的可能，另一方面，强化批评的社会学视野，也就是对现实、对历史、对世界的认识功能，克服了虚无主义和相对主义导致的无根性。但又认为陈晓明式的具体构想可能与此意愿有违②。余虹的担忧当然自有其道理，他认可陈晓明因"晚生代"而生发的文学面对"现实"、"现在"和"文学"（文学史）对话的观点。但他认为晚生代并不是当代唯一的大脑和感官，"历史"和"文学"的记忆也并不是一代人能了断的事情，因为他早已进入了我们的制度和语言。当文学不得不对旧"现实"，即由国家意识形态构造的"现实"和新"现实"——由市场文化意识形态构造的"现实"讲话时，这三者中的"现实"仍然是"当代状况的结构性核心"，尽管旧"现实"不断地被形式化，新"现实"又在不断地增生扩张。所以，余虹从面向这三者说话的真实性角度对陈晓明进行了进一步修正：第一，文学必须以独立的批判、质疑的态度，而不是以附和逢迎的态度对这三者讲话；第二，文学必须有独立自主地对这三者陈述自己意见的能力，即必须拥有陈晓明设想的新认识论图式；第三，文学必须有独立自主的现实权利。余虹的这三条批评，实际上是针对上文提到的陈晓明淡出社会学视野的审美批评而言，这是其一；其二是，建构审美认识论图式，贵在对"现在主义"文学的批判，陈述己见的批评话语才能独立③。

以上简单回顾，主要意思有两个：一个是早年陈晓明的"认识论图式"只是一种粗糙的理论勾勒；另一个是，提出"认识论图式"多年以来，陈晓明的诸多批评成果到底做了哪些努力？这直接关系到他从"后现代性"重返"现代性"的批评思维转向。

总体来说，新世纪以来，陈晓明的批评着力在做这样的工作：继续扩大考察范围，尽量从写作的面上收集并充实既有文学内容；继续搜罗新生

---

① 陈晓明：《剩余的想象》，第349页，华艺出版社1997年版。
②③ 余虹：《革命·审美·解构——20世纪中国文学理论的现代性与后现代性》，第285、286页，广西师范大学出版社2001年版。

力量，企图从新生现象中更多地把握文学发展动态。这就从立论的角度确保了作为"文学叙事基础"的"认识论图式"，"加深我们对历史和现实的认识，对事物的理解和洞察"。① 所以，当他不再迷恋通过文学群落、作家团队这样看似稳妥，实则抹杀个性的宏观扫描之后，立足于个体作家，甚至个别非主流作品下判断时，早期顺从式、描述式、阐释式的批评就少了，增加了批评话语的探析性、反思性品质。这一点使他的批评理论在向"现代性"折回中，既具有了作为"他者"观察"现代性"时的冷静，又因久经"后现代性"熏陶，话语折叠中又透着通常的"现代性"批评家不具有的深刻。因此，在"认识论图式"探究的进路中，虽然已经不刻意宏伟的理论勾勒了，但正是这种发现问题的心态，细腻的分析和中肯的衡估中，的确断断续续流露了可贵的思考片段。

在"历史轮回与"现代性"之坝"的小标题下，他只谈了虹影《孔雀的叫喊》这个写三峡大坝的长篇小说。对小说叙述的前现代（陈阿姨）和后现代（从事基因高科技研究的柳璀）视角分析之后认为，前现代视角看到了现代性通过暴力转世的可疑之处，而后现代视角所见，基因克隆技术也是转世的另一种形式。怎样的形式呢？大坝作为现代性的成果，不宜轻易否弃，但它却淹没了草民的历史记忆，陈阿姨包括叙述人只能回到现代性的世俗秩序（轮回）中才能心灵安息。在前现代、现代性与后现代性的对话中，关于"历史"的认知走向了纵深，"后现代式的叙述没有淹没前现代的历史，因为中间横亘着现代性的大坝"。② 作为批评，陈晓明的表述也许并不明确，可是他穿梭于文本内外的眼光，出示了对历史的复杂态度。后现代性批评结论倒是很明确，快刀斩乱麻。比如《无根的苦难：超越非历史化的困境》一章，陈晓明用熟稔的解构之刀，直指苦难书写在《被雨淋湿的河》等作品中的变异性、无根性和审美性，可是谈到对这些作品的补救办法，他却把批评话语简单地指责为"批评性与现代性的怨恨"③，这就逃离了对尖锐社会问题的追究（尤其作家的文化观和社会认知态度）。余虹赞赏批评家耿占春之处就在于，耿占春表达认识时，既怀疑宏观视野的笼统，又质疑了主体性的无能。因为主体性体验到的是屈从、

---

① 陈晓明：《审美的激变》，第202页，作家出版社2009年版。
② 陈晓明：《后现代性的幻象——当代理论与文学的隐蔽转向》，第249页，福建教育出版社2008年版。
③ 陈晓明：《表意的焦虑——历史祛魅与当代文学变革》，第414页，中央编译出版社2003年版。

沉默以及被迫在制度化谎言中生存的历史命运。陈晓明通过具体作品分析，正好表达了审美主义与新历史主义之间的张力冲突，也即是当代生存体验与神秘主义的生命体验的紧张关系。审美认识的视角建基于渺小的、私人性的、经验性的、瞬间即逝的、又重现于另一些时刻的意义感①。而这一点也是伊格尔顿反复申说的，"小"只是个角度，从"小"中应该了解到重要问题。"理论之后"（也就是"后理论"）有必要转向那些被文化研究所忽略的"大问题"：诸如真、德行、客观性、道德、死亡、恶和非存在等。"那些被大理论和文化研究所遮蔽的大问题，反倒可以在理论之后的小理论视野中凸现出来"②。陈晓明动用后现代视角对前现代、现代性的分析，除了加深了人们对现代性的认识，还解除了通常人们对后现代主义的反面看法。正像他所发现，陈阿姨所代表的深度和权威性得到了柳璀的认可，而柳璀所象征的后现代性，在陈阿姨那里其实也不只是现代性世俗秩序那么简单，基因技术转世的难度，或者将会付出的巨大代价，绝不亚于现代性通过暴力转世的代价。这里，作为视角的现代性或者后现代主义，诚如伊格尔顿深刻的论断，它虽然在政治上是对抗的，而在经济上是共谋的，但它的激进姿态却给文化观察带来了理解事物的多样性、非同一性、侵犯、反基础主义以及文化相对主义③，这就从深度上与启蒙主义批评、单纯道德主义批评有了质的区别。重返"现代性"，从思维上构成了"认识论图式"所希望的开口度。宁可问题变得不简单，这是批评话语面对"无根的写作"罢，还是"非历史化写作"也罢，应该有的精神尺度。

再比如"现在主义"这个对建构审美认识论图式起关键性作用的概念。陈晓明至少在 2003 年以后再未对他早期提出的"现在主义"做过别的论述，而是把早期关于"现在主义"的长篇论文做了补充和润色，重新收入了 2009 年出版的《审美的激变》一书。也就是，直到现在，他仍然是认同"现在主义"观点的，只不过在 2003 年以后的这些年里，他忙于阐述"现代性"的必要性，和"后现代性"如何转入"现代性"的时代紧迫性问题。这一点当然十分重要，可是"现在主义"实际上是以上两个转换的关节点。从陈晓明已有的批评面目来看，凡涉及具体作品论评和有

---

① 耿占春：《群岛上的谈话》，第 310 页，中原农民出版社 1999 年版。
② ［英］特里·伊格尔顿：《理论之后》，商正译，第 4、5 页，北京商务印书馆 2009 年版。
③ ［英］特里·伊格尔顿：《后现代主义幻象》，华明译，第 149 页，北京商务印书馆 2005 年版。

意从新兴文学现象折射其批评持见的文章中,都不难看出,"现在主义"已经是他的一个当然坐标。这就有必要重新审视那篇长文——《先锋派之后:九十年的文学流向及其危机》。

其一,它精准地把握住了90年代以来各个年龄代际作家不约而同的写作状态,那种唯有"现在"不足以表达人生态度的流向;其二,它尖锐地指出了因"现在"而表现出来的集体性局限;其三,它从批评的方法论上出示了以"现在"为圆心,纵横"现实"、"现在"、"文学"的宏观眼界。然而,这样的"现在主义"因缺少哲学的内涵,操作起来就很可能变成像讲义一样的三段论:过去,现在,将来。

我不揣冒昧倒觉得,"现在主义"或许就像李欧梵借重本雅明观点和日常生活感觉阐释的那样,它是一种文学叙事的时间观问题,也可能是批评家观照文学作品的时间尺度。这样,或者能改善批评话语常常被动地接受"历史"、"深度"、"人性拷问",以及"感觉"、"体验"、"经验"、"思想意识"、"历史意识"等等询唤,而无法对"现在"本身发出警惕。李的意思无非是说,抓住"现在"就是抓住了"过去",因为"现在"你有一种焦虑感或者危机感,你就会用回忆召唤过去,召唤历史。而过去或者历史,因为是突然闯入,断断续续、似真似假是它的特点,牢牢抓住它,就能看见它。这是一种"独特的解决办法"。换言之,"现在和过去的意义就是一种认知的意义,一种自觉的意义,认知和自觉,现在和过去,是非常辩证的关系。"① 以文学批评观之,乡村叙事文学或者内地文学,一般不会触及"超真实"世界里人的这种境遇,而都市文学则多为"现在主义"的用武之地。陈晓明曾以"仿真叙事"、"新新浪漫主义"解释过"现在"在文学中的状态,揭示了在"现代性"视野内新生文学的流向,但仍然很难说是把"现在"当做一种辩证的关系来处理,这就增加了现象批评的浓度,而作为时间意识的批判性则反而变得稀薄了。

既然"审美认识论图式"有它的原创性,又主要是对着文学现实发言,"现在主义"就有必要打破"现代性"、"后现代性"这样的范畴界限,换成更符合发现年轻文学,特别是都市文学的时间观,或者更加明晰有关这种时间意识的认知方向。

---

① 李欧梵:《未完成的现代性》,第123页,北京大学出版社2005年版。

第九章
戴锦华[①] (1959—)：
"拒绝游戏"与女性主义文学批评话语

在解构主义时代，任何事物都变得不可把握，也难辨其面目。如果仍把文学批评家看做是行走在主流意识形态前沿而反身质疑者、发问者，批评家的困难就显而易见了。他（她）首先是个不断反思自己身份的人；其次，他（她）还必须是各种游戏的"拒绝者"。那么，可想而知，这样的批评家，就不可能把自己的话语行为圈定在某个被授权的学科范围之内。在我细读过的当代中国批评家中，有在某个领域格外认真、甚至到了较劲程度的人，但一旦开始对当初所注目领域产生一些厌倦，步入所开启的新天地之时，当初付出过艰辛汗水的地方多数时候就变成了"想当年"式的回忆、不再回眸。因为被发现的新天地也有了曾经有过的吸引力，这不是说，类似批评家没有恒定追求，是把恒定追求改写进了其人生不同阶段的不同体验。很清楚的一点是，戴锦华不乐意这样选择其学术道路，她强烈的学术个性，甚至到了不把问题最终解决不罢休的程度。按照其学术路线，先是中国电影史论，再是女性主义文学批评，然后是大众文化研究。这完全是三个可以没有必然联系的领域，然而在戴锦华那里，这三者之间非但密切联系、相互贯通，而且构成相互印证、相互给力，乃至于互相推动、逐步走向深入的关系。电影史研究中，她偏偏格外注目女性形象，这多少有些与"史论"架构不相称；女性文学批评中，电影中的女性形象强

[①] 戴锦华，女，北京人。1982年毕业于北大中文系，现为北京大学比较文学与比较文化研究所教授，博士生导师，并被聘为美国俄亥俄州立大学东亚系兼职教授，哈佛大学东亚相关专业博士研究生资格考试委员。曾创立中国首个电影理论专业，并于电影研究、女性研究和文化研究诸国际前沿学术领域成为中国学术中坚，以旺盛的学术创造力在海内外出版中文专著、论文集等约20多部，如《浮出历史地表》（与孟悦合著）、《涉渡之舟》《隐形书写》《电影批评》等，其中专著《浮出历史地表》曾获中国哲学社会科学优秀学术成果奖，所著教材《镜与世俗神话》亦成学科经典，由于其卓越的国际学术成就，英国Verso已为之出版英文论文集"Cinema & Desire"。《东方时空》亦将其列为"中国十大杰出影人"。

有力地构成了她在女性主义文学中批评的"镜城";大众文化研究在她那里显然也不是陶东风、南帆等学者反复研究的地方①,她把对大众文化的批判视野建立在了女性现实处境的层面。如此一路下来,戴锦华本人的身份意识就成了此三者的核心,而此三者却成了她真正的"镜城突围"。

阅读戴锦华的批评论著,总有挥之不去的一个感受:距离她最新重版的《涉渡之舟》(2007)已经有年,那么,她所倾力构造的女性主义文学批评话语,在时隔几年后的今天是否有发展者,或者解构者?如果是前者,那么戴氏话语也算完成了使命,不妨进入图书馆的高阁;如果是后者,戴氏话语、思想也不妨看成遗产,或者置之不理。可是,我的目力所及,这两种情况迄今为止都未曾显现。什么原因?情况有点复杂。本文不得不舍弃戴锦华其他方面的成就,来集中回眸一次她的女性主义文学批评及其批评话语构造了。

一、"拒绝游戏"与女性主义

知识分子作为众所周知的指认,90年代以来其概念其实是相当模糊的,尤其对于文学批评家而言,用戴锦华习惯使用的一个词——"内爆"解释,80年代养成的经验话语无法解释90年代已经大变的文化文学现实②,情形也许更为尴尬而暧昧。"个人化写作"是90年代发端于解释女性写作、最终扩大到集体命名这一时期文学叙述特征的"共名",很清楚,阐释对象究竟有无,或者在什么程度上具有怎样的"个人性"都是次要问题了,重要的是,批评家在"个人化写作"的张目下,由此能够"历史性"地进入批评流程。自然,批评家的批判性精神只能暂时搁置下来,要紧的是看谁能抢得时代先机、夺得文学的命名权。知识分子不言自明的神

---

① 其实陶东风、南帆,还包括其他在大众文化研究方面用力颇勤的学者,个性、思路、批判的立场都是各不相同的,概括而言,90年代文学批评家几乎都在"文化研究"方法论上进行着文学批评实践,拙劣者可能还一度迷失在了文化研究本身,即把作为对象的文学等同于文化,并且仅仅作为了文化研究这个方法的材料之一。真正进入90年代以来文学现实,通过文化研究方法论揭示文学在新语境下的书写状态、生存境遇——"后革命时代"文学生产机制、集体性吁求,或者反过来,折射90年代以来文化语境下文学处境、审美走向及作家主体性问题的,陶东风、南帆等恐怕是最突出的批评者之一。相对于戴锦华,陶东风等也许是男性视角、男性话语。因为同是借重"法兰克福学派"或"伯明翰学派"理论,男性批评家视点一般在"公共空间",戴锦华则是从"公共空间"具体到女性群体这个新主流意识形态使其成为如此的具体处境。

② 戴锦华:《隐形书写:90年代中国文化研究》,第57页,江苏人民出版社1999年版。

圣感、使命感等一切使其成为知识分子的属性，就是在这个时候被自己和时代语境的合力推向了市场生产流水线。不管你怎样理解，在"个人化"中，你不可能振臂一呼、应者云集；也不管你自认为如何真理在握，充其量你也就是你自己真理的输出者——一个不怎么了得的写作者而已。我浅薄的理解，"文学知识分子"大概是这个时候批评家自己的杜撰，只有知识分子的冠名还在，文学批评就还不至于沦落到人们实在不愿正视的那个地步。当然，伴随"人文精神"讨论的广泛展开，知识分子何为的问题，包括新世纪之交弗兰克·富里迪《知识分子都到哪里去了？》中关于"小技术官僚"的讨论，等等，都可算是"人文精神"的自然延伸。这方面的论述已经不少，这里不再重述。既然戴锦华在提出自己的"问题史"的时候，反复强调过她的立场，即做一个"拒绝游戏的知识分子"①，那么，按照她的语势，除了全球化语境，其实还有个90年代中国语境。

　　90年代文化语境中的中国知识分子，为了在新主流意识形态氛围重构首先作为知识分子的文学批评家身份、职责，对作为知识分子的文学批评家的自我要求、自律意识，其实很像1993年以来关于中国当代文论话语"失语"的路径，或者说这两个问题本来就是一体两面：前者是身份危机问题，后者则是因意识到的身份危机而引带出的知识危机。与现在我们知道的国内学人广泛参与讨论的若干论题相比，国内学人在知识分子身份问题、知识分子何为问题上和建构文论话语所取方法完全一样，就是"中古转换"，或者"中西转换"。在中西对接上，眼见的追溯源头和戴锦华基本一致，就是以1968年法国知识分子转折为契机；而在"中古"对接上，民国末乃至五四时期周作人等的思想、实践便构成了重塑的权宜选择。萨特式法国知识分子的路，无疑保存了知识分子除专业外最可宝贵的公共批判性立场，而20世纪20年代"五四"后，中国现代知识分子特别像周作人那样在反思启蒙中另辟学人道路的，无疑更切近1989年以后中国当代知识分子的生存境遇。无论是1968年的法国，还是20世纪20年代中国作为逻辑起点，相同点都是把现代知识分子的精神、特征，看做是当代知识分子应该而且有理由承续的历史性来思考问题。不同在于，以法国为代表的西方当代知识分子，若套用罗兰·巴特"既然我们无法颠覆现实秩序，就让我们来颠覆语言秩序"的说法，西方知识分子那里虽然出现了不同的理论学派，但目的却始终一致，都围绕如何揭示语言秩序而展开，这即是20

---

① 戴锦华：《犹在镜中——戴锦华访谈录》，第109页，北京知识出版社1999年版。

世纪"语言转向"在西方知识分子思想深处的共鸣。国内学人从西方取经也罢，从中国现代知识分子那里汲取经验也罢，表面看对知识分子应有使命的诠释、精神指向的再度命名好像没什么大的不同，其实大的相同中实则给自己留有着不小的周旋空间。也就是从此所开启的知识分子话语，一定程度上是专业知识压倒公共批判性精神的。

在此意义上，不管其他研究者怎样看待，就我个人不成熟理解，中国当代语境中，许纪霖对中国知识分子的宏观研究，比如《中国知识分子十论》（2004），与陈思和通过文本细读提出的"知识分子民间岗位意识"的观点，亦可以作为彼时的症候性阅读来理解。

《知识分子死亡了吗?》《公共知识分子如何可能》《重建知识与人格的立足点》等文章，无疑是90年代以来最重要的文章之一，也构成了《中国知识分子十论》中的奠基性思想。在布迪厄、葛兰西、福柯，以及汪晖等人研究基础上，许纪霖发展了汪晖的"批判性知识分子"，这是他们介入中国现实问题后比较一致的意见。可是，许纪霖在论述有机知识分子、传统知识分子和特殊知识分子的区别的同时，他折中地化用了福柯意义的特殊知识分子和布迪厄的"普遍基础的公共性知识分子"，从而从知识专业化与后现代时代的大背景下，提出了"专业化时代的公共知识分子"的可能性，因为这一类型知识分子相对而言适合于90年代中国现实、并且具有可操作性①。这个可操作性不但建基于理想地把特殊与普遍结合起来的构想，而且还需要理想地把学院内部与公共生活空间结合起来。最后作者说，"从这点而言，或许我们又重新获得了一丝希望，传统的公共知识分子死亡了，在整体话语的废墟上，新的一代公共知识分子凤凰涅槃，走向新生。"② 首先申明，许纪霖作为宏观理论研究，如此预设他心目中的批判性知识分子的可能，这本身是非常可贵的，毋庸批判。只是把他

---

① 许纪霖在布迪厄《走向普遍性的法团主义》论点的基础上，认为在知识专业化和后现代时代，知识分子通过从特殊走向普遍，重新建构起自己的公共性。"新的公共性"不再是左拉、萨特式的普遍话语，也不限于福柯式的特殊领域，他从专业或具体的领域出发，实现对社会利益和整体意义的普遍化理解。从特殊走向普遍的视野来看，"世界既不是由虚幻的意识形态所构成，也不是被后现代和技术专家分割得支离破碎；他从各个不同的特殊性批判立场出发，汇合成一个共同的、又是无中心的话语网络，正是这样的整体网络，建构起当下世界的完整意义和在权力与资本之外的第三种力量：自主的和扩展的文化场域"。许纪霖：《中国知识分子十论》，第78页，上海复旦大学出版社2004年版。

② 许纪霖：《中国知识分子十论》，第78页，上海复旦大学出版社2004年版。

的结论,或者愿景与后来事实联结,不能不说他的理想与现实的确有着不小差距。原因之一是,他的"两结合"太宽泛,以至于把不该结合的未作具体论述,也就是"结合"在落实,但不是在批判性的基础上进行。这个角度,我以为陈思和差不多在许纪霖言说的语境上和时间维度上,做出了补充,使内涵具体化了。

陈思和索性把知识分子分成"庙堂型"和"广场型"两种。对"广场型"的微观把握中,在"反启蒙"的周作人那里,把周作人讽刺启蒙的"画鬼符"读作是"启蒙虽然在现实中没有意义,但是去研究人类的愚昧和狂妄还是很有意义的"。这样,"他就解决了一个绝望与希望的关系。本来这是一个虚无的东西,可是,还是有研究的意义和价值,那就把它定位在自己的岗位上加以利用,这个立场,我以为揭示了一个人文知识分子的民间立场"[①]。"民间立场"或者"岗位意识"在90年代特定语境,一度非常流行,有时候,许纪霖虽然宏观但总在阐述知识分子如何才能在新的主流意识形态,确立批判性的立论,其实早已淹没在了"岗位意识"之说的话语底下。

从陈思和不同场合、不同版本的论述来看,他的本意也许还是在强调知识分子的批判性,用他的话说,就是如果没有过人的专业及专业精神,人格就会失去支撑。但是如此话语转换,实际上谈的已经不是知识分子的批判性问题,而是"志业"问题,这一点,与许纪霖不谋而合。许纪霖借徐复观的学术实践与相关论述发挥说,"人格的尊严不是个人能够撑住的,它必须有所认同,有所附丽,依赖于其所处的社群价值"。常识经验反复证明的一点即是,被多数人认可不见得就是批判性本身,"大众文化"兴起之时,大家都去论证大众文化如何了得,这是一种确切的社群认同,但这个认同谁又说能揭破所谓大众文化背后的各种"权力"操作呢?论证大

[①] 陈思和最早期发表在《天涯》1998年第1期上的《知识分子的民间岗位》一文,就借陈寅恪明提出了这一观点,往后,在他的《现代知识分子的岗位意识的确立:〈知堂文集〉》一文中具体而微地使用了这一观点的普遍性。具体而微的"岗位型知识分子",在他与邵宁宁的访谈录中列出的一份名单就会获得清晰的感知:周作人、沈从文、钱钟书,"把自己限定在一个非常具体的专业里"。结合他多种版本的论述,民间岗位型知识分子,实际上泛指作家、艺术家、理论家的具体创作,"沈从文开始写小说,后来写不了了,就去研究文物,做一个很专门的专业。钱钟书的《管锥编》也是这样,把自己的专业范围定的非常有限"。访谈录,见《甘肃社会科学》2007年第2期;《现代知识分子的岗位意识的确立:〈知堂文集〉》,见《中国现当代文学名篇十五讲》,北京大学出版社2006年版。

众文化需要各种知识,可是这种身份各异的知识以及派生于知识的人格魅力,还是否是1894年"德雷福斯事件"中以左拉为标志的法国知识分子属性,或者1968年以萨特为代表的法国知识分子(因为这两个典型个例表明,法国这一路向的知识分子并未断裂)?就这样,徐复观卫护传统主义又批判传统主义,引入自由主义又超越自由主义,"通过对传统主义与自由主义的双重吸收和反思,重新思考中国知识分子的历史资源,试图在现代性的普遍意义上建构中国知识分子的特殊性,在知识和人格上建立其社会的立足点"①。这里,现代性、知识、人格、岗位、民间,既是作为知识分子在知识转型或"危机"时期自我想象的公共平台,同时也是作为知识分子——准确地说,是专业技术人员"敬业"、"奉献"精神的一种委婉描述,批判性从此在知识分子话语中相继消失,尽管这并非论述者当初所愿,论者甚至于要切实地探讨"知识专业化和后现代时代",能否再现公共知识分子的问题。

我猜测,这一微妙背景大概是戴锦华提出"拒绝游戏的知识分子"的深层意图。这预示着,戴锦华必须先处理好两个批判性知识分子传统经验问题:一个是由颠覆现实秩序而不得转向颠覆语言秩序的福柯话语;一个是最终完成于社会实践的萨特式知识分子角色。

与化用、转换西方知识分子话语不同,或者,与本土不同阶段语境性重叠的现成挪用有别。戴锦华毫不掩饰她对福柯"权力结构"、"微观政治学"的偏好,"我以为许多中国知识分子都会比较喜欢福柯(笑)"②,但她马上亮出了自己的差异性体验,"读福柯,我自己的很多切身的经历获得了有效的阐释;同时从福柯那里获得了某种有效地阐释历史与现实的武器"③。福柯的理论和话语,促使她对习惯上强调知识分子的批判性,仿佛就是在"反抗与压迫"之间做出选择这种"惯用"模式提出了她的质疑:"在80年代关于知识分子独立品格的讨论中,反抗始终是独立品格的潜台词"。以"文革"为参照,福柯的权力结构理论,戴锦华做了最为切实的激活,于是,她因此得出了反抗——权力——游戏的一个通俗连锁式反应。"压迫产生了反抗,同时只有反抗才能印证权力和权力机器的有效性",如果把权力运作视为特殊的游戏,一旦有社会变动,"政治迫害妄想"就会应时产生,人们很快会进入想象中的殉道者,或在现实中成了懦

---

① 许纪霖:《中国知识分子十论》,第105-106页,上海复旦大学出版社2004年版。
②③ 戴锦华:《犹在镜中:戴锦华访谈录》,第12页,北京知识出版社1999年版。

夫。"拒绝游戏",可以说既是福柯的启示,同时也更是戴锦华作为"经历了'文革'的最年轻的一代"①的经验总结。

当然,提出"拒绝游戏",诚如戴锦华所意识到的那样,对于知识分子而言,可能意味着是一个困境,一个两难。即在"压迫与反抗"的集体无意识中,"拒绝游戏"是否等于"非暴力不合作"?简单地拒绝游戏是否有些消极?以及究竟怎样超越游戏?如此等等。这些棘手责问都无不关系到在拒绝游戏中批判性如何可能,即是说怎样看待萨特式知识分子角色。

出人意料,戴锦华直言,"在社会角色的意义上,我不喜欢萨特"②。"对于萨特,说得美妙一点,你可以说他不断地在自我更生;说得不妙,就是他太容易变换自己的面目和旗帜,而且通过这种变换来回避历史提出的问题和历史选择的错误。这个意义上,我不喜欢这样永远的时尚人物。"③ 话说到这个份儿上,戴锦华似乎就是一个虚无主义者和相对主义者。因为对于前者,除了有选择地欣赏福柯权力结构话语和微观政治说外,再没有别的可称道的创见。说白了,福柯的这一套理论也正是90年代以来几乎所有中国批评家都吊在嘴上的"解构主义",难道你戴锦华就别出心裁了?这一点关系到批判性是否具体、是否有效的问题。对后者来说,拒绝萨特,一定意义上就是拒绝批判性,至少是拒绝社会参与度(对前面两位学者不约而同指出的知识分子的"公共性"的拒绝),拒绝社会运动、实践,肯定要导向陈思和所出示的"岗位意识"、周作人等的述学道路,但是戴锦华很明确地说她不愿"加入游戏",她是大众文化的"搅局者","一个他们盼望驱逐'出局'的角色"④。这种身份焦虑的极端化行为尤其表现在她对"论战"的等闲视之上。1995年在北京召开的"世妇会",她无疑充当了中国唯一一个亮出身份的女性主义者作了重要发言,但面对争议⑤,戴锦华的理由平静得让人吃惊:

> 我自己喜欢重复一个中学时代学来的"常识":"逆定理不常真"。我明确反对一种提法时,并不意味着我的立场刚好是它的对立面。——我也是我拒绝介入任何论战的原因;成为论战的一方,便意

---

① ② ③ ④ 戴锦华:《犹在镜中:戴锦华访谈录》,第12、19、21页,北京知识出版社1999年版。

⑤ 在彼时彼地,中国女性主义的处境是,只能认同于西方女性主义,否则,只能认同于第三世界的男性或男性知识分子解释,即是说中国女性主义还根本谈不上自觉,问题仍然是民族问题压倒女性主义问题。

味着你必须摒弃对手的全部立论依据,以论战的获胜为目的。在我看来,在类似论战中的纯粹,所牺牲的正是问题的复杂性和对中国社会现实的深切关注。所以,当我说,我关注中国女性问题的特殊性,并不意味着我否定男权文化之下,女性共同命运的存在;同样,当我说,我反对贬低、否认"国际女性情谊",也不是说,我可以无视女性群体中客观存在着的阶级、种族差异,以及西方白人中产阶级女性主义作为强势文化,对我们形成的挤压。这只是现实问题的不同侧面而已。一个本土的女性主义知识分子,在研究自己所面对的现实问题时,应该始终保持着立场的多元性与开敞性,同时保持警惕。[①]

这个时候,这个名义上的虚无主义者与相对主义者,实际上与当时乃至现如今仍持续着的男性解构主义者保持了足够远的距离。男性解构主义者共同解构的对象如果说是"宏大叙事",即把"个人"从民族的、国家的意识形态形象符号中解放出来,或者把大众文化培养的世俗个人从形而上精神追问中还原回它应有的土壤,并且赋予主体性力量;那么,戴锦华恰好相反,她所建构的批评视野既包含了上述两者,同时又不是十分具体的两者,就是说,"家国之内"是她的具体语境。这个"家国之内"指她首先把自己确认为社会主义的、亚洲的、第三世界的、中国的知识分子女性主义者。在这里,女性经验、大众文化与女性主义就构成了一组有着紧密内在关联的命题:女性经验——只有把男权文化内在化的女性经验,既是真正的女性主义文学,也是真正能从一系列被命名为"个人化"、"私人化"、"性心理"、"性经历"中揭破男性话语企图,抗拒消解女性写作的颠覆性的有效策略[②];而大众文化研究,为什么她称之为"隐形书写",原因就在于,阐释大众文化中的"个人性"也许仅仅是一种新意识形态构造思路,"'差异性'掩盖下的'性别'将可能成为新的性别规范"。举个例子,戴锦华从80年代"我首先是一个人,然后才是一个女人"中看到的是,作为"第二性"的反叛者、抗议者,在人道主义为前提的社会情势中,社会主义/"男女都一样",或者说做一个"真理"意义的人、一个"大写的人"是现代性社会结构所赋予每一个人的身份认同,你是超越的、中性的文化空间和社会空间的产物。而90年代这句话仍然被女性主义文学

[①][②] 戴锦华:《犹在镜中:戴锦华访谈录》,第 158-159、174 页,北京知识出版社 1999 年版。

写作者重新喊出，它所表达的是本质主义的性别表达和压抑，"女人，成了一个不可更改的角色，一个文化的宿命，一份永远不能超越的局限，是一种不同于男人、而'低劣于'男人的角色"①。同理，90年代作为高度专业化的"书斋式"学者热，如钱穆、陈寅恪、吴宓或钱钟书、杨绛等，戴锦华则读出了迥异于其他人的意味，"因为对于绝大多数读者说来，除了装饰书架以表明立场及趣味外，真正能够提供消费快感的，是类似学者的形象、故事——一个遗世独立，拒绝与权力集团合作的'纯学者'形象，而非他们的著作与学术成就"②。这种"意识形态实践意义上必需的误读与改写"，是90年代中国执著于自由主义立场的知识分子用作一份有效地"告别革命"的历史和政治资源。这一点与集体性登场的"后现代"热所共同构成的对90年代的总体性叙述，遮蔽了80年代文化与精英文化的"非法性"，一劳永逸地"战胜"了中国深刻的政治/社会及文化矛盾③。

女性主义不仅统摄性地站在了女性主义文学批评、大众文化研究的前端、高处，而且也内在地构成了戴锦华这一个经过她自己重重限定后的知识分子，实践批判性的理论视野。

她的"拒绝"就具有了特别耐人寻味的含义，其犹豫态度，可作多义解。首先，身为女人，她寻找着女性经验的"合法性"，这导致她开始有选择地拒绝一切关于女人的话语，和女人话语中被消解的原因；其次，作为知识分子，她显然是不愿放弃批判性精神的那种。她需要撇清现代知识分子话语中已经开始变得不可能、或者无效的言说方式，也需要从已经形成话语优势的当代知识分子话语中找到属于她——一个女性所能胜任、所能介入的区间，拒绝游戏、拒绝论战的同时，她想展开她已经意识到隐藏了几乎所有现实问题的所在，可是，马上她会怀疑那个不断地遭到改写的女性主义；再次，作为知识分子女性主义，在意识到这一点时，她甚至给自己的身份加上了"北大"。她想借着历史北大这个知识分子的强大推力，不惜做一回她本来反对的萨特式实践——按照他所描述的语境，也不妨说"扫盲"工作。

所以，在戴锦华那里，要拒绝的就是她需要批评进入的，这些内容、范畴一边是她确认自我的参照，一边同时也是书写自我的用武之地，两者

---

① 戴锦华：《犹在镜中：戴锦华访谈录》，第180-181页，北京知识出版社1999年版。
②③ 戴锦华：《隐形书写：90年代中国文化研究》，第61、62页，江苏人民出版社1999年版。

合起来，才是一个拒绝游戏的知识分子形象。具体到女性主义文学批评，这些内容、范畴就是她构建她女性主义话语的批评视野。这是她的女性主义文学批评话语始终富于知识分子思想含量的地方。

这个使她的批评视野得以建立拒绝"四维空间"，除拒绝游戏之外，还包括拒绝主流、拒绝常识、拒绝立场。

第一，拒绝主流。戴锦华用"一个人越跑越少的马拉松"形象地解释了现如今文化语境，发出异样声音的艰难、不可能。并非来自权力机构、审查制度却不允许另类空间存在的常识力量，对小人物、日常生活或者"民间力量"的怀疑、嘲讽、诋毁乃至于伤害。"这种新主流意识形态是：拜金、消费、利益原则的、发展主义的、强者逻辑的，以及美国作为范本的意义……它充斥于各种媒介形式、文化形式、无时不在、无所不在。"如此感触虽然来自她亲历并参与的2005年"千名妇女争评诺贝尔和平奖"一事，人们对事件本身所表露出来的诸如"动机不纯"、"闹剧"、"疑云"等等，却无疑反映的是社会普遍性的犬儒主义：反对民间力量的人，通常是经常嘴上挂着"信任民间力量的人"，"民间"在他们那里不过是另一种政治精英。

第二，拒绝常识。1999年的访谈录《犹在镜中》中，她说过她信赖中学时代学来的一个常识："逆定理不常真"。2009年在接受《南方人物周刊》记者提问时，她重申了她10年前的内容，认为对一些"迫切"现实问题不轻易发言、拒绝简单化立场，不是把简单问题复杂化了，而是"找不到自己发言的问题"。"如果我选择一个简单化的立场，应该是很容易发言的；但那发言可能是无效的甚至有害的——可能我就会支持了我不想支持的。"当我们面临复杂问题一旦发现"常识告诉的"时，常常会如梦初醒，但在戴锦华那里，"常识"本身才是问题。

第三，拒绝立场。拒绝非此即彼，拒绝鲜明的旗帜，这一点其实在她为什么不喜欢萨特式知识分子角色中已经表达得够清楚：拒绝立场，只是为了避免论战式的讨论问题模式，不是为了击败对方为目的。而只是为清醒地进入历史，清算历史也清算自己，"我的方式是正面阐述，我不回避，但也不回应，我不针对论敌，而是针对可能共同分享思考的人发言"[1]。

当然，戴锦华并没有真的拒绝一切，否则，她就不会有丰厚的著述行

---

[1] 《现实荒诞无稽，唯有想象暂可藏身》，《南方人物周刊》2009年第3期，记者的专访文章，转引自http://hi.baidu.com/80217/blog/item/62ffa877aaa0de13b151b949.html。

于世；也如果她真的是一个彻底的虚无主义者或纯粹的相对主义者，她就不会有如此明确而坚定的"拒绝"。其实，现实已部分地证实了戴锦华的担忧：如果不有意把许、陈二先生鲜明而铿锵的当代知识分子思路引向戴锦华已经说出的反例——在中国语境，有时候反面例子比正面例子更多，这也正是论述中国当代的迫切问题，前现代话语、现代性话语与后现代话语几乎平分秋色的缘故，这一点，也许恰好是知识分子话语总会招致致命消解的理由。那么，许、陈二先生的良苦用心可能支持了他们所不愿支持的。如果不说"每一个词都是不干净的"，对话语保持必要的审慎而清醒的反思，其实并非表明知识分子胆怯，而是说，对于当代中国知识分子而言，分享思想或许比得出结论更有价值。

二、"无法告别的十九世纪"与女性话语厘清

"搬运"、"搬运工"，"挪用"、"借重"、"方法论"等等，是90年代以来中国当代批评家用来自嘲或嘲笑他人用得频率最高的一组词，尽管前者与后者的被动程度明显不同。究其实质，每一个理论研究者都并非是被动者，即便做一个合格的搬运工，搬运什么不搬运什么，除了主流意识形态语境的必须之外，"合适度"恐怕还是取决于论评对象的属性、特征。就像戴锦华在《隐形书写：90年代中国文化研究》一书中反复提到的一个观点：最赤贫的底层现实与最后现代的传媒宣传，最时尚的都市文化与最落后的传统民间文化，在同样的中国地面可能没有时空界限，它们平分秋色，各有各的逻辑支撑。就是说借用西方话语和使用本土话语都不是空穴来风，唯一的区别只能看你是否以知识分子的批判性眼光来衡量事物。

现在的一个共识是，80年代与90年代，90年代与新世纪第一个10年之间都存在着冥冥当中的某种"知识危机"，顺此推理，80年代与新世纪第一个10年之间"危机"只能越来越严重，然而，事实证明，80年代的一套或几套话语体系，出奇地适合于新世纪的某些语境。比如，从80年代的人道主义的巨型话语分出的"新启蒙"话语，虽然已经经历了多次的时

代性变异，但许多论评者仍然用它来衡估新世纪的"底层叙事"①。这些就近的批评话语，把眼光限定在中国80年代、90年代之内，思想的触角能否伸越到足够远，显然还很成问题。不过，这似乎不影响他们建立自己的问题史：其一，持续了近30年的文论话语"失语症"使人们心理产生了一定的障碍，必须在中国现实、中国问题内部解决问题；其二，现实的压迫、文学学科的合法性，既要求"打通"现当代，也就必然得先"沟通"好当下与不远的过去之间的"联结性"。

问题在于，这种属于"方法论"，而并非话语本身的清理，能否达到理论批评者预期的目的？毋庸讳言，迄今为止，几乎大多数"回头看"都还尚未触及到80年代的批评话语源头，也就尚未自觉地把90年代以来文学批评话语的各路来源纳入清理的视野。2002年出版的《文艺美学方法论问题》，赵宪章首次较系统地从文艺美学方法模式引进与变异、历史走向与现实简化的角度，清理了众多引进方法在中国主流意识形态压迫下自觉不自觉歪曲的过程，特别对马克思主义的批判型美学文艺学的反思，在当时，应该说达到了相当的深度。他说，"马克思主义的批判型美学文艺学发轫于19世纪，它是基于19世纪之前的文艺现实；马克思恩格斯没有看到20世纪以来的美与艺术的花花世界，当然也就不可能在他们的美学文艺学中吸收当代美学与文艺学的研究成果。因此，如果把他们在19世纪所创立的批判型美学文艺学原封不动地搬到社会主义文化全面建设的时代，就必然会误入教条主义的歧途，把马克思主义庸俗化、简单化，这样做表面上似乎'无限忠于'，实际上则是'彻底背离'，背离了马克思主义的原则精神和活的灵魂"②。这篇文章写于"1986年秋"，是"方法论热"中最见眼界的一篇。但事实证明，19世纪话语非但没有适可而止、得到应有调

---

① 面对"底层文学"，更年轻的批评者就是把它与"左翼文学"比附，提出什么"重新政治化"的说法，这已经是把时间推到80年代之前的遥远语境了；另外，程光炜及其学生近年来的"重返80年代"，往大里说，要返回去的是80年代的文学理想主义，往小里说，80年代的文学理想主义究竟建立在什么基础上，他们对此的反思显然还没有人们想象的那么深刻。以上观点、态度显然与查建英的《八十年代访谈录》中，陈平原、李陀等文学研究者对八十年代的看法不尽相同。陈平原认为八十年代整体上比较肤浅，人们之所以可以"上至日月星辰，下到国计民生"，是因为开始开放，激情绝对压倒理性的分析，甚至理性分析、深刻的反思还不可能出现；而李陀则以"友情"、"热爱"等文学环境解释那个年代的人文环境，对是否具有真正的反思、真正是否针对具体的时代问题，和陈平原一样，仍然持保留态度。参见查建英：《八十年代访谈录》，陈平原部分、李陀部分，北京生活·读书·新知三联书店2007年版。

② 赵宪章：《文艺美学方法论问题》，第24页，广州暨南大学出版社2002年版。

整,还大有加倍推进的趋势,前不久,关于"本质主义与反本质主义"讨论的话语场域,本质主义者所使用话语就最能说明问题。现象、本质、人性、普遍性等等丝毫未减当年锐气,本质主义者的咄咄逼人,反本质主义者一时之间只能寻找更等而下之的文化现象来仓皇应战,都不同程度地忽视了双方所持问题的复杂性。

  按照陶东风的研究,本质主义是一种僵化、封闭、独断的思维方式与知识生产模式。"在本体论上,本质主义不是假定事物具有一定的本质而是假定事物具有超历史的、普遍的永恒本质(绝对实在、普遍人性、本真自我等),这个本质不因时空条件的变化而变化;在知识论上,本质主义设置了以现象/本质为核心的一系列二元对立,坚信绝对的真理,热衷于建构'大写的哲学'(罗蒂)、'元叙事'或'宏伟叙事'(利奥塔)以及'绝对的主体',认为这个'主体'只要掌握了普遍的认识方法,就可以获得超历史的、绝对正确的对'本质'的认识,创造出普遍有效的知识。"①但是反本质主义者,像以上所说,周杰伦的《大话西游》、"超女现象"、城市广告牌上的"后现代"拼贴等等,不仅不是审视的对象,而且连同90年代以来兴起的各种"青春文学"②写作,也当做了理所当然的非本质主义文学特征来把握。这样一来,本质固然可恨,非本质(不是"反本质")因它的无限漂移、无法把捉,批判意图趋于真正的搁置。直到乔纳森·卡勒的《文学理论入门》(2008),把"文学是什么"的提问转换成"是什么使文学作品区别于非文学作品?是什么是文学区别于人类其他活动?或者其他娱乐?"本质与反本质的界限似乎才有了一些眉目。比如,什么时候、什么情况下、什么样的文学理论被认为是对于文学本质的揭示?各种文学理论的话语是如何建构出来的,它们被什么人出于何种需要建构出来?为什么在这个时候这种关于文学的界说取得了支配地位?换言之,"我们要用知识社会学的方法揭示文学理论知识生产的社会历史条件而不

---

① 陶东风、王南主编:《文学理论基本问题(第三版)》,第3—4页,北京大学出版社2007年版。

② 邵燕君在《由"玉女忧伤"到"生冷怪酷"》一文中,深入地讨论过所谓"青春文学""进入了市场,却未进入文坛"(白烨语)的"悬浮"状态,见《南方文坛》2005年第3期;张颐武有多篇文章使用"新新人类"、"新新写作"、"架空性写作"等术语,与邵燕君观点相反,他主要是在反本质主义思维支持下,为"非本质"文学的合法性命名,具体论述参见拙文《且看张颐武"强者文化"逻辑》,《世纪之交的文学思考》,作家出版社2008年版。

是在'符合论真理观'的幻觉下面去寻找一个绝对正确的文学定义"[1]。然而，理论的清晰并不等于批评实践的落实，在眼见的大多数"非本质主义"批评实践中，除了找出更多的"非本质"、本质主义无法解释的例证外，"反"本身陷入了虚无境地。这种情况，我以为仍是话语缺席、乃至无法找到替代本质主义话语的话语空位现象。若模仿陶东风的句式，本体论上，反本质主义应该建构起解释本质主义之所以认为绝对实在、普遍人性、本真自我等，是抹杀性别、差异的话语构造面目，从而开启新的话语方式；知识论上，反本质主义有必要考虑"非此即彼"既然不合适，那么摒弃"真理"意义的人、"大写的意义"之后，认识世界的方法、批评的视野应该怎样安置？预示着，如何实现这一点，仍然是落实批评有效性的问题。

话语是一种思维行为，也是一种实践行为，这一观点在"语言转向"以来的人文学科内部早就成了某种共识。我们不可能只停留在背诵为"本质主义"的清理和批判做出过巨大贡献的西方哲学家与哲学流派的名字，比如早期的尼采，后来的海德格尔、维特根斯坦、罗蒂、福柯、德里达、利奥塔等等。首要的问题是，在本土语境，是什么使我们话一出口就只能本质、人性、本我？以及是什么使我们总不自觉地、甚至下意识地歪曲我们内心想要的那个微末的经验和感受？诸如此类的体验，迫使我反复思考戴锦华每到关键处总要提到"无法告别的十九世纪"。对于中国当代文化思想史来说，它究竟有什么确指？范围缩小到女性主义经验及女性主义文学批评话语，为什么我们总会不自觉地停留在一个较低的却又非常"仪式化"的话语怪圈，或者像戴锦华的术语所指认的，徘徊在"原画复现"、难以突围的"镜城幻境"之中？"无法告别的十九世纪"几乎贯穿于戴锦华差不多大多数女性主义文学批评文本，她一定想借着这个话语的分界线澄清什么。比如论评张洁小说与池莉小说（"张洁论"是其专著《涉渡之舟》的第一篇，池莉论是最后一篇），这一用语迟早会出现，但具体所指肯定不一样。

怎样理解戴锦华女性主义文学批评话语的这种超时空并置现象，是了解她用她的方式清理她所认为的话语遗留问题的关键。她要开启的东西可能标志着她具有怎样的女性经验，而阻滞、挑战她女性经验的文本，在她那里则首先构成了她值得投入她全部女性经验的对话对象，是被她充分内

---

[1] 陶东风、徐艳蕊：《当代中国的文化批评》，第11页，北京大学出版社2006年版。

在化或者内在化她自己的"他者"。毫无疑问,她不认同的、或者根本不值得放到女性主义尺度衡量的女作家、女性主义文学叙述,基本未曾进入她的批评视线。而进入批评视线的,如果仅仅是"文学"的价值、或主要是文学的价值,她的这一叶"涉渡之舟"显然也不会格外眷顾。这样,"无法告别的十九世纪"作为敲击戴锦华性别意识、女性经验乃至女性批评话语的木鱼,顺理成章地成了女性主义文学批评话语在中国当代的分水岭。具体说,该"告别"的,实际上无法告别;而值得真正期待的,反而犹抱琵琶半遮面、庐山的真面目迟迟不肯显现。"无法告别的十九世纪"在戴锦华那里,一边表明她本人的思想来源,认同19世纪话语才深感告别的必要;一边标志着一种本土女性主义经验、女性主义文学叙述的现实处境,至少在西蒙·波伏娃"第二性"所开启的理论视域,本土女性主义者是否真的前进了、深入了等等问题,不得不是解读女性主义者戴锦华彷徨于话语分界线的有效角度。戴锦华的困惑,也是她引为同道者的尴尬。在两难境地徘徊,戴锦华非但没有有意降低她首先作为知识分子"拒绝游戏"的底线,而且更加重了在局外人看来相当犹豫的批评家面目。

人们不禁要问,这还是那个语速快如闪电、语势强如迫击炮,思维明敏机智,风度翩然如"男子汉"[①] 的戴锦华吗?

"身为女人"只有助于了解戴锦华女性经验形成过程,而不能就此解释文本中"犹豫"的批评家戴锦华。进入她"无法告别的十九世纪"话语序列,"原画复现"、"镜城突围"以及"空洞的能指"恐怕是绕不过去的几个概念。

基于女性经验,戴锦华首先把她的问题史安置在对中国90年代以来的文化思想现实再反思基础之上,这是她慎用"个人化"、不轻易把女性主

[①] 文学史家洪子诚和小说家徐坤都写过戴锦华,他们都提到戴锦华的这一个性形象。徐坤有一段早年戴锦华的描述很形象,"轮到更年轻的小姐戴锦华胸有成竹咄咄逼人地迅疾登场,以一种女性智慧的华彩,把男性一边倒的文艺论坛晃得猛咕叮又是一亮。看着戴锦华这么聪明、干练地尽显风姿,座下的人一边暗暗惊叹,一边飞快地转动大脑调动自己的储备,努力地追随着她的思路。以至于某次研讨会过后,善心的刘纳以和缓的嗓音轻声慢语地规劝戴锦华副教授说'你平常给学生讲课也是这个速度吗?多累呀!慢一点多好哇'","说话的时候手指不停地探进烟盒里捻起一根根烟卷儿续在嘴上,仿佛只是一种下意识动作,一根接一根,一根接一根,看着像是炉膛里燃着红彤彤的火,不及时往里续柴火就要灭了"。洪子诚更是直戳戳、一目了然,"香烟一根接一根"。徐坤:《初识戴锦华》,引自:http://hi.baidu.com/80217/blog/item/62ffa877aaa0de13b151b949.html;洪子诚:《在不确定中寻找位置——我的阅读史之戴锦华》,《文艺争鸣》2008年第12期。

义文学锁定在"个人化"、"私人化"的原因。宏观而论,她认为,80年代批评家拥抱现代化、拥抱民主,但从中剔除了消费主义,剔除了跨国资本,剔除了大众文化;90年代批评家拥抱新现实,几乎拒绝社会批评立场,无视消费主义、跨国资本及其与此相生的大众文化,漠视社会生活的巨大负面影响。对八九十年代之交"断裂"做如此解释,"断裂"就迥异于其他批评家"辞旧迎新"的一般性判断。在戴锦华看来,"断裂"基本上是一种人为制造,流行的"断裂"表述掩埋了深刻的文化及社会矛盾。因为从"剔除"到"反对",被跨过去的中间地带,诸如跨国资本、消费主义、大众文化等等,看似孕育"个人"实则再一次以更大的利益驱动、"想象性"建构构成了遮盖真正"个人"的新意识形态,并把它变成了批评的盲区。这个思路,名噪一时的"新状态"、新的文学主旋律——"现实主义冲击波",就可能不是"倒退"、"灰色现实主义"(李陀语),而是"向经典的写作方式的回归"与"再现论"。因为如王安忆的城市转型,王小波的作品和他对S/M的写作,大量的诗人小说和李冯等人对经典之作的重写,"其实都存在着某种非官方意义上的主流":他们大多都是写都市的。在这些写都市的作品中,再现论重新出现了。也就是说,在作品中写作者与他们所书写的社会现实呈现了一种稳定的想象性关系。"写作者对这一现实及自己'表现'现实的文学媒介本身没有间离,没有质疑。"换个说法,"也就是写作者对自己的身份、文化认同(identity)本身没有任何怀疑。相反其中洋溢着一种主人式的自得"[1]。

如此大的时代文化氛围所产生的思想意义的"个人"和文学叙述方式的"个人化",不消说,已经是"另类"的文化代名词,虽然这个新的一"代"过后,又必然会有另一新的一"代"出现,这是历史的必然。问题是,当"个人"变成一个时代的集体命名式,以"个人主义"取代"个人"的时候,"个人"就仅仅是一种隐形旗帜,下面隐藏着的是彼此相像的类的属性。这个角度,戴锦华认为,"个人化"语境中的女性写作还只是一个"空洞的能指",特定时空下具体的女性意识、女性经验消失在"真理"的人后面了。

为了清晰地分析当代中国女性写作"前史"影响,她找到了把知识分子与女性形象扭结的当代史源头——通过知识分子的改造、成长史,曲折地、隐含地奠定当代女性意识与女性形象重塑模式的发源之作《青春之

---

[1] 戴锦华:《犹在镜中:戴锦华访谈录》,第76页,北京知识出版社1999年版。

歌》。认为这部长篇小说是"十七年"主流意识形态中关于知识分子的话语与传统意识形态中关于女性的话语间，存在微妙的对位与等值关系的逼真写照。《青春之歌》具有承前启后的历史功能，终结了传统意识形态对女性形象的构造，启动了此后当代主流意识形态对女性形象的建构，尤其对于当代而言，它是"一个完美而精当的'空洞的能指'"[①]。就是它构成了后来女性文本的潜在模式。女性、知识分子、传统意识形态、当代主流意识形态之间的微妙关系，或多或少有《青春之歌》的"互文性"。

　　首先，当代史权威话语对女性地位的规定。如果女性的地位与意义是依据她所从属的男人（父、夫、子），那么，知识分子的地位与意义则由他所"依附"的阶级来定义；如果女性既内在又外在于男权文化，那么，这也正是知识分子在社会现实中的角色；如果在传统意识形态中，女性的负值表述为稚弱、无知、易变而轻狂，那么，这也正是知识分子的一种典型的类型化特征[②]。于是，"以一个女人的故事和命运，来象喻知识分子的道路，便成为一种恰当而得体的选择"，这种选择也就自然而然被建构成了女性形象的一个隐形范本。她是从属的、依附的和稚弱的。这不仅是当代史权威话语对知识分子的规定，也同时是对知识分子女性主义者的构造，个人化女性经验、女性意识，为什么绕一大圈最后还得回到"我首先是一个人，其次才是一个女人"、"男女平等"，或者回到"爱"、"爱情"。答案是显而易见的。因此，论评张洁、戴厚英、谌容、张抗抗包括80年代的王安忆时，戴锦华动用的尺度准确地说，并不是女性主义的，她用"假面写作"来指认这些作家。与新时期初年男性"伤痕文学"不同的只是，女性写作除却自我假面或称人格假面之外，女作家的写作还经常借助于性别假面以呈现自己同样沉重、繁复的社会自我、历史记忆经验。

　　在笔者看来，这不仅在于解放的妇女必然面临所谓"花木兰式境遇"，亦不仅在于男性形象所携带的性别文化具有"天然"的、广阔的社会空间与机遇；而且在于一个特定的"19世纪"的文学资源及其知识谱系，加之当代中国历史所造成的、为新时期的话语构造所强化的、"当代文学"与

---

① 戴锦华：《涉渡之舟：新时期女性写作与女性文化》，第19页，北京大学出版社2007年版。

② 参见毛泽东《在中国共产党全国宣传工作会议上的讲话》（《毛泽东选集》第5卷，第406页，1977）、《打退资产阶级右派的猖狂进攻》（《毛泽东选集》第5卷）和《坚定地相信群众的大多数》（《毛泽东选集》第5卷，第492页），均见戴锦华：《涉渡之舟：新时期女性写作与女性文化》，第18页，北京大学出版社2007年版。

"现代文学"间的深刻断裂,使得本来十分单薄的女性书写传统,变得难觅"仙踪";而从"19世纪"欧洲文学所提供的镜像序列中,所可能从中窥见的自我形象只能是"男性"形象①。

故而,张洁以男人为镜并为男人认可的女性意识,戴锦华认为是"女人的自我镜鉴",仍然有庐隐"金冠魔鬼"的阴影,"庐隐'金冠魔鬼'并未彻底消失在历史的地平线下,它仍作为苍白的父亲的幽灵萦回在张洁的世界之中"②。当然,张洁的"孩子妻"、"父兄丈夫"虽然是爱情理想的一种极端化表达,但戴锦华在女性经验的层面还是给予了高度评价。张洁的这一女性话语在新世纪的今天往往印证于"80后"、"90后"的择偶"配方",究竟是女性话语的悲哀还是胜利,就很难说了。比之张洁,戴厚英的女性话语更等而下之,陷在了男性精英文化悖论之中,戴锦华通过《人啊,人》与《青春之歌》人物对比分析显示,这两部作品的"互文性"很有意思:后者模式是女人-男人-革命;前者是男人-女人-接受,或者是重述了一个男权主义、世俗偏见的公式——姐妹情谊=女权主义=病态=没有教养=丑陋=同性恋。因此,戴厚英"只在80年代文化天空中,留下了一行'空中的足迹'"③。

至于谌容和张抗抗,戴锦华认为谌容因作品中女性视点与体验的缺席,非但未开启女性文化革命,反而有些作品对七八十年代之交拨乱反正后"传统美德"这个主流话语的重述,是女性的再规范,显示了女性文化的倒退(至少默许了再规范)④;张抗抗比之谌容还不如,80年代已是"反道德的道德主义叙述",张抗抗则坚持启蒙留下的人道主义话语套路。"与其说她毕竟以其作品表现了某种女性意识,不如说她的作品所呈现的正是关于女性的主流话语对不期然间流露的女性体验的潜抑"⑤。

由此分析可知,戴锦华的"无法告别的十九世纪"既担负着检测中国当代女性主义文学话语的自觉程度,也负责厘清她认为值得肯定的成熟女性意识、女性经验乃至女性话语的测量仪角色。对于女性意识不成熟的中国语境,这一断语也不啻是一种以审视为思维特点的反思性方法论。"告别"所确指的,即是"革命"所必须具备的。其实,对于整体研究90年代及后来文学"个人"、"个人化"问题的,戴锦华并非孤例。理论批评研究方面亦有已故批评家余虹,文学创作批评的黄发有也与戴锦华取基本相

---

①②③④⑤ 戴锦华:《涉渡之舟:新时期女性写作与女性文化》,第40-41、70、96、125-127、143-146页,北京大学出版社2007年版。

似路径①。这些批评现象既可看做批判性精神的某种共识，他们都不会轻易地放过一些尖锐问题。只是有了戴锦华女性主义这一视角，不但清晰地梳理了女性文学问题，更重要的还在于通过女性文学，我们似乎进一步认识了一直以来在男性文化圈即使绞尽了脑汁，也不见得就能准确道出的那种可谓根深蒂固的思维盲点，这是戴锦华专注于女性文学却不陷于此、并超越于女性文学之处。

其次，在有自觉女性意识的女作家那里，即继"无法告别的十九世纪"之后，女性话语的发展似乎并不像人们想象的那么乐观，问题有时尤甚于前者。问题究竟又出在哪里？这里，试着以戴锦华的术语"原画复现"或者"镜城突围"来分析这一现象。

张辛欣、王安忆、铁凝、刘索拉、方方、池莉等，还包括90年代开始成名的徐坤、海男、陈染、林白等女性作家，戴锦华自觉运用了她的女性观。文学事实也证明，从张辛欣开始，中途经陈染女性个性鲜明的写作推助，这一批女作家就是放到距离戴锦华写下文字十年后的今天观察，迄今为止，也堪称最出色的女性主义文学写作者。然而，就我个人感受来说，她们的小说中关于女性意识、女性经验、女性话语——戴锦华意义的，隐藏的问题更加深厚，也就更加不易察觉。"向内转"导致写作倾向于意识和潜意识，是一个方面；另一方面是几乎彻底丧失了社会内涵，专注于雕琢自己的感官，陶醉于自己的身体。所以，作为批评家的戴锦华在论评这些女性意识较强的女作家时，她的话语格外滞重而叠加，尤其当她特别认同对象时，阐释性话语与自我身份体验相互纠结，以致丢弃了批评应有的透明度，她自己需要突围，也许这是"原画复现"或"镜城突围"的第一层意思。第二层意思是，这些女性文学叙述经验只作为一种对话，女作家已经做出的和她自己尚未意识到、或理论的触角尚未伸展到目的地则遥遥无期，这时候，她的批评任务就被谨慎地限定在了发现现实障碍上。不妨举刘索拉与王安忆加以说明。

戴锦华把刘索拉视作彼时代的一个"文化个案"，这就多少显示了戴

---

① 余虹在《革命·审美·解构：20世纪中国文学理论的现代性与后现代性》一书，就深刻地解构了一系列"元话语"，并分析了元话语之所以阴魂不散的意识形态生产机制；黄发有《准个体时代的写作：20世纪90年代中国小说研究》一书，以"准个体"为批评原点，呈现了90年代"个体"写作的伪性面目。《革命·审美·解构：20世纪中国文学理论的现代性与后现代性》，广西师范大学出版社2001年版；《准个体时代的写作：20世纪90年代中国小说研究》，上海三联书店2002年版。

锦华对刘索拉的态度：视作一个关于女性前途的有价值问题来看待。这就是刘索拉提供的"新女性"形象：

> 刘索拉的明敏（《混沌加哩格楞》中人物），在于她所瞩目的，并非作为"第二性"的女人所遭遇的种种苦楚或压抑，而在于新女性所必然面临的诸多尴尬而暧昧不明的境遇。在本质与非本质之间，在反叛与顺从之间，在古老的悲剧与现代的喜剧之间，在体验与话语之间，刘索拉"有哭有笑有歌敢爱敢叫敢骂"的女主人公事实上处于一种进退维谷的窘境之中，"新女性"犹如存在主义作品的主人公，处于一种除却拒绝或自我放逐便无路可走的绝大"自由"之中；"新女性"除却作为一个反叛的时段，作为一个"出走"的姿态与背影，便"别无选择"。为众多话语所缠绕的新女性，其生存事实上是一个话语的空白或裂隙。①

"新女性"已经把"第二性"的悲剧远远地抛在了脑后，的确是一个不小的进步；可是拥有众多话语却依然面临着"出走"，境况依然也是"别无选择"，这又是为什么？很清楚，这里用等待的形象王宝钏来批判也罢，用"无效的镜城与认同"表示慰藉、感喟也罢，"新女性"明敏们只要再往下走，明天会怎样的问题仍然悬而未决。与其说刘索拉提出了新女性问题，毋宁说暴露了戴锦华那里久已有之的犹豫——她真是个虚无主义者吗？比如她欣赏残雪的"微观政治学"，认为残雪揭示"文革"期间日常生活中的微观政治权力关系，可是她的批评结论是"超越了十九世纪话语"，显示了启蒙与现代性话语之间的矛盾②。难道做到了这一点，就仅仅是女性作家残雪的贡献吗？或者是残雪女性经验的独特吗？

再比如王安忆，花两章篇幅论评王安忆，可为壮观。不过通读下来，戴锦华情有独钟之处，也不过是王安忆的"弟兄们"（《弟兄们》），一种提供了与戴锦华本人颇为吻合的女性体验：被两性所接受，又被两性所拒绝的尴尬位置③。旋即，那种悲凉仍会卷土重来，因为"一种豪放、一份自信者的特权"，虽不是嘲弄或滑稽模仿，但"这种化装与搬用只能是一

---

① ② 戴锦华：《涉渡之舟：新时期女性写作与女性文化》，第 277－278、302 页，北京大学出版社 2007 年版。

③ 戴锦华：《犹在镜中：戴锦华访谈录》，第 186 页，北京知识出版社 1999 年版。

场有趣的游戏，而不可能是一份真实"①。青春与狂想是女性的一种特权，却一定不是女性的佼佼者的特权，女性的佼佼者的特权，至少王安忆写出那种女性经验的时代还远没有生长的文化空间。"弟兄话语"还只是"少女"的而不是"妻子"、"母亲"阶段的现实话语，现实女性话语按照王安忆小说结局来看，仍是男性文化定义下的客体。这是王安忆与戴锦华共同的苦恼。当然，比"姐妹情谊"，"弟兄话语"的确展示了更为丰富的女性经验。另外，被戴锦华激赏的《纪实与虚构》的"套层结构"②，除了比其他作家对男权文化批判更深一步外，女性话语也不外乎前面已经提到过的几种。这里，我所强调的是自觉的女性主义者，在告别了19世纪话语之后，在跨过了"第二性"阶段之后，她们持续的探索所预示着的可能是，除女性视点之外还需别的视点乃至力量的加盟。因为女性话语推进到这一步，作为客体的女性文化和作为主体的男性文化，其实都已经进入了相互间消费与被消费的时代语境，女性主义优先的问题是不是转换成怎样理解消费主义场域的女性经验，进而把女性主义转换为怎样批判地审视女性被消费、"被看"的社会学问题。

　　无疑，戴锦华属于中国第二代女学人，按照一些论者的分类，第二代、第一代女性主义者属于"前女权主义"，而第三代开始则是"后女权主义"。如果说，前女权主义者有比较强烈的性别对抗意识，甚至有过一些过激的言论和行动的话（这也是可以理解的），那么，后女权主义则放弃了前女权主义的偏颇、激进，政治倾向上趋于温和性。它主张通过教育来普及和提供女性的社会性别意识，增强女性的社会性别觉悟，循序渐进地提供女性的社会地位。"前者代表的是一种自上而下的变革，主张激烈的变革，通过颠覆和消解男权来达到自己的目的；而后者代表的是一种自下而上的改革，通过提高全体女性的社会性别意识和觉悟来实现自己的目标。"③ 更早一些时期，法国第三代女权主义者朱莉娅·克利斯多娃也表达过类似意思。她认为，在后现代社会中，男人和女人之间对立的二分法只具有形而上学的意义，两性之间的差异依然存在，但两性之间的截然对立或"死战"已明显降温，而将斗争纳入到社会契约权力运作的领域，通过

---

①② 戴锦华：《涉渡之舟：新时期女性写作与女性文化》，第212、233页，北京大学出版社2007年版。
③ 《从女权主义到后女权主义》，《中华读书报》2001年7月18日。

个体的努力而达到对核心的瓦解①。戴锦华当然不会混淆社会实践型女权主义,与知识分子女权主义(她经过严谨分析最终归位到"女性主义者")的功能,"我不认为自己是那种可以创造历史的人物,我只想成为见证人与思考者"②。"针对可能共同分享思考的人发言"③,就此而论,戴锦华之后,我认为中国当代女性知识分子、女性主义文学批评话语恰好在萎缩,而不是在发展、壮大,知识分子批评视野的平庸,女性话语的重复,都昭示了当前女性主义批评的尴尬处境。

三、女性主义文学批评话语的当前处境

孟悦与戴锦华合著的《浮出历史地表》(2004)无疑是中国现当代女性文学研究史上的一部奠基性著作。这部著作无论对自古以来女性形象的发现、归纳,对女性成长历程的精细把捉,还是对女性经验模式的归类等等,与陈顺馨《中国当代文学的叙事与性别》(2007)一起构成了女性批评话语的高峰。她的《涉渡之舟:新时期女性写作与女性文化》我宁愿看做是一部旨在提问题的开放式作品,戴锦华的困境,必将是今后女性主义文学批评及写作面对的难题。套用她对90年代女性写作的总结:女性批评首先是一次遭遇,现在所遭遇的并非与原先相同,但一定需要更深入地建构社会批评视野;女性批评其次是一次逃逸,过去被"十九世纪"话语的必须而逃逸,现在则是女性经验的被消费而逃逸,女性文学批评只能重新整合进男性文学视野,批评话语也许才会葆有女性性;女性批评再次需要对接与复归,与"上半身"对接才能获得正面抗击的能力,复归到现实生活世界而不是某个过往文学模式,或许会出现奇迹。

如《浮出历史地表》中分析的那样,"妻与己齐"作为男性与女性对话者关系的建构,并不是现当代的事情,男性"话语权"在古代社会就已经基本完成。字面意思,"齐"的匹敌之意,不含高下尊卑之别;但解构它的先后序列便可知,陈述中的"己"(男性、夫)是先在的和第一位的,是"妻"向之"齐"的标准,是衡量双边匹敌关系的中心标尺。"说话者

---

① [法]朱莉娅·克利斯多娃:《妇女的时间》,张京媛主编《当代女性主义文学批评》,第368-369页,北京大学出版社1992年版。
② 戴锦华:《犹在镜中:戴锦华访谈录》,第20页,北京知识出版社1999年版。
③ 《现实荒诞无稽,唯有想象暂可藏身》,《南方人物周刊》2009年第3期,记者的专访文章,转引自 http://hi.baidu.com/80217/blog/item/62ffa877aaa0de13b151b949.html。

和与话者在'己'的称谓下形成了一个男性同性的话语同盟。而'妻'则是同为'己'的男性之间谈论的'他'者"①。同样,在解构主义眼光审视下,女性形象的"物品化与欲望化"、"性别错指"(以女性形象、女性身份自喻,表达封建社会男性自身职能被阉割的焦虑)与"性别整合"(只有女性命运的悲剧产生,才能博得男性认同),作为"空洞的能指"的女性形象,古代社会亦早有成熟表述。就此,该著所提炼出了中国古代女性的两条路:"花木兰式"(女扮男装)与"崔莺莺式"(成为人妻,其实也是花木兰解甲还家)。这两条路、两种文学叙述模式,一直是中国现代,乃至当代女性文学的"前史"。所以,中国现代女性文学、女性作家所做的努力,亦可称之为对1949年出版、80年代末译介进大陆的《第二性》(法国女权主义者西蒙娜·德·波伏娃)中那句话——"女性不是天生的,是后来建构成的"的书写,书写者是谁、根据什么、为什么建构了女性这样一个主题。而对这一主题更清晰化研究,则是陈顺馨的《中国当代文学的叙事与性别》(北大出版社,2007)与戴锦华的《涉渡之舟:新时期女性写作与女性文化》。这两本书的写作过程本身就是相互影响、相互参照的。仍以王安忆为例。不同之处在于:前者借重西方叙事学和性别理论,由于把文本观照所使用的理论与自身现实经验作了适当分离,所以她看到的是矛盾、局限的女性叙述,如《弟兄们》中表现的是女性愈觉醒,必然会活得愈痛苦和艰难,而付出痛苦和艰险的代价后是否能有所获?"这或许是王安忆作为女人的真实体验,又或许是她还没有突破既定的性别观念和建立一套真正的女性信念"②;后者以几乎决绝的知识分子女性主义者的自我体验,逼视论评对象对男性文化的解构结果,并且把最终能否显示独特有效的女性话语,视为一种思想碰撞的境界。如此思路,女性文学研究的同时,建立社会批评视野的意图似乎更清晰了。

总之,这个阶段的这两种批评方法,促成了八九十年代之交中国女性文学批评话语的成熟。可是,这一批判性思路进入新世纪后,却遭遇了空前的遗忘,姑且称之为"重返'第二性'的批评"。

视野所限,据我所知,戴锦华很少用"自恋"这一词语,即便其他论者感觉没有"自恋"不足以行文的论评对象中,戴锦华也仍然是只字不提。既然这样,分析"自恋"内外所蕴含的内容恐怕能够看出一些门道。

---

① 孟悦、戴锦华:《浮出历史地表》,第11页,中国人民大学出版社2004年版。
② 陈顺馨:《中国当代文学的叙事与性别》,第100页,北京大学出版社2007年版。

如果不重复"女性是后来建构而成的"这句老话,也不重谈一个常识——"个人化写作",批评者给陈染等女性文学写作者的"自恋",其实并不是基于女性视点和女性经验书写之于当前新的消费主义、大众文化意识形态考虑,因为在人人都可能被消费的文化语境,要使女性的身体叙事话语有效抵制男性的目光,首要的问题显然不是否弃身体话语,是如何使女性话语——一种以身体叙事为载体的内在化经验理论化、主题化,像福柯的"性理论"那样,植入男性消费心理构造,共同承担起批判男性与女性共同的敌人——"消费神话"。那么,基于新世纪第一个十年里已经形成巨大势力的消费主义这样一个女性处境的考虑,审视"自恋"固然重要,但能否于批判中保持对女性话语的清醒、乃至认知到女性批评话语的独特性,似乎尤为重要。这关系到它在新语境中的批判性是否真的没必要和它的愿景是否真的已经实现的问题。

首先,所谓自恋、自闭、自娱、自虐和由此派生的另一些词,比如"退化性自恋"、"身体性自恋"、"镜像化自恋"[①]等等。实际上是对语词的误用,在《废都》(贾平凹)出版之际,因小说人物庄之蝶对众多与己有性关系的女性,以男性自恋的视角不遗余力地给画上了花脸,全部配上了粗俗简陋的小黄裙,套上了寒碜不合时宜的吊脚裤,但她们的生命力却在与庄之蝶的萎缩相比照下更显得旺盛、蓬勃;而在众多参差不齐女性的烘托之下,却复又显出文化圣人庄之蝶的可怜可悲复又琐屑。故而,彼时论评《废都》的批评者都不同程度地用自恋等词来描述庄之蝶及其女人们的精神状态。揽镜自照式的自我欣赏,或者借女性对自己物件的格外怜爱来烘托男性魅力的男性文化传统,其实孟悦与戴锦华在《浮出历史地表》中关于"性别错指"中就精到地分析过了,"进一步讲,以女性形象、女性身份自喻,是中国古代文人的一个悠久传统,甚至可以说,从《离骚》一直沿袭到《红楼梦》"[②]。就是说,自恋话语一般针对男性及男性文化,而并不是女性话语到了饱和程度必须反躬自问时的产物。另外,徐坤也以女性视角比较分析了男性文本《疼痛与抚摸》(张宇)与女性文本《一个

---

① 均见李美皆文章,《新生代女作家的自闭情结和镜像化自恋》,《小说评论》2006年第1期;《新生代女作家的身体性自恋》,《小说评论》2006年第2期;《海男的自恋情结》,《小说评论》2006年第6期。因为论者李美皆的这一系列文章都冠以"新生代女作家",包括海男、林白、陈染等"女性主义作家",并且她所论列的这些女作家正好也是戴锦华的《涉渡之舟》略论的地方,此处作为新世纪女性文学批评的"症候"来理解。

② 孟悦、戴锦华:《浮出历史地表》,第16页,中国人民大学出版社2004年版。

人的战争》（林白），通过"渴望强奸"这一共同情节，揭示了"性别错指"的男性文化面目，这一点与上面的情形可以互证。认为林白以女性视角、女性经验坦然书写之时，"也荒诞地解构了女性被男权文化的欺骗和蒙昧"；而张宇则是"子非鱼"式想象，暴露了另一种性别本质论。男性文本中，"渴望强奸"的三代女性，对强奸的渴望达到了极端化表现，这种完全由男性构想的女性渴望被"蹂躏"，甚至于"宰杀"、"剥皮"、"剔骨"的变态心理，在女性文本中，则完全是另一副模样。多米与十八岁男孩子"第一次干这事"后，多米告诉男孩子她要把这事写到小说里时，男孩子还好心而稚气地劝她"千万不要写，你周围的人会对你不好的，你要是写了以后你丈夫会对你不好的"。多米的"写"与男孩子说的"不好"（看法），其实形成了一个遗传性对位关系：女人话语与男人规定。女人对男人的表述，即该表述什么不该表述什么，以及到底怎样表述，都必须沿着男人或男性文化的话语同盟者（周围人、丈夫）运行，否则，女性对于私密的表述，就只能阙如、变异乃至于缺席。这也进一步实证性地揭示了在新世纪的今天，女性主义文学及女性主义批评的必要，而且不论写作还是批评，可能仍需从"第二性"的基础开始。因此，徐坤不无愤怒地倡导，"笔者在愿将《疼痛与抚摸》作为'男性书写女性文本'的集大成之作时，也愿它成为90年代或本世纪中国的此类历史书写的终结之篇"，并且，"笔者作为一个女性研究和书写者，还愿以对其的温良颠覆，作为对下个世纪诸多男权书写者的'以儆效尤'"[①]。

至于到了新世纪的今天，虽然性别意识又遭到过新意识形态重创，按理说女性主义决不至于倒退到"浮出历史地表"之前。"自恋"如果指认的是女性文本文的内视角，或许不无道理。然而，就其批判性而言，止于这个层面，的确还很难说这类批评就是女性主义批评。这是女性批评话语泛化乃至丧失的征兆，理论资源仅限于对《第二性》进行脱离上下文的引用，由此产生的女性批评话语与当前女性现实境况就更加遥远了。

其实西蒙娜·德·波伏娃关于"自恋女人"的理论分析界限非常清晰，她的批判针对性也就非常具体。换言之，在她那里，为什么是"自恋式"（其实她并未用这个词）书写，和现实生活中"自恋女人"的"自恋"，即"神经错乱"的、与"高级妓女一样"的生活依附者，本来就不

[①] 徐坤：《双调夜行船：九十年代的女性写作》，《小说界》1998年第4期；转引自张清华主编：《中国新时期女性文学研究资料》，第213页，山东文艺出版社2006年版。

是一个概念。回到女性写作,女性文学为什么总会花大量篇幅关注自己的身体、漂亮的衣服、镜中的"映像"、房间及房间里陈设的"物"?这是基于她被建构以及她自认为自己是"客体",没有现实性。"她忙忙碌碌,但又什么也没有做;她没有因为承担妻子、母亲和主妇的功能而被承认是一个人。男人的现实性表现在他建房子,他伐木,他治病;但女人却不能通过设计和目标实现自我,她只能从她人身的内在性去寻找她的现实性。"至于女性文学写作中的"身体快感"(这也是波伏娃不愿用的词),波伏娃认为,这时候,所谓自恋者既是祭司也是偶像,体现了"我爱我自己,我就是我的上帝"的某种思想魅力,即她不可能因为美而受人仰慕,但是她有某种思想的魅力,"她们只是由于觉得自己是女人,才相信自己很美"。

而生活中的自恋者,波伏娃说,既然生活中必须依附于男人,女人的命运掌握在男人手中,她衡量成功的标准,一般就是她网络到自己队伍中的男人的数量和价值,"实际上是她的崇拜者的奴隶","她只有通过男人,才能得以打扮、生活和呼吸,并且只是为了他们,才去这样做的"。因此,波伏娃呼吁,假如她想承认别人的自由评价,而同时又承认这种评价是一种通过活动要达到的目的,那么她便会不再是一个自恋者。结合这两种内涵截然不同的"自恋女人",波伏娃的理论触角最后聚集到了一点上:书写"自恋",并从中透视女人无法实现的"现实性"问题,与日常生活中"高级妓女一样"的依附性"自恋",非但不矛盾,而且构成了有力的互证关系。因此,"当一个女人,能像德·使达尔夫人和德·诺阿耶夫人那样,成功地拿出好作品的时候,实际上她并没有把心思专门放在自我崇拜上;但是如瘟疫一般折磨大多数女作家的缺憾之一,是在毒化她们真诚的、限制并削弱她们地位的自爱"①。波伏娃说话的那个语境,移植到新世纪今天的中国,然后在中国的新世纪文化氛围,特别是文学理论批评话语现场,再反过来看新世纪之交陈染们的"自恋"写作,陈染们的女性写作在处理女性内视经验上,的确有许多值得批评的话题。但相比女性写作,文学理论批评话语本身是否正在接受别的什么规定的询唤,致使"自恋"意味着"人类普遍"价值的缺失。这就把批评所指置换成了戴锦华意义的"空洞的能指"。鲜明的男性文化二元立场,延误了探讨问题的契机。

其次,女性的内视角书写,必然要涉及女性经验的诸多维面,比如身

---

① [法]西蒙娜·德·波伏娃:《第二性》(Ⅱ),陈铁柱译,第711-724页,中国书籍出版社1998年版。

第九章　戴锦华（1959— ）："拒绝游戏"与女性主义文学批评话语 | 191

体感觉、内室布局、性意识以及与男性的社会关系等等。这里，如果我们跨过弗洛伊德精神分析理论和德里达等基于男性视点上的对于女性躯体乃至心理性格的阐释，单就自恋等批评的对应立场而论，摒弃自恋式写作，意味着"以现代理性之光探求摆脱女性困境之路，并努力接近文学中最为深刻和广泛的问题——人类普遍的命运及人生的价值"①。离开具体的现实，具体的性别僭越，究竟什么是"最为深刻和广泛的问题"？更何况，"人类普遍的命运及人生的价值"，不就是戴锦华致力批评的"无法告别的十九世纪"话语序列吗？论者指出的陈染等女作家的"自恋"，在戴锦华看来，也许是不得不勉力维持的女性意识。"固执并认可自己的性别身份，力不胜任但顽强地撑起一线自己——女人的天空；逃离男性话语无所不在的网罗，逃离、反思男性文化内在化的阴影，努力地书写或曰记录自己的一份真实，一己体验，一段困窘、纷繁的心路；做女人，同时通过对女性体验的书写，质疑性别秩序、性别规范与道德原则。"这是"陈染式写作"被戴锦华称作是"标示着诸多第三种选择中的一种"②的原因。正是这个层面，戴锦华认为陈染90年代又一次强调的"我首先是一个人，然后才是一个女人"，"别具意味"。这时候，她认为这句口号是女性在新的权力话语及其规范中脱出的努力，因为新的语境，男性文化及其性别歧视变得更为隐蔽、更为"精心"了。用陈染的话说，"有的男人总是把我们的性别挡在他们本人前面，做出一种对女性貌似恭敬不违的样子，实际上这后面潜藏着把我们女人束之高阁、一边去凉快、不与之一般见识的险恶用心，一种掩藏得格外精心的性别敌视"③。无论戴锦华、陈染，还是徐坤，在新世纪之交的门槛，仅从一些用词来看，比如"女性经验"、"个人化"等等，她们似乎没有把那种经过介入当前文化现实得来的体悟明确地表述出来，实际上，她们的眼光、思维以及话语中内含的思想指向，已经经由新的权力话语、男性文化的内在化淘洗，走出并超越了既定话语模式。

　　这层意义上，戴锦华在"陈染式写作"上所寄予的，完全可以理解为是继书写"第二性"、"第二性"书写之后，对当前中国大众文化中女性处境的微妙判断。而这一点，的确是许多打着女性文学批评旗帜，至少，是以女性文学的知情者发言的批评者所没有充分意识到的。

----

　　① 李美皆：《新生代女作家的自闭情结和镜像化自恋》，《小说评论》2006年第1期。
　　②③ 戴锦华：《陈染：个人和女性的书写》，《当代作家评论》1996年第3期；转引自张清华主编：《中国新时期女性文学研究资料》，第142、152页，山东文艺出版社2006年版。

对比显示，新世纪女性文学批评本身已经在新权力话语及男性文化的接管、收编之列，戴锦华曾经担忧的，男性文化没有被内在化的女性，强有力的从来不会将父权、男权放在眼里的女性，通常不会成为女性主义者，甚至对女性主义毫无兴趣。现在，这个担忧或许还得加上一个假设条件，即男性文化没有被内在化的女性，强有力的从来不会将父权、男权放在眼里的女性，如果不是一个"拒绝游戏"的知识分子，一般不会成为女性主义者。

第十章
吴炫[①]（1960— ）：
"本体性否定"的原创性建构及其批评实践

阅读吴炫的批评论著、文章，时断时续，虽然已有好几年，多数时候都属于"盲读"或者"忙读"，很少坐下来认真想一想。尤其对于他的"本体性否定"、"穿越"、"个体化理解"等等关键性术语，及其运用于相关作家、作品的批评实践，理解得不透、领悟得不深。因此，吴炫的文学批评曾经给我造成了这样一种粗略的感觉，认为他是不是属于有意玩个性的那种？或者，是不是因为要在批评中彰显与众不同的理论特色——实在是要极力突出自己的批评声音，使得批评本身有点言过其实了？按照吴炫的说法，类似于我的这种心情，实际上是毫无"本体性否定"气质的表现。即觉得外国的月亮总会比中国的圆，直接借鉴国外的理论作为"器"（实际是多数时候根本就充当了"道"）来观照当代中国的文学，理论上似

[①] 吴炫，生于江苏南京，供职于浙江工商大学。现为复旦大学当代中国研究中心特聘研究员，浙江工商大学"西湖学者"、教授，博士，博士生导师。浙江工商大学"中国文化理论创新研究中心"主任，中国文艺理论学会副会长，《原创》主编。主要从事文艺学和美学研究，在哲学、美学、文艺学和文艺批评学等领域，初步建立起自己的"否定学"理论体系。探讨区别于西方、也区别于传统的能打通文、史、哲的原创性理论，致力于提出和解决现代化进程中的"中国问题"并改造中西方现有的观念，引起学术界较大反响和关注。所提出的"本体性否定"理论，社会评价、引用和运用文章680余篇，已有研究"否定主义理论"的专著出版。理论上已建立起"穿越"、"独象"、"对等思维"、"不同而并立"、"不美（正常）"、"放松"、"文学性程度"等独特的概念和范畴，并以此介入中国文化、文论和文学批评实践。已出版《穿越中国当代思想》《穿越中国当代文学》（江苏教育出版社2007，1），《否定主义美学》（吉林教育出版社1998年初版，北京大学出版社2004年修订版，黑龙江人民出版社第二次修订版2010年）、《否定本体论》（贵州人民出版社1994年版）、《中国当代思想批判》《中国当代文学批判》（学林出版社2001年版）、《中国当代文化批判》（学林出版社2004年版）、《新时期文学热点作品讲演录》（广西师范大学出版社2004年版）、《穿越群体》（湖北教育出版社2005年版）、《否定与徘徊》（1990年版）、《文学评论十面观》（北京大学出版社1986年版）、《批评的艺术》（中国文联出版公司1989年版）等著作10部以上，主编《中国视角：穿越西方现代美学》（黑龙江人民出版社2005、2007年版）丛书、《中国十大社会热点批判》（学林出版社2000年版），在《中国社会科学》《文学评论》《文艺理论研究》《学术月刊》等权威和核心刊物上发表文、史、哲各类论文335篇。

乎显得"新潮";要么,就从中国古人那里拾取一鳞半爪的观点,有意识地靠一靠其实谁都在凭感觉摸索的"中国经验"。如此一来,批评文本中新名词倒是出现了不少,经批评的重新塑造,文学的面目仿佛也刷新了不少。但这种"新",在吴炫看来,仍然不能严格地算是批评该有的原创性价值和文学性意义。因为这样的批评,可能有话语层面的"否定",但一定不是哲学高度的"本体性否定"。

由盲目、忙乱阅读到较系统阅读了吴炫迄今差不多所有重要的论著、文章,吴炫的担忧、质疑和否定态度,开始在我内心慢慢清晰起来了,甚至觉得在当今"解构"与"建构"两大批评框架之中,吴炫的批评是让批评家变得逐渐沉静下来,不再慌张、不再盲目,并且还提供了某种具有总体性构想的批评策略。比如把通常流行于批评文本中的"超越"细化成"穿越",把"个性化理解"变成"个体化理解",其中不仅是词义的变迁,更是批评家思想面貌的更新。如果不加以细致的分析与辨析,吴炫的真正用意是很容易不被察觉的。

吴炫的文学批评理论能成为值得研究的个案,其价值在于:一、"整体性"思维在他那里不单是作为学科的现当代文学的统一和古代文学的连续,而是与中西方现有哲学、思想、文化的"问题关联"中,既有本体论的探寻,也有方法论实践的完整的理论体系和理论实践,文、史、哲被"本体性否定"所打通;二、他的理论批评充满了强烈的问题意识和质疑的理论勇气,甚至他横扫中西方现有观念局限给人的一个强烈感受是,当下国内能与"创新"联系起来的一些"整合"、"综合"、"取其精华,去其糟粕"的路径,可能多半都存在着理论假想、愿望而付诸不了实践的问题。当他在黑格尔、阿多诺、萨特、海德格尔等囊括了整个现代西方哲学的"理念"、"否定的辩证"、"存在"、"在"的基础上提出"本体性否定"时,他主要不是走归纳和整合的路子,考虑一种既不否弃"俗性"又不唯"神性"的"去二元对立思维"的新路子——即用"离开"、"不限于"、"不同而合"、"不同而并立"等概念处理哲学观、美学观上的二元对立思维,是他的理论的核心目的。就突破"非此即彼"的格局而言,吴炫的这个研究角度,解决的是当代中国批评有没有自己"主义"的问题。所以,他的"局限分析"、"化现有观念为材料"的说法,以及建构自己符号的努力,其针对性就不只是现象学意义上的当下中国问题,而是有着更为深远的"本体性意味"在里面。用他自己的话说就是,他是把文学批评看做与中国哲学、美学和文艺学,乃至中国国人精神重建不可分割的一个系统。

在《本体性否定——穿越中西方否定理论的尝试》的初版前言中,他认为要真正建设中国自己的文艺美学和文艺批评学,首先必须着手中国文化精神的核心——哲学本体论或哲学本根论的重建工作。"这种重建是使中国的美学、文艺学等摆脱目前的移植、评介、综合西方诸种学术流派的唯一途径。"

一、"本体性否定"与文坛"否定性批评"的区别

据吴炫自己讲,从 1986 年不经意的一篇短论《批评即苛求》投给《当代作家评论》杂志到 1990 年出版《否定与徘徊》一书,他就与"否定"结下了不解之缘。当然,开始的时候,"否定"还在通常人们理解的范围内,算不得哲学层面的"本体性否定",至多是集束式地对文学和文学批评世界说"不"的一种方式,"我顶多表达的是我对文艺批评现状的不满、对文学批评本体的哲学性试探、对科学与文艺学中一些共同的否定现象的关注和梳理"[①]。整体地看,吴炫的这些"不满意"好像没有什么特别之处。因为在一般的批评家那里,除了正面评析对象以外,谈到对象的不足或者局限的时候,不管是基于自己的胃口来说,还是参照已有的经典标准发言,所说之"不",不就是"否定"吗?但是结合 80 年代中后期到 90 年代初期的文学语境、时代背景,就中国批评家普遍性的思维状态而言,吴炫那种不怎么满意的"否定"思维,其实已经显得很有些别样。因为他的"否定对象"是批评的"本体性"问题,亦即真正的"批评何以可能"的问题——批评仅仅说"不",不见得就有这种可能。上世纪八九十年代至世纪之交,当"方法论"热、"本体论"热转向"断裂"热的时候,对先锋文学的形式探索自然就导向了"新生代"作家创作的价值观问题。在这个创作的交界处,大批的"新生代"作家开始崛起,文学批评家几乎也是以一种仓皇的姿态迎战,更多的人考虑的是如何评价新出现的文学现象,还没有人真正注意到批评本身已经出了问题。这问题就是局部地说"不",或者针对现实突发性、阶段性的问题的基本可以归到方法论层面的、按病下药而不是就病索因式的"否定"。参照吴炫的理论,即便今天看来仍然很有必要、也很有继续操持此路批评的现实价值,但其局限性

[①] 吴炫:《本体性否定——穿越中西方否定理论的尝试》,第 1 页,浙江工商大学出版社 2008 年版。

似乎在最初就已经埋下了：与其说否定性批评发端于迫切的现实问题并为着及时地解决这问题，不如说正因为眼里只有"问题"而忽略了对作家、批评家世界观的源头性追问，即缺乏吴炫对孔子"切问近思"改造后的"切问远思"的"远思"意识。

比如说，批评家李建军连篇累牍地对贾平凹、莫言、阿来、残雪、刘震云、阎真等作家的批评和刘川鄂对池莉的批评。人们显然一下子无法接受博士像批改小学生作文一样对作家文法、句式乃至价值观的挑剔，于是这种不同于顺势吹捧"新生代"作家的批评风格被冠以贬义的"酷评"。再加上《十博士直击文坛》①《与魔鬼下棋——五作家批判书》②等各种形式的"直击文坛"事件，算是世纪之交的中国批评界比较集体性的"否定"批评了。不过，这类批评也一度使批评焕发了应有的尊严，一些重要作家创作上比较普遍性的"瓶颈"、"局限"也得到了正面的分析。原因可能是批评思维长期处于认同性惯性的缘故，否定性批评声音无论对于作家创作，还是读者阅读，或者是批评界，都显得很是"另类"。至少那种敢于冒犯著名作家、敢于对一些经过较长时间沉淀的经典、准经典作品提出合理化质疑的批评勇气，的确是吹向文坛的一股清风，虽然这股风至今还招人诟病。

这时候，吴炫在干什么呢？或者说从80年代中期的"否定"到后来定型为"本体性否定"的批评观，它到底与今天还延续着、并且也还一直不停地遭人非议的谈创作不足、作家局限的否定性批评有什么不同呢？

就我个人对李建军、刘川鄂、王彬彬以及黄发有等否定性批评而言，简要概括其异同，或者能看出这类批评在个性、气质、思想等方面的若干特点：李建军更像鲁迅所说的"真的猛士"，骨子里有一股肝胆相照的明亮，也有一种不达目的不罢休的执拗。因为他透明，所以下手显得比一般人要狠得多。最典型的如三批《废都》，二批《狼图腾》以及对《百合花》不厌其烦的"辩护"③。李建军的"狠"既表现在他洞察问题的深透上，也表现在他文字的霸气和凌厉上，他的文艺学研究专著《小说修辞研究》几乎论析、横扫了西方一流批评家的研究成果，并且深受19世纪俄

---

① 李建军主编，中国工人出版社2004年版。
② 苍狼、李建军、朱大可等著，中国工人出版社2004年版。
③ 《〈百合花〉的来路》，《小说评论》2009年第1期；《模仿、独创及其他——为〈百合花〉辩护》，《南方文坛》2009年第2期。

罗斯知识分子特别是大批评家别林斯基的影响,讲求寸铁杀人、直言不讳,"恨"的终极是希望文学作品达到道德、伦理与审美的更高统一。与李建军相比,刘川鄂显得有些后劲不足,完成《池莉论》后差不多没有更有分量的否定性批评实践。但就《池莉论》而言,刘川鄂的标准是"审美含量"与"人性含量"的高度契合,这可能与他做自由主义文学研究和张爱玲评传有关。在这两者的夹击之下,池莉肯定有些弱小。不过,刘川鄂对池莉的高要求严论评,引起了批评界对颇有漫漶之势的"新写实"思潮的警觉,那种池莉式的"冷也好热也好活着就好"的市民极端自我的享乐主义趣味,以及"分享艰难"式的犬儒主义人格精神给予了适时的批评,这也足见刘川鄂眼力的独到。当然,刘川鄂类似于批小学生作文似的改错别字、修改病句的做法,业内人士认为是"大材小用",我则认为是批评对文学语言意蕴的戕害(池莉的文学功底究竟如何是另一回事)。至于王彬彬和黄发有,诚如我曾在拙文中所述,王彬彬有杂文家的风度,堪称思想者。他研究鲁迅起家,中途研究"五四"知识分子,虽然他对90年代以来作家否定性批评的不多,但以创作心理和作家主体人格状态为尺度对余华、残雪的论评,迄今为止可能是最到位的,有理有据地论证了一些人总把余华、残雪的"残酷"、"冷漠"与鲁迅精神比拟的盲目。至于把王朔、金庸和余秋雨合称为"文坛三户",这都表明王彬彬首先能深挖现实文化土壤性质的思想家能力。黄发有致力于90年代以来文学与期刊"变奏"的研究,他把90年代小说称为"准个体时代的写作",意思是在"个体"张扬的时代其实并没有真正饱满的个体诞生,这既是他的发现,其实又何尝不是这一段文学真实的处境呢?新生代作家普遍性的思想羸弱由此可见一斑。对作为一个时代文学声音的新生代作家及其作品,他们与媒体的互动、与市场的暧昧关系以及与消费主义人群趣味的吻合程度等等问题,经过黄发有的研究,虽不见得就是结论性的答案,但经黄发有"准个体"的理论一观照,这个时代"个体"有无的问题与新生代作家处理文学与人性、文学与现实的态度,似乎趋向于敞开了。

通过以上描述,这一批代表"否定性批评"的批评家,他们的共性就不难归纳了。第一,他们坚守"五四"启蒙的精神传统,自由、民主、权利、人性、现代性、人格胸襟仍是他们的关键词;第二,他们的"否定",是就现有的或已知的文学经典为参照,伟大、境界、格调、人文情怀是他们批评的神经枢纽;第三,他们的"否定",其言外之意实际上是以文学的社会功能、道德功能以及人心的现代性为最终旨归,并没有更多考虑文学性本身的一些问题。其结果，是这些批评给人的感觉与市场经济时代、消费主义趣味多有卯榫不合之嫌，也就是坚持的那个指标绝对正确，而且永远有必要，但又很难面向社会转型中时代文学的生成和衡估，尤其如何把个人物质欲求的"日常性"纳入到伟大文学的评价体系，显然还有待于价值观和审美观上更进一步的共识。

指出这一点，并不是要彰显吴炫的重要性而贬低其他批评家"否定性批评"的贡献。很显然，"否定性批评"对于由文学引出的一系列经久不息的精神问题、价值问题的及时跟进和敏锐批判，这本身即是批评充满活力的佐证。"否定性批评"始终践行的实证主义批评方法，因与创作的同步性，也具有强大的说服力。对比不是为了突出吴炫，而是体现了吴炫作为一个批评家首先必须在哲学上"建构自己"的存在意义，是为了更全面地理解吴炫所走的批评路子，是如何从一定的现实语境和理论前提突围出来的别样价值。

作为一个以学院派为主导的批评家，吴炫10年磨一剑甚至于20年磨一剑的"本体性否定"，实际上也是与通常的"否定性批评"共同生长的，所以可以把他的"本体性否定"看做一种理论上的推进和思想的深入。他建立的一个大的理论价值坐标是："离开"并且能"穿越、改造"中西方现有文学理论，就是可以把任何现有西方文学理论和中国传统文学理论都看做很难解决当代中国文学问题的"有局限性的理论"，而对现有中西方文学理论进行"局限性分析"和"中国式改造"，把现有中西方文学观念作为"材料"，而不能作为"方法"直接拿来运用，才能诞生"中国式的现代文学理论和文学批评"。理解这一点很重要。一方面，"本体性否定"并不是用认为"好的"西方理论来批判认为"不好"的中国文学，或者相反，用中国文学经验和文化经验抵制西方观念，而是要在根本上打破"非此即彼"的二元对立和一元逆反思维，建立与传统和西方"不同而而立"的中国当代世界观，这是一个中国当代文化理论原创的工作；另一方面，"本体性否定"要求批评家有哲学性地理解世界的能力，而不是仅仅捍卫自认为是真理的中西方思想，所以文学批评要以哲学的创造和哲学的知识生产为依据。古今中外的大批评家，如弗洛伊德，如雅格布森，如伊格尔顿，等等都是如此。正是出于这样的意识，"作为哲学的本体性否定"就成了吴炫构筑他的否定主义文艺观、否定主义美学观以及否定主义文学批评观的必要的理论基础。

一、"本体性否定":为何是与是什么

在介入西方"否定"哲学(主要是现代西方哲学,尤其是生命哲学和存在哲学重要代表人物的哲学观)时,吴炫似乎没有避重就轻,选择一个轻巧的角度进入。他几乎也是从哲学的基础部分开始梳理,即从人的"存在"状态开始进行思想史的问题研究的。"本体性否定即存在"是他首先要论证的、区别于西方存在论哲学家的一个重要的哲学命题。吴炫说:

> 就整个西方哲学史来说,柏拉图、亚里士多德、费希特、斯宾诺莎、谢林、黑格尔、笛卡尔、克尔凯郭尔、海德格尔、萨特等人之所以能建立起他们的存在,不在于他们在"敞开自己"的过程中认同他人或修补他人关于"存在"问题的论说,而在于他们各自批判了他人的学说。他们相互之间是以彼此的"本体性否定"的关系才实现了自己的"敞开性"。[①]

正是在这样的思维启发下,吴炫认为海德格尔的"存在"和萨特的"自由"的"不足"不是太抽象,而是"过于宽泛和空洞",对喜欢人云亦云、顺藤摸瓜的中国人来说,接受起来就不具体不深化,多半只具有抒情和畅想意义,甚至会具有"只认同他人的选择"的平庸之"自由"的意义。他用"本体性否定冲动"和"本体性否定能力"来阐述他的"本体性否定"的"存在性"。"冲动"表达的是一个人对存在的渴望和对现实的"不满足于","能力"则体现为存在最后的确立所必需的"改造他人观念"的创造性理解的能力。"冲动与渴望"只能在体验中孕育的时候,这个时候呈现为对现实的"审美超越"或"审美穿越"状态;而"能力"则体现为将审美体验符号化、观念化或形式化、行为化的能力,由体验存在到实现存在是一个艰辛的过程。但中国的历史证明,急功近利的国人一般会选择萨特的"存在就是选择本身",而不会通过"改造他人的存在"来获得自己的存在,所以国人在"存在冲动"上就很少是"本体性否定"意义上的"冲动"。这正好将中国文化的"现代化问题"揭示了出来:我

[①] 吴炫:《本体性否定——穿越中西方否定理论的尝试》,第11页,浙江工商大学出版社2008年版。

们只能选择西方的存在根本不可能确立中国"自己的现代化存在";而文化大革命对"封建文化"的颠覆,则是中国人在文化内部进行"选择"的结果,同样也是丧失了"本体性否定"的后果,如此,历史只能是循环的。

吴炫所谓"本体性否定即存在"的意思,对一个人来说,大体上就是"先从性质上告别现实"、"再从结构上改造现实"从而"并不是舍弃了现实的什么"的"穿越性存在"。这就把在中国人可能基本上本末倒置了的人的"存在"发展路线翻转过来了。中国知识分子在审视人的存在的时候,一般是运用黑格尔的"上帝"、"理性",海德格尔的"敞开",柏格森的"生命意志"、"绵延"以及萨特的"自由"等"对象化"的符号实施"本体性拯救",但却不会去想只有在改造这些观念时"中国人的存在性"才能出场。吴炫在这里用"离开从而不限于现实存在"来表述他理解的"存在即创造性改造"的理论。他说:"当我们说人是有理性的,才可能否定动物界,人是具有生命意志的,才可以在'绵延'中获得发展,人是有敞开性的,才可能离开自然界并且进一步敞开成为可能的人"[①] 的时候,总是从"已经成为人的对象身上提取一种特质",然后再依据这个"特质"去规定人的"本体"或"存在",这就把"存在""对象化"了,而真正的"存在"应该是针对这"特质""何以成为可能"来"敞开自己对特质的理解"。吴炫一方面批判了西方哲学家在人的存在问题上先验性的、对象化的理解之思维方式,另一方面又警觉海德格尔的"诗性存在"和萨特的无规定性的"选择性自由"在中国的价值有限性,同时又针对当代中国哲学和人文科学把重心放在了质疑"理性"和"专制"上,而没有放到"心灵安妥"这一建设性课题,这是他的"本体性否定"的最重要的亮点。分开来说,一个是怎样安妥心灵?一个是当代价值为什么混乱?前者关系到创造性生活能否以文明的有机性解决特定时期"重大问题"而让人安身立命,这样的安身立命绝不是国家实力、人民富裕生活可以解释的;后者之所以"混乱"的前提是:因为安身立命问题只能依赖于每个人自己的创造性成就进行"有限解决",所以中国的后现代主义不可能给中国人带来真正的福音,任意的自由选择也不可能是中国人理想的现代生活。吴炫在这个问题上的解释是:后现代主义是以反思人对自身力量的盲

---

① 吴炫:《本体性否定——穿越中西方否定理论的尝试》,第27页,浙江工商大学出版社2008年版。

目讴歌来推崇一个更真实、更生命化的人,而类似于后现代的西方文艺复兴运动则是以对人的正面肯定超越了中世纪无视人性的"恶",有这个传统的西方后现代,自然具有自我修复的能力而不至于"混乱"。而中国后现代中的"反本质主义"把意义放在每个人的感性经验中,可能是有意义的,但问题是传统伦理有机体已经遭到了破坏,迷失在西方理性和传统伦理之间的"个人经验"必然会以利益为中枢,把一切文化工具化而带有混乱性。这意味着,我们究竟需要什么样的理性来应对后现代主义的"局限"和传统伦理失范后的中国人的价值生活,是一个原创性课题。吴炫坚信"本体性否定"之所以不会导致"恶"与"混乱",是因为它可以借助理性和生命建立"不同于传统的、创造性的有机性世界结构",而"混乱"只与这个结构的丧失、人没有任何规范可循有关。

因此只有丧失了"本体性否定"的人或历史,才会出现以欲望支配世界的混乱现象。这也正是三千年的中国古代社会,仅由伦理自省和情感关系来建立社会结构还不够"有力",从而管束不了欲望、因而避免不了阶段性混乱的原因。①

从以上思路可看出,吴炫的"本体性否定"关注人的"存在性何以建构",而不再关注人与动物界、自然界的"对象化、本质性区分",也不谈抽象的、无具体理性设定的西方"超越现实",所以"本体性否定"可以作为中国当代社会的本体论来对待。当然,这一本体论是相对于西方否定哲学对人的本质的、普遍的、认识论定义和解决一般矛盾运动之"辩证否定"而言的。在与西方理性和反理性哲学比较上,我们可以简略概括出"本体性否定"以下几个方面的特征:

其一,与"辩证法"的"否定"比较,"本体性否定"与人、动植物的矛盾性否定运动有不同。人有"本体性否定"是人有"离开自然界"的冲动和能力的意思,而动植物的矛盾运动和人的"否定之否定"认识功能却不具备"离开既定世界"的可能。由于人的"存在性否定"是"离开矛盾运动之否定"的意思,也因此,"本体性否定"不是人和生命现象的普遍法则,是可能性、或然性的。而黑格尔的"矛盾运动"、"辩证法"是人的普遍法则,萨特的"人学辩证法"也适合于任何人的自由选择(哪怕是不选择的选择),所以很难解释有的民族为什么不断有重大创造,有的

---

① 吴炫:《本体性否定——穿越中西方否定理论的尝试》,第43页,浙江工商大学出版社2008年版。

民族却丧失创造（如爱斯基摩人）的文化现象，更可以解释中国人曾经有文化创造、却因遗忘"本体性否定"而只是强调"宗经"而不再有不同于孔子、老子这样的重大思想创造的问题。吴炫举例说，爱因斯坦说他的相对论不是辩证法的产物，其实就是指"辩证法"在解释文化的产生、重大思想创造上是有局限性的。在这里，可以解释"量变引起质变"的"辩证否定"之创新不一定能解释爱因斯坦的创造，因而吴炫力图区别"本体性否定"与辩证否定的不同，是值得我们高度注意的。

其二，与"反理性"的"否定"比较，无论是法兰克福学派主张的"感性生存"或"审美性"对抗现实，还是"回到出发点"，虽然在理论上可以视为"本体性否定"，但在实践中吴炫认为是获得虚弱的满足和形式上的欺骗行为，因此不是真正意义上的中国所需要的"本体性否定"。他举"人"的概念为例来区别阿多诺举"狗"的例子。就"人"这个概念来说，"问题不在于'人'这个概念遗漏了各种类型、不同层次、不同个性的人，而在于你是怎样理解和认识并解释'人'这个概念的。"[①] 阿多诺说"狄多是一只狗"，可是又不是一只狗（因为狗这个概念不能表达某种非狗的属性，如白的、秃尾的、矮脚的等等）。"是……又不是……"的表述方式，虽然内容很完满但没有发展，不能创造新概念；而"人"的概念并不考虑阿多诺的"非同一性"的完满，才成为可以有发展变化的"概念之间的本体性否定"。重要的不在概念能完满表达人的内容，而在于你如何切入对人的理解。追求人的完满虽然可以暴露概念的"非同一性"之局限，但某种意义上也取消了人的历史。更重要的是，非理性意义上的感性生存，同样需要理性来维护。所以后现代的问题正于重新理解"生命、感性和理性"的关系，而不是"对抗理性"。中国文化没有"让感性成为感性"的理性文化传统，所以引进西方反理性哲学要更加慎重。

我的理解是，吴炫的"本体性否定"强调在他人的局限处突出人的"差异性"和"独特性"，除了突出"中国问题"与法兰克福学派不同的文化问题以外，更具有纠正中国批评家在全球化胁迫下——为了获得"本土性话语"而一味向儒、释、道哲学索要"出世"、"清静"、"务虚"——这种典型的"中国式对现实的逃避"的传统。同时，向中国传统文化讨要"中国经验"，也必然会导致文学批评崇尚"狭隘的实证论研

[①] 吴炫：《本体性否定——穿越中西方否定理论的尝试》，第81页，浙江工商大学出版社2008年版。

究",使得我们的学术研究偏向考释和阐释,而不能进行当代特别需要的"知识生产"和"理论原创"。"于是,学术领域的过分实证化与文化领域实证的不足,便成为我们学术和思想文化领域里共同面临的问题。"① 这样看来,吴炫实际上不仅对中国的学术研究依赖国学和儒学的倾向持审视的态度,而且对一般的"否定性批评"也是持保留意见的。因为至少在"现代性"的论述上,"否定性批评"的主要思想来源还基本都是西学的,他们用来批判中国"当代文学劣根性"的武器多数是西学的,所以这种批评根本上是"依附性批评"而不是"本体性否定的批评"。就20世纪80年代知识分子的普遍精神状态来说,既在反封建的基础上渴望物质和精神的现代化,又对现代化带来的技术奴役和精神危机等问题要保持批判的眼光,这种以现代化的"长处"来批判中国传统的"短处"、以传统社会的"精华"来批判现代化"负面"的"两难"做法,其实已经导致了整个中国现代化运动的价值破碎与行为上的价值尴尬和中空,也导致了整个中国当代知识分子在价值关怀上的迷乱,结果是越发搞不清楚"中国现代化"究竟是怎么一回事,只能是"亡羊补牢"式地跟着感觉走。所以吴炫认为,通过破坏作为"有机体的文明"来实现一种非有机体、乌托邦式的"综合文明",只要事物的"长处"、不要其"短处"的"终极关怀"是不健康的,也是不可能实现的。所以针对这种不健康的"终极关怀",吴炫抛出了他的"存在关怀"——将生存与存在、本能与创造、快乐与心安"不同而并立"构成"不完美的健康与完整"。"'存在关怀'是因为自己没有成为自己而进行自我批判,也是因为对方没有成为自己而帮助他人成为自己所进行的批判。"② 由此而产生的个体性和不同性,才是区别"共性为本、个性为表"的中国现代社会。这样,吴炫由"独特性穿越共同性"的"中国现代个体"观念就产生了。这种个体对已有文化观念而言,是"不限于个性"、"不限于他人"、"不限于群体"的"素质性个体"③。一边是具有保护意识的安放群体的我,即"方式的我",一边是"个体的我"或"存在的我",由于其结构是穿越的张力,所以后者常常是隐藏在前者之中的。如此,便达到了"整体性"与"独特性"的统一。

吴炫作为哲学的"本体性否定"概念,的确不同于现行中国当代批评

---

①② 吴炫:《穿越中国当代思想》,第88、258-262页,江苏教育出版社2007年版。
③ 吴炫:《本体性否定——穿越中西方否定理论的尝试》,第60页,浙江工商大学出版社2008年版。

家的各种理论和观念的。所以了解了他的存在观、个体观，也就基本明白了"本体性否定"。然而，他始终强调的一点就是，"本体性否定"并非一个操作得便的模式，甚至他也不认为"本体性否定"具有简易的"操作方法"。他反复申说的是，这只是一个理论批判的思维方法，而不是类似佛学"顿悟"那样的人人皆可操作的具体方法。其原因可能是出于"思想如何产生"比"思想如何实践"更根本的考虑，对于常人和一般学者而言是可望而不可即的。所以，"本体性否定"没有模式，只有特性；没有凭空的理论推演，只有对既定思想的"局限研究"为其主导的方法论。

那么，"本体性否定"不同于传统本体论的基本特性是什么呢？首先，它是"自发性"的、"或然性的"，不受自然性运动的"必然"和"偶然"支配。如果只知道体验"快乐"，就很难产生"本体性否定"意识，如果"不满足于"体验快乐，还想获得自我实现尤其是自我创造的价值感，就有可能产生"本体性否定"的意识。这是对传统建立在必然性和普遍性上的"本体论"的消解。吴炫的追问是：如果"本体"是由必然性决定的，我们何必担心"本体"会失落？如果"本体"是有偶然性袭来的，又如何谈得上人为努力的可能？其次，是"人的创造性本体哲学"的而不是一般的"人本哲学"的，它不问万事万物是怎么来的，而问人是怎么"穿越"自然性的现实而成为自身的，再进一步是问人类重大的思想创造是何以成为可能的，而不把解释思想的承传作为"人的本体论"的主导方面，所以吴炫特别强调人只有通过独特的创造才能安身立命。再次，"本体性否定"是"尊重现实"的，而不是传统否定对现实居高临下的、轻视的态度，这就具有中国文化的和谐性的"别一种意味"，是对传统等级性文化和西方二元对立文化的告别。最后，"本体性否定"在性质上必须是一种纯粹的、独特的事物的诞生，所以它是"独在性"的，而不是一般的"个性"可以解释的。所以吴炫特别强调"创造出来的个体"与"天然的个性"的"不同"①。应该承认，上述若干特性，确实与传统中西方的本体论知识有明显的区别。

二、"本体性否定"与"文学穿越论"

"穿越"是吴炫独创的一个术语，字面上除了含有对被批判对象"尊

---

① 吴炫：《穿越中国当代思想》，第19－22页，江苏教育出版社2007年版。

重并不限于"的意思之外,"穿越"从思想渊源来说,是对西方的"超越"和中国的"超脱"的批判并将其材料化加工改造的结果。与此二者相比,"穿越"因为建立在"本体性否定"哲学观基础上,所以是解决中国当代精神问题的最高理性理论。

首先,就"穿越"的特性而言,"穿越现实"不具备西方"超越现实"所讲的"进步性",也不具备西方"超越现实"的"抽象性"。文化上,无论黑格尔"否定之否定"的螺旋式辩证运动、达尔文优胜劣汰的"进化论"、马克思的"资本主义－社会主义－共产主义"社会发展图式,还是文艺理论上,柏拉图重现实轻艺术、黑格尔重哲学轻艺术、阿多诺重非理性艺术轻理性现实,以及西方哲学如毕达哥拉斯的"数"、柏拉图的"理念"、康德的"自在之物"、黑格尔的"绝对精神"、海德格尔的"在",和中国先锋文学运动对西方"艺术即有意味的形式"的搬运,"超越思维"和拒绝言说、拒绝意义、拒绝现实感的虚无主义意绪是其一大特点。而"穿越现实"既尊重中国传统文化注重和谐的一面,又给传统文学对抗现实的传统以独特理解,使文学的"独立"获得新的内涵。所以"本体性否定"强调文学对文化现实的突破性,与文化现实、政治见解、道德观念之间建立的是"艺术不同于现实"的"并立"关系,即指利用现实之材料,建立一个和现实不同的非现实世界。"穿越"作为方法论,具体呈现为"不拒绝物质现实、具象现实、意识形态现实"但又不依附它们而能以"独到理解"为其深层结构和意味的特点,所以这是中国式独创性文学"亲和现实又不同于现实"的存在特征。

同时,向内回避痛苦、向外肯定现实,是道家"超脱"在中国历史中的普遍形态,很难解释既不肯定现实、也不退回内心的中国独创性作家。所以突破"超脱"就是对中国传统文人和中国当代文学中具有中国式独创的思想资源的倡扬。如苏东坡"非儒非道非禅"的达观而不失独特进取的生命和精神状态就该继承,而陶渊明"非儒即道"的"回避政治现实"的田园乐趣就应该有所批判;当代作家阿城《棋王》中的王一生,其欲望的贪婪、欲望实现的考究和成为棋王过程中显示的超凡脱俗的智慧,就既不能完全用老子的"道"来解释,也不能单纯地依附当时政治意识形态要求的那种又红又专的知识青年来图解。王一生身上所体现出的尊重生命欲望和注重自我实现的努力,与不是无缘无故地要"独立"就是与世无争地一味"颓废"的同时期文学拉开了距离,是"穿越现实"的有价值个案。一方面,"穿越"从中国传统现代化重建的大处着眼,要求作家能突破儒家或主流意识形态对文学的现实功利性要求，希望作品意蕴能延伸到文化性和人类性的领域，以重视和面对现实的精神来改造其"避世"的思维惯性；另一方面，就作家的个体创作而言，"穿越"是指作家在思想上要突破道家思想对其世界观、人生观和审美观的支配，尤其对西方当代人本主义思潮与中国传统道家哲学结合后推出的"无为"和"惬意"的人学观做出自己的理解和批判，最后达到作品用儒、道、释均难以涵盖的程度①。穿越道家避世之道的穿越意识，使得"穿越现实"真正成了用中国现代理性思维衡估文学的哲学观，而不仅仅是具体而微的方法和模式。

其次，就世界观而言，吴炫的穿越论中统辖穿越方法的世界观是"穿越道"，而不是传统文学中虽反复变化但根本上仍属于变"器"不变"道"的"承载道"。当代中国文学批评中属于"否定性批评"的一些现象就说明了这一道理。比如发轫于当代道德、伦理、人文等细部的道德批评、社会伦理批评以及人文精神批评等，你不能说它们没有问题意识，也不能说它们没有批判性，更不能简单地认为它们对文学的如此要求是功利性的。之所以批评界和创作界一直对这种批评持保留态度，甚至于因情感上的逆反有时表现得格外"反感"。质疑的原因之一是到底谁拥有批评的"优越感"和批评的"豁免权"的问题，文化的多元、价值的相对主义可能只是问题的一个方面，关键是，显示"优越感"和"豁免权"的那个"道"，要么是西方人本主义的，要么是中国传统文化的。对这种"道"的不接受，至少说明停留在"低程度创新"层面的西方式"对接"和中国传统式"转换"，都无力解决复杂的当代中国现实问题。哪怕是最圆满的移植，只要是依附于既有观念，它的说服力就是有限的。

另外，更重要的一点是，当后现代主义成为中西方都很时髦的思潮以来，文学的零散化、碎片化成了作家追逐的写作时尚，这个时候，如果没有"穿越道"的更高照耀，文学的本质论虽然很振奋人心，然而在当下时代很难找到更有力的理论依据；反本质主义在反本体论、主体论、反映论时不无力量，但也很难从理论内部给文学增添多少光泽。所以吴炫在《论文学的中国式现代理解》（《文艺争鸣》，2009第3期）一文中批判和清理了当代西方主导性文学理论潮流中的"本质"与"反本质主义"的负面影响，也分析了当代中国批评家在这个强势理论干预下认同该理论所表现得"犹豫"的心理原因和文化原因。破对方最终是为了立自己，他分别用

---

① 吴炫：《穿越中国当代文学》，第8页，江苏教育出版社2007年版。

"穿越性"、"程度性"、"体验形态"和"成为了什么","穿越"了对方的"承载性"、"本质性"、"意识形态"和"成为"。这些虽主要是文学性、文学观的论析,但本质上却拷问的是批评家的脑部组织。

吴炫的"文学穿越论"的意义在于:百年来中国现代文论和现代文学转变和发展的一个核心主题就是现代性的问题。但这个现代性培植、发育和彰显乃至于成为标志当代文学观的一个重要符号,实际上都是在文学的"表现内容"上来和中国传统文学观区别的。也就是文学的现代化在文论家和创作者那里,基本上都是自觉或不自觉地按文化现代化的要求这个或明或暗的指令来进行,甚至到后来,过多的心力都集中到了文学该不该边缘、是不是中心这样无关文学性的拉锯战中而不自省。如此归类性的研究和工具性的追逐,既放弃了对苏轼等具有"个体化理解"的作家作品的当代转化、遴选,也因误把王国维等具有现代气质的文论家的艺术无用论作了狭隘理解,致使在"自娱"的性质上索求文学的"独立"和"自觉"。因缺乏这样更高的思维穿越,当代批评家和作家正在进行的工作,不是摇摆在"儒道互补"中,就是吃力地跟在西方"形式"、"自律"论身后,却很难达到"文学作为工具从属于文化要求"与"文学作为本体穿越文化要求"并立对等的状态[①]。特别是,当有学者把从"本质主义"走向"反本质主义"、"文字化"到"图像化"、文艺理论范式的后现代转换等描述成中国当代文艺理论当然的发展方向时,吴炫却提出"中国现在是否需要建立自己的区别于西方的'本质与反本质'的'文学性思维'方式来体现对文学问题的'中国关怀'?基于这种关怀,中国现代文论是否需要建立在中国文学自己的独创性经验上来论'文学性'问题?"[②]

文学的本质论因拿先验的文学特征来区分文学与非文学边界,固然是死板的、不可取的;但以伊格尔顿为代表的西方反本质主义者和中国的支持者,认为文学仅仅是其他意识形态的一个分支,或者认为文学的文学性只在于区别其他学科的"文学性语言"的说法,吴炫认为伊格尔顿及其支持者的逻辑是"人类文化虚无主义"的表征。所以,他以"穿越性"穿越"承载性",来确保"道"的个体性;以"程度性"穿越"本质性",来强化区别于西方"形式自律"的"中国式文学性";以"体验形态"穿越

[①] 吴炫:《论苏轼的"中国式独立品格"》,《文艺理论研究》2008年第4期。
[②] 吴炫:《论文学的"中国式现代理解"——穿越本质和反本质主义》,《文艺争鸣》2009年第3期。

"意识形态",来显现文学的个体化理解;以"成为了什么"穿越伊格尔顿"未完成"的"成为",来标志文学史的观念建构性。即他一方面用"文学性程度"这个张力性概念,在中国经典作家如苏轼、曹雪芹、鲁迅那里发现既亲和"言志"、"载道"、"缘情",又无法用这些概念实存化、对象化的现有资源,另一方面用"体验形态"替代反本质主义的"意识形态"说,用"成为了什么"和"成为何以可能"的提问方式来纠正、细化反本质主义留下的漏洞。从而通过"体验形态的丰富和复杂""模糊掉"伊格尔顿所说的由"评价、认识、信仰模式"构成的日常意识形态,构筑起其他文化现象所不能替代的"相对自足的世界"。在此意义上,"文以穿道"所需要"穿越"的"道",主要不是指作为文化宝库而存在的"古今中外的思想史",而是指制约自己看待世界、影响自己从事创作的观念、方法和思维方式,是指那些制约自己走向"文学独创"的最亲切、也最致命的敌人。这显示出吴炫对本质主义和反本质主义的双重穿越,即文学必须以作家的"个体之道"突破、改造"群体之道",必须以文学的"体验形态"化解观念化的"意识形态"之"道",才是文学观的"中国式现代创新"。"文以穿道"就目前语境而言,的确具有釜底抽薪般的革命意义。

再次,文学穿越论在批评实践操作中,主要显示为一种微观方法,而不仅仅是观念形态描述。所以穿越现实的程度,即文学性程度就成了穿越论落实的最后一道工序。为此,吴炫提出了他的"准文学、差文学、常文学、好文学"的"文学性提问发式",这是对观念形态的"文学性程度"的深化和细化。承前所述,吴炫一上场其理论就不在"文学是什么"、"文学的本质是什么"的逻辑起点建构。在他那里,"穿越现实"就是"文学","穿越现实的程度"就是"文学性"。那么,"有无现实之用"也看做是一种"程度"而被尊重为"有、弱、无现实之用"的文学性衡估之张力。这种梯度就把中国文学理论中既有的"形象因素"、"情感因素"等评价机制纳入到否定主义文艺观中来了。意思是当这些文化特性逐渐取得支配的权力并化为"结构"成为"形象世界"和"情感世界"的时候,文学作为"因素"才转化为"性质",文学才成为文学。文学性质本身就是使文学由低文学性程度向高文学性程度运行的过程。注重这一过程,也就从根本上穿越了意识形态判断、道德判断、现代性判断等"弱文学性判断"。这四种文学性的分层批评法,也许可以具体回答顾彬及中国批评家感觉好像洞悉到了中国当代文学缺少了什么、怎么了,但除了抛出丧气话"垃圾说"后一味摇头、且无法找到理论阐说的难题。

当然，在吴炫的理论体系中，"文学性程度"的层次分析始终是统摄于他的"文以穿道"的文学观的，这是一个基本前提。另外，"文以穿道"作为文学观，它内部的细密纹理又必定得放置到"个体"的存在性状态来观照，这就牵扯到他的文学批评价值坐标的一个重要概念——"个体化理解"。

三、"个体化理解"对文学批评的启蒙意义

吴炫否定主义文艺学中的"个体化理解"，在哲学上一方面指如何发现并创造、表达自己，而不是那种"个人化私语"、"独白式感伤"和"依附群体化理解的个性化解释"，是"表达一种个人性的关于自己在这个群体世界中的意义以及对这个世界的理解"①。另一方面，"个体"之所以是一种"理解"，强调的不是传统意义上的个人与群体的对立关系，而是通过个人的创造理解努力并将之符号化来建立起和群体的"对等关系"。

如何成为"个体化理解"？"心灵依托"与"我行我的什么素"是两个关键问题。吴炫认为现代意义上的"心灵依托"不应该是依附群体来解决的事情，而是建立在群体性文化基础上又通过个体理解贡献给群体所没有的东西所获得的世界的尊敬。那么，"我行我素"作为日常生活乃至当代中国文学作品中经常出现的一个个体观念，就成为否定主义的"改造对象"——我行我的什么素——就成了一个必须追问的哲学命题。吴炫举《麦田里的守望者》中的逃课者霍尔顿为例来说明这个问题。霍尔顿与一般逃课者的不同在于，他给他的逃课行为赋予了自己的"理解"，而不是简单地找一个"理由"。他给予他心灵有关的事情赋予了自己的理解是：他讨厌在学校"一天到晚干的，就是谈女人，酒和性"，但是当他自己也逛夜总会、叫妓女的时候，他就难以为自己的如此行为挖掘出意义来——这是他要离开学校的根本原因。对这一细节，吴炫看到的是霍尔顿对自己的行为充满了批判冲动和理解行为，也就是霍尔顿在自己行为中显示出"独特的理解群体化生活"所显示的意义。就此他构筑了他的否定主义"个体化理解"的内涵，这是最精彩也是对文学批评最直接有效的一种哲学批评观。

否定主义哲学所要告知人们的是：要使一种行为成为自己人生的一个

---

① 吴炫：《穿越中国当代思想》，第270页，江苏教育出版社2007年版。

亮点，你就必须发现这个行为不同于以往的意义，并且坚守这个行为所显示出来的意义。而要是某种行为显示出不同寻常的意义，你就必须搁置这个行为已经显示出来的意义。要搁置这个行为已经显示的意义，你就必须对这个行为轻易显示出来的意义持一种怀疑的眼光，所以批判和建立在此是一体的①。

有了对"个体化理解"的哲学解释，吴炫对作家作品的选择就带有总括性和普遍性，至少是能够说明当代中国文学整体性局限的个案或思潮。目前能看到的论评中，他很少跟着文坛上流行的作家作品走，也很少抓堆儿似的把一批风格类似的作品捆绑到一起进行命名，他所选择的作家比如王蒙、贾平凹、张炜、张承志、莫言和张贤亮（这些作家当然也是新时期以来研究者研究频率最高的），基本上是能说明一个时代文学面向的作家。这肯定是有精英倾向的批评家的一个共识。然而对于吴炫，另一层意思似乎是这批作家更适合于做他的否定主义哲学观、文学观的审视对象。

试举王蒙为例。他看王蒙，侧重点与一些王蒙的研究者倾心于王蒙喧哗灿烂的"说话的精神"（郜元宝）、王蒙的小说技巧（郭宝亮）、革命话语对政治意识形态的"解构"（南帆）以及作为思想家的王蒙（王春林）等都有所不同。早期的王蒙对世界的基本理解主要是"王蒙式的忠诚"，因此王蒙在创作中表现出的生命活力，主要体现为对艺术技巧的探索与杂糅。这一点是多数研究者都能达成共识的一个看法。洪子诚先生所写的《中国当代文学史》也持此判断。由"艺术技巧探索与杂糅"这一特色而造成的"王蒙将批判的敏锐化为生存的机智"——"王蒙显得很会批判了"。因此，"王蒙的批判从来不会触及世界观层面"。王蒙及其作品在这个层面上的局限、不足和圆滑、世故，或者说"老年写作心态"。批评家王彬彬曾给予猛烈的批判②。总的来说，早期王蒙作为一个作家的基本形象，就是本质的单一和显现形态的杂色这样一个极富有艺术感觉，又觉得

---

① 吴炫：《穿越中国当代思想》，第277页，江苏教育出版社2007年版。
② 王彬彬的《过于聪明的中国作家》《再谈过于聪明的中国作家及其他》两文，主要是批判王蒙及王蒙式处世之道、生存之道和文学中表现得圆滑世故、隔靴搔痒不及本质的世界观问题。见《一嘘三叹论文学》，山东文艺出版社2005年版，第40、45页。对王彬彬这一点的观点另见拙文《知识分子良知为尺度：文学的心理人格论批评》，《渤海大学学报》2009年第4期。青年批评家事美育选取"老年心态"这一视角，虽然批判的大意类同于王彬彬，毕竟以老年人的颓唐、衰败、暮气来说王蒙的作品，似乎也揭示了其作品中之所以有过来人看破一切后复为平静的某些不可逆转的主体性问题。见《当代文坛》2008年第5期。

感觉的变化多端背后总欠缺更有力更本质的思想深度的经历丰富的人。这一角度，王彬彬的批判是触及本质的。然而与吴炫相比，王彬彬只能是在思想层面对知识分子的王蒙的认识，这一认识要放到对王蒙后期的文学世界观上来衡量，肯定是偏颇了，而且王彬彬参照物是传统道德规范和既定的五四知识分子精英精神脉系，非此即彼对建构主体人格是有力的，却很难说此法同样适用于王蒙文学世界的评判。吴炫的《在文化迷雾后面的王蒙》因为动用的是他的"局限分析"法，他看到的是王蒙后期作品中"'宽容'观念的局限"，即王蒙把"每个人都有生存的权利，不等于每个人的发言都是等值的"这两者混淆了。意思是王蒙的肤浅性不是表现在对趣味高低的"宽容"上（王蒙替王朔辩护的一个根本理由就是"一个作家哪怕是只有低级趣味，也应该有一席存在之地"，而不赞同依据传统道德来贬抑低级趣味的所谓"文化批判"），而是表现在缺乏不满足趣味的"本体性否定"之冲动作他"宽容"的支撑点。

因为"宽容"只能管束"生存世界"，但管束不了"存在世界"；我们没有权利对一个人说不该干什么（伤害他人、违法乱纪除外），但我们有权利说、也应该对一个人说"还应该干点除快乐和利益追求以外的事情"。这个"还应该"就是当代"不宽容"的含义。但这个"不宽容"不是强制性的，而是引导性的，是出于对生存空虚体验的人们自觉愿意去做的——否则就无法摆脱人生的无意义感、空虚感。"不宽容"主要不是拒绝什么（违法乱纪主要由法律管制），而是还应该人为地补充什么，使人摆脱随遇而安、随心所欲、创造与非创造都是等值的状态，因此"不宽容"是"应该"之意[①]。

在这个标准下，王蒙创新的"轻而易举性"和王蒙式宽容的"价值混乱性"，其原因就在于王蒙"缺乏一个属于自己的对世界的'理解点'"。

又比如，"难以穿越传统"的贾平凹，因没有"属己"的"存在"，所以只能"声嘶力竭"的张承志，"没有爱情、也没有尊重"的张贤亮，"孩童化批判"的张炜等等。吴炫的批判基本上成了后来研究者研究这些

[①] 吴炫：《穿越中国当代文学》，第104页，江苏教育出版社2007年版。

作家时的一个思维惯性①。

还比如对小说思潮的论评,都显得与致力于"类"的归纳和对文学生产机制的文化分析批评很不一样。他认为古典主义、现代主义、后现代主义在西方是一条意义链,所以西方的意义消解是针对有意义的现代主义而言的。之所以中国用同样的"现代性"或"现代主义"来反封建主义但心灵仍然空虚的原因在于,是因为中国从根本上没有建立起自己的现代主义从而完成对传统伦理主义为基础的封建主义的"真正革命"。因此,中国要实现对封建主义的革命可能不用后现代主义也能实现,这是因为后现代在中国这里很大程度是拾西方人的牙慧,不是自己的东西就不会对否定的对象构成"本体性否定",即便消解了,等时机成熟了也会弹回原来的位置。新世纪以来,由"现代性"诉求到回归现实问题的"底层文学",再到"正面肯定性价值"的"恬适"、"惬意"。换句话说,在这一连串的快速转换中,文学是真正以他者的形式存在着的,它只被动地听命于像伊格尔顿一样的反本质主义者的召唤,创作者既没有心思静下心来聆听内心的呼唤,又因急于追随主流意识形态的表情而耽于形式的锤炼。看起来文学似乎是一步步逼近了"独立",创作主体也似乎离个体化理解的"个体"越来越近了。实质上,在这个令人眼花缭乱的转换中,非但创作的"个体"没出现,文学对群体之道的依附也越来越露骨了。就是说,在"现代性"的诉求中虽然依附西方人本主义的"道"但还不乏有批判性,当回到中国道家文学传统"恬适"、"惬意"的时候,人物无欲、无我、无不满、无抗争的"自为"状态完全成了"超脱"的当代翻版。审美人格的这种脆弱化和虚幻化不仅没有批判性,而且就算放到现实主义的框架中来衡量,因人物在现实中的有机性和血肉感在其"无争"和"惬意"

---

① 以上论评文章均先收集在 2001 年由上海学林出版社出版的《中国当代文学批判》一书中,后又收入《穿越中国当代文学》,实际上是为了构成该书"穿越"的一个较完整体系。该书结构由"什么是艺术的'穿越'"、"穿越作家作品"、"穿越文学思潮"、"穿越文学观念"和"附录"构成。单篇文章多数都在 90 年代中后期发表于各刊物,虽然很难考证其他这些作家的研究者著文及发表的时间,但只要涉及到这些作家后期作品的论评文章,恐怕至少得到 2000 年以后才能面世,这是其一;其二是,就我的阅读视野,对这些作家比如张炜的"道德理想主义"、张承志的"道德激情主义"、贾平凹的既传统又现代,实际上是依附于中国传统文化、依附于儒道释并在循环中走向衰落的总体特征的把握,要么是研究者的共识,要么是相互影响。但李建军对贾平凹的批判除外,其他东一榔头西一棒子的文章,实在也很难判断趋同的观点不是被吴炫影响,因为现在的批评文章很难说十分尊重学术价值,就算是借鉴、参照了他人判断,援引资料并不清楚,这也是当代学术混乱之一角。

的"虚"中被化解而不具备起码的真实性。这时候,如何回避了内心的痛苦、肯定了现实社会内容还在其次。这些文学现实都已经从反面证明了吴炫"穿越论"批评的重大意义。再比如他对中国当代文学始终是"工具性"论析,认为无论为人生而艺术,还是为艺术而艺术,都是载道说和缘情说的两种形态,它们没有本质性差异。前者没有对群体文化赋予自己的理解,后者则停留在个人情感和感受上而缺乏个体化理解之提升。前者理直气壮但缺乏个人品格,后者纤细灵动但不能扩展为一个世界,这也是当代中国文学很注重细节但细节流合起来无非是无聊、烦恼、无意义的根本原因。就文学理论批评的建构来说,都一再表明,要从根本上扭转当代文学的匮乏,必须从世界观下手,得有"本体性否定"的原创理论做后盾。

吴炫的别样,自然是一种潜意识里比较的结果。一方面,主要得益于对哲学的看重,他提出的"第三种批评"[1]以及认为中国当代文学批评根本性的贫困是"哲学的匮乏"的言论,都使得他的批评分析道德问题却不停留在道德层面,考察作家世界观但并不就具体细节作"过度阐释"。总之,他的论评都是建立在他的否定主义美学和本体性否定的哲学基础之上的。所以,作"局限分析"也罢,"穿越"现有文化观念也罢,给我的感觉他一直是在做翻老底的工作。这种整体感和"打通法",自然就有了与通常的学科内部"打通"(现代与当代,晚清与现代,或者通称"20世纪中国文学")的重大区别。这区别是把"新与旧"与"独立"、载旧"道"与载新"道"与真正的原创性区别开来了。也就是他说的导致中国新文学缺乏独立品格的最主要原因就是,"满足于新旧思维和差异性思维导致的'低程度创新'",其次才是忽略从传统资源中提取中国自己的文学独立品格,和依附西方式对抗和超越观使我们走不出既定现实以及对"好文学"研究不足的理论问题等等[2]。另一方面是吴炫的任何类型的批评,比如作家论、作品论、思潮论和文学观念论等,都建立了自己的批评模式。这模式就是"本体性否定"的大框架和始终在穿越西学和中学的批评尝试,这种在别人说"是"的地方坚持说"不是"、别人说"不是"的地方非得要说"是"的执拗,虽有时略显牵强,但看多了他的论评,他的那个"不应该"或"应该"就顽强地构成了人改变自己并发出"从来如此便对吗?"

---

[1] 吴炫:《穿越中国当代思想》,第287页,江苏教育出版社2007年版。
[2] 吴炫:《穿越中国当代文学》,第178-187页,江苏教育出版社2007年版。

的内部呼声。吴炫的"'个体化理解'的理解"强调的就是个人如何才能成为"个体",以及成为了"个体"的个人究竟怎样表达自己的思想、见解和日常行为的过程。特别是在成为"个体"的途中,个人内心既有观念即非存在性内容与已发现的存在性内容的冲突是相当激烈的,如果最终能在存在性场域站立起来,那么,他就彻底摆脱了"异己"思想的牵制而成为了自己,如果争斗的结果是前者战胜了后者,这个个人就仍然属于贯彻、执行他者思想的转化者、移植者并无缘成为真正"属己"思想的发现者。但是,在普通的个人、"素质性个人"与存在性个体的发展道路上,几率不会是均等的。也就是说,成功只会给有准备的人。这个有准备的人,按照吴炫的理论阐述就是那种习惯于用怀疑现状的眼光看待世界的人。他们的发蒙只需要"引导性"而不是"强制性",引导或启示使人意识到"不应该"、"不宽容"其实正是吴炫所设的哲学圈套,这就是"个体化理解"对批评的启蒙意义。

这个意义上,重要的不是担心吴炫形成自己的批评模式以后怎么办的问题,而是他的这个模式启迪了我们,使我们自己觉得我们生怕模式的不模式批评——那种呼唤问题意识的及时性批评,那种直接冲着所谓时代大问题而去的"直言"式批评,难道如我们所愿,揭示了事物的本质吗?反思使我们发觉,当今的文学批评其实有时真是走得太匆忙。

第十一章
刘川鄂[①]（1961—   ）：
自由主义文学的不倦阐释者

与众多从事中国现代文学研究的学者不同，刘川鄂似乎愿意守业如初，他的研究范围、研究视域，以及在自由主义文学的梳理中确立的价值观、审美观、文学观，基本上不太认领后来文学事实上快速翻变花样的现实。这样，作为自由主义文学研究者，自由主义本来给后来文学所开启的多维面路向，经他接手再进行转化，其热其冷应该顺理成章。但是自由主义的文学理念作为一种价值观，在当代尤其20世纪90年代以来的一大批文学书写中，并没有得到文论界的应有关注。刘川鄂本人以自由主义文学观的眼光进行打量、介入的批评实践，迄今为止，触角可能只延伸到了池莉，即到"新写实主义"为止了。我们看到的，文论界多的只是对"文学性"的批评滥用。在严肃文学/通俗文学、精英文学/大众文学，或者先锋前卫文学/流行文学的二元对立中，力求在文学是非的角度，而不是或很少是从文学本体、文学内部凸现"纯文学"的美学和文化立场，是90年代以来文学期刊如何在市场经济中生存的讨论中频繁出入的一个术语[②]。刊物的生存制约甚至可能决定着文学品位的高低，但说到底，市场对文学的制约可能只是某个小范围的不会从根本上伤及文学本体的流传程度问题。或者，所谓适应市场的文学刊物对文学的制衡，并不是对文学自身运

[①] 刘川鄂，1961年9月出生。祖籍重庆奉节，生于湖北建始。1978年初—1982年初在湖北大学中文系本科学士，1985年秋—1988年夏在湖北大学攻读文学硕士学位，1994年秋—1997年夏在武汉大学攻读文学博士学位。现为湖北大学文学院教授，中国作家协会会员，中国当代文学研究会理事，湖北省鲁迅学会副会长。主要著作有：《中国自由主义文学论稿》《张爱玲传》、《小市民 名作家——池莉论》《乱世才女张爱玲》（评传）、《世纪转型期的湖北诗歌研究》等。在《文学评论》《文艺研究》《中国现代文学研究丛刊》等刊物发表学术论文近百篇，各类散论百余篇。获第2届湖北省社会科学研究三等奖、第3届湖北省文艺评论奖一等奖、第8届中国当代文学研究优秀科研成果奖、第8届文艺争鸣奖。

[②] 刘小新：《纯文学》，《二十世纪中文学批评99个词》，第211页，浙江文艺出版社2003年版。

行规律的限制。拉开一定的距离来观察，曾经一度把文学低迷的罪魁祸首，不约而同地归纳到市场头上的各种大同小异的观点，言中的或许只是部分期刊的销量问题。"纯文学"该怎样还继续怎样，至少它的主体性品质还未见出受到了多少致命的伤害。作为一个批评家，刘川鄂对当下文学的参与肯定是少了。然而，纵观刘川鄂的批评观，历史地看，他所坚持的自由主义文学立场，好像比众多"客串"当下文学的批评家稳定得多，至少通过刘川鄂的研究和批评，带有浓重时代色彩的"文学性"概念，就显出了它相比较清晰的界限和轮廓来了。这是梳理当代纷乱的文学批评，之所以不得不谈刘川鄂的根本理由。

另一方面，刘川鄂在自由主义思想史研究的纷繁语境中，单刀直入从中拎出自由主义文学的灰暗线索，并在此线索上颇具代表性地以作家个案评传的形式，委婉回应了新时期以来寄存在各种思潮标签下带有本质性的一些文学问题：不介入政治或者尽量少写政治，那么，文学的人性深度怎样体现？社会的剧烈转型，时代文化土壤的性质发生着前所未有的质变，人们普遍的价值趋向于实利、实惠、理性，也就是当人们纷纷逃离出"他者"的视线，注意力自觉不自觉地集中到小我、小家庭、小世界的时候，书写个人欲望，表现个人得失，或者表达小市民的满足感、优越感；这时候，文学的批判性也即文学的审美深度到底要不要以及究竟怎样评价？简而言之，这些问题实际上大致汇集在这样两个区间：张爱玲浮世的"俗"和池莉的"小市民气"。前者事实上已经构成了与鲁迅等五四启蒙精神完全不同的面貌，要俗，要有不失好玩之心，甚至认为文学性的饱满应该在善恶不分明或本质上本来就不分善恶的水平线以上，等等。这些都以不同形式却以相同的面目成了后来文学可资观照的"远传统"，刘川鄂把该现象形象地总结为"看张"和"张看"。至于后者，"池莉热"与"新写实主义"，不言而喻，不管曾经引发过多少令人兴奋的文学话题，即便有后来"底层文学"的有力阻隔，但那种随顺的、唠叨的市民口味，的确在所谓"新都市文学"中随处可见。甚至在一些重要的文学现象的评论中，一再地成了理论生成的有力依据。21世纪出现的"新世纪文学"的命名，基本依凭的就是发端于"新写实主义"，途经"新都市"的助推，最后大致成形于至今仍带有贬义色彩的所谓"中产阶级情调"的文学样品。

刘川鄂给张爱玲立传[①]，对张爱玲多有体贴与理解，但我们看到的是

---

① 刘川鄂：《张爱玲传》，北京十月文艺出版社2000年版。

刘川鄂作为自由主义文学的研究者，从中表露出来的不带或者少带突出的时代风向的"人性含量和审美含量"的双重坐标；刘川鄂以"小市民，名作家"的尖锐题目论评池莉①，大有不留情面、不留余地的决绝，这并不一定意味着刘川鄂对"新写实主义"的彻底否定，相反，我们从他系统、透彻、高标准的批评标尺看到了后来文学之所以如此的某种必然性。把池莉看做"中转站"的话，刘川鄂的标准就是具有社会学和文化学分析性质的"历史－社会批评"。"新写实"之后或者"新历史"之后，"故事"、"传奇"还会是小说的主干，但"除了故事还是故事"、"除了传奇还是传奇"、"除了细节还是细节"②，究竟是怎样挤对精神性的，却是《池莉论》的题中应有之义。刘川鄂梳理自由主义文学思潮③，基本不出自由主义文学存活的时间框架，但我们会自然而然地思考"文学性"这一概念从捍卫期刊顺理成章进入文学本体的一系列问题。

一、从"自由主义文学"到"文学性"

中国自由主义文学自近代"移植"中的"微弱之声"，五四启蒙意识中渐渐培育茁壮的思潮，到20世纪30年代以人性论的姿态与阶级论、民主主义"对立与互补"中的多向度打开，再到1942年毛泽东《讲话》后的"最后的努力"。刘川鄂通过一些代表性作家、理论家的文学实践和文学立场，历史地勾勒了自由主义文学思潮在时代深处运行的全程经历，对蜡黄资料的耐心还原加上作者学理性的个性论评，时间划分上的"完结"的地方，实际上正是批评家刘川鄂的文学观发生和成形的历史胚胎。刘川鄂回头看的谨严和向前瞻的热烈，使得自由主义文学不再是作为历史故纸的记忆被缅怀，同时是现代文学赏赐给今人的除"思想"、"精神"或者"现代性"之外的更具有文学本体意味的一份礼物。也就是在刘川鄂那里，自由主义文学的现实意义或许远大于文献的收藏价值。

自由主义文学本身就是文学的一种价值理念，刘川鄂选择了它，就已经明白无误地说明，刘川鄂长期以来所形成的对文学的基本看法和基本态度了。然而，对于《自由主义文学论稿》而言，是不是一定构成了现代文

---

① 刘川鄂：《小市民名作家：池莉论》，湖北人民出版社2001年版。
② 刘川鄂：《小市民名作家：池莉论》后记，湖北人民出版社2001年版。
③ 刘川鄂：《中国自由主义文学论稿》，武汉出版社2000年版。

学研究领域一个无法绕开的"一家之言"？是不是就是"一项有价值的填补空白的学术成果"？这本书的自成体系、自圆其说其实并不是致命的理由。在看似资源已经枯竭，但时不时仍有新成果问世的现代文学研究领域，"重写文学史"思维自然拓展了不少新思路，开启了若干新方向，宏大的思潮研究细化甚至深化到了一批批微观的子课题，这使得现代文学研究范畴进行了大面积的自然伸展，几乎全方位地打通了与当代文学的沟通可能。一度大行其道的所谓"断裂"，或者"重建"的局部鸿沟，澎湃的激情过后似乎也逐渐失去了在学术上继续站稳脚跟的可能性。的确，"20世纪中国文学"、"价值整体观"，哪怕再顽强的个性，它都具有超强的吸附能力，一切小细节或许都在收编之列。于是，形成了这样的学术事实：一方面，力求做大的趋势逐渐显赫。一些初衷想要透析某个单一命题的专著，写着写着，思路自觉不自觉地跟进到本来既成话语事实的大框架中去了。这时候，重写文学史其实在一些最值得深挖的课题上并未显示出人们期待的勇气来，价值重估在某些一直以来敏感甚至有意无意回避的话题上始终是盲视和打擦边球的。另一方面，努力做小，以小见大的尝试实际上成了文化研究挤对文学研究的证明。文学的内部研究难以自保，仿佛不把文学放置到一大堆的文化材料中去，面对文学就无话可说。这样，看起来展示的是文学的生成过程，实质上很多时候是把文学的无意识性、非理性等同于科学文献存在的客观性和凝固形态看待。

深层原因，可能认为"文学性"或"纯文学"的概念，因其具有不确定、不稳定的性质，感觉化的人言言殊导致研究者进入这个概念内部时格外小心。普遍性的后果是，到处有"文学性"，但所到之处都弥漫着寻求不到稳定的"文学本质"的困惑。"他们都是根据具体的文学观、不同的文学现象来讨论问题，所以，根据'模仿'、'表现'、'载道'这样不同的艺术观、文学观，当然不会有统一的对'艺术性'、'文学性'的理解。"[①] 以此观之，现代文学研究领域新拓展出来的空间，比如"五四"作家文化心理研究、20世纪中国文学主题研究等等，在时代的共性与作家个体心态、主流意识形态的大风向与个体作品的个性表达的夹缝间生成的学术观念，仍然不好说就是文学本位的研究。恰恰相反，如此类似的所谓学术增长点越多越受到好评，可能意味着至少立志从理论上打通现代与当代的立足点——文学性问题，越成为今天谈论中国文学的文学性的无根之

---

① 吴炫：《中国当代文艺理论研究的三个误区》，《文学评论》2007年第1期。

学。直观的一个迹象是,虽然一直有人发表文章表示警惕,但实际上从文学的"外部研究"到文化研究不仅成了人们的看点,更构成了学术评价的潜在标准。所谓"思想热"或"思想的时代"压倒一切的说法,始作俑者恐怕不是别人,正是文学研究者自己。

这个背景上,刘川鄂的自由主义文学研究,虽然在成书之时,恰逢"自由主义"讨论的热衷期,文论界有过短暂的议论。但迄今为止,自由主义文学与今天几乎无人不谈的"文学性"尽管有着渊源关系,然而对之系统梳理除了刘川鄂,恐怕还找不出第二个人来。是不是也是时世文学比如"底层文学"、"新世纪文学"总能恰当地顺应时代潮流呼之即出,却极难葆有鲜活持久的艺术生命力的原因?诸种因素一时不好简单化。但是以文化力量显示文学自身魅力,把文学在功利现实中已经不可避免要边缘化的常态事实,重新召回到中心地位,成为主流的,甚至具有可操作性的企图,并且无限放大文学的有效性,应该说是目下文学潜意识中重新进入工具论范畴的大体现实。这个意义上,我认为《自由主义文学论稿》在文学研究领域的学术价值,早已超出了易竹贤在其序言里面认定的"有价值的填补空白",它应该是当今进行"文学性"探讨的有力资源。这个资源包括"文学性"的外部制约因素和自身发展中可能仍然要继续遭遇的作家主体性精神障碍。更为攸关的是,它隐含地显示了完全可以系统把捉"文学性"的多维面评价可能。也就是我们究竟应该以怎样的历史眼光来观照"后自由主义文学"时代的"文学性"问题。

以新时期为界,"归来"、"复出"的一大批作家作品被划到"伤痕文学"、"反思文学"、"改革文学"的名下,不能说这里面没有理论的偏颇,但它们对这一批作品社会政治功能的主题概括就是放到二十几年后的今天也仍然未见得过时;同时发端于那个年代的"先锋文学",后虽经相当一部分学者、批评家的整理,差不多成了整个新时期文学留给后来人们的记忆。然而,即便是深陷其中的学者,他们对"先锋文学"真正在文学性上的贡献也多持保留态度,至少"先锋派"作家几乎集体性的形式主义试验,现有的诸多研究成果显示,好像还不能彻底地算作发自文学本体内部的挑战。这样下来,20世纪90年代以来的文学应该才是自由主义文学的谱系。但是认真考察,"自由"也许是思想表达上的自由主义,文学功能性的自由仍然是付之阙如。

道德论者那里,"文学性"就是经过层层过滤后的一种社会感情,这种情感往往被想象成具有撼动现实结构的力量,它通常是良知、正义的代名词。因此，真实性甚至写实能力就成了衡量文学审美程度的核心标准，而且与现实之间构成的张力越大，形成的震波范围越广，介入现实的力度越深，就说明文学的审美性愈甚。与其说这是要求文学性，还不如说索要的是文学的干预性，它的源头是不是在民主主义作家那里呢？个性论者那里，简言之，"文学性"就是呼唤文学回到含糊其辞的文学自身。因为这个"自身"可以是"怎么写"，也可以是"写什么"，甚至还可以是"怎么写都行"。随意和任性致使这类文学在实现了表达意义的自由以后，顺溜地滑行，它可能根本上还不曾意识到靠近文学本体世界所必需的艺术自律和必要的难度。文学性的诉求对于纯粹的个性主义者来说，毋宁说就是文学性的放逐。解构者那里，文学成了拥有不同文化姿态者之间的较量，"文学性"就是权衡这种较量的最终裁判者，它显示的价值观一般是以新闻性质的文化现象来决定，比如颠覆的程度、破坏的深广面等等。形式主义者的"文学性"就是技巧的圈套，"再度先锋"是拯救文学性高低的策略之一。但是20世纪80年代的"先锋"已与90年代后的语境不可同日而语，至少80年代的"先锋文学"纷纷转向日常琐事意味着形式主义的乏力。形式不再具有文学性，继续唤醒文学性的雄心只能乞求于通俗的大众口味。现代主义者的"文学性"可能就是"审美"，但理论对"现代性"持续的关注以及方法论上对现实主义持续不断地眷顾，似乎也在表明文学"现代性"的转化还远未成熟。"现代性"仍然需要创作实践的不断摸索，甚至可能仅仅要求文学的"现代性"或许是个严重的认识误区，因为，目前为止，介入现实结构的程度仍然是文学评价体系中的核心。这说明，文学的功利色彩不是淡了而是重了。稍有区别的是，人们下意识里唯恐避之而不及的是过去政治对文学的统一规划，今天，政治规划被解除了，可是以任何名头的人文主义无形中却成了统一规划的另一形式。文学史的时钟上曾经不得不停止的自由主义文学思潮顺延到今天人言言殊的"文学性"，一再表明，作为思想上的巨大包容性，自由主义已经成了今天文学的真正气候。但这并不能说明，自由主义文学由一种价值理念发展成后来的"文学性"概念，文学的独立世界就此完成，并且这种标准可以成为任何时候任何条件下高悬于头颅的铁钉指挥棒了。80年代后期到90年代初的"新启蒙"就可作如是观。现实的迫切问题，社会伦理秩序的极度混乱，物质分配差距的日趋增大，等等。都在警示人们，文学能不能恰当地发出正义之声、良知之声？不仅标志着文学的存在，还进一步要求文学理应担当精神意识形态的必要角色。这个时候，评判文学的文学性问题已经置换成了有没有批判功能的文化性因素，"以文化性思维来支配文学性思维，以这样的思维来解决文学自身的问题"①。这样的"现代性"，它的对象不管是人，还是物；它的目的不管是对抗性地反"工具论"，还是温和地提供诗意的想象世界。一定不是艺术的，也就算不上是自由主义的文学。

"人性中心"、"内心挖掘"究竟是作为"手段"，还是作为"中心"？依然是后来文学经常混用的事实之一：发抒时代艰难问题，想象弱者心灵深处的哀号，在伦理道德的立场上永远都是正确的，然而，当这个正确最终不得不以人性优等论出场，也就是关注一个阶层必须压倒关注另一个阶层时，为了放大现有社会分配结构的极不合理，而进行的内心绵密叙事，"内心"就成了手段；或者为表现都市新人群在物质欲望和精神欲望的双重逼仄下的惶恐感、郁闷感、分裂感、不得圆满感，被显微化的内心实际上就是为着凸现某种新的文化征候而来，着眼点在文化力量上更不能说这个内心就一定是把人性当做了文学的中心来看待。

自由主义文学在它该终止的地方终止了，但刘川鄂的学术识力其实并没有就此而断裂，他的学术框架设定在现代，他的思想触角却一直延伸到了当代。

二、"自由主义文学"的条件

自由主义文学成为一条线索，是刘川鄂在与民主主义文学、左翼革命文学和通俗流行文学，特别是与前两者的比较研究中拎出来的。

比较中对原材料的谨慎选用、小心求证，自由主义文学在刘川鄂的视野中，实际上始终是以动态开放的形式接受梳理的，也就是它在不同时期的发展具有相对的价值框架，但刘川鄂并没有因此而总结出某个简便的终极模式。这样，一方面，自由主义文学与诸种文学主义的不断角逐、彼消此长，本身含纳着各种意识形态的声音，可以看做是自由主义文学成长极不清晰的历史存在形式，反过来也反映了文学史对自由主义文学评价上的偏差，这直接导致了中国文学多少年来免不了始终走弯路的理论短见。另一方面，相对的结论，或者刘川鄂给出的局限性阐释，代表了人们文学而不能，以及文学而不得圆满的主体性焦虑。心灵的由衷期许既是自由主义

---

① 吴炫：《中国当代文艺理论研究的三个误区》，《文学评论》2007 年第 1 期。

文学形式的成熟脉络，同时也是留待今天反观其理论得失的一个广阔空间：自由主义文学思潮中诸作家、理论家鲜明的文学主张的"不合时宜"，只说明那个特殊时代意识空间的相当逼仄。随着统一倾向的解除，那些"不合时宜"的文学观可能正成为后来文学正面价值的起点。创作中对于当时不涉及或不刻意介入社会、现实、民族、国家紧迫问题的作品，放到文学自足性立场来看，也许可视作中国文学最早践行文学性的努力，其感性形式从文学内部纠正了一直以来中国文学似乎总是向外国文学乞食的认识盲区。

因为刘川鄂呈现自由主义文学线索时，既关顾到了自由主义作家的理论世界，又分析了自由主义作家的文本事实。如系统分析很容易沉没在理论的互证中显得异常琐碎，这里，就刘川鄂带有总结性的若干观点展开论述，为的是更清晰地体现刘川鄂作为论评者的自由主义文学观。

第一，在梳理自由主义作家创作心态的论评中，刘川鄂引申出来的观点认为：自由的文学，如果不从作家主体的角度进行细化，它可能就成为一个永远无法界定的相当含混的概念，也就可能导致把本质性的问题变成相对主义的无休止争论。这就是刘川鄂认为到晚年还宣称"艺术的最高技巧是无技巧"、"以'我控诉'的激情支配着创作"的巴金，情感至上主义者的郁达夫，虽然将思想性和艺术性结合得很好但创作数量偏少的鲁迅，都不能算有"自觉的作家意识"。因为不管创作动因如何不同，比如为启蒙，为革命，为消闲等等，为思想而文学，为政治而文学，为消闲而文学，在文学之上另有目的的认识是相同的。那么，暂时抛开米兰·昆德拉的一些话语压迫，刘川鄂提出的自由主义文学的第一个条件是"自觉的作家意识"：

> 所谓自觉的作家意识，是指承认文学的独立价值，把创作文学作品当做自身追求的目的而不是把它当做实现其他社会目的的附属性手段或方式；并把做一名作家当做自己的职业或事业，以这个身份而对社会实现人生价值的创作本体观。[①]

刘川鄂要表达的意思涉及这样几个层次：其一，有自觉的作家意识的作家，考虑的已经不是"文学是什么"的浅层次问题，甚至类似于"写什

---

① 刘川鄂：《中国自由主义文学论稿》，第186页，武汉出版社2000年版。

么"、"怎样写"都不应该是重点考虑的对象。因为技巧和题材的选择本质上不会构成对文学本体的威胁，说到威胁，那是还不彻底明白"文学是什么"这样一层意思，这时候，技巧作为一种表达能力，它是被选择，只能如此。不选择这一个，不如此，要达到的写作目的就会落空；重视什么题材的动机也是如此，"大叙事"意味着价值增值，"小叙事"表明文学无足轻重，或者反过来。实际上都暴露的是作家主体不自信的问题，所以只能从文学的材料上下功夫（技巧在这里也是一种材料），以期主题决定一切。其二，主干与附属性之间的矛盾，在刘川鄂看来，文学意识强的作家，对于技巧的选择、题材的偏爱程度是无意识的，这实际上是要求理论评价拆除对文学的等级制。用"好"与"不好"、"高"与"低"，而不是"善"与"不善"，或者"先进"与"落后"、"有用"与"无用"来评价。其三，所谓对社会实现人生价值的创作本体观，其实是只有人生价值，而没有社会价值的。自觉的作家意识，到最终建立的是作家的个性主义精神气质，这样一来，如果文学有社会功能，那么，这个社会功能就一定是有关人本身的自由问题。

不能不说，刘川鄂关于作家"职业化"的论断，带有一定的理想色彩，至少他还没有考虑到职业化对作家主体感觉的钝化后果：麻木和冷漠对文学的阻碍也许远大于无意识对文学的建树。不仅影响到主体对文学本身的深刻顿悟，还可能制约甚至改变主体进入世界、进入社会现实、进入时代的深度和角度。发端于"新写实主义"，90年代后期和新世纪之初沉迷于繁华的物质欲望、顺应消费主义心理的形而下性写作就是一个明证。即便是倾心于私密性的私人空间，以彰显女性性别意识为旨归的女性主义写作，在展现多维面的人性内容的角度，能不能说这批作品已经超出了"类"的范畴？能不能就此认定这类作品创作的最终目的已经不在反抗及其潜对象、叛逆及其潜对象，或者出逃及其潜对象之间徘徊？答案是否定的。目前为止，大多数文学作品恐怕很难从本质上挑战一直以来建立在二元对立框架之上的理论评价体系，也就表明现有的文学思维大体上还运行在已有的理论规划之内。诸多因素中，主体情感内容的贫弱、艺术想象力的不足，以及艺术直觉自觉的程度肯定是其核心原因。情感不饱满的有自觉的作家意识的作家，充其量只会制造出一大堆无关现实深度，无关时代深度，无关人性深度的文学赝品。

支撑刘川鄂得出这个结论的是他罗列的一大批自由主义作家的言论和观点，也就是刘川鄂的观点只寄存在他倾向的自由主义作家、理论家的立场之中。拉开一定的距离，在今天的语境中，威胁文学"自由"、阻碍作家抵达本体世界的最大障碍，说穿了不外乎"政治"。不解决文学与政治的关系问题，自由的文学或者"文学性"程度高的文学的诉求就无法落实。在类似的命题上，刘锋杰的论文①显示，在"从属论"阶段，文学是侍从，文学与政治的关系是固定的，不可解除，解除了，文学就不能获得政治的承认。在"关系论"阶段，文学是服务员，可以为政治服务，也可以不为政治服务，文学对政治的关系解除了，并不一定影响到文学的存在，文学也可以成为一种非政治的有益活动。在"想象论"阶段，文学是政治的恋人，是感到彼此的需要，它们的结合是自由的选择。所谓"自由的选择"，是指双方"取决于它们对于人类美好生活的追求与关心"上的不谋而合；还取决于文学想象政治，政治必然是作为理念与情感的高远境界，而不是制度、权力与统治在特定时期的一项具体的操作规定。那么，在这样的理论观念中，无论是创作本体观，还是独立自足世界，文学的言说才会富于底气，才会形成"文学性"始终占上风的非附属性的身份。"自由"之于文学就是本性，不再是谈"自由"似乎一定先要清理文学以外的一切障碍，最后剩下一个纯而又纯甚至连作家的个性都很难规划进去的"文学性"，训练有素的自觉的作家意识便可能是一大堆围绕技巧研究技巧的真正的形式主义东西，至少是情感形态缺失的本体世界。

  第二，文学应该是更注重内心事象的内心叙事，这是刘川鄂把自由主义诗人的诗以"诗人之诗"，把自由主义小说家的小说以"人性中心"、"内心挖掘"的响亮语词命名的主要原因。在刘川鄂看来，就自由主义作家创作成就而论，诗歌为最甚，散文次之，再是小说，而话剧为最差，所谓"理论'高远'，创作'滞后'"。在现有的几套文学史衡估中，只能说刘川鄂的评价很有个性，因为在有些学者的史论著述里，周作人、林语堂等人的散文价值并不比当时的诗歌低，这是另一个话题，关键是在如此的排列中，我们愿意看到刘川鄂的文学观。借重周作人的"为诗而诗"的唯美主义诗风，认为"朦胧的象征、繁复的意向、多义的语言、自由的外形"是"现代派"诗人的共同特点，并且戴望舒的繁丽、何其芳的精致、卞之琳的知性、废名的孤涩等等是共同中差异的表征。应该说这些评价还远算不上理解自由主义诗歌的成熟的理论，因为就语义而言，这些形容词

---

  ① 刘锋杰：《从"从属论"到"想象论"——文学与政治关系的新思考》，《文艺争鸣·评论综合版》2007年第5期。

能描绘的只能是印象式的感觉。也就是与反照一方的左翼诗风比较，这些感觉化用语所能描述到的也许才是诗比较表面的情绪氛围，即自由主义诗人的诗作可能不那么教条，却不好就此说自由主义诗歌具有纯粹意义的独立。艾青的《大堰河，我的保姆》与戴望舒的《雨巷》感性形式没有大的区别，它们的区别应该在主体创作时不同的理性结构上。前者是共性的民族情感压倒个人多角度的非理性、无意识心理镜像，而后者恰好相反。注重抒写感觉乃至直觉——感觉、直觉在情感的结构层次中本来就属于个性范畴，这就意味着被称为"诗人之诗"的自由主义诗歌首先是个性主义的。刘川鄂虽然没有明确地讲到个性主义也是一种功利，但据上文的分析却不难看出，他把自觉的作家意识放在区别功利性作家与自由主义作家的首位，又在界定中不太认领"个性"作为"主义"的曲里拐弯的认识作用。结合他对"个性至上"的散文及"内心挖掘"的小说的赞赏，由此顺理成章地导出了他力求阐释清楚的自由的文学就是要有"现代性"的特点的结论。这说明自由的文学要从20世纪40年代"完结"的教训中重新启动，接续这个香火的有效办法还得再度"功利"。迄今为止，有关文学"现代性"的探讨恐怕还没有不依凭文化现代性的介入力量的，即便是审美现代性，衡量其高低的也仍然是具体的时代文化征候。至于通过审美现代性对抗结构现代性的主张来凸现文学张力的论调，文学的"文学性"追求就更是居于其次了。

刘川鄂有这样一段论述：

> 当我们把挖掘内心作为自由主义小说家的一大特色的时候，是因为它被这些作家当做了为人性中心服务的主要艺术手段。在现代，心理描写技巧较为广泛地运用着，但不少作家仅仅视之为人物形象主体意识观念的附属性补充性方式，或者仅停留在一般地情绪化表达的层次上，或者只是对人物意识到的情感的直接抒发。相较而言，自由主义小说家出于对人性的强烈关注，出于对个体之间区别的探讨兴趣，出于对人之为人的本质思考，他们的笔触就不会停留在对人的外部行动的"写实"上，也不会只停留在对人的一般情绪心理的描绘上，而是充分深入到人物的言与行、理性与非理性、意识与无意识、超我与本我的复杂纠葛中去探寻人性的奥秘、揭示人性的缺点。[①]

[①] 刘川鄂：《中国自由主义文学论稿》，第223页，武汉出版社2000年版。

"人性"是中心，还是手段，这在自由主义文学寄身的现代文学场域中，尤其在救亡、启蒙、阶级论、工具论占绝对上风的文学思潮中可能是个问题。但当现代主义普遍成为当代文学的必然趋势的时候，也就是人性中心的边界无限扩大到本来期待的审美人性消失的地方。审丑、人兽同体已经置换成了人性中心，乃至把进一步凸现人性恶、人性的伪善、人性的肮脏作为文学的中心任务之时，人性中心、内心挖掘实际上就成了理论批评借以矫正价值倾斜的遁词。人们对正面的肯定性价值的一再呼唤，不单是文学逃避现实尖锐问题的指责，本来还包含着文学对人性异化的本能反应。对"正面的肯定性形象"的期许，或者对反面的反文化反文明形象的批判，不见得就是真正的文学标准，但至少表明，人性中心也罢，内心叙事也罢，它已经失去了把尊重人性常态、人生常态作为基础的文学僭越行为的存在。

三、"人性含量"与"审美含量"为标准的批评实践

人性含量和审美含量，作为一种较为笼统的文学观、批评观，刘川鄂在自由主义文学研究中已经有所表露，只不过，限于最初锁定的考察范围以及为了对原始资料的尊重，比较法的运用，使得《中国自由主义文学论稿》总体呈现为背景式收敛聚焦的格局，刘川鄂本人的文学态度并没有得到充分地伸展。另一方面，自由主义文学是作为一种文学思潮，而不是分析辨别某几个作家作品或某个群体作家作品的某些特征，即使是涉及具体作品，个体作家的创作理念、文学主张，也必然化进阶段性政治意识形态和其他各派文学主义之间，这样，在彼此消长的结构性现实中，自由主义文学的运命才历史地凸现了它的文献性和传统性价值。否则，如果作者采用作家论或作品论形式，可能更容易表达个人的文学理想，但终究只是一种个人化的发挥。"文学性"研究的淡化也是导致刘川鄂个人思想收敛的主要原因。

直到《张爱玲传》《池莉论》，人性含量和审美含量的双重坐标才变得具体，并且有了可操作性。

大致说来，这两个统一的标准有两个来源：其一，来自于刘川鄂对中国自由主义文学的总结，在自由主义作家出产至今仍熠熠生辉的优秀作品的创作观中，或者在自由主义文学屡屡受挫的地方，刘川鄂建立了自己比

较中国化的文学价值取向和文学理想；其二，来自于对大量世界名著阅读的感性认识，双重标准只是一种参照系，它要表达的并不是什么是人性含量，什么是审美含量，抑或什么是人性含量和审美含量的有机结合，它表明的是一种可能性、一种形式的存在。比如刘川鄂在《池莉论》的"浪漫之爱和世俗之爱"一节中，一口气罗列了从古希腊到雪莱、大仲马的几十种色彩绚丽的"爱情"，这些爱情与"最现实"的中国的生育之爱，或婚姻文学放在一起，它们对比的是孰高孰低的问题，而不是比谁受用、实惠。因此，启示性、震撼性甚至迷人的理想彩色可能就是两个"含量"的核心条件，但究竟两个"含量"的具体指标是什么，以及怎样达到两个"含量"，在刘川鄂那里，是拒绝给出结论的，甚至刘川鄂在具体论评中是反复制、反参照、反模式的。也就是人性含量和审美含量作为一种价值标准，是建立在阅读经验基础上的，以世界经典性文本为参照对象的，对充满原创色彩和挑战难度的写作给予情感和审美维度的文学发现和文学衡估。结论的开放性，评析的启迪性，衡估的过程性，以及眼光的高标准是它的基本特征。

就刘川鄂批评的整体风格，可以初步得出这样的结论：一则，他批评的对象不管是同时代还是不同时代的作家，哪怕是单篇单部作品的评论，了解整个的作家主体精神、创作动因和艺术人格的形成是他要完成的第一任务。这就是表面看来刘川鄂对池莉、张爱玲的评论属于传记批评，理应是那样。实际上，在这两部传记中对两位作家一些重要作品的评论带有原创意味。也就是他发现的是作家那里作品那里本来有的重要特点，而不是在前人的理论基础上所作的所谓超越性的整合式命名。比如张爱玲小说的"反高潮"性，就不是夏志清等人观点的一个顺延推导，它是张爱玲现实人生的精微描述，也是迄今为止张爱玲的研究者未曾注意到的张爱玲小说中的一个致命特色。批评的这个特点有点像印象主义批评家李健吾，注重于整个批评过程的阅读印象，但最后传达给读者的必须是"从'独有的印象'到'形成条例'"，即是"使自己的印象由朦胧而明显，由纷零而坚固"[1]。读者记住的也是融体验、经验、直觉、感觉等等一切非知识性因素为一炉的那个"明显"、"坚固"的结果。这是感觉派、印象主义批评的主要特点之一。二则，因为身份、角色的原因，刘川鄂长期寄居在高等院

---

[1] 温儒敏：《李健吾的印象主义批评》，见《中国现代文学批评史》，第104页，北京大学出版社1993年版。

校，其批评多是学院学术体制下的产物。这倒不是说刘川鄂的批评像通常人们对所谓"学院派"的印象那样：知识教条，术语泛滥，理性十足，但那个理性又与被评的作品似乎没多大关系；对新出现的文学现象充满着命名热情，但那些现象一经过去，命名留下的似乎只是一些理论赘肉。当然，刘川鄂属于60年代生人，文论界喜欢把这一代批评家用"新潮批评"来称谓。"新潮"，说穿了描述的就是那些力求说出"个性"的批评。对新的文学事件的看法，对时代文化新特征的描绘，给文学给予新人文理想，比如把在场性、及物性、伦理性、存在性等等哲学概念作为价值基础的批评风向。刘川鄂置身于这个批评氛围中，但他的批评却少有那些新因素。之所以认为他的批评多是学院学术体制下的产物，我指的是，他在坚持一路高标准原则的前提下，有时候是比较极端化的，有把文学的评价等同于理工科的数据量化的嫌疑。比如对池莉作品硬伤的批评他单列了整整一章来论述，足见刘川鄂的认真和细致。即便池莉作品100处硬伤确是事实，也不能完全排除刘川鄂的批评就一定是建设性的、积极意义的。批评家与作家之间的关系，究竟应该判断还是发现？说死还是激活？指导还是对话？等等。这绝不仅仅是情感和道德层面的问题，当你选择一种方法的时候，就已经确定了你的学术态度。李健吾当年说"一个作者不是一个罪人，而他的作品更不是一篇罪状"[1]，应该是批评家的批评能否最终走向视野阔大的提醒。讲授的形式，指导的思维，以及高标准的眼光，使得刘川鄂的批评多少带了些许个人口胃的逼仄色彩。

　　从两书的"后记"中获知，选择池莉并非刘川鄂的自觉，但他同样能以同时代人的体恤和同情公平看待，"读了她这么多作品，回顾她的创作道路，我对她充满了敬意。池莉的经历我大多经历过。由于时代的原因，这一辈人创作起点都很低，他这样一步步地走过来，取得了很大成绩，是非常难得的。""池莉弃医从文近20年，写了那么多的作品，其中有的还非常优秀，为此她付出了多么艰辛的劳动，她是多么的勤勉。"[2] 给张爱玲立传，也似乎非刘川鄂自愿，然而，刘川鄂好像早已心向往之，被应邀撰写，他表示"不禁有'殊荣'之感"，而且觉得"光荣而又艰巨"[3]。面对不同气质、不同精神级别的作家，使用同一个标准，其实在刘川鄂的操作中，池莉和张爱玲代表了正反两个文学向度。前者批评多于肯定，后者激

---

[1] 李健吾：《咀华集咀华二集》，第24页，上海复旦大学出版社2005年版。
[2][3] 刘川鄂：《小市民名作家：池莉论》后记，第241-350页，湖北人民出版社2001年版。

赏压倒一切。不过，他都说出了原因。下面试就两者的对比论评中看刘川鄂"人性含量"与"审美含量"的具体内涵。

在这里，刘川鄂论评池莉和张爱玲并不是采取简单的对比方法，否则的话，刘川鄂也就不值得作为研究对象。正因为刘川鄂一直保持着他比较稳固的批评标准，也就是池莉作品和张爱玲作品在刘川鄂的批评观照下之所以呈现出好像是用来比较分析的正反两套文本，这完全是两套文本的本体性质决定的。这样，刘川鄂的人性含量与审美含量的内涵才可能是具体的、清晰的、可操作性的。

简而言之，池莉的艺术人格形成、新写实主义生成的时代文化土壤、作家池莉人生观的小市民化，以及意识形态气候的压倒性倾向，等等，都是刘川鄂考察池莉作品的范畴，也是池莉作品得以诞生的必然后果。但池莉文学本体世界的几个显著特点，比如无性格的人物观，爱情等同于过日子的爱情观和把偶然性误作必然性的缺乏说服力的人性书写，却是导致刘川鄂对其评价不高的根本原因。

第一，刘川鄂认为，单调唠叨的自然时间叙事，只能吸引读者在叙述的每一点上都与对象产生共鸣，并激活自身的生存体验，"不断回复、还原的无限循环运动模式"，造成了小说中人物命运不是性格的冲突，也不是性格在矛盾中达成和解，而是在生存体验中或主动或被动地收敛了性格的锋芒。印家厚一天的生活之所以让人体验到形而上的人生烦恼，庄建非之所以醒悟了婚姻而不是爱情的含义，赵胜天、李小兰之所以有时髦的哥们姐们变成循规蹈矩的人之父母，全系之于各自所面对的生活矛盾是无法消除的。"更准确地说，作家无兴趣于以一个确定的时间终止来消除具体的矛盾，因为人们生活中所碰见的问题，人由生存现状引起的烦恼将循环往复，永无完结。由此，池莉小说中人物无'性格'可言。"[1] 更为严重的是，主人公沉浸在循环往复的审美体验中，沉没在永远无法消除的具象事件中，相互无条件地认可、默认，主动放弃对外在现实空间的开拓，以对人类生存总体性体验化家庭为安身立命的审美空间。看起来，"人物在每一空间位置上都与环境作对立，并且把这种对立泛化为观照人生的形而上学烦恼，但由于对理想空间的消解，也就必然消解了性格与环境发生对抗行为动因，从而导致性格的萎缩。"[2] 可能还意味着文学中人物的真正死

---

[1][2] 刘川鄂：《小市民名作家：池莉论》后记，第73、106-107、120-122、122页，湖北人民出版社2001年版。

亡，文学最终被置换成一大堆充满烦恼的日常琐事。刘川鄂描述的以池莉为代表的一批新写实主义文学，事实上已经成了中国当代文学史中一段消极的文学记忆。

第二，在当代文学史的坐标上，刘川鄂通过对池莉代表性小说《烦恼人生》《来来往往》《不谈爱情》等进行文本细读式评论发现，"'不谈爱情'既是一种拒绝，又是一种宣言：标明一种平民化的价值观念正在确立"，这个过程的终点是"理想之爱的消解与世俗之爱的建构"①。刘川鄂的结论是，池莉的婚恋观与传统文化的内在精神是一致的：所谓"男耕女织"、"夫贵妻荣"是"存天理、灭人欲"的根深蒂固的民族集体无意识中的伦理满足；所谓"白头偕老"的意义不在于爱的满足，而在于安宁的世俗归宿；所谓"不谈爱情"，只谈日子，既表明了池莉对商业时代人们感情普遍贫困化，爱情普遍珍稀化现象的顺应和臣服，"她用心良苦地用含蓄的说教方式劝诫人们放逐理想顺应现实"；同时也表明，"在其创作中，继承的生存方式和秩序是她思考一切问题的前提，一切思考都是在承认秩序规定性的前提下进行的。"②

由此可见，池莉的文学中有人性，但那是商业时代浮在群体表面的文化现象，即"烦恼人生"，没有多少人性含量；有审美但那不再是呈示人们精神的超拔、理想的完美，抗争的决绝，而是说服人们接受、认同、妥协。"她的叙事的归依不是理想与精神对世俗生活的超越，改造和征服，不是弘扬理想主义和人的主体精神，而是表现为生活逻辑对人的改造，用现世原则来修正理想，使之纳入世俗生活伦常秩序的固有轨道。"③ 这样的叙事就很难说蕴藉着真正意义上的审美超越，也就谈不上审美含量。

相反的一方——张爱玲的文学那里，刘川鄂的结论又会怎样呢？因为《张爱玲传》虽"注重从作家之为作家和女性之为女性的角度理解张爱玲文学道路的独特性"④，毕竟评传的色彩还是重于文本分析的批评分量。这里只选取尽量与池莉相对应的若干细节，以期在比较中透析刘川鄂的态度。

首先是张爱玲文学中的俗世男女观问题。不论大陆学者比如陈思和的"浮世观"，还是美籍华人学者夏志清、夏济安的"佳评"，他们对张爱玲

---

①②③　刘川鄂：《小市民名作家：池莉论》后记，第73、106-107、120-122、76页，湖北人民出版社2001年版。

④　刘川鄂：《张爱玲传》，第336页，北京十月文艺出版社2000年版。

文学的肯定，就是对张爱玲笔下都市俗世男女人性深层挖掘的肯定，刘川鄂的激赏也在这里。也就是说，张爱玲文学历经近一个世纪仍广泛地活在现当代文学研究者和读者的视野里，她的经典性不是别的，就是对俗人俗事的持久关注，"她觉得一个作家对世态人性应该永远有探究的热情，不能一味地逃避俗人俗事，而要寻出人性的底蕴来。"①

那么，写俗人俗事，或者用张爱玲的话说就是她写的无非是男女之间的一点"小事情"。"小事情"中如何含纳着人性的无穷尽况味，这就是个难度问题。因为直接的参照可以写得像池莉那样，贴着生活逻辑，写出"烦恼"；或者像其他旨在张扬人性中飞扬的一面，写得很积极很振奋。可是，张爱玲很早就意识到了如此种种写法的不诚实和伪善，她在回应第一个批评她的人傅雷的时候就说过，"只是我不把虚伪与真实写成强烈的对照，却是用参差对照的手法写出现代人的虚伪之中有真实，浮华之中有素朴，因此容易被人看做我是有所沉溺、流连忘返了。虽然如此，我还是保持我的作风，只是自己惭愧写得不到家。"② 据刘川鄂收集的资料显示，张爱玲一生几乎很少夫子自道，至少是不愿正面谈创作的作家。1944年答复傅雷"批评"（傅的基本看法与张差不多）与《倾城之恋》《金锁记》、《流言》相比远非成熟的《连环套》的这段文字，其实已经显露了张爱玲非同凡响的文学识见。其一，非此即彼的二元论价值观，在凸现某一方面时，其实是以遮蔽或忽视另一方面为代价的，缺失了另一面的书写，人性的真实、素朴，或者"人生安稳的一面"就会永远被排除在文学的大门之外，这几乎是二元思维天然的缺陷。这就是张爱玲的作品里没有战争也没有革命，只有恋爱的原因。在张爱玲看来，人在恋爱的时候，"是比战争或革命的时候更素朴，也更放肆的。"那就是男女爱情生活更能表现人生的繁复，生活的底蕴，而战争或革命作为国家、民族某种有功利目的的意识，除了需要体现群体人生飞扬的一面外，剩下的就是人性的扭曲或者人格的异化。主体有什么样的思维就会产生怎样的文学，张爱玲的文学观接近自由主义作家的主张，即主张文学的无功利性，因此刘川鄂在自由主义文学的脉系上认可了张爱玲的俗世观。其二，在题材论上，张爱玲并没有贬低战争或革命一类的大题材的意思，表述中她反复强调的是，文学的目的是什么，如果文学的目的应该解析人的灵魂，探寻人生的奥秘，即写出人性中本来的丰富性和复杂性，不至于人为地歪曲。那么，相较而言，男

---

①② 刘川鄂：《张爱玲传》，第239、97页，北京十月文艺出版社2000年版。

女爱情生活的"小事情"可能更为个人化,更适于伸展个体精神世界的酸麻辛辣,当战争或革命题材还未彻底摆脱无形有形的功利意识牵制的时候。这里的"素朴"、"放肆",与"人生安稳的一面"应该是同一意思,并不是后来人们发挥的人性的复杂就是写出人性的"藏污纳垢"。张爱玲的认识里,人生的奥秘、灵魂的深刻处是对安详的期待,对美善真的向往,对幸福、自由的渴望,这时候,"小事情"对一个人来说就是大事情。

其次,张爱玲小说中"反高潮"的写法所构成的阅读上的反期待性和主旨上的反观照效应,是启发刘川鄂审美含量标准得出的主要文本依据。刘川鄂通过对张爱玲《十八春》《色·戒》等小说的细致分析认为,喜欢描写"反高潮"是张爱玲小说的一个独异的审美特点。刘川鄂是这样界定"反高潮"的:

> "反高潮"的写法是人性的一面走向极致而突然露出另一面,使读者在惊愕之中不得不回味深思。有一种蓦然回首还是这个人的反观照效应。因而更立体化,更有深度。①

《十八春》中曼桢和世钧感情基础很好,但结果却是在"有情人终成眷属"的读者愿望中走向平淡,曼桢下嫁祝鸿才正是人物性格合乎逻辑的发展。"热闹的婚礼之后是出奇的静止,他们彼此都明白自己对对方的感情多么薄弱,坦然表白已经来不及了。"《色·戒》中美人计历时两年,几经周折,女主人公也费尽心机、尝遍酸苦与甘辛,总算熬到了除掉易先生实现暗杀计划的那一刻,眼见得高潮就要出现,万事俱备,没有任何细节差错,却被王佳芝临时"变卦"把易先生轻而易举地放走了。完备计划付之东流,常态结果没有出现。

刘川鄂发挥张爱玲的名言——"文艺的功用之一:让我们能接近否则无法接近的人"认为,张爱玲对反面人物的成功塑造和善于高潮中的"反高潮"的写法,既表明了张爱玲能在特异状态下探寻人性和正常的人性的弱点的超常人的艺术魅力,也说明张爱玲长期以来善于调动多样艺术手法为之服务的自觉的文体意识。这两样东西正是文学之为文学,文学之所以为文学的自律性,也是文学本体世界之能够具体把捉的主体精神素质的最高考验。

---

① 刘川鄂:《张爱玲传》,第189页,北京十月文艺出版社2000年版。

迄今为止,刘川鄂虽然没有实践更多的自由主义文学批评活动,但他从自由主义文学中引申出来的探讨文学本体世界的有效方法,是当今乃至以后漫长的文学行程中衡量文学的"文学性"时相当有价值的理论参照。

第十二章
王彬彬[①]（1962— ）：
文学的心理人格论批评

"身在江湖，心忧魏阙"，或者"先天下之忧而忧，后天下之乐而乐"，更或者干脆就是"独立之人格，自由之学术"，等等。不知凝结了历来多少知识分子的向往、愿望，也不知使多少知识分子的"身"与"心"无奈地分离。

在全球化的讯息还不很便捷的时代，"边缘"与"中心"这个关系到知识分子说话姿态的身份问题，肯定还不会成为时代的尖锐问题。知识分子这个一开始就胎记似的连带着批判、质疑的称谓，公共场域本来就是他们思想伸展的根本空间，忽略个人、不仅仅计较个人得失基本上也是历来把知识分子当做精神性存在的心理习惯。然而，当某一天我们必须把知识分子的这些自然品质用"岗位意识"、"专业精神"来强调的时候，尤其我们不得不挖空心思考证出"有机知识分子"这个带有葛兰西十年牢狱思考的沉痛命名，使人不由然联想，知识分子还能不能冲破体制给他早已提供好了的小小专业圈——专家、骨干、教授、博士？

在技术化日盛一日的时代，类似于富里迪《知识分子都到哪里去了？》的质询仿佛犹在耳畔，萨义德的《东方学》《知识分子论》似乎也激起过相关严谨的思考。但是，这些域外的声音，除了留下一大堆很难连缀起来的知识考古碎片，多数时候，侧身其中的人们搜寻到的仿佛仅仅是退出公共空间的漂亮借口。因为大家不约而同地意识到，既然介入公共空间批判一定程度上意味着风险，并且固执地坚持"启蒙"早已被亮出黄牌，说那是无知、落后、不了解时代语境。那么，回过头钻研多年来一直苦苦经营

[①] 王彬彬，安徽望江县人。1982 年毕业于解放军外语学院，获文学学士学位；1992 年毕业于复旦大学中文系，获文学博士学位。现为南京大学中文系教授，博士研究生导师。主要从事中国现当代文学和文化批评研究。已出版的主要著作有：《在功利与唯美之间》《鲁迅晚年情怀》《为批评正名》《文坛三户：金庸·王朔·余秋雨》《城墙下的夜游者》《风高放火与振翅洒水》《一嘘三叹论文学》《往事何堪哀》《并未远去的背影》等著作多部。

第十二章 王彬彬（1962— ）：文学的心理人格论批评

的专业，难道错了吗？

一定意义上，90 年代以来被称为几次"重大思想文化"[①] 论争的事件，比如"新左派"与"自由主义"，后现代与后殖民文化，关于激进与保守，关于鲁迅论争等等，给新世纪的今天留下的思想文化遗产，对批评的影响，我个人感觉，多半在术语"阐释"和知识"梳理"。从本质上说，这是一种四平八稳的学问，而不见得是根植于瞬息万变的现实的真问题批评。

本文要研究的文学批评家王彬彬，他也深居学院，并且专治现当代文学。按理说，在文学理论，尤其是在文学研究者通常所有的理论方法、批评特点、审美个性、文学研究的体系性等坐标，可能更符合他本人的志业选择。之所以觉得他不单单是一个合格的文学研究者，或者他的成就不仅仅是文学研究，是因为他的批评文字，实际上一直不自觉地溢出文学的封闭范畴。在他那里，文学中的作家人格问题，作家主体对文学境界的制约性影响，甚至人们通常认定的"大师"，他的结论也不过是向庸俗大众投怀送抱的"通俗文学"。更至于瞿秋白的"名誉"、作为一场政治运动的鲁迅丧事、二胡（胡适和胡风）的"反党"、鲁迅的不骂蒋介石和胡适的敢骂蒋介石等等。这些致力于发掘被一层层阐释异化地只剩下"精神"、"伟大"的知识分子，王彬彬的揭穿事情真相，还原事实原委的做法，不能单纯地看成是社会学批评[②]。借重社会学批评方法走近知识分子心理人格是他写文章的本意。这与把武侠小说作家金庸、"痞子文学"者王朔、"文化大散文"家余秋雨合称"文坛三户"有着一致的观照思路。那就是，王彬彬的批评方法可能是社会学的，但他批评的目的却是要发掘、再现批评对象之所以有如此面目的心理人格状态。

所以，概括而言，作为批评家，王彬彬是从骨子里反对研究的体系性

[①] 见许纪霖、罗岗主编：《启蒙的自我瓦解——1990 年代以来中国思想文化界重大论争研究》，吉林出版集团有限责任公司 2007 年版。像该书的副标题出示的那样，该书的宗旨在于研究1990 年代以来思想文化界的重大论争，资料性是第一要旨。但也可以看出，多数论争者，在那个语境中仍是以阐释、考证为主的，这也可以解释为什么诸如"人文精神"大讨论这样深关本土现实的命题，最终会不了了之。今天可以说是"后学"从中的干扰，但"后学"为什么又能有如此大的威力？

[②] 樊义红：《社会学批评的一种成功实践——王彬彬批评读解》，《周口师范学院学报》2007 年第 5 期。文章从入世精神和浩然正气；对道德与人文精神的坚持和对现实的批判；学理性和文学性俱佳的文本形式等三个方面来论述，虽然说出了王彬彬批评的一种普遍性，但社会学批评在王彬彬批评中显然只是一个视角问题，并不是他批评的根本特色。

的，这首先表现在他对真切的内心感受的信赖和对鲜活的经验事实、朴素的生活常识的拥抱。文体选择上，以杂文的眼光发现现实问题，以随笔的率性而为捕捉思想的火花，再以文学研究者的谨严、历史感和理性打通现象的历时性。这样，他的批评就没有了绝大多数职业批评家的呆板、四平八稳和僵化的学理性、教条的学术规范。

一、不做职业批评家

"不做职业批评家"这句话并非王彬彬的原话，只不过，王彬彬对职业批评家群体存在的看法可用这样的句式来表达。

> 一个职业批评家群体存在也许有好处，但绝对有坏处。许多文学作品走红，是炒作的结果，创作与批评互相需要，带来负面影响。有的作品是写给批评家看的。我们的社会，有分量的有必要的批评太少，有一部分批评用学院代表有必要，但所有的批评都用学院代表即成问题。我的目的并不是否定批评，但职业批评家群体的存在是不合理的。①

王彬彬对批评的质疑，主要集中在文学批评能不能职业化和可不可以全部学院化两点上。分开来说，就是文学批评一旦职业化，职业化工作的习惯、思维、心情会直接影响到论评对象的位置和状态。文学批评就其职责本来就是为还未出现的文学史所做的前期筛选和汰除工作，而通常一流的或影响特别大的批评家的批评话语甚至可能就是潜在的文学史的雏形。这样的学术惯性，在实际操作当中，其实很多时候是反过来制约批评家的批评思维的。事实证明，学术惯性对批评活动的影响只能是顺时针转动的而不可能是逆向的、反动的，除非文学史的写作、裁定、衡估不是由这些批评家来完成。那么，批评家的批评话语趋向只能是朝着论评对象的"生存权"发展，它就主要是求证性、论辩性和确证性的综合特点。文学批评都用学院化来代表，本质上和文学批评都职业化基本是一个道理。因为文学的最高认证机关就目前而言，话语权还是掌控在寄身于一个个大学文学院、社科研究机构的文学教授、博士、博导手上，文学批评的职业化和文

---

① 参见访谈《王彬彬：不做职业批评家》，《中华读书报》2000年4月26日。

学批评的全部学院化可能会导致相同性质的后果,那就是使文学声音变得单纯而简单,更严重的也许会使文学声音变得整齐而霸道,文学产生之初,那种并不伟大的、崇高的,甚至卑琐的、并不纯粹的主体性想法,可能一下子被强势的批评话语席卷而去,文学剩下的就只有孤零零的"经典"支架和暧昧的意义长廊。

这些观点当然在2001年出版的《文坛三户》中得到了充分地展开。就批评的职业化和学院化的问题,《文坛三户》的批评实践,就它整体的学术价值,我完全赞同丁帆教授的把握。"它用犀利的投枪,呼啸的呐喊,瞄准了近20年来中国文化与文学中最具特征和神韵的三个靶心,准确地一一击发,不由得使你感慨作者惊人的文化思想的穿透力与敏锐的社会生活的洞察力,乃至于那博览群书时的细腻分析能力和强有力的逻辑实证能力。"又说其所指远不是作者"为思想而学术"的终极目的,"针对中国文化和文学的现状而陈述自身鲜明的观点和立场,这种'与人驳难'的批评姿态,绝对不是那种为泄私愤而蝇营狗苟的小人之道,而是用学术之公器来剖析中国作家文化人格,以及在学理背后的那些支撑作家作品的文化思想选择"[①]。

后来,随着阅读语境的不断变化,结合90年代整个的思想文化背景,以及王彬彬本人(也是"人文精神"大讨论的参与者,并因与作家王蒙关于王朔"躲避崇高"的争论,被称为"二王"之争)可能有的心情状态,以及当时他可能有的对文学批评暴露出来的现象的看法。又重新阅读王彬彬,觉得这部书澄清金庸、王朔、余秋雨作为某一类型、某一层级的作家或某一领域的名人肯定是题中应有之义,但更可以看做是王彬彬以批评实践的方式回应职业批评家、职业文学研究者的再批评之作。甚至越想"人文精神"讨论,《文坛三户》里面所蕴有的精神品质,似乎越可以当做它的一个延续,至少"人文精神"讨论中属于王彬彬本人说了但未及充分展开的话题。再来读《文坛三户》,犹有从微观和宏观两端补充和实证的味道了,也便油然而生出即使是在多年后的今天,文学创作和理论批评上也颇多旧病重发的感慨来。人文精神的缺失,自然首先是文学中人的精神的丧失,人的精神的丧失,只能到"支撑作家作品的思想文化选择"[②] 那里去找。

[①②] 丁帆:《"与人驳难"的批评姿态背后》,《重回"五四"起跑线》,第85页,人民文学出版社2004年版。

第一，研究金庸的武侠小说，读者"持续时间长"和"覆盖面广"以及惊人的销量不是硬道理，这些均是人们要给金庸赋予所谓经典作家的地位而给的雅俗共赏的神话。当严家炎、刘再复、钱理群等正在为金庸武侠小说的"新"寻找理论合法性而到处求证时，王彬彬给出的结论恰好是不"新"。他用"人"在何处，质疑金庸武侠小说中的"人"不仅不食人间烟火，而且金庸笔下人物的"爱情"其实是"信义"支撑的"爱情"，和"爱情"包装的"信义"，是典型的儒教文化圈包裹的有限度的爱情。在"现代意识"上，对金庸"一男数女"的故事模式，以男子为中心，女子处于依附地位的文化心理意识，仅从现代女性主义的尺度来论，金庸在"现代精神"上，是一个不及格的人①。王彬彬的焦点看起来始终在讨论金庸的问题，实际上撕开了现当代文学研究者长期以来不自觉形成的思维惯性的弊病，即以作品的销量、作家的名头、所谓读者的反映来衡量作品价值，到底好不好，在什么程度上好，批评家大概不会多问。这一点，2007年有关余华《兄弟》的论争中，学院批评家似乎仍保持着王彬彬在2000年指出的那些毛病。比如动辄把《兄弟》比于拉伯雷的《巨人传》，把《兄弟》中"狂欢化写作技巧"与巴赫金"狂欢精神"混为一谈，也动辄以几万册的销量作为好作品的有力论据②等等。

差不多10年前王彬彬的访谈说到职业批评家群体也许有好处，但绝对有坏处时，强调的"许多文学作品走红，是炒作的结果，创作与批评互相需要，带来负面影响"。在今天的文坛，炒作、互利互惠早已不再是出版商与作家之间的秘密事情了，而是或者主要是已有权威地位的职业批评家与出版商、作家、媒体的立体网络关系。这也由此可见王彬彬虽身居学院高墙之内，他的眼光，他的批评实践，实际上已经超越了小小的学科门槛，换句话说，他具有自我解构的能力。"衡金庸之轻重"着一"衡"，尽显王彬彬作为称职的文学教授，具有超迈的艺术鉴别能力。

第二，王朔小说中书写的一种"平民文化"一度是80年代乃至90年代以后不短的时间内人们谈论的重点，也自然是文坛大事，也是批评界难得的一次话语操练。

王朔的小说与20世纪二三十年代"鸳鸯蝴蝶派"在本质上是一路，这是王彬彬给可能并不熟识"鸳鸯蝴蝶派"的王朔找的精神谱系，看起来

---

① 王彬彬：《文坛三户》，第86-88页，郑州大象出版社2001年版。
② 参见赵勇：《〈兄弟〉·读者·八十年代》，《文艺争鸣·理论综合版》2008年第11期。

不得了的王朔,实际上并不是独创。王彬彬梳理王朔及论评王朔作品的一个重要目的是,在当时文坛被认为真正具有"叛逆"精神、真正具有"平民"品质的王朔小说,或者并不"躲避崇高"的王朔是不是如人们说的那样。

在许多人并不懂得"大院文化"实乃等级文化时给王朔小说的过高评价,尤其把王朔小说中的北京话与老舍小说的北京方言对照,意欲以老舍的小说成就来看待和估量王朔的语言贡献。王彬彬以他自己在部队大院10多年干部生活的亲身体会、经历和"文革"生活角度认为,王朔的文学不是"平民文化",而是"贫民文化"。从"贫民"中产生的"政治"也是完全与从"平民"中产生的政治截然不同的。

"平民文化"意味着平民的真正当家作主,现代民主政治就可谓是一种真正的"平民政治"。而"贫民政治"则意味着"流氓无产者"的掌权政权,意味着流氓的政治化,在这种"贫民政治"下,广大的"平民"所受的压迫、剥削将更为惨酷。这个意义上,可以把"贫民"换言成"痞子",可以把"贫民文化"和"贫民政治"换言成"痞子文化"和"痞子政治"(或"流氓文化"和"痞子政治")[1]

把王朔小说还原回去,他小说人物身上表现出来的"反文化"特点、"使坏"心理和那种发自骨子里对真正平民子女的不屑以及显示的优越感,与王朔本人及其非虚构文本《无知者无畏》本无大的错位。王彬彬甚至觉得王朔的生活阅历、受教育状况,以及文化趣味一定程度上可以当做王朔小说的注脚来看待。王朔的心理成型期在"文革"时期,因此,应该把王朔笔下人物的"反文化"、"反叛"首先与"文革"联系起来,这是理解王朔至为重要的一点,也是从非文学专业的角度理解事实上并不复杂的"王朔现象"的关键点。

"文化大革命"是这种"痞子文化"和"痞子政治"在近代以来的极致表现。王朔们的心理成型期恰逢"文革",因此,他们身上的"痞气"与"文革"应有着深刻的联系。王朔的许多言行,实质上都应视作"文革精神"的表现。对"文革",王朔是有着深切的怀念之情的。王朔的所谓"反文化",其实不过是当年"红卫兵"大"革"

---

[1] 王彬彬:《文坛三户》,第199页,郑州大象出版社2001年版。

文化"命"的表现。王朔的骂鲁迅,骂老舍,甚至闯到他完全陌生的领域骂齐白石,骂张大千,换言之,王朔的"狂",常令人不解。但如果想想"文革"期间"红卫兵"的言行,就觉得王朔很好理解了。①

这里,之所以不惜篇幅抄录王文,觉得王彬彬不只是以一个文学研究者的专业眼光看待"王朔热"里含藏着的怪异的文化现象,更重要的是,他的分析绝不限于专业眼光。比如他细心描述的军队大院内日常生活中等级非常森严的一个侧面——"即便三五个'大院'妇女在一起谈天说地,从各人的语调、表情和身体的松弛度,也能判断出各人夫君官品的高低。孩子当然也如此。即使天天在一起厮混,也有着一种等级关系,爸爸是部长的孩子与爸爸是参谋的孩子,地位有明显的悬殊"。就完全直接可以当做解读王朔小说中的"叛逆"。那些从上学时就整天鬼混在街头、胡同,不务正业、惹是生非,专挑不是大院的一般平民孩子欺侮;长大后又十分地指望在军队天经地义地实现"四个兜"军官,然而,"四人帮"被打倒后,裁军减员梦想破灭,又不屑于按部就班过日子的人,其实不用什么高深理论就能说明白这种人物形象的来龙去脉。王彬彬批评的有力,多数时候是他带着生活的激情,和生命的切肤之痛来观照他读过的每一行文字的,这些实感的东西才戳穿谜一样雾一样的事情真相。不做职业批评家,实际上表明了职业批评在真正的专业问题上的盲视。当一些职业批评者在语言上替王朔找到老舍,并为之欢呼时,为什么王朔自己还显得那么委屈呢?王彬彬说是论者"看走了眼",其实是客气了。

回顾"王朔热"的那个语境,王彬彬所触碰的不再是所谓职业批评家那里什么审美的没有超越性啦、人性的不够普遍啦、思想境界的不够高远啦等等文学的"内部研究",而是创作者之间、创作者与批评者之间心照不宣的"炒作"。"过于聪明的中国作家"与只谈作品风格、审美特征、人性突破,不谈现实问题的职业批评家,在职业道德上应该说都是不及格的。故"论王朔之短长"中的"论"主要体现的是王彬彬对朴素的生活实感的体察和对常识的谛听。正是这些为职业批评家所不齿的东西,胜过了所谓职业批评家雄辩的理论。

第三,关于余秋雨,比如访谈中提到,在《文坛三户》中展开论述的

---

① 王彬彬:《文坛三户》,第199页,郑州大象出版社2001年版。

思路，都与当时热烈拥抱和犀利批判两路截然不同。

> 关于余秋雨，我觉得这个名字不仅仅与散文家相连，也与文化明星有关。我们应该把作为学者、散文家的余秋雨与作为文化明星的余秋雨区别开来对待，把他的散文与其他关于文化的议论区别开来。最近对余秋雨的批评可以分为两个方面：宏观上，我认为，显示了文化界的道义和良知。但具体到一些批评文章，有些观点，我不能认同。有些批评文章的文风也不好，尖酸、刻薄。比如，挑余秋雨硬伤的文章多，其实在散文中有些硬伤是无伤大雅的。仅仅在硬伤上摧毁不了他，挖苦、讽刺也无必要。①

当然，在王彬彬之后，批判余秋雨的文章也还不断地出现过，但读那些文章，最有力量的观点除了王彬彬已经系统阐述过的，诸如"为何不忏悔"之类，好像再也没有什么新意可发掘了。诚如王彬彬所言，围绕学者、散文家余秋雨的散文之争，到把问题引向文化明星、文化人格的倡导者余秋雨"文革"期间的是非之争时。余秋雨早已拿着所谓"法律"（在余秋雨那里，政治、法律与良心是混为一谈的）的武器来抹平一个本该由心灵的准则来评判的"文革"事件了。

"辨余秋雨之是非"—"辨"字，体现了王彬彬成为思想者已经有的深透和从容。

"不做职业批评家"对王彬彬而言或许带有几分调侃和自嘲的意思在里头，但对于那些已经意识到职业的疲倦和困厄，却仍然只停留在批评批评不足的教授、学者、博士、博导，似乎更意味着去如此"做"，而不是去如此"说"。那样的话，不管什么流派、方法，师承哪一个西方理论大师，对于当代中国文学而言，指鹿为马的事情总会更少一些的。

二、浮现的思想者形象

一个真正有眼光、杰出的批评家肯定首先是能给人以思想启迪的思想家，职业批评家可能会有很大的成果，但不见得就一定能启人心智。相反的，多数时候，职业批评家也许最能给人造成"事已如此"的假象。我的

---

① 参见访谈《王彬彬：不做职业批评家》，《中华读书报》2000年4月26日。

感受里，成批的话语事件似乎大多为职业批评家所造，因为，话语的量才能奠定批评的职业性。在当代中国文学批评家中，成为思想型批评家的，恐怕还不多。我的粗略阅读中，比如像温儒敏、刘锋杰、夏中义、古远清等[①]文学史家所论列的现当代文学批评家中，成为美学理论家的、成为文学理论家、成为著名评论家的或者成为文学史家的不在少数，具有思想家潜质的文学批评家的，从诸位先生的论评和解读口气揣摩，可能胡风算一个。哪怕他的"主观战斗精神"一项，就不单纯讲的是文学主体与客体的关系问题，当然也不只是用来阐发"为人生"的"为"的两个方面，即一方面须得有"为"人生的真诚的心愿，另一方面须得有对于被"为"的人生的深入的认识[②]。里面蕴含的对于主体和客体两方面，如何确保直击现实时能动性生命力的辩证眼光，放在当今的文学创作语境，也仍然是魅力四射的上好箴言。

在王彬彬这一辈批评家里，从我个人的偏爱来说，我更喜欢有个性、有思想，但不一定有体系的批评家。原因很简单，学问可以由某一心仪的或不怎么心仪的专题一直做下去，直到才思枯竭、无话可说，只要有必要的安静、充足的资料，在大体上还有平台发表成果的前提下，守住一眼水钻探下去的可能性不是没有。虽然消费时代似乎给学人的最大威胁是"偌大世界摆不下一张书桌"，并且信息垃圾的满天飞会使得一切堪称原创的东西不再可能。然而，带着学人体温的学问毕竟什么时候都不会被垃圾淹没。这个意义上，个性或许就是创新。王彬彬的个性很鲜明，但他的个性别人无法重复。当代批评家中个性无法被重复的，也许就那么几个。李建军对"主体性"的追问很固执，有时甚至有把复杂问题变成直接道德批评的嫌疑，但他所提出的文学价值缺失的问题，许多人体悟的或许还不及他深刻；耿占春能把批评当做创作来看待，他的绵密的感觉也只有同样绵密的诗人才能匹敌，他以"失去象征的世界"为总特征对一批"后朦胧"诗人的把握就显得格外准确而形象；吴炫一系列的"否定主义"或许在现有的学术框架之内还多少有点曲高和寡，可是他的否定主义指不定哪一天会变成理论疲软之后一次翻身的漂亮起点，等等。

---

① 这几位学者都著有现代、当代中国文学批评史，如温儒敏的《中国现代文学批评史》，刘锋杰的《中国现代六大批评家》，夏中义的《新潮学案》，古远清的《中国当代大陆文学理论批评史》(1949—1989)等。

② 温儒敏：《中国现代文学批评史》，第159页，北京大学出版社1993年版。

第十二章　王彬彬（1962— ）：文学的心理人格论批评 | 243

　　王彬彬批评的被广泛接受过程，实际上也是他一路饱受非议的过程。至今看来，个别德高望重人士特别不善意的批判，一般免疫力的年轻人或许真的会一蹶不振、从此消失。诚如《文艺争鸣》编辑、他多年的老朋友朱竞所了解到的那样，人的尊严和权利、人的自由和解放，是他最为关注的问题。如果非得给他一顶帽子，那这顶帽子，也许应该被叫做"新五四派"。并且说，这一类的知识分子精神上最突出的特点是关注人本身，或者说，是关注现实本身。他们的姿态是批判的。在他们看来，怀疑和批判乃是知识分子的职责和使命；知识分子天生就是现实的批判者，就是批判的现实主义者①。我理解，像王彬彬这样的人，尖刻的嘲弄、不怀好意的讥笑，也许真能转化为"砥砺精神的淬火"②。当《过于聪明的中国作家》③发表后，被批评者"恼怒异常"时，王彬彬非但没有就此停止他的批判，反而更明确、更具体地强调了"某种人"的劣行。《再谈过于聪明的中国作家及其他》把问题挑得更清晰了。

　　　　某种人，某种一向很"得体"者，一向长袖善舞者，一向鼓吹"宽容"和"幽默"者，在一个"文学青年"的几句"骂"面前，便"露马脚"了，"得体"和"宽容"的面具都撕去了，所谓的"幽默"也全不见踪影，只剩下泼皮式的谩骂，终于让世人看到了他的真面目。要说"贡献"么，我想这便可算作我作为一个"文学青年"对"当前和今后的文艺建设"所做的"一点"。④

　　"某种人"及某种人的"得体"、"宽容"、"幽默"，指的就是老作家王蒙及其文学作品。对于王蒙在文坛的人格形象和其作品在文学史上的影响，多数敏锐的论者其实长期以来也形成了一些基本可以达成共识的看法。在理性表达还不很明晰的前提下，大家似乎只是觉得其做人的圆滑世故与其小说对极权政治体制特别是"文革"批判总藏着掖着、拐弯抹角。20世纪50年代王蒙借青年人林震和赵惠文之口传达的对"老革命"刘世吾"就那么回事"式的纳闷，到90年代"季节"系列长篇，从《恋爱到季节》到《狂欢的季节》，尊重世俗，肯定平凡，甚至认可平庸，换言之，虽然革命、激情和明智甚至无奈始终交织但后一种观念明显占据上风，是

————————
①②　朱竞：《在"五四"的旗帜下——说说王彬彬》跋，见王彬彬《一嘘三叹论文学》，第394-395页，山东文艺出版社2005年版。
③④　王彬彬：《一嘘三叹论文学》，第40、45页，山东文艺出版社2005年版。

否表明思想主要由个人经验与历史判断共同产出的王蒙,如果离开了革命的场景,批判赖以启动和持续的正面理想已经不复再现①?以过来人阅尽人间沧桑的姿态,不同的主人公竟然口吻、句式甚至能言善辩如出一辙,他们气势充沛、雄辩滔滔,但毕竟空洞无聊、狡辩饶舌。王蒙无休止传达的当年刘世吾式什么都知道,什么都见过,不再操心、不再爱,也不再恨的老好人哲学,人们感到压抑、沉闷、乏力,但又找不准原因。王彬彬可谓一针见血、直指要害。不怕开罪于不能开罪者,这本身不单是勇气的问题,更多的是体现了王彬彬作为思想者眼光的独到、思考的透彻和表述的完整。王彬彬之前,正因为对王蒙及其作品的批评一直夹杂在阐释其作品的缝隙里,包括王蒙本人,对此的认识也就仍然是睁一只眼闭一只眼的"装糊涂"。甚至一定程度上,王蒙及类似于王蒙的一批作家,往往使得是猪八戒倒打一耙的心理战术,把正常的学术交锋视作依傍名人的名利争端,通过蒙蔽读者的"喊冤"达到转移视线的目的。不能不使人联想到稍早于"二王"之争的李建军"直谏陕西作家"(主要是贾平凹和陈忠实)事件,贾平凹反击李建军的用语如"靠骂名人出名"、"猪尿泡打人不疼一股臊气难闻"等,与王蒙毫无二致。看看王蒙反击王彬彬的《黑马与黑驹》②一文的措辞就可以明白,文章中王蒙闭口不谈"人文精神"的建设(《沪上思絮录》除了从人身上攻击王彬彬更猛烈之外,也没有正面谈该讨论的问题,回护王朔的有名的"躲避崇高"一词由此出现③。该文见于《上海文学》1995年第1期),却只讥讽对方如何如何苦读寒窗多少多少载,如何如何发表不了文章,如何如何地专骂名家,又笔锋急转说对方能发表文章了文坛多么多么的犯贱等等。这在"人文精神"大讨论的氛围中,有如此之文,其中三昧是值得玩味的。

---

① 南帆:《革命:双刃之剑》,《后革命的转移》,第56页,北京大学出版社2005年版。
② 见《新民晚报》1995年1月17日,该文系王蒙对王彬彬发表于《文艺争鸣》1994年第6期中的《过于聪明的中国作家》的还击。
③ 从题目看比较直接谈人文精神的《人文精神问题偶感》,载《东方》1994年第5期。后来人们总结时,认为王蒙"没有简单地用世俗化观念取代道德理想主义,而是试图指出前者有它的存在合理性,后者有着它的限度和适用范围",觉得"可惜当初正在为自己的边缘化而焦虑的知识分子,没有耐心来辨析其中的丰富含义,仅仅为来自知识分子内部的'叛徒'而愤愤不平"。其实即便是放在今天来讨论"适用"、"限度"的问题,对于精神批判,恐怕仍然是一种放纵和逃避,这与王蒙的整个态度还是一致的。见王晓渔:《"鲁迅风波"——关于鲁迅的论争》,许纪霖、罗岗主编:《启蒙的自我瓦解——1990年代以来中国思想文化界重大论争研究》,第114页,吉林出版集团有限责任公司2007年版。

作为朋友，朱竞的话说出的一定有王彬彬文字中很难直接见到的心声，对了解王彬彬很有帮助。但上面朱竞那段文字，细心一点去看，就不止王彬彬符合了。至少喜欢读鲁迅的多数人可能都不同程度地有如此姿态。也就是姿态的批判性，关注人本身、现实本身，批判的现实主义，大的方面看，即便不受鲁迅等"五四"先贤们的影响，人的尊严和权利，人的自由和解放，也会迟早构成人生命中最重要的一个仪式。我们担心的是如此姿态，会不会像《人的奴役与自由》的作者别而嘉耶夫警惕的那样，反过来把"自由"、"尊严"、"文明"等又变成奴役人的枷锁，甚至把这些东西通过自我意愿转换为遮蔽现实的温情借口[①]？那样的话，无异于先抛开坚硬的现实难题，缘木求鱼似的要求羸弱的个体承担起超负荷精神重任。阅读王彬彬的精短论评（他本人实际上是按杂文、随笔来写的），觉得他的批判矛头既不是指向普遍的社会，也不是指向一般的民众，而是指向文人、作家的心理世界。

    我以为，形而下的做人的聪明、形而下的生存技巧、形而下的全身之术，过于发达，形而上的哲理探寻、形而上的艺术情思、形而上的文学感觉，必然会受到阻碍。前者，如果是冰，后者便是炭，冰炭原不可同器。但不得已而同器后，冰过于多，则必然要使炭焰受到压制。生存之道意义上的聪明，作为文学创作的一种心理障碍，当然通过并非是有意识的、自觉的，而近乎一种下意识，一种"本能"。当作家的这种下意识，这种"本能"，大于他的艺术直觉，大于他的"文学本能"时，当作家做人的聪明大于他做人的天真时，他的创作当然会受到一种不利的影响。某种意义上，没有天真便没有艺术。……为什么西方有许多大作家大艺术家，在立身处世上都像个孩子？为什么中国古代有不少人都是在人生失意、不求进取、对做人不再有那么多的顾忌时，才写出好作品？一部分道理也正在这里。而所谓

[①] [俄]尼古拉·别而嘉耶夫：《人的奴役与自由》，徐黎明译，第96—97页，贵州人民出版社。别而嘉耶夫表达过个人主义是个骗局的意思。他说个人主义者都是社会化了的人，感受到的大抵是暴力、封闭、无助这一类社会性，而没有能力创作个体人格。人格主义具有群体的亲密的集合力，期待建立群体的兄弟般的情谊，这迥异于个人主义者把社会生活中的人的关系视为豺狼关系。而当代中国文学批评家就我所见，通常是通过文学文本中那些属于个人主义叛逆的形象来呼求现实生活中人的自由和尊严的。

"诗穷而后工",所谓"文章憎命达",某种意义上道理也正在这里。①

由对王彬彬对"过于聪明"的中国作家的揭露而起逆反心理,甚而至于谩骂、侮辱,可能才是嘲讽者出于本意而王彬彬正担心的误区,那就是把正常的正面的普遍的创作心理问题转换成"伦理学的立场"的原因。从此可见,中国作家的听不进、听不惯、不习惯听批评家的逆耳忠言,有时候并不是批评家没有道理。或许也可以推知,广告词式批评、红包式批评、抱团式批评等等异化的文学研究成风的部分病灶。所谓学术腐败只是问题之表面现象,人际关系研究的缺席以及"文革"研究的没有充分展开才是最令人深思的,这也是至今人们对王彬彬不十分理解的根本所在。

说王彬彬是"新左派"罢,"新五四派"也罢,以上是很关键的一条分界线,也是了解王彬彬设定论域的一个基本范畴。在王彬彬看来,替"底层者"代言仅仅属于道德层面的愤怒,无补于世事,或许只会产生出一大堆满足人们正义感的文章;"启蒙"民众的做法,在消费主义滥行的时代,大概也是十足的犯傻行为。虽然他的差不多所有短论,都无不有鲁迅杂文的眼光和方法论色彩,但就其本质,他写杂文、随笔(短论),无非是对着好发号施令、又百般支吾、装作学者气,假启蒙之名实则只为过过嘴瘾、有时径直取话语制高点的文人、学者和作家来说。所以,他的批评属于知识分子对那些心理有沉积、人格有倾斜者的清理。一方面,他的短论就仍继续着"人文精神"讨论时期的文人内部的"启蒙性"批判思路,另一方面努力启动着世俗被合理化了的今天类似于富里迪"知识分子都到哪里去了"式的孤愤追问。

从这一点看,鲁迅与王彬彬的区别似乎是:鲁迅显得宽阔,王彬彬变得狭窄。但从批判的有效性观之,情况可能恰好相反。鲁迅总不轻易给出问题的出口,而王彬彬则是一心奔向问题的出口,具体、现实、微观是他批判的主要目的。也不妨说,王彬彬是入世的"批判的现实主义者",少了鲁迅那里如许的虚无色调。

比如《说不清楚的概念》②就很有代表性。文章从经验事实上中小学语文课如何缺失的"文学教育"切入,到讨论者以没有先对古今中外"文学教育"概念界定清楚就不能贸然批判终止,再自然转入到要求先界定概

---

①② 王彬彬:《一嘘三叹论文学》,第47页,山东文艺出版社2005年版。

念者实则是"论战"的恶意搅局的正题。文章举例说明了社会人文领域如此置经验事实于不顾的事情的普遍：谈"启蒙"，必定会质问，你是怎样理解"启蒙"这个概念的？康德对"启蒙"有自己的看法，福柯对"启蒙"有自己的阐释，你心目中的"启蒙"又是什么意思？又比如"人文精神"，也会如此追问，你们所说的"人文精神"到底是什么意思？它与人道主义、人文主义是什么关系？你们能否先把"人文精神"这个概念说清楚再来谈人文精神？如此等等。结果可想而知，要么逼迫离开现实问题得出一个封闭式的定义；要么把眼前的问题学术化拉出一挂相关谱系的死知识。《杂文与相声》① 也是这样，说相声疲软的人恰好是说相声者本人，说杂文不景气的恰好是那些能够最终决定一篇杂文能否发表的人："三农问题"成为问题以来，电视上不乏农民的角色，他们"幸福"到开着宝马车来给过去接济过他的城里人送笔记本电脑那样的"小意思"；贪污腐败自然很严重，但读小报记者的采访报道，总能让读者认可一个副处级干部那时"一年不过三五万"、现在"才一年受贿数十万"的贪污逻辑；杂文编辑托人约稿要"我"写几篇稿子，"我"真写了犀利的杂文，编辑却一再解释说"上头"通不过。主编、编辑、记者、演员可以算作"文人"的话，那种假"国家兴亡"、"党的威信"之名，实则"如临深渊、如履薄冰""抖抖地把守住饭碗"，只考虑有生之年能爬到一个什么样的职位的奴者心理，的确是构成我们这个社会最基础的人文气候，亦是底线。这个上面的崩溃，诚如王彬彬所说，问题恐怕首先不是"理论问题"，而是一点常识。可是捍卫这一点常识，却变得相当难。

这个角度，富里迪把知识分子由传统的启蒙化身角色转向"知本家"再转入小技术型，看做资本主义时期知识分子堕落的必然途径，当然无限正确。只是中国批评家，颇为盲目地自此取得一些现成经验作为批判的武器，似乎多少有些文不对题。按照王彬彬的微观透视，直接负责当代中国社会基础性人文精神的还仍然是自古有之的人心问题。所以，一边提倡、鼓励写世俗，关注人的身体的身体叙事，一边希望能从这样的文学世界看到人文精神的高扬，这本身就是一种悖论。王彬彬身为现当代文学的研究者、批评者，当他以思想者的思维发言时，即当他立足于作家主体的心理人格角度进行研究时，一批作品一批作家便显得与"职业批评家"笔下的就很不一样。

---

① 王彬彬：《一嘘三叹论文学》，第 276、109 页，山东文艺出版社 2005 年版。

三、文学的心理人格论批评

值得解释的是，心理人格通常用来描述那些固有的死的元素，如性格、气质、心理定势、童年记忆等等"内因"。然而，对于人文知识分子而言，他们面对的人文世界、社会现实、思想文化、历史沉积，恐怕从来不会像自然科学那样有规律可循，除了在"底线"理解上需要呼求起码的共识以外，甚至往往遭遇的可能是一千个读者与一千个哈姆雷特式的解释与被解释的关系。既然"外因"瞬息万变，考验一个人文知识分子有没有恒久的操持，剩下的似乎只有"内因"这种多数时候可以当做主体性来理解的判断，它在整个人文研究中构成了唯一可找寻的线索。《往事何堪哀》（长江文艺出版社，2005）。在这个角度，也许才符合王彬彬的本意。比如其中《风高放火与振翅洒水——鲁迅的不敢骂蒋介石与胡适的敢骂蒋介石》一文之所以在"胡鲁"思想研究中显得那么独特，我想很大的原因倒不是王彬彬发现了多少未发现的原始资料，而是他通过也许别人都知道的资料看到了胡鲁根本的思想分野，这就摆脱了谈胡鲁好像非得抉择出非胡即鲁、非鲁即胡的思维定势（其实是理论预设）。当然，这只是一个例子，王彬彬在最没有新意可挖的地方能挖出意想不到的东西，佐证了王彬彬的批评，并非是那种显见的社会分析，或者文化研究，而是真正投入自己的良知进行的知识分子心理人格批评。

关注作家创作时的心理动机，注重作家的世俗人格与天真直觉微妙变化对作品境界的制约和影响，并且在广泛的社会文化心理基础上注入论评者的经验事实与被评者的生活原型，也就是知人论世的批评实践，《文坛三户》是这个方向的集中体现。完全能感受得到，在近30年的文章生涯中，王彬彬的志趣一直在创作上——他总把发乎性情的社会人文短论当杂文来写，这磨砺了他敏锐的人文触角，成就了他思想者的另一副面孔。然而他始终惦记着他的饭碗，又不愿把文学研究当作业来做。于是，他的专业研究实际上就烙上了个人浓重的价值倾向，经他打量过的作家作品因此绝少理论预设，也绝少"断代"色彩，也不可能在这个时间段与另一个时间短之间断然分明地标出文学或作家主体完全断裂的面貌。这与艾略特的"历史意识"说，或者哈罗德·布鲁姆在《西方正典》序言中标明的研究方法——不同时代的作家相对而言不被影响的焦虑所左右者屈指可数的说法不谋而合。概括说，王彬彬的文学研究，不仅是历史语境的还原，更是作家主体与人物主体的双重心理人格的还原。这样的研究就隐含了两条隐含线索：一条是作家心路与历史话语的同构性线索；一条是人物话语与作家话语同构或分裂性关系。总之，他的批评实践，力求告诉人们，文学只与作家的心理、人格、情感、思想状态、受教育情况、生活阅历以及时代思潮紧密联系，并不外在于这些因素有独立的审美、形式、叙事和结构。如此气质，不能不说与他心仪的学者批评家如秦晖、周国平、许纪霖、邓晓芒、雷颐等有着千丝万缕的关系，这些人偶尔客串一把文艺评论①，都显得比通常的职业批评家深透许多。与以上几位学者相似，王彬彬的批评中可能无声无息地浸透着一个时代政治的、经济的、教育的、文化的信息，含纳着一个作家完整的心理的、精神的、心灵的、观念价值的内容，但却少有把简单的作品复杂化或丰富的作品简单化的情形，也绝少过激表述和失分寸的褒扬或贬损。至于动辄启用"史诗"、"超越"、"突破"、在某某领域"又一收获"之类大词，在他的论文中根本就找不到。因为写论文要着力解决的是文本世界中多重心路叠加的缓慢运行状态，本身与那些概念不搭界。另外，用语的谨慎和概念界限的清晰一再表明，王彬彬是多么反感研究者凭口气和调门代替学术本身的行径——那也正是学术底气不足的致命表征。

为了集中阐述王彬彬文学研究注重的心理人格论特点，像《往事何堪哀》中属于知识分子与历史事件关系的篇章暂不列为考察范围。

还原文学的历史语境，就其终极目的直奔的是文学的社会批判性。因此，首先要做的一个工作便是，用历史的眼光钩沉貌似不同性质，实则内里有着必然血脉关联的独立作品之间可能构成的完整图景。所以，王彬彬专著以外的个体文章很少有单独论评一部作品或一个作家的。一旦论评一部作品或一个作家，一般会采取窥斑见豹的方式，否则通常是"合论"。如论《受戒》，他引出的是汪曾祺对类似于"做戏的虚无党"式的和尚行状的欣赏，认为犹如看"一个在大殿上杀猪的和尚"，首先引起的是人生理上的厌恶②。其实指出了汪曾祺价值世界里的一种鲜有人觉察过的混乱，这在汪曾祺的模仿者那里并不是一个个别现象，而且至今文坛上为追求温情、诗意与和谐，混淆善恶的情况时有甚嚣尘上之势。再比如谈王小波，通过王小波善用重复的故事结构杂文，牵扯到的可能是当代思想界的一个整体性特点，"任何自愿选择的痛苦，都是不理性的表现，包括痛苦地思

---

①② 王彬彬：《一嘘三叹论文学》，第292页，山东文艺出版社2005年版。

索在内。"因此，王小波是一个思想的飞翔者，而不是一个思想的跋涉者①。不过，文学论评中的指涉性思想，他不会做得喧宾夺主，隐而不发是他的风格。

王彬彬最有分量的是"合论"。试举两例。

《林道静、刘世吾、江玫与露沙——当代文学对知识分子与革命的叙述》从正标题出示的几个人物便可知，所考察作品前后跨度有四十多年。虽然只有四部作品，但就其论述的清晰度与容量，甚至胜过任何一部一般性的专著。

当代文学对知识分子与革命的叙述，这一选题下云集的研究者之多几乎是无法统计的。但研究路线及目的无非这么几种：一种是批判性价值取向，通过知识分子在革命中的处境、被扭曲，反过来证明革命对知识分子心灵的创伤，所谓"过去是革命把人变成非人，现在是非革命把鬼变成人"的模式；另一种是人性审视式的，通过分析多角色人物的不同观察和叙述，反映人性的自我变质；第三种是非文本材料考证型，直接从作家文化心理分析入手去研究"五四"文学思路。王彬彬之所以是"叙述"，就是用人物自己的眼睛、心灵、情绪、情感呈现知识分子在不同年龄、不同革命时期和不同社会环境下，对革命的不同感受和不同体味，从而具象地展示出人物内心对革命无以名状，又绝对想逃离可是无路可逃只能"听天由命"服从时灵魂一点一点麻木的过程。这种角度，绝非直截了当地出示"异化"或者"同化"的结论。表面上也许可以归纳为刘世吾的昨天就是林震的今天，林道静的明天就是露沙的昨天。两代知识分子革命者对革命的认识，即激情的过去与无奈的现在实际上是宿命式的消极循环，这就推出了革命及那种特有的革命氛围对知识分子应有锐气的慢性宰杀。不过，王彬彬把这一组知识分子放在一起，更重要的目的是通过作家的叙述，探讨革命对知识分子本身的态度。这样看，以上又似乎不全是他愿意看到的文本意义。延安时期露沙在日常生活中的心酸、"老"字号的工农兵行为在露沙心目中的恶劣形象，以及露沙那半文盲丈夫只会低级肉麻的情书，等等。工农兵如此粗俗不堪的细枝末节对露沙的"改造"可能才是王彬彬关注的焦点。于是，在更广阔的背景上，通过他的钩沉人们看到的是，40年代革命时期、50年代"反右"和六七十年代"文革"乃至新时期政策松动以后，金庸、王朔、余秋雨实则"帮忙"或"帮闲"但仍能引起普遍

---

① 王彬彬：《一嘘三叹论文学》，第101、95页，山东文艺出版社2005年版。

性社会好评的根本原因。那种麻痹人们对现实的感觉，消解人们改造现实的冲动①的价值误导，之所以会久盛不衰，很大一部分精神阻隔来自于国家意识对知识分子社会功能的贬损。

这一批作品总体上"展示了露沙们作为人的尊严的彻底沦丧"，这一点应该才是革命对知识分子比较普遍的"改造"，而差不多已经形成"定论"的评价分析到此算是止步了。可是王彬彬看到了革命更要命的一点，就是当知识分子都抱定"生是革命人，死是革命鬼"的决心时，革命对知识分子改造的巨大成功在于，让他们"全身上下都是公家的"前提下，"当人已没有任何东西是属于自己独有的时，他的自我意识也就难以确定，他就必须依附于一个集体，才能让精神有所依托，才能找到自己的位置。"②

后面这个结论，也许也是《露沙的路》的作者韦君宜心里意识到的意思，但绝不是其小说里直接或间接透露的意思。这说明立足于心理人格分析的批评方式天然地具有广阔的开放度，把握好它能走到作品未及走到的地方，最终把"死"问题激"活"。也说明王彬彬是用思想者的思维来观照文学的，视界的高远使批评走出了"六经注我"的依附，亦摆脱了"我注六经"的游谈无根。

我每每阅读王彬彬的批评文字，轻松真切之余总觉得还有一种澄澈后无法穷尽的东西，其实这也是王彬彬文字的一大特点，他的文字总不至于用得很满，即便是需要不得不说透的地方，也至多表达出一种思想形象的轮廓，把意思植入你神经的末梢就行了。虽然是论文，但与他在另一篇文章中征引的鲁迅谈写小说的意思有几分相似。"说到'为什么'做小说罢，我仍抱着10多年前的'启蒙主义'，以为必须是'为人生'，而且要改良这人生。……所以我力避行文的唠叨，只要觉得够将意思传达给别人了，就宁可什么陪衬拖带也没有。……我深信对于我的目的，这方法是适宜的。"③

"启蒙"、"改良"是王彬彬观照文学的终极，不过，他的研究并不定位在对这些理论的阐释上，从微观细节辨析出当代作家与鲁迅人生观、世界观、价值观之间"不难被人们重视"的相同，却"更不应该被人们忽

---

① 王彬彬：《文坛三户》自序，郑州大象出版社2001年版。
② 王彬彬：《一嘘三叹论文学》，第95页，山东文艺出版社2005年版。
③ 鲁迅：《我为什么做其小说来》，《鲁迅全集》第4卷。

视"的相异,以及追问相异在哪里。这就显得比流行的"新批评"式文本细读批评与峻急的"道德"论、"价值"论、"主体"论更有说服力。对于作家的创作,如何"超越"大师的理论问题也会转化成可操作性的实践问题。如果有足够的心胸,阅读王彬彬的批评,其本意应该是站在作家立场上的发言,恨铁不成钢的热诚还是压倒一棒子打死的冷酷。

《残雪、余华:"真的恶声"?——残雪、余华与鲁迅的一种比较》[1]便是如此。方法仍然是由人物心理推知作家的创作心理,由人物人格气质推知作家的情感态度,由人物的价值选择、人生理解、人性观念推知作家的是非曲直、思想深浅和精神境界。残雪、余华与鲁迅的相同是"鲁迅在许多小说中,也同样关注了人性的阴暗残忍,也同样展示了人与人之间的冷漠敌对。鲁迅也同样看到了残雪、余华所看到的人世风景"。相异就多了,而且更为深刻。"残雪和余华,都把人写成动物:残雪把人写成了蝇鼠龟蛇,而余华则把人写成豺狼虎豹。"残雪使情人之间稍稍美好、高尚、可贵一点的感情显得厌恶、令人作呕,并且在广大无边的、臭气熏天的、苍蝇密布的垃圾堆上居然开出一朵花;余华在为人们称道的小说《古典爱情》的结尾不让墓中的惠小姐复生与柳生结成恩爱夫妻。由此可知,两位作家的创作目的就在于"肯定恶、赞美恶,就在于向人们宣布:这就是人,这就是人的生存状况,这是不可改变,你们只能世世代代这样生活下去"。前者"不是认为无边的垃圾是一种不合理不真实的存在因而应该灭亡,而是认为这朵小花是一种不合理不真实的存在因而应该灭亡;不是用这朵小花去否定无边的垃圾而是用无边的垃圾来否定这朵小花"。后者《现实一种》中对人的尸体的分割和《古典爱情》中活割人肉的行为实乃如出一辙。"分割尸体乃是为了他人能活下去或能活得更好,而活割人肉也是为了他人能活下去或活得更好"。"前者(《现实一种》)是'科学'、是'文明'、是'救死扶伤'、是'人道主义';后者(《古典爱情》)是'残忍'、是'野蛮'、是'兽性大发'、是'丧尽天良。'"紧接着王彬彬说,在这里,人们把生命视作了最高的价值标准。而如果把生命,把是否活着看做最高的价值标准,那人与其他动物也就毫无区别了。

把生命视作最高价值标准,也就必然要承认不择手段地求生是合理的,而在大饥馑的岁月里以人肉充饥,也自然就无可指责了。实际上,如果他人的皮肤眼球睾丸都可以用来安在自己身上,那人肉为什么不能用来

---

[1] 王彬彬:《一噱三叹论文学》,第62页,山东文艺出版社2005年版。

填充肚皮呢?

所以,残雪是在距离人物心灵很远的地方叙述,余华是只写外在行为让人们猜测他的内心状态,两人都放弃了对人的心灵的探索。鲁迅《狂人日记》中的狂人不仅仅是一个受害者,也不仅仅是一个反抗者,而更是一个觉醒者,一个忏悔者,一个启蒙者。他蔑视包括大哥在内的吃人者,他毫不畏惧地反抗着对自己的迫害。

> 虽然"晓得他们布置,都已妥当了",但是"我可不怕,仍旧走我的路","他们这群人,又想吃人,又是鬼鬼祟祟,想法子遮掩,不敢直接下手,真要令我笑死",于是,"我忍不住,便放声大笑起来,十分快活。自己晓得这笑声里面,有的是义勇和正气。""我"敢于质问吃人者:"从来如此,便对么?""我"敢于义正词严地劝告大哥,"我"敢于对着吃人者宣告:"要晓得将来容不得吃人的人,活在世上"。"我"敢于疾呼:"救救孩子……"

残雪、余华与鲁迅的区别,不仅仅在于前者因为人类无法改良而不将创作作为一种改良人生的方式,而后者则因为还希望人类能够改良而执著地去改良人生。还在于:"前者对人类的未来不抱希望便转而去认可人类的现在,而后者即使对人类的未来失去希望也坚决拒绝与人类的现在媾和,坚决拒绝承认人类的现存状况是合理的,即使明知人类无法改良,也要硬着头皮去做。"

我想,如果残雪和余华们读到过的话,以后的创作就不应该迷惑于那些看起来是找与大师的差距,主旨却在比附大师的声音。阎连科的"怪诞"到底能走多远? 莫言是不是得鲁迅的真精神? 当然对余华新作《兄弟》也有新的阐释,如认为深得巴赫金"狂欢精神"等等,暴露的都是类似的问题。

近年来,对文学批评如何不行的发难声越来越强烈了,并且同为发难者,一边指责,一边好像仍然在制造很是隔靴搔痒的批评文章。感于此,我完全赞同王彬彬的批评方式,坚持认为,要研究文学的不足或者进步,不管相对主义如何势不可挡,也不管文化多元到什么程度,文学上的问题,只能而且必须先从创作心理打入。

第十三章
李建军[①]（1963—   ）：
人文精神烛照下的主体性批评

李建军在当代文学批评领域的"崛起"，显得有些特别。他好像一下子戳到了文坛的某个关键部位，或者一下子抓住了文学的一些要害，于是他的名字也仿佛是一夜之间流传开来的。至少在当代小说研究和批评领域，李建军的批评像一根引燃的导火索，一篇篇集束式爆炸的小说"病象研究"，从创作者、研究者、读者接受的多维角度，改变着人们日趋钝化的顺势的艺术感觉状况，顽强地反证着侧重于解释的主流批评话语场域的错位问题。仅此一端，李建军从微观修辞进入文本的实证主义批评方式，就足以给当代文学批评史留下深刻的记忆。

一、世俗化批评风气中的"分歧"与"常识"

大致说来，李建军作为一个富有血色的批评家和充满人文情怀的人文学者，他的名字最先被人们记住，应该说首先缘于他对文学批评常识的尊重，以及对说真话的践行。这说起来似乎多少有些令批评界尴尬，但这的

[①] 李建军，陕西延安市富县人，1963年出生。1986年从延安大学中文系毕业，入中国人民大学中文系学习，获文学硕士学位；1996—1999年在中国人民大学学习，获文学博士学位。曾经做过高校教师和出版社编辑，现在中国社会科学院文学研究所从事研究工作，主要从事小说理论研究及现当代小说评论。先后在多家报刊发表理论、批评、学术随笔100多篇。多篇论文被《新华文摘》《中国社会科学文摘》《中国人民大学复印报刊资料》《书摘》《小说选刊》《文艺报》等转载。有专著《宁静的丰收——陈忠实论》《小说修辞研究》《时代及其文学的敌人》《必要的反对》《小说的纪律：基本理念与当代经验》《文学因何而伟大：论经典的条件与大师的修养》等数种，有编著《十博士直击中国文坛》（中国工人出版社）、《百年经典文学评论》（长江文艺出版社）、《速读中国现当代文学大师与名家·张爱玲卷》（蓝天出版社）和《路遥评论集》（人民文学出版社）等。曾获"冯牧文学奖·青年批评家奖"、《文艺争鸣》优秀论文奖、《南方文坛》优秀论文奖、《北京文学》文学评论奖、《上海文学》优秀论文奖以及2002年度和2006年度中国当代文学研究优秀成果奖等。

确构成了人们对李建军文学批评的最初印象：直言不讳、勇力揭示真相和注重文本的微观考察，等等。用他自己的话说，"明眼的读者一看就知道，我属于在批评上很痴愚的那种人：态度既无讳掩，方法亦颇原始。"他的"原始"即指批评实践的基本立场，"我常常用最简单的实证方法，从标点符号、错别字及语法和修辞病象等方面入手来细评作品。"① 这也就是读李建军的批评文章总感觉文学就是文学，它只有好坏之分，没有等级之分的根本原因。

李建军也明确地表白过这个看法，"在我看来，一位作家，无论他多么'著名'，都不享有蔑视语言规范的自由和屡犯低级语言错误的特权，因此，只要他的作品里大量出现文不从字不顺的错误，充满了中学生都不犯的语法错误和修辞错误，那么就有必要根据最基本的标准来要求他、批评他。"② 这一点，也使得他的批评曾一度被一些媒体渲染成所谓的"酷评"，"酷评"的徽号也差不多可视作人们对李建军早期批评的普遍性误读③。

直到 2000 年 9 月西安的《三秦都市报》连续刊发的几组文章有意无意地把李建军对《白鹿原》（陈忠实）和《怀念狼》（贾平凹）的批评观点放大为所谓的李博士"直谏"陕西作家事件④以来，李建军的反对者所持有的观点几乎均对着李建军之所以批评的"动机"发难，基本上把文学批评引向了非文学——陈忠实、贾平凹能不能批评的是非之争。李建军于 2000 年就出版了的陈忠实研究专著《宁静的丰收——陈忠实论》⑤，非但没有成为反对者批评李建军的有力参照，反而连起码的引证都没能做到。这时候，李建军大概彻底感到了说真话、尊常识、用个人阅读的真切感受

---

①② 李建军：《时代及其文学的敌人》后记，第406页，北京工人出版社2004年版。

③ 在关于《关于酷评》一文中，从批评者对批评话语权误用和普遍社会文化心理的角度，借重世界一流理论大师的观点并结合中国文学批评状况和批评积久形成的瞒和骗的恶习，直接有力地反驳了人们对"酷评"这个术语的歪曲理解以及其背面隐含的恶俗的、不健康的、暧昧的深层历史文化原因。该文可看做是李建军对自己被普遍性误解的回应。《时代及其文学的敌人》，第291-294页。

④ 双方的分歧意见参见李建军与《三秦都市报》记者杜晓英的谈话《关于"直谏"讨论的答问》；被批评方的反映参见《面对面的交锋，心与心的交流——来自〈突发的思想交锋〉新闻发布会暨文艺思潮研讨会的声音》，《三秦都市报》2001年3月22日；关于"直谏"的详细文章均收在由惠西平主编的2001年太白出版社出版的《突发的思想交锋——博士直击山西文坛及其他》一书。

⑤ 李建军：《宁静的丰收——陈忠实论》，北京华夏出版社2000年版。

进行批评的无奈和寂寞。但是他不会怯场,更不会放弃。"三评"《废都》、"再评"《怀念狼》,以及对《病象报告》《看麦娘》《檀香刑》《尘埃落定》《一腔废话》《手机》《沧浪之水》和陈忠实(前期创作)、残雪等名作名家的批判,就是在这个时候陆续发表出来的。这也足以证明作为批评家,李建军有着厚实的理论实力和别人很难比拟的批评勇气。

也同样是2000年,李建军批评的对象之一陈忠实向媒体披露了他对"直谏"的看法,"我最关注最感动的是读者那一版文章。那一版文章给我的直接感受是文学起码在陕西还活着,那么多读者关注着一场讨论,关注两个作家的两部作品。这种现象恐怕在全国也不多见……我们的文学批评无人关注,包括我也能感受到,读者不看就是作者最大的悲哀,读者不看你写那弄啥么?"① 既然当事人认为李建军提出的问题属于文学内部再正常不过的评价问题,也代表了普通读者的大致意见。李建军的观点只不过是尊重了常识,没有睁眼说瞎话,且证明了文学在读者心目中的生命力——"文学还活着"。那么,贬义色彩的"酷评"一名就不应该送给说真话、尊常识、捍卫文学批评尊严的李建军?事实是,据我观察,从"直谏"到集束批评《废都》《怀念狼》等作品,李建军一直处在独立的位置。一方面,二三线的批评者对李建军的批评保持着一种警惕而温婉的态度,常常以对某种相当泛化的恶俗批评风气的批评为名义掩饰过去,不做正面评价;另一方面,面对李建军颇为孤独的声音,"主流"批评家往往以文学旨趣不同为由而对相同的问题保持沉默②。

这就约略可以看出,李建军的批评实践,批评立场,批评风格,至少在2005年以前仍属批评界的"异数"。这让人油然想起温儒敏在《中国现代文学批评史》中对大批评家胡风的评价。他说,"80年代文坛有各种不同的创作口号,偏重个性表现或主体人格的追求的口号也屡见不鲜,但作

---

① 《面对面的交锋,心与心的交流——来自〈突发的思想交锋〉新闻发布会暨文艺思潮研讨会的声音》,《三秦都市报》2001年3月22日;转引自李建军《写"特稿"的方法》,《时代及其文学的敌人》,第380页,北京工人出版社2004年版。

② 栾梅健《〈秦腔〉是一堆垃圾?——兼谈当前文坛的批评风气》一文,实际上可视作"主流"批评家具有代表性的态度。该文既是解释"上海批评界"并没有有组织地对《秦腔》唱赞歌,也曲意地辩驳了"一堆垃圾"只是李建军本人的标准,而非上海批评家的意思,上海批评家并未既"抗拒"而"眛着良心开启则吹捧《秦腔》",但是读过2005年第5期《当代作家评论》"《秦腔》研究专辑"文章的人都能看出来,各论者立论的角度虽不一样,但"赞歌"的调子还是基本一致的。见《文学报》2005年9月15日第3版。

为倾向现实主义的革命文学理论家却又格外注重'主观精神'的,大概只有胡风。他确实一出现就很引人注目。人们读了他最初的几篇批评论著后,很快就形成了一种印象:胡风很'狂',但有锐气,有理论实力。他提倡的'主观精神'绝不是喊喊新异的口号,而是比较系统深入的理论探求。"[1] 当然,通读李建军的批评论著,他无疑喜欢胡风人品及其批评精神,但作为批评家,胡风对李建军的影响肯定不及别林斯基这个只活了37岁的19世纪俄国革命民主主义批评天才。别林斯基世界性的眼光、透彻的分析能力、果敢的勇气、对文学的赤子之心,甚至别林斯基三言两语说出事物真相的简洁的语言风格,以及俄罗斯知识分子那种深刻的宗教气质、精神神韵等等,都或多或少能在李建军身上体会得出来。或者说得更细些,如果李建军的现实主义文学观脱胎于19世纪列夫·托尔斯泰等伟大作家作品的话,他批评的历史意识和"事实感"则来源于艾略特、韦恩·布斯等人,人文知识分子的担当性可能多受到马修·阿诺德、弗兰克·富里迪等人的影响。

　　伟大的文学和世界一流的理论家,在李建军那里,既是他研读、汲取精华、磨砺批评眼光、形成批评观的丰富库藏。更重要的是,伟大文学的品相,世界一流理论家的理论持见,最终反过来又构成了他研究、审视、超越的主要对象[2]。通过"整合"与"融会",李建军形成了他不同于任何一个当代批评家的批评风貌:现实主义始终是他的底色,这一点成就了他批评的现实感和历史意识;主体性又凸显着他批评的精神主线,这一线索始终体现着他批评的人文性和人格化意向;知识分子的使命感和职业精神,则又使得他的批评像庖丁的解牛,精微、直观,形成了注重说服力的"细胞解剖式文体批评"风格,也因此多看到的是人们习焉不察的病象世界。

　　2000年的"直谏"事件,还有个听起来像是很乖巧涉及的问题也很小甚至于不值一提的别名,它叫"一束头发"事件。鹿兆海每杀一个日本兵就割下一撮头发作为纪念,最后头发成为可观的一束,朱先生烧头发祭奠被害者时被烧焦的头发呛得恶心,想吐。就此细节的读解,李建军认为

---

[1] 温儒敏:《胡风的体验现实主义批评体系》,《中国现代文学批评史》,第160页,北京大学出版社2005年版。

[2] 《小说修辞研究》对韦恩·布斯《小说修辞学》继承中的发展;对巴赫金作者与人物关系理论的批判;对亨利·詹姆斯"展示"理论的批判;对罗兰·巴特和罗伯-格里耶"客观性"的批判等外。李建军:《小说修辞研究》,中国人民大学出版社2003年版。

《白鹿原》有"狭隘的民族意识","《白鹿原》叙事关涉的主要内容并不是民族冲突,但它叙述朱先生、鹿兆海等人在民族冲突中的言行,给人留下了深刻的印象。而这些印象,在我的体验中,是不愉快的、消极的,因此,我批评了它。"① 反对者也正是抓住这一点进行攻击,认为李建军对《白鹿原》的批评是"偏激的言论","骇人听闻的结论",并非批评的"正途和本义"。其实在其专著《宁静的丰收——陈忠实论》中,早就有过系统的论述,只不过"陈论"以"传统道德镜像的正面"和"传统道德镜像的反面"来分别分析,尖锐的观点深化在《白鹿原》的叙事事象当中不易被粗心的读者察觉罢了。也就是包括"头发"的细节在内,还有不少暴露作者思想局限的不完满处理,只是它们不会影响《白鹿原》整体上的成功。有关《白鹿原》的局限和不足,"陈论"在与《静静的顿河》《日瓦戈医生》《百年孤独》的比较中,就景物描写、主题及其象喻、反讽修辞及共同的小说精神方面,李建军的论述已相当透辟,认为《白鹿原》无疑是当代中国长篇小说发展50年来一个重要的收获,但它仍然是一块有瑕疵的玉,这主要是由于作家主体思想、精神的局限所致,它不同于文本本身的混乱和失败的作品。

对李建军的粗浅界定不难看出当时批评界的浮躁风气,批评者玩弄的恰好是搬起砖砸自己脚的批评把戏。茅盾文学奖的美丽光环,《白鹿原》实现了人们对"史诗性"的长期渴望。翻一翻2000年出版的《〈白鹿原〉评论集》,别的不说,仅论文的题目"精魂"、"秘史"、"历史画卷"、"大作品"等等,就足以撑破小说的实际容量。不同的是,李建军更为警觉,他的《一部令人震撼的民族秘史》放到"陈论"当中来看,基本的评价也是一致的。也正因为曾经参与"合唱",突然一次"狭隘的民族意识",显得与主调太不相合,多数李建军的反对者又没有读过或没有细心读过"陈论",所以,对李建军的观点感觉很别扭、很难沟通。当然,这种现象应归到批评的浮躁风气上来,但实质是,除了浮躁气,这时候对《白鹿原》的评价已经显得相当世俗了。

在批评的整体世俗化氛围中,李建军的"偏激"被以点带面推测成"道德批评"。再加之李建军在多数论文中,对破碎、暴力、仇恨、冷漠等文学现象的无情批判;对私有形态的反文化写作,对随意杜撰的反真实性

---

① 李建军:《关于"直谏"讨论的答问》,《时代及其文学的敌人》,第360页,北京工人出版社2004年版。

写作，对草率拟古的反现代性写作，对随顺的平面化写作，以及对煽情矫情、消极写作、小说与影视合谋等等当代小说的多方面病象趋向的学理性清理，19世纪现实主义文学，特别是以列夫·托尔斯泰为代表的俄罗斯伟大现实主义文学的交流性、亲切感和博大的悲悯情怀以及对底层者、弱势者的体恤和爱意，自然构成了李建军批评的有形背景和强大参照系。道德批评和"过时"的现实主义的指责，严重地简化了李建军文学批评的批评性和丰富的人文内涵。甚至如果不细读李建军的批评论著，那些旨在"颠覆"和"断裂"，唯"新"是举、阴阳造势，替作家抱打不平的、以体恤读者的名义发表的言论，给人的一个错觉是，李建军可能就那么简单。所谓"李氏批评标准"，就是"道德癫痫与文学洁癖"；所谓"李氏批评套路"，就是"连环箭、板转以及'掌声和鲜花'"；所谓"李氏文学批评方法"，就是"定性分析与定量分析"①。很能说明处在话语的夹缝中，对文学的真相不明就里，对批评的意义糊里糊涂的人们的普遍性态度。也显赫地表征了消费主义时代，或"准个体"时代，真正的个性沉陷、自我普遍性迷失、本质性价值混乱、绝对意义遭遇坍塌的种种现实。这个角度，李建军及李建军文学批评的实际意义，其实远不止"文学清道夫"、"文学守护神"。通过对当代颇具影响力的名家名作的批评、清理工作，竭力搬转文学的颓势，勇毅戳穿时代泛文化的真相，从创作者、读者、批评者和飘飘忽忽的时代意识形态对文学的"询唤"和"暗示"的多维面，召回文学的心灵性，确立时代及文学的主体性地位，才是李建军文学批评在当今语境中存在的核心价值和意义。李建军对名家名作的批评，借用伏尔泰的观点，就是之所以从最基础的工作做起，比如像伏尔泰经常做的那样，指出"笔调松散"、"用词不当"、"不可理解"、"不合语法"、"结构欠佳"及"俗气而滑稽"等语言病象，动机是"谁若不能指出伟大人物的过错，谁也就不能欣赏其长处"。原因在于，"批评应侧重伟大人物的不足：若由于偏见连他们的毛病也欣赏，那么不久我们就会步其后尘。那么我们从名家那里得到的启示，或许便是如何将作品写坏了。"② 李建军选择当代长篇小说作为病象研究的对象，说穿了，这批作家作品的影响力其实是早已形成了一个文学叙述潮流，扼住这股已经有些漫漶的潮流，朴素的目的就是为了不至于让后来者继续上当，真正把作品写好。

---

① 金赫楠：《直谏李建军》，《文学自由谈》2005年第4期。
② 李建军：《论批评家的精神气质和伦理责任》，《文艺研究》2005年第9期。

高扬批评的批判性，践行从"细胞"分析进入文本及其背面主体领域的有效性和立足于人文主义精神的担当性，一起扭结、融会并构成了他文学批评独异的思想光芒和精神风采。

那么，李建军对文学批评的定义究竟是什么？在他眼里，批评的功能和存在的意义又具体是什么？这关系到他的批评有无力量、有无说服力的问题。

二、"愤青"、唐吉诃德与显微镜

《重新理解现实主义》（《小说选刊》2006年第2期）一文并不长，但无疑是一篇重要的文章。就针对性而言，可视作是对2000年以来甚至时间还可以提前差不多10年的各种文学病象的总结。在近20年的文学时间里，现代主义或后现代主义必然要取代现实主义，现代主义者或后现代主义者必然要与现实主义者划清界限，是各路文学纷争的焦点。由此纷争而导致的各种大大小小的病象，它们其实貌合神却不离。那就是，认为"纯文学"一定要与人道主义情怀无关，因为人道主义可能会使文学重新功利，这显然与现代主义者或后现代主义者所信奉的哲学给他们提供的世界是破碎的非本质的命题相悖。因此，文学要拥有心灵的深度，虽然"个人化写作"和"欲望化写作"这个异军突起的写作潮流，不见得就是这个时代最理想的"纯文学"途径，毕竟，它们离文学就是人学的经典的"现代性"论调是越来越近了，而不是远了。李建军的现实主义是"一种精神气质，一种情感立场，一种与现实生活发生关联的方式"的提法，一定程度上，解决了一些重要的文学命题。一、现实主义只是一种方法论，"真实性"、"客观性"当获得了心灵的广度和深度之时，现实主义、现代主义或后现代主义并无本质的差别；二、现实主义很大程度上表征文学有无持久生命力的航标，可否交流以及交流的程度如何，也就是文学对读者的一切影响，归根结底，是承认文学多大程度上显示了人的历史意识。这个时候，哪怕铅华洗尽，哪怕欲望恣肆，人只要需要爱，需要陪伴，需要被发现，文学就没有新旧之分，只有高贵与低俗之分。

李建军如此不厌其烦地重提这些常识性的命题，目的无非两个。第一，希望自己的批评能够被人们理解；第二，批评话语的一次次翻新，文学的真相实在被掩埋得太深，以致到了不得不返回起点的地步。

即使如此，这样的现实主义好像还不能标明某种批评就一定有非得存在下去的理由。非得存在下去的批评，一定得有一整套言之有效、言之有力的话语体系。否则，被界定后的现实主义文学的那种深厚的爱、博大而悲悯的人道情怀、真切的交流性和介入现实结构的真实性以及面的宽广度，非但不容易创作，而且对它的评价也极易变得凌空蹈虚、不着边际，操作性就成了真正的问题。长文《论批评家的精神气质与责任伦理》（《文艺研究》2005年第9期），是迄今为止李建军最完整最透彻地系统表达自己批评观的一篇宏文。

首先是强烈的艺术感受力，这和通常人们谈感受力必须涉及的直觉、感觉、知觉等生理范畴的内容不同，它不是一般意义上理解的"个性化"的主观性东西，而是指人客观的素质，即人被塑造后的相对较稳定的文化性格，就是李建军强调的"精神气质"。他说，"批评家的精神气质也许与人身上的生理气质有着潜在而神秘的关联，但是，我们似乎还找不到充分的依据，说那种生理气质的人最适合做批评家，或者不适合做批评家。我倒是倾向于认为，人们通过自觉地努力，可以深刻地改变自己的精神气质和行为模式，从而完成对自我精神生活的文化变革，最终成为一个真正意义上的批评家。"经过"自我精神生活的文化变革"后的批评家，它的主语应该是"我们"。一方面，李建军排除了包括解释型研究在内的读后感式的哪怕"文采斐然"、"机智聪明"的"描述自己的阅读感受和印象"的能力，他倾心的是具有"成熟的思辨力"和"深刻的思想内涵"的批判力；另一方面，批评家的批评活动最终要能引燃多数人的"文化变革"，有全民皆批评家的意思。在他眼里，良好的批评活动其实就是对民主氛围的促成，而不单是为稻粱谋而不得不奔波的职业学术行为。按照他自己的逻辑，批评家的精神气质与"民主的气质"是一回事，"实际上就是不服从的精神"。

"不从的精神"，最早见于卡尔·科恩《论民主》一书，该书一些精彩的论断被李建军多次谈起，并引用。比如卡尔·科恩说，一个信仰民主的人，应该培养这样一种"心境"，"即在实践中绝不认为任何有关事实、主义或道德原则的见解是绝对正确，无改善的余地"。最后的结论是，"理想的情况是社会成员与他们选出的官员间存在着互相信任与互相忠诚的关系，但成功的民主却要求公民在信任之中掺合一些批判精神，即对当局存在一定程度的不信任。"应该说李建军这一辈的批评家，大多经历过艰苦的生活磨难，童年、少年乃至正当读书受教育的中学时代，都浸泡在饥饿、"文革"及文化的沙漠化年代里，他们更深切地了解心灵的需求，也比其他年龄段的人更痛切地体会过民主匮乏的滋味，再加之他们大都有过硕博连读的专业训练。因此，这一代批评家的理论资源一般来自西方，他们也一般注重理性、现代公民的民主意识和个性自由。可是李建军并不是一个食洋不化的学者，他与只把西方理论作为论点也就是王彬彬所说的"搬运夫"不同。也就是他的博览群书，眼光始终没离开过本土的现实问题。

所以，你尽管可以挑剔他因征引的驳杂而影响了阅读的流畅性，但他因此而获得的批评的高迈眼光和批评拥有的厚重历史感，不能不说是他作为一个批评家，远远高出一批批评家的关键之处。

从卡尔·科恩、洛厄尔、蒂博代、别林斯基、古斯塔夫·勒庞到中国的《老子》、朱伯庐的《治家格言》。在"多言数穷，不如守中"、"处世戒多言，言多必失"和"言人之不善，当如后患何"和阮籍"发言玄远，口不臧否人物"一起编织的巨大的话语权力的一再训导中，不开罪于人，好处说足，坏处点到为止的世俗人际原则，毋宁说早已是审美言说时潜意识里的常规了。不揭穿这个隐藏在话语背后的制约性因素，一切的言说从本质上就是无效的。

这时候，李建军说"写作也是一种权力"，的确有些太常识了。因为目前而言，还没有哪个研究者愿意把自己的精力交给一个压根儿就不愿公开的或未经发表的资料或文学作品。尽管一直有人把写作视作游戏或儿戏，只要他的产品被公开了，被读者读到了，写作行为与读者之间就已经建立了某种方向确定的权力关系。这个角度，"倘若我们不想让写作沦为一种任性而野蛮的权力，不让它沦为审美名义下的道德放纵，或商业动机驱动下的文化犯罪，那么，读者尤其批评家，在对作家的信任中就必须'掺合一些批判精神'、'存在一点的不信任'，或者，换句话说，必须首先执持一种'反对'的态度，一种'高明的怀疑态度'"。以一种警惕的、审慎的、理性思辨态度对待每一个值得论评的对象。深层目的也许会较有效地避免"过度阐释"的尴尬，还原文本本身的深浅面目，呈现作家主体世界的澄明或浑浊；浅层目的可以避免理论资源的浪费，不至于因头重脚轻而误导作者、蒙蔽读者。持有"不从的精神"，保守一点估计，至少应该能守住以上批评的底线。

另外，"不从的精神"在李建军那里，实际上也是对某种朴素的人类情感的发现和尊重。比如在批评中他十分推崇青春的激情和愤怒，因为这种未经俗化的认知和情感原型，是保证艺术感受独特的直接原因。其一，青年人"充满向往的不满和充满正义感的愤怒,是一种神圣而庄严的精神现象。一个社会,倘若连青年人都失去了不满的感觉和愤怒的激情,那么,它必将因此而丧失勃郁、雄健的生命力,必将沦为一个衰朽而令人绝望的社会"。这就解释了艺术感受力的性质,其实是尊重直觉判断的、不带有陈杂和习惯的情感本位主义。其二,这种情感的结晶最终还得交由"文化"去"变革",在历史的场域中进行理性的锻造,不致使"异质性被同质性吞没,无意识的品质占了上风"。缘于青春的直觉,又要求返回到理性的熔炉里经受"文化"的再塑造。这样吐出的文字,既具有常识主义的朴素又深含着深度人格化的特色,遂成了"不从的精神"的实践模式。

应该说李建军对艺术感受力的这种定位,直击的是"病象丛生的当代文学"关节处——世俗气。当代文学主体性的普遍性缺失,正面肯定性力量的集体性匮乏,不见得是理论资源的短缺,而是破除世俗观念的勇气不足。

其次,批评家身上需要永远葆有"唐吉诃德气质",也需要具备科学家求真尚实的精微意识。借重别林斯基的论断,李建军所说的唐吉诃德气质就是"由浪漫主义情怀和理想主义精神构成的"对真理的"天真"向往,以及对主体精神的"傻子"般的捍卫。只有唐吉诃德的气质,批评可能变得可爱却不可近;只有实证主义的定量分析和精微意识,批评或许很准确但不一定可信。在这两者之间,李建军确立了自己独异的批评方法论,我谓之"微观否定论-主体性批评"。

第一,"微观"与"细节"都注重作品细部的意义,这类批评方式的贡献是可以避免理论资料的膨胀和主题先行的机械,在文学思潮的洪流中能快捷地把捉到作品本身的脉络;不同点在于,文本细读式批评因本着走进作家走进作品的阐释目的,读解的结论通常属于意义型,也就是提前认为作品的细节是有意义的,而且作品的意义是建立在诸多细节的网络之间的。因此,与作家的意图相比,文本细读式批评更愿意揣摩作家意图最终实现得怎样,说出作品细节的多义性、延伸性,便构成了这类批评的结构图式。在这个结构图式里,作家个人文学史上进步与倒退、守成与超越是批评者寻绎的核心话题之一。我指的微观批评,证之于李建军的批评文本,从作品的修辞世界到意义世界,是其批评的重要模式。狭义修辞诊断的是语言现象,文从字顺、语法习惯、叙述方式、说话语气以及作家的人品气象、精神质地等等;广义修辞观照的是由狭义修辞的分析看到的作品整体的意义现象：结构问题、叙述的圆熟程度，作品的可读性、可交流性，人物的精神风姿、趣味、兴趣，情节的真实性、可信性，主题的人文内涵、介入现实结构的深宽面以及由此显示的作家主体的价值观、世界观、人生观问题。比如前面提到的"三评"《废都》就很能说明问题。通过与《红楼梦》和《金瓶梅》中"小蹄子"、"好姐姐"、"就是了"、"可怜见（儿）的"以及"的"、"了"、"的了"等用语的细微对比，《废都》语言上首先体现出来的毛病就慢慢浮出水面了，"几乎所有人物，讲的都是一种半死不活的缺乏当代感和新鲜感的语言，一种缺乏心理内容和意义感的语言。"① 陈腐的语言，承载的必然是朽儒的思想，"草率拟古的反现代性"、"私有形态的反文化性"、"随意杜撰的反真实性"等等。这种整体上否定一部长篇小说的结论，或许太严苛，也似乎不大科学。但细读李建的批评，你却无法推翻他的结论，除非你的论据比他还有力，方法比他还得体。可见，微观批评的终极目的是作家的精神世界，而非语言游戏。方法论的区别，这是意义型的"细节"批评所不及的。

第二，"否定"的目的不是为了把批评对象"说死"，而是通过说出"死穴"的所在，沿着反思维的方向，最终激活作品起死回生的可能。李建军说过，只要可能，鲜花和掌声他会毫不吝啬地送出去的。但迄今为止，在当代写作还未成一定气候的年青作家中，映川、葛水平、晓航、"第三代西部小说家"以及小说如《姑父》（王瑞芸）、《卖米》（飞花）、《马嘶岭血案》（陈应松）、《那儿》（曹征路），不同程度地受到过李建军的褒扬。其余名噪一时、浪的大名的作家作品，残雪、《看麦娘》（池莉）、《病相报告》《怀念狼》《废都》（贾平凹）、《尘埃落定》（阿来）、《沧浪之水》（阎真）、《手机》《一腔废话》（刘震云）、《檀香刑》（莫言）等，都在李建军的批判之列。残雪作为一个有个性且怪异的小说家，她的小说给人们普遍的印象是封闭、重复、混乱、晦涩。这些特征无疑是西方现代主义影响的产物，但与别的"先锋派小说"比较，残雪小说可能会发展为另一种完全陌生的路向：可写性，而不是可读性。这个时候，李建军的提醒或许非常必要。他说，"是的，在所有的受西方现代主义影响的当代作家中，也许没有谁的小说像残雪的小说那样晦涩、迷离、恍惚，那样缺乏主题上的最起码的明晰感，那样令人读了不知所云，那样典型地表征着极

---

① 李建军：《时代及其文学的敌人》，第70–72页，北京工人出版社2004年版。

端的反修辞和反交流倾向所导致的严重病象。"① 莫言的《檀香刑》这部被一些论者给予过高评价的长篇小说，李建军的实证分析显示，"莫言向'民间文学'和'纯粹的中国风格'的"撤退"是失败的"。"瞬间转换"的叙事模式，"人物的心理及性格的变化、情节的演进和发展，常常是在没有充分的铺垫和前提的情况下突然发生，作者随意而任性地把小说当成了'公然炫技'的工具和'狂言'、'浪语'的载体"。这说明莫言想写一部具有民间色彩和民族风格小说的愿望，《檀香刑》叙事实际上与中国小说叙事智慧所强调的疏密有致、疾徐有度的节奏感，以及情节推进和转换的合理性相去甚远。另外，"突然"、"忽然"、"很快"或"顷刻之间"之类的词，在小说中出现频率极高，也表明"莫言在状写人物、叙写情节时，有一个公式化的写作套板"。② 还比如《尘埃落定》为追求"魔幻现实主义"，把不可靠人物"我"作为视点的失败；刘震云小说《手机》的剧本化特征等等。

90年代以来，文学的"私有化"形态，视界民间化、民族化后的臆想民间趋向，姿态上的反交流性立场以及长篇小说与影视联手而导致的审美"末路"的后果，凡此种种，很大程度上肇始于这批名家名作，这种写作风气与一些配套的理论批评一起又以某些响亮的思潮名义传递到下一代作家之手。可谓文学精神整体性委顿的根本原因之一。李建军否定论批评，虽然苛刻，但其良苦用心毋庸置疑。为的是以反向思维的方式、以令人警醒的语式、以严肃的学理分析、以毫不遮掩直奔主题的批评立场，来达到人们对文学前程足够警觉的效果。这种批评方式，从时代主体的角度考虑，如果把诗人和作家视作时代社会的第一批判主体，那么，批评家充当的则是批判主体的批判者，用李建军的话说是"'社会的敌人'的敌人"③。

以上分析可见，李建军的微观否定论批评，重要的着力点在于改善文学的生态，而不是提前给文学预备一个理论的蓝图。所以，这种批评它有自己的套路和模式，但本质上却又是反模式的，至少是反观念性文学的。所谓观念性文学，就是指那些缺乏创作主体自觉导引的，理论批评界倡扬什么就去写什么的懒惰写作。或者轻巧地掠取时代文化的表象，博取消费

---

① 李建军：《时代及其文学的敌人》，第166页，北京工人出版社2004年版。
② 李建军：《必要的反对》，第63页，山东文艺出版社2005年版。
③ 李建军：《论批评家的精神气质和伦理责任》，《文艺研究》2005年第9期。

大众一时的青睐；或者转换视点投靠审美意识形态怀抱、抢占理论批评话语的制高点，博取批评家的掌声；抑或返回自我，在"纯文学"体面的掩护下贩卖私我的"内心舞蹈"等等，不一而足。因此，始于形式剖析，旨在烛照创作主体精神事象的微观透视性批评，又可以说是真正的主体性批评。

三、孤独的主体性批评

如何给李建军的文学批评定位，肯定为时尚早。李建军出生1963年，应属于"新生代作家"一辈。又按照吴义勤、施战军主编的"e时代批评丛书"所罗列的批评家，包括李建军在内的20多为批评家（以已出版的两辑丛书为准），其实不是按照他们出生的年代来划分，是根据他们的批评实绩来命名的。吴义勤在题为《瞧，他们走来了》的"代总序"中是这样说的，"仅就90年代以来的中国文学批评来说，'缺席'、'失语'的指责可谓不绝于耳。但这种指责又在多大程度上接近真相呢？许多人在怀念80年代文学批评和文学批评家的背景上，面对一大批80年代成名的文学批评家在90年代纷纷离开文学批评现场的事实，发出'缺席'、'失语'之类的感慨其实是可以理解的，但是他们不能据此忽视另外一种事实：那就是在80年代批评家离场的同时一大批90年代批评家的登场，以及这一代批评家在90年代的批评业绩。"吴义勤的意思不是说这一代的批评家已经对80年代批评家构成了所谓的"超越"、"突破"之类夸张的说法，而是强调，90年代的文学批评大致可看作是文学批评回归本体的一个过程，那么这一代批评家的共同点实际上就是文学本体批评。紧接着吴义勤的解释是，"'e'时代既是21世纪信息时代的指称，又是一个指向未来的不确指的年代，它是告别，又是开端。而'e'批评则应是能体现'e'时代文学批评'标高'的批评，它应超越前人，启示未来。"[1] 这与古远清在其《中国当代文学理论批评史》（1949—1989大陆部分）的说法是基本一致的。古著在《余论：90年代的文学批评特征》中也诙谐地讲到，80年代文学批评家"胜利大逃亡"后，"如陈思和、王晓明、南帆、王干、陈仲义等人其英姿不减当年"，当然，他也分专节论述了雷达、曾镇南、王蒙、阎纲等人。但其本意实际上指的是对90年代以来文学作出批评实绩的批评

---

[1] 李建军：《必要的反对》，代总序，第1—2页，山东文艺出版社2005年版。

家（雷达的成绩可能并不亚于前面几位）。如此一来，就李建军批评的性质而言，把他划分到'e'批评家行列可能并不太合适。就我阅读过的'e'批评家文本来说，觉得他们批评立场有个总体上的一致性，就是为90年代以来文学的学科合法性而作批评的建构工作（虽然这可能是潜意识）。李建军的否定论批评在学理上和学术性上，倒是与"胜利大逃亡"后的80年代批评家有较多的相似点，即都讲求文学的整体性和贯通性，具体的批评实践也多以反思的、验证的姿态出现。冷静的情感、理性的态度、审视的眼光、世界经典文学的高尺度、高标准，使得他的批评不仅与大多数'e'批评家对90年代以来文学的看法迥异，而且可能还勾勒出了90年代以来文学的另一幅面影。90年代以来文学主体性的破碎、断裂、飘忽，也许将会是当代文学史的真实记录。

因此，我认为对李建军文学批评的性质作一些界定，不但有意义，而且必要。具体说，李建军的文学批评究竟是"完美批评"，还是主体性批评？如果从李建军的文学批评观照90年代以来的文学，李建军反思性的批评烛照的可能正好是90年代以来文学某种整体性的缺失和不足。

"完美批评"[1]是姚楠给李建军和刘川鄂文学批评特征的命名[2]。姚文指出，"完美批评"的突出特征：一是展现了批评的锋芒。尖锐的语词、严肃的态度，"不以个人的友情作为批评的基础，或作为处身立世的发言准则，而是以全部的热情专注于文学的神圣与人文精神的圣洁。"二是体现了批评家的真诚。三是批评标准的高度，为最高级、最全面、最完美。批评高标准，甚至可以说，至高标准。四是追求全美的方法。最后，姚楠的结论是，完美批评是先定标准的批评，他还以名模特作比喻形象地说明了完美批评的难以实践。"标准的先定性、抽象性，即使我们获得了一种尺度，但同时又把我们引入了可能忽略对象复杂性的方向，忘记'尺度'只是一种理想化的心愿，又是一种简捷化的坚硬，它本身是没有弹性的。"

应该说姚楠的观点是有道理的，读李建军、刘川鄂的文学批评，背后的确有一个坚实而强大的经典文学的参照背景，而且批评实践中，对于批

---

[1] 姚楠：《完美批评：炎热和严厉的求全——世纪之交文学批评论》，《南方文坛》2004年第3期。

[2] 李建军本人也不全认同，他说，"我真诚感谢这位朋友的提醒，也将采纳他的'注重……使用与分配'的建议，但是，我对'资源浪费'的观点难以苟同，也不认为一切丑陋和残缺，皆可用'文革'这床破被遮过则个。"李建军：《时代及其文学的敌人》后记，北京工人出版社2004年版。

评标准的择取，肯定不是某一个或某一部作品，而是整合了世界一流经典作品的方方面面的优点，用众多作品的优点来衡量一个作家或一部作品，不就难了吗？

但往深里一想，觉得问题并非如此。就以李建军的文学批评而言，李建军批评的最突出之处，并不是他非得要出示一套或几套批评的高标准，而是他首先看到了文学具体可证的病象（也许90年代批评家中还没有哪个人比他更了解文学的病象）。也就是李建军不是为出示完美的标准而批评，而是我们读他的批评看到了文学的缺失和不足。

这种缺失和不足，在李建军看来，关键问题在作家主体性的羸弱上。因此，2006年以后，李建军的批评重心基本上转移到了如何重建作家主体精神的理论探讨上来了。这和他在2000至2004年写下的系列"病象"研究形成了犄角之势。前者指出具体文本的病象原因，后者以世界优秀文学为参照，企图在宏观理念方面出示若干改良的思路和拯救的办法。前后可谓首尾一致，价值统一。这样的批评如果就其特点说成是"完美批评"似乎可以，但究其性质和深远的意义而言，以"完美批评"命名，肯定有失学理依据。至少会转移人们的注意力，引开人们对文学本身的严肃打量，反过来把话题指向批评能不能像李建军那样去写，或者讨论如何降低文学评价的标准，放多数文学过关的问题。那将会是批评的另一失职行为。

作家主体性问题，实际上一直是李建军文学批评的核心思想。早在《陈忠实论》中他就以"小说的精神及当代承诺"为专章进行过警示性的提醒，到了小说理论专著《小说修辞研究》，作家主体性的问题，已经显赫地成为了其小说理论的龙头问题，学界以"人文主义文艺学"[①]首肯的就是这一点。李建军从布斯"隐含作者"中看到了现实作者的隐退，是布斯对"新批评"的妥协，抓住了布斯理论的软肋，从而雄辩地指出了小说精神是与作家的思想资源以及民族性格和习惯等因素的紧密相连的关系，即作家主体性其实就是文学价值的枢纽，而并非"文本的意义单纯通过各种叙述元素的公式化配置就可以获得"[②]。2006年至2007年李建军为《小说评论》所写的专栏文章，一方面延伸了《小说修辞研究》对现代主义小

---

① 陈晓明的《人本主义的修辞学》、王彬彬的《读李建军〈小说修辞研究〉》都以"人本主义"、"人文主义"作为主要论点之一。陈文见《小说评论》2004年第4期，王文见《文学评论》2005年第1期。另李万武的《复活文学信仰的可能性》、王兆胜的《正本清源与圆融通明》等虽立论角度不同，但在"人文主义"的认识上是有共识的。

② 李建军：《小说修辞研究》，第20-21页，中国人民大学出版社2003年版。

说的理论投射；另一方面以建构的姿态深化了 2000 至 2004 年对新世纪长篇小说病象研究的理论深度并指出了创作的实践可能。小说的精神，作家的伟大人格和知识分子立场，遂构成了李建军主体性批评的三大支柱。

第一，小说的魅力、生气和小说的精神，是李建军把捉具体作品并由作品分析照射作品背面作家世界观、人生观、审美观以及人道情怀的一个重要尺度。因此，作品是否伟大，作家的视界是否高迈，作品的意义世界是否有历史感以及作品的价值观最终是否进入了多数人尤其是底层者的心灵空间，就成了李建军衡估一部作品一个作家最终有无文学史意义的关节点。粗略看，李建军所践行的"以一种精微、直观的方式感受作品的文体风格"的"细胞解剖式文体批评"①，与妙悟、印象、主观体验而得的魅力、生气、精神是多少有些矛盾的。因为前者讲求实证，后者着重在人言言殊性质的感悟。事实是，2000 年代的"直谏"事件以及由此把李建军对一些名家名作的直言不讳的批评以动机不纯的"酷评"目之，基本上可以印证一些论者的粗疏和短见。这也恰好是延续至今的一种批评风气使然。正像处在文学研究内部的丁帆所概括的那样，"中国近 20 年来的小说创作对西方形式技巧层面的东西亦步亦趋地效仿，其中最关键的要害问题就是把'叙述的冷漠'当做小说创作的圭臬与时髦"②。批评所扮演的重要角色也正是把某种现代主义或后现代主义理论作为当然的武器，过分倚重工具性的形式主义技术分析，而忽略了文学尤其是小说的真正人文内涵。伴随"先锋派"小说而来的西方"阐释学"、"新批评"的批评路向，到此也就差不多显出了面对中国现代主义或后现代主义文本时相当有限的解释力。

这时候，李建军从语言的微观修辞切入再到作品整体的宏观修辞——说服力的批评模式，正像他自己坦白的那样，其实是由尊重常识开始的"方法亦颇原始"的直观感受式批评。正是这种批评，在现代主义或后现代主义风靡的当今肯定有些令人不齿，也由于它以最令人不屑的方法戳穿了一部部被指认为"创新"、"超越"、"经典"的现代主义或后现代主义文本神话，因此这种批评就显得格外扎眼。

李建军眼中，《白鹿原》的魅力和生气，就在于作家陈忠实是把"可读性"作为了创作的前提条件来看待，把能否塑造一批圆整的人物形象作为了实现小说就是写人的朴素的美学追求来处理。与福楼拜、亨利·詹姆

---

① 李建军：《时代及其文学的敌人》后记，第 407 页，北京工人出版社 2004 年版。
② 丁帆：《扎实的学养与可靠的修正》，《评论》2004 年第 4 期。

斯、卢伯克等被中国当代小说家尊为模范的"写－读"式描写和展示不同,《白鹿原》拒绝了价值"保持中立、冷漠的态度",采取的小说叙事方式是"小说作者与读者的平等、亲近的我－你关系"的讲述。最终《白鹿原》呈现了"外"向的为你性,而不是"内"向的为我性艺术形式。读《白鹿原》之所以有"脊背的振颤","这种感受正是陈忠实通过故事的'魔法'传达给我们的。"会讲故事是一个方面,"但更重要的是对读者要有诚恳的态度,不要故弄玄虚,故作高深。"李建军指出:"读罗伯－格里耶等人的作品和马原、孙甘露、北村的小说,总觉得这些作家太扎架子,绕来绕去不知道他们要说什么,普通读者哪有闲工夫来陪他们没头没脑地做'少年侃'(Skaz,俄语词,该词用来指某种以第一人称叙述的小说形式),只好让少数专门家去给他们举行'先锋派'的命名仪式.这些小说家和那些评论家看来,一种小说的'现代'技巧,远比读者阅读故事的需求重要。"① 在塑造圆整的人物形象方面,李建军举田小娥这个并非重要的人物为例,认为其中的"对话"性,虽不及陀思妥耶夫斯基那种彻底而自觉的境界,但他的充满冲突、充满斗争的小说世界,也绝不是那种习见的、以单个观念或主题为基础的苍白的统一体,而是富有意味的、内在于若干对立观念或声音的对话关系中的富有人性的统一体:

> 陈忠实在塑造人物的时候,既注意把握和展示人物心理、性格结构中矛盾、复杂的方面,又不是静态地去写,而是在符合生活逻辑的前提下,在曲折、起伏的情节中,充分揭示人物身上深在的各个层面。你在这里很少看到以某种抽象品质为依据塑造的固定死板、性格层面单一的人物形象。人物大都是在善与恶的交替中、好与坏的对立中、离与合的颠簸中被摩荡抛掷,被颠来荡去。在命运与现实的巨轮驱动下,人像被碾压得稀软的泥土,很难保持一种固定的形状。你很难简单地说哪个人物是纯粹好的,也很难说哪个人物一无是处。每一个人物身上都有一些耐人寻味的东西,每个人的生死沉浮中都有一些让人感叹唏嘘的悲剧意味。面对这些人物,你只会产生一种对人的同情态度:活着是艰辛的,每一个生命,都值得你用悲悯的眼光去关注。作者写出了人性的丰富和复杂,也显示了自己对生命博大、胚挈

---

① 李建军:《宁静的丰收——陈忠实论》,第 213－216 页,北京华夏出版社 2000 年版。

的同情态度。①

总之，李建军的结论是，故事使小说充满"魔力"，人物使小说充满生气。反过来，亲切的讲述，血肉饱满的人物形象，又毋庸置疑地测量着作家主体情感世界的温暖程度。会讲故事，能把人物当活人看待，起码表明作家有足够的耐心倾听读者（人物）的辛酸，有足够的爱心了解读者（人物）人生的不堪，也有足够的诚心劝慰读者（人物）心灵的不安。因为小说的魅力、生气，只能是读者读解出来的东西，而不是作家自己想当然地规划而来的臆想之物。这个角度，李建军站在读者立场上对小说的要求，即他提倡的作者与读者的平等、亲切的"我－你"关系的讲述，实际上与刘小枫的自由的叙事伦理学即"陪伴的伦理"在精神气质上是贯通的。刘小枫说，自由的叙事伦理学不说教，只讲故事，"它首先是陪伴的伦理：也许我不能释解你的苦楚，不能消除你的不安，无法抱慰你的心碎，但我愿陪伴你，给你讲述一个现代童话或者我自己的伤心事，你的心就会好受多了"②。

李建军所谓小说的精神③，是基于对一大批当代中国小说的对比辨析中得出来的可称之为担当性和有效性的小说特点。概括说，其一是以一种否定性的态度向生活提出质疑的精神，"它弥漫了作家超越专制规范和巨大压抑的人格力量和道德勇气。"王蒙的知识分子题材小说，徐怀中、李存葆等人的战争题材小说，李国文、张洁等人的改革题材小说，以及王安忆的《小鲍庄》、韩少功的《爸爸爸》、贾平凹的一些作品就不及《人生》（路遥）、《厚土》（李锐）、《古船》（张炜）、《羊的门》（李佩甫）等。其二指真正的小说精神，是常常显化为对当代生活的积极承诺的，能全神贯注地谛视和倾听自己时代的现实生活，或直面当代巨大的悲哀和沉重的问题。其三是表现在它要向读者显示一种清晰而健全的智慧风貌。"这种智慧风貌，往往包含着作者通过艺术形象，对自己时代本质的独到理解和深刻把握，显示出理性力量对感性层面的偶然、琐屑的生活假象的穿透。"低层次的欲望化写作，病态、混乱地描写琐屑的感官体验的小说，寄身在存在主义哲学命题和概念下的文学，因"缺乏充分的现实依据和深层的智性投入"，只能导致对意义的具体确指性的取消。李建军对"真实性"和

---

①③ 李建军：《宁静的丰收——陈忠实论》，第218、285页，北京华夏出版社2000年版。
② 刘小枫：《引子：叙事与伦理》，《沉重的肉身》，第6页北京华夏出版社2004年版。

"可靠性"的呼唤，最终就是对小说说服力的指认。其四要求小说勇敢地参介时代的精神生活，积极地致力于改变旧的和建构新的国民精神秩序。这也就是要求小说重新启动五四启蒙的传统，小说通过读者有意无意的阅读，最终介入到人的现代化改造的意识形态中去。使小说因有用而存在，使小说因贴身而被阅读。就此一端，李建军所阐释的小说的精神，其实不是什么高深的理论蓝图，它实际上更具有诸多朴素而实用的光彩，恐怕比到处叫嚷文学的边缘化更具有实践意义。

第二，李建军的小说文体研究，使我们看到了我们时代文学"病象丛生"的内幕。但李建军的批评思想并未止于否定性评价，他的批评目标最终指向作家主体精神内部的建构。换言之，由人们认为的伟大文学的"高标准"经验的回放，最终，这种经验能否激活我们时代文学的现状，使其具有阔大的精神气象。既是李建军批评的终极理想，同时，又成了李建军考虑如何通过作家的创作劳动变成实践的另一批评板块。

这个批评板块主要由上面提到的2006年至2007年李建军为《小说评论》所写的专栏文章组成。伟大的人格、知识分子的责任立场是这一组文章的关键词。在李建军的作家主体性研究中，伟大的文学、伟大的人格以及通过前两者塑造的文学的时代精神——侧重于审美创造的作家自觉转化成人文担荷者的知识分子责任意识，通常是互动互证的动态循环过程。即是说只要作家把创作看做是影响人的积极的精神产品，作品就有可能蕴藉着深厚的人道情怀，李建军说过决定一部作品最终境界的因素里，伦理境界甚至比审美境界重要得多的话，当然这也是他从世界一流作品的分析中总结的经验。否则，作品的价值就只会是一时或特定时期某些时兴美学追捧的对象。所以在李建军眼里，伟大的文学指的是那些深入地介入现实结构，并始终保有回答时代最艰难问题激情的充满活力的身边文学；而伟大的人格，或者像他说的"人文型大师"，就不单是耽于某项技术的如乔丹、技术精湛的修鞋匠之类的专业者，他们必须在人格和道德上，显示出一种伟大而庄严的品质，"他们关心价值领域的事情，对人类的现实处境和未来前途，充满深切的焦虑和深远的思考"[1]。这显然是一项堪称浩瀚的心灵塑造工程，尤其在经济主义时代要全面地实现它，的确不是一两个人的努力能够一蹴而就的，而是需要一种时代文化氛围的强大推动才能凑足条件。但拉开一定距离，再看当代一大批文学作品羸弱的根本原因，所谓

---

[1] 李建军：《大师的缘故》，《小说评论》2007年第4期。

"精神能力的欠缺"，所谓"正面肯定性形象"的不力，问题不都汇集到李建军所指出的地方了吗？

如果把李建军的《小说修辞研究》（虽出版于 2003 年，但据他在后记中的交代，至少在 1999 年就完成了该书的写作）看做是梳理伟大文学的批评标准的话，那么，2000 年至 2005 年写作并出版的《时代及其文学的敌人》和《必要的反对》两部论集中的文章，就是回答当代中国的文学为什么够不着伟大文学的原因。2006 年至 2007 年《小说评论》专栏文章则是回答伟大的文学在中国当代如何可能的问题。

就批评模式而言，李建军个人批评史的体系性和其单篇文章的操作模式很相似。放在当代中国文学的语境下，可以作如此概括：是什么，剖析文学的真相；为什么，追问历史性原因；何以可能，尝试解决办法。

解决的办法，简而言之，有两条。

首先，对待同样称之为经典的西方文学作品的叙述态度和理论资源，仍然要以审慎、反思、批判的眼光来处理。在副标题为"论忏悔叙事的几种模式"的《忏悔伦理与精神复活》（《小说评论》2006 年第 6 期）一文中，他指出"在西方后来的小说作品中，我们可以发现两种与希腊式的'罪与罚'叙事完全不同的忏悔叙事模式：一种是法国式的，一种是俄国式的"。忏悔叙事和忏悔伦理两方面，两国都迥然有别：忏悔叙事上，法国具有自我主义色彩和世俗的情调，俄罗斯具有博爱精神和宗教气质；忏悔伦理上，俄罗斯有情感深度，有内在力量，而法国没有。通过对以卢梭的《忏悔录》和缪塞的《一个世纪儿的忏悔》为代表的法国式忏悔叙事的精细分析，李建军认为，卢梭的忏悔叙事的伦理问题在于，虽然有忏悔的努力，但是由于缺乏自我解剖的道德勇气，不可能对自己的行为进行"善与罚的伦理判断"。

这种消极的精神现象，我们在自己时代的大量颓废、放纵的小说作品中都可以看到，他们忘记了与"真实"一样重要的"善恶"之分和"美丑"之辨，于是，他们便向卢梭一样只知道"安妥"自己的身体和灵魂，也和他一样陷入了可怕的精神自恋症和疯狂的"语言癫痫症"。

俄罗斯式的忏悔叙事和忏悔伦理，那种"对人物的由罪而罚，又忏悔而复活的叙事伦理，使得俄罗斯文学在精神境界上显得伟大而庄严；正是对不幸者的真诚而博大的爱和怜悯，给读者带来持久而强烈的美好体验和幸福感受"。

在这个精神之光暗淡、情感之水冰洁的时代，我们的文学叙事似乎早已丧失了那种进入精神内部的能力,似乎早已丧失了抵达信仰高度的能力。如何去除面对苦难和不幸时的麻木和冷漠,如何摆脱中国正统文化回避罪恶、文过饰非的坏习惯,如何避免法国忏悔叙事式的自哀自恋和玩世不恭,乃是当代叙事必须面对和解决的问题。

在世界观和人生观方面,李建军也指出中国作家未经过滤而盲目接受尼采和弗洛伊德的某些病态、不成熟的哲学概念,而导致的文学病象的原因[1]。比如尼采蔑视"同情"、"怜悯"、"悔改"和"赎罪",崇拜、赞美少数"强有力者",赋予"光辉的兽性"和"征服的本能"以极高的价值和狂暴的"酒神精神"等等,与中国小说家赞美那些用蛮力征服世界的人,冷漠地渲染暴力和酷刑,以及带着发泄的快意描写人物的痛苦和死亡不无联系。再比如弗洛伊德倾向于把艺术家、作家看做"神经官能症患者",实证主义方法可赞,但弗氏是"天才地、但也是狭隘地阐释了作家的心理和创作"。李建军认为,他的理论主要是一种"童年"心理学,而不是一种"经过自我发展"的"成年"心理学。现代主义文学兴起以来,大量写人格残缺和心理上病态的潮流以及把邪恶当做一种积极价值的价值观,都或多或少有弗氏理论的参照在里头。同时,他也惊醒喜欢表现"虚无病"和"绝望病"的作家,要从"存在主义"哲学的负面影响中走出来,才可能是文学变得阳刚、有力量,也可能会重新点燃创作的激情。

就文本批判文本的批评家很多,或者就文本按图索骥批判作家主体的也不少,但像李建军这样追根溯源、叩问历史姻缘的批评实在凤毛麟角。

其次,李建军认为,在叙事内心化,或者把内心显微化的语境中,就不足谈不足已经不能触及作家主体真正的穴位了,内心叙事或日常叙事之所以鲜有宏伟巨制的出现,一个根本原因是作家对"政治"的集体性疏离。这种疏离,表面看是文学走向自足的标志,实际上反映的乃是作家情感世界的麻木和理想的坍塌以及社会经验贫乏,甚至是现代性的公民意识退化的迹象。这也是当代中国小说无法拥有阔大的精神气度的根本原因。

在批判了班达式的专业主义和"职业主义"的文学小圈子化,使文学丧失了活力和深度的弊端,以及批判了中国长期以来庸俗"政治"主宰论

---

[1] 李建军:《文学之病与超越之路》,《小说评论》2007年第3期。

和排斥"道德"和"政治"的福楼拜主义的舍本逐末、以"器"废"道"的本质后，李建军指出，要写出真正意义上的作品，必须跨过政治的两道门槛———道是"宽门"，—道是"窄门"。"'宽门'意味着一个作家以一个公民的身份介入政治生活，关注与我们的自由和幸福密切相关的那一部分生活内容，'窄门'则意味着以批判者的身份观察生活、评价生活，意味着准备为此承担风险甚至付出沉重的代价。"

如何过得轻巧、优雅，如何把作品打点的乖巧，不惹是生非、不让人误会，剩下的唯一路子仿佛就只能是无数次地翻晒自己的小天地。"隐去政治的背景，不写"文革"，不写粉碎"四人帮"等，不写知青，不写下放干部。所以，除此之外，就只写在万泉和（长篇小说《赤脚医生万泉和》中的主人公）眼睛里看到的事情和他听到的事情。"[①] 范小青自以为是的创作立场，代表了差不多所有倾心于"日常叙事"或"个人叙事"的作家的心声。政治甚至于成了他们潜意识里唯恐避之不及的罪魁祸首。也许他们的意思很朴素：政治会影响到文学的纯粹。可是他们忘了，长此以往这样的文学或许埋藏着更可怕的陷阱。

如果说，关心政治是一种现代性的公民素质，那么，充满政治激情就是一种文明的标志；如果说，逃避政治意味着放弃权利和尊严，那么，"政治冷淡症"就是一种令人担忧的精神异化，是所有想在文化和文学上有所作为的人必须治疗的人格病变。[②]

李建军无疑是最了解文学和文艺，也是最有赤子之心、最热爱文学的一个人，但是，他注定是孤独的。因为他的论断产生在了一个"阐释学"正抬头的时代，而他的批评所指向的就像他自己的书名已经表明的那样，是"时代及其文学的敌人"，并且他的气质也像他自己钟爱的某篇自序那样，一定要坚持"必要的反对"。在喜鹊声声报喜的时候，他选择了猫头鹰冷不丁的哀鸣；在多数业内人士开始学做成熟的老黄牛的时候，他却倔强地跳出来变成顶橡树的小牛犊。不过，作为批评家，他的眼光，他的批评实绩，尤其经他批评过的文本和重要的文学现象，它们的声誉或者命运，经过李建军的梳理和清理工作，其旧有的方向似乎开始了缓慢的改变。作为一个有良知的学者，这些也许是他从开始就预料到了的，套用他

[①] 转引自汪政、晓华：《多少楼台烟雨中——江苏小说诗性论纲》，《小说评论》2007年第3期。

[②] 李建军：《文学与政治的宽门》，《小说评论》2007年第2期。

的一个术语,一个真正心中有数的学者,其学术贡献大概就是为他人提供丰厚的"支援意识"。另一个角度,这也是批评界的常态,更是学术领域里的常事。热闹的学人,乐意跟风的批评家,他们的学术或许恰恰是容易被人们遗忘的。

第十四章
李敬泽[①]（1964—   ）：
新总体论文体批评

　　李敬泽是一个编辑型批评家，与同样属于编辑型批评家的蔡翔诸人的经历不同，这直接影响着他文学批评的选择和趣味。像蔡翔，为什么没有从文学刊物的编辑工作直接进入当下文学批评，却选择了已经没有多少"学术增长点"的"社会主义文学"，高校的授课方向只是原因之一，主要是曾经不短的"底层"生活经验把他牵回到了他熟知但这个熟知又被歪曲、异化了的文学世界[②]。李敬泽"直通车"经历，使得他几乎在还没有完成现实生活对他的正面考验之前，就充分地进入到了纯粹意义上的文学世界。因此，我以为李敬泽应该属于"人民文学"的编辑型批评家。

　　《人民文学》（包括他曾任过 8 年编辑的《小说选刊》）在新时期特别是他任编辑、副主编、主编以来几十年里的选稿标准、引导方向，尤其在全国"最优秀"稿源里驰骋纵横所练就的"全国性"眼光，再加上散文创作对其语言的锻造，他的批评就呈现了两个方面的价值。一是，眼光的独

[①] 李敬泽，1964 年生于天津，毕业于北京大学。历任《小说选刊》编辑、编辑部副主任、主任，《人民文学》编辑、主任、副主编、主编等。现任中国作协书记处书记。李敬泽 20 世纪 90 年代开始从事文学批评写作，侧重分析当下文学现象、推介文学新人，2000 年获冯牧文学奖·青年批评家奖、2004 年获华语传媒文学奖·评论家奖、2007 年获鲁迅文学奖·理论评论奖。文学理论批评论著主要有《纸现场》《见证一千零一夜：世纪初的文学生活》《为文学申辩》《文学：行动与联想》《目光的政治》《颜色的名字》等，主要散文集著作有《看来看去或秘密交流》《河边的日子》《冰凉的享乐》《反游记》和思想随笔《小春秋》等。

[②] 《中文自学指导》2004 年第 3 期所刊刘旭对蔡翔的访谈《底层问题与知识分子的使命》一文认为，1995 年蔡翔写的散文《底层》，和诗人廖亦武 1990 年代末开始写作的《中国底层访谈录》系列，是较早在"当下"意义上使用"底层"概念的文章。散文所表达的首先不是知识分子的蔡翔，而是他插队经历与当下现实的感性认知，透露出了作为体验者蔡翔的敏感，这是其一；其二是，蔡翔 2010 年于北大出版社出版的《革命/叙述：中国社会主义文学－文化想象（1949－1966）》一书，知识资源上虽然有安德森的"想象共同体"等支撑，但他 1970－1974 年在云南边陲插队时的所见所闻所感，反过来雄辩地求证了人们用解构主义方法误解、歪曲的事实，这一点内在化地构成了该著富有说服力的一个亮点。

到。能于成堆的故事中发现新颖的结构、别样的人物,而且这个结构、人物基本代表了一个阶段全国文学创作的最新动态(这一点不是所有编辑或主编都能做到,需要不同凡响的文学感悟力,也需要新的知识训练,李敬泽是新时期文学时期的大学生);二是,散文创作练就了他灵动、轻巧又从容、跳跃的文体意识和语言风格。身居"人民文学"编辑的高位,其散文某种程度也是另一形式的文学批评——反学院的、反现代学术规范的、反理性梳理的批评文体。这种文体批评不同于通常的"编后记"、"编辑手记"等随感式发言,它强调在"点"的突破上讲究纵深、完整。这个"点"因此就具有贯穿性的功能,它所拎起的是一个经验谱系。此谱系既表征着作家们"影响的焦虑",又见证着前后"竞争"的结果。

李敬泽的文学批评文章,正因为反现代学术规范的特点(姑且这么说),可能真正接通了中国古代文论"性灵说"、"诗话"、"词话"以及"妙悟"的脉系。研究李敬泽文学批评的意义就在于,他记录了 20 多年来不断成长起来的文学新人,和不断被证实了的文学新质。尤其这些新人和新质与一些重大文学话题之间竞争的关系,即批评如何有效地感知小说"整全人",既是李敬泽的独特之处,也构成文学史的宝贵遗产。创作型批评家中,耿占春把"后朦胧"诗歌进行意义感知的"再象征化",使诗歌的日常生活话语首先在社会学视野经受检验,这一点与李敬泽很相似。截至目前,就算最新出版的读史随笔《小春秋》(2010)和散文随笔集《反游记》(2007),李敬泽在读史中所寄托的和散文中表达出的,其实无不围绕批评如何有效地感知"整全人"而发论。前者致力于当前诗学,后者也许因为他太熟悉迄今为止一次次新生又一次次不断遭到淹没的文学细节的缘故,其批评对"整全人"的追寻、求证,对文学经验丰富性、复杂性的呼吁,都不油然勾起人对在其他批评家那里被宣称"已经失效"的卢卡奇"总体论"。

李敬泽作为个案的又一意义,提醒我们是否该重新反思"个人"、"个性"、"个体",以及由这些概念引带而出的"差异性"、"地方性"、"民族性"等等?这些已经经过批评反复强调、征用的话语,是否确实为文学最终需要抵达的那个"整全的人"做出过别的什么不能代替的贡献?另外,对类似问题的深究,恐怕必然会涉及批评话语的"中国经验"问题。那么,在大众文化与消费主义所极力打造的"复制"语境,如果不否认文学对意义的建构功能,显然,对批评话语方式的调整或许是使当前批评重新获得尊严的重要途径之一。因为,李敬泽对"中国经验"的批评思考,也就是他通过"具体"研究而指向"整体"问题的批评路径，和他建立在此基础之上的话语行踪，本身就形成了"这一个"中国批评经验。

一、90 年代与新总体论

把李敬泽的批评与 90 年代以来文学链接起来，估计不会有异议；但把他的批评与"已经失效"的"总体论"挂上钩，我敢说，人们不但疑虑，还可能相当反感。因为集中在这一段文学的研究者实在太多了，他们的研究表明，与五四时期的启蒙主义文学相比，90 年代以来文学是"未完成的现代性"；与 80 年代比，是文学的低迷时期，个人欲望泛滥、日常琐事充塞，进入当代文学史序列，也只是"过渡"。但是，我们不禁要问，你研究有何意义？其实，这不是"我们"发问，而是李敬泽在发问。他的发问就是针对这段文学经验的"是"，就是在"是"的基础上进一步追问"整全人"的感知都到哪里去了的问题。这意味着，他的批评既要解释文学经验的"有"，也要揭示批评的"无"。

自然，不至于让一些重要环节脱落，问题还得从头说起。

"90 年代以来文学"是文学批评界比较常用的一个全称，这个全称既包括了 90 年代文学，也包括"新世纪" 10 年来的文学。把 20 年作为一个批评单元，说明这 20 年来的文学相对于 80 年代与 90 年代，相似性远大于差异性。在这 20 年里，"新生代"也许依然是创作主力，但更多的新生力量却无疑属于"70 后"与"80 后"。《小春秋》（2010）是李敬泽最新出版的读史随笔集，有意思的是该著腰封在"告别'百家讲坛'式戏说，开启国学新实力阅读"的通栏标题下，赫然写着"新生代文学'教父'李敬泽，锦心绣口解读中国传统经典，胡兰成之后最有味道的文字，一世界的热闹，一个人的梦"。其他内容不敢妄加评说，"新生代文学'教父'"的确很适合李敬泽。其一，60 年代生的李敬泽论评同代人的文学虽未见得一路抬举，但字里行间的确比别人多了一份体贴，再加上不遗余力的营造发表联动效应①，论评、定位也许并非李敬泽一人能够忙活过来，但至少，他在《人民文学》这个权威性文学平台给予作家的，并不是其他地市级刊物倾其全力就能实现的。地方文联、作协把作品上《人民文学》《小说选刊》早已纳入作家考核的重要指数，这就更雄辩地说明，至少目前，作家能否在全国叫得响，不仅是作品数量而是发表刊物的规格起关键性作用。《莽原》的"敬泽推荐"、《南方周末》的"新作观止"、中国图书畅销书榜榜评等雪片一般发向全国各地的点评、短论，和把全国各地届时出现的新作家作品隆重推向以上等大刊物大报纸的，事实证明，除了李敬泽还没有第二人如此集中地做过，这用编辑的敬业恐怕是无法解释清楚的。他所"制造"的连锁反应，也就部分地决定了作家作品的影响力。我不完全的阅读印象，更年轻一些的批评者、研究者所关注的对象，从时间序列看，差不多都是李敬泽曾经或现在写过文章的作家，点评过的作品。这也算是媒体时代的一种"单调"。

其二，重要的是李敬泽的批评文章，至于他的话语行踪、批评模式留待后面，这里仅就他的总体评价来说，他的观点、思想、感觉、直觉等等，既终结了90年代以前文学的细节、情节、故事、叙述与叙事方法，又继承并重新打开了90年代及以前文学的精神。具体说，他的批评使人感觉"终结"执行得无比彻底却又没有挞伐之声，"开启"很是果敢又绝少过誉之词。明明是一种温和的革命，可是这革命又无不指向人们犹抱琵琶、欲说还休的痛处与痒处、羞处与私处、盼处与期处，乃至实处与虚处。这是总体论，更是细节论。90年代以来文学本来聚讼纷纭，若不是这样，这一段文学就无法保留下它的经验，再或者把这一段文学与"五四"、80年代比较，纠缠于没完没了的高低之辩上，那么，该段文学将会因完全与它的时代脱节，而无法显示该社会文化语境内部的特殊性与不足。

---

① 李洱在《高眼慈心李敬泽》一文，作为"受惠者"，不但讲了自己被李敬泽认同的知音感，也列举了红柯、张生等人小说途经李敬泽而被推介别处，以至产生了在"更多的刊物上露面"的效果。另外，在李敬泽的单篇论文中，比如对"60后"毕飞宇、东西、鬼子、海力洪、麦家、须一瓜、董立勃等，"70后"潘向黎、戴来、盛可以、何玉茹、吴君、金仁顺、吴玄、乔叶、田耳等的论评，都也不同程度表达过知音难觅、人才难得的意思，这在批评文章越来越"规范"的当下，不妨也是一道温暖的风景，而且此种因文学而友情的情形，也很像查建英《八十年代访谈录》中李陀、陈建功与张承志等人为了一个文学细节大暑天蹲在马路牙子上吃西瓜，三更半夜跑到家里找书的情景。李洱文见李敬泽《文学：行动与联想》，第165页，山东文艺出版社2004年版；查建英《八十年代访谈录》，北京生活·读书·新知三联书店2007年版。

然而要达到这一点，知识、理论修养只是一个背景，起关键作用的是才华和与才华息息相关的感觉、直觉。有了前者，后者方能行诸准确的文字，但如后者缺失、或者往往"打眼"，前者呈现的恐怕不外乎华丽的鼓荡、空疏的修辞。因此，为避免价值判断上的先入之见，也为避免只谈感觉容易产生游谈无根，姑且把他对 90 年代以来文学整体论评称之为"新总体论"。

首先是他对 90 年代以来文学批评的整体性反思。

李敬泽在多篇类似"批评观"的文章中表白，他是站在作家，站在文学创作一方面发言的；或者索性，他是把文学阅读作为必需的生活方式的那种读者角色来论说文学的。"文学批评是一种职业，而文学阅读是生活方式——习惯、趣味、一点激情和一点怪癖"[1]。当然，站在 10 多年后的今天来看，他对自己角色的定位权当是调侃，恐怕没人真以为是。这里的问题是，他在戏谑调侃中，真正要表达的是他对批评的看法。甚或，正因为有了生活方式一样的阅读经验，他才对他目睹的成批批评文章有了更深切的感慨，"真正的批评家告诉我们的却不是如何阅读，而是如何不阅读"[2]。这里，自封为野狐禅也罢，尊称为"彻底地贯彻享乐原则"也罢，他向往的读者、批评家就不在"现场"，在遥远的过去。有一段话非常精彩，特抄录于此：

> 中国最好的读者活在遥远的过去，他们涵咏、吟味，追求未"封"的境界，他们有时候保持沉默，有时悄声叹赏或拍案叫绝，但他们从未想过把一朵花摘下揉碎，分析它的成分和原理，他们因此无法获得"知识"，但对他们来说，没有知识——或套用一句理论术语，"前知识"的观花或许是更美好的生活。

> ——现在我终于知道了批评家应该是什么，批评就是提供知识，而批评家应该是占有知识的专家，我想他与我、与我的生活、阅读和写作都相距甚远。[3]

这些闲散、从容、不急不躁、不咬牙切齿、不紧锁眉头的话，写在 2000 年以前。2000 年及 2000 年以来的文学现在统称为"新世纪文学"。批评界为了为"新"立法，延续区分 80 年代与 90 年代文学的新词、新概

---

[1][2][3] 李敬泽：《纸现场》，第 78-79 页，人民文学出版社 2000 年版。

念,诸如"新新人类"、"后新时期文学"、"后革命",以及"都市文学"、"底层文学"等等,稍做改动,就成了新世纪文学的"纲领"。对于批评家来说,自然不独是新概念,新概念所携带的新知识,才是标志文学新不新的关键。这时候,李敬泽对批评的态度变了,"享乐原则"变成了"申辩"与"捍卫"。

申辩什么?捍卫什么?这里值得说明。

你可以说他是一个尽职的编辑,搜罗天下的好文章、好小说,肯定或者赞叹一个个寄存着作者新经验、新发现的细节、情节,然后又把它们置于整个90年代文化语境,任其经受辩驳、争议或淹没、淘汰;也可以说他是一个毫无功利性的纯粹读者,把玩、涵咏、欣赏他未曾体验过的惊喜和恐惧,然后信手表达那种直觉。但是,现在由文学而来的那种好心情正在不断地遭到破坏。在批评家那里,文学成了论证新理论的材料,也成了落实某种新型哲学的模拟道具。他心目中文学的那种恒常状态里有人性、伦理、道德、时代、历史、现实,更有滋味、情趣、美感和反思、质疑、辩驳的人生图景,似乎在淡出人们的视野;一种靠感觉才能言明的文学经验,一种用中国古代"妙悟"式文字呈现的文学鉴赏论和创作论,也仿佛正在被批评唾弃。说到底,他申辩的和捍卫的,仍然不是知识、学理或者叙事方法,是剥离了任何图谋之后,文学能提供给人们的一点最基本的意思。

如此一来,问题就相对简明了。他申辩的理由既不是人道主义、启蒙精神的缺失,也不是大众趣味立场上不够好看与不够"写实"的问题。

问题不在这个时代的小说或诗写得好不好,问题在于,我们的生活中有一种力量正在大行其道,依据这种力量对世界的规划,一切深奥的、复杂的、微妙的、看上去"无用"的没有现实紧迫感的事物,一切令人沉静、柔软和丰富的事物都是可耻的,都必须予以嘲笑和剿灭。在这个世纪之初,这块土地上的人们最热衷的事情之一,就是宣布他们的文学死了,小说死了,诗死了,他们是在欣快地宣布,文学包括小说和诗的基本价值正在毁坏和将被遗忘。①

毫无含糊,"文学死了"是其说话的具体语境,考证判定文学死讯的产权在谁手里已经不重要,重要的是,这个已经被后来的研究者认定为严重错置文学死因上下文的结论,居然在中国当代批评家这里成了绕不过去

---

① 李敬泽:《为文学申辩》,第1页,作家出版社2009年版。

的话题。把"死"作为结果,批评所指无非是文学如何不能的议论。这个议论中繁殖了过多的"知识",也引进了过量的"理论"。唯独匮乏的是,同样站在此时文学现实的地面,对此时的文学经验进行理论的提升,并把由此经验产生的主题理论化。这一角度,李敬泽开出的三个理由,就有了"总体论"的意味。

先看第一个理由,"读小说,因为人是会死的"。看起来这是一个西方式的存在主义追问,至少很像苏格拉底或者柏拉图关于人的起源意义的发问。其实,李敬泽的批评从来拒绝缠绕,也根本上反对追根溯源式的学术操作。他提到的"死"是针对最世俗的当前文化语境而言,"死亡不再作为生命中的必然进入我们的意识",尽管,爆炸的现代媒体无时无刻不在告知我们关于死的消息,但死却又显得那么籍籍无名,在人们的雀跃中,"死几乎是一桩隐私"。消费死如同观赏美女的大腿一样平常,能否区分这个时代的虚无主义,被他限定为是否需要阅读小说的第一理由。即是说,"亢奋的虚无主义者"有时显得比自我思考者的意义更加重大:"升官发财有意义,瘦了三公斤有意义,穿什么衣服开什么车也有意义",唯独揭穿这些意义的意义不值得。"但别忘了,所有哺乳类动物中只有人梦想着飞,飞是对生命的最大肯定,把人固定在地面上,只看见眼前三尺,那是对生命的贬损,是最彻底的虚无"。所以,我们需要读小说,因为从小说的叙述而言,虽然呈现的是一个瞬间、一个片断,但是,"作者内在的目光必是看到了瞬间化为永恒或者片断终成虚妄",也就是,"小说是在死亡的终极视野中考验和追究生命"。破除这些"经世致用"的生存哲学,文学不见得能提供什么罕见的良药,文学其实就是不回避列车的终点问题,并思考这忙碌本身,勘破重重幻觉。他呼吁,"让我们穿过那些名牌、成功、减肥和口舌之辩的喧闹,直接触摸我们的存在"[①]。许多人在谈"存在",但把"存在"落实到这样的实处,不妨也是中国化的表述口气。

至于第二和第三个理由:"小说保存着对世界、对生活的个别的、殊异的感觉和看法",和"理解他人的真理"。一言以蔽之,李敬泽强调的是"小说不会衰亡,小说必会坚持下去,保卫世界的丰富性和人的丰富性"。这是常识,所以一提到"丰富性",批评家会众说纷纭,总认为自己的丰富性更值得、更有价值。因为,致力于社会历史批评,反映人们预料之中的历史进程,肯定也是"丰富";围绕人性,展示原始人性,自然也是最

---

① 李敬泽:《为文学申辩》,第3-4页,作家出版社2009年版。

为流行的"丰富性"批评话语,等等。诸如此类,你甚至在解构主义者那里看到了许多不曾示人的意识形态的、主体性的"秘密",更是批评家不厌其烦追索的兴趣。问题恰好在于,文学不是"中介"。

但小说处理终极意义的方式恐怕并非如道德批评家们所想,小说中的人独自面对上帝,不需要中介,不需要教会,也不需要自以为掌握着道德的道德家——新教的兴起与现代意义上的小说的兴起差不多是同一时段,这并非偶然,小说承认他人的真理,就是首先承认每个人有独自面对上帝的权利,就是承认,在"有"与"无"之间、生与死之间,人有无限的想象、认识和选择的可能,在我看来,承认这种可能才是"大德",才是对上帝的敬畏。①

这一意义,所谓个体、个人、个性,乃至于真实,在他那里,其实是关于个人或个体如何进入和领会他人的真理的能力问题。也正是这个层面,他对个人、个体、个性以及自由得以确立的那个基础——差异性的消费化境遇,进行了彻底揭穿。

"新生代"如苏童、余华之后的文脉,作为生命的顺延和作为文学经验的借用者,自然是"70后"、"80后"。批评家给予这些文学新生力量的最高赞誉不就是"差异性"吗?或者由差异性的肯定反过来对其文学所表达的自由的重新命名吗?可是,李敬泽看到的是"他"或"她"对差异性的消费,对自由的亵渎。

对于人物没完没了的"说",他发现,当前中国文化语境是消灭静默的。具体语境是,台上与台下之间横亘着的是不可逾越的静默,"'它'如此华丽,如此亢奋,鼓荡着述说的快感",但是它的目光落在一个空无的点上,你不必怀疑,即使你们都走了,它还是会对着空无激越地说。摒弃了一切自认为的"旧经验",所得的所谓"新经验",就只好遵循这样一条简单的时间法则:差异就是目的、意义,就是自由个性,就是善好。而在迅速折旧和废弃的"新经验"中,"父母缺席"的主题实际上就变成了"青春——衰老"的神话——"自愿的孤儿","拯救父母的唯一办法就是自己成为父母"。在如此漠视他人真理、他人经验的认知前提下,整个"70后"、"80后"写作,不是在"感伤"的基调上重述"哪吒闹海"、"目连救母"的老故事,就是通过"父母失踪",把死亡悬置起来,逐渐发展成为一种"删减、回避、自欺的叙事策略",或者新的自我被界定为

---

① 李敬泽:《为文学申辩》,第3—4页,作家出版社2009年版。

"'地理大发现'式的征程"。与此同时,"死亡作为一个时间向度被空间化处理,他不在时间中等待着我们,它仅仅是我们可以绕开的场所——就像是我们逃出和遗弃的一座小城"①。

这样整体性论评"70后"、"80后"关于"逃逸"、"父母失踪"、"父母缺席"的主题是否有道理呢?批评家陈晓明、黄发有等都对此下过很大力气。比如陈晓明的"现在主义式的"和黄发有的"准个体时代"等严厉的批判②,只不过,陈、黄二位因囿于特定的知识范式,不在自己知识掌控之中的东西,往往会一棒子打死,或者认同为新的审美现象的出现,从而进行终结/开启式的二元循环。对比之下,李敬泽的结论似乎与前两者没有什么大的不同,但因为他对对象的读解起于他的阅读感受——这种感受用他的话语方式表达,可能更接近于对"整全人"的诉诸。那么,对个性、个体、个人乃至自由、差异性的征用就出现了不同的面目。李敬泽希望恢复的是置身当前文化语境的人为什么仍然需要小说的问题,因为读者期望知道、享受的是除了一般社会公共意识之外的体验;而陈、黄在潜意识里总是要完成他们的理论立论根据,把后现代性论证为一种文学的普遍性,或者在哲学意义的"个体"范畴抢先注册文学的不可能。

所以,在特定知识范式里,这样不好,那样好,批评家手里一般捏着"标准",而完全当做生活方式的阅读,却没有这样的硬性标准。原因很简单,生活方式只有满足与不满足、需要改变与墨守成规之分,而不会有"唯一"、"一元"或者"唯有如此"式的峻急。2006年李敬泽在"华语传媒大奖文学评论家奖答辞"中,陈说了知识、学理、生活与感受之间的辩证关系。他说,我们的文明和文化中永远存在强大的冲动,就是对人的存在,他的生活、形象和可能性做出规约,但同时,为了不使自己在这种规约中窒息、干涸,我们也有另一种不灭的冲动,就是,求证并保存人类经验的丰富性,探索人的行动和表达的无穷可能。"从这样的信念出发,我认为,批评活动是怀疑、是分析,是论断和学理,但怀疑、分析、论断和学理不是为了规约和驯服文学,不是为了榨干它的汁液,恰恰相反,它是为了警觉地坚持文学的根本精神",同样是从这样的信念出发,他认为

---

① 李敬泽:《为文学申辩》,第6、37页,作家出版社2009年版。
② 具体论述可参阅拙文《重构"审美认识图式":从"后现代性"到"现代性"——阅读陈晓明文学批评》,《当代文坛》2011年第3期,和《准个体时代的文学及其批评——黄发有的文学批评》,《海南师范大学学报》2009年第2期。

"批评并非寻求公正，批评是冒险，是一个人的想象力的证明，它将文本中潜藏的可能性充分打开，澄清为明晰的意识和言说"①。因此，"逃逸"诸主题，在人的丰富性角度看，也许既非文学的好苗头，也不见得就是什么了不得的经验，它只表达了年轻人精神未进入生活现实的某种"惊恐"，只有当这惊恐慢慢化为平淡，文学经验才会成形。这就涉及李敬泽反思当前批评之后要进入的第二个问题，即我强调的 90 年代与新总体论的深层原因：李敬泽的新总体论不是通常人们所感知到的"印象"，而是在消费社会探求批评何以可能的问题。他的批评实践触及到一系列的知识"去蔽"，也触及到接通卢卡奇"总体论"的社会学语境。

若从 2000 年出版的《纸现场》算起，目前他几乎所有的批评文本都无不散落在卢卡奇的"总体论""失效"的批评语境，谈他的"总体论"首先要迎接扑面而来的"知识"障碍。

的确，说到"总体论"，人们就会自然地联想到现实主义、典型、阶级关系和社会历史规律。并且认为这种理论必须建立在未被现代主义、后现代主义洗礼的土壤之上，否则，显示社会历史不可知感的现代主义，和平面化、零散化、无深度、无意义的后现代主义，就不可能用"典型"能概括得了，"一个具体的人物还能显示历史潮流吗？"所以，用一个词与语言系统的关系代替一个人物与社会历史的关系的批评时代，以上概念之所以过时，是因为它隐含了一种乐观的信念——现实主义相信历史、社会和人类是可以认识的。而卢卡奇的总体论正好是这种乐观信念的一个哲学结晶，"然而，现代主义以及后现代主义的兴起无不表明，这种乐观已经消失殆尽。支离破碎的历史图像中，从典型、现实主义理论到总体论的所有环节都在脱落、肢解，或者遭受怀疑"②。更要命的还在于，中国当代学者撰写的西方文艺理论史。董学文主编的《西方文学理论史》（2005）说，"一味坚持着'十九世纪史诗'的伟大形式，而把 19 世纪以来当代文学形式和方法，简单地称之为非本质的资产阶级颓废艺术，从这样的立场出发，尽管并不缺乏对资产阶级意识形态进行批判的果断和勇气，但在与西方马克思主义内部对文学新形式的探索或争辩中，却显得武断和保守，以至于'从一个健康的原则出发，却给人以脱离实际的印象'（布莱希特语）"；朱立元主编的《当代西方文艺理论》（2001）与杨冬独立完成的

---

① 李敬泽：《为文学申辩》，第 246 页，作家出版社 2009 年版。
② 南帆：《五种形象》，第 14—18 页，上海复旦大学出版社 2007 年版。

《文学理论：从柏拉图到德里达》（2009），虽然对"总体论"的论述远比董编丰富，都提到了卢卡奇总体论中已经延伸到现代主义部分的"完整的人"的内容，可是"然而"一出现，卢卡奇最富精华却又因与布莱希特辩论的特殊语境而被埋没的部分只能以断片形式露脸，得不到应有重视。

　　真正重视卢卡奇的"总体论"，并从中释放出当下批评能量的是詹姆逊。他在《关于布莱希特和卢卡奇之争的反思》一文中，详细论述了卢卡奇总体论在今天——现代主义与后现代主义交织语境下的具体启示意义。当然，詹姆逊的用词很谨慎，他不是企图恢复卢卡奇与布莱希特关于表现主义论争中卢卡奇的所有理论，正如他说，"虽然他在20世纪30年代不一定是正确的——在今天给了我们最后的启迪"，而且他申明，这个启迪仍然是根据卢卡奇《历史与阶级意识》中的阶级分类的"想像"。他提示，如果我们在卢卡奇物化以及总体化概念的基础上再往前走一小步，他的总体论概念将会影响我们对今天社会整体的认知关系。也就是说，由于社会"总体"的基本结构是一套阶级关系，而这套对抗结构使社会各阶级根据由此产生的对立关系对自己做出界定，并且在互相之间建立一种对抗关系。那么，"物化必然隐蔽了这种结构的阶级特点，与之相伴的不仅仅是混乱，而且还有困惑"。解决这种困惑，阶级意识的强化就不单是一个阶级提高平民主义或工运主义意识的问题，"而是强制性地把那种将社会作为一个整体的观念重新开放，对认知和感知可能性进行重新发现，使社会现象再次变得透明，就像阶级之间斗争的时刻"。卢卡奇物化重视了人的行为，而后期资本主义因把人与人之间关系变成物与物之间关系，致使社会变得不透明，遂成了神秘化经验之源，意识形态以此为基础并使统治和剥削合法化。这一点，既是詹姆逊的想像，又何尝不是卢卡奇总体论本身的魅力呢？基于这样的想象性分析，詹姆逊认为，卢卡奇的总体论或许才是消费主义时代重振批评生机的有效方法。因为，在消费社会里抵制物化的力量，一定程度取决于重新发现被今天生活的各个层面和社会组织中的存在碎片化系统地破坏了的总体性。在反思能力的意义上，詹姆逊称"总体论"为"新的现实主义的功能"。他说，"现代主义的辩证对立面中那些最具体的东西——在一个经验已经完全变成一大堆习惯和自动化的世界里，它强调对感知的恢复"[①]。

---

　　① [美]弗雷德里克·詹姆逊：《新马克思主义》，王丽亚译，第123－124页，中国人民大学出版社2005年版。

"新总体论"自然是为了区别"总体论",然而就批评的根本旨意,李敬泽已经意识到的,与卢卡奇总体论概念至少是通过詹姆逊恢复的总体论并无二致,这也应该是更高一级别的深刻,足以表明李敬泽对"新生代"或 90 年代以来文学赖以生存的文化语境的熟悉程度。现在,无论是主张"恢复感知",还是拆解某种大行其道、强制性的"文化逻辑",包括理论批评话语执行的某种规整的范式疆界,都无不直指消费社会文学如何才能获得对意义的言说功能、怎样才能实现意义感知的实践问题。但是,在消费社会,保障文学确信的并不是什么新知识,是最朴素的感知。看得见整全人、感受得到世界存在的意义,文学的经验才能生长。完全相反的例子是,批评家或文学理论史论证"总体论"的失效、脱节,看起来似乎也在力求保持与文学现实的同步性。实则并非如理论家所愿,因为那种批评思维并非内在于文学结构,批评的结果只能是追"新"逐"异"。这很像有些作家写底层,本意是通过双方之间的张力,植入同情和怜悯,结果,在我们的意识中反而强化、肯定了那种隔膜。同理,批评终止某个旧理论,推出某个新理论,目的也是为了求证新的文学经验,事实是,出示新经验的时候,人们实际领受的却是新理论,即是什么使文学不一样了,究竟怎样感知文学的魅力被撇在了一边。如果分析不错,这正好是李敬泽"新总体论"的重要启示。

二、面向"整全人"的批评模式

通过感觉、直觉,并以感觉、直觉具体而微的生效来论评 90 年代以来文学及其经验、细节,而不是动用启蒙、现代性、人道主义或者现实主义、解构主义话语看待人与世界的关系,这种批评的潜在前提是,确信人的整全性、世界的整全性不可能被媒介所瓦解,媒介所瓦解和能瓦解的依然是人与世界的物质性。当然,这时候需要关注的一个焦点问题是,谁使人不得整全,谁又使社会结构进行物质分类、阶级分类,即谁使现实主义的功能不断失效、脱节,甚至变得不很清晰?追问这一类问题,肯定首先起源于西方理论的兴趣,卢卡奇的"阶级与意识形态"、福柯的"权力话语"与德里达等人的解构主义均给人们留下了不可磨灭的认知痕迹。甚至一段时间,中国批评家也成功地拿"十七年文学"试牛刀,《再解读》(2007)不只充任着某种特殊方法的文学研究,很大范围内它还是中国式解构主义方法论的角色。毫不讳言,用解构主义打量"十七年文学",就像《再解读》中众多文章所呈示的那样,文学及其主体完全是一个被操纵的摆设。阶级分析、意识形态动员、权力话语都几乎能找到一一对应的文学细节来支撑,唯独可惜的是,经批评家动过手术以后,作为读者,我们接受过来的恰好不是文学经验,是以文学形式再现的"工具论";至于90年代以来的文学,事实也证明,除了文化研究——一种解构主义的变异形式而外,恐怕还很少有别的方法成为批评主流的。所谓"离开解构主义的参照系,我们几乎不能彻底讨论任何问题"①。

在这一层面,因顾彬对中国当代文学的评价而引起的高/低论,正如李敬泽所说,是走向两个极端的强制性理论演练,也未尝不是解构主义给文学带来的灾难。缅怀过去也罢,否弃当下也罢,言说者已经在不知不觉中上了解构主义的快车道,大家都手持显微镜,背负着非得从文本背后找出点不良动机、不轨行径的重任。结果,解构者首先被解构,最早丧失了对文学最浅显、最一般的感知能力与体会兴趣。更重要的是,培养了一种唾弃自己、拒不承认自我此在境遇的批评逻辑,或者说,把对此在复杂境遇,特别是社会结构配置的简单问题转嫁于文学的头颅之上。于是,在释解的同时找到了衡度文学的方案:"一方面是对文学有过高的期许,他们是失去现实感的文学中心论者,认为文学可以经天纬地,动不动就说,看,文学在80年代多么重要!另一方面,则是对文学提出强制性的过低要求:文学就是娱乐。"② 虽不能说这些全是解构主义招致的麻烦,但文学言说者感觉、直觉系统的破坏,至少也算解构主义的功绩之一。

同样是揭示人与世界之间笼罩物的目的,经过解构主义训练的主体与忠实自我感知的主体就很不一样。"解构主义像一束光照彻了原本幽暗和被遮蔽的那些区域,显示出全部的地貌特征,让我们清楚地看到了那些平整规则的大地,原来布满了陷阱,道路如此崎岖,需要更大的勇气和智力才能向前行进"③,这是陈晓明所描述的解构主义的面目,不知是否包括他自己,这就不得而④。李敬泽——看得出他完全熟稔刚才的情形,但他多少有那么点反着来的意思,在相同的文学语境,似乎就是为了追寻那些

---

①③ 陈晓明:《德里达的底线:解构的要义与新人文学的到来》,第3页,北京大学出版社2009年版。

② 李敬泽:《为文学申辩》,第59页,作家出版社,2009年版。

④ 我本人经过细读陈晓明的批评文本,发现,他已经开始了再从"后现代"返回"现代"乃至"现实主义"的某种迹象,这说明他对解构主义作如此描述,既是自己的心声,同时也是开始反思的深切表达。参见本著第八章。

"幽暗"、那些"崎岖",大地如果太"平整规则"了,可能会真的变得索然无味。"在文学中,穿越覆盖着我们的幻觉、成规、各种分类和论述,我们感受到经验和生命的真实质地,看到意义世界的冲突、困窘和疑难,文学守护人的生动形象,保存了我们对世界之丰富和复杂的感知,也保存了对人的可能性的不屈的探索意志。"同时,"在文学中,我们能够通过语言与世界、与自我建立一种陌生和贴切的关系,有时如同舌头舔在冰凉的铁上。这一切,在一个消费社会中、在所谓互联网的时代,可能都在遭受威胁,但也恰恰因此变得非常珍贵"①。

所以,若非得要追根溯源,我倒觉得李敬泽的批评思维、批评已经形成的模式,是自觉地习得了中国古代诗文评的方法,特别是"入乎其内"、"出于其外"的精神。诗文评完整的诗化呈现模式,被他分解成了适合承载故事、情节、细节的叙述模式,即把直觉放回到了经验能够显示的小说批评话语平台——一种基于"整全人"却又把整全人置于不同时间坐标寻求共识的批评思路。

具体起见,不妨把他10年前与10年后、作家论与思潮论结合起来看。

第一,个人经验/文学史经验,再到文学经验具象的呈示与辩驳。这一类文章集中在对90年代作家作品的鉴赏与遴选。这里,个人文学经验、文学史经验与个人文学经验的具象化之间,可以读解为个人文学经验与文学史经验、文学批评经验角逐的过程,个人文学经验最终能否显示为角逐胜出者,即建构为具象化经验的结果,一定意义是与流行批评话语方式辩驳、争论的艰难过程。李敬泽在乎的并不是化为"经验共同体",而是怎么能溢出经验共同体,突出文学终究是不易被驯服的事实。

当批评话语的兴趣点在"向内转"时,李敬泽的问题是"转向,向哪转?"当东西的小说人物"目光愈拉愈长"、喋喋不休时,一般批评认定体现了与"现实"对话的严谨,他却断定文本中特别的叙述声音,正好表征着小说写出了"不可预料性"的"现实";1998年左右人们拿着"终极关怀"一把尺子,历数一个个终极范例的时候,他却冷不丁冒出一句"……问:难道你就是人吗?"新世纪之初,理论批评家提醒小说应该关注大事,李敬泽反其道而行之,反而高呼注重叙写小事的何玉茹是"小事的神灵"。

"向内转"的最早文章是美学理论家鲁枢元1987年10月18日发表在

---

① 李敬泽:《为文学申辩》,第59页,作家出版社2009年版。

《文艺报》上的《论新时期文学的"向内转"》。该文曾经两次大的讨论、批判,第一次是1987年该文发出后《文艺报》紧接着组织的,持续一年多时间。1988年下半年,讨论渐渐平息,两年后的1991年春,《人民日报》《文艺报》等报刊又接连发表署名文章批评"向内转",这是第二次。直到谢冕和叶廷芳发表文章,对文学的"向内转"给予明确无疑的肯定,至此,关于"向内转"的讨论共历时五年时间。谢文说,"文学的向内转是对于文学长期无视人们的内心世界,人类的心灵沟通,情感的极大丰富性的校正",而叶先生是站在西方现代文学角度对中国新时期文学"向内转"提供了支撑。继1987年之后,1999年第3期《南方文坛》又发表了鲁枢元《"向内转"》。题目就能看出来,鲁文的论域已经不限于特指的中国新时期文学了,"向内转"本来就是文学应该面向的基本对象,没什么大惊小怪的。彼时连带着讨论的是形式主义之嫌的"新生代"文学,批评家认为应该进行"现实主义转向"——正好与"宏大叙事"的"新时期文学"相反。由此可见,所谓新生代作家的"现实主义转向",就是要求小说与我们通常所说的"现实"有明确的、密切的对话关系。

在这样的一个批评氛围中,张旻的《向红》(《山花》第12期)和荆歌的《革命家庭》(《上海文学》第11期),就现实主义转向而言,李敬泽说,可以放到《焦点访谈》《东方时空》或《夕阳红》里播出。前者主人公向红为了讨好哥哥未来岳丈,当了临时拼凑起来的乡村学校的教师,与比她小一两岁的孩子们在一起,天真而认真地扮演着老师和学生;后者写普通的一个家庭的老人生活,只是因为这一切都以革命的语言被说出来,这个家庭就成了"革命家庭"。

李敬泽对"向哪转"的质问当然是对着彼时的批评指向,以及批评指向引领的小说进入"现实"的叙事选择和阅读定势。他认为,前者和后者都并不是服膺那种四平八稳的"现实",因为把《向红》理解为一个少女的梦想,把《革命家庭》看做是语言方式对生活的改写,"它是在展示人们如何生活在某种语言方式中,或者说,某种语言方式如何解释和界定人们的生活"。文学留给人们的、给予人们的,其实是如何反抗常规、反日常成规,甚至反理论思维对生活的分类,小说处理的是"这个'现实'与梦想和体验的关系"[①]。

《目光愈拉愈长》(东西,《人民文学》第1期)与《我们干点什么

---

① 李敬泽:《纸现场》,第101、76页,人民文学出版社2000年版。

吧》《抒情时代》（周洁茹，《人民文学》第 1 期），属于 1998 年的小说事件。东西的《没有语言的生活》，李敬泽做出过十分笃实的评价，认为有着"蛋糕式的深度模式"，你只要肯下去，一层下面还有一层；可是深度不见得就是挑战思维惯性，《目光愈拉愈长》的意义模式可能由常规进入非常规，再进入批评着力营造的差异性港湾，四平八稳地享受批评的赞誉就算完成了所有文学过程。但李敬泽却说，它是一个"诱骗性"文本，"消息接着消息，把你引到不可预料的地方"。不言而喻，李敬泽正是通过人物平庸的、如此徒劳的言谈，意识到了小说叙述声音中所提示的"奇迹"——当目光洞穿一切时，谁会想到脚下的现实竟会訇然崩塌？

看来，同是被一般批评认作现实主义转向的小说，在李敬泽看来，非但不能与"现实"产生对话关系，而且总是做着这样一种努力：把现实中的人拉出现实，然后再填进去，让你"很晚才痛心地发现这一点"。至于"70 后"周洁茹，言为抒情、说是干点啥，其实并不抒情、什么也没干，并指出"表现出意义中心的空缺"。李敬泽对"70 后"具体作品的批评与作为文化的"类"的"70 后"的态度判然有别，作为作品，他尽量保存"经验"，作为文化逻辑，之所以批评，是因为对于"70 后"来说，"'意义'比隐私更令人羞涩，写作的意义在于它可以在面对'意义'的同时予以遮蔽、掩饰"，意义主要是为了"消解令人不安的意义沉默"①。

1998 年和 2000 年的个人文学经验都关系到能不能上升到"终极关怀"的问题。这不难理解，1998 年第四届鲁迅文学奖给予奖赏的小说，比如《清水里的刀子》（石舒清）、《清水洗尘》（迟子建）等，无不是"终极关怀"的突出体现者。我记得那次"鲁奖"之后不久，李敬泽在一次"西部文学笔会"上说过，都到终极了，往后还写什么（大意如此）的话。但他对终极的具体看法还得回到《欺骗》（王芫，《小说界》1998 年第 1 期）和何玉茹的创作中。

《欺骗》并非成熟之作，"因为它太清晰"，但这不影响它提供反面的启示。李敬泽的结论是"小说不是诗，它是，或者至少是一种'家常日用'，是我们与世界之间最生动、最丰富的精神联盟，因此小说除了'本

---

① 李敬泽：《纸现场》，第 101、76 页，人民文学出版社 2000 年版。

质'，还得有经验的想象力，有人情世故的绵密结实的质地"①。相反，何玉茹是"小事的神灵"，因警惕"终极"对想象力的削弱而终于盛赞"小事"，原因是大家从终极关怀的潮头堡撤下来，一头钻进"日常生活"的被窝，写作中最终表达的是"关于日常生活的某种本质性图景"。何玉茹在众多以"日常生活"为标题的观念艺术中，找到了真正的日常生活。李敬泽禁不住拉出奥斯汀与之对比："奥斯汀是温煦和蔼令人愉悦的，她的嘲讽也让胖绅士们自嘲地发笑，但何玉茹似乎敛尽了奥斯汀的烟火气，在奥斯汀谈笑风生的地方，她却孤僻地、沉静地注视和讲述"②。奥斯汀的世界有高度稳定的价值秩序，日常生活意义充盈，何玉茹所面临的是严重的意义匮乏，生活世界是破碎和荒凉的，在想大事、干大事、写大事的终极追问、自我逼问中，何玉茹给我们留下的是"柔软、充满汁液"的小事的意义。

李敬泽从芜杂的小说经验共同体中拎出来的个人文学经验具象，有些的确慢慢地被收编到了流行批评话语的羽翼之下，平静地沉睡了。但留存下来并被主题化了的，事实证明，已经频繁地进入各种选本，影响在逐步扩大。而那些紧贴经验共同体的作品连同它的作者，却早已淡出了读者的记忆。

第二，以日/月为意义感知单元，记录"年"的文学经验，"月"是串联小说理论的"纲"和编制经验想象力的"目"，纲举目张或者提纲挈领，都汇聚成新世纪初年中国文学最富活力的意义谱系。2001、2002、2003年，在李敬泽的记录整理中，这三年真正的文学生活、精神疑难，一言以蔽之，仍需以强悍的感知力抵制撒向经验的标准和规约才能具象化。

首先，"日"的经验，告知我们，"断裂"向来是理论批评的图谋，而非精神运动的规律，不同代际的作家之间可能吮吸着相同的精神养料。比如张承志与红柯，他们在不同的语境选择共同的精神资源，这不是巧合，它表明作家们意识到，为求得"整全人"，中国当代小说需要进一步矫正借来的，或通过"历史"建构的小说传统。民族宗教与民间文化究竟该怎样理解？在整全人的坐标上，它们之间的疆界是否需要首先打开？而不是只把目光对准"全球化"，在全球化想象的蛊惑下被动地寻求自我的认同。"日"的经验，也警惕我们，新世纪初的日常生活逻辑并未发生多少改变，但文学生活却发生了翻天覆地改观，《雷雨》（曹禺）中的弱者最后一定是

---

①② 李敬泽：《纸现场》，第110、206页，人民文学出版社2000年版。

强者，因为它有历史必然性在支撑；而《花儿与少年》（严歌苓，《十月》2003年第1期）中的弱者不再是复仇者，依然是柔弱无助的，母亲只祈求强者给弱者以平静生活的权利①。"日"的经验，也严正申明，新世纪初的"消费主义"文学、"中产阶级"文学，不比工农兵文学高明多少，只不过是另一种"宏伟叙事"，文学对"消费主义"、"中产阶级"的附和，制造了"坚硬的合理性"②；"日"的经验，也顺便提醒作家，有必要认真反思自80年代以来中国小说已经形成的四种思想和艺术的基本平台：它是知识分子的，小说要有哲学的高度甚至终极关怀，要文化，要升华；它又是所谓"平民"的，小说又一下子贴到了地面，变成了油盐酱醋茶；它还是"个人"的，于是小说家们展开枯燥无聊的自我分析；最后小说以"现实"的名义把自己弄成了社会风情画。值得重新审视王小波，包括莫言已经提供了的绚烂与有趣。

当然，以"口"为文学经验写"志"，新世纪初最触目、最困难的事件仍然是"底层"。铁凝、叶弥以及夏榆的写作，也许颠覆了《泥鳅》（尤凤伟）中适得其反的表意：知识分子的"悲悯"、"批判"与民工的隔绝，本意让人们"注意"广大底层者，其实最终使社会现实结构中的"主流"和"边缘"在我们的意识中得到了肯定、强化。但是这三位作家也出示了真正的困难：新世纪初自我与世界、"我们"与"他们"之间建立令人信服、心安的意义联系，远比鲁迅《一件小事》艰难。

另外，"温暖"、"善"的主题虽然肇始于新世纪之初，但却跨越了差不多10年时间，10后的今天，这个主题仍然以民俗文化、民间节日的变体叙事书写着中国人的本土故事。李敬泽提出，"'善'是难的，我们常常忘记这一点，就像忘记自己的温暖可能是别人的酷热"。借迟子建的《门镜外的楼道》（《作家》2003年第5期），他认为，善根本上是拥有优势一方的自我制约，否则，这种优势会使"同情"和"怜悯"转化为一种不道德的暴力③。

第三，"代际"文学经验与文化连续性之间的整体批评。"60后"、"70后"和"80后"作为文学写作者，可能他们拥有迥然不同的人生态度、世界观、文学观念，但作为个体，只不过是一茬茬等待生老病死的人。文学、写作与人生、生活之间的关系，好像转换成了鸡生蛋、蛋生

---

①②③李敬泽：《见证一千零一夜：21世纪初的文学生活》，第212—213、182、225页，北京新世界出版社2004年版。

鸡的问题，其实不然，成熟的文学经验是打通代际、构建有效交流的媒介。

"60后"或"新生代"、"70后"与"80后"的写作，必须放在时过境迁的今天来看，这也是李敬泽衡估这三代人文学价值观的内心尺度。《生于1964：谈谈毕飞宇》一文就提示，对于"60后"，当年"同去同去"式的激情，仿佛一九六几是一组密码，指向某个新的、巨大的、为我们所独有共有的意义空间。其实这种幻想并不存在，人到中年后，回过头来看，只意味着人到中途，意味着脚落在地上，意味着成熟的压力，意味着父亲与儿子相处，"意味着一个小说家与生生不息的伟大艺术传统对话……"① 正是这一点，"70后"文学写作，"父亲"可以失踪、缺席，但最终还得寻找替代性的父亲；"历史"已经隐退，人在"现在进行时"的非历史性中成长，看上去左右逢源一身轻，实际上，空虚的负重使得他们的成长更加"迅猛而苍老"。一般批评抓住这个"代"的"感伤"和"在路上"欲说还休，赐予了不轻的哲学意味，李敬泽却借安东尼·伯吉斯《发条橙·莫扎特与狼帮》中的观点，比如"尽情享受一种感情，而不用在行动中去清除这种情感——这就是感伤"，表明那不过是涉世未深的遮掩，或者无穷无尽却又稍纵即逝的感官盛宴。如此，结合"70后"的"父亲"与"失控"，一种必须把自由与父亲的缺席联系起来的主题，可能暗示了目前"70后"代表性观点："失控的梦想使父亲的形象显得强大而怯弱，父亲的形象使失控的梦想罩上罪孽的阴影"②。

迄今为止，李敬泽对"80后"作家及其文学创作的批评，与几乎所有从"80后"作品中寄予未来文学史价值的文学研究有着很深的不同。他前后有两篇专论"80后"的文章：《一种毁坏文化的逻辑——关于"80后"》和《谈"80后"——答〈南方周末〉》③。综合两篇文章，他只有条件地肯定了"80后"的局部文学经验，比如，相对来说他们从大众文化中汲取了语言和形式，还比如，他们对一些新的经验的分析和处理方式。这些角度，表明"我们以往的文学经验至少有一块儿是开始失效了，或者说是在更新和扩展"。但总体上，作为"一种毁坏文化的逻辑"，我们的语境跨过文化的生成机制，只封闭在所谓"文学性"内部谈"80后"文学中

---

① 李敬泽：《目光的政治》，第90页，中国文联出版社2003年版。
② 李敬泽：《纸现场》，第73页，人民文学出版社2000年版。
③ 李敬泽：《为文学申辩》，第64、68页，作家出版社2009年版。

所表征出的青春的武断和骄横，而有意忽略完整人生所必需的对话与沟通，所得的不只是"未来主义"的乐观，更重要的是支持了线型时间观的残酷与冷漠。用他的话说，就是我们纵容并庇护了时间对一茬茬人的无情收割。这是批评及其对象所制造的文化悲剧。

批评界对90年代以来文学的研究、批评，已经积累了太多的知识、理论和哲学，但是那些专题性研讨、宏观性扫描和作家论、作品论的超载学理分析，事实上已经解构了这段文学史的文学经验，而不是建构。李敬泽以"日/月/年/代际"的批评模式和中国古代文论中典型的"出入论"[①]，出色地完成了对这段文学史的经验建构。同时，一些完整周全的批评话语体系也相应地开始松动，像释放C盘空间一样，通过李敬泽对流行（或主流）批评话语、批评方式的互文性审视，关于这段文学的理论空间显得不那么饱和了。或者，至少适时地清理了填充给这段文学经验的诸多理论废物。这其中他的感知性批评话语，或者直觉-经验话语起了关键性作用。

三、"中国经验"的话语行踪

"中国经验"作为文学批评的一个概念，在新世纪之初被突然提出来，充塞于大小理论批评版面。毋庸置疑的口气一再表明，这个概念本身就携带着批评的巨大能量。

我本人一度迷茫于"中国经验"，曾在一篇文章中表达过这样一些困惑。如果把近30年来中国当代主流批评引进并一直推进着的现代性话语、启蒙话语、人道主义话语等，视为"中国经验"的一个潜在对立面。那么，那种力主显示文学的俗性、原始性、物质性，及其与老庄哲学、孔子

---

① 从1986年初版《中西比较诗学》、1993年提出中国当代文论话语"失语症"，到2010年重版《中西比较诗学（修订版）》，文学理论家曹顺庆长年孜孜以求，对文论话语的"中西转换"与"古今转换"有独到看法。他的研究表明，比较里普斯等人的"移情说"、布洛的"距离说"，中国古代文论话语谱系中的"入乎其内"、"出乎其外"要全面一些、辩证一些。"因为唯有能'入'，才能有真情实感，才能进入审美鉴赏与文艺创作中物我同一的入神境界；唯有能'出'，才能跳出万物之限制，在审美静观中真正领略万物之美，在凝神静气中一挥而就"。因为这里只涉及李敬泽的批评模式，他的"中国经验"的批评话语行踪将会在下面谈。李敬泽的批评其实就是文学鉴赏论和文学创作论的结合，故认为符合"出入论"。曹顺庆：《中西比较诗学（修订版）》，第198页，中国人民大学出版社2010年版。

"和而不同"拼贴产生的一种混合物,就是文学批评话语的"中国经验"①。这表明,"中国经验"所昭示于人的并不是《红楼梦》的传统,也不可能是鲁迅的传统。唯一比较形象的,《金瓶梅》的路子,特别是其中展示人性的叙事态度,也许是首选。究竟是哪种中国文学经验?什么时候的中国文学批评经验?总之,在"大国崛起"、"中华复兴"等强硬口号下,对于文学批评,似乎不容置辩,只要是有气派,管你究竟"崛起"的是什么、"复兴"的是什么,捡到篮子里的都是菜。既然"中国经验"的范畴如此之大,自然能囊括进去的就绝不止这些。就"中国经验"提出的具体语境而言,仿佛特指的是中国新世纪初年的批评话语问题。那么,循着批评所指看过去,那种被"授权"的批评话语,差不多等于把底层文学作为对立面的,从民俗文化、坊间信仰中提炼出来的安宁、和谐、善好、诗意、调适、自慰,等等。如此一来内涵就相对清楚了,这个宏大经验并不是什么独特的东西,它只不过是为了应对长期以来人们驾轻就熟的西方经验而制造出来的一个模糊对立物。一定程度上,这个对立物可能还充当着拯救国人"失语症"、不能与西方文学(理论)平等对话的不体面角色的政治意义。正是在个体的神性与俗性能否达到平衡、统一的纽带地位,批评界动辄就是所谓"中国经验",其实"中国经验"只不过是一个内在虚弱但听起来一定强悍的话语武器。批评家正是抓住了这个奥妙,用它来遮掩批评无法不依附西方话语的脆弱心理。

所以,关涉到批评话语,"中国经验"首先要解决的是现在正发生着的话语危机问题。面对每天都以巨大数量产出的文学经验、情节、故事和细节,怎样对它们进行甄别、整合、提炼与反思、争辩,最后与所在文学语境达成理论化、主题化目的,便是解决这个问题相当棘手的节点。

从这个层面看,如果李敬泽的"新总体论"为的是揭开蒙蔽在批评身上的迷彩外衣,别样的批评模式——以日/月为意义感知单元、记录"年"的文学经验,从个人经验/文学史经验、再到文学经验具象的呈现与辩驳,为的是实践主体感知对文学经验的具象化成像。那么,他实际上已经在尝试做这样一项工作:

首先,在点评、短论中,他力求确立批评主体的直觉自信力。为什么这样说呢?直觉自信力能否确立,作为批评者,其困难主要在于他是否确定他的直觉不仅仅是个人兴趣、怪癖的呈露。李敬泽对"私人化写作"的

---

① 见拙文《"中国经验":一种含混的批评路线》,《文学自由谈》2010年第4期。

批评就表明了这一点，他认为"日记"之所以不等于文学，网络发帖也不就是文学的原因是，文学作为一种能公开的经验，它源于私人内心感受，但因为这种内心感受一直有着面向公众的自觉意识，它就已经把道德、伦理、人性甚至政治经济学、社会现实结构中的人际关系内在化了。所以，批评家处理这些复杂经验的时候，他的直觉是建立在包括以往文学史经验在内的众多"话语光谱"之上，并反过来对之进行整体性的反思和整理。也就是说，以批评主体感知为圆心的批评行为，其内心尺度不仅要穿越自我局限，更要穿越传统鉴赏论、创作论一般而言都有的潜在"共鸣"期待，"臣服"心理。否则，中国古代肇始于诗学的"出入论"，特别是"出"与"高"——"出乎其外，故有高致"，理论上倒好落实，批评实践就难了。因为，与李敬泽的点评、短论相对照，绝大多数类似文章可能也自认为很"出"、很"高"，但严格地说，那只是自我尺度指引下的出与高，本质上并未出"读后感"、"编后记"的模式：一点复述、一点感想、一点对比和一点建议。看起来批评思维很理性、批评话语很节制，其实理性思维只是外貌，骨子里是未经检验的个人印象，节制暴露的是文学宏观体验的匮乏，个人意义的漫溢话语是其批评的全部。于是，"出"与"高"只是一种简单的比附。比如，谈某作品的"不足"和"局限"，总充斥着过多自我声音，"如果……"、"假如……"、"当然……"等等，是由具体对象作参照的结论，它可能是情节的假设、细节的完善、故事的结构或者语言、形式的局部诊断。既然心里有个理想的范本，就意味着这类论评就其思维特点说，是二元论的；又因为此类论评框架的一对一对话关系，说明批评观也是本质主义的，对所谓范本采取失察的态度。最典型的例子莫过于人们对《红楼梦》的态度，当下小说的诸多不足，《红楼梦》也许只具有方法论之一的意义，倘若真出现了翻版的《红楼梦》，那也一定是文学的悲哀。

张爱玲也是一个能说明问题的例子，人们看重的就是张爱玲悲凉而"不失好玩之心"这一点。由此说开去，90年代以来的中国文学，所谓对个体、个人的意义探求，无不围绕所谓身体叙事，离开"肉身"的快感，那个个体、个人便无法延展到生活现实的洪流来拷问。换言之，是批评话语使文学经验显得极度萎缩，它失去了对日常生活、对个性差异性的必要警惕。顺着日常生活的革命性叙事法则，文学经验"日常"而不高于日常；也顺着差异性这个被授权的美学旨意，所有文学经验其实都在消费"差异"，真正的差异却无情地招致放逐。李敬泽的点评、短论之所以充满精神的辩难和对人性图景的执拗质问,是因为他的尺度建立在中国古代"妙悟"与现当代西方叙事理论的基础之上。前者整合了被批评分类所撕碎的经验整体、释放被本质主义者或反本质主义者占据着的文学空间,通过"妙悟"、"涵泳"和"赞叹"恢复了当下语境人应该有的基本状况,和世界应该有且可以领悟的基本形象;后者作为理论的武器,负责调适、鉴照、制约自我与文本经验之间的距离,以专业的身份进入衡度流程,把文学的事情置于广阔的文化现实却又最终限定在文学的范围内来解决。因此,他点评、短论相互之间实际上有一种颠覆与建构的互动机制。当他注重一个细节或一个重大艺术问题时,这个细节或重大艺术问题就不仅是该作家的,它是叙事理论的,同时也是当下社会现实结构中的。

比如对于"1996年前后的小说人物"的"对话性"。他认为在人物谱系上,当全球化尤其萨义德式的"后殖民主义"、"他者化"理论还未落脚80年代中国文学时。80年代寻根所热衷的人物是那种"炫示性的、搜奇猎秘的民俗陈列"、欲死欲活的"人道激情",以及文明与野蛮、启蒙与愚昧之类的二元对立,人物及其环境的表面描写也相当细致。而等到1996年前后,在那些小说家看来,"关于人物和环境的基本经验是由他和他的读者充分共享的,无须故作惊讶地多费口舌,而他的价值语境与人物的价值语境、不同人物的价值语境都是平等的,有着充分的对话性,本来没有'启蒙'落差"。因为,"身份"作为价值中心是否具有精神深度,这是个见仁见智的问题,"精神之深深不见底,如果一定要探到底,本来也不必写小说"。但是在艺术上,这时候一个人的身份就是他的"精神家园",就是他安身立命之处。一方面,构成一个人的身份的资源是多种多样的,"比如她可能既是一个售货员,又梦想着自己是张学友的情人";另一方面,作为社会身份,一个农民与他的土地和村庄的关系,一个工人和他的工厂的关系,只能通过他最重要的生命体验和最根本的道义立场来理解他的身份。所以,这个时候小说人物在"对话"中,一改传统意识上的"悲剧人物",和个人与时代、与社会的二元对立中毁灭掉的人物,而展开人物对他人身份和自身身份的疑问、调整和确认。目的是寻求一个坦诚的公共空间,"分享艰难"就是"群体和个人以真正的勇气承担社会、政治、经济变革的全部重量,在对话和商谈中努力前行"。在此意义上,李敬泽说,以身份作为小说人物的价值中心"大概是一个新发现,这是对人和时代的发现,也是一种艺术发现"①。

　　同理,在"对话性"人物基础上,当"后殖民"理论、"他者化"理论深刻影响中国文学及其批评的语境,2006年的人物可能需要一种"总体论"视野,否则,"对话"中确立的人物,像1996年前后那样,可能就是把"复调小说"简单地理解为叙述中的"自我抬杠自我消解"。面对个人身份的危机、焦虑,如果不能从总体上想象和理解世界,就不会在整体上形成对话西方文明体系、文学体系的语言符号和形象符号和文化符号。那么,个人承受、分担和体现世界命运的格局,就会失去应有比重,只能滑向某种小趣味、小滋味、小日子、小家庭的无聊。正是这样的眼光,李敬泽才认为莫言的《生死疲劳》是一次"罕见的大说特说,它具有说书人的声音,而这种声音本身就是一种世界观——一种不同于西方传统的总体性路径:在中国古典小说中,一切如轮回转,分久必合合久必分,人不是与他的世界对抗或从他的世界出走,从根本上看,人是在承受、分担和体现世界的命运,人物带着他的整个世界行动和生死"②。当然,他的点评、短论主要集中在《纸现场》《见证一千零一夜》《文学:行动与联想》《看来看去或秘密交流》(散文、随笔集)和《目光的政治》(散文、随笔集)中,并且,这些批评以"日/月/年"或"个人经验/文学史经验/批评史经验/个人经验的具象化"的模式和规模呈现,也就基本可以反映"新生代"或90年代以来文学所提供的经验,或者需要辩驳、批判的重要问题,包括伴随着的批评经验。虽然不免会走一点复述、一点感想、一点对比和一点建议的套路,但由于他充分打开了主体的直觉空间,也使直觉的自信力得到了充分发挥,那个模式反而超越了具体,特别是指向了流行批评话语和现成西方叙事理论无法解释的地方。

　　李敬泽经常喜用"偏僻的知识",并把获得偏僻的知识视为他批评自信力的保障,自然,这里无法考证其获得偏僻知识的途径。然而,按照叶舒宪的钩沉,所谓偏僻的知识,其实就是中国文化中的"大传统"。

　　1956年,美国人类学家罗伯特·雷德菲尔德在《乡民社会与文化:一位人类学家对文明之研究》中提出一对类似于"上智下愚"的概念,叫做"大传统和小传统"。前者指代表着国家与权力的,由城镇的知识阶级所掌控的书写的文化传统;后者则指代表乡村的,由乡民通过口传等方式传承

---

① 李敬泽:《文学:行动与联想》,第68—70页,山东文艺出版社2004年版。
② 李敬泽:《为文学申辩》,第91页,作家出版社2009年版。

的大众文化传统。针对中国文化源远流长和多层叠加、融合变化的情况，叶舒宪认为，有必要从反方向上改造雷德菲尔德的概念，按照符号学的分类指标来重新审视文化传统，将由汉字编码的文化传统叫做小传统，把前文字时代的文化传统视为大传统。从历史的角度判断中国文化的大传统与小传统，有一个容易辨识的基本分界，那就是汉字书写系统的有无。意思是，生活在文字编码的小传统中的人，很不容易超越文字符号的遮蔽和局限，所以一般无法洞悉大传统的奥妙。这样的二分视角对于认识中华文明会有哪些启迪呢？叶舒宪强调，需要做出双向的审视。简单讲，大传统对于小传统来说，是孕育、催生与被孕育、被催生的关系，或者说是原生与派生的关系。反过来讲，小传统之于大传统，是取代、遮蔽与被取代、被遮蔽的关系。换一种说法：后起的小传统倚重文字符号，这就必然对无文字的大传统造成遮蔽。他用他提出的"二重证据"（"物的叙事"和"图像的叙事"）举孔子、司马迁（指写"五帝本纪"）和《说文解字》（指"玉"打头并占很大篇幅的造字部首，叶以前已撰文称，中国最早的图腾物并不是龙，是玉制熊）得出结论，重视大传统，可以重新梳理出被小传统的"常识"所遮蔽的真相①。

对于大传统的自觉，在李敬泽批评中已显露无遗。《小春秋》之前他之信赖自己的直觉判断，其实也就是用眼睛、心灵试着呈现那种未经文字、知识、理论改写和窄化的体验图式，并把这种图式运用到文学现实中，因此，阅读他的批评文字，总觉准确但又似乎欠点清晰。为什么呢？一方面，我们已对那些大传统漠然，丧失了起码的感知功能；另一方面，我们已经对知识和理论武装过的文学现实抱有听之任之的态度、索性再接着往下走，只注重实然而不愿追问应然。《小春秋》之后再回过头想，他的大传统或者偏僻的知识的根茎，或许早已内在化于其批评了。就是说，他从中国哲学、思想、人伦、人际关系、人性等源头，想象性地勾勒了那个不可能不影响到今天作家的模拟叙事样本——空间意识模具。所以他的具体批评观点你可以不接受，但他的批评路径却无疑是中国式的；他的分析也许缺乏透彻，但他的分析中呈露出的智慧却并不是哪个西方叙事理论能够触及到的。这也是我认为其批评既是一种新文体，也是一种"中国经验"的理由。相近的批评家当然还有，比如台湾学者张大春的《小说稗类》（广西师大出版社，2004）就是一例。在这方面他比李敬泽表现得更

---

① 参见叶舒宪：《中国文化的大传统与小传统》，《党建》2010年第6期。

加纯粹,小说元素被他切分成了不同的小格子,比如启示录、显微镜、索隐图、洪荒界、材料库、修正痕、预言术、自动性等27个元素。既捍卫了本土小说的审美旨趣、叙事讲究"立人"的传统,也通过理论确保了小说话语中蕴含着的某种哲学或理论,拓展了因囿于各种知识范式而"窄化"的小说批评空间,激活了批评活力,为批评话语的本土化探索提供了可资借鉴的方法论。纵观李敬泽的点评、短论,他显然没有这方面的理论准备,或者说,像《小春秋》这样的书,还缺乏与当下文学经验结合的话语意识。

另外,在宏观大文中,李敬泽也在试图建立自己批评的"道",一种有别于基督徒式的、希伯来式"灵魂"的"心论"。除了借莫言长篇小说《生死疲劳》提出有别于西方文学传统的"说书人"声音——一种总体性大声外。通过论评王蒙长篇小说《尴尬风流》,他还认为应该改观中国知识分子历来好谈"灵魂"的批评习气。

> 这个"心"出自与基督徒完全不同的想象,中国古人的"心"是反时间的,所谓"素心"、"白心"、"本心"、"婴儿之心"、"赤子之心"、"心如明镜台"等等,都是意在保持自然的、原初的、整全的状态;基督徒的灵魂则在线性时间中前进,堕落-忏悔-救赎,是一个人开着私家车一路追寻最后找到了上帝或全球化等等。而对我们来说,心是空间,是个场所,是"心房"、"心间"、"心田",是儒释道并在,是复杂的境遇和选择;这个"心"与他人之心是贯通的,是可以推己及人的,在理想状态下它容纳万物而又澄明如空。[1]

具体到王蒙长长的创作历程,李敬泽的"心论",相当于这样一个哲学问题:怎样面对自己的问题作出思考和选择而非依靠终极的权威。对于巨型叙事的文学,也许就是打破所谓"纯文学"的界限,让人物在众多话语网络中进行广泛的对话,充分展现其内心疑难与政治经济关系、人际关系的辩论、争执,呈示众多价值和意义对人的规训与限制,而不是驯顺地践行某种价值、某种意义。

但实际上这种"不可言说性"的批评话语,恐怕只适合于某些具体文本,不好发展为一种理论的普遍性。在以"道"为核心的意义生成和话语

---

[1] 李敬泽:《为文学申辩》,第83页,作家出版社2009年版。

言说方式，儒家"依经立义"的意义建构方式、"解经"话语模式的中国传统文论规则中①，李敬泽的"心论"肯定属于前者。但就前者而言，无论是"言不尽意"、"圣人立象以尽意"（《庄子》），还是"天下万物，有生于无"（《老子》），"天下之物，皆以有为生，有之所始，以无为本；将欲全有，必反于无也"（王弼）。虽然与西方文论逻各斯的"有中生有"有了本质的区别，可是在叙事理论异常发达的今天，"心论"依然像他的点评、短论一样。优势是，在以点带面、以细节鸟瞰全局上，既能快刀斩乱麻，解决许多重要的批评问题和文学经验死结，又能长驱直入，插入人们思维的深处，使许多被知识范式蒙蔽的难点得以晒晒太阳。然而，这种未经叙事学转化的"妙悟"却又极难道出巨型叙事中人物、故事的所以然。事实证明，李敬泽目前的批评并未深入到人物和故事的结构层面。也就是说，他的人物论主要论的是被已有批评话语破坏的问题，至于免除破坏后怎样，他的批评往往是浅尝辄止；而对于故事结构，已知的叙事学也早已推进到了纵深层面，这包括解构主义、福柯的"权力话语"已经完成的。李敬泽愿意做、已经做到的是，把故事重新放回社会学视野，以整全人的感知来体悟其有无、确信与否。奠基于大传统，如果没有成熟的叙事话语，终归是美中不足的遗憾。恰恰是王彬的《红楼梦叙事》（中国工人出版社，1998），以"动力元系统"、"第二叙述者"、"漫溢话语"、"叙述集团"等话语方式，凸显了《红楼梦》叙事的经验，也给中国当代长篇小说一直以来没有解决的"空间"问题提供了理论援助②。王彬深化了李敬泽的问题，李敬泽又反过来稀释了王彬限于叙事学未能充分展开的语境批判——王彬把《红楼梦》叙事精微到"日"的叙事经验，对于当前中国的长篇小说叙事来说，方法论上的启示当然不限于"空间"问题，还有其宏大、广博时间观。这两"观"的发现都深切地影响到当前巨型叙事的价值评判问题。语境意识，只是说，《红楼梦》时代与当前时代，中国人的人性观念除了"恒常"的一面，还有属于这个时代的、已经经过多次异化后，由人性"量变"必然引起的人性"质变"问题。这个角度，我认为李敬泽的部分批评经验可以上提到语境批判的理论高度。

---

① 参见曹顺庆：《中国文论话语及中西文论对话》，《浙江大学学报·人文社会科学版》，2008年第1期；收录于其专著《中西比较诗学（修订版）》，中国人民大学出版社2010年版。

② 拙文《基础话语与批评的生成》，在已有"中西转换"、"古今转换"的理论背景上，对该著与当下中国批评话语的问题有过详细论述，这里不再赘述。拙文见《文艺理论研究》2010年第6期。

不管怎么说，一个批评家总会有他的个性、优势，也同样有他难以克服、或者不愿去做的事情。李敬泽的点评、短论已经体现出的是别人不好复制，也不太容易模仿的，它们因此突出了90年代以来文学及其批评并不为多数人所知的经验，至少不被多数人认可的经验。对一个批评家来说，这是极大的贡献。而至于他的短论中未能彻底解决的学术问题，这就相当复杂。一方面，李敬泽本人的志趣本身就是反抗所谓"学术规范"的；另一方面，即使他并没有把长篇小说的"空间"、"中国之心"问题上升到理论高度，但他直觉式的表述方式，也许比板板正正的学术更容易改变一种风气。

第十五章
郜元宝[①]（1966— ）：
完整性思想与"存在论语言观"

"60年代生"批评家或"新生代批评家"，这在中国当代文学批评领域是一个庞大的群体，其批评思想、理论见地和把握文学的态度，抛开其他理论流派特别是西方的影响不说，单就他们在当前文学批评整体格局的位置而言，肯定是批评的中坚力量。无论话语影响力，还是学养的积累，这批人目前已经表现出来的文论气质可以有个初步的概括，就是先把批判性的知识分子精神放在第一位，其次才是文学批评活动。哈贝马斯的"公共知识分子"意识，萨义德《知识分子论》里面所极力倡扬的内涵，或者弗兰茨·富里迪《知识分子都到哪里去了？》一书中反复追问的变成技术官僚以前的那个角色等等，都能在中国大多数"60年代生"的批评家那里找到回声。总体说，他们基于文学、通过文学性的衡估，要抵达的话语目的是对"五四"启蒙话语的当代转化，是对"五四"新文化、新文学未竟事业的"接着说"。对"媒体制造"的警惕，对任何打着回归日常生活常态旗号的消费主义图谋，对当前又卷土重来的"读经热"、"国学热"以及没多少辩证的文化研究的审慎态度，套用一个不完全准确但大致意思还比较清楚的说法，他们倾向于法兰克福学派的肯定比情驻伯明翰学派的成分多。

这也就出现了一个共性泛滥的问题。这个共性不是文学史家陈思和曾经区分的"共名"与"无名"的那个共性，是足以取消一个批评家赖以显

[①] 郜元宝，生于安徽铜陵，1982年考入复旦大学中文系本科，连续读书10年，1992年博士毕业，留校任教至今。现为复旦大学中文系教授，中国现当代文学专业硕士生导师，中国当代文学学会理事，中国文艺理论学会理事，上海市中、长篇小说奖评委。主要著作有《永恒的探索》《拯救大地》《在鲁迅的地图上》《鲁迅六讲》《世俗的喧哗》《汉语别史——现代中国的语言经历》《为热带人语冰——我们时代的文学教养》《在失败中自觉》《王蒙郜元宝对话录》《说话的精神》《为热带人语冰——我们时代的文学教养》《现在的工作》等数十种，主要译著有《生命的意义》《人，诗意地安居》《海德格尔语要》等。

名的批评话语共同体的共性。按照话语共同体形成的意识形态诉求，即出于这样的人多一个总比少一个更有利于某种话语的构造的朴素想法，反复彰显、标明某批评家文字中最希望被放大的特色的时候，被放大和突出的地方也许更可能是某个人们期望中的话语共同体的特点，而非这个人实际用力最勤的部分，现在要说的郜元宝的批评就或多或少集中了类似现象。

复旦大学出版社 2008 出版了郜元宝的批评集《小批判集》，《文艺争鸣》2009 年第 9 期就发了一组解读《小批判集》的文章①。文章共 5 篇统摄在"当代学者话语系列"的栏目下，看得出，该组文章的主要议题是郜元宝的同事或学生对《小批判集》的推介和阐发。近年来严肃学者出书难的问题是大家都心知肚明的事情，书好不容易出了，知情者写文章推介推介价值和意义实在太应该了，这没什么可非议的。我要说的，正是这组文章，差点改变了我对批评家郜元宝的看法。因此，在言说郜元宝之前，就很有必要先说说这组文章对郜元宝的预先定位②。

读这组文章之前，我只读过郜元宝的批评文集《说话的精神》（2004）及一些零散文章，可能我所选择的"60 年代生"的批评家首先都有一个批判性知识分子气质的缘故，有限的阅读，说老实话，并未感到郜元宝有什么特别突出的地方，对于我，那组文章就给了我一个认同性理解——说是解读《小批判集》，题目就能看出来，"献于……作证"、"文学性知识分子"、"批判力"，还有内容发掘上的"制度性"批判等等，都不限于《小批判集》，几乎涉及了研究对象的整个批评历程，实乃郜元宝的系统画像。我是隔山打虎，人家是见证者和朋友、学生，其言哪有不信之理？时间到了 2011 年 6 月，等我找来几乎郜元宝的所有论著，反复阅读后，最后思量《郜元宝讲鲁迅》（2010）、《汉语别史：现代中国的语言体验》（2010）、

---

① 这组文章是：周立民《献于爱者与不爱者之前作证：读郜元宝〈〈小批判集〉〉》、金理《"文学性知识分子"的批判力》、王军君《从〈小批判集〉看文学批评的特点》、黄江苏《我看〈小批判集〉》和张昭兵的《读〈小批判集〉》。

② 比这组文章更早一些的描述是季进、谢波的"当代文学批评的学院品格"，该文在归纳、分析了郜元宝 2003 年为止发表、出版的《午后两点的闲谈》《在语言的地图上》《拯救大地》《另一种权力》《鲁迅六讲》（2000）等论著后，可推测出他们所谓"学院品格"大致指有经典思想（鲁迅）和哲学美学理论（海德格尔）支撑的学理性分析能力和知识分子批判精神等。这些观点其实也是老生常谈，对对象的转述而已。见《当代作家评论》2003 年第 7 期。

《不够破碎》(2009)和《小批判集》《说话的精神》①,大概可以代表批评家郜元宝的思想面貌起,那组文章所提炼出来的内容、或者显赫的形象,才慢慢从我脑中褪去。我对郜元宝的看法,所谓犀利、尖锐、不留情面,以及其"反着来"的批评态度(比如在人们都对余华《兄弟》产生质疑的时候,他却不厌其烦地为之"辩护"),其实多有误读和歪解之嫌。而且批评文字的这些特点,如果没有触及某些根本性问题,或者对于根本性问题的分析和解释如果没有一个稳定的价值参照,犀利、尖锐等等不也常常是极端化的表征吗?从这一点说,我甚至认为批评达到这些目的恰好还不是衡量一个学者就是好的批评家的基本条件。这些特点放到郜元宝身上尤其如此,为什么呢?其一,衡量一个批评家是否优秀,绝对不是看他是否发出了什么刺耳的声音,民间有歇语说得好,"叫声高的不一定是好叫驴(能驮重物的公驴)"。其二,郜元宝硕士攻读的是中国古典文论,博士是海德格尔美学思想研究,毕业留复旦大学任教期间又开始研读《鲁迅全集》(除了海氏热过一阵外,中古文论话语、鲁迅话语如果没有很透彻的语境转化,使用倒容易,接受者而言非得要深层的语境支撑不可,否则,几近等于"另类"),还有他在关于当前文学的批评文章中总愿意说"二周"、"犹在'二周'之间"之类,特别是张口闭口的鲁迅,这就给即便是只对《小批判集》发言的解读者提供了一个省事的门径,郜元宝的基本批评思想不就从鲁迅那里得来吗?他挑刺的方式、论评的尺度和选取的话语成色,既然有个绍兴老头子在后面垫着,他的来路和归处不就其来有自了吗?其三,有了这样的前在印象,再加上割裂开来看,郜元宝对当前文学的批评的确不外乎充沛的批判性和机智泼辣的行文特色。那么,他的批判性中到底有无独特诉求?机智泼辣的文字中是不是有别的深意?抑或仅仅是对现行僵化学术规范的鄙夷?如此等等很可能涉及其批评不同面向的地方,当对郜元宝阅读的关联性缺失的时候,郜元宝也就只能是启蒙话语共同体中那个骨瘦如柴的一员,除了更熟练搬运鲁迅、海德格尔话语之外,还有别的形象吗?没有了。

我的这个引题可能长了点,但就冲着放下又捡起的复杂体会来说,郜元

---

① 郜元宝翻译、参编、主编的论著不算在内,另有文学批评论著和随笔集将近20部之多。其中包括《拯救大地》,上海学林出版社1994年版;《在语言的地图上》,北京文汇出版社1999年版;《在失败中自觉》,中国人民大学出版社2004年版;《为热带人语冰:我们时代的文学教养》,上海教育出版社2004年版;《午后两点的闲谈》,北京伟地电子出版社200;《另一种权力》,花山文艺出版社2002年版;《鲁迅六讲》(增订本),北京大学出版社2007年版,等等。

宝的确是我所细读过的中国当代"60年代生"批评家中无法绕过去的一个，研究他，不仅意味着重新回顾中国当前（当代）文学究竟缺什么的问题，还预示着或许会触及一个优秀批评家——现今知识分子怎样安置自己的问题。

一、完整性思想和"为自己负责"

完整性思想的说法，是郜元宝研究鲁迅的心得体会，"批评应该为自己负责"[①] 则是郜元宝自己对批评功能的独家解释。产生于鲁迅的完整性思想与为自己负责的批评观之间有无关联性，不仅牵扯到隔代的两个个体心灵的共鸣程度，更是以郜元宝为例衡量作为文学思想家的鲁迅，其资源在当前（当代）中国文学文化语境中的适应性问题。特别是当鲁迅思想话语一边不管在哪代批评家那里都不停地被拆解成话语碎片装饰批评门面，一边作为装饰句的思想能量却与该语境并没有多大契合度的情况下，鲁迅及其思想其实就成了名副其实的摆设。此等人文环境，夸张一点，思想资源的鲁迅实际上濒临寂灭的危险境地。郜元宝的批评能否摆脱"插句"状况，或者能否于"插句"的氛围走出来成为自己，不仅意味着当下时代能否容得下整全人的鲁迅的问题，同时，对于郜元宝，绝对意味着能否最终区别于一大批很难说没变味的启蒙批评群体的大事。即是说研究鲁迅最终是为着成为自己，鲁迅就是一个可移动的批判性知识分子的生成背景，以及在不同境遇不能不回头看去的有价值思想传统，在当代乃至当前担当着现代"未竟事业"的承传之职；而把鲁迅作为学术对象，话不妨说得更决绝一些，立论不妨更怪异一点、更时髦一点，因为它并不完全针对具体现实，也并不完全冲着言说的有效性而来。反正是古人了，一切的鲁迅和鲁迅的一切用来充当各种理论、主义的论证材料又有什么大碍呢？他老人家又是世所公认的庞然大物，在他身上尝试尝试新鲜理论，不更能吸引眼球吗？

事关鲁迅，事情势必变得异常复杂，先不说靠鲁迅吃饭的教授学者究竟有多少，能否数得过来？就是影响力极盛的鲁迅研究专著，就不好一概而论，笼统地认定仅仅是"做鲁迅"而全无把鲁迅的思想、精神化到自己的批评事业中去的。幸好，韩石山有篇《鲁研界里无高手》，王彬彬也有借韩文赋得的《骂鲁界里无高手》[②] 的短文。借着韩、王两文的脉络，鲁

[①] 郜元宝：《说话的精神》，第305页，山东文艺出版社2004年版。
[②] 王彬彬：《一嘘三叹论文学》，第327页，山东文艺出版社2005年版。

迅研究大致就可以划为这样几类：一类是研究鲁迅作品，但不谈、很少谈自己的；另一类是借鲁迅谈别的问题，兴趣不见得就在文学家鲁迅、思想家鲁迅身上，因此，这类鲁迅研究往往会拉上胡适作为对比，所谓"崇胡抑鲁"、"尊鲁贬胡"；再一类是把自己完全"烧进去"，"抉心以自食"，与鲁迅思想进行化合反应后，建立自己的衡量尺度、论评眼界，鲁迅的方向成为自己批评的方法论和主体性。也就是说在价值判断、审美批评之外，还有个"历史的领悟"。

郜元宝属于第三类，当然，属于第三类的不止郜元宝。但是读出鲁迅前后思想的完整性，并把完整性思想作为自己批评的方法论或者主体性，消化在文学批评实践中的，大概也就郜元宝了。

因为完整性思想一段时间常与历史意识、历史感混用，完整性思想就很容易被理解成是外在于主体的一种学术意识——追求在前人论述之处接着说（大多数时候是"跟着说"），而非突出于他人，建构自己与世界对话的彻底。艾略特影响弥久的《传统和个人的才能》一文被普遍征用，就说明了我们语境中对完整性思想的某种理解方式。典型如"任何艺术的艺术家都不能独自具备完整的意义。他的意义、他的鉴赏也就是他和过去的诗人和艺术家之关系的鉴赏。你无从将他孤立起来加以评价；你不得不将他放在过去的诗人或艺术家中以便比较和对照"。还比如谈到传统含有历史的意识是说的，"过去不仅仅具有过去性，同时也具有现在性"[1] 等等。鲁迅思想的完整性，或者郜元宝发现的鲁迅的完整性思想，与艾略特及艾略特的转述者是有区别的，它指的是一个人经过深思熟虑后，在文本中显现出来的思想连贯性。这种连贯性无论在日常说话行事，还是书写文字中所具有的对某问题穷追不舍的研究、阐释足迹。既然完整性思想要能经得起时间的无情考验，对它的理解就应该跨过表面的"破碎"与"片断"而直抵心灵深处运行的连续与贯通。如此，对于完整者自身来说，破碎与片断是主体性遭遇不同语境冲击后，为避免"豪语"、"志士英雄"而不得不出现的话语"短路"；而对于有心者、会心者而言，无疑的，能体验到思想的完整性面貌，等于会心于存在论的语言观而不是工具论的语言观，表征着文化及人心改变的"慢"的逻辑。相信"心里的尺"是对那种"慢"的逻辑的判断标准。

---

[1] ［英］T. S. 艾略特：《传统和个人的才能》，见王家新、沈睿编选《二十世纪外国重要诗人如是说》，第21-22页，河南人民出版社1992年版。

郜元宝正是在与鲁迅深切的"白心"下，体悟着鲁迅思想的这个特点并把它巧妙地编织进自己的批评世界里去的。这时候，郜元宝与鲁迅仅仅是一对隔代交心者，并不是外在于鲁迅、为思想而思想的研究者。

《心中要有完整的鲁迅：怎样读鲁迅（下）》一文，集中体现了这一点。在日本学者竹内好、伊藤虎丸和中国学者李慎之把《阿Q正传》"当做鲁迅对中国问题的一项专门研究来看待"的观点启示下，郜元宝以充分、翔实的材料还原了鲁迅终其一生就写了一部叫做《鲁迅全集》的书的具体思想过程。这个求证的过程当然十分艰辛，《鲁迅六讲》《鲁迅一百句》《郜元宝讲鲁迅》以及编著《鲁迅自述》，还有他自己差不多所有论著、批评文章都或多或少涉及这一课题。这里，为了简洁起见，只举他在鲁迅创作时间跨度非常大的古体诗、论文与小说和杂文不同文体间的例子。

第一个是鲁迅1935年12月写的一首概述其平生的旧体诗《亥年残秋偶作》，和青年鲁迅1907年在日本留学时写的论文《摩罗诗力说》。诗的第一联"曾惊秋肃临天下，敢遣春温上笔端"，与论文开头句"人有读古国文化史者，循代而下，至于卷末，必凄以有所觉，如脱春温而入于秋肃"。郜元宝认为，论文中的"卷末"就是晚清末造，这句话表达了青年鲁迅对中国文化大衰微的总体判断，他因此决定"弃医从文"，用文学唤醒国民，"改变他们的精神"（《〈呐喊〉自序》）。"文学工作的意义在他看来就好比用一支笔将春天的温暖带给满目萧条的中国，所以'曾惊秋肃临天下，敢遣春温上笔端'，是鲁迅对自己文学生涯的起点的回忆。"而20世纪70年代注家所认为的是鲁迅听说中国工农红军长征胜利，革命形势出现转机的"欣然命笔"，恐怕只是"特殊政治年代一种有趣的误读"[①]。1907年论文与1935年旧体诗之间即便充满了时间的无情阻隔、事件的肆意填充，也未能把鲁迅所关心的问题断裂为随物赋形的应酬之作，这足见他内在力量的强悍。第二个是小说《阿Q正传》与论文《摩罗诗力说》的完整性。学界公认的鲁迅写于1912年的文言小说《怀旧》是1922年完成的《阿Q正传》的前身，但郜元宝把这个前身又上推到了1907年的论文那里去了。他说《摩罗诗力说》其中的一段话"简直就是给阿Q作了一个预告"。这是指该论文在批判中国文化传统的同时，却又承认中国传统的"庄严"、"崇大"，"只是可惜它'呼吸不通于今'，'取以供览古之人，使使摩挚咏叹而外，更何物及其子孙'？"在这种情况下，鲁迅认为中国人

[①] 郜元宝：《郜元宝讲鲁迅》，第7页，安徽教育出版社2010年版。

如果还要动辄夸耀过去，那就好比"中落之胄，故家荒矣，则喋喋语人，谓厥祖在时，其为智慧武怒者何似，尝有闳宇崇楼，珠玉犬马，尊显胜于凡人。有闻其言，孰不腾笑？"郜元宝说，这不就是阿Q经常吊在嘴上的"我们先前——比你阔的多啦！你算什么东西！"吗？

前一个例子前后相隔28年，后一个例子前后相隔15年，空间上又跨越两国，几十年的事件变化又是扑朔迷离、波谲云诡。然而，无论是诗、论文，还是小说，鲁迅都很清楚"他的每一篇小文章在将来出版的'全集'中的位置"，而且鲁迅文集采取的严格编年方式，都构成了郜元宝非常心仪的一个批评境界。鲁迅的这一特点也就可以用来反观郜元宝文章虽则"破碎"——诚如他的一部批评论著题目所示"不够破碎"那样，但内里却绵密融合、前后一贯的批评指向。鲁迅在20年、30年里能穷究一个问题，创造了中国文学思想界的奇迹；郜元宝从出道迄今，如果暂时不算他对现代文学的精深研究，也差不多横跨了中国新时期特别是90年代至新世纪第一个10年里的20多年时间。20多年里，中国文学及其理论批评热点不知变化了多少，许多跟踪创作动态的批评家也不知更换了多少套理论方案，甚至如果微观到个体批评者那里，同一部作品在不同时间段的解读结论都出现了让人难以接受的"陌生效果"。这决不表明文学本身具有无限阐释的价值空间，只能说明批评家没有自己的持见，或者持见太富有戏剧性而竟至于"无"。着眼于这样的批评格局，有论者寄予郜元宝的厚望，就多少有了些许现实支撑。论者预言般地指出，郜元宝从批评张炜与王蒙的创作出发，最初立足于海德格尔的美学理论，不仅有良好的思想训练，而且有良好的语言审美悟性。"他的鲁迅研究和当代小说研究，不仅有宏大的文学本体论思想视野，而且能够对文学作品的思想与艺术价值进行相当深入地解释"，又说，如果他长期走下去，一定是现代中国文学史上有影响的批评家[1]。说得明白点，他的独异不全然因为评了哪些了不起的作家，而是不管评谁、评什么，你都能清晰地找到他持续着的话题，可能，该话题就是现代部分的遗留。这是真正不多见的。

现在可以通过个例来看郜元宝的完整性了，也主要以他对张炜与王蒙的批评为例。

《走在技术时代相反的方向上：张炜论》《拯救大地：〈九月寓言〉的本源哲学》《"意识形态"与"大地"的二元转化：略说〈古船〉和〈九

---

[1] 李咏吟：《文学批评学》，第296页，浙江大学出版社2010年版。

月寓言〉》与《张炜：民粹主义者的批判及其困境》等文章，出现在不同论著（前三文收入《说话的精神》，后一文收入《不够破碎》）中。前者从题目就能大致看出，主要是为着集中研究张炜创作的"主义"，以及这主义对于一个有信念的作家的重要性；后者则要言不烦，行文简短、观点鲜明，直指作家几十年因不变而带来的精神困境。所以，后者在编入现代中国的语言体验的著作《汉语别史》中专设的"文体学的小说批评方法"名目时，只能落选。补上去的就是莫言、李锐、阎连科、王蒙、孙甘露和韩少功，而并非张炜。这里，莫言等作家与张炜的区别不是别的，是语言的自觉程度，索性说是在语言自觉前提下所表现出来的某种"不自觉"、极端化自觉。语言所体现出来的艺术类型是郜元宝所看重的一个批评标准，因而也是他用以打通现、当代文学的一个有效方法论（在"语言之体验"维度，也是他衡估文学价值高低的本体论），即文学问题必须先放在语言问题——存在论语言观来讨论，才能得到高低的论断。

那么，张炜这几十年里的创作努力，究竟彰显了什么？遮蔽了什么呢？在《走在技术时代相反的方向上：张炜论》中，郜元宝用了这样三个分论点（三个标题）："苦难文学的罪与罚与张炜所尊之德性"、"柔情男子汉与'两性同体'之发现"和"调和阴阳大地与保护大地"。张炜所尊之德性是什么，郜元宝发现张炜笔下的"持枪者"（强者）如王三江（《秋天的思索》《持枪者》）、肖万昌（《秋天的愤怒》）、王二力（《天蓝色的木屐》）、赵炳和赵多多（《古船》）、村头儿（《九月寓言》），他们只是潜在的罪犯，一个预谋杀人者，但他们却因恐惧更强大的对手而最终无所作为，"犯罪的推迟和最终被取消，这首先是因为对强敌的恐惧"。由此得出结论，张炜首先是一个道德家，然后才是个小说家①。而道德在"性"面前的胜利，说明张炜所尊的德性，"已经由'德'入'道'，揭发了人

---

① 这与他对韩少功的认识方法基本一致。他称赞韩少功长篇小说，"《马桥词典》的一项重要提示，就是如何消除现代汉语的无根性，如何语言和世界、词与物的分离"。这指韩既把语言当做对象化工具来使用，同时也是领我们"走进"语言，体悟语言发生发展蜕化变异，由此构成了"语言——存在"的一体化世界。然而小说之外的韩少功，并非作家，更非小说家，而是一个怀揣"锦囊妙计"、把文学时时刻刻与"政治"联系起来的"知识分子"。相信单靠理性力量就可以轻而易举地赋予世界以意义，以秩序，条件是必须授予他一定的权力，公众必须信服他的说教，必须接受他的目标为自己的终极关怀。因此，"他的职业是文学，也披了一件不错的文学的外衣，但骨子里的东西并非文学性的"。见郜元宝：《汉语别史：现代中国的语言体验》，第302页，山东教育出版社2010年版。

生天地间的某种根本性的天道和天命",是宇宙人生的两性同体之本真状态的全息折射,是终极意义的一种人文流露。就此,郜元宝对张炜的总体评价就带着很强的肯定和赞美的声音,说张炜的创作,既是对世界文学"恐惧"主题的呼应,更承述了中国既有的咏月文学传统。"他的主旨,无非是要调和阴阳以保护我们栖居于其上的大地,保护人类生存的终极价值的依托",其人物总是一个城市和人群的逃避者,作家自己也就一直走在和技术时代运行的轨道相反的方向上①。

90年代写作的《拯救大地:〈九月寓言〉的本源哲学》《"意识形态"与"大地"的二元转化:略说〈古船〉和〈九月寓言〉》(《拯救大地》,1994)两文,虽然谈的仍是《古船》和《九月寓言》,但《走在技术时代相反的方向上:张炜论》(《说话的精神》,2004)中总体评价所涉及的主要议题确实未曾出现过。《拯救大地》所谓"本源性哲学",其实也就是《汉语别史》一书重点研究的语言与汉字问题的前身,即《九月寓言》中张炜"应该做而未能做到的"、做得不彻底的作家主体直接站出来充当叙述人的问题。有一段话郜元宝说得极富深情:

> 如果允许我对素所尊重的作家表示某种遗憾的话,那么我想说,就关于大地存在的本源之思的直接性和透辟性来讲,或者,就作品对知识阶层的感染效果来讲,小说《九月寓言》显然有不及散文《融入野地》的地方。我是指当作家表达某种深切的存在感受时,无论选择哪一种诗语形式,以自我为中心直接站出来告白,总比躲在别人哪怕是故土野地的亲人背后曲折传话要好得多。人物角色身份毕竟是决定长篇小说感染效果的一个值得思考的因素。许多优秀的中国小说作者(当然不是全部),当他们准备在长篇小说中抒发他个人也许是整整一辈子酝酿体悟的东西时,往往倾向于首先把自己隐藏起来,另外挑选某个或某一群在阶级、阶层、出身、教养甚至年龄性别上同自己差距悬殊的人物作为隐含作者的代言人。中国的叙事作者似乎一直没有诗词作者那种直接说话的习惯。我有时候不得不想这么一个问题:我们的叙述作者,特别是作为社会中坚的中老年知识人身份的作者,难道还没有成熟到足以充当叙事作品公开的叙述主体吗?②

---

①② 郜元宝:《说话的精神》,第99、110页,山东文艺出版社2004年版。

张炜如果肯于把主要人物的知识教育与思想能力定在隋氏兄弟的水平上，或者，在某种意义上加重廷芳父子在小说中的分量，那么，小说《九月寓言》对本源性哲学的探讨，至少在叙述语言上会与散文《融入野地》等量齐观。正是在这一层面，《"意识形态"与"大地"的二元转化：略说〈古船〉和〈九月寓言〉》才把"新历史主义"拿来与《古船》对比，认为《古船》使当时大多数新历史主义小说"黯然无光"的地方在于，《古船》对人性黑暗的展现、对人生苦痛的揭示、对历史的无常直至道德绝境的描述，表明了历史并不仅仅在单纯的"告别"中前进，它还要求情感的回忆，要求理性的正视——这实际也是基于语言体验之维的评价。"从《古船》的沉重到《九月寓言》的解放，实质上是从意缔牢结的僵局走向本源之地的放达。《九月寓言》所表现的正是这种走出意识形态'牢结'而返回民间融入大地的文学精神"①。但是"不妙的是"，之所以张炜"道德战胜"的叙事策略能在80年代高标独举，是因为当时许多人用未来的理想、用思想解放的意识形态来审判过去。而拼到今天，"道德战胜"最后的支撑，应该是也只能是一种取消自我、倒空自我，彻底需要谦虚的宗教归依，否则，再优秀的自我都没有资格充当美德的来源，那么，用有限的自我来审判别人、审判时代，就是一种僭越。可张炜的实际情况则恰好相反，他有太多的太热衷的自我。这即是郜元宝《张炜：民粹主义者的批判及其困境》（《不够破碎》，2009）一文的观点。最近，对于张炜450万字的小说长卷《你在高原》。评论家谈来谈去，除了道德层面的"三气合一"（即"底气十足、元气淋漓、正气浩然"）和"逆水行舟"（以人权话语和人文话语作为武器冲在前面，放下求真的负担，在求善的旅途上决绝地走到底）以外（《文艺报》2010年9月4日），基本看法的确都停留在郜元宝《张炜：民粹主义者的批判及其困境》，甚至《走在技术时代相反的方向上：张炜论》之前。是郜元宝落后了？张炜改变了（论评者事实上多次重复着张炜的"转变"）？还是其他批评家不约而同的道德论基调找到了时代新的融会点？其实都不是。张炜既没有"转变"到人们不认识的程度，其他批评家众口一词的话语（研讨会的特殊氛围算在外）也未发现新的问题（实为老生常谈）。这又一次印证了没有完整性思想的批评是多么的可疑。

至于王蒙，郜元宝的研究最为勤勉，《王蒙郜元宝对话录》（2003）而

---

① 郜元宝：《说话的精神》，第116页，山东文艺出版社2004年版。

外，郜元宝的论著中凡正面谈语言（文体）的作家作品中，王蒙及其作品几乎都适时地充任着正面论据的角色。最能表明郜元宝态度的是《王蒙文体之一：戏弄与谋杀》和《王蒙文体之二：说话的精神》（均收在《汉语别史》，其中后者同时收在《说话的精神》一书）。所谓"在刺作家的虚拟化抒情"、"在乌托邦：语言一元化运动"、"指涉语言的语言游戏"、"迷狂语言中存在的丢失"、"在快速说话的语言热症"和"反写作：卫护纯洁的虚无"、"说话的精神"等等，看起来玄奥，其实结合张炜的论评，问题变得简单多了。

径直说，张炜止步的地方，是王蒙有意识加强的地方。换言之，张炜没有完全做到的知识者出身的叙述主体，在王蒙这里却大胆直率地变成了真正的叙述者。用郜元宝的话说，小说家王蒙的贡献就在于以其罕见的语言天分，"结合现代汉语欧化语法的丰富弹性与久处权威之下奴性天成却又异常丰富机智幽默坚韧的北京方言的表达优势，为长期压抑在潜意识深处的沉默的大多数的语言潜流挖开了一个出口"[1]。这一点很重要，张炜未能有效突出其"道德战胜"叙事策略的地方，至少也包括他自始至终是一个"地方主义者"。"站在弱者一方"甚至执行道德审判永远不会有错，关键是"炼字"意识的薄弱，本该充分展开的批判性最终因地方语言的过于纯粹而把批判视野也一同收敛进了故土野地、亲人一方。所谓"一切都必须建基于'善的根本'，必须和穷人、弱者、劳动者的道德保持一致"，反过来说，正是这些东西使他的作品所致力的批判对象与所使用的地方民间语言显出了根本性的头重脚轻——拯救大地也罢，本源性哲学也罢，道德话语在所允许的范围被肯定、赞扬，与其在僭越之处招致批评，并不矛盾。其实这一点，也是郜元宝承袭鲁迅语言的方向，即"以口语为基本，再加上欧化语、古文、方言等分子，杂糅调和，适宜地或各蒿地安排起来"。要彻底改变"无声的中国"，就必须先让民众学会说自己的话[2]。这一角度，张炜的苦痛似乎也包含了他找寻自己的语言而不得时的煎熬，捆绑于民粹主义的一切努力出奇地与其笔下人物处在了同一命运线上。

举例就到此，现在有必要回过头来看郜元宝为自己设定的批评"为自己负责"这样一个至少看上去并不宽广的批评观，究竟是怎样保障完整性思想的表达的。

---

[1][2] 郜元宝：《汉语别史：现代中国的语言体验》，第323、159页，山东教育出版社2010年版。

批评为作家负责，为读者负责是一直以来，特别是"人文精神"讨论以来批评家、知识分子给自己确立的标杆。非但没人质疑，而且人们还尤觉得这个境界事实上有点低。不言而喻，根源就在"五四"那里，"五四"启蒙批评的所谓转述者不就是要通过文学批评来启大众之蒙吗？只要确保批评占领公共文化空间这个高地，壮举才能有望实现。然而，正是这里恰好成了郜元宝质疑的地方。长文《"中国批评"之一瞥》认为，"五四"以来对"人的力量"的过分张扬，和"只有人"的狭隘哲学的蛊惑，人道主义、主体性和"人的文学"反而变得极其危险，成了最难保证人不被异化的地方。他认为，"人的力量"不能完全解放人自己，最明显的证据，就是人很容易明知自己有某种力量却甘愿匍匐于同类脚下，很容易和同类一起制造某种价值标准然后一起膜拜。

一开始，批评要解放人，但最后，被解放了的人以人的各种价值又反过来窒息批评，因为他要批评为他服务，做他的奴隶。现在的中国批评不就是高高兴兴正做着各种人五人六的奴隶吗？①

同一篇文章，也许出于他自己的体验，他提出了"旁观"一词。这基于他对现有文化趋向的一个基本判断：

> 中国现代文化的急速发展和持续混乱以及与之相补充的高度整体化建制，一般来说是不允许旁观者大行于世的。你必须介入，必须像胡风当年所说的那样，"置身"其中，才是正当的选择。而一旦如此，你就是葛兰西意义上的"有机知识分子"，沉滓一气，做不成旁观者了。

分析完迄今为止的几代批评家后，他把希望给了他们这一代知识分子，原因有客观的也有主观选择的，客观上的便利是：

> 这一代人刚好处在八十、九十年代当令的五十年代生人以及新世纪开始摩拳擦掌、觊觎中心的更年轻的一代之间，往往找不到自己的位置，天生养成一种旁观者气质。不是他们喜欢旁观，而是客观情势让他们慢慢变成一个旁观的位置。

主观上之所以有价值，是因为"旁观"如能慢慢变成一种文化上的自

---

① 郜元宝：《不够破碎》，第258页，吉林出版集团有限责任公司2009年版。

觉，它就会形成一种自觉的抵制机制，"不是仅仅满足于接受被一时偶然的外力所赋予的姿态"，而是稍微有一段距离，入乎其中，出乎其外，做中国当代文学的知情者和同情的批判者。

学术的选择上，旁观者的位置因解决了思想表达上纠缠于"道义"、"现实"之类模棱两可的问题，而更适宜于追问"合适语言"①的本质性议题；批评伦理上，郜元宝说，若一定要回答批评为谁负责，最好是为自己负责。原因是"批评家在谈论文学的时候，自己首先必须有丰富的生存的展开样式可供言说"。说到底，批评只能借助文学讲自己的话，如果文学不是这种说话方式的合适对象，如果在某类的文学面前无法展开自己的生存问题，那么，"负责任的批评就只能选择沉默"②。英雄所见略同，批评家李敬泽也一度焦虑于"话说给谁听"，戴锦华也一度困苦于大众文化与女性主义文学话语的贫乏，但最后，李敬泽在鲜花与垃圾的斟酌中，戴锦华在游戏还是拒绝的思索中，一个选择了欣赏鲜花，一个宣布了"拒绝游戏的知识分子"角色。同样，郜元宝在鲁迅的完整性思想与海德格尔的语言理论中，反复爬梳、孜孜求证于当代中国文学的，最终还是回到了语言这个落脚点上，才构筑了自己批评思想的完整面貌。看来，问题的关键，还是语言。

二、"存在论语言观"与文学的根本性问题

"存在论语言观"其实已经在作家作品论中发挥着应有作用，是郜元宝批评"形散而神聚"的中枢，只不过，为了缩小范围，在论及他建构自己批评的完整性时，为了突出其在不同时间、不同价值热点中文论不变的"中心思想"，语言观便未作充分展开。一方面，完整性思想包括在鲁迅那里都还只是一个模糊的概念，有了郜元宝的自觉意识，这个"行为批评"才进一步具象化了。鲁迅的不追求体系的完备、学术论证的规范，这与他把思想根植于文学世界有直接关系。如何于文学中呈现，其实等于先立自己的语言观。郜元宝在鲁迅"随物赋形"和"心里的尺"所指示的方向上

---

① 这一概念出自郜元宝《我们还缺乏讨论文学的合适语言》一文，该文批判了思想界人士谈论文学的莫衷一是现象，本质在于对文学语言、文学问题的隔膜，即找不到真正谈论文学的合适语言，只能在相对主义的"道义"、"现实"等话题上无休止地打转。《不够破碎》，第253－255页，吉林出版集团有限责任公司2009年版。

② 郜元宝：《说话的精神》，第307页，山东文艺出版社2004年版。

所建立的批评方法论，像鲁迅当年所走出来的鲁迅的语言道路那样，存在论语言观就是他转化自鲁迅而最终脱胎于鲁迅的批评世界观，具体作家作品论在这一角度只能看做是郜元宝完整思想的框架和理念，没有存在论语言观做支撑，完整性马上会变得稍纵即逝。另一方面，鲁迅在郜元宝那里，既是研究对象又是消化、燃烧自己的本体化存在。因此，当郜元宝心仪于鲁迅式的完整思想时，具体到微观批评，则无疑意味着郜元宝必须是中国当代文学批评的代言人角色，只有这样，他所发现的问题才具有真正意义上的完整性。这就涉及要进一步了解郜元宝的批评，他为什么提出存在论语言观？以及这个概念针对什么？解决的是否就是根本性的文学问题等等（如果把根本性文学问题理解为某种应时而起的价值观，那么，这本身就是郜元宝所批判的，所谓"不是仅仅满足于接受被一时偶然的外力所赋予的姿态"[①]，必须给予相应的解答。

　　存在论语言观，可以分成两半来理解，一半是前因，另一半是后果。前因部分毫无疑问属于现代部分，而后果部分才产生于当代，属于在当代中所能看到的后果。也就是说，这"后果"既是由"五四"发端、途径 40 年代延安政治意识形态认可，再曲折地反映在新时期及 90 年代以来中国当代重要作家创作追求中的语言现象，是有怎样的原因必然会产生怎样的后果的后果。另外，也指郜元宝所谓"工具论语言观"在一路凯歌中遗忘了语言本身所孕育着的"求真的语言"，这是在"求美的语言"，即工具论语言观中无论如何也看不到的一种价值隐患，此为本意的后果。没有这样的一个界定，谈郜元宝的语言观就可能滑向他所警惕的"研究语言"，而不是关于"经历语言"的研究。

　　在《"研究语言"和"经历语言"》（《汉语别史》自序）和《我怎么"研究"起语言来》（《汉语别史》跋）两文中，郜元宝详细讲述了他走上这条路的过程。

　　20 世纪 80 年代中期，语言的种种"转向"既然是西方现代哲学的一个主要问题，关心西方现代哲学进而关心语言，也就顺理成章。他说，这与"五四"以来向西方寻求真理的中国知识分子心理相同。文学所谓"向内转"或"回归自身"都是批评界通过谈论语言而进入文学研究的捷径，新时期文学批评中频繁使用的新批评的"细读"、结构主义叙事学和符号

[①] 郜元宝：《"中国批评"之一瞥》，见《不够破碎》，第 266 页，吉林出版集团有限责任公司 2009 年版。

学，以及其他各种语言哲学和语言学（语用学、语义学、社会语言学、文化语言学）等等，基本改变了20世纪50、60、70年代中国人基本的语言经验，这是继五四新文学彻底改变中国文学语言并造就一种新"国语"之后又一次语言革命。在这个背景下，郜元宝说他思考的问题是，首先，并非所有的语言学理论都能用来分析20世纪80年代以后的中国文学。其次，统一的语言现象在不同的语言理论那里往往被分割成互不关联的碎片，人们很难通过新的语言分析方法建立起关于当代汉语的共同理想。另外，与"20世纪中国文学"、"新文学整体观"和"重写文学史"的宏大历史意识相比，在当代新时期短暂的文学实践领域谈论汉语问题，眼界也显得过于狭小。就是说，这些宏大历史意识，或方法论，很难在更高的历史整体性思维框架内建立语言研究和当代文学、当代性生活的深刻联系。这是他说的在海德格尔研究之前，就已经开始思考语言问题的原因。但是他又说，等他真正对80年代诸多批评方法有较深体悟，是1995年左右细读鲁迅作品，并比较了鲁迅与胡适不同的语言道路规划之后才获得的。他对"鲁迅的道路"的认领是"只能如此，应该如此，如此就好"，为什么如此毫无保留地照单全收鲁迅的语言实践呢？因为他从鲁迅的态度中看到了前面一系列的实践所不能达到的理想效果，"我觉得鲁迅已经不是单纯地谈论语言问题，而是从（不是'借'）语言问题很自然地谈到中国现代文化的根本方法和根本道路的问题"。

确切地说，此问题不单中国现代文化独有，中国现代文化（文学）之忽略鲁迅的道路所导致的中国当代文化（文学）后果，才是郜元宝真正要阐述和论证的。郜元宝激烈唤回鲁迅之处，用一个急切的句式来表达即是，没有当代语言问题和文化问题，何来现代语言问题及文化问题？由是，他的存在论语言观也就可以划分为两部分来看待。即工具论语言观所覆盖的文学创作现实，和存在论语言观被压抑从而由他来整理的实际上无形的"鲁迅的道路"。对前者的论述充满了争辩的声音，至少在文学与语言分离还是合二为一的层面，全部的章太炎，全部的周作人，全部的成仿吾，全部的钱玄同，全部的胡适，全部的瞿秋白，全部的吴稚晖，全部的郭绍虞和全部的鲁迅等等，几乎都被他一一拉出来审视和检阅。惟其如此，他讨论的中心话题才配得上是"中国现当代知识分子在一系列语言论争中暴露出来的观念"，也才够格成为"一种观念史研究"[1]。而对于后者，

---

[1] 郜元宝：《汉语别史》，第358页，山东教育出版社2010年版。

进入他视野的就只能是莫言、李锐、孙甘露、韩少功和王蒙（当然还包括其他一些作家如王安忆、余华、贾平凹、刘震云等），并且这些作家及其作品，应该都是在一定的限度内被言说。这个限度就是郜元宝在《说话的精神》一书的跋中谨慎界定的"合适对象"与"适当沉默"的关系。批评家在谈论文学的时候，首先给予一种丰富的生存的展开样式可供言说，至少是这种说话方式的合适对象，否则，如果在某一类的文学面前无法展开自己的生存问题，那么，批评宁可选择沉默。下面就我所把握到的郜元宝的几个文学根本性问题略作提炼。

首先是同一与差异问题，《同一与差异：现代汉语的现实构造与未来信念》[①]一文可谓"五四""文白之争"的简史，论域极其宽阔、资料极其详备，所涉及的现代汉语问题也极其复杂。首先在世界共同语和民族国家语言的高度，精辟地分析了人道主义语言与存在论语言的分野，考证了同一与差异的神学根据。其次转入章太炎与吴稚晖时，稍作停顿，指出这是中国现代语言观破裂的开始。认为语言的同一与差异最先透过"世界语"与民族语言的戏剧性对抗，才进入现代中国知识分子视野。吴稚晖及其他巴黎中国留学生相集办的《新世纪》杂志，主要宣传反满革命和无政府主义思想，特别是吴公然提出取消汉语言而代之以世界语的主张世所公认，关键是章太炎对之应战而起的《驳中国用万国语新说》，郜元宝认为是导致两种语言观破裂的重要文献。该文"将本世纪初汉语言文字和文学之关系的诸多复杂问题一一摊开，后来论语言文字和文学之关系者，基本不能跳出他的范围"。郜元宝总结章氏的八点重要见解是：1. 语言的差异天经地义，不可强求其同；2. "万国新语"与汉语系统流别迥异，不可贸然替换，否则，只会造成诸多损害；3. 拼音文字与象形文字并无优劣之分；4. 国人难以掌握繁难汉字，是教育落后所致；5. 汉语言文字在时空上的分裂，被不同音韵者盲目夸大而乞灵于"万国新语"，是避易就难；6. 明确指出汉字和汉语有无可选择的连带关系，任何对汉字的改造都将牵动汉语本身；7. 语言是民族生存权、民族精神的根基，牵一发而动全局；8. 公然提出语言优越论。章氏这八条及所牵动的"五四"汉语言论争局面，是他展开他观点的一个基础，也是他最后得以表达他独特的同一与差异理论的一个关键。

他认为，无论同一于文言文，同一于"民族形式"（大众白话文），还

[①] 郜元宝：《汉语别史：现代中国的语言体验》，第24—42页，山东教育出版社2010年版。

是同一于"声音"——认为声音是历史的当下经验,所以能确保汉语的纯洁性,其实都有偏颇。他的"存在论语言观"就出发于此,这一点也即是他区分"工具论语言观"的重要环节。他说现代知识分子对母语的失败感是大家能够共识的集体命题,问题的症结在于,把对母语失败后的拯救转移于"他们的语言",是与"占有"这种失败感,在"我们的语言"内部发力是两回事。前者无论在各种强势情势下怎样一时得势,比如瞿秋白"绝对的正确和绝对的中国白话文"的"大众语"就在40年代的延安,在毛泽东《讲话》,在赵树理小说中成了"民族形式"的典型。然而终因对象化而无法在语言中体验式地表达"我们的"存在感和失败感,而这些当中才真正沉睡着母语所连带着的民族生存感和民族精神实质。所以,概括而言,"文言文"、"方言土语"、"大众语"等等这些同一思路,或失败论,是"承认失败了,赶紧离开,换一条路",在失败的语言现场之外寻找出路,培养出的各种新语言究其本质是一种"一劳永逸的理想语言"和"新的语言神话"。既然是毫无知识分子失败体验感的语言构造思路,经营的方式或加固的措施就只能求助于语用学、语义学、描写性的词汇学、语法学、语音学、审美论、认识论的风格学和语言社会学,甚至有时候不得不求助于政治威权等属于工具手段层面的法则。而后者,郜元宝找到的立论根据就是鲁迅,或者是从鲁迅那里得到的"语言的自觉"。他说在绝大多数人的选择之外(各种语言同一论者),鲁迅在"失败的现场挺立不动,在几乎没有路的地方寻找出路"。"我们的语言"既是鲁迅的立场,也是他的立场,"'我们的语言',乃是指:语言是'我们的'各种存在困境最忠实的反映"。当然,追根溯源,把语言与存在结合起来,可能还有海德格尔美学理论的照射,借着海氏《存在与时间》,郜元宝在更高层面贯通了鲁迅"不自觉"的语言实践与海德格尔自觉的语言哲学话语。归根结底,他所针对的乃是中国知识分子的两种"架空性"语言实践或研究路向:一种是科学的"语言之研究",一种是乌托邦式的文学创作"语言之实践"——如胡适所说"国语的文学,文学的国语"的普遍路径。但此二者在郜元宝看来都是"非历史的",更是"非存在的"。

下来的关节点是,既然鲁迅"不人不鬼不中不西不古不今不三不四"(瞿秋白的讽刺)是站在母语失败的现场,即"占有"失败而走出失败的语言正路。鲁迅的存在感能否、在多大程度上成为中国当代知识分子、作家书写语言及其存在状态的参照?也就是说,这种不得不以众多"不"来描述的存在论语言观,究竟是怎样与今人"互通声气"的?这即是怎样看待同一与差异之关系的问题。就在同一篇文章中，郜元宝用了很大篇幅阐述了同一与差异的辩证关系，从理论上讲，切实的办法是让两者辩证统一、相互制衡，防止一方压抑另一方。就作家与作家的平行对比来看，"鲁迅风"与"胡适之体"、赵树理的彻底大众化与路翎的极端欧化、钱钟书的雅驯平顺与张爱玲的波；王蒙的"杂色"给后革命时代的语言世界留下的完整记录，张承志在"普通话"与"哲合忍耶"之间的矛盾，韩少功用普通话翻译"马桥语"，李锐让农民直接说出自己的潜意识等等，的确构成了差异性语言的良好局面。但作家与作家之间有效的影响，常识告诉我们，是在单个作家与单个作家之间的垂直关系中形成的，这也符合个体接受心理需求。这也就关系到怎样处理同一与差异的微观问题了。

郜元宝鉴于周作人"豪华"与"浪费"的概念，仅从理论的角度对极端化同一与极端化差异追求产生的时代背景提出了判断的方法，到底在具体批评中怎样衡估似乎仍悬而未决。

基于对文体家鲁迅的感喟，他写道：

> 就是因为我们的作家喜欢随时代的语言波浪沉浮，在反抗语言的专制而鼓励语言的解放时，忘记了必要的同一性之可贵，而在矫正语言的涣散呼唤语言的新的同一性时，又忘记了应该始终维持必要的差异性。也就是说，他们始终难以在语言的差异和同一之间保持必要的平衡。①

即便在《文体学的小说批评方法》中，他提出的"主观型文体"、"客观型文体"等按"腔调"来分析的方法，对于把捉作家的语言气质、语言特征肯定有用，但具体到从语言气质、特征发掘作家此时此地的"存在"，以至深入到"体验之语言"来审视作家主体像鲁迅曾经做出的那样，用"心里的尺"给"无声的中国"增添新声，因为垂直影响尚没有彻底解决，批评操作起来就相当困难。所以，他本人的《小批判集》《不够破碎》《说话的精神》等主要结集短论、随感的著作，在这方面堪称范例的似乎还不多。无意中——也许是有意而为，他的短论、随感倒非常接近鲁迅《上海文艺之一瞥》的精神，主张少涉及、不涉及具体细节而能看透某一类作品或某一类作家的普遍性问题，即拎出语言同一化或差异化的非体验

---

① 郜元宝：《汉语别史：现代中国的语言体验》，第55页，山东教育出版社2010年版。

性问题。这是否是一种可以通约的方法论呢？在如今大谈差异性，而差异性却很稀薄；极力聚合同一性，同一性则只有复制的语境，郜元宝的方法至少给了那些任何文本都要细读、任何作家都要"一视同仁"的批评家一种提醒：批评首先是一种判断中的遴选，它不可能跨过"体验"而谈文学的增长，也不可能完全漠视文化意识而迎来文学的繁荣。

其次是语言与文学的分离而导致的注重"声音特征"而淡化文字特征的文学现象。

据郜元宝的考察，中国现当代文学的一大趋势，是"音本位"压倒"字本位"，作家主要趋赴语言的声音层面而忽略语言的文字层面，由此，"一种'声音语'的诞生，或者瞿秋白等人所说的一种现代'文腔'的确立，就成为现代汉语和现代文学历史性变革的一个显著成果"。

> 这种"文腔"或者说"声音语"，不仅取代中国传统文学所倚赖的"古代汉语"的声读体系而成为现代中国作家情感思想的主要投射方式，同时也使现代中国文学日益疏离汉字所包含的无限丰富的文化信息，日益疏离汉字中潜藏着的无限丰富的文学修辞的可能性。而且，现代中国文学越是疏离汉字，就越加依赖内在于中国现代文学或者说主要由中国现代文学建立起来的那种"文腔"和"声音语"。这也许是限制中国现当代文学发展的一道最大的紧箍咒。[①]

郜元宝提出来的问题，只要证之以相应的批评，其严重性便不难看出。主流批评对长篇小说《万里无云》（李锐）和《生死疲劳》（莫言）的批评就很能说明问题。对于《万里无云》，批评家在完全认同作家"重新叙述的故事"的基调上，选择了不对称对话来解读，即以分类命名，并力求图解其功能、意义的批评方式。并强调说，"拆卸"仅仅说明了《万里无云》所包含的多重含义，以及这些含义的来源。提到李锐的"他者"话语——郜元宝所谓直接以农民作为叙述者直接说出自己的潜意识，论者特意指出，分解出一系列主要的话语类型之后重提叙述，无疑是为了重提叙述的聚合功能。"叙述的聚合功能是神奇的；拆卸出来的种种话语类型将在叙述之中熔于一炉，浑然无迹。叙述不是相加的总数，叙述的横向组

[①] 郜元宝：《汉语别史：现代中国的语言体验》，第102页，山东教育出版社2010年版。

合是使单列的各项叙述单元获得一种共同的内在逻辑。"① 而《生死疲劳》的论评结论,则直接放大了作品的"声音",并在"声音语"的思路把该作推向了无以复加的高度,论者由《生死疲劳》提升为当代中国长篇小说的全称说,说书预设了听众的在场,说书不是写书,而是声音,是包含和模仿所有声音的"大声",古代的小说是"说"出来的,而且是"大说",绝大部分现代小说是"写"出来的,顶多是"小说",这是非常重要和复杂的区别。"《生死疲劳》是一次罕见的大说特说,它具有说书人的声音,而这声音本身就是一种世界观——一种不同于西方传统的总体性路径:在中国古典小说中,一切如轮回转,分久必合,合久必分,人不是与他的世界对抗或从他的世界出走,从根本上看,人是在承受、分担和体现世界的命运,人物带着他的整个世界行动和生死"②。

以上批评实例看得出,它的语境是结构主义符号学和全球化下本土经验,它所呼吁的重点或者希望今后文学的发展方向是突出"大众语"和"声音语",目的就是以"大众语"对抗知识分子一元化语言,以"声音语"代替"文字"从而抵制欧化。新世纪以来这样的批评追求实际上成压倒其他的趋势,只不过其他一些批评因批评本身的缠绕,如此企图表达得并不清晰和有力罢了。

现在看郜元宝的态度,在《声音、文字及当代汉语写作》一文中,他论评了李锐、莫言和阎连科等自觉追求"声音"的代表性作品。作家们的如此追求不单受到批评家的追捧,对于他们自己,根据一些"后记"、"创作谈"和"答记者问"可知,这些所谓著名作家其实完全把自己放在了中国当代文学"领跑者"的位置,别人怎么看待自己的"主义"事小,更大的愿望是他们正在面向世界发言,等待西方人士来颁发勋章因而取得匹敌于西方文学的"平等对话"事大。当然,郜元宝并不是在这一动机来论评他们,郜元宝的立场是"文学家制造的声音"与"生活中自然的声音"被作家们混淆了。同样在"音本位"与"字本位"的角度,他认为要真正改善"无声的中国","灵魂的声音不会从仅仅作为记录工具的文字中透现出来,文学贬斥文字,终于受到文字的报复,那主要追求声音的文学反而没

---

① 南帆:《叙述的秘密:读李锐的长篇小说〈万里无云〉》,见《文本生产与意识形态》,第154页,广州暨南大学出版社2002年版。

② 李敬泽:《"大我"与"大声":〈生死疲劳〉笔记》,见《为文学申辩》,第91页作家出版社2009年版。

有声音，反而变成新的案头摆设，新的无声的"死语言①。

，老实说，当我在李锐的《无风之树》中持续地经受他的人物语言单调乏味的叙说，当我在《檀香刑》的最后听到一声猫叫时，我是有一种恐惧感的。不是因为在整部书中只有"瘤拐"们在说话、只听见一片猫叫而恐惧，乃是因为看到中国现当代文学在这些有才华的作家那里路子越走越窄自信心却越来越大而感到恐惧。②

这里，我不厌其烦摘引郜元宝文字，其实还有一个隐衷：现代文学批评也跨过了"工具论"时代，"五四"启蒙话语途经20世纪80年代的"重述"走到现在，它的根本性问题在哪里？是不是也到"存在论批评观"洗礼的时候了？否则，我们总喜欢周期性地嚷嚷一下的"批评何为"，如果批评仅仅是某些文化"热点"所掀动的泛泛价值论，非但不知为什么"为"，恐怕也只好跟在一些能带起土的作家的所谓"实验"后面随物赋形了。因为从现有情势来观察，我们对一种心目中的好批评的期待，似乎不外乎犀利、尖锐、直面以及与众不同。当这些特点或性质某一天由差异性变成同一性，肯定不是批评家的个性出了问题，而一定是批评的根基产生了动摇。

郜元宝所提醒的，最直观的一点，我们之所以经常把老问题当做新发现来翻晒，说明我们虽然置身于信息化社会，其实相当封闭。所谓"打通"现、当代，究竟该在什么位置下手？是人物谱系吗？新旧社会的变化，人物肯定不一样，这是无须批评家浪费过多笔墨就能说清楚的；是主题演变吗？"一体化"文学、"反思文学"和"日常生活"文学的主题能一样吗？这样的研究虽然不好说都是重复常识，但也绝对不是什么一般研究者不可触碰的课题；或者是借重于各种哲学思潮的价值论？人道主义、主体论、符号学、叙事学或者文化研究，它们的差异性倒好实现，同一性呢？抑或差异性与同一性的平衡呢？所以，"打通"固然可以见仁见智，这无可厚非。但只要是为着现代"未竟的事业"，"打通"就该有个主次之别，即应该有重要的问题、主要的问题、热点焦点问题、有争议的问题和根本性问题之别。否则，批评本身首先是断裂的，更遑论文学创作。

---

①② 郜元宝：《汉语别史：现代中国的语言体验》，第289、291页，山东教育出版社2010年版。

三、"识"重于"史"

"史识"合用时，批评肯定能表现出一种罕见的大气。但这样的时候并不多见，尤其集中到一个人的身上，更是难上加难。可是，在中国当代批评家中，有"史"无"识"的现象并不少见，只要把那些致力于作家作品研究的文章合起来看，个个是"进化论"，也篇篇是"作家个人文学史"。说是谈一部作品，其实拉起来的是作家整个的文学创作历程简介；说是一个作家的作家论，笔锋所触及之处，无论跨度多大、涉猎作品有多少，总之一句话，后面的作品总比前面的好，前面的总比前面的前面的好。作品论和作家论为什么都奔向了"进化论"？原因也很简单，因为文学深受政治意识形态牵制的时代与"一体化"崩解的时代不一样，也就是"人"解放了总被"人"被幽禁有价值，允许欲望宣泄总优于欲望被禁止，如此等等。

如果草拟一份近20年来的文学批评操作流水线，那么，启蒙－底层－日常－全球化，或者人道主义－新左－本土经验－民族形式，一定是不会太离谱。在这样的流水线上，另一路线也早已悄然上演，那就是叙事学符号学－解构主义－文化批评－文本细读。现在正是文本细读的风口浪尖，谁胆敢不照此操作，空疏、不及物、不负责任乃至没有批评家的操守之类贬词就会毫不犹豫地送过来。为什么兰色姆及其弟子当年的新批评现在突然吃香了？唯有本土经验云云。只有细读才能发现本土的语言和本土的故事，不消说，批评已经上了文化产业思维的快车。这样的批评格局中，不要说"识"，就是"史"也难得一见了。

这一角度，是郜元宝又一次把鲁迅推到了人们面前，本来鲁迅文章中，"识"与"史"浑然天成、玄奥莫辨，可是，郜元宝有针对性地继承和发扬了"识"，而"史"被暂时悬搁。为什么？聊举两例来说明。

例一：《红色经典的隐秘遗产》[1]。在别的批评家特别是解构主义者那里，要揭示出铁凝与孙犁的联系，铁凝所谓"柔顺之德"恐怕就不见得是孙犁在延安写的那些"真情之美、善良之美、抒情之美"的小说了，可能的追问方式是，是谁使她如此去写。同样，孙犁的问题也会跳转到这个追问方式上来，而且又是那么具有解构的条件。郜元宝则不然，他对孙犁的

---

[1] 郜元宝：《小批判集》，第169页，上海复旦大学出版社2008年版。

态度不是通常所理解的"同情的理解",因为在他看来批评的权力就在于展开与自己生存问题适合的对话,不存在刻意的同情,也不存在刻意的理解。在思念久别的家乡这个朴素的平台,他展开了与孙犁的对话,也是在类似平台,铁凝半推半就、半遮半掩的"柔顺之德"虽然可能来自詹姆逊"民族寓言"、霍米·巴巴"杂交"、"第三空间"的资源,但郜元宝却是在铁凝成长——阅读的20世纪40年代成熟起来的革命文学之浪漫主义传统的隐秘遗产的角度,来看待铁凝与现如今文学语境的"隔"与"不隔"的——前者因为世界观使然,是真实的铁凝;后者因为当时的政治意识形态促成,是真实的时代特征。因此,作者二十几岁写的《哦,香雪》是欲喜实悲;创作成熟后写的长篇小说《笨花》却实"悲"欲"喜"。用刘再复在其专著《性格组合论(增订版)》(2010)第八章"性格组合的实现"第五节"作家、艺术家的感性心理结构"中的理论解释,就是铁凝在创作还不自觉的阶段却实现了创作的自由,而在创作自觉的阶段,她的思维反而不自由了,想要什么的创作心理驱动,与其说使她的创作思维变得失去了"分寸",毋宁说企图从深层次表达"和谐"的目的导致《笨花》走向了她期望的反面。

  我之所以是"识"重于"史",不是指郜元宝完全不看重"史",完全不看重就没有孙犁与铁凝的比较;我强调的是在解构主义风头正劲时,他的这一入心入肺的分析,过人的文学之"识",实在算得上对解构主义只要动机、不要文学性的反拨,文学的主要动机是情感机制,而不是、不全是投机机制起作用。

  例二:《作家缺席的文学史》[1]。该文所涉及的三部当代文学史著作(洪子诚著、陈思和编、董健和丁帆与王彬彬主编),因影响巨大,可谓评者如云,也是好评如潮。郜元宝并没有在历史的勾连上花费过多篇幅,他发现的问题——作家缺席,三部著作虽然各有不同方式的"缺席",但归为一点,就是各自突破了各自认为的局限,"人"的问题上恰好并未前进多少。这是一个朴素的观点,并非惊人之语,可是圈内人却惊呼为惊人之语。还比如两次为余华长篇小说《兄弟》(上)"辩护",因为此时批评界都在批评,他的辩护似乎给人一种暧昧之嫌,其实读进去,知道他不过是肯定余华以"文革"式的叙述语言来写"文革"式的简单,两相对照,在价值论、人物性格论上批评余华的反而有点驴唇不对马嘴。当然,一旦深

---

[1] 郜元宝:《小批判集》,第214页,上海复旦大学出版社2008年版。

究,暂把鲁迅的方法撇在一边,知道在怎样的大框架安置一个作家或一部作品在什么地方的努力,如果没有史家删繁就简的眼光恐难做到。仅此一端,郜元宝的识力的确在一般批评家之上。

蒂博代《六说文学批评》中对文学批评家素质分类的那些观点都被人引用滥了,然而我在这里打算再让它"滥"一次。蒂氏的三类划法是:有教养者的批评、专业工作者的批评和艺术家的批评①。其中他对艺术家批评寄予的希望最大,号称"大师的批评"。郜元宝肯定不是艺术家批评,但他"求真的语言"的追求却胜过一般艺术家的把握,如果把作家在其创作中渗透的"主义"算进去的话。这是我最后想说的。

---

① [法]蒂博代:《六说文学批评》,赵坚译,第46页,北京三联书店2002年版。

第十六章
王春林[①]（1966— ）：
"个性化"理论背景中的文本细读式批评

从《话语、历史与意识形态》《思想在人生边上》到《新世纪长篇小说研究》[②]，三部著作（论文集）约 100 万字的文学批评文章。就王春林的产量、批评实践的时间、批评的对象，细心分析这三部著作中所隐含的批评思想、批评理念和批评理想，也即这三部书所构成的王春林个人文学批评史，完全可以成为总结王春林批评思想、文学审美态度、价值取向的理由。但我对王春林的批评实际上一直在"等待"。原因是，王春林才刚过不惑之年，通常所说的学人的可能性也许还正处在巨大的调整期，说不定突然一天王春林就变了，甚至于变得面目全非；另外，批评中的人内心似乎一直有个隐隐的担忧，总觉得批评的寿命大概有 10 年就差不多了，也就是 10 年的时间长度可能意味着批评思力的衰竭。当然更重要的是，像今天这样无比崇尚节奏的时代，10 年的时间，一个人的文学标准还能守候在一个比较稳定的位置吗？时间显然成了考验批评有无生命力的最后鉴定者，不能说没有道理。

等到王春林的《新世纪长篇小说研究》问世。我的结论是王春林打算不想变了，至少他不愿跟进到别人的视野里去了。王春林仍然着力研究长篇小说，在《话语、历史与意识形态》中开掘出来的几个批评面——作家

[①] 王春林，山西文水人。中国作家协会会员、中国小说学会常务理事、中国小说排行榜评委、中国当代文学研究会理事、山西省作家协会全委会委员，现为山西大学文学院教授，主要从事中国现当代文学研究。曾在《文艺研究》《文学评论》《当代作家评论》《小说评论》《南方文坛》《文艺争鸣》等刊物发表学术论文近 200 万字。出版有个人批评文集《话语、历史与意识形态》《思想在人生边上》《新世纪长篇小说研究》等。曾先后荣获中国当代文学研究第 9 届优秀成果奖（2004 年度）、山西新世纪文学奖（2002 年度）、赵树理文学奖（2004—2006 年度）、山西省人文社会科学优秀成果奖等奖项。

[②] 王春林：《话语、历史与意识形态》，太原北岳文艺出版社 1996 年版；《思想在人生边上》，中国社会科学出版社 2002 年版；《新世纪长篇小说研究》，太原北岳文艺出版社 2006 年版。

个性、文本现实、文化文学意识形态，《新世纪长篇小说研究》虽然做了分类研究，但本质上，近20年来，王春林的批评可以看做是对他最初开辟的批评原点的加深和细化工作。文本的阴晴冷暖、作家主体纵横坐标上的起伏变化，以及被论评的作家作品在同一时期审美价值面上的微妙突破，都一一在他宽广深入的阅读基础上，像蚕吐丝那样丝丝缕缕地吐将出来。时间长了，这种温温吞吞、不急不躁、不喊不闹、平平稳稳、体体贴贴、细细密密的心存善意的文本细读式批评倒成了他的批评风格。

如果"个性化"一定程度上描述的是时代特征：20世纪90年代以来围绕人文精神的讨论，展开的有关现代性、本土化、纯文学的话题都充任着文学线索的主要成分；主体的确立、个性的张扬、隐秘的私人话语诉求以及对身体的大胆揭发，几乎成了文学关注的重中之重。这个时候，道德底线、重提现实主义、对弱势者心灵吁求的观照，以及与此截然相反的声音，比如对后现代主义的推崇，主张颠覆、解构、断裂乃至于把文学的纯不纯，即"怎么写"的问题提到一个显赫的高度，情节的断裂式、故事的碎片化、人物的拼贴，时不时下惊人的断语，个人性地放大问题，或故意压低对象，似乎成了另一批新生代批评家（借用"新生代作家"说法）操作的对象。无论前者，还是后者，文学真正成了阐释来阐释去的个人化事件——文学标准不会因为争辩的口气就马上显出共识性来。不过，"争辩性"的确构成了90年代以来文学批评的一个显著特点。王春林的性格决定了他的批评一直贴着作品行走——他把批评的个性留给了作家，留给了他评价的作品。因此，梳理新生代批评家，王春林的批评可能是最能帮助人们了解新时期以来文学，特别是堪称一流的长篇小说创作的本来动向的批评文本。作为评价一个时段文学的评价标准，其中的发现也最为可信，其中的缺失也最为真切。在新生代批评家中，王春林也许不能算最有才气，他也不具有所谓一针见血的批评锋芒，批评话语也往往不以奇险决绝取胜，甚至有时可能显得滞涩和"平庸"。但他细致、妥帖、谨慎的对象意识，在批评界产生广泛影响的新生代批评家中反而旗帜独标、个性特立。"清洁的声音"就是对王春林这一特点的概括："王春林的批评基本上仍然是历史的社会的美学的批评，但他并不拒绝30年来介绍进来的西方现代哲学——美学思潮和理论，包括心理学、现代语言学、叙述学、现象学、原型批评、结构主义、后殖民主义文化理论等等。但可贵的是，他的批评并没有成为名词、概念的大展览，而是紧密贴合作品实际，取其合理性的内涵，决无生吞活剥的生涩与隔膜。所以一般来说，他的批评文章是

第十六章　王春林（1966—　）："个性化"理论背景中的文本细读式批评 | *331*

有着充分的自我见解的朴素的批评，是明白晓畅、言能及义的批评，既无云遮雾罩的玄虚，也无装腔作势的深刻。"① 当然，只是些"朴素的见解"，只具备"明白晓畅、言能及义"的言说条件，或者对一些新概念已经做过"消化"和"过滤"还很难称得上真正的批评。真正的批评肯定少不了属于自己的批评理念、批评方法、批评理想和批评实践。

一、"作品论"中的批评理念

个性化理论背景，除了说明20世纪90年代以来文学、文学评价标准的异常驳杂以外，转型期各个阶层人们俗世生活、精神寄托的剧烈分化也呈现出"个性化"的一面，由此出发的文学大体上是在这样的普遍基础上获得了存在的理由。这样一来，所谓批评的"个性化"，或者"个性化"的批评。抽掉扎眼的个性，这类批评实际上无意中利用了人们的良知，人们沉浸在那些被暴露的令人愤恨的问题里面的时候，注意力已经离开了作品本身。也就是，一些观点鲜明、精神谱系上显得无比清晰，态度上显得无比深刻毋庸辩驳的批评，它的价值首先不在具体作家、作品的论评上，而是借文学（包括不惜以点概面的思维）发表对社会"艰难问题"的看法。这不是小看这类批评的意义，只是就能不能切实了解作家、作品的原貌而言，道德批评、社会批评、现实批评可能不太细致。认识文学的常识之一是，看作家在微妙处的细微变化。这个角度，王春林所秉持的心存善意的文本细读式批评，放到众声喧哗的整个批评语境中，才显得必不可少。梳理王春林的批评实际上是在他的立场上对作品本来声音的恢复。

综合地分析王春林的三部著作，他的所有批评活动几乎都属于"作品论"。王春林作品论范畴有以下几个特点：其一，他选择的论评对象均为新时期就有巨大影响，90年代以来继续保持大影响作家的作品和新生代作家中引起文坛广泛关注甚至持久争议的作家的作品，如三部著作都对王蒙、铁凝、李锐、张炜、李洱、成一、蒋韵等作家于不同时期出版的长篇小说进行了持续的跟踪研究；其二，他的批评在时间差上属于后发型评论，即他的观点绝大多数是建立在已有争论的基础之上。这也可以看出他与时代批评风气的暧昧关系，但他的辩驳主要是为作品本来的成色负责，基本不出作品或者作家可能的面貌，如对贾平凹的《秦腔》，以及关于

---

① 李星：《清洁的声音》，为王春林《新世纪长篇小说研究》所作的"序"。

2002年、2003年、2004年长篇小说的"年度评述"①；其三，从1988年开始发表批评文章算起，王春林对长篇小说的研究、批评几乎伴随了新时期文学30年里各种思潮的起伏更迭，尤以20世纪90年代以来为例，"人文精神讨论"、"重写文学史"、"重估先锋文学"、"纯文学"讨论，等等。90年代以来文学的一些主角才人到中年，他们的文学观、人生观、世界观本身还处在变化调整之中，再加之一波又一波的思潮呐喊。作为当事人，无论研究，还是创作，很容易被某一思潮收编，形成流派性的特点。可是，王春林的批评从标题到行文到最终的批评思想，很少有捍卫某一文学主张的影子。这一类的批评文章主要体现在《90年代女性小说中的女性形象分析》《家族文化小说评述》《〈月牙儿〉：女性叙事话语与中国文人心态的曲折表达》② 等为数不多的学术性研究文章中。从王春林整个作品论的思维框架，即他的作品论在具体批评实践，也就是分析、评价作品时所占的"点"看，面面俱到并力求面面深入是他的追求。对于每个"面"的确立，获得最终的说服力，往往动用两套方法。如果评价的对象是已有过论评的作品，通过论辩立论是他常采用的话语形式；假如是他首评该作品，方方面面也仍然是他观照的基本因素，不过，这时候他的立论全凭自己的分析得出，分析性话语就成了作品论的主体话语。在论辩性与分析性话语之间，王春林的作品论还有不少篇幅是负责该作家个人文学史、该作品在庞大的文学网络中的梳理、整合功能的。因此，这一部分笔墨姑且称之为王春林宏观的文学史视野中的"归位性"述评，它兼有"述"和"评"，但重点还是"评"。总之是为了观点的稳妥和可靠，这也是作品论中极少看到王春林决绝的自我精神形象的原因。细究起来，王春林在作品论中所渗进的个人感情就不是"我注六经"，或"六经注我"式的绚烂和放肆。学院派的理性和规整、边缘人的散漫与自在，使得他的作品论既有对学院派过于苛责、单调的先在性定位式批评有发自骨子里的不屑，同时，虽久居大学校园（山西大学）却有着对话语权力中心（如北京、上海）以外的洒脱与率真的追寻。摆脱了所谓"谱系性"的精神压力，知识分子放松的心态他就没必要咬牙切齿地看待作品，宽容、亲切、平静帮助

---

① 这几篇"评述"文章分别是：《于沉稳中前行——2002年长篇小说印象》《走向个性，走向成熟——2003年长篇小说印象》《满目繁花又一年——2004年长篇小说印象》，见《新世纪长篇小说研究》，第3-28页，太原北岳文艺出版社2006年版。

② 王春林：《思想在人生边上》，第117-181页，中国社会科学出版社2002年版。

他进入的只能是一个客观的、陌生化的他者世界。历史-社会-现实-作家-作品-时潮,是王春林作品论的一般批评模式,其中的历史-社会-现实是他判断作品思想内容、思想价值的主要参照背景,作家-作品-时潮所构成的作品的美学网络:作家个人文学史、作品个案与其他作品的横比结论,体现着他作品论的微观批评理念。最后他审美价值的落脚点是"人性"。具体说就是"人性"有无深度的问题:一方面"人性"成了探测作家文学观的测量仪;另一方面"人性"构成了衡估作品审美价值高低的终极标准。所以,王春林的作品论是以人性为原点呈扇面展开向四周辐射并最终收缩到原点的意识形态作品论。简单地说,人物形象分析是其作品论论评的核心,其他诸如文化背景、主题、作家个人文学史、现实参照、叙述方式、语境等等都可看做是王春林作品论的铺垫——主要因为这些因素比较公共性,一定程度上只作为显示王春林深广细致的阅读面和论评观点的平稳、客观,它们是其作品论的背景。人物形象分析在王春林那里是最为精彩的部分,也是他的作品论中显得比较稳定、最能体现其批评思想和批评理念的地方。

因为《新世纪长篇小说研究》具有题材分类的文学史性质,《话语、历史与意识形态》和《思想在人生边上》两书都属于有感而发、有话要说的"作品论"。以下主要以后两部书为分析对象。

"人性论"作为文学人物的衡估尺度,作为"文学性"的一个核心价值观,这并不是王春林的发现。中国批评语境上它可以上溯到周作人著名的"人的文学"那里,温儒敏的研究表明,"人的文学"虽由周作人提出,却又是"新文学先驱者的'共识',并非周作人独特的发现,他不过是顺应时潮,及时将新文学运动所渴望的创作内容与方向加以较明晰的理论表述"。因为,后来他出尔反尔了,既反对"以个人为艺术的工匠"的"为艺术"派,又反对"以艺术为人生的仆役"的"为人生"派。按照温儒敏的总结,就是"由新文学主潮的带头人",变为周作人自己所说的"自由的思想者"了,即"为什么"的功利不可取,文学只要"依了自己的心的倾向"[①] 就是了。"人性论"是王春林等一批新生代批评家共同的文学性诉诸,也是新时期到20世纪90年代以来,一系列关于文学评价标准争论的一个轴心,是文学是否"现代性"、是否纯粹的一个具体化。不同的是,

---

[①] 温儒敏:《周作人:从"人的文学"到文学是"自己的园地"》,见《中国现代文学批评史》,第25页,北京大学出版社2005年版。

王春林不仅比较恒定地把"人性论"运用到他的批评实践中，而且用"人性论"衡量作品，呈现作品本来的人性叙事的一把尺子。其中的成功与矛盾，也就是细读中的"人性论"与他真正的文学标准之间的不尽协调，既意味了他个人用"人性论"透视作品乃至作家总体文学价值时的力不从心，也表明了"人性论"持见者单执"人性论"的牛耳期待所谓"纯文学"的某种普遍性尴尬。

首先是对王蒙长篇的评论，共八篇约占两部书的三分之一篇幅。从新时期的《活动变人形》到90年代的《暗杀》以及"季节"系列，王春林都进行了分篇论评。依照小说出版时间的跟踪可能是分篇的原因之一，另外，分篇论评可能更适合他对人物的细读——践行通过核心人物的塑造延展开来，触及制约、影响甚至决定人物的历史、政治、意识形态和作家主体的经验、思维、思想内外，到最后以人性是否复杂、丰富和真实来判断作品的成败得失。不管是直论人物（《活动变人形》中的倪吾诚），还是先辨析作品的意识形态处境再论析人物。由"爱情"、"文革"历史、王蒙的"50年代情结"、"政治"、"文革"语境中的知识分子生活与王蒙个人的"苦难记忆"入手，从王蒙审视的角度、写实的态度、忠实心灵记忆的动机，以及王春林认为的王蒙作为历史的经历者、见证者、过来人的责任感和知识分子文化使命感使然。暂不论王春林的评论深刻与否，如果有意把王春林对王蒙在此基础上塑造的人物，与那场广为人知的"二王之争"以及被多数人斥责为王蒙替王朔辩护的文章——《躲避崇高》相对照。在今天看来，认为王蒙的写作是"滑头哲学"、"政治情结"，或者顺应政治意识形态的"政治宣传品"的说法的粗疏和武断，也就昭然若揭了。王春林在回答王蒙为什么写"政治"和为何如此钟情"政治"时，从题材分类学和社会内容的必然性上正确地指出了王蒙小说的本来语境。"政治"只是与"女性"、"文化"、"农民"、"知识分子"等以凸现某一题材的为主的文学表述，"既然可以有专门表现探究女性生存的女性小说，有探究表现文化风俗的文化风俗小说，则也同样应该有以'政治'为专门表现对象的所谓'政治性'文学作品"。更何况王蒙迄今为止的所有长篇小说背景都属于"文革"和"文革"前中国现实，那时候，"政治，也已变成了所有社会成员最为基本的日常生活中最为核心的生活内容"，"当时社会的一大根本性表征就可以说是一种意识形态话语的极度喧哗。"① 王春林的这些观点，以极其朴素的理论戳穿了人们"一朝被蛇咬，十年怕井绳"的心理障碍：今天厌烦政治曾经给文学造成的工具功利性伤痕，但并不意味着以"'政治'事件为背景"的文学作品就一定不足读。

"人性论"在这里起的作用主要有两个：一是人性化地看待像王蒙这样在新时期以前就崛起，新时期以后的创作背景仍然是20世纪50至70、80年代中国现实的作品；二是人性化地观照作品中的人物，尊重历史、尊重人性、尊重作家主体，也就才能耐心地读懂那种真诚的历史反思。相比较，那些也同样持掌"人性论"，同样倡扬"文学性"的王蒙研究者，有些制造的动静挺大，文体、技法、语言无所不涉，但根本性的问题如果不廓清，仍然难免"隔"。在众多王蒙的研究者中，南帆那篇可称之为"作家论"的论文——《革命：双刃之剑》，在还原王蒙创作的语境上，与王春林类似，是王蒙研究中少数切入正题的论文之一。南帆的角度是，"无论是一个政治风暴亲历者刻骨铭心的经验还是种种引申出来的理论命题，'革命'与'知识分子'始终是两个至关重要的关键词。不言而喻，这两个概念也是大半个世纪中国历史演变的关键词。四部长篇小说（注：'季节'系列）不仅再现了'革命'与'知识分子'含义背后的血肉，并且将这两个关键词视为进入这一段中国历史核心的入口。"② "写时间与空间的形象，写人间的特别是我国的沧桑沉浮，而这种沧桑陈腐的背后自然是、无法不是一些政治风云、政治事件。"③ 也是王蒙的基本出发点。

其次是铁凝作品的评论和张炜作品的评论。李锐、蒋韵、成一、朱苏进、林白等作家作品，如《无风之树》《传说之死》《栎树的囚徒》《闪烁在你的枝头》《游戏》《炮群》《一个人的战争》等都有细致的论评。只是王春林在论评这些作品时，虽离不开他"人性论"的尺度，但出彩的地方并不在"人性论"上，有些甚至于太沉迷于人性分析，导致过于服从作品，看不出他的批评个性，比如评蒋韵的《栎树的囚徒》《闪烁在你的枝头》，涉及对"文革"的阐释也完全可以放到对王蒙的论评中去看待，涉及女性写作问题也可归纳到对铁凝《玫瑰门》《大浴女》的论评思路里去。

---

① 王春林：《政治与王蒙小说》，见《思想在人生边上》，第196、199、204页，中国社会科学出版社2002年版。

② 南帆：《革命：双刃之剑》，见《后革命的转移》，第42页，北京大学出版社2005年版。

③ 王蒙：《道是词典还是小说》，见《王蒙谈小说》，第257页，江西高校出版社2003年版。

也有些批评重心在"作品论"的另一维度——叙述方式,比如李锐作品的"概述"与"扩述",林白作品的"自我分身",《〈月牙儿〉:女性叙事话语与中国文人心态的曲折表达》一文中发现的男性作家对女性形象的"拟代女性写作",等等。

结合长文《90年代女性小说中的女性形象分析》和《家族文化小说评述》,对《玫瑰门》《大浴女》《家族》《外省书》《九月寓言》《柏慧》的论评,实际上就是铁凝创作论和张炜创作论。

这里主要谈王春林"人性论"的局限。王春林在细微的性格分析中认为,《玫瑰门》的成功是因为"为直接提出妇女解放的问题,它传达出的女性必须自我解放的意味才更为激烈和深刻"[1]。并认为铁凝写出了尹小跳原罪与赎罪的观念、具有弗洛伊德的精神分析理论基础,就判定《大浴女》一定超越了《玫瑰门》[2]。王春林对细节的把捉是有说服力的,但另一个不争的事实是,写出性格的细微处,不见得整部作品就一定能获得高境界。所谓的"新写实"、"身体写作"就是明证。可以说这两派中浪得大名的许多作品,都无不是以细节见长,有些甚至把人的潜意识做到了显微化的程度,但总体格调——批判力和思想力并没有高出多少。按照郜元宝的分析,铁凝从《哦,香雪》一直走到《笨花》,在精神谱系上铁凝继承的是抗战时期孙犁的"柔顺之德"。通过尹小跳对她生活的小城"福安市"深刻的爱恋,其不变的价值核心,"都是呼唤与不同历史时期民族国家理念和利益高度一致的柔顺之德"。与孙犁的不同在于,"孙犁的柔媚明丽的风格也是一种抚慰,但那是针对集体(革命队伍)中流浪征战的个人。铁凝继承发扬40年代革命文学的柔顺之德,却是为了安慰被巨变、混乱、敞开的新世界甩出去、未及建立新的自我认同因而不得不回归旧的道德谱系的新时代的孤立无援的单个的中国人的空虚灵魂。"其中暴露的是铁凝们"介入当下现实时道德资源的贫弱和虚幻"[3]。王春林过分追求性格的丰满,有点像福斯特所谓的"圆形人物",性格完满了就可以定论作品。这也可以看做是所有"人性论"的持见者本身的先天不足:对人物内心世界的设

---

[1] 王春林:《人性的倾斜与畸变——评铁凝〈玫瑰门〉》,见《话语、历史与意识形态》,第215页,北岳文艺出版社1996年版。

[2] 王春林:《荡涤那复杂而幽深的灵魂——评铁凝长篇小说〈大浴女〉》,见《思想在人生边上》,第87页,中国社会科学出版社2002年版。

[3] 郜元宝:《柔顺之美:革命文学的道德谱系——孙犁、铁凝合论》,《南方文坛》2007年第1期。

定终究指向作家的"理想",因为锐气的收敛,它无力走出作家的视线,属于保守型批评。

分析张炜笔下的人物,王春林也用"人性论"方法准确地发现了张炜"道德乌托邦理想"的虚幻承诺,但他不能持续地追问下去。在这个角度,有时候,王春林所展开的作家个人文学史,以及意识形态分析,只服务于用"人性论"解释人物性格的如何丰富和如何复杂。也就是人们虽然知道了深刻的人性,但仍然会困惑于这种"深刻"。这表明,追求复杂而丰富的人性,可能对作品文学性的提高有帮助,也是衡量文学有没有足够的人文含量的一个必不可少的价值维度,但过分沉陷于人性的复杂,也许就会丢掉必要的文化批判眼光。对铁凝和张炜作品的评论就是一个明证。然而,王春林的作品论与上面提到的几篇学术性研究论文相比较,同样的作品在综合研究视野中,实际上是呈现着各自本来的面目的。这使我坚信,王春林作品论尤其单篇(部)作品论中的瑕疵,本来就是"作品论"这一文体的局限。

一定意义上,王春林作品论在20世纪90年代以来不期而至的持续推出,在各路批评家有意无意制造的"个性化"理论网络中,在各种"意义"的强力攻势中,它实际上是以感性自由的批评实践,捍卫了被主导理论话语或者自认为相当主流的话语阵势所压抑的社会无意识喉咙的正常鸣叫,作为作品论它即使不可能建立一个无懈可击的理论体系,但它解除理性压抑的勇气已经足够。这时候,这样的作品论倒是太少,而不是太多,关键是作品论能不能形成自己的大视野,能不能构建起自己的专题,使它成为一个顽强的存在。

二、题材归类法与"作家作品论文学史"的尝试

这里谈论的是王春林集新世纪以来 5 年的时间,打磨而成的具有强烈的文学史架构和缜密的学理性追求的作品论专著——《新世纪长篇小说研究》(以下简称《长篇研究》)。

大的范畴仍然属于作品论,就像我在前文中提到的,当我期待到我期待的这本书以后,我的基本判断是王春林不想变了,尤其不想变到别人的视野里去了。他仍然是抓住具体作品,再是在作家个人文学史的坐标上寻找该作品的位置,寻找的过程就是判断作品在历时性和共时性,即历史、政治、现实、时潮中的个性发现,最后是作品究竟是什么,它的沿袭在哪

里？它的微妙突破又在哪里？又回到作品本位。这些在前两部批评集中确立的基本批评手段，《长篇研究》也没有完全抛弃，因为作品论依然是这本专著的基本构件。不同的是，这时候的作品论不再像前两本那样"独立"，作品论之间的牵连、照应，甚至作家主体在同一题材上体现出来的精神谱系性，成了本书"深层结构"的线索。这就意味着，如何评价《长篇研究》，可能不只是对王春林个人批评风格的把捉，大致推测，或许牵动着文学史书写的尖锐话题——不妨看做是关于"一定还有这样那样的不足"的建立在题材归类基础上的以作家作品论为主线的"新世纪长篇小说史"① 的认同问题。

我是基于几篇书评②的思考。几位作者③的溢美之词省略，但他们的思维方式可粗略地代表当代文学研究、批评、创作领域里的声音。大致地概括，其一，批评因"细读"而敬畏。这当然是王春林批评的特点，但"细读"更可能是批评的一种"本能"④，它只是一个相对的概念。也就是"细读"使《长篇研究》更可信、更有说服力，然而，仅看到"细读"实际上意味着对该著真正意图的忽略，反过来，"细读"在《长篇研究》这里就不是个什么特点，因为它只是一个方法。动用这个方法而不是现行几套文学史通用的思潮述评、知识主型、主观精神纽结，作家本位、作品本位的"新世纪文学"品质就没法表达。之所以观念还停留在一般书评所惯常做的表面内容介绍层面，书评的"匆忙"大概只是原因之一。其二，看起来普遍对当代文学批评的整体现状多怀有不满之意，尤其零零碎碎的话语表述中，隐含着对长期以来那种裁决式、"真理"在握式文学评判机制（主要是对目力所及的文学史书写姿态）充满了抵制和厌倦情绪，但面对《长篇研究》基本上没有发现其中已经蕴藏着的新意，甚至解读的过程中，思维不时要弹回去，依恋于一边表示出不满的那个价值体系：信赖各种形

---

① 蒋韵：《对批评的敬畏》，见《山西日报》2006年12月19日第4版。

② 蒋韵：《对批评的敬畏》，许春樵：《批评从此出发》，刘忠：《漫步在长篇小说的丛林中》，均刊于《山西日报》2006年12月19日第4版；段崇轩：《读王春林〈新世纪长篇小说研究〉》，见《文艺报》2006年9月5日第3版。

③ 刘忠，博士后，现为上海师范大学中文系现当代文学思潮研究教授，著有《20世纪中国文学主题研究》《现代主义视野下的当代文学》等；段崇轩，文学批评家，现就职于山西文学院，著有《乡村小说的世纪沉浮》《土色土香的农村画卷——马烽小说艺术论》等；蒋韵、许春樵均为当代知名作家，均有多部长篇小说产生广泛影响。

④ 王光明等：《文学批评的文化视野》，见《南方文坛》2000年第3期。

式的笼统"整合",而习惯性地不追问有效的整合必须建立在充分尊重作品个性的细读基础上。那就是《长篇研究》只有单篇的个性没有整体的个性。对具体作品的看法见仁见智纯属常识,这就更无从依据。

总之,就《长篇研究》来说,应该提出另一个评价视角。

还得征用郜元宝已经提出的一个观点,即"作家缺席的文学史"[1]。郜元宝历数了"洪著"、"董编"、"陈编"[2]的缺陷以后,给出了一个开放性的结论:应该有以作家主体精神为主线的文学史。没有作家主体精神的线索,是在反驳三部文学史——"以社会政治为本位","以积极的时代精神为本位",或"以文学作品为本位"的一个自然结论。但从另一角度,郜文的一个重要价值是寻找历史线头,为"90年代以来文学"立法。另外,他出示了一个一直被人们自觉不自觉忽视的概念,那就是研究者年龄、身份、心态、精神继承上的差异导致的文学观念的哗变和断裂,无法在"90年代以来"文学的内部发出令人信服的声音。这无疑也是三部文学史在同一问题(即"90年代以来文学")上遭遇尴尬的间接理由。"进入90年代,原来在50、60年代和80年代先后开始研究现、当代文学的一批中青年专家纷纷进入中老年,作为近60年文学运动的亲历者,完整地叙述和总结这一阶段的文学史,对他们具有特别的吸引力和紧迫感。"

现在的问题也许比郜文当初设定的论域复杂了一步,人们不仅要面对90年代以来文学,而且"新世纪文学"已经迫不及待地提前提上了议事日程。对"新世纪文学"而言,不管界定多么严谨,也不管争议有多么尖锐,一个基本的共识是,新世纪五六年时间的文学事实已经存在,而且是20世纪90年代形成的多元共生的文学格局的一个顺然连续[3]。

"一体化"早已"解体","现代性"甚至于"后现代"观念已经尖锐地触及人们的日常神经,"纯文学"成了人们评判文学作品不言而喻的价

---

[1] 郜元宝:《作家缺席的文学史——对近期三本"中国当代文学史"教材的检讨》,见《当代作家评论》2006年第5期。

[2] 洪子诚:《中国当代文学史》,北京大学出版社1999年版;陈思和主编:《中国当代文学史教程》,上海复旦大学出版社1999年版;董健、丁帆、王彬彬主编:《中国当代文学史新稿》,人民文学出版社2005年版。

[3] 自2005年以来《文艺争鸣》杂志开设了"新世纪文学"专栏,在国内著名的现、当代文学研究专家、学者、批评家为数不少的研究文章中可以看出,无论持谨慎态度,还是大力倡扬,这两块文学内部的联系性是他们基本的共识,甚至没有"90年代以来文学","新世纪文学"的特征就不会突出。

值指标，大众口味又一刻不停地挤对着精英者的精神领地。如何描述这一段（即"新世纪文学"）文学史的复杂线条？怎样焊接这一段文学的主线，使众声喧哗的杂声呈现出它悦耳的旋律？又怎样沙里淘金，在宏观的归类中让作家位居主角、让作品自己言说，又不至于使"新世纪文学"在所谓主导话语的遮蔽中趋于真正的"模糊"，或者"失语"？换言之，进入新的历史场域重新"规划"新的文学地图的想法，首先应警惕以往文学史"叙述"方式中已包含了的对文学"成规"的固执寻求，必须平衡好"局部"与"整体"、"抽样"与"丰富"、"喜欢"与"不喜欢"的关系。

我看王春林的新世纪长篇小说研究，就是在如此复杂的语境中最终做出决断的。

首先，《长篇研究》拆除了部文指出的三部文学史在客观上和主观上显赫的思维栅栏，直取张扬作家主体精神的几个维度，标出新世纪长篇小说在意图上突出的几个书写题材。除第一部分的"年度评述"外，第二部分的"知识分子精神的勘探与透视"，第三部分的"乡村世界的描摹与展示"，第四部分的"历史景观的再现与重构"，"知识分子"、"农民"、"历史"不只是现代文学肇始之初的旧友的脉系，就是在"董编"所描述的"五四启蒙精神与五四新文学传统从消解到复归、文学现代化进程从阻断到续接"的"之"字形道路过程中，这三大内容仍然是整个现代文学的强硬支柱。当然，这可能只是一个常识，题材的连续并不能直接说明"新世纪文学"的审美新变。王春林的《长篇研究》作为新世纪长篇小说研究史难道能例外？《长篇研究》能不能成为"史"，症结就在这里。

"新世纪文学"的诸多研究文章信息表明，众多的异议随着激情的慢慢冷却，问题实际上逐渐纠结到一个点上："新世纪文学"的"新"，其核心其实是一种"文化都市"特征，即"文学场景由集市、农家院落、茫茫的草原与戈壁、山区森林或者稻田麦地等劳动场所转到摩天大楼、跨国公司、夜总会、广告明星、星级宾馆、连锁超市等消费场所；文学人物由农民、乡村知识分子、地主和基层干部变成了公关人、代理商、老板、公务员以及风险投资商等时代'弄潮儿'；文学所描写的生活方式由传统的安身立命、日出而作日入而息、放牧耕种祈雨、为活命而苦苦辗转于迷信、战争与土地等向着时尚的桑拿浴、贴面舞、吸毒、网络游戏、休假旅游的转换；人物的精神状态如封闭、安定、知足、勤劳、俭朴等乡土品质被野心勃勃、希望与绝望、迷茫痛苦、追求享乐、冒险一搏甚至孤注一掷、唯利是图等都市情意所取代"①。这种新文学形态的初步形成,不能说与那场同样发端于 2003 年第 5 期《文艺争鸣》杂志,表情激越的"日常生活的审美化"或"审美化的日常生活"讨论无关。谁的"日常生活"已经"审美化"? 谁的日常生活仍需要解决基本的生存困难? 恐怕不只是一个纯伦理、纯道德范畴的事情,倘真是那样,问题反而简单了。由伦理、道德境况最终曲折地牵动不同时代美学、哲学立场的根本转化,也即一个时代美学形式、美学性质的生命力问题,或许才是必然指向。不言而喻,"新"无法承受如此严峻的拷问,即便是作为想象,"新"在庞大的人群中依然找不出人数过半的支持者,至少汇兑、绿卡、股市、昂贵的娱乐消费、名牌小轿车、豪华的居室装潢等等,在可预计的未来,在绝大多数人眼里远不及养家糊口、住院上学来得迫切。最后还得"重提现实主义"。这种退却不只是赢得美学上的稳妥,实际上还依赖于新世纪以来过多尖锐问题的露出水面,大面积打击了人们一往无前的想象激情。如此这些,也必然是新世纪不可回避的坚硬现实。

王春林所继承的精神理路是清晰的,他选择的一批小说文本,不能说代表新世纪,而是表征新世纪深层结构的一种形象:90 年代"断裂"浪潮后,三代作家不约而同地开始思考遭受解构的知识分子精神性问题、农民与土地为代表的农耕文化(其实就是后现代视野中的"现代性"问题)以及对人文历史观(相对于个人化立场的所谓"新历史主义")的重构。"勘探与透视"、"描摹与展示"、"再现与重构",就是在新世纪的深度界面再现并连接不同代际作家的思索的。这是就总体结构来说,比如王蒙与张炜、贾平凹、李锐、刘醒龙、阎连科、尤凤伟、方方等,后者又与李洱、韩东、懿翎、许春樵等。前"文革"时期出场的王蒙,后"文革"时期引起关注的贾平凹、张炜、李锐等,再到 90 年代有大量作品问世的阎连科、刘醒龙、尤凤伟和"60 年代生"作家如李洱、许春樵。就局部与局部之间而言,"知识分子精神"、"乡村世界"与"历史景观",又是一种相互的印证和解释关系。知识分子牵连着承传性的精神支脉,他们的触角所及探测的是"一体化"的"瓦解"时代,良知运行的曲折路径;乡村世界是对现实深层结构的文学性诊断,由此人心的现代化与社会的现代化成了时代的症结所在;历史景观中所选的一批作品,如《银城故事》《白银谷》

---

① 雷达、任东华:《"新世纪文学":概念生成、关联性及审美特征》,见《文艺争鸣》2006 年第 4 期。

《圣天门口》《北腔》等，其实体现的是"新历史主义"和"解构性后现代主义"之间的一套价值体系，大概王春林认为这一套价值观是比较符合人们对"新世纪"现实的期待，也是最富有建树的历史图景吧，因此它们也就书写了一种远景。如此，题材归类所获得的"一致性"线索就变得清晰了，套用郜元宝未经正面论述的观点，王春林的《长篇研究》请回了作家，至少在王春林选定的这一维面，充分地暴露了作家的个体精神。

题材归类法除了现实意义外，它要成为文学史主线的另一问题依然紧迫，比如它会不会永远成为孤零零的"断代史"？也就是它有没有历史感？

作为"新世纪长篇小说史"，《长篇研究》的"新世纪"意味似乎不很浓，这一点是能看出来的。同一题材可以收容身份复杂的作家进来，学术地回应了"新世纪文学"命名的某些浮华性，是其一；其二，不同作家对同一题材的不同言说本身就构成了与现实、历史、个人乃至当下经济社会内部的对话关系，反过来，种种对话关系思考并揭示了"现代性"本身的矛盾，以及文学的"文学性"问题。具体说，就是对前文所引具有"文化都市"特征的文学形态的隐性批判。

那么，《长篇研究》的历史感指的就是其微观构件的"作品论"，在怎样的经纬、多大程度上指向了"新世纪"？

这就是第二个问题：以"新世纪"为定语，《长篇研究》成为"作家作品论"文学史的核心条件。

题材分类法、隐含的作家论线索，以及选取作品的范围和性质，分别在这部文学史中所完成的任务和起到的作用，上文已经作了论述。但这部书的编排上，看上去，"作品论"（含"作家论"）还是个"个体"。当"个体"的"作品论"要有机地合成一个整体时，作为文体上相对独立的"作品论"的边界就要打破。也就是它们作为个体首先要成为一个共同体的条件，有必要再赘述几句。

在第一部分中，论《青狐》的写作时间（即"出版时间"）符合"新世纪"（2001），是王蒙"后'季节'系列"长篇；作品背景（20世纪80年代中国文化文艺界）也接续了"季节"系列（20世纪50至70年代）。但论王蒙个人作品的厚重程度，《青狐》肯定没法与"季节"系列相比。可是《青狐》在王蒙个人文学史的链条上是最接近"新世纪"声音的。有两个情节最能说明问题，一个是男性知识分子（作家、文人）在"新时期"文艺界领导舞台上的集体表演。王蒙把知识分子的"文革"遗风叫做"一股子与人奋斗其乐无穷的精气神儿"，这也是承接"季节"系列结构的、以钱文、王模楷等为表现对象的情节线索;另一个是女性知识分子卢倩姑(青狐)为结构线索,青狐属于"新时期"女性("季节"系列中未曾出现过)。重要的是青狐的"性"——"实质上意味着身体意识在王蒙笔下的觉醒"。王春林进一步指出,"性"描写在王蒙那里具有"重要的革命意义"[①]。这是无须多说的,"个人性"、"身体"、"性"、"欲望"本身所负有的文化含义是"新世纪文学"特征的主要依据,尽管王蒙的"性"描写或许是为了交代"政治",属于"消解式"、"戏谑调侃式"。与其说是王蒙"衰老变法",不如说是被"新世纪"的潮汐所裹挟。

对王蒙的作品有了界定之后,以下作品的遴选便显得轻松多了。《能不忆蜀葵》中淳于楷明基本上是张炜的同龄人,一洗《外省书》中史珂等人的"老年式寂寞",充满着"青春的勃发,朗照与生命的冲动";韩东、李洱、王刚、懿翎本身就"60年代生"作家,文学观上比较接近,《扎根》《花腔》《英格力士》《把绵羊和山羊分开》等,"个人视域"、"多声部"、"自审"、"另一种究诘",实际上都呈现的是各自层面的知识分子精神脸谱,是90年代以来,文学从"断裂"到重新"整合",再到"个人化"文学思潮的集中回放。

第二部分"乡村世界的描摹与展示",《秦腔》《受活》的代表性集中体现在两点上:即反叛与顺从。前者如《受活》,"新世纪"文化的一批显著特点是:节奏、效率、赚钱。《受活》用"怪诞"(南帆语)的手法,使受活庄的人实现了这些,但实现这些无疑必须付出令人咂舌的代价;后者如《秦腔》,《秦腔》完成了对另一批文化符号的诠释,夏家子弟至少两代人一直担纲着棣花街的历史主角,不停地忙,不停地适应潮流,但到最后,连抬棺的劳力都凑不齐,"新世纪"农村社会的无主体性、无历史性于此便不言自明了。《石榴树上结樱桃》《泥鳅》《放下武器》面对类同的乡村世界,重要的贡献可能在视角上。在日常眼光的注视下,在"直面"的批判勇气中,在复调叙述的"透视"中,乡村世界的微观政治,现代都市对乡村主体的盘剥,体制对人性恶的培育,等等。不堪的乡村惨状,无处不谈的人的现代化,本质性地、全方位地阻挡着人们对"新世纪"不无天真的美学赋形。

王春林的具体论评,实际上只起到了收集、整理、阐发作品,包括一些颇占优势的批评话语的作用。

[①] 王春林:《新世纪长篇小说研究》,第68页,太原北岳文艺出版社2006年版。

第三部分，《银城故事》《白银谷》《圣天门口》等小说之所以能进入新世纪长篇小说史叙述的资格。在王春林看来，这批小说对20世纪中国历史图景的整体性钩沉，对"宏大叙事"的再一次打捞，对"史诗性"的顽强触碰。主要基于"历史真实"与"文学性"的考虑，"历史小说一方面固然应该顾及史实的真伪，然而，从更本质的意义上说，历史小说却更多地应该被理解为作家对于历史的一种既合乎历史情理同时也更合乎人性情理的文学想象，而且，这种历史想象绝不是与现实无关的。虽然我们反对以历史小说的形式简单直接地影射现实，但文学史上真正有价值的历史小说的创作却总是与现实有着某种内在的精神联系的。而这，也正可以被理解为作家创作历史小说的一种根本动机所在。"① 文学能不能换回历史的"主体"？历史小说有没有能力重新编排新世纪文学的整体性？这部分小说文本的取舍本身可能直接回应的是这些问题。但这批历史小说有没有力量直接站起来面对新世纪5年（以王春林的论评时间为界）乃至更长的新世纪文学史言说，这恐怕还得暂时按下。

综上赘述，《长篇研究》对作品的选择与王春林对之的个体论评，实际上建立的是两套能够互相参照的文本：作品的言说方向、评论的论评思路在广义上只构成阅读、判断的互补关系。这样做的好处是，保留了作家带有谱系性的时代声音（可能是"70后"、"80后"乃至90年代以来旨在"断裂"的长篇落选的直接原因），也汇集并收藏了批评话语的时代性特点。就像前面讲王春林"作品论"的批评理念时论及的那样，"作品论"追求面面俱到并且面面深入的另一方向是，拒绝得出终极性的结论，敞开各个维面就行了。这就等于把主动权交给了不确定的未来语境。正是在这个意义上，合起来的"作家作品论"应该指认为是部文思路上的文学史写作实践。"开放性"符合正在生成中的"新世纪文学"特点，也体现了把作家个体精神放在主线，又以作品来突出"新世纪文学"复杂面貌的文学史追求。

三、文本细读式批评的缺失

无论批评文集，还是专著，文本细读式批评，或者心存善意的文本细

---

① 王春林：《新世纪长篇小说研究》，第三部分"小引"，太原北岳文艺出版社2006年版。

第十六章　王春林（1966— ）："个性化"理论背景中的文本细读式批评 | *345*

读式批评，是王春林批评的基本手段。在"流派多元"①的"个性化"理论框架中，有心去读，从外部与内部的各个神经末梢去读，即便结论有时使人感觉"温吞"，很不痛快。但这种批评一定不会强迫作品，也不大可能误读作品。然而，"细读"似乎在慢慢恢复它的元气，甚至有走向另一个极端的迹象，比如某些理论批评刊物就专辟了"细读"、"重读"的栏目，一首几行短诗就能"读"出万把字来，作者的人生经历、知识结构、社会活动踪迹、政治观、哲学观、世界观、人生观几乎悉数其中，这是不是地地道道地成了意大利符号学家艾柯曾经警告过的"过度阐释"。

　　我要强调的是，王春林的细读，也有某种漫漶行为。人物分析、情节设计、结构方式、叙事技巧、叙述手段、超越性、作家个人文学史、作品纵横向的细致比较，已使个体"作品论"负担太重，并且很容易湮没本来要突出的作品个性。表现在专著《长篇研究》中就更为明显，若在"作家作品论"的基础上，沿着确立的主线分批论述，可能效果要比现在更好。比如不同代际作家之间的精神谱系性、不同小说中某些主要人物之间清晰的连续性等等，在现有的规模上还可再细化深化。另外，批评形式上，批评视点的随意转换，批评立场有些王顾左右；批评信息的繁多，批评语言有时显拖沓而啰唆。这样，总体批评风格就势必变得滞涩，或者沉闷纠缠。

　　当然，王春林作为这个时代的一个批评个案，作为从"新时期"到"新世纪"文学特别是长篇小说主题发展、叙事更迭、结构流变的见证者、亲历者、参与者，他的价值就在"细读"上和结论的相对"开放"上。惟其如此，他批评中的资料性、历史性贡献才会具体，从而给我们日后反思"流派多元"的各路批评价值提供的参照背景会更为坚实可信。

---

① 蒋述卓主编：《文化诗学：理论与实践》，见"结语"《杂语共生的批评地图：20世纪末文学批评的现代性》，第439页，人民文学出版社2005年版。该文罗列了数十种批评流派。

第十七章
黄发有[①]（1969— ）：
准个体时代的文学及其批评

"90年代文学"成就了不少批评家，90年代文学批评家中个性突出、思想尖锐、价值观稳定的批评家不乏其人，但一下子能从一个数量可观的批评群体中显赫地标立出来、乃至成为一个时代文学风向的大批评家的，的确鲜见。这当然不是批评家一方面的事情，批评家的工作总是受制于批评对象的大小。不要说90年代文学，就是整个中国当代文学，怕也很难找出一个像荷尔德林、陀思妥耶夫斯基、波德莱尔、19世纪英国诗歌等研究对象来，批评界也就绝难有海德格尔、巴赫金、本雅明以及艾布拉姆斯一样的批评家及其理论建树。文学事实所限，中国90年代文学批评家的成绩也多在文化批评、笼统的现代人学观念归纳和价值的批判性梳理上。

人们抱怨文学边缘化的时候，总是情不自禁地以怀恋80年代文学为起点，实际上90年代文学虽然不像80年代那样把社会思潮作为审视的中心，但90年代进入各层文化界面所制造的声音不小的动静，比如"断裂"、"女权"、"身体"、"身份"等等，很难说这时候的文学就是边缘化的表征。至少，90年代文学及其批评，忠实地记录并不无诚意地阐释了世纪之交异常繁杂的文学场域，所提出的一些文学问题和发现的文化迹象，已经

[①] 黄发有，出生于福建上杭，本科毕业于杭州大学经济系，随后在福建的国营企业和合资公司工作，扮演过操作工、统计员、总经理秘书等角色。1993年入曲阜师范大学攻读中国现当代文学硕士学位，1996年入复旦大学师从潘旭澜先生攻读文学博士学位。1999年以人才引进方式入山东大学文学院工作，2000年、2002年连续破格晋升为副教授、教授。著有学术专著《准个体时代的写作——20世纪90年代中国小说研究》《诗性的燃烧——张承志论》《文学季风——中国当代文学观察》《媒体制造》和学术随笔集《客家漫步》，主编"读网时代"网络文化丛书，编选《中国现代新人文小说》（当代部分，5-8卷），在海内外重要报刊发表学术论文150余篇，被《新华文摘》《人大复印资料》等转载、转摘60余篇，发表散文、随笔、诗歌300余篇（首）。承担教育部"十五"社科规划青年项目"新时期文学的传播接受史"等5项科研课题，入选教育部优秀青年资助计划，获得教育部霍英东基金会高校青年教师奖、中国文联文艺评论奖、山东省社科成果奖、《当代作家评论》奖、《文艺争鸣》奖等奖项。

成了后来文学创作及理论批评事实上的前提。同时，正因为多数90年代成名的批评家基本上是以90年代文学为其阐发对象的，近距离的观照，纵使一些颇费心思、不惜以启蒙、现代性等现代主义大概念，和西方堪称一流的理论批评家的理论为参照背景的文章或者著作，不同程度地因其局部性和批评者有时难免游离文学真相的被强化主体趣味，反而与90年代文学产生的深层文化土壤形成了某种头重脚轻的错位之感。读之，有高处不胜寒的孤傲感，或者众人皆醉我独醒的隔膜意味。

我这里作为重点探讨的黄发有的文学批评，因为与90年代出场的其他批评家有着共同的文化语境，他的批评也不可避免地带有时代给予它的共性特征：心目中有不言自明的理想文学图景，却又不得不从眼前实际上并不满意的文学事实中，选择突破口寻求提升空间的爱恨交织的混合体验。这就使得批评本意在于建构，可实际走上解构之途的无奈。就多少带有"兴寄都绝"（陈子昂语）的滋味。然而，在大方向上追求个体、主体、自由、独立的"e时代批评家"[①] 中，黄发有因对90年代文学研究的格外专注而显得多少有些不同。比如，以文学思维为中心，90年代文学到底该如何衡估？从传媒的角度，90年代文学的操纵者都有哪些？以及作为"中间物"，90年代文学对"新世纪"或者更远的未来文学的思想启示是什么？或者以超越的眼光打量，这一段文学经验究竟在何种程度上能成为后来文学者继续出发的逻辑起点？"准个体时代写作"的90年代小说研究、媒体制造下的"自由撰稿人"和主体意识缺席，出版、期刊、选刊、利润至上等众多非文学力量催生的另一中国当代文学面貌的观察，都显示了黄发有文学批评对90年代文学立体式交叉网络的整体观照。也许90年代文学的批评领域，黄发有不见得是最早发言的批评家，他一定是最有说服力和最具代表性的一位。

一、"准个体"的理论原点

黄发有属于"学院派"批评家。在第一部研究专著出版之前，他也是个兴趣广泛、注意力不太集中的文学创作者。虽然有《客家漫步》等散

[①] 吴义勤、施战军主编的"e批评丛书"囊括了近20位文学批评家，他们的批评著作都堪称90年代文学批评的主流代表，吴义勤在《瞧，他们走来了》的序言中，大致表达了这批批评家的批评史意义。该丛书由山东文艺出版社自2005年开始陆续出齐。

文、随笔集出版，但经济专业出身的黄发有，加上他攻读文学硕士之前发表的一些零散的批评文章，应该说，黄发有面对众说纷纭的90年代文学，给人的感觉不免有些迷茫。但很快地，复旦大学深厚的人文底蕴、潘旭澜教授严谨的治学之道吸引并收复了他。他的研究方向——20世纪90年代中国文学，马上从"诗性燃烧"①的张承志式"道德理想主义"创作氛围中走了出来。张承志论的写作，既促使黄发有以新时期代表性作家、有鲁迅传人之称的张承志为核心，爬梳了新时期以来最为坚硬的一路文学风骨，也潜意识地塑造了作为研究者的黄发有，甄别文学、衡估文学甚至如何在研究对象中摆放个人文学志趣的文学遴选眼光。当然，张承志之于黄发有，塑造是相互的。张承志文学思想的意义，黄发有并没有有意识地压抑，借重"文化积淀说"等相关知识勾勒出了张承志完形的精神世界。张承志创作的个人局限，以及在新时期整个文化氛围尤其在所谓"新左派"、"新启蒙"观照中，暴露出的众多理论批评者、风格相近的一批作家的集体性不足——实际上也是那个时期时代文学的普遍性雾障，黄发有做了充分的学理性批判。张承志的研究当然很多，就我完整地读过的比较新的马丽蓉的《踩在几片文化碎片上——张承志新论》②而言，黄发有对张的分析似乎不是为了碎尸万段其文本，然后像马著模仿福柯那样，满足于知识考古、血缘家族渊源上的文学生理学求证。在社会历史和文学历史的双重背景之下，黄发有既保持了研究对象完整的精神面貌，又质询超越具体对象的历时性生命共鸣：张承志肯定自我的浪漫主义激情与拒绝信仰的虚无主义，即"确定性"与"虚无主义"之间的悖论，可能导致的旷日持久的循环，"如何避免理想的乌托邦在实践的过程中再次幻灭，再次陷入虚无的埃舍尔怪圈"。显然，这种发见和忧思，不止是张承志的，一定程度上适合于警惕中国历史上诸多的精神性事件。这一研究视界也就促成了黄发有论评张承志时逐渐养成的"史论"与"批评"相结合的批评方法。这种被他后来称之为"过程美学"的立足点，使他的批评实践最突出地呈现为，对研究者本人文学观念、理论观点和审美趣味的适当收敛，尽量多地尊重文学史发展的复杂性、矛盾性和变化性③。可以说，这样的批评观和

---

① 黄发有：《诗性的燃烧——张承志论》，上海文艺出版社2003年版。
② 马丽蓉：《踩在几片文化碎片上——张承志新论》，宁夏人民出版社2004年版。
③ 黄发有：《导言：在史论与批评之间》，见《文学季风——中国当代文学观察》，第7页，山东大学出版社2006年版。

方法论寄存于张承志论中,也脱胎于张承志论这样的个案研究,是迄今为止黄发有批评论著的鲜明个人特色,也是他的批评与同期其他批评家相比,更具有整体性批判力又能照射出90年代文学本来面目的重要原因。

90年代文学成为黄发有如此慎重选择的研究对象,当然有他非常坚实的理由。这一段文学史够不够研究分量,肯定先得看怎样研究,但对这10年来涌现的多数作家来说,进入文学史家视野还不那么容易,尤其对致力于中短篇小说创作的作家更是缺乏应有的运气。董健、丁帆和王彬彬主编的《中国当代文学史新编》的确以"1989—2000年间的文学"为一编,分文体对这10年文学进行了独立梳理。然而,除了新时期就已出名的贾平凹、张炜、张承志、陈忠实、张中行、史铁生、周涛、二月河等"帝王将相"作家外,真正算是90年代产物的,比较有影响的就是王朔、"现实主义冲击波"、"女性写作",再加上"新生代"、"晚生代"、"60出生作家群"等等名词阐述和作家提名了,西北、西南、中原地区同样有成绩却未被批评家命名的作家基本上处于空缺状态。我这里不是讨论这部文学史的标准问题,而是这部文学史不管是出于有意或是无意,作为差不多唯一把90年代文学纳入体例正面考察的史著,表明号称"众声喧哗"的90年代文学在文学史家眼里仍然还很不够资格。这当然包括黄发有认真对待,这部文学史却省写的远比它评述到的重要得多的文学现象和文化现象。由此可知,在现今的学院学术体制下,黄发有首先是拼着勇气进行着他的批评工作。

那么,黄发有该怎样处理他称之为"中间物"的90年代文学呢?

前面谈黄发有的张承志论时已经涉及作为研究者,黄发有实际上具有诗性甚至于血性的个人气质。这种气质即便有足够的心情,也是不大可能把自己打发到幽闭的书斋里死守故纸堆的。介入当下现实,介入与当下现实同步的当下文学,显然更符合他本人的心性。况且,"重返五四"、"重返80年代"的声音一直不慢不慢地削弱、分解着这段被认为有过渡性质的文学遗产。黄发有身处其中,自然非常清楚他的选择必然带有研究的整体性和全程性,否则,过分强化的启蒙、现代性等理念,可能仍会在"文化研究"的旗帜下,把90年代文学变得真正苍白。

对于流行的"文化研究",黄发有表示警惕的不是文化研究作为方法本身有问题,这种方法似乎格外适合非经典文学文本的研究,90年代文学平均水准也恰好符合文化层面的阐释。他曾强调过,用"介入"社会现实的思路看待90年代文学,首先得有对现实经济状况、政治状况非常专业的了解，不然，导致的后果不是把文学的现实功能看得太大，就是把经济、政治的结构看得太简单，都不是文学批评的意识，反而可能是对文学批评权力的滥用。

下面结合黄发有三部批评专著①，稍微具体地谈一谈黄发有对文学批评在他理解的必要的学科限度内的批评实践。

首先是90年代中国小说研究，对90年代中国小说，就其总体文化特征他给出的命名是"准个体时代的写作"。这个命名与其他批评家同步跟进的90年代小说批评通常使用的观察角度很不相同。"无名"时代是陈思和教授对90年代小说创作的概括，他还以类似的题目主编过一本专门研究90年代小说的论文集②。该集中收的批评文章大致表达了这样一种判断趋向：沿着80年代及80年代以前文学，也就是"左翼"、"十七年"、整个"新时期"，文学审视的中心都是时代政治的"同期声"。直到"新时期"出现的短暂的"杂音"，也还基本未能从整体上改变文学社会中心的位置。据他在多篇文章中的阐述，"无名"应对的是"共名"。前者描述的是文学从时代强音的中心位置失落到个人领域时的状态，后者指的是文学的集体合唱情形，自然指涉新时期和新时期以前文学。对于知识分子责任问题，陈思和也有一套说法，比如"庙堂意识"、"广场意识"、"岗位意识"③ 等等。陈思和的观点在90年代小说批评领域很有代表性，类似的意思被高频率引用。从陈思和及其他批评家的相关批评文章中不难看出，90年代小说、作家（如果也看做人文知识分子的话）和批评家那里，叙事的个人视角、话语方式的狂欢化倾向④，其性质大体上可以归到"无名"状态下的自由发抒。"自由撰稿人"的出现标志着90年代文学自由、政治意识形态松绑的一个极致现象。这表明，90年代主导性文化在某一种观察角度，的确呈现了人们经常用来论评小说人物精神质地时的一个词——"个体"。个体自由、个体意识、个人狂欢，都曾拥有相当密度的使用率。"弑父"、

---

① 黄发有：《准个体时代的写作——20世纪90年代中国小说研究》，上海三联书店2002年版；《媒体制造》，"e批评丛书"，山东文艺出版社2005年版；《文学季风——中国当代文学观察》，山东大学出版社2006年版。
② 陈思和：《无名时代的文学》，广西师范大学出版社2005年版。
③ 陈思和：《犬耕集》，第1—17页，上海远东出版社1996年版。
④ "历史的心灵化"、"心灵化的历史"是众多批评文章对90年代颇有代表性的"新历史主义为本"的趋同性论评；这种论评中巴赫金的"狂欢理论"是阐释作家相当个人的历史重释最常用的武器，因此，一段时间，巴赫金也成了理论热点。

第十七章 黄发有（1969— ）：准个体时代的文学及其批评

"断裂"、"叛逆"才会顺理成章地，甚至不约而同地进入作家普遍关注的文化焦点，在有些文本中，或许一开始就把此视作是人的伦理人的观念得以重建的契机。

可是，黄发有的"准个体"，一定程度上却意味着批评之批评的性质。用他的另一表达，就是90年代被指认为"个人化写作"，其中的"个人"其实是"困难的个人"。

黄发有认为，那种用以诠释"个人化写作"的依据，其实是将笔触伸向成长过程中的隐秘体验，而且大都表现为面对过去的回访姿态。浑蒙的成长历程在回忆之网的过滤下，成了"个人性"得以保留的个人精神飞地，这显然是暧昧和可疑的，其中潜藏的正是作家对自我被当下所兼并的痛苦现实的回避。更重要的是，90年代的小说中凸显的私人经验大都是封闭的，"通过斩断自我与外界的有机联系来保持其独立性和完整性，这种背过脸去的姿态如果长此以往，个性就会在孤独的噬咬中逐渐消融，这就会陷入易卜生剧中的培尔·金特的困境，他固然浪迹天涯，但他'包裹在自我的铠甲中，紧闭在自我的空桶里'，按照自己意愿去追求价值的旅程最终把他变成了一个自我得不到确证的无名数字"[①]。黄发有的关键词是"回避"与"私人性"。在这一点上，他批评了许多评论家误把任何时代都可能有的绚丽的"个人化写作"风景，即个性风貌、创作个性、题材的独特性或叙述的私语性当做真正个人的偷梁换柱做法。换句话说，指认90年代小说的个人化特征时，实际上阐释的是"伪个人"的概念内涵。

因此，90年代文学并没有展示中国的个人的精神风貌，其意义在于曲折地揭示了成长为个人的艰难。我坚持认为，只有意识到成为个人的艰难，真正的个人才能够在欲望和苦难、残忍和良知的反复煮炼中分娩，才能在笑靥与泪影、爱河与血泊的洗礼中挺立。只有独立不倚的个人才可能在十字架的重压下书写生命，才可能冲破精神世界的围追堵截，才可能锻造出真正的"个人化文学"。在此意义上，90年代的小说创作充其量也只能是"准个人化写作"。[②]

相比较而言，黄发有的这些论断也许还有着浪漫主义的想象在里头，但它的确具有史家的某种识力：能不迷惑于那种进步论的时间观，也能把个人情怀谨慎地从被无限强化的启蒙、现代性等超重概念中撤回到90年代

[①②] 黄发有：《准个体时代的写作——20世纪90年代中国小说研究》，第12、15–16，上海三联书店2002年版。

的文学现实,无疑地,他的提醒蕴含着可喜的实践可能。90年代小说似乎具有了"新世纪"乃至以后文学,重新从基础性原点出发的社会学、文化学现实依据。至少,"准个体时代"所提出的问题,主要包括个人生存层面异常艰难的时代难题,已经被新世纪以来渐成潮流的"底层叙事"所证实。这个角度,讲求批评的限度,倒可能成为真正面对时代的文学发言。

其次,当"准个体"作为90年代文学覆盖性的个人意识浮出水面以后,一些连带的批评概念,比如最有代表性的"自由"、"中国后现代"就面临着再一次的清理工作。

在《准个体时代的写作》一书中,黄发有分别以"自由写作:精神源流与文化困境"、"90年代小说的文化境遇"、"'中国后现代'的传统内核"三章深入地梳理了诸如自居为"自由撰稿人"者可能觉得在体制之外另设一块创作园地就会迎来文学自由的有效途径、抑或自由文学的真正希望,其实是些愿望不算坏,但越走越变了味的写作形式。黄发有的考察中,"自由撰稿人"的不能理想存在,包括西方"后现代"的被误用,反映出来的问题很多时候具有同一性,可以看做是一个问题的两个面。

韩东、朱文的"自由撰稿人",王朔的"作家个体户",还有一些被迫失业或者身份已经在体制外,但因写作仍是其维持基本生存而不得不仰仗体制内刊物稿费的大量写作者,应该都叫做"类自由撰稿人"。黄发有有一段感情激越的追问,他说,"'自由撰稿人'算得上是一种时尚,甚至连许多紧抱铁饭碗不放的人也以'大陆自由撰稿人'自居,难道'自由撰稿人'就等于'自由思想家'?难道戴上'自由'的面具,心身就获得了真正的自由,写出来的文字就脱胎换骨成了'自由写作'?"① 黄发有的考察中,鲁迅、王小波也许才是迄今为止中国现当代文学中,思想自由与身份自由的最佳范例。在这两人身上扑向黑夜的勇气、朝向虚无之境的默默前行,都表明茕茕孑立的自由思想和戳穿事情本质的批判精神来自于对世界、对人生的毫无私利挂碍的决绝姿态,并不是身份到底在哪里的表面问题。当然,这两人都不是天上来客,只不过他们衣食无忧②的俗世生活也许是其他"自由撰稿人"未曾细致考虑过的,结果摆出了一副自由思想家

---

① 黄发有:《准个体时代的写作——20世纪90年代中国小说研究》,第37页,上海三联书店2002年版。

② 王小波之妻李银河曾说,他们生活上没什么后顾之忧;另据刘川鄂《张爱玲传》一书资料显示,鲁迅20年代在北平时一个月的稿费收入就可雇140个保姆。

的姿势，不料，多数时候还得乞食于体制，表达出来的思想含量就只能停留在知识者平均水准的位置。

这个时候，中国语境中的"自由"与"后现代"，实际上就表现出了一种合流的趋向：源于焦虑，结束于焦虑。如果不能马上拉下脸面，退回到老庄和孔子就成了他们最后的家园，这就是中国的"后现代"。它是"道家思维的现代变体"，是"禅宗价值的历史渗透"，是"实用主义与传统智慧"[①] 的结盟。

介绍、阐述中国后现代，现在看来一般有两路：一路是通过一些适宜的城市题材小说文本细节和解构信息的主题，以及相关 GDP 数据，主要立足于都市消费文化和中产阶级、高收入阶层趣味，并且以"无功利"的"纯文学"为由，在相对主义的蛊惑和全球一体化的文化氛围中，带着某种"应急反应"性质、幻灭姿态的现代"终结"论者。陈晓明、张颐武可堪这一路的代表人物。另一路是盛宁、汪晖等人，其文章和著作一般是以思想家的身份被人们所熟知，他们的反思气质是黄发有引为同道进行正面参照的有力论据。黄发有苛责地批判了陈晓明等的仪式性、表演性与专断性，也正确地指出了他们在福柯、德里达、利奥塔等人的阴影中走得或许太远了，以至于把西方解构主义理论家本意在"哲学的终结"的推论，未经必要的语境转化和方法论提取就"活学活用"到并非适当的 90 年代小说，从而部分地遮蔽乃至误导了作家们对 90 年代远为关键的文化现实的批判。比如被福柯的反智论吸引，却忽略了其对权力的颠覆；十分倾心德里达将理性与语言、写作、表征等这些一般性问题的隐蔽联系和盘托出的快意，却放过了德氏所谓的"意义"的概念与知觉感悟脱钩的危险；利奥塔的提出对于元叙述的怀疑有其针对性，但中国后现代者把没有了元叙述当成普遍的共识。

黄发有追索中国后现代者理论"导师"源头的做法虽也还是体现着他的理论反思气质，毕竟，类似观点早已在思想界有多人提出，相继结集出版的著作也亦不少，尽管在他的这部专著出版之前，他的发现也仍然属于"第一时间"。另外，张颐武是个热衷于制造新名词，喜欢跟上广告商跑的

---

① 黄发有：《准个体时代的写作——20世纪90年代中国小说研究》，第102-126页，上海三联书店2002年版。

批评家，他的诸多以省事的经济数字立论的"后学"观点我已做过批评①。但陈晓明在北京批评界虽也被称作"陈后主"，显而易见，"后现代"还有其他的什么"后"是他的拿手好戏，毋庸置疑。可是他对德里达等一批西方后现代解构主义理论家的研究，似乎要比黄发有举证得复杂一些。比如德里达，他在《德里达拒绝历史吗?》②一文中有很细致的辨析。"但真正揭示解构意义的，可能还是艰难的尝试——那种站在极限处的视野，可能可以看到事物更为丰富和多样的品性"之类结论，对德里达既有同情又有审视，也何尝不是他本人追求超越的愿望呢？当然该文发表比较晚，直到收入它的论文集出版，也到了2007年。这里说的意思，黄发有在他选择的那个点上对陈晓明的批评无疑是有道理的，但也要注意到陈晓明是中国当代文学批评领域里一个重要的批评家。

中国后现代的传统内核，即黄发有所说的他要重点讨论的"西方后现代话语如何与中国传统资源结盟，用'后现代'的新装包装传统意识的旧灵魂"③，的确是黄发有的创见。因为在10多年后的今天，也就是在"底层叙事"的内部，有一股以发掘中国本土文化资源为旗帜，专写民间"零余者"身上安详、幸福、完整、和谐，以及"好死不如赖活着"式的人物，或者把写人物窝囊无为、如何在俗世关系中游刃有余堂而皇之地视作"中国之心"、"本土性"的范本，也仍然是续90年代小说余绪的强劲潮流。尊重创作个性的角度，对这些亚本土性或是小传统文化的写作者不应苛求。但既然是弘扬传统文化，就不能对眼前实质上封闭、麻木、自我陶醉等另一形式的愚昧文化熟视无睹，更不能背过脸去。这样的文化土壤、文化意识不仅是权谋文化滋生的温床，更是个体独立的障碍。于丹从孔子、庄子中提取出来的"心灵鸡汤"能如此走俏，就说明了惰性文化是如何投合现代人，特别是科层化、量化评价机制塑造的单位人的处境的。教会这个庞大的群体如何动用技术缩小自己的视力范围，守护好自己时刻准备暴跳的心灵，监管好自己并不听话的嘴巴。一句话，就是变成一个提线木偶。这些问题也许不是单纯的小说创作问题，但不首先清理这些问题的来龙去脉，一定会成为"本土性"小说创作走向大气的致命障碍。

---

① 牛学智：《且看张颐武"强者文化"逻辑》，《文学自由谈》，2005年第5期，后收入拙著《世纪之交的文学思考》，作家出版社2008年版。

② 陈晓明：《不死的纯文学》，第55页，北京大学出版社2007年版。

③ 黄发有：《准个体时代的写作——20世纪90年代中国小说研究》，第103页，上海三联书店2002年版。

这个角度,黄发有立论的深度、在文学批评的专业内,从"传统内核"深研 90 年代小说所谓的后现代性及一些热点"后现代"理论的看法,其思想和警觉意识并没有得到应有的伸展。原因概括起来有三点:第一,由中国后现代者通过抽样的方式引进的反整体、解构中心;反主体性、否弃知识分子的言说资格——"知识分子死了";不确定性、主张语言的游戏性和意义的模糊性等等,都满足了创作者现实受挫后的内心呼应,也正好吻合道家思维中一直追求退而求其次回到"混沌玄黄"、保持人性本真状态、"绝圣弃知、天下太平",达到"身与物化"、融会到自然万物之中的清静与无为。耳不忍闻,于是堵上;目不忍视,于是遮上;心不忍动,只要背过脸去。这些实际上是活脱脱的无个体事象,但创作者、论者却一直把它们误作"个体"的获得来看待。第二,先有创作界掀起的"我是流氓我怕谁"式的诳语,以及先锋小说、新写实主义小说和新生代小说中大量涌现的拜金主义、享乐主义和犬儒主义,池莉的"冷也好热也好活着就好"和王朔"痞子文学"几乎改写了 90 年代文学的方向。创作界类似于禅宗直觉主义由禁欲苦行、适意自然到纵欲主义行为,批评者非但提不出应对措施,反而跟风捧喝,乐滋滋地赋予一种"后现代"的理论帽子。因此黄发有说,"彻底肯定现实甚至不辨善恶的极端主义追求,消弭了宗教价值形态与世俗价值形态之间的差异,在冲决封建礼法规范的束缚的同时,也隐含着走向欲望至上的一元论倾向,为腐化与荒淫提供了冠冕堂皇的正当理由,社会的价值体系与实践体系混为一体,使社会的发展进程缺乏有效的监督、制约与批判机制,像失控的车辆一样盲目地向前。"他断言的新时期文学从北岛在《回答》中宣告"我不相信"开始,到王朔宣扬"顽主"的玩世不恭结束,口气虽不免武断了一些,但认为这是从"文革"极权政治的氛围中萌发的怀疑理性,逐渐走向了非难一切、亵渎一切的犬儒主义[1],的确是肯綮之论。这表明中国后现代者在 90 年代文学发展中其实扮演了一个好客的推销商角色,他们的批评眼光基本上像他们鼓吹的后现代理论一样表现得异常"模糊"和"不确定"。也抑或表征了"众声喧哗"、"多元价值"、"情感零度"等等常用语在 90 年代文学批评中的所指内容:因为面对相同的对象没有起码的共识,必然会导致批评家乃至创作者各说各话,但那些话多数时候模棱两可、支支吾吾——未尝不是另一意

---

[1] 黄发有:《准个体时代的写作——20 世纪 90 年代中国小说研究》,第 116 页,上海三联书店 2002 年版。

义的"众声喧哗"?

"准个体"是黄发有观照90年代小说时一个深刻而现实的理论视点,这个视点使我们看到了90年代小说的关键之处,因此它也带有"解构"的性质。只是它不止于"解构"。

二、撩开审美的面纱

黄发有对90年代小说的批评确实用力很深,这主要包括他全面而扎实的前期阅读准备。据他讲,为了这部书的写作,他阅读了三千万字以上的90年代小说作品,并节衣缩食买了两万多块钱的图书①。尽管有些当年被作为背景资料的作家,今天已经很少看到作品了,这也说明了黄发有资料的周详和举证的充分。因此我个人认为,尽管黄发有的治学之路还着实相当漫长,但《准个体时代的写作》也绝对是他个人批评史乃至中国当代文学批评史上一部充满原创意味的著作。

我指的是,他通过"解构-结构式再批评"②的方法找到90年代小说赖以生长的坚硬现实气候与强迫性文化症候后,他还正面建构性地指出了90年代小说本身的叙事方式、美学特征。如果不是这些努力,黄发有作为批评家,也就不会给人们留下太深的印象。贴着作品模样的顺势评论,或虽然是真问题但立足点在社会现实的问题式批评多得是,由此成名的批评家也有一大批。显而易见,倘没有对"日常叙事"、"模糊美学"等的微观探析,面对同样的90年代小说,黄发有的批评面目也是很模糊的,至多,

---

① 发有:《准个体时代的写作——20世纪90年代中国小说研究》,第389页,上海三联书店2002年版。

② 《文学批评与文体》一书,在第六章"总龟型文体"中总结出各种"总龟型文体"趋向共同的批评文体思维特点:一、它是依据过去而推断未来,依据个别而推断一般、普遍,依据以观察到的事物而推断尚未观察到的事物;二、运用归纳思维进行推理过程的合理性,以及前提和结论的正确性;归纳思维的推理过程与一般的猜测与假设有着本质的不同。即它的结论不是一种漫无边际和毫无限制的自由与遐想的结果,而是按照仔细观察和分析所显示出来的端倪逐渐导引出来的必然。大致而言,黄发有的批评文体追求像"史与论的总龟","一种将史的线索与论的逻辑有机地结合起来的文体,是一种更富于综合性和创意的总龟型文体。"黄发有因首先面对的是小说文本而不是理论批评,找病根时他的批评有描述史、建构论的思维特点,但发现90年代小说属于自身叙事方式、审美趣味时,又有明显的法国结构主义思路。也就是他的批评很像庖丁解牛,眼里先是全牛,再是零件,最后是另一模样的全牛——经过精心修理后的全牛。这个过程其实就是解构-结构-再批评的交错使用。故以"解构-结构式再批评"谓之,纯粹是为了表述的方便。蒋原伦、潘凯雄主编:《文学批评与文体》,第168-196页,北京师范大学出版社,2006年版。

批评的数量显著一些而已。因为像黄发有在再批评中显示的那样，中国后现代批评可能居于90年代小说批评实际上的主导地位。同时，文学的伦理－道德批评、作家主体人格批评也占有显赫的位置，譬如李建军的批评。批评的数量都不太多，但他们都能以冷静、冷峻的态度正视90年代文学的虚假繁荣，迫使模仿性、作秀性、尝试性、市场意识等诸多的面影不得不显出"过渡性"的特点。李建军在社会伦理、主体人格精神境界的角度得出的结论①与黄发有以"解构－结构式再批评"所得看法不仅趋于高度的共识，而且是真正90年代小说批评的两个犄角。批评价值观上，能够看得出他们两个对90年代文学应该有更深入的沟通。

下面围绕"日常叙事"和"模糊美学"，看一看黄发有对90年代小说叙事与审美的认识。

"日常叙事"的出现带有一定的革命性质，发为先声的当推创作界。20世纪80年代末期，一批史称"新写实主义"的小说，像《烦恼人生》（池莉），《风景》（方方），《狗日的粮食》，《伏羲伏羲》（刘震云）的相继亮相，再加上《钟山》杂志的有意提倡，日常生活、日常琐事、人的日常性、审美的大众性，等等。当"宏大叙事"、"一体化"的质疑还处在人们的意识层面时，作家几乎一夜之间把它的不合时宜变成了文学现实。寄身在单位体制、淹没在茫茫人海，并且周而复始劳作、忙忙碌碌上班，可是生活之路却还是磕磕绊绊、人生图景总还是充满酸酸麻麻，甚至妻儿老小的衣食住行、生老病死的困扰还要一直无休止地占据心灵的中心位置，成为纷纷扰扰的核心。于是表现普通人家的烦恼，书写工薪阶层的难堪，体现小人物的不如意等等，每个人乃至整个社会正是在这个意义上似乎重新启动了关注个人、关注时代生活的新的激情，尽管走进去以后收获的也许往往是颓废和无助。

应该说日常生活成为文学审视的中心，它所激起的人们对自身命运的热切反思，其蕴含的思想意义是"反思文学"后不多见的一个热点。

正因为日常叙事本身充满了活力，一方面它成功地扭转了一直以来人们热切期许，然而总被一些感觉更为重大的命题常常取而代之、许诺并不

---

① 李建军在《小说修辞研究》中从存在主义哲学、罗伯特－格里耶等小说家那里坐实了中国先锋小说"写物主义"倾向，以及他在《时代及其文学的敌人》一书中对一些名家长篇的批评，方法、角度、理论背景不同，结论却与黄发有多有共鸣。《小说修辞研究》，第263页，中国人民大学出版社2003年版；《时代及其文学的敌人》，北京工人出版社2004年版。

全兑现的宏大叙事方向；另一方面，作家在日常叙事中可能更容易被贴身的灵感所迷惑，刹车失灵、一路疾驰，生活流的推动，日常叙事的快意连同文学必要的"功能"可能完全丧失，成为放纵的"唠叨话语"①。这也是许多批评家未能用理性的头脑冷静把握好的文学史事实。

黄发有的逻辑就从此展开，"个人性"仍然是他衡估的基本尺度。在"个人性"的光照下，肯定日常叙事的历史功绩的同时，他关注的是日常叙事反抗宏大叙事的空洞、虚伪、冷漠和专横等弊病后留下的矫枉过正的尾巴。

这样，日常叙事对宏伟叙事的空洞、虚伪、冷漠和专横等弊病的矫治就值得怀疑，它确实让个人话语拥有了挣脱公共话语空间的钳制的可能性，但重复单调的日常叙事同样是磨损个人性的无形之锉。当知识分子不无委屈地沉入民间，观察平民的日常生态时，日常叙事很可能濡染上大众文化的媚俗性和煽情性，这就使剩余的个人性或者初萌的个人性遭受到不容忽视的暗创。②

因此他说，新写实主义文学是一种审美还原，还原生活原生态，还原人性的自然属性。这就意味着人们兴高采烈迎来的文学新声，其背面可能暗藏着必然的审美悲剧，它会反过来干扰人们对现实的有力判断。

文化视界上反思，黄发有得出这样的结论，"日常叙事就如一道越来越壮阔的流水，横贯了90年代的小说创作，而且，他从表面的漫流转入深层的渗透，成为支配作家的习焉不察的审美旨趣。"③这里，他悉数了朱文、韩东等近20位新生代作家"尽管风格各异"，其中一些作家在恍惚中还不时释放出精英幻想，"但日常叙事已经成了他们难以摆脱的精神磁场"的不能自已的无奈处境。认为新生代作家的平民立场，标志着"人"的退场，"物"的凸现，所以这一批作家那里，人的主体性淹没于物的洪流，就其本质而言，文本的精神气质仍体现为反复挣扎的痛苦行为。也不妨说新写实时期，日常叙事自觉不自觉中记录下的人的观念状态，为时代转型期的社会现实留下了不容忽视的历史的一页。

---

① 批评家刘川鄂曾指出池莉小说人物的小市民形象，无休止地絮叨循环往复的无聊生活，根本无性格可言。认为这种日常叙事只是走向极端化的市民唠叨话语。刘川鄂：《小市民，名作家——池莉论》，第73—76页，湖北人民出版社2001年版。见拙文《自由主义文学的不倦阐释者》，《当代文坛》2008年第5期。

②③ 黄发有：《准个体时代的写作——20世纪90年代中国小说研究》，第256—254页，上海三联书店2002年版。

但是到了"70后"或者"80后",伴随着卫慧、棉棉、韩寒、郭敬明等人作品的流入市场——"进入了市场,但未进入文坛",批评家白烨这一句随口说出的话,一度成了韩寒及其粉丝网上借以攻击主流批评的把柄。另外,应该注意的一个现象是,包括批评家白烨和作家马原①,还有前面提到的陈晓明、张颐武,都是这批更年轻作家的鼓吹者和论评者。同样在前面提到的中国后现代批评中,这批更年轻作家文本中的"逃跑"、"叛逆"、怎么做都行,都是其论证中国后现代文学的有力证据。这方面,张颐武是个典型,他以"新新人类"、"架空性写作"等相当幼稚的结论来论证后现代的到来②。

就这批作家,尤其是卫慧、周洁茹和棉棉,黄发有是把她们放在90年代小说日常叙事的整体来看待的。与新生代作家的面对物总不免还保持的警惕相比较,"70后"是"陷于物的漩涡中的疯狂喘息和无奈叹息"。日常叙事走到她们这里,生存的黯淡、生命价值的空落、灵魂被抛和沉沦状态,已经无情地折断了她们超越的翅膀③,甚至到了渴望"一切无法抗拒的颓废力量"(棉棉《啦啦啦》《一个矫揉造作的晚上》)的地步。这也充分证明,她们的确是吃肯德基长大的,优越的物质条件,既不明白前辈作家眉头紧锁的本意,又不十分清楚自己的方向,无历史感使她们的个人性转化成了"自我性"。

新历史主义小说比如《灵旗》《第三只眼》以及莫言的"红高粱系列中篇小说",在90年代创作界真可谓刮过的一股旋风,其新风新气用批评家雷达的话说,就是在历史教科书后面发现了主体性,是"心灵历史化"和"历史心灵化"。雷达当然有其针对性,其批评也有自洽的一面。雷达个人批评史而言,在新历史主义小说中看到人被张扬了的主体性,与他意欲从批评的角度建立的"主潮论"有密切联系。"主潮论"的导引,他也许并未看到、或未曾注意到新历史主义小说演绎历史时的日常叙事思维。④黄发有在叙事思维的层面指出,《米》《我的帝王生活》《武则天》(苏

---

① 白烨曾为"80后"作品集《我们,我们——80后的盛宴》写过序,其专论有《80后的现状与未来》;马原编辑过《重金属:"80后"实力派五虎将精品集》等,他们都以扶持、奖掖的姿态评论这些年轻人。见网站:http://cqlizheng.bokee.com/viewdiary.16335397.html.
② 见拙文《且看张颐武"强者文化"逻辑》,《文学自由谈》2005年第5期。
③ 黄发有:《准个体时代的写作——20世纪90年代中国小说研究》,第255页,上海三联书店2002年版。
④ 参见本著第二章。

童)、《花影》《一九三七年的爱情》(叶兆言)、《丰乳肥臀》(莫言)、《白鹿原》(陈忠实)、《故乡相处流传》《温故一九四二》(刘震云)等,还比如新生代作家、"70后"作家像邱华栋的"人"系列长篇、何顿的第一人称讲述的"自己的故事",在真正的个体确立上,都是一种"幻灭叙事"或"后撤叙事"。新历史主义小说表面上具备贯穿过去、现在和将来的事件联系和作用联系,实际上却以一种刻骨的怀疑粉碎了线性时间观,更主要的是丧失了未来眼界。把过去、现在、将来混融于一个平面之中,正如柏格森所说的"时间的空间化"倾向。就此他有这样一段说明:

> 必须指出的是,新历史小说与日常叙事尽管神合貌离,但它在某种程度上却修正了日常叙事的单调与随意,有限地拓展了作家的想象空间,甚至一度扼制了日常叙事的泛滥之势。遗憾的是,新历史使出浑身解数也未能扭转早衰的宿命,当它的创作激情如潮退去时,日常叙事积蓄了充足的反冲力,名至实归地成了90年代主流叙事方式。①

顺便一提的是,陈忠实的《白鹿原》似乎是个例外,在历史、文化、审美各个层面好像都有着持续言说的魅力。1993年出版到现在,文学的语境不知发生了多少变化,然而《白鹿原》多维面的阅读仍然在不断地展开着:点评本的出版、话剧的上演,据说电视剧早就该开拍了,只是它的文学性太强了,以至于很难动作化。理论家即便是非常苛求地把朱先生置于全球化的今天,照射出朱先生身上不容小觑的文化冲突②,那又能怎样?作为历史叙事,《白鹿原》的张力,也许就是从尽可能的角落调动人们言说的激情。当然,黄发有主要是审视90年代小说潜性主调,换句话说,他并不在意有多少作品被埋没了,在意的是什么即将吞噬作家的主体性,包括可能诞生而因干扰写不出或出现半部杰作的后果。如此判断与评价肯定有其道理,但即使如此,也可以看出,黄发有的批评还是有些虚无主义倾向。

对于90年代小说所呈现出的美学趣味,黄发有认为"模糊审美"是它的叙事风格。

第一,他认为传统小说是回忆式叙事,是克服了人与物的仓促易逝性

---

①③ 黄发有:《准个体时代的写作——20世纪90年代中国小说研究》,第258、284页,上海三联书店2002年版。

② 南帆:《文化的尴尬》,见《后革命的转移》,第201页,北京大学出版社2005年版。

的愿望的体现,而90年代小说是健忘式叙事,消弭了人与时空的分离。人的物化多数时候与消费化可以画等号,另一原因也是小说的影视化所致,直接降低了文字的意义含量。他以邱华栋的小说为分析对象,长篇小说《城市战车》中无处不在的摩天大厦、无时无刻不在消费的人群、琳琅满目的高档物品表明,小说文字可以没有意义含量,人物可以没有灵魂,但小说一定要有足够的信息量,甚至把信息的堆砌看做是好小说的重要特征。过于靠近现实生活的某个面,作家便不自觉地由健忘转换成了猎奇,小说成了表象化叙事。黄发有指出,不管是肉欲化叙事还是表象化叙事,似乎都是一种浮光掠影的表面化手法,它是一种逃避、掩饰和遮蔽:"小说虚构的现实给活生生的现实涂抹上了一层斑驳迷离的油彩,小说文本成了竖立于通往现实的幽深曲隐处的一种障碍"[3]。这是主题意义和主体精神判断的模糊。

第二,模糊指犹豫表达。黄发有举刘醒龙、谈歌、何申、关仁山等新写实作家为例,指出这批作家小说里,人物在权力与道德的冲突处,总要让道德让位给权力,比如《分享艰难》中的孔太平,为了保证镇财政收入而放走了强奸表妹的洪塔山。"分享艰难"也一度被称为"现实主义冲击波"(雷达),批评家们抱着与作家一样的同情论评过这批作品,认为它们以现实主义的力度表现了经济转型期时代的艰难处境。黄发有却抓住了这批作家表述上暴露的价值软肋:在这种无奈的搪塞中,话语的内涵被抽空,成为一种单纯的传导,"为了弥补这种缺失,作家只好用表示退让姿态的'可是'或'然而'来缀连叙事,用大幅度的闪烁腾挪来绕开暗礁,试图缝合裂缝。"[1] 这是价值判断的犹豫,或者世界观的模糊。

上面提到黄发有的批评表现出某种虚无主义倾向,我指的不仅仅是他对《白鹿原》的判断,其实在他的批评观、价值观上都有所表现。

其一,史的描述和论的建构,总体上黄发有用得很自如,尤其对90年代小说的文化特征,即"准个体"的概括,把一批很吓人的结论都拉下了马。诚如前文所讲,细致地分析会发现,黄发有既然敢于批判中国后现代者,那么,他本人对福柯、德里达、利奥塔,包括哈贝马斯、赫勒、阿多尔诺等人的理论就势必十分吃透,这也潜意识里给了他方法论上的启示。我的分析如果站得住脚,他实践的方法其实是解构-建构(结构)-再批

---

[1] 黄发有:《准个体时代的写作——20世纪90年代中国小说研究》,第286页,上海三联书店2002年版。

评，或者倒过来，先再批评，再在批评中建构，最后实行解构，即在敞开问题的过程中，显示已经蕴含在过程中的理念性启迪。这样，黄发有就理想地摆脱了实际上心中就有但不愿明摆出来的先行理论，使他能够按照自己确定的深入作品看结果来实现自己的批评目的。可是，他这样做本来有个现实的困境：90年代小说思想和审美合起来过平均值显得不能说绝无仅有，也基本上凤毛麟角，这也是多数批评家技巧地选择文化批评的直接理由。而黄发有的研究对象是90年代小说整体，文化特征还可以，轮到叙事特点、审美倾向，肯定得顾及到文本本身的问题。既然文本属于非经典，作家辩护性、感想式，有时是与自己创作没多少联系的言论（甚至是胡说），并不能必然地证明作品怎么样。黄发有的虚无倾向正表现在这里，有些地方对作家言论的论评明显超过对作品细节的文学性分析，给人往往有扑空之感。

其二，在价值观上，他明显动用的是中国"五四"先贤开创的启蒙标准和西方现代人学理念。比如他始终以"个人性"作为批评的根本尺度，而且他看待文学的眼光也始终渗透着以人为本，把是否诚恳地表达了现实的困局看做是文学至关重要的精神视界。这也就意味着他的批评并不像他预期的那样，走向"过程美学"[1]，而是比较隐性的终极性评价。这包括在他批评分析的过程中和局部中。过程性的在各个层面、阶段都有显示，像现象分析后的"定论"；局部的还比如对贾平凹《高老庄》等的批评，子路的回乡不见得非要一个明确的答案。当然，贾平凹的创作，把他新近的《秦腔》《高兴》包括进去，总体来说，贾平凹恐怕是现代意识最为薄弱的新时期作家之一。境界不高的写作，只在他熟悉的农村生活经验范围内，可能比别人高出一头，他的写作总能反映出不同阶段农村现实的变化信息。但想象力基本上被所谓的民间迷信、邪怪、坊间荤话解构得支离破碎，学识情况、经验限制使他的语言无法臻至澄明的境界。即便是他善用的陕南方言，像黄发有指出的那样，并不简约的小说语言试图容纳事物的多义性而有意追求的模糊化特征，反而更加强化了价值标向的混沌状态[2]。

从这个例子由此可看出，黄发有坚持个人性、热切的现实批判没错，

---

[1] 黄发有：《导言：在史论与批评之间》，见《文学的寄风——中国当代文学观察》，第7页，山东大学出版社2006年版。

[2] 黄发有：《准个体时代的写作——20世纪90年代中国小说研究》，第286页，上海三联书店2002年版。

但任何文本、任何气质的作家都用一个标准，不仅单调，而且有时武断。余英时以一个史学家的身份表达对五四运动的反思中，有些认识至今令人深思。他借重贝尔对自己的描述——"经济上的社会主义者，政治上的自由主义者以及文化上的保守主义者。"认为对不同的人而言，"五四"始终是也仍旧是很多不同的事物。他又举革命前的俄罗斯知识分子说，他们"可以是早晨的西化派，下午的斯拉夫文化拥护者，而晚餐后则批评一切"。文化矛盾的年代，而矛盾则注定是多重面相的，也是多重方向的。处在矛盾中的个体，可能随时在改变自己的想法，既快速，又剧烈。最后他得出反思的结论，"五四的知识分子，即使不是在几天和几星期之内，也能在几个月的期间里不断移转他的立场。当然，在广义的五四运动中，我们也未尝不能模糊地看出若干较大的思想类型和某些理念模式。但是，整体而言，概括论断这些类型和理念则是极端危险的。"①

黄发有始终以"个人性"为论评的轴心，这使他的批评观稳定、批评实践有很强的说服力。但这也有弊端，就是说坚持一个立场面对个性气质、生活经历甚至文学观念不同的作家，论评的细腻、周详并不等于论评对象本身的丰富和复杂，情况可能恰好相反。另外，一个生命之根在农村的作家（贾平凹称自己是"小农意识"）与出生在70年代或80年代城市知识分子家庭、中产阶级家庭的作家相比，同样是个人性，表现的形式和理解的深度都会截然不同。前者可能游移、拒绝，因此有点虚诞；后者可能无所畏惧地拥抱、迷恋，个人性有淹没之感。质言之，文化保守的个人性不见得肤浅，激进的物质主义不见得理解深刻。换一个角度，"个人性"最大的敌人或许是政治，那么，通过小说看一个政治问题，或把个人性的问题只看成是文学问题，是不是妥帖？这是我们共同继续思考的难题。

三、面临哗变的"媒体制造"

90年代小说作为一个整体，稍近的边际性影响与参照，可以向前追溯到80年代，向后延伸到新世纪。80年代的文学思潮不论是中前期，还是中后期，几乎可以看做是90年代文学展开的一个必然前提：80年代提出但未来得及充分展开的主题和审美问题，90年代都"接着说"了，即便有

---

① 余英时：《文艺复兴乎？启蒙运动乎？——一个史学家对五四运动的反思》，见《现代危机与思想人物》，第98页，北京生活·读书·新知三联书店2005年版。

些逆流，本质上都是前者文化积淀、文学积累的延续。至于新世纪文学，如果人们不是那么急切地期待时间会创造功效的话，对于90年代文学已经亮相的若干潮流，尤其那些与时代联系比较紧密的文学气息，新世纪文学中只能是强化、深化、细化，而不大可能出现对抗性的反向写作。这一点，新世纪文学似乎有所证明：所谓城市书写、打工者文学，物欲、人欲等等有意触摸伦理道德高压线的已经在收敛，其中写作者或许对相持不下的人与物的对抗多少感受到了一点点的疲惫。与其徒劳地倾诉无奈，不如想办法完善自己，或许还能有意外的收获，这种思维不能说没有政治话语反复渲染的作用。但另一面，对文学来说也或许意味着公共空间的慢慢打开。至于新世纪有成强势之感的底层写作，那直接就是新写实的深化——新写实还原现实的目的难道不是要正视现实吗？只不过，即便是到后来，新写实仍然缺乏必要的审美聚焦，人们并未从中看到"零余者"的身影，而只是物质追求裹挟下的时代人心洪流。底层叙事明确了它，并表现了它。

　　以上情况，大致都是黄发有批评中用力阐发的主要意思，他提出了完善"个人性"这样一个文学指标，文学究竟实现得怎样，从他的批评反观，的确差强人意。但上面的概述似乎也流露了一个信息，那就是不管写什么，似乎都是从各个层面接近个人性这个东西，有时候拉远个人性困难的书写好像还要离个人性更真实一点。如此等等，都可以看做是"中间物"的魅力。

　　按理，黄发有会像研究90年代小说那样，再选择"80年代小说研究"，或别的哪个段的小说研究才在情理之中。可是黄发有选择了再进入90年代，而且不止是90年代。他把通常所说的外部研究之网撒得更宽了，涉及整个当代文学的产生、发展、制约等等当代文学从生产流程到接受、反响，再反过来反作用于刊物出版、市场、受众、评价机制的跟踪考察。黄发有的雄心、野心十分清楚，他就是要通过批评完成一个庞大的工程。这个工程的顶端建筑着文学被公开的部分；中间排列着销售商和消费者趣味；低层是文学加工厂——经过推销员和消费者反馈、或名义上反馈后按部就班裁剪文学趣味、价值取向的貌似合适的文学产品；还未露出地面的地基，却布满了实则由个别人的神经编织成的水泄不通的意识形态网络。

　　在这个背景上，读黄发有的《文学季风》和《媒体制造》，首先是一种莫名其妙的压力，其次是莫名其妙的忧虑。为什么有压力，而且是莫名其妙的？我的真实感受很可能是"虚空"的意思。和黄发有所做的大致一样，节衣缩食、勾画圈点、遍查资料、路跑到、话说完，要反复咀嚼的文学居然并非原汁原味，至少是经过别人删改、处理、过滤过的二手货，那么，展开的和未经展开的批评工作不如干脆面对删动、处理者算了，这是其一；其二是我多少有点同情和理解作家的工作了，和批评者一样，或者比批评者更难一等。作家的写作要绝对富有创造性，投合某位编辑的个人胃口也罢，顺从出版者的造势也罢，抑或掀起一种潮流、在已有潮流之内制造些波澜也罢，起码得有类创造性。不然，作品的处理方式是不言自明的。更何况大多数的创作者恐怕连追随都不配，一生都陷在默默无闻的心情状态，其压抑、不得志就可想而知了。大批创作者的另一个担忧也同时在不断地培育着，就是战战兢兢拿出去的东西批评家到底会怎么说？要么焦躁不安，要么如履薄冰。相信是许多很努力但未成名或名气不大的作者的共同心理。更可悲的是，研究者与被研究者的工作许多时候是建立在不信任乃至敌意的层面。

再说我的忧虑。它缘自我顺手在《文艺争鸣》2008年第8期"当代文学版"读到的批评家郜元宝《只剩下恫吓而已》的文章。面对今日中国，对学术文化、文学乃至一般书籍的极端粗俗的尊崇，郜元宝说"较之以往各种形式的极端虚无主义，虽然貌似在积极和肯定的意义上有所作为，实际上对于文化和人心或许更具破坏力"。文章有这样几个意思：一、强势媒体设立权威文化学术讲座，请学者们向大众通俗地讲解文化经典，普及"国学"常识。这是利用大众对文化学术的崇拜心理，想离开都不行，大众被勒令必须拥有文化，不然就是没有在文化上改造好的暴发户。二、文化的造神运动是通过对不知情的大众的"恐吓"来实现的。知识匮乏时代是"我要读书"、"我要文化"，文化泛滥时代是"你必须读书"、"你必须拥有文化"。这时候，你明知道那一大堆要你接受的文化不过应景文化而已，但你不接受也不行。三、普通人已经被剥夺了自主选择文化的权利，那么，因噎废食的文化厌食症的时代就会跟着到来。

这里，"文化造神运动"的主体是谁，你都很难判断。是强势媒体吗？不是。强势媒体在整个环节中看得见的是它只充当了二传手的角色。是政治暗示吗？未必。至少整个过程中所动用的操作逻辑、选择的制作思维，都是学术文化乃至文学、书籍不至于被贬值人文知识拯救思路。是利润吗？谁到底是利益的最大获得者，还很难说。难道是大众吗？那简直是侮辱。

不过，在郜元宝思路的导引下，平时一个个习以为常、习焉不察的身边事例会奔涌而出，马上呈现出完全相同的真相：一个奔命于一线的技术工人，一年下来必须拿下几万字的读书笔记，包括手写《于丹〈论语〉心得》心得多少多少字，用意很清楚，就是要用于丹的"心得"平息工人内心的焦虑和随时可能产生的抵触情绪；一个根本就没有文化底蕴的移民城市，为了制造文化特色不惜让当地财政赤字几个亿；一个本属于二三流的作家，侥幸获得了文学大奖，他就是这个地方光彩照人的文化名片、首当其冲的文化偶像；一个外行只要能从古籍中"心得"出"心灵鸡汤"，他（她）就是这个时代理所当然的文化代言人等等，不胜枚举。我的忧虑缘自于郜元宝的文章，也缘自于黄发有的批评。在郜元宝之前，我担心黄发有会开罪于期刊、选刊和出版社，毕竟，他说了那么多潜规则不允许的话；在郜元宝之后，我却反过来忧虑黄发有的指责还有没有说服力？黄发有当年还相当谨慎地圈定在文学思维、文学限度、文学体制之内的"外部研究"，在这个文化明星泛滥、学术偶像随时能打造出来的时代，他到底能撼动哪些敏感的神经？到底能在多大程度上抵制这种"集体无意识"的狂热？最直接的一个问题是，当年被黄发有用学术的眼光搬上台面的那种思路清晰、动机明确、方式老套、效果显著的"媒体制造"，在今天还依然重要吗？还算触目吗？黄发有翻山越岭带着一大堆令人思维凝固、头皮发麻的问题去造访，我们看到的是对方心平气和、坦荡直率的沟通；黄发有千里迢迢怀揣铁证如山的选载数据，手拎平庸消极、质量下滑的名家"美学"，我们感受到的仍然还是策划方真诚相视却青黄不接的无奈。毋宁说，黄发有赶上了一个问题丛生、病相多多，但一定有迹可循、愿意交流还可以商量的幼稚而不乏诚意的时代。

与黄发有的"媒体制造"比较，黄发有浓缩到纸上的媒体权力，准确地说，不管是文学期刊、选刊、出版社、评奖机制，还是影视、网络、媒体批评，都只是技术范围内的手术。作为作家的主体性、作为读者的主体性，或者作为研究者的主体性，还谈不上改变，至多是限度内的影响，主体性是存在的。比如《当代》选择现实主义风格，而最终限制于就事论事，甚至"陷入庸俗社会学的沼泽"，但《当代》对社会问题小说的青睐，也使它的活力得以保持；《小说月报》的"现时主义"、"中庸趣味"，但叙述技术上的相对老练、平均值比较均衡，也成全了这份刊物的基本个性；人民文学出版社在活命的前提下所做的思路调整，即使有追求获奖作品和现实主义趣味的偏颇，人文社深厚的历史积淀与悠远的人文传统并没有因此从根本上转向①。而郜文中提到的"文化造神运动",它的潜在主体是"全民",一个被"应景文化、快餐文化、伪经典、伪高雅、伪博学、伪文化所奴役"的被动接受者。这些被动接受者时刻被委以重任,以国籍、族类的名义被告知,在中华复兴、文化繁荣的"大义"面前匹夫有责,不是你是否选择,而是怎样选择的责任问题。阅读在这里并不是单纯的个人兴趣的实现,乃是民族的传统文化、传统智慧在一个个体身上是不是达到了预期指数的政治问题。所以,你被被迫,但不能离开;你被推着走,但无法停步。这里没有商量的余地,只有觉悟高低的质量问题,或者在何种程度被确认个体的文化水准、智慧含量代表着民族的平均值。郜元宝说,这是一种文化"恫吓",倒不见得,但这种意识形态一定比黄发有的"媒体制造"更厉害,却是事实。

其次,黄发有严厉批评的传媒趣味催生的90年代的文学症候,信息化写作的确大伤读者对文学的优美期待,人们没有在小说中温习晚报新闻的义务,也没有在文学刊物上体会超市里狂热购物的心情;备份式写作倒人胃口的地方在于,它强奸了人们兴趣,人们发现眼睛、心灵触摸的其实是同样一种东西;最后,无辜的文学终于招徕了它最强大的敌人——创作者被市场抛弃,因为他们丧失了持续占有份额的能力;文学被读者抛弃,因为读者并不都是头脑进水的傻瓜蛋②。传媒趣味所导致的一系列环节中,很难说传媒、创作者、读者、刊物之间的竞赛是清晰地围绕着"个人性"展开,但对原创性的渴求,一定意义上不能说不是迂回抵达个人性的战术。也就是黄发有指出的问题,某种程度上具有相互性和制约性,乐观地看,也未尝不是一种良性循环,这一点,当然已部分地在新世纪里得到了证实。而复兴中华文明、重振"中国之心"为目的的"文化造神运动",它的全民性,它的崇高感,它的正义立场以及它非如此不足以的"民族危机"时刻的总动员。我想这对即便持保留态的学人、批评家而言,它文火炖肉般的蔓延、意料之外的坚定立场,更可怕的还因为它是政治上绝对正确、文化上绝对合理、道德上绝对合情的民族大义行为。

那么,面对哗变了的新世纪"媒体制造",批评的格局、范畴、对象、方法应做出哪些重要的调整?包括黄发有在内,恐怕是时代重新出给批评家的一道顶难的难题。毫无含糊,1990年到2000年跨度并不大的十几年时间里,中国当代知识分子依凭的批评武器,包括自省的精神参照部分地

---

①② 黄发有:《媒体制造》,第170、267-289页,山东文艺出版社2005年版。

来自于西方：爱德华·W·萨义德的名著《知识分子论》、弗兰克·富里迪名噪一时的《知识分子都到哪里去了?》、马克·里拉的同样重要但未引起人们足够重视的《当知识分子遇到政治》和拉塞尔·雅各比的《最后的知识分子》等等。与此同时中国知识分子也被迫重温了一批熟悉而陌生的概念，比如有机知识分子、公共知识分子、技术专家型知识分子、知识共同体，如此等等。这些概念和知识分子用以他律与自律的武器，不能说没起过任何作用，至少在思想意识领域给了可能就范的人们一个警钟。但现在的问题是，类似于"迎合市场"、"迎合大众趣味"、"媚俗"、"帮忙帮闲"已经亮出了苍白的面容，甚至在适用对象上也不无错位之处。这时候，当批评的对象已经悄悄地改头换面，当专业外的力量已经悄无声息地压迫到专业内的持守，批评家或许一直未曾离开批评的现场，也没有跑开享清福去，可是，批评的着力点究竟在哪里呢？

第十八章
谢有顺[①]（1972—　）：
"70后"声音与批评的转向

一段时间，代际作为归纳作家、批评家相异趣味的便捷方式，很是流行。当然，最终代际不可能解决更多的文学或理论批评问题，文学及其理论批评问题还得交由时代来处理。一时代有一时代之文学，尤其把文学格式化成时代单元，显然更方便判断文学及其理论批评的起承转合。最著名的比如"20世纪中国文学"、"80年代文学"、"90年代文学"、"新世纪文学"等等，在这样的时代单元内，尽管作家、批评家有着相当不同的受教育状况、阅读背景、人生经历、个性气质，只要能捆绑在某一时代范围，个人性必然让位给时代性，这是文学的尴尬，也是个体的无奈之处。

比较而言，因为对象的特殊性，作家面向的是自我世界、自我经验和私人空间，时代这个界碑也许不会完全把一个成熟的作家怎么样。理论批评就不同了，即使是一个批评思想成形的批评家，他不可能不面向文学史说话，也不可能不面向文学理论批评史发表意见。理论上讲，对于批评家，完全放进个人的心灵感悟，或许是理论不十分欢迎的一件事。因为，当他忘我地发抒自我时，论评对象就面临着过度阐释乃至于严重的误读。这当然是常识。在这里强调这个常识，意思只有一个，那就是一个永远走不出常识的批评家，他的言说或许永远正确、永远令人心服口服，但他绝不是一个敲打常识思维，乃至于利用颖悟出示新天地新空间的敏锐的思想者。在我细读过的中国当代批评家中，"接着说"的批评家已经很了不起

[①] 谢有顺，男，1972年8月生于福建省长汀县。毕业于福建师范大学和复旦大学中文系，获文学博士学位。著有《我们内心的冲突》《活在真实中》《我们并不孤单》《话语的德性》《身体修辞》《贾平凹谢有顺对话录》《于坚谢有顺对话录》《先锋就是自由》《此时的事物》《从俗世中来，到灵魂里去》《文学的常道》《文学的路标》《被忽视的精神：中国当代长篇小说的一种读法》《从密室到旷野：中国当代文学的精神转型》《抱读为养》等著作十几种。主编有《优雅的汉语》《中国当代作家评传》等丛书多套。曾获第二届冯牧文学奖、第十一届庄重文文学奖等多个奖项。现任中山大学中文系教授、博士生导师。

了，他们属于少数；"我来说"的属于少数中的少数，可见人数不会太多。前者的共性是有明确的范畴，比如现实主义或者人道主义以及别的什么主义等等，在他们的批评文字中，诸如此类的范畴会被不断地引向深入，直至激活话语的每一个死角为止，也就是这一类批评是通过消除理论范畴的人为障碍，通往心中的人学理想；而后者，看起来是反复地强调常识，实质上，批评无时无刻不在开启新的领域。因为一开始就没有范畴的设定，这种批评仿佛一下子卸下了一切历史的、学术的、话语的包袱，直奔文学的终极而去。我说的是批评家谢有顺，我的悖谬之处在此时也就出现了。当我说谢有顺的批评直奔文学的终极而去的时候，那个"直奔"与"终极"难道是其他批评家故意绕道而行的吗？

所以，谈论谢有顺，他的代际问题，他对文学及其理论批评的理解问题，可能是理解他批评观的本体性问题。反过来，研究他的代际问题，诚如开头所述，对于批评家而言充满着无奈感，至少不会有多少理论来支撑。这意味着，作为一代人，"70后"在中国当代文学批评领域，一般怎样发声？已经怎样发声？本应怎样发声？理论批评在谢有顺那里，将会有怎样的坐标、参数？以及为什么是现在这个状态？我相信，如此一连串的问题，牵动的绝不仅仅是"70后"的文学选择，而是中国当代文学特别是理论批评话语卧爬滚打到现如今程度，是不是该有个根本性转折、怎样转折的问题。被年龄代际所压，批评就会无形中背上一个包袱，习惯的思维，总把这种现象推给前几个代际的批评家，因为"40后"、"50后"也罢，"60后"也罢，"文革"历史总是他们批评的隐性背景，这是人生经验在批评中的反射。如此，不管隶属于哪个范畴、框架，解构主义在他们那里是批评的一种方法；而"70后"学人在知识谱系上和人生履历上，极权政治并不是他们就近的批评资源，所以，由此派生而出的苦难、疼痛、恐惧等主题，就不能笼统地视作是一个实在的存在物，这正是理解谢有顺批评的关节点。作为"70后"代表性批评家，如果谢有顺这个"70后"个体果真像文学形象中反复标立的那样，是个逃逸者、与父血的断裂者，或者消费主义文学写作的拥抱者、热爱者，问题倒简单了。关键是他既不同于前几代批评家的滞重——总要先团团围攻历史遗留问题，又与我们想象的"70后"风格迥异。可是，他实在分明在书写一代人的文学期待。阅读他的批评，另一意义就显示出来了。就是批评作为一种话语形式，谢有顺的批评话语，给我们带来了什么并不特别重要，特别重要的是，他让我们思考在今天时代，文学批评该如何显示它的话语权利，也即当解构主义不再是"70后"学人的"他者",而本身是深植于这一代人世界观的重要组成部分的时候,批评话语对文学的突出强调,不再是无休止的观念领域里的耗费精力,文学阅读是与人自身感觉系统密切相关的一次激活运动。他的"人心世界"、"写作是个人身体的语言史"、"此时的事物"等等便是对特定时代文学的重新审视,显出了特别的意义。

一、"70后"与批评坐标

"70后"作为社会性的存在,当他们分布在各个岗位、不同机制的工作流水线上时,他们的文化属性就显得相当模糊。不可能像卫慧、绵绵笔下所描绘的那样,直接进入身体欲望,发出"出生的那一刻就已经退休了"的喟叹;也不完全是魏微、金仁顺、周冰洁等寄存在小说情节中那样令人欣喜或者担忧。但文学形象的威力有时又是如此让人无法拒绝,顺应时髦文化、自作主张,或者把反叛写到脸上、处处与周遭世界叫板,只能说是文学"70后"的一种有限形象。他们只要进入现有体制、进入前几代反复编制的意识形态处世网络,即当某种体面的身份频频惠顾,经理、老总、老板、代言人、前途看好的明星,构成这一代人梦幻的重要组成部分之时,"70后"其实比任何一代人都显得识时务。某个流行的短信段子就道出了这代人的秘密,说"70后"经常手提笔记本电脑、喜欢结交有头有脸的人物作为靠山。段子里所概括的内容当然具有戏谑意味,疑心是某些"90后"所为,因为下面的一个说法恰好是针对"80后"的。意思是在"90后"看来,现在还呆坐在 KTV 包间里等待跳舞的"80后"已经"老掉牙了"。唯新是追是"90后"的特点,寻找属于自己独立空间而不得虽不能代表"80后"普遍性的境遇,但自觉地捍卫已经获得的领地大概也算"80后"比较体面的思想面貌了。提着笔记本电脑,寻找生活的靠山,"70后"实际上就处在经济基本走向解决与身份危机不断凸显的夹层当中。换句话说,当年的时尚成为今天甩不掉的道具,政治上"丧父"的虚空感就会卷土重来,这时候,本来要割断传统的血管,没想到"父制"、"父权"却替代性地填充了精神上的靠山。不难估计,"70后"面对的精神压力并不比其他代际的人更少。

首要的问题是,他们该怎样规划自己?

他们的少年时光,已经开始享受改革开放后的经济成果;他们步入青年的时候,已经来到了 90 年代,一个崇尚金钱、技术和性的时代,一个强调个人化的时代。与他们的前辈比起来，他们是最缺乏神话和集体经验的一代人，在他们的记忆里，很难找到属于他们这代人的共同话语，也很难从一个整体主义的角度来谈论他的生活与写作。那些前代人所津津乐道的政治运动，红卫兵情结，上山下乡，文功武卫，"阳光灿烂的日子"，离他们似乎很遥远。比起这些巨型话语，他们更愿意相信自己的眼睛与身体，更愿意信赖自己对生活的私人理解。①

"日渐涣散和个人化的时代"，既是谢有顺认同并以此为契机构建自己批评话语的机会，同时他所主张的对生活的"私人理解"的理想，也就面临了艰难考验。这个艰难主要来自两个方面的压迫。一是他以"70后"个体的身份深深感受到了这一代人最有希望突围的90年代，即步入青年的时候，时代语境所给予他们的并不是他想要的对个体真正负责任的氛围。毋宁说，时代制造的个人化空气，还需要批评话语的"自反性建构"②。这个过程，其难度不亚于80年代对五四启蒙话语的重新启用。因为，囿限于文学批评的批判性，从力度上和彻底程度上，还很难撼动90年代形成的由所谓大众做担保的文化性个人主义。批评界不约而同地用"日常叙事"来对抗"宏大叙事"，以至于把生活的私人理解变成了个人隐私的暴露就是一个明证。了解了这样一个大致背景，建构有点折中意思的"私人理解"，摆在面前的精神来历就必须去正面迎击。这一思考的出现，谢有顺实际上花费了差不多两部论著的精力，来寻找他的批评坐标。这两本书均为2001年出版的《活在真实中》和《我们并不孤单》。"伪真实"与"孤单"是他对90年代整体性精神气象的判断，作为"70后"批评家，对自己心智成熟的年代作如此论析，不只是文学批评所需要的"历史感"，他所建立的思想眼光深关一代人在精神走向上何去何从的问题。

《活在真实中》通过问询中西方先贤的随笔化表述，基本廓清了他所想要的思想资源。该著名之为"活在真实中"，它的真正目的当然不是阐述先贤们的思想如何在真实中度过、或者先贤们生活过的时代如何的不真实。他的写作——甚至生怕悉心的征引、耐心的考订破坏自己话语的完整性的激情，可以推知，正像他说的90年代已经成为青年人的自己，对所置

---

① 谢有顺：《活在真实中》，第234页，中国电影出版社2001年版。
② 美国文学理论家乔纳森·卡勒在《文学理论入门》一书中，提出了界定"文学是什么"的五条方法，其中有一条就是"文学是互文性的或者自反性的建构"。意思是文学是一种作者力图提高或更新文学的实践，因此，"它总是隐含了对文学自身的反思"。[美]乔纳森·卡勒：《文学理论入门》，李平译，第37页，南京凤凰出版传媒集团译林出版社2008年版。

身的物质时代、欲望时代是多么的否弃和蔑视,他自己时代的"伪真实"正是"活在真实中"的证词。舍近求远,为的是更清醒地认识自己的时代。这时候,勇气、心灵、尊严等等主体性内容,在他那里就重新焕发了新的意义。这个新的意义是指它不像其他代际的批评家那样,经常把批评的矛头对准外部世界、政治生活。那样的话,勇气、心灵与尊严作为一种话语,因与听话对象的历史性隔绝,只能产生夸大其词的修辞作用,而无实际功能。言说者越是发抒得淋漓尽致,倾听者反而会产生某种反感心理。这是90年代甚嚣尘上的世俗化话语这个大的环境所致,一般的个体不可能具有领会其中真意的精神背景。转移目标是为了更有效地言说,个体的问题先在个体内部,"勇气的对面就是怯懦"。谢有顺主要不问一些飘飘忽忽的身外障碍,而问一个人不得不遭遇的个人事件。他写道,怯懦"是我们的生存获得尊严的主要障碍"。"当一些危险以不法的方式向我们袭来时,我们以什么样的方式回击它,这非常重要,它将显示一个人的心灵质量如何"。①

"心灵质量"第一次被谢有顺提了出来,一方面意味着他树立文学批评坐标的立场不同了,是从个体化时代内部发力,揭示由个性、个人到个体内在世界如何建构的过程。与另一批评家黄发有"准个体时代的文学写作"——旨在通过90年代文学叙事经验的技术性分析,阐释个体化写作如何主要受时代趣味影响不能的研究,形成了两个微妙的犄角②。显示了谢有顺批评话语的选择更趋向心灵世界这样一个特点。另一方面,心灵质量作为对个体精神衡估的用语,转换成文学批评话语,其话语的重心就实际上属于"反学院"性质。不可否认,知识化批评也是为着准确诊断当下文学现实而去。1994年代左右,批评家陈晓明以"后现代性"想要提升先锋派小说对经典现实主义和人道主义的"解构"能力,可是到了新世纪初期,当先锋派早已不再当年,融入"日常生活"的叙事洪流中时,陈晓明只好重新启动"现代性"这个看起来仍然不乏批判性的知识范畴。物是人非、语境飞逝,他面对的"底层叙事"已经不太适应现代性所希望的文本质地了,于是,"苦难美学"成了陈晓明批评话语中相当妥协的一个审美命名。这个角度,谢有顺的"反学院",只是说他把西方大师的思想资源

---

① 谢有顺:《怯懦在折磨着我们》,见《活在真实中》,第23页,北京中国电影出版社2001年版。

② 参见本著第十七章。

始终只看做是自己观察当下文学现实的眼光来用，压倒性批评话语，仍然来源于他的直觉。其实做到这一点并不容易，因此他的朋友、同事胡传吉说谢有顺批评有三个姿态：第一，回归读者文学爱好者的姿态；第二，在作家与理论家之间游离的状态；第三，时刻呼唤当代大师的热情及梦想未来的勇气①。当是恳切之论。

赫什《解释的有效性》中，对批评有"内在的批评"与"外在的批评"之分，谢有顺借"内在的批评"发挥道，"当许多的作家用无所事事的作品来搪塞我们的时候，批评家为何非得从这种作品里再去寻找它有什么技术上的精彩之处呢？"他所强调的批评的独立，就是对技术主义批评的反叛，"不仅包含批评家对作品的理解，也包含批评家对现实和对'我'的存在的理解"：

> 我开始远离批评中属于技术主义的部分，诸如修辞、反讽、叙述风格等命题，作为学问，我尊敬它的研究者，但于我来说，他距离我的心灵却太遥远了。②

中国当代批评话语的技术主义倾向，来自于社会分工的科层化管理，特别是寄身学院的批评家，现代文学研究的教案化与当前文学研究的"合法化"命名，都表明了文学批评为文学史负责的焦虑心态。自然，反叛技术主义的批评家有一部分也来自中国的学院，他们属于在学院里反抗学院体制，自有知冷知热的优势。谢有顺追求的"心灵质量"，很大程度上可视作他对批评本身与文学现状的双重不满。他常常觉得自己既"孤单"又"并不孤单"，既有引为同道的文学写作支撑，又深深承受着并不理想文本的频频叩访。除了鲁迅、凡高、毕加索、索尔仁尼琴、布罗茨基、《圣经》等以外，他的大量思想随笔还关涉到重评卡夫卡、博尔赫斯、福克纳等西方现代主义大师，过犹不及的做法有时是一并袭来。不能说卡夫卡的贡献就是为人类保留下了"个人脆弱的空间"，也不能说人们记住福克纳就一定要不停地回味"挺住就意味着一切"，尤其不能因为当代理想文本的匮乏，于坚诗的写法，以及拷问疼痛、恐惧的主题，还有北村、格非、余

---

① 胡传吉：《解释存在，追索内心——关于谢有顺的批评随想》，《文艺评论》2005年第6期。
② 谢有顺：《批评与什么有关》，见《活在真实中》，第167页，北京中国电影出版社2001年版。

华、王安忆等人在 1998 年前后的写作就一定是我们必须注视的、正面的文学形象。至少在我看来，谢有顺为了推出他的"存在"与"存在的冲突"，对先锋派小说的过奖就属于过度阐释。这一点，在《写作，回归神圣的启示》①一文中表现得比较突出。"存在"是海德格尔哲学里的一个重要概念，据我所知，这个概念直到萨特"介入"说法的引进，也就是当"存在"被萨特分解成"自在存在"与"自为存在"时，"存在"作为知识分子与社会现实的结合部才显得清晰了。萨特的"他人就是地狱"肯定是"自在存在"的范畴，而萨特"我们必须为我们的时代而写作"的口号，在他整个的哲学道路上的光辉形象不可能低于"人生是荒谬"的悲观。谢有顺反复引用过《圣经》，也注意力集中地发表了他的"存在观"。但他主张"存在"与"存在物"的分离，也许非常吻合 1998 年的文学潮流。然而，存在如果不先附着在存在物上，彻底分离了，文学恐怕只能导向虚无主义，那就离他的"确信"更远了。我理解，孙甘露、吕新、陈染、林白等人的"语言游戏"、"自渎经验"，或许是反映了观照存在物时眼光未能穿越存在物所显示的精神性而已，如果凭借这些局限性文本，把存在与存在物分离了，其结果，要么导向无"此时的事物"的凌空蹈虚，要么只能狭隘地反观现实的道德与伦理处境。

可见，谢有顺建立他的批评坐标时异常艰难，既有语境的原因，也有话语本身的原因。这就是我说的他所面对的第二个压迫。

谢有顺作为读者，是一种可靠的批评视角。但作为普通读者，不见得非得为 90 年代该批判的文化氛围负责，他们要从阅读中得到的甚至与批判性知识分子否弃的东西是同一个性质的内容。正是意识到了这一点，谢有顺依然选择了诗人于坚的实践（谢与于在文学观上的共识，不止来自于坚的诗。于坚的随笔集《棕皮手记》也是谢获得支撑的一个重要文本，于坚对"朦胧诗"的批判，其观点更是与谢不谋而合），并借着诗坛"知识分子写作"与"民间写作"争论的机会，被他称之为"时代感的虚假性"的"知识分子写作"，构成了他建立批评观的有力反面证据。在《诗歌在前进》一文中如是说：

> 让诗与非诗分开，让真实与谎言分开，让创造与模仿分开，让借鉴西方与唯西方大师是从分开，让有尊严的写作与知识崇拜分开，让

---

① 谢有顺：《我们并不孤单》，第 154 页，北京，中国社会科学出版社，2001。

有活力的言说与对存在的缄默分开，让朴素的词语与不知所云分开，让心灵的在场与故作高深的"复杂的诗艺"分开，让敏感的人与僵化的知识分子分开。①

再对照他在另一处对"真实的写作"的界定：

> 对现实没有丧失愤怒的立场；对终极价值的不懈追求；在无意义之现实面前，坚持受难的态度，以继续发现可能存在的意义、价值、超越性；对俗常经验的怀疑；对人类危机现状的警觉；对精神以何种方式作用于我们时代的洞察；幻象与乌托邦冲动等。②

如此"真实"而"朴素"的批评话语，为什么说就一定是中国当代批评话语的根本性转折呢？这正是理解谢有顺批评的难点。我这里暂且避开他对中西方先哲大师的宏文高论，选两个小小细节来说明。一个是他说的当下一大批小说还不如《南方周末》里的一则新闻值得一读（这一不经意的话，曾被多数论者的论文正经八百地引用过）；另一个是他对回乡下探亲时亲眼所见景象的描述，"一张张被苦难、压迫、不公正舔干了生气的脸"（也被他的老师孙绍振在给他的论著《活在真实中》的序言中作为重要证据引用）。前者是对普遍性虚假写作，包括技术主义的批判；后者说明谢有顺对文学的理解，其如何言说，始终有一个潜在表情在背地里提醒他，批评话语在他那里其实不过是一次生活现状的情况报告。如此基础，当然可以理解他对一直以来技术主义主导的文坛的反感，也是间接地导致他在批评话语建构上，为什么会频频出现一组对立词汇，如失眠、尊严、怯懦、恐惧、贫困、疼痛、黑暗、孤独、谎言等，与真实、神圣、抵制、存在、勇气、真相、先见、决裂、良心、冲突等。一方面，在精神对立中寻求解决的方案，这当然是浅层次的意思；另一方面，其实这些对立的精神问题，他想统一在他的"存在"论名目下，并且为了避免因发端于具体的生活现实，需要倡扬的精神指示，都一律被他打上了历史的烙印——提醒人们，个人化时代还远未到来。这一角度，把谢有顺的批评看做这个时代的精神批判似乎也不为过。那么就意味着一些批评家极力鼓吹并且践行的批评的职业化、学术化，恐怕多少有点文不对题，至少如此风气与这20

---

① 谢有顺：《我们并不孤单》，第114页，中国社会科学出版社2001年版。
② 谢有顺：《活在真实中》，第176页，中国电影出版社2001年版。

年来文学的生态环境多有卯榫失和之处。

　　为了把问题说得更明白一点,谢有顺的"真实"与"朴素",其完整表述应该是"回到事物与存在的现场"。在谢有顺那里,"回到"有久违之意,但绝无"解构"之旨。据解构主义批评的研究者①分析,解构者对"自我"、"现实"、"意识形态"的剥离,最终仍然亮出了批评话语的虚无主义面孔,上面提到的陈晓明就表现得最为典型,他必须再返回"现代性"才能介入文学现实。而沿用80年代启蒙性批评话语的批评路径,除了良知、自由、民主、个体、生命、人本等词语,还勉强进行着与大众文化、消费主义、市场法则、娱乐至死的对抗外,的确到目前为止,还很难找出启蒙话语在今天成功转化的范例。对比之下,谢有顺对事物本身的青睐,对写作现场感的诗性提升,不可否认,对现有文学观念的革命意义是相当显赫的,我指的是他所建立的批评坐标提前预支了某种有含量的哲学底蕴。

　　《活在真实中》与《我们并不孤单》,其中的文章最早的写于1994年,最新的也不过2001年。相信那个时候,谢有顺不可能受到理查德·麦凯·罗蒂关于西方哲学总体框架是"镜式哲学"的认定,及其对该经典模式"摧毁"的转哲学为"文化批评"的论断。当罗蒂发现西方哲学是以认识论为中心的表象主义的"镜式哲学"时,除了维特根斯坦、海德格尔和杜威的成果得到了保留以外,其他那种受制于心像的认识论图式都遭到了他的猛烈批判。他说"对知识论的愿望就是对限制的愿望,即找到可依赖的'基础'的愿望,找到不应游离其外的框架、使人必须接受的对象,不可能被否定的表象等愿望"②。因此他的哲学工作致力于回到事物本身,重建人们日常生活信念的努力。我认为这不是什么"实用主义"、也不是相对主义。"摧毁读者对'心'的信任,即把心当做某种人们应对其具有'哲学'观的东西这种信念;摧毁读者对'知识'的信任,即把知识当做是某种应当具有一种'理论'和具有'基础'的东西这种信念;摧毁读者对康

---

①　支宇通过对王岳川、陈晓明、栗宪庭与余虹等批评家的研究,其实并没有达到他的目的。这不是支宇本人的问题,而是这些批评家到最后并没有建立一套成功的"中国后现代性批评话语",痛快淋漓的解构运行到最后,尤其是涉及到90年代以来的中国文学,就只能把批评家、作家的文学信念作为解构对象,除此别无他求。支宇:《新批评:中国后现代性批评话语研究》,河北美术出版社2008年版。

②　[美]理查德·麦凯·罗蒂:《哲学与自然之境》,李幼燕译,第315、4页,北京商务印书馆2003年版。

德以来人们所设想的'哲学'的信任。"① 在"谈话"这种非系统的"教化哲学"理念上，难道这不是批评对人们日常生活世界的作为吗？对文学的信念，就是对生活的信念，生活不可能夸大其词，文学就只有可信赖的真实与贴心的朴素了。这是解构之后，更高一级的建构。中国当代批评家也都花费了大量篇幅论争过"本质主义"与"反本质主义"。看他们的文章，世界不是有个"本质"等着人们去认识，就是根本没有"本质"，认识不仅因人而异，而且随着人本身的差异，世界早已在相对主义里不知所是。也就是在他们眼里，文学及其理论只能是、必须是脑中想象的东西——建构，或者解构。90年代以来，世俗价值已经占有主导地位，这是不可漠视的现实。文学及其理论不能在世俗社会内部突出它的价值吗？在世俗世界中强调突出文学并不世俗的价值，这是我认为谢有顺作为"70后"批评家，比别的代际的批评家更了解时代语境的根本原因，也就觉得他关于"知识"与"体验"、"事物"与"存在"、"真实"与"谎言"、"在场"与"技术"等等辨析，具有了超越具体对象的哲学意味。虽然对于批评实践来说，难度太大了，这关系到批评怎么言说创作问题与现实问题，尤其怎样处理即时性问题意识与宏观理论观照之间的关系？发现一个新的视界，免不了出现意识与操作不甚吻合的现象。因为意识首先是直觉的强化，而操作则必须由逻辑和理性来完成，在保证直觉不被破坏的前提下，实现逻辑上的清晰，谢有顺的批评产生了分化。毫无疑问，他的才华属于观念领域的革命，一旦落实到作家论、作品论，有时就显出捉襟见肘的窘相。

二、"身体"与旧观念的角逐

文学与"身体"的关系，在中国批评家眼里，似乎一直低于文学与"现实"的关系。在文学价值的所有维度中，"道德"、"伦理"乃至凝结而成的"人格"、"人品"、"气质"、"格调"、"境界"等等，肯定是价值中的价值、意义中的意义。于是，人们就很少花费时间来思考意义的来源、价值的来源，思考最多的是什么是意义、什么是价值。直接索取意义的成果、价值的成果，终会导致这样一个后果，即当你与你所触摸的、暂

---

① [美]理查德·麦凯·罗蒂：《哲学与自然之境》，李幼蒸译，第315、4页，北京商务印书馆2003年版。

时没有其他价值代替的价值照面时，你实际上是并没有其他选择的，哪怕这种塞给你的东西其实你是需要的，但你为什么又百般挑剔、乃至于反感、排斥呢？

个人意识有权利从群体意识中冲决出来，并且受到尊重，成为文学书写的一个重点，甚至构成衡量个体创作有无创造性的绕不过去的指数。无疑是文学的身体性得以出场的合适年代。身体性或者身体学被提上文学的议事日程，可能是近20年来的事，但绝不能就此说，身体或明或暗的进入文学写作和理论批评大量的正面观照，就是90年代以来的事情。作为文学不可能不反映的内容之一，古代亦然。它属于个人，也属于群体，既有个体差异而造就的独特性，更包含人类的类的属性。这里，我不需要背诵古人如何漠视身体，现代人如何虐待身体以及当代人如何放纵身体。因为，中国文化之庞大、芜杂，总会有人能找出更有力的反面例证在那里等着迎击你。所以，文学与身体的关系问题，只能收缩到一个小小的区间来谈。套用卡勒式问法就是，是什么使身体区别于其他要素？是什么使身体区别于人类其他维面，或者其他硬指标？这是我们在今天强调文学身体学而不是其他时代的根本不同。

文学理论批评界较早正面谈论文学身体性的，我的目力所及，除了谢有顺，还有葛红兵、南帆等批评家。葛红兵关于身体的近10篇短论均收录在他的文集《卑贱的真理》（2003）一书中，《身体本体论》《论"看"——身体认识论》《身体的交往——身体作为社会学概念》《身体是义务中的义务》等等，还有从"赤裸"、"恶心"、"洗浴"、"战栗"等视角描述身体诸种内涵的，如身体的神性状态、道德状态、真理状态、审美状态。葛红兵对身体的解释采用的是讨巧的灵感方式，比如《身体本体论》，他抓住汉语中的"立场"、"建立立场"的语感效果——一种类似于解释象形字造字意图的方式，认为前者就是"立于场中"，"立"就是身体性的到来；而后者，即建立、开辟世界，"'立'世界使世界得以成为世界"。这样就从身体存在的角度解释了存在的到场与存在该面临的"边界"，即如何判定存在到来与存在的有限性问题，这是他的身体本体论。当然葛红兵在《身：中国思想的一个原初立场》一文还详细论及"人"的多重意义，在"身"、"躯体"、"身份"的交叉网络中指认了文学的在个体意义上的处境问题（《葛红兵文集·思想卷》，2003），并且明确提出了"文学身体学"这一个概念。只不过，在他那里，名之为文学，其实"身体学"仅限于思想领域。意识到了文学即将发生的新变化，可惜没有引进到文学批评的平台上来。葛红兵以身体为切口,对中国传统思想的反思,多数时候受西方哲学家的影响,特别是他的短论更像杜克洛的直接启发。杜克洛说过,真理是女性的、裸体的,因此,"对于真理的隐秘的爱恋让我们如此满怀激情追求女人;我们试图剥除她们身上我们认为可能隐藏真理的所有东西"①。南帆作为文学理论家,不知什么原因,论文中的确不多谈身体。可是《叩访感觉》这部长篇思想随笔,对身体诸零件进行的直觉性详尽探查,恐怕是迄今为止中国当代文学中最为绚烂的一笔。与其众多散文随笔一起形成的南帆式风格,被孙绍振命名为"审智散文",说他的思维深受巴特解构思想影响这一点不假,但单就《叩访感觉》来说,包括多次著文论列南帆散文的孙绍振,还尚未看到对该著的具体评价。也许《叩访感觉》既不属于散文又不是理论文章的缘故,书中通过历史、政治、教育、文化等不同表情,全方位揭示的人们对身体的态度,就一直处在了沉默状态②。但无论如何,如果中国将来果真有一部《文学身体学考略》之类的书的话,它将会成为中国人对身体态度的最完整的注视。

以上两位算是对身体的抛砖引玉,文学与身体发生密切关系,并且,身体成为文学突出其价值的难点之一,大一点说,时代语境不得不以强化身体之于文学的重要性来开拓其叙述空间之时,批评家中,谢有顺抓住了这样的机遇,身体在他那里才见出了不可忽视的言说理由。

谢有顺对文学身体性的注视,同样不是空穴来风,或者迷恋于名词制造。早期问鼎中西方先哲大师的时候,为什么如此沉浸在精神、恐惧、尊严、疼痛、孤单等精神闭抑状态而无法走出,主要原因就是他所感受到的时代现实与大师们产生思想的年代,心灵与心灵之间还横亘着鸿沟,体验上的跨越不难,难的是现实经验上的跨越。"孤单"与"并不孤单"、"真实"与"伪真实"之间,他最终选择了他自己的判断。确信生活才会鼓足勇气揭开生活的镜像,或者仿真生活图景;信任批评的有为才敢于做一回《皇帝的新装》中的小孩子。承接上一节的意思,建立批评坐标之时,他其实已经触及到了文学身体性的关键之处,只是,当时还无法准确地表述

---

① [美]彼得·布鲁克斯:《身体活:现代叙述中的欲望对象》,朱生坚译,第42页,北京新星出版社2005年版。

② 我本人曾在"身体"的角度,对余秋雨、刘亮程与南帆的散文有过较详细的论述。参见拙文《直抒胸臆:新时期散文对"个人"的观照——从余秋雨、刘亮程到南帆》,《海南师范大学学报》2006年第6期。

出来，那种半遮半掩的话语在一篇诗论中探出了头颅。

我们的写作，使汉语成了一个发声的、说话的、人性的身体。这种说法，是针对一些人把诗歌语言变成了一个不具有日常经验和身体细节的空壳而言的。也就是说，我所推崇的诗歌话语是关涉灵魂和身体的双重性质的。①

这时候，他一边相信身体，"身体意味着具体，活力，此在，真实，它是物质的灵魂"；一边总是在牵制身体，生怕抛出去以后无法收回来，"说诗歌是灵魂的也是身体的，强调的是灵魂的身体化（物质化），但我并不因此向诗歌要求过多的物质、具体和材料，否则，诗歌将面临诗性意义上的饥饿"。灵魂是中心词，身体只是一个修饰语。既然诗性饥饿来自过多的物质、具体和材料，那么，这时候的身体，要么还是被捆绑着的；要么只是一个意识。

这篇初次谈论身体的文章写于2000年，2000年左右诗坛的"下半身"写作不慎又做了一次文学革命的急先锋②。"下半身"属于"民间"之一分子，但"下半身"对身体大包大揽的彻底与谢有顺力挺的于坚的诗还是有很大的不同。据谢有顺对于坚《0档案》《对一只乌鸦的命名》《飞行》《尚义街六号》《作品 x 号》《避雨之树》等诗作的分析显示，"细节"、"事物本身"、"身体"，以及处理这些要素的方式，如"去蔽"、"心灵的在场"、"体温"或者"切肤之痛"等等，是支撑其文学身体学的有力论据。当然这种被称之为诗学信念的新动向，用于坚批评对立面的一句话概括就是"人们说不出他的存在，他只能说出他的文化"。也就是写"文化"是该批判的，而揭开附着在事物身上的文化符号，"反抗一切强加在事物身上的文化压力，让自然和真实重见天日"，才是论证文学的身体性时首先要做的工作。这种诗学观，谢有顺的完整表述是："对当下存在的敏感，心灵的在场，观察世界之方式的探索，艺术的原创性和语言的天才"③。这

---

① 谢有顺：《诗歌在前进》，见《我们并不孤单》，第119页，中国社会科学出版社2001年版。
② "下半身"指直接引发理论批评对身体究竟以怎样的程度进入写作流程而言，其实这一时期影响最大的是"90年代诗歌"这一命题，对"知识分子"与"民间"的划分而引起的双方的大规模论战，谢有顺作为后者的支持者、阐释者，是"民间"立场一员。详细论述参见洪子诚、刘登翰：《中国当代新诗史（修订版）》，第十三章第八节"民间的集合与诗歌论争"，第274-276页，北京北京大学出版社2005年版。
③ 谢有顺：《我们并不孤单》，第117页，中国社会科学出版社2001年版。

些内容在另一处被升华了，加进去了"人性而细节"、"反抗庸俗的趣味和空洞的虚无"，以及反抗"整体主义结论、想象的经验或者阅读经验"[1]。就此，谢有顺完成了文学身体学建构的第一步，尽管这一步还很难说凸显了身体究竟具有怎样的突出功能。因为，第一，囿于论争，而且用同一级别的文本作参照，结论不会太有说服力；第二，这些"诗学信念"本身因概念的不断叠加，有体温的文学的轮廓是有了，但到来以后是否有"切肤之痛"？"心灵的在场"到底会带来与以往阅读怎样不同的震撼？也即作为批评话语，该如何界说新的意义，或者要不要意义？至少他这时候反复使用的"心灵"、"灵魂"乃至"存在"等哲学概念，还没有很好地转换成文学的叙事属性，里面藏匿着的意义就不可能生成清晰的逻辑成果。人们有理由进一步追问，难道虔诚书写这些概念的作者生产的作品会真的比别的更高吗？即使是诗作，如此论析，人们恐难从中读出别样的诗歌批评话语来，即反抗以后加以重构的感觉与语言是什么，还不清楚，目前仍然是对旧话语问题的指陈，新话语仍夹杂在旧话语体系里，没有独立出来。如此等等都还需作进一步的充实与完善。

2001年所写《文学身体学》的长文，在诗论灵感的基础上，进行了理性的、逻辑的梳理，可视作谢有顺所做的第二步工作。

全文分为四部分，"被革命的身体"、"从身体中醒来"、"肉体乌托邦"与"拉住灵魂的衣角"。前两题是回顾历史，可以暂且不谈。后两题属于有意识地扩充，体现着谢有顺对该理论的完形过程，试作分析。

在"肉体乌托邦"一节中，谢有顺不像他习惯所做的那样先纵论大师的态度，而是把追索的眼光放在了深刻影响90年代中国读者（包括作家）的杜拉斯与张爱玲身上，的确是个敏锐发现。因为谢有顺建立自己的批评标准，反抗的根本点不是某一具体创作潮流，而是寻找他自己时代的文学声音，即作为读者的阅读处境，不是批评家、作家的阅读习惯。杜拉斯与张爱玲没有回避"欲望的声音"，并以体验"肉体的激情"为荣光，是因为在他们那里，"人的欲望、肉体、肉体的激情等身体性的事物，是生存的常识和基础，他们的一切思想和写作活动由此展开"[2]。既然言说时间是90年代，90年代人们对个人意识的重视，包括对身体感觉的关注，本质上已经构成了人们对文学的阅读选择。那么，启用身体意识对世俗价值的

---

[1] 谢有顺：《我们并不孤单》，第129页，中国社会科学出版社2001年版。
[2] 谢有顺：《话语的德性》，第179、190页，海南出版社2002年版。

引领，必然比用身体之外以及虽不在身体之外但意义经过批评家反复打磨，似乎已经属于身体之外的道德、伦理更有说服力。这也是大家都意识到写人性是正途，但人性的复杂和丰富内容在中国作家这里总写不透写不深的根本原因。这个层面，无论灵魂先于身体，还是后于身体，都自然地统摄在了他"属灵状态"的名下，与"属肉状态"的写作有了本质的分野，话语指涉内容明确而清晰。

为了深化"属灵状态"，海子的诗成了最有力的反面例证——自1989年海子卧轨自杀以来，可以说90年代的诗歌写作都笼罩在海子的阴影之中，遍地"麦子"，却无法感受到具体的粮食，甚至于类似"十万"之类巨额数字无缘无故地充塞于所有青春诗行中。连爱情都变得不是一个具体的人了，我们的身体该到了怎样的地步。"海子的写作就是典型地拒绝了身体的写作"，他的写作"不是为了把灵魂物质化为身体，而是试图寻找一条灵魂撇开肉身而单独存在的道路，可以想象，最终他只能亲手结束（自杀）那个阻碍他灵魂飞翔的肉身"。

在海子的诗歌中，你几乎读不到任何尘世的消息，你从中也看不出他是一个在我们时代生活过的人（就他的诗歌而言，你说他是生活在民国时期，或者生活在新西兰的某个小岛上，大家也会相信），他的诗歌大多只关乎他的幻想，很少留下他生活的痕迹。正因为此，海子自杀后，去昌平寻找他的生活痕迹的崇拜者才会络绎不绝。一个在诗歌中没有身体的人，必然会引起无数同样蔑视身体的人对他产生神秘感——神秘不正是因为它不存在么[①]？

海子"身体写作"失败的例子，说明不能把身体物质化、物质化了也不拥有饱满的肉身体验的写作——它症结不在道德是否健康，不在伦理是否中规中矩，更不在所写现实是否深刻，而在自我缠绕、作茧自缚乃至老话题的周期性自我循环。这就把修辞性身体写作、历史循环式主题写作与注入生命体验的伦理性身体区别开来了，"拉住灵魂的衣角"中的"灵魂"有了批评的可操作性。它既是身体中"俗"内容的重视，却又不沉迷于"俗"，有时对肉体激情的倡扬，甚至于完全可理解为是谢有顺对人们无聊状态的文学性拯救。这种宗教般的诚恳，我不知道谢有顺是怎样考虑当下人们"烦"的具体情状的，也不知道他将怎样把这种信念植入文学受众的心里去。不过，有一点是肯定的，谢有顺作为文学的研究者，他对文学的

[①] 谢有顺：《话语的德性》，第190页，海南出版社2002年版。

确信，与一直解构到文学信念的批评家不同。前者因确信文学而走向的稍嫌理想主义的路径，与后者厌恶信念而导致的对文学碎尸万段的做法，暴露的其实是对当今文学读者不同的理解问题。难道每天都以读者名义发布的文学死亡的消息，真的来自一份真实的调查报告吗？那么，同样每天都在不停地公布的丝毫看不出文学滞销的数据，就只能归罪于商家的炒作，商家的炒作又理所当然地构成了批评家批评工作的主要内容。如果我们走不出如此怪圈，就不可能理解有心人对文学的任何贡献，这包括谢有顺在这个时候对文学身体性的敏锐发现。谢有顺在"俗"这个广泛的社会学基础上言说文学的历史性遭遇，并通过强调身体的精神性与伦理性来牵制、提醒个人对文学的需求，不是80年代刘再复"主体论"层面的"神性"，也不全是刘小枫《沉重的肉身》中"陪伴的伦理"的"陪伴"。尽管这时候，谢有顺仍然用"伦理性"、"陪伴性"这样的一些意思。

纵观他抟塑文学身体学理论的过程，当然在《文学身体学》一文中，没能创造出属于自己的话语形式，因此阅读感受上仍会误以为他重提的是80年代主体论的老话题。但谢有顺凭借社会学信息把握时代对文学功能的新要求，与刘再复、刘小枫等围绕主体性生发的理论思路，其区别实际上非常清楚。

旧观念最终败在身体上，由此可大略推知，90年代至今被称为是人性探索最丰富的文学时期，这个丰富如果也包括对身体的态度，那么，批评话语本身就需要更广泛的"去蔽"工作。

诚然，要真正成为文学身体学，需要填充进去的内涵或许还不止谢有顺已经完成的这些，那么，究竟还有哪些必要的论证？这里只能再就谢有顺后来的润饰表达点个人不成熟的看法。完善文学身体学属己的话语形式，离不开语言、此在（"此时的事物"），但叙事文学还包括对性与欲望的重新解释。《此时的事物》《从俗世中来，到灵魂里去》《于坚谢有顺对话录》等论著对此有伸越、扩展，但也有走向局促、即时性的局限。

三、"文学身体学"的得与失

文学身体学，不言而喻，面向的主要有这样两个文学写作观念背景。一个是新时期初到90年代初，总体来说，文学写作对个体身体感觉遮蔽、有意忽视的历史境遇，80年代中期"方法论"又转移了文学目标，探索人性异化、引进西方叙事方式压倒了回到个人的企图，笼统的现代人繁杂内心世界取代了当代中国人发凡于身体的"个体化"写作努力,这是"身体"维度显示其思维革命的历史性功绩所在;另一个是,"身体"作为批判的武器,从本体上彰显了90年代以来诚如谢有顺所说,不是极端写实,就是极端放纵的文学整体现状。"文学身体学"以理论的姿态,规约了文学应该运行的方向,尤其对"属肉状态"的写作给予了实在的批判。

但是,阐述身体的意义,不得不结合灵魂、存在、伦理这些安全概念的做法,本身就反映出了身体学完成观念革命后已经暴露了的各种不严密之处。为了恰当安置身体,并保持其对文学的影响力,谢有顺分别用"生活世界"与"人心世界"替换了"身体"与"灵魂"。他解释说,"我渴望看到一种文学,能在'生活'中展开,同时又能深入'人心'"①。显然,《圣经》中出示的"道成肉身"的精神传统,已经变成了中国传统哲学思想的"日用事物"——他用王阳明"不离日用常行内,直造先天未画前","和其光,同骑尘"(《老子》),"不遣是非,以与世俗处"(《庄子·天下》)来做注。

用"生活世界"与"人心世界"进行批评实践的、最能说明谢有顺所指内涵的例子,莫过于写于2005年的《中国小说的叙事伦理》一文。

该文重新梳理了"中国小说"的"叙事伦理",曹雪芹、鲁迅与张爱玲是当然传统,中国当代作家中,其叙事经验可堪张扬的还有贾平凹的《秦腔》、陈希我的《后悔录》等。准确地说,是重新认定《红楼梦》、鲁迅与张爱玲的叙事经验。对《红楼梦》的再认识就是对《红楼梦》研究者、阐释者思想的进一步演绎。由《红楼梦》"不失好玩之心"、"无差别的绝对之境",发挥到对中国当代小说的整体性评价。谢有顺认为,"写什么"和"怎么写"的论辩,"公共经验"和"个人写作"的冲突,"中国生活"该如何面对"西方经验","下半身"反抗"上半身"等等,"主题虽然一直在更换,但试图澄明一种善恶、是非的冲动却没有改变"。因此,"中国文学的根本指向,总脱不了革命与反抗,总难以进入那种超越是非、善恶、真假、因果的艺术大自在——这或许就是中国文学最为致命的局限"②。

这样,《秦腔》与《后悔录》等与《红楼梦》、鲁迅和张爱玲的沟通,就有了可能。第一,就小说家的使命来说,小说解释世界、重新发现世界形象和秘密的一点,就是要在现有的世界结论里出走,进而寻找到另一隐

---

①② 谢有顺:《此时的事物》,第4、5页,江苏教育出版社2005年版。

秘的、沉默的、被遗忘的区域。这个区域里藏有人性深处的答案,小说所提供的生活认知,精神触觉所触摸到的个人内在生活,就是永远的写作基本母题;第二,文学反对简单的结论,就是用想象"守护事物的复杂性和丰富性",逼视出每个人"无可无不可,无是也无非,既无善恶之对立,也无因果之究竟"的"无罪之罪"、"通常之人情"①。可以看出,"人心世界"的中庸折中,已经稀释了"身体"功能对不断涌动、而且还会更凶猛的当下文学身体事件的热情抗争。有如此转折,正如谢有顺所说,与此时的心境有关,"人的失败,不过是做了欲望的奴仆罢了。因为对人类的生命有了这一层了解,我的文字就多了些宽容和同情"②。2005年左右,是中国批评家自90年代初以来又一次对"中国经验"发起总攻的一段时间,西方人有宗教,中国人有世俗的经验储备,传统文化热在文学写作上的一个直接反映就是,把主流意识尚未直接摆布下的边缘文化、少数民族文化重新符号化、编码化,人的原始意识形态构成了叙述的主要练武之地。"底层叙事"放弃最初的社会学视角,把底层者身上藏污纳垢的内容赋形为中国人的生活经验、人心图景、人性特点,"传统文化"导致的这种回避态度,应该说至今还未得到有力的清算。

因为有了人的失败不过是做了欲望的奴仆的看法,作为批评话语,"生活世界"与"人心世界"所开启的空间,自然远远大于"身体"与"灵魂"的视点。

叙事的时间问题,即文学的"快"与"慢",以及不同的速度节奏引起的文学质量问题,就构成了衡量文学的生活质量与人心深度的一个标准。"快"造成了一批文学的速朽,这很清楚。那么"慢"呢? 相对于"快"这种以掠夺社会热点为圭臬的写作行为,"慢"自然更符合精神事业的工作性质。首先,它从本质上破除了"我可以粉碎一切障碍"的虚假主体性能耐,也有效地质疑了中国作家把"超验写作"当做一种写作手法,共同假设某种潮流性现实的不真诚态度;其次,"慢"的心态,可以改善目前追逐主义并最终受制于主义的一元化写作格局,这一点应该视作是对西方人文精神根源的冷眼旁观。正因为巴尔扎克与罗伯-格里耶能同时发挥光耀,现实主义、现代主义与后现代主义之间就不可能发生"彼可取而代也"的现象,未成熟的东西会得到必要的呵护,他们举"先锋小说"的衰落为例,的确找到了中国文化的根源。

---

①② 谢有顺:《此时的事物》,第7、2页,南京,江苏教育出版社2005年版。

在这部长篇对话①中,于坚的诗歌创作经验实际上是支持他们理论探索的一个坚实后盾。说文学是"慢"的历史,他们企图展开的论证与追索的中国文学之根,用于坚的经验来说,就是写出属于中国的天空、大地、空气、故乡以及中国的人心。到这里,谢有顺的"人心世界"就很明白了,那是"中国经验"的宽泛表达。这一层面,"此时的事物"与"写作是身体的语言史"②便有了另一重任。一方面,此时的事物在时间上限定当下文学写作该注意的对象,提醒应该真诚地面向置身的时代;空间上起到拉回眼光的作用,中国的经验就是注视身边的事物,即"现实是作家的根本处境"③。另一方面,把"文学身体学"变成"身体的语言史",个体语言的状态成了标志文学独特性的特点,"身体"则撤回到了后台。再结合生活的世界、人心世界、此时的事物与天才的语言这些条件,谢有顺的用心开始位移,他开始更关心中国经验了。尽管这时候,他对写作是身体的语言史的界定非常严密。他说,"'身体'说的是作家作为一个存在者,生活在这个世界上,他身体所感知、接触和遇见的每一件事,都跟他的写作有关,唯有如此,他的写作才是一种在场的写作;'语言史'的意思是说离开了身体的独特经验,语言的创造性就无从谈起;照样,离开了语言的创造性,身体的经验也不会获得有价值的出场空间。二者在写作中应该是同构在一起的"④。问题在于,从"身体叙事"或者"欲望写作"以来,语言与身体之间亲密程度早已超出了批评家的预想,另一些批评家重新启用"启蒙"话语就是一个有力的佐证⑤。这一再表明,语言的身体化,或者身体的语言化,到最终把心灵体验隐私化,这一路走来,夸大一点,仿真性个人欲望写作已经成了中国经验的一个有效符号,即都市个人欲望等于中国经验。而且我相信,"苦难审美化"⑥以来,支持"现实是作家的根

---

① 于坚、谢有顺:《于坚谢有顺对话录》,第43-98页,郑州大学出版社2003年版;另见谢有顺:《先锋就是自由》,第141-170页,山东文艺出版社2004年版。
②④ 谢有顺:《从灵魂中来,到世俗里去》,第109页,郑州大学出版社2007年版。
③ 谢有顺:《此时的事物》,第58页,江苏教育出版社2005年版。
⑤ 文学史家、学者丁帆、王彬彬,还有李建军等人,近年来著有多篇文章专门谈论"启蒙",而且他们的批评对象无一例外都涉及到身体写作的泛滥、个体意识的薄弱和现时代人们对"现代性"的遗忘。
⑥ 陈晓明对新世纪以来小说创作的详细分析,就表达了这样的担忧。那些写乡村的、写农民工进城的文本,看起来在个人的范围内进行着苦难来源的拷问,但实际上,当小说呈现出千篇一律的叙述模式的时候,叙述的动力就不再是苦难本身了,支持如此叙述的俨然为都市消费口味和对娱乐趋势的判断。参见陈晓明:《审美的激变》,第219-243页,作家出版社2009年版。

本处境"的真正乡村文学比例一定会越来越少。也意味着,符合当代中国都市消费趣味、娱乐趋势的文学会最终覆盖忠实于眼睛、心灵乃至存在的"现实"文学,这与幕布、道具、情节、人物究竟在哪里没有必然联系。这个时候,批评得以介入文学的理论视点该怎样调整?"身体"作为介入当下文学的一个有效理论视点,其实在如此文学场域,它的能量还远未用尽,它的能量还有待于进一步开掘。遗憾的是,2005年以后,谢有顺有意引进的"人心世界"泛化了它,"身体"完成了它的初步任务后,大有打道回府的意向,进一步削弱了文学身体学的理论分量。

因为,"身体"理论能否走向纵深,阐明它对"公共经验"、"虚幻乌托邦"乃至动用僵化知识写作的革命,仅仅是观念层面的成功。如果文学的世俗性品质是真正该捍卫和保持的,"性"的问题恐怕是不可回避的一个理论命题。这是身体走向深入的必有之途。谢有顺通过对照论述,对"属肉状态"的写作有过精彩批判,但这种批判还很难说是对"性"的介入,恰恰相反,是对"性"的拒绝与回避。有生命力的身体理论,应该担起引导"性"走向更高精神境界的责任,这也是身体理论走向成熟的标志。

福柯的"性理论"人所共知,不用赘述。但像彼得·布鲁克斯《身体活》这样的批评论著,在我们这里还比较少见。中国批评家在身体上的绕道而行,迫切的文学问题蜂拥而至,只是放弃身体研究的原因之一,重要的是中国传统文化的惯性过大,身体理论的每一次抬头,都会被传统势力压下去,致使在中国当代批评家这里,身体仍是一个烫手的山芋,无法到达深入的位置。举《身体活》中的一些小例子来说明。比如布鲁克斯在巴尔扎克《交际花盛衰记》中通过对纽沁根与艾丝苔的性关系发现,身体属于经济体系,即资本化身体。"资本化的身体的矛盾清晰可见:它属于经济体系,而与此同时它又被视为个人自己的、最后的、也许是唯一的拥有",在人物纷纷自杀身亡后,作者写道:"身体的消亡,循环发展的经济体系依然如故"[①]。而在杜拉斯的《情人》中,却又得出了情欲、知性理解、到暴虐痛苦乃至绝望之地,是支持写作的使命。"当情欲成为一种知性的活动的根源和对象,当它作为对于局限的考验而得到了知性的把握,

---

① [美]彼得·布鲁克斯:《身体活:现代叙述中的欲望对象》,朱生坚译,第87页,北京新星出版社2005年版。

它就支持了写作的使命。"① 这一结论实则远远超出了用"灵魂"、"存在"以及大而无当的"内在性"等哲学命题论评文学的力量。

　　身体成为有效文学理论批评话语，在于它能够更多地看到一个社会的经济状况、精神状况，而不仅仅是证明道德与伦理如何不能的材料，这是文学身体学理论彻底的征兆。

---

　　① [美]彼得·布鲁克斯：《身体活：现代叙述中的欲望对象》，朱生坚译，第333页，北京新星出版社2005年版。

主要参考书目

文学评论刊物和专业报纸主要是20世纪90年代以来文学批评相关期刊、学报、报纸及中国人民大学报刊复印资料等，《文学评论》《南方文坛》《文艺理论研究》《当代作家评论》《小说评论》《文艺争鸣》《当代文坛》《名作欣赏》《读书》《文学自由谈》等，以及中国人民大学报刊复印资料《中国现代、当代文学研究》《文艺理论》《文化研究》，和《文艺报》《文学报》等专业报纸。这里所列主要参考书目，不包括本著作论评的18位批评家的共约100部独立著作和发表的单篇文章在内。

文学批评类著作、知识分子研究，及文学史著述和哲学思想类著作有：

一、文学批评类

1. 蒂博代：《六说文学批评》，赵坚译，北京生活·读书·新知三联书店2002年版。
2. 雷纳·韦勒克：《近代文学批评史》（1-8卷），杨自伍译，上海译文出版社2005年版。
3. R.韦勒克：《批评的概念》，张金言译，中国美术学院出版社1999年版。
4. 特雷·伊格尔顿：《二十世纪西方文艺理论》，伍晓明译，北京北京大学出版社2007年版。
5. 特里·伊格尔顿：《理论之后》，商正译，北京：商务印书馆2005年版。
6. 乔纳森·卡勒：《文学理论入门》，李平译，南京凤凰传媒集团译林出版社2008年版。
7. 勒内·韦勒克、奥斯汀·沃伦：《文学理论》，刘象愚等译，南京凤凰传媒集团译林出版社2005年版。
8. 拉曼·塞尔登编：《文学批评理论：从柏拉图到现在》，刘象愚等译，北京大学出版社2003年版。
9. 詹姆逊：《批评理论和叙事阐释》，王逢振主编，中国人民大学出版社2004年版。

11. 利维斯：《伟大的传统》，袁伟译，北京三联书店 2002 年版。
12. 布鲁姆：《影响的焦虑》，徐文博译，北京三联书店 1989 年版。
13. 诺斯诺普·弗莱：《批评的剖析》，陈慧等译，天津百花文艺出版社 1998 年版。
14. 罗兰·巴特：《罗兰·巴特随笔选》，天津百花文艺出版社 1996 年版。
15. 艾略特：《艾略特诗学论文集》，王恩忠编译，北京国际文化出版公司 1989 年版。
16. M.H 艾布拉姆斯：《欧美文学术语词典》，朱金鹏等译，北京大学出版社 1990 年版。
17. M.H 艾布拉姆斯：《镜与灯：浪漫主义文论及批评传统》，郦稚牛等译，北京大学出版社 2004 年版。
18. 约翰·克罗·兰色姆：《新批评》，王腊宝等译，南京凤凰出版传媒集团江苏教育出版社 2006 年版。
19. 萨义德：《世界·文本·批评家》，李自修译，北京生活·读书·新知三联书店 2009 年版。
20. 莱昂内尔·特里林：《诚与真》，刘佳林译，南京凤凰出版传媒集团江苏教育出版社 2006 年版。
21. 安德烈·布林克：《小说的语言和故事：从塞万提斯到卡尔维诺》，汪洪章等译，上海人民出版社 2010 年版。
22. 彼得·布鲁克斯：《身体活：现代叙述中的欲望对象》，朱生坚译，北京新星出版社 2005 年版。
23. 房龙：《人类的艺术》，周英富译，郑州大学出版社 2003 年版。
24. 瓦尔特·本雅明：《发达资本主义时代的抒情诗人》，王才勇译，江苏人民出版社 2005 年版。
25. 西美尔：《西美尔文集：叔本华与尼采——一组演讲》，莫光华译，上海译文出版社 2006 年版。
26. 列·斯托洛维奇：《审美价值的本质》，凌继尧译，中国社会科学出版社 1984 年版。
27. 西门娜·德·波伏娃：《第二性》（全译本），陶铁柱译，中国书籍出版社 1998 年版。
28. 赵四执行编：《当代国际诗坛》，作家出版社 2010 年版。
29. 彼得·比格尔：《先锋派理论》，高建平译，北京商务印书馆 2005 年版。
30. 白烨：《批评的风采》，安徽文艺出版社 1994 年版。
31. 王光明：《文学批评的两地视野》，北京大学出版社 2002 年版。
32. 曹顺庆：《比较文学与文论话语：迈向新阶段的比较文学与文学理论》，北京师范大学出版社 2011 年版。

33. 李咏吟：《文学批评学》，浙江大学出版社 2010 年版。
34. 安德鲁·本尼特、尼古拉·罗伊尔：《关键词：文学、批评与理论导论》，汪正龙、李永新译，广西师范大学出版社 2007 年版。
35. 古远清：《中国当代文学理论批评史（1949—1989 大陆部分）》，山东文艺出版社 2005 年版。
36. 温儒敏：《中国现代文学批评史》，北京大学出版社 2005 年版。
37. 刘锋杰：《中国现代六大批评家》，北京大学出版社 2005 年版。
38. 夏中义：《新潮学案》，上海三联书店 1996 年版。
39. 王逢振：《交锋：21 位著名批评家访谈录》，上海世纪出版集团上海人民出版社 2007 年版。
40. 李春青：《在文本与历史之间：中国古代诗学意义生成模式探微》，北京大学出版社 2005 年版。
41. 陶东风主编：《当代中国文艺思潮与文化热点》，北京大学出版社 2008 年版。
42. 支宇：《新批评：中国后现代性批评话语》，河北美术出版社 2008 年版。
43. 张京媛主编：《当代女性主义文学批评》，北京大学出版社 1992 年版。

二、哲学思想文化类

44. 戴维·钱尼：《文化转向：当代文化史概览》，戴从容译，江苏人民出版社 2004 年版。
45. 詹姆逊：《新马克思主义》，王逢振主编，中国人民大学出版社 2005 年版。
46. 阿诺德：《文化与无政府状态》，韩敏中译，北京三联书店 2002 年版。
47. 哈耶克：《通往奴役之路》，王明毅、冯兴元等译，中国社会科学出版社 1997 年版。
48. 戴维·斯沃茨：《文化与权力：布尔迪厄的社会学》，陶东风译，上海译文出版社 2006 年版。
49. 丹·扎哈维：《主体性和自身性：对第一人称视角的探究》，蔡文菁译，上海译文出版社 2008 年版。
50. 拉尔夫·林顿：《人格的文化背景》，于闽梅等译，广西师范大学出版社 2007 年版。
51. 本尼迪克特·安德森：《想象的共同体：民族主义的起源与散布》，吴叡人译，上海世纪出版集团 2008 年版。
52. 让-吕克·夏吕姆：《西方现代艺术批评》，林宵萧等译，北京文化艺术出版社 2005 年版。
52. 詹姆逊：《单一的现代性》，王逢振等译，天津人民出版社 2005 年版。
54. 鲍曼：《全球化：人类的后果》，郭国良、徐建华等译，北京商务印书馆 2004 年版。

55. 让·波德里亚：《象征交换与死亡》，车槿山译，北京译林出版社 2006 年版。
56. 查尔斯·泰勒：《现代性之隐忧》，程炼译，中央编译出版社 2001 年版。
57. 马歇尔·伯曼：《一切坚固的东西都烟消云散了：现代性体验》，徐大建、张辑译，北京商务印书馆 2004 年版。
58. 米歇尔·福柯：《知识考古学》，谢强、马月译，生活·读书·新知三联书店 2007 年版。
59. 阿格妮丝·赫勒：《日常生活》，衣俊卿译，黑龙江大学出版社 2010 年版。
60. 尼尔·波兹曼：《娱乐至死》，章艳、吴燕莛译，广西师范大学出版社 2009 年版。
61. 让·波德里亚：《消费社会》，刘成富、全志钢译，南京大学出版社 2008 年版。
62. 劳伦斯·E. 卡洪：《现代性的困境：哲学、文化和反文化》，王志宏译，北京商务印书馆 2008 年版。
63. 戴维·哈维：《后现代性状况：对文化变迁之缘起的探究》，阎嘉译，北京商务印书馆 2004 年版。
64. 许纪霖、罗岗等著：《启蒙的自我瓦解：1990 年代以来中国思想文化界重大论争研究》，吉林出版集团有限责任公司 2007 年版。
65. 韩秋红等编：《现代西方哲学概论：从叔本华到罗蒂》，北京大学出版社 2010 年版。
66. 陈嘉明：《现代性与后现代性十五讲》，北京大学出版社 2006 年版。
67. 查建英：《八十年代访谈录》，北京生活·读书·新知三联书店 2007 年版。
68. 甘阳选编：《八十年代文化意识》，上海人民出版社 2006 年版。
69. 理查德·罗蒂：《后哲学文化》，黄勇译，上海译文出版社 2009 年版。
70. 李欧梵：《未完成的现代性》，北京大学出版社 2005 年版。

三、知识分子研究

71. 彼得·毕尔格：《主体的隐退》，陈良梅、夏清译，南京大学出版社 2004 年版。
72. 卡尔·博格斯：《知识分子与现代性危机》，李俊、蔡海榕译，凤凰出版传媒集团江苏人民出版社 2006 年版。
73. 尼古拉·别尔嘉耶夫：《人的奴役与自由》，贵州出版集团贵州人民出版社 2007 年版。
74. 弗兰克·富里迪：《知识分子都到哪里去了？》，戴从容译，江苏人民出版社 2005 年版。
75. 杰弗里·C. 戈德法布：《"民主"社会中的知识分子》，杨信彰、周恒译，辽宁教育出版社 2002 年版。

76. 马克·里拉：《当知识分子遭遇政治》，邓晓菁、王笑红译，北京新星出版社 2005 年版。

77. 徐复观：《中国知识分子精神》，华东大学出版社 2004 年版。

78. 王小波等著、祝勇编：《知识分子应该干什么》，北京时事出版社 1999 年版。

79. 萨义德：《知识分子论》，单德兴译，北京生活·读书·新知三联书店 2001 年版。

80. 许纪霖：《中国知识分子十论》，上海复旦大学出版社 2004 年版。

81. 许纪霖：《大时代的知识人》，北京中华书局 2007 年版。

82. 陈平原：《当代中国人文观察》，人民文学出版社 2004 年版。

四、文学理论类

83. 董学文主编：《西方文学理论史》，北京大学出版社 2005 年版。

84. 朱立元主编：《西方当代文艺理论》，华东师范大学出版社 1997 年版。

85. 夏中义：《艺术链》，上海文艺出版社 2001 年版。

86. 刘若愚：《中国文学理论》，杜国清译，南京凤凰传媒集团译林出版社 2006 年版。

87. 王运熙、顾易生：《中国文学批评史新编》（上、下册），上海复旦大学出版社 2001 年版。

88. 陶东风、王南主编：《文学理论基本问题》（第三版），北京大学出版社 2008 年版。

89. 邱运华主编：《文学批评方法与案例》（第二版），北京大学出版社 2006 年版。

90. 王一川：《文学理论讲演录》，广西师范大学出版社 2004 年版。

91. 曹顺庆：《中西比较诗学》（修订版），中国人民大学出版社 2010 年版。

92. 杨冬：《文学理论：从柏拉图到德里达》，北京大学出版社 2009 年版。

93. 南帆、刘小新、练暑生：《文学理论》，北京大学出版社 2008 年版。

94. 南帆主编：《二十世纪中国文学批评 99 个词》，浙江文艺出版社 2003 年版。

95. 蒋原伦、潘凯雄主编：《文学批评与文体》，北京师范大学出版社 2006 年版。

96. 张京媛主编：《新历史主义与文学批评》，北京大学出版社 1993 年版。

97. 赵黎波：《新时期文学批评的启蒙话语研究》，中国社会科学出版社 2008 年版。

98. 杨俊蕾：《中国当代文论话语转型研究》，中国人民大学出版社 2003 年版。

99. 王一川：《修辞论美学：文化语境中的 20 世纪中国文艺》，中国人民大学出版社 2009 年版。

100. 盖生：《价值焦虑：新时期以来文学理论热点反思》，上海三联书店 2008 年版。

101. 伍世昭：《中国 20 世纪文学理论批评价值取向研究》，人民文学出版社 2009

年版。

102. 王宁:《"后理论时代"的文学与文化研究》,北京大学出版社2009年版。

103. 海登·怀特:《后现代历史叙事学》,陈永国、张万娟译,中国社会科学出版社2003年版。

104. 洪子诚:《问题与方法》,北京生活·读书·新知三联书店2002年版。

105. 温儒敏等著:《中国现当代文学学科概要》,北京大学出版社2005年版。

106. 陈庆祝:《九十年代中国文论转型:接受研究的视角》,中央编译出版社2009年版。

107. 南帆主编:《文学理论新读本》,浙江文艺出版社2002年版。

108. 余虹:《革命审美解构:20世纪中国文学理论的现代性和后现代性》,广西师范大学出版社2001年版。

109. 钱中文:《文学理论:走向交往对话的时代》,北京大学出版社1999年版。

110. 钱中文、刘方喜、吴子林:《自律与他律:中国现当代文学论争中的一些理论问题》,北京大学出版社2005年版。

111. 陶东风:《社会理论视野中的文学与文化》,广州暨南大学出版社2002年版。

112. 陶东风、徐艳蕊:《当代中国的文化批评》,北京大学出版社2006年版。

113. 蒋述卓主编:《文化诗学:理论与实践》,人民文学出版社2005年版。

114. 洪子诚、孟繁华主编:《当代文学关键词》,广西师范大学出版社2002年版。

115. 赵稀方:《后殖民理论》,北京大学出版社2009年版。

116. 丁帆:《重回"五四"起跑线》,人民文学出版社2004年版。

117. 唐小兵编:《再解读:大众文艺与意识形态》,北京大学出版社2007年版。

118. 赵宪章:《文艺美学方法论问题》,广州暨南大学出版社2002年版。

119. 华莱士·马丁:《当代叙事学》,伍晓明译,北京大学出版社2005年版。

120. 王岳川:《二十世纪西方哲性诗学》,北京大学出版社1999年版。

121. 钱理群、黄子平、陈平原:《二十世纪中国文学三人谈·漫说文化》,北京大学出版社2004年版。

122. 崔志远:《现实主义的当代中国命运》,人民文学出版社2005年版。

123. 钱理群、温儒敏、吴福辉:《中国现代文学30年》(修订版),北京大学出版社1998年版。

124. 陈平原、夏晓红编:《二十世纪中国小说理论资料(第一卷)》(1897—1916),北京大学出版社1997年版。

125. 严家炎编:《二十世纪中国小说理论资料(第二卷)》(1917—1927),北京大学出版社1997年版。

126. 吴福辉编:《二十世纪中国小说理论资料(第三卷)》(1928—1937),北京大学出版社1997年版。

127. 钱理群编:《二十世纪中国小说理论资料(第四卷)》(1937—1949),北京大学出版社 1997 年版。

128. 洪子诚编：《二十世纪中国小说理论资料（第五卷）》（1949—1976），北京大学出版社 1997 年版。

129. 孔范今、施战军主编：《中国新时期文学史研究资料（上）》，山东文艺出版社 2006 年版。

130. 孔范今、施战军主编：《中国新时期文学史研究资料（中）》，山东文艺出版社 2006 年版。

131. 孔范今、施战军主编：《中国新时期文学史研究资料（下）》，山东文艺出版社 2006 年版。

132. 张清华主编：《中国新时期文学史研究资料》，山东文艺出版社 2006 年版。

五、文学史类

133. 吴秀明主编：《"十七年"文学历史评价与人文阐释》，浙江大学出版社 2007 年版。

134. 张学军：《中国当代小说流派史》，山东大学出版社 2000 年版。

135. 严家炎：《中国现代小说流派史》（增订本），湖北长江出版集团长江文艺出版社 2009 年版。

136. 陈顺馨：《中国当代文学的叙事与性别》（增订版），北京大学出版社 2007 年版。

137. 丁帆：《中国乡土小说史》，北京大学出版社 2007 年版。

138. 洪子诚、刘登翰：《中国当代新诗史》（修订版），北京大学出版社 2005 年版。

139. 乔以钢：《中国当代女性文学的文化探析》，北京大学出版社 2006 年版。

140. 肖开愚、藏棣、孙文波编：《中国诗歌评论：从最小的可能性开始》，人民文学出版社 2000 年版。

141. 陈超：《打开诗的漂流瓶：现代诗研究论集》，河北教育出版社 2003 年版。

142. 唐金海、周斌主编：《20世纪中国文学通史》，中国出版集团东方出版中心 2003 年版。

143. 陈思和主编：《中国当代文学史教程》，上海复旦大学出版社 1999 年版。

144. 洪子诚：《中国当代文学史》，北京大学出版社 1999 年版。

145. 董健、丁帆、王彬彬主编：《中国当代文学史新稿》，人民文学出版社 2005 年版。

146. 夏志清：《中国现代小说史》，上海复旦大学出版社 2005 年版。

147. 徐复观：《中国文学精神》，上海书店出版社 2004 年版。

148. 刘小枫：《沉重的肉身：现代性伦理的叙事纬语》，北京华夏出版社 2004 年版。

149. 邓晓芒：《文学与文化三论》，湖北人民出版社 2005 年版。
150. 曹文轩：《中国八十年代文学现象研究》，人民文学出版社 2010 年版。
151. 曹文轩：《二十世纪末中国文学现象研究》，人民文学出版社 2010 年版。

后　记

　　"后记"里要说的，无非是"引论"中放不进去的一些话。具体到这本小书，其实也就是成书的过程和为什么要成就这样一本书的事。

　　2005年5月初的某一个清晨，鲁迅文学院的领导、老师送走了我们这批"首届文学理论评论高级研讨班"学员，大家都心犹不安地走散在了朝阳区八里庄南里的那个胡同。接下来的日子不言而喻，学员们各就各位、言归正传。

　　其实就在那一天归来之后，对于文学批评，我的心情格外沉重了。觉得要继续搞下去，文学批评可能也就死了。为什么呢？记得那时正流行"底层文学"，大家的话题几乎不离道德伦理和人道主义、现实主义，我当时当然也是那么想，认为文学批评应该在道德伦理，或者人道主义、现实主义的地方好好下下功夫了。可是，这样想的时间不长竟有了一种莫名的虚无感。现在回头看去，那个虚无感大致是觉得批评家是可以如此声嘶力竭地去说话，问题是，被用力说出的那些话，到底有没有哪怕十分之一的效果？答案是否定的。越是那样说，文学的面目就似乎越是狰狞。再加上鲁院课堂上一位教授从中关村捡破烂的民工使用手机联系业务，构想出了"底层者"已经后现代性的理论蓝图，以致认为文学应该介入那样的现实生活——其实是说文学批评如果用后现代理论来观照底层文学，底层文学实际上完全不是那种苦大仇深的嘴脸。这些经历给我的震动比较大。直接说，就是不知道该怎样论评文学了。当初的迷茫可能含有多种原因，但现在回想，批评标准，或者什么叫文学批评也许是主要原因之一。为了整理对彼时文学批评的看法，我以批评家、教授张颐武、易中天为例，写了两篇文章，分别谈了当时对文学后现代性和新世纪之交知识分子选择的粗浅思考。这样的进入，对于批评家个案研究来说，的确是浅尝辄止的。然而，事情的不确定性在于，读那两位的文本可能比较细，竟然发现了不少问题。这问题好像不用一大批批评家来审视不足以弄清楚，于是，一发而不可收，慢慢悠悠、时断时续，边购书边阅读、边阅读边淘汰，没想到这件比想象的困难不知多少的事情，竟然一直持续到了2011年的6月，总算咬紧牙关写完了最后一个。

　　那么，要弄清楚的问题清楚了没有？要解决的困惑解决了没有？我的心里话告诉我，非但没弄清楚，问题可能还有不断叠加之感。因为，当你感觉某一个问题得到哪怕一时的澄清之时，在你费尽力气周旋、梳理的此刻，人家却在另一立场几乎是完全地在颠覆你；当你对某一理论或话语满怀信心，仿佛真的找到答案之时，另一方否定的声音还比你的分贝高。这难道是消费社会的真相吗？抑或是不确定时代的价值面貌吗？可能是，也可能不是。但就我目前的能力，我本人除了无奈，实在再没有别的更确切的感受了。

　　这样也好，既然本书就在不确定性语境将就着成型，就让这本肯定要得罪更多批评家的小书，不妨做个微不足道的探路石子，任它归去。如果情况好一点，它侥幸被更高的研究者视为更好研究还未诞生之前，我所不小心抛出的小小"砖块"，那么，这或许也是我写这本小书的目的。

　　最后，感谢中国作家协会"扶持重点作品项目"给予的立项和后期出版资助，没有这个支持，这本小书还不知什么时候才能面世呢！感谢《小说评论》的李国平主编，感谢《南方文坛》的张燕玲主编，感谢《当代文坛》的罗勇主编，感谢《名作欣赏·上旬刊》的续小强主编，感谢《当代作家评论》的林建法主编和《海南师范大学学报》的毕光明主编，本书的绝大多数篇章都曾于这些刊物发表。当然，还有其他众多刊物的主编、编辑和朋友在我十多年的文学批评道路上，都给予了他们力所能及的无私帮助和无限抬爱，深表谢意，在这里恕不一一列出名姓。

作者 2011 年 8 月 1 日晚于银川寓所

图书在版编目（CIP）数据

当代批评的众神肖像／牛学智著．—北京：文化艺术出版社，2012.6

ISBN 978-7-5039-5385-9

Ⅰ．①当… Ⅱ．①牛… Ⅲ．①中国文学—当代文学—文学批评史—研究 Ⅳ．①I206.09

中国版本图书馆 CIP 数据核字（2012）第 097005 号

当代批评的众神肖像

著　　者	牛学智
责任编辑	吴士新
装帧设计	刘玲子
出版发行	文化艺术出版社
地　　址	北京市东城区东四八条 52 号　100700
网　　址	www.whyscbs.com
电子邮箱	whysbooks@263.net
电　　话	（010）84057666（总编室）84057667（办公室）
	（010）84057691—84057699（发行部）
传　　真	（010）84057660（总编室）84057670（办公室）
	（010）84057690（发行部）
经　　销	新华书店
印　　刷	国英印务有限公司
版　　次	2012 年 6 月第 1 版
	2012 年 6 月第 1 次印刷
开　　本	700×1000 毫米　1/16
印　　张	25.75
字　　数	421 千字
书　　号	ISBN 978-7-5039-5385-9
定　　价	48.00 元

版权所有，侵权必究。印装错误，随时调换。